Das Buch

Auch im 19. Jahrhundert gab es wahre Genießer: Ein Arzt nimmt sich die Freiheit, seine ihm geneigten Patientinnen durch Sinneslust zu kurieren; eine Lady berichtet von ihren köstlichen Jugendsünden mit ihrer Zimmergenossin auf der Schule; ein Sekretär und Kammerdiener im vornehmen Belgravia kommt seinen Herrschaften und deren Gästen näher, als er zu träumen wagte.
Eine Sammlung pikanter Geschichten aus einer sittenstrengen Zeit.

Die Perle

Ein erotisches Magazin
und andere galante Raritäten

Ullstein

Besuchen Sie uns im Internet:
www.ullstein-taschenbuch.de

Umwelthinweis:
Dieses Buch wurde auf chlor- und säurefreiem Papier gedruckt.

Ungekürzte Ausgabe im Ullstein Taschenbuch
Sonderausgabe Februar 2007

Die vorliegenden Erzählungen wurden zuerst in drei Bänden veröffentlicht:
Anonymus: *Lady Pokingham, oder: Sie tun es doch alle*;
Philo Cunnus: *Nelly oder Bekenntnisse eines Arztes*:

Anonymus: *La Rose d'Amour*; James Campbell Reddie: *Liebeserlebnisse eines Arztes*:

Anonymus: *Großmutters Geschichte oder Mays Bericht über ihre Einführung in die Kunst der Liebe*;
Anonymus: *Schattenspiele oder Spaß unter Küken*;
Anonymus: *Von Lakaien und Zofen oder Jux und Tollereien in Belgravia*:

Herausgeber: Hans-Ulrich Seebohm
Übersetzung aus dem Englischen: Helmut Werner (*Nelly oder Bekenntnisse eines Arztes, Liebeserlebnisse eines Arztes*) und Hans-Ulrich Seebohm (alle anderen Geschichten)
Umschlaggestaltung: Sabine Wimmer, Berlin
Titelabbildung: © getty images/Stone/Elyse Regehr
Satz: Buch-Werkstatt GmbH, Bad Aibling
Gesetzt aus der Bembo
Druck und Bindearbeiten: Ebner & Spiegel, Ulm
Printed in Germany
ISBN 978-3-548-26655-8

Inhalt

Anonymus
Lady Pokingham, oder: Sie tun es doch alle 7

Philo Cunnus
Nelly oder Bekenntnisse eines Arztes 173

Anonymos
La Rose d'Amour oder Abenteuer eines Herrn, der auszog, das Vergnügen zu finden 219

James Champbell Reddie
Liebeserlebnisse eines Arztes 359

Anonymos
Großmutters Geschichte oder Mays Bericht über ihre Einführung in die Kunst der Liebe 409

Anonymos
Schattenspiele oder Spaß unter Küken 531

Anonymos
Von Lakaien und Zofen oder Jux und Tollereien in Belgravia 599

Anonymus

Lady Pokingham, oder: Sie tun es doch alle

Ein Bericht über ihre köstlichen Abenteuer sowohl vor wie auch nach ihrer Heirat mit Lord Crim-Con

Einführung

An den Leser:
Es bedarf wohl kaum einer Entschuldigung, daß wir an dieser Stelle die nachfolgende sehr pikante und urwüchsige Erzählung einer jungen Dame von Stand abdrucken, deren Abenteuer jedem echten Liebhaber erotischer Literatur sicherlich ebensoviel Vergnügen bereiten werden wie ihrem bescheidenen Diener, wenn nicht gar mehr.

Die Heldin dieser Memoiren war eine der Strahlendsten und Charmantesten ihres Geschlechts und mit einer derart verfeinerten Sensibilität begabt, verbunden mit einer außergewöhnlichen Wärme des Gemüts, daß sie ganz einfach den verlockenden Einflüssen der schönsten Schöpfung Gottes nicht widerstehen konnte; denn »Gott schuf den Menschen zu seinem Bilde, schuf sie als Mann und Weib«. Und dies war sein erstes Gebot: »Seid fruchtbar und mehret euch und füllet die Erde.«

Die natürlichen Instinkte der Altvorderen verankerten in ihren Köpfen die Idee, daß der Beischlaf die direkteste und akzeptabelste Art von Verehrung sei, die sie ihren Gottheiten darbringen konnten, und ich weiß, meine Leser, soweit sie keine bigotten Christen sind, werden mir darin zustimmen, daß es keine große Sünde sein kann, seinen natürlichen Begierden freien Lauf zu lassen und bis zum Äußersten all die köstlichen Empfindungen zu genießen, mit denen uns ein gütiger Schöpfer ausgestattet hat.

Armes Mädchen, sie lebte nicht lange, und wer hätte es ihr verdenken können, daß sie die wenigen Jahre genoß, in denen sie wie ein Schmetterling durchs Leben taumelte!

Die Fragmente, aus denen sich meine Erzählung zusammensetzt, wurden in einem Paket gefunden, das sie einem ihr treu ergebenen Diener anvertraut hatte, der nach ihrem plötzlichen und vorzeitigen Tode im Alter von nur dreiundzwanzig Jahren in meine Dienste trat.

Als Autor entschuldige ich mich für gewisse Ungeschliffenheiten meines Stils, doch hoffe ich, daß mein Wunsch, beim Leser Vergnügen zu erwecken, ihn meine Schwächen verzeihen läßt.

Der Autor

Kapitel 1

Mein lieber Walter,
wie sehr ich Dich liebe! Doch das wirst Du wohl nie erfahren, bis ich dahingegangen bin; wenn Du wüßtest, während Du mich in meinem Rollstuhl umherfährst, wie sehr Deine zärtlichen Aufmerksamkeiten das Herz einer armen Schwindsüchtigen, die am Rande des Grabes steht, gewonnen haben. Wie sehr ich mich danach sehne, die Süße der Liebe von Deinen Lippen zu kosten, Deinen prächtigen Priapus* zu streicheln und zu liebkosen und seine bebenden Bewegungen in mir zu spüren, sind mir doch solche Freuden nicht mehr vergönnt, denn die geringste Aufregung würde meinen Tod bedeuten, und ich kann nur seufzen, wenn ich Dein hübsches, liebevolles Gesicht ansehe und die edlen Ausmaße meines Lieblings bewundere, den Du wie einen großen Schlüsselbund ständig in Deiner Hosentasche mit Dir herumträgst. Du scheinst wirklich den Schlüssel aller Schlüssel – den Meisterschlüssel – zu besitzen, dessen brennende Stöße jedes jungfräuliche Zimmer aufschließen.

Das Aufsetzen dieser kurzen Beschreibung einiger meiner Abenteuer ist eine merkwürdige Grille von mir; aber eine der wenigen Freuden, die mir noch verblieben sind, besteht darin, in Träumen von der Vergangenheit zu schwelgen und so die bebenden Gefühle der sinnlichen Erfüllung noch einmal zu durchleben, die mir jetzt verwehrt sind. Ich hoffe, daß diese Erinnerungen an meine Eskapaden und Torheiten Dir ein wenig Vergnügen bereiten, so daß Du mich auch in den kommenden Jahren noch in liebevoller Erinnerung behalten wirst. Um eins möchte ich Dich noch bitten, mein lieber Walter: Wenn Du später einmal in den Armen einer anderen Ge-

* *Priapus:* im Altertum der Gott der männlichen Zeugungskraft, des Garten- und Weinbaus.

liebten liegst, so stelle Dir vor, es sei Beatrice Pokingham, an der Du Deine Erfüllung findest. Dieses Vergnügen habe ich selbst oft im Beischlaf genossen, wenn ich meine Wonnen zu vergrößern suchte, indem ich meiner Phantasie freien Lauf ließ und mir vorstellte, in eines anderen Armen zu liegen, den ich ganz besonders begehrte, aber nicht bekommen konnte.

Mein Einkommen verfällt bei meinem Tode, deshalb habe ich keinen Anlaß, ein Testament zu machen, aber Du wirst Geldscheine im Wert von einigen hundert Pfund bei diesen Skizzen meiner Abenteuer finden; das ist alles, was ich habe zurücklegen können. Ebenso wirst Du eine hübsche Locke dunkelbraunen Haares vorfinden, die ich von der üppigen *Chevelure* meines *Mons veneris* abgeschnitten habe; andere Freunde oder Verwandte mögen die vielbewunderten Locken meines Haupthaares erhalten – Dein Erinnerungsstück aber stammt von dem heiligen Sitz der Liebe.

An meinen Vater, den Marquis von Pokingham, kann ich mich kaum erinnern, doch bezweifle ich sehr, daß ich mich wirklich zu Recht rühmen kann, ihn als meinen Vater betrachten zu dürfen, denn er war ein verbrauchter alter Mann, und ich weiß aus seiner Privatkorrespondenz, daß er mehr als nur den Verdacht hegte, er verdanke das hübsche kleine Mädchen, das meine Mutter ihm geschenkt hatte, seinem gutaussehenden Lakaien. In einem seiner Briefe heißt es nämlich, er hätte ihr alles verzeihen können, wäre die Frucht ihres Verkehrs mit James ein Sohn und Erbe gewesen, damit der von ihm gehaßte Neffe nicht in den Besitz der Ländereien und des Titels käme, und er wünschte, daß sie ihn ihr Petersilienbeet für eine neue Ernte bestellen ließe, die dann vielleicht eher seinen Wünschen entsprochen hätte. Der arme alte Bursche starb bald, nachdem er diesen Brief geschrieben hatte, und meine Mutter, die mir diese schreckliche Schwindsucht vererbte, ließ mich ebenfalls frühzeitig als Waise zurück und hinterließ mir ihr Wittum von 20 000 Pfund sowie einen Titel, dessen Ansprüchen diese Summe bei weitem nicht gerecht wurde.

Meine Vormünder waren sehr sparsam und vorsichtig, als sie mich im Alter von acht Jahren auf ein Internat schickten und lediglich 150 Pfund im Jahr für die Schule sowie die alltäglichen Notwendigkeiten berappten, bis sie es für an der Zeit hielten, mich in die Gesellschaft einzuführen, so daß ich schließlich aus den angehäuften Zinsen meines Kapitals doch noch beträchtlichen Nutzen zog.

Die ersten vier Jahre meiner Schulzeit verstrichen recht ereignislos, und während dieser ganzen Zeit geriet ich nur einmal ernsthaft in die Patsche. Davon will ich erzählen, denn ich kam dadurch zum erstenmal in den Genuß einer guten Birkenrute.

Miss Birch war eine ziemlich tolerante Schullehrerin, die nur bei äußerst ernsthaften Verfehlungen Zuflucht zu körperlicher Züchtigung nahm, denn sie glaubte, diese Verfehlungen könnten einen verheerenden Einfluß auf die zukünftige Charakterentwicklung ihrer Zöglinge nehmen, würden sie nicht umgehend mit Stumpf und Stiel ausgerottet. Irgendwann fand ich in der Schule plötzlich Geschmack daran, auf meiner Schiefertafel Karikaturen zu zeichnen. Eine unserer Erzieherinnen, Miss Pennington, war ein ziemlich griesgrämiges und strenges altes Mädchen von fünfunddreißig Jahren, das ganz besonders meine Fähigkeiten als Karikaturistin anstachelte, und diese Skizzen wurden verstohlen von einer zur anderen weitergereicht und verursachten oftmals ein beträchtliches Gekicher und Unaufmerksamkeit im Unterricht; ich war derart betört und verblendet von dem, was ich als meine doch immerhin recht treffenden Zeichnungen ansah, daß nicht einmal die verschiedensten Tadel und Strafarbeiten es fertigbrachten, meinen boshaften Unterrichtsstörungen Einhalt zu gebieten, bis Miss Birch eines Nachmittags hinter ihrem Pult eingeschlafen und die alte Penn gerade mit einer anderen Klasse beschäftigt war und es mir plötzlich in den Sinn kam, ein paar äußerst unanständige Zeichnungen von dem alten Mädchen zu verfertigen, und zwar einmal, wie sie auf dem Nachttopf saß, und zum anderen, wie sie sich nach ländlicher Sitte in einem Feld niederhockte und die Röcke hob, um sich zu erleichtern. Das erste Mädchen, dem ich diese Skizzen zeigte, wollte sich schier ausschütten vor Lachen, und zwei andere waren so neugierig, den Grund ihrer Heiterkeit zu erfahren, daß sie sich über ihre Schultern beugten, um auf meine Schiefertafel sehen zu können, als sich die alte Penn, bevor ich auch nur die Möglichkeit hatte, die Zeichnungen auszuwischen, wie ein Adler daraufstürzte und die Tafel triumphierend zu Miss Birch trug, sie aufweckte und dann darüber verärgert war, daß unsere Lehrerin beim ersten Hinsehen auf die unanständigen Kritzeleien ebenfalls ein amüsiertes Lächeln nicht unterdrücken konnte.

»Das junge Fräulein wird dafür büßen müssen, Miss Pennington«, sagte Miss Birch, die plötzlich sehr ernst wurde. »Sie hat uns schon die ganze Zeit mit diesen frechen Zeichnungen geärgert, aber das hier ist ganz eindeutig obszön; fängt sie mit so etwas erst einmal an, dann hört sie auch nicht so schnell wieder damit auf. Susan soll meine Birkenrute bringen! Ich muß sie bestrafen, solange ich noch wütend bin, denn ich bin viel zu nachgiebig, und sie könnte mir sonst noch ungestraft davonkommen!«

Ich warf mich auf die Knie und flehte um Gnade und versprach: »Niemals, niemals werde ich dergleichen wieder tun.«

Miss Birch: »Du hättest vorher an die möglichen Konsequenzen denken sollen, ehe du solche schmutzigen Bilder zeichnetest. Allein schon der Gedanke, daß eine meiner jungen Damen zu solchen Machwerken fähig ist, ist mir schrecklich. Derart lüsterne Gedanken dürfen sich auch nicht einen Moment lang in deinem Kopf niederlassen, darum will ich sie dir umgehend austreiben.«

Mit einem finsteren Blick der Genugtuung packte mich Miss Pennington am Handgelenk, gerade als Susan, ein stattliches, stämmiges blondes Dienstmädchen, mit einem erschreckend großen Bündel Birkenzweige hereinkam, das mit einem roten Samtband zusammengebunden war.

»Nun, Lady Beatrice Pokingham, kniet nieder, bekennt Eure Schuld und küßt die Rute«, sagte Miss Birch, als sie das Bündel aus Susans Händen entgegennahm und es gegen mich ausstreckte wie eine Königin einer Bittstellerin das Zepter.

Bemüht, mich in das Unvermeidliche zu fügen und mir die Strafe so leicht wie nur möglich zu machen, kniete ich nieder und bat sie unter Tränen aufrichtiger Reue, so großmütig zu sein, wie ihr Gerechtigkeitssinn es ihr nur erlaubte, denn ich wisse nur allzugut, daß ich verdiente, was nun auf mich zukam, würde mich aber in Zukunft bemühen, Miss Pennington nicht wieder durch derartige Karikaturen in Verlegenheit zu bringen; sodann küßte ich die Rute und fügte mich in mein Schicksal.

Als man mich zu den großen Mädchen rechnete, bekam ich eine Zimmergenossin, die ich Alice Marchmont nennen will, ein wunderschönes blondes Mädchen mit voller Figur, großen sinnlichen Augen und Fleisch, so fest und glatt wie Elfenbein. Sie schien eine große Zuneigung zu mir zu fassen, und bereits in der zweiten Nacht, die ich mit ihr zusammen verbrachte – wir hatten ein kleines Zimmer für uns allein –, küßte und umarmte sie mich so liebevoll, daß ich zuerst ein wenig verwirrt war, als sie sich solche Freiheiten bei mir herausnahm, und mein Herz in helle Aufregung geriet und ich, obwohl das Licht aus war, fühlte, wie sich mein Gesicht mit flammender Röte überzog, als ihre heißen Küsse auf meinen Lippen und ihre suchenden, tastenden Hände an den allergeheimsten Stellen meines Körpers mich erbeben ließen.

»Wie du zitterst, liebe Beatrice!« sagte sie. »Wovor hast du Angst? Du darfst mich auch überall streicheln, es ist so schön.

Steck deine Zunge in meinen Mund, das ist ein großer Anreiz für die Liebe, und ich will dich so sehr, mein Liebes! Wo ist deine Hand? Hier, leg sie dahin; fühlst du nicht, wie das Haar auf meiner Pussi zu sprießen beginnt? Deines wird auch bald kommen. Reib meine Spalte mit dem Finger – genau da!« So führte sie mich auf die liebevollste Art und Weise in die Kunst des Fingerspiels ein.

Wie Du Dir vorstellen kannst, war ich trotz meiner Jugend eine sehr gelehrige Schülerin. Ihre Berührungen brachten mein Blut in Wallung, und die Art, wie sie an meiner Zunge saugte, schien mir köstlich. »Ah! Oh! Reib fester, fester – schneller«, stöhnte sie, als sich ihre Glieder in einem krampfartigen Zittern versteiften. Ich fühlte, wie mein Finger von etwas Warmem, Cremigem ganz naß wurde. Einen kurzen Augenblick lang bedeckte sie mich mit Küssen und lag dann ganz still da.

»Was bedeutet das, Alice? Wie seltsam du bist, und du hast meinen Finger ganz naß gemacht, du ungezogenes Mädchen«, flüsterte ich. »Kitzle mich weiter mit deinem Finger, es fängt gerade an, mir Spaß zu machen.«

»Das wird es auch bald, Liebes, und du wirst mich dafür lieben, daß ich dir ein so schönes Spiel beigebracht habe«, entgegnete sie und fing von neuem mit ihrer reibenden Betätigung an, die mir so viel Wonne bereitete, daß ich kaum noch wußte, was ich tat, und mich ein süßes, lüsternes Verlangen überkam. Ich bat sie, ihre Finger ganz hineinzustecken. »Oh, oh! Wie schön! Weiter! Fester!« Ich wurde vor Wonne beinahe ohnmächtig, als sie mich schließlich zu meinem ersten jungfräulichen Höhepunkt brachte.

In der nächsten Nacht setzten wir unsere lasziven Vergnügungen fort. Sie präsentierte mir ein Ding, das wie eine Wurst aussah, aus weichem Ziegenleder gefertigt und so hart wie nur möglich ausgestopft. Das sollte ich nun in sie hineinstecken und auf und ab stoßen, während sie mich wie vorher

rieb, wobei ich auf ihr lag und ihr meine Zunge in den Mund steckte. Es war einfach köstlich. Ich kann ihren Taumel nicht beschreiben, meine Bewegungen mit dem Ding schienen sie in Ekstase zu versetzen, sie schrie beinahe, als sie mich an sich drückte und ausrief: »Ah! Oh! Du lieber Junge, das Vergnügen, das du mir bereitest, bringt mich fast um!«, wobei sie sich in überreichlicher Fülle über meine geschäftige Hand ergoß.

Sobald wir ein wenig unsere Gelassenheit wiedergefunden hatten, fragte ich sie, was sie denn damit gemeint hätte, mich ihren »lieben Jungen« zu nennen.

»Ach, Beatrice«, entgegnete sie. »Ich bin jetzt so schläfrig, aber morgen nacht will ich dir meine Geschichte erzählen und dir erklären, weshalb meine Pussi das Ding aufnehmen kann, deine dagegen im Moment noch nicht. Es wird dich ein wenig mehr über die Philosophie des Lebens aufklären, meine Liebe; gib mir einen Kuß, und laß uns für heute erst einmal schlafen.«

Alice Marchmonts Geschichte

Du kannst Dir vorstellen, wie ich auf den nächsten Abend wartete. Kaum waren wir in unserem kleinen Allerheiligsten, da rief ich aus: »Komm schnell ins Bett, Alice, ich kann es kaum erwarten, deine Geschichte zu hören.«

»Du wirst gleich meine Geschichte und meine Finger dazu bekommen, wenn ich mich nur zuerst in aller Ruhe ausziehen kann. Ich mag nicht einfach so ins Bett springen; erst muß ich meine kleinen intimen Locken inspizieren. Was hältst du von ihnen, Beatrice? Herunter mit deinem Hemdchen, ich will unsere Pussis vergleichen«, sagte sie, warf alles ab und betrachtete ihre wunderschöne nackte Figur in dem großen Drehspiegel. Bald war ich neben ihr, gleichermaßen von oben bis unten entblößt. »Was für einen köstlich hervorstehenden kleinen Schlitz du hast, Beatrice«, rief sie aus und tätschelte meinen *Mons Veneris.* »Wir bilden einen hübschen Gegensatz: Mein Haar ist hellblond und deines brünett. Schau, mein kleines krauses Petersilienbeet ist schon einen halben Zoll lang.« Sie fuhr mit ihren neckischen Spielchen fort, bis meine Geduld erschöpft war, ich in mein *Chemise de nuit* schlüpfte, ins Bett sprang und ihr sagte, ich hielte die Sache mit der Geschichte für einen ausgemachten Schwindel und würde ihr so lange nicht mehr erlauben, mich zu lieben, bis sie meine Neugier gestillt habe.

»Du zweifelst an meinen Worten?« rief sie, folgte mir ins Bett, packte mich überraschend, entblößte mein Hinterteil und versetzte mir ein paar kleine Schläge, bevor sie lachend fortfuhr: »Da hast du's, und das soll dir eine Lehre sein, in Zukunft nicht mehr das Wort einer jungen Dame anzuzweifeln. Jetzt sollst du meine Geschichte hören, obwohl es dir recht geschähe, wenn du damit bis morgen warten müßtest.«

Nach einer kurzen Pause, während der wir es uns im Bett hübsch gemütlich machten, begann sie zu erzählen:

Es war einmal ein kleines Mädchen, das Alice hieß. Ihre Eltern waren reich und lebten in einem wunderschönen Haus, das von lieblichen Gärten und einem hübschen Park umgeben war. Sie hatte einen zwei Jahre älteren Bruder, aber ihre Mama war so besessen von ihr, der einzigen Tochter, daß sie ihrem kleinen Mädchen niemals erlaubte, sich von ihr zu entfernen, es sei denn, William, der Butler, begleitete sie auf ihren Stromereien durch den Park und die Umgebung.

William war ein flotter, gutaussehender Mann von etwa dreißig Jahren und von Kindesbeinen an bei der Familie. Alice, die William sehr gern hatte, saß oft auf seinen Knien, wenn er unter einem Baum rastete oder auf einem Gartenstuhl Platz nahm und ihr aus ihren Märchenbüchern vorlas. Ihre Vertrautheit miteinander war so groß, daß sie ihn »lieber alter Willi« nannte, wenn sie allein waren, und ihn ganz als ihresgleichen behandelte. Alice war ein sehr wißbegieriges Mädchen und brachte Mr. William oft mit ihren neugierigen Fragen nach den Vorgängen in der Natur zum Erröten: wie die Tiere denn Junge bekämen, warum sich der Hahn so wild den armen Hennen gegenüber aufführte, ihnen auf den Rücken springe und auf ihren Köpfen herumhacke, etc. »Meine Liebe«, pflegte er dann zu antworten, »ich bin weder eine Henne noch eine Kuh, woher soll ich das also wissen? Stell keine so dummen Fragen!« Aber Miss Alice ließ sich nicht so schnell abwimmeln, sie pflegte darauf zu sagen: »Ach Willi, du weißt es, willst es mir nur nicht erzählen, doch ich bestehe darauf, es zu erfahren«, und so fort. Doch ihre Versuche, an dieses Wissen zu gelangen, blieben ziemlich fruchtlos.

Das ging so einige Zeit weiter, bis eines Tages ein Umstand, von dem sie niemals zuvor Notiz genommen hatte, ihre Neugier weckte. Es war nämlich so, daß sich Mr. William unter dem Vorwand, seinen Pflichten nachzugehen, gewöhnlich morgens vor dem Frühstück für etwas über eine Stunde in seine Kammer zurückzog, und wenn Alice zufällig an diese Tür klopfte, war diese von innen versperrt und ihr der Einlaß verwehrt. Das Schlüsseloch war so verstopft, daß es unmöglich war hindurchzusehen, doch schien es dem Mädchen möglich, vielleicht doch einen Blick auf diesen Ort der Geheimnisse werfen zu können, wenn es ihr nur gelänge, in den Durchgang zu kommen, der hinter Mr. Williams Kammer verlief; wie sie wußte, führte von der Kammer eine Tür mit Glasfenstern auf den Gang, der nicht mehr benutzt wurde und an beiden Enden verschlossen war. In diesen Durchgang fiel jedoch Licht durch ein kleines Fenster, etwa vier Fuß über dem Boden, das innen nur mit einem Haken befestigt war und das Alice, wie sie bald herausfand, öffnen konnte, indem sie auf einen Stuhl stieg und eine der rautenförmigen Glasscheiben zerbrach. Das tat sie und wartete nur noch auf den nächsten Morgen, an dem sie endlich herausfinden wollte, womit sich Willi immer so eifrig beschäftigte. Entdeckung brauchte sie nicht zu fürchten, denn das Fenster war vor fremden Blicken durch ein dichtes Gebüsch geschützt, und niemand sonst kam jemals dorthin.

Am nächsten Morgen erklärte sie ihrem Kindermädchen, daß sie noch vor dem Frühstück die frische Luft im Garten genießen wolle, eilte dann zu ihrem Beobachtungsposten, kletterte ungeachtet des Staubes und Schmutzes durch das Fenster, streifte ihre Schuhe ab und kroch leise bis zur Tür mit den Glasfenstern, wo sie allerdings zu ihrem größten Bedauern feststellen mußte, daß sie nicht hindurchsehen konnte, weil die Scheiben vor Schmutz blind geworden waren. Glücklicherweise fand sie jedoch ein schönes großes Schlüsselloch und zwei oder drei Risse im Holz vor, so daß sie nahezu jeden Teil des Zimmers überblicken konnte, das aus einem Oberlicht erhellt wurde. Mr. William war noch nicht da, erschien aber bald darauf und brachte einen großen Korb mit Besteck mit, das am Tag zuvor benutzt worden war. Einige Minuten lang war er intensiv damit beschäftigt, in sein Haushaltsbuch zu schauen und Löffel, Gabeln etc. zu zählen, war damit aber bald fertig und begann, sich ein kleines Buch anzusehen, das er aus einer Schublade nahm. In diesem Augenblick betrat Lucy, eines der hübschesten Hausmädchen, eine dunkle Schöne von etwa achtzehn Jahren, ohne anzuklopfen, das Zimmer und sagte: »Hier ist noch eins der Bestecke aus der Anrichte. Wo sind denn Ihre Augen, Mr. William, wenn Sie nicht alles einsammeln, was dazugehört?«

Williams Augen glänzten vor Entzücken, als er sie um die Taille faßte, ihr einen langen Kuß auf die Wange gab und dabei sagte: »Nun, ich hab' das für dich dagelassen, meine Liebe, denn ich wußte, du würdest mir das Besteck vorbeibringen.« Dann wies er auf das Buch. »Was hältst du von dieser Stellung, meine Liebe? Würde dir das gefallen?« Zwar amüsiert, errötete das Mädchen dennoch bis zu den Haarwurzeln, als sie das

Bild betrachtete. Das Buch fiel auf den Boden, und William zog sie auf seine Knie und versuchte, seine Hand unter ihre Kleider zu schieben. »Ah, nein, nein!« rief sie leise. »Sie wissen doch, heute kann ich nicht, aber vielleicht morgen. Heute müssen Sie brav sein, Sir. Richten Sie Ihren unverschämten Kopf doch nicht so auf. Hier, hier, hier ist ein kleiner Druck für Sie; jetzt muß ich gehen«, sagte sie dann und legte ihre Hand in seinen Schoß, wo man nicht sehen konnte, was sie da eigentlich suchte. Nach ein oder zwei Sekunden sprang sie auf und flüchtete trotz seiner Versuche, sie aufzuhalten, aus dem Zimmer. William, ganz offensichtlich sehr erregt, legte sich auf ein Sofa und murmelte: »Diese kleine Hexe, was für eine Teufelin sie doch ist; ich kann mir nicht helfen, doch morgen wird sie schon wieder in Ordnung sein.« Alice, die alles ganz aufmerksam verfolgt hatte, war schockiert und überrascht, als sie sah, daß seine Hose vollständig aufgeknöpft war und ein großes, fleischig aussehendes Ding mit einem rubinroten Kopf herausragte, das hart und steif zu sein schien. Mr. William ergriff es mit einer Hand, offensichtlich zu dem Zweck, es wieder in die Hose zurückzustopfen, aber dann schien er zu zögern, und indem er seine rechte Hand um den Schaft schloß, rieb er ihn auf und ab. »Ach! Welch ein Narr bin ich doch, mich von ihr derart erregen zu lassen. Oh, oh! Ich kann nicht anders; ich muß es tun.« Er schien zu seufzen, als die Bewegung seiner Hand immer schneller wurde. Sein Gesicht rötete sich, die Augen schienen ihm aus den Höhlen zu springen, und nach einigen Augenblicken spritzte etwas aus seinem Gerät, die Tropfen fielen ihm auf die Hände und Beine, ja einige sogar über eine Entfernung von ein, zwei Yard auf den Fußboden. Damit schien seine Ekstase beendet. Er sank für einige Minuten ganz still auf das Sofa zurück, erhob sich dann, wischte seine Hände an einem Tuch ab, entfernte jede Spur der Schweinigelei und verließ das Zimmer.

Von dem, was sie gesehen hatte, war Alice sehr heiß gewor-

den, aber instinktiv fühlte sie, daß sie das Rätsel erst zur Hälfte gelöst hatte, und sie versprach sich, am nächsten Morgen wieder dazusein und zu sehen, was William und Lucy so miteinander treiben würden.

Wie gewöhnlich ging Mr. William mit ihr spazieren und las ihr vor, während sie auf seinen Knien saß, und Alice fragte sich, was wohl aus dem großen steifen Ding geworden sein mochte, das sie am Morgen gesehen hatte. Mit scheinbar größter Unschuld berührte sie ihn wie zufällig da, wo sie das Monstrum zu finden hoffte, doch das einzige, was sie ertasten konnte, war irgendein schlaffes Bündel in seiner Tasche.

Als der nächste Morgen anbrach, war Alice bereits auf ihrem Platz hinter der ungenutzten Tür mit den Glasscheiben, und bald sah sie, wie Mr. William sein Besteck hereinbrachte, es aber sofort zur Seite legte und ganz ungeduldig auf Lucys Ankunft zu warten schien. »Ah!« murmelte er, »allein schon beim Gedanken an dieses flotte Liebchen ist er schon so steif wie ein Nudelholz.« Aber dieser Gedanke wurde gleich darauf durch Lucys Ankunft unterbrochen, die sorgfältig die Tür von innen verriegelte. Als sie dann in seine Arme flog, rief sie mit leiser Stimme: »Ach! Wie sehr habe ich mich während der letzten drei, vier Tage nach ihm gesehnt! Welch eine Schande, daß wir Frauen einmal im Monat an unserem Vergnügen gehindert werden. Wie geht es ihm denn heute morgen?« fragte sie dann, als ihre Hände bereits Mr. Williams Hose aufknöpften und seinen dienstbereiten Knüppel ergriffen.

»Wie eilig du es hast, Lucy«, stöhnte ihr Liebhaber auf, als sie ihn mit ihren Küssen beinahe erstickte. »Verdirb nicht alles mit deiner Ungeduld, zuerst muß ich meinen Kuß haben.«

Mit sanfter Gewalt drückte er sie rücklings auf das Sofa und schob ihre Kleider hoch, bis Alice ein Paar draller, köstlicher Beine erblicken konnte; aber was ihre Augen am meisten fesselte, waren die vollen, hervorstehenden, zinnoberroten Lippen von Lucys Pussi, die sich auf sehr einladende Weise öffneten, als sie ihre Beine weit spreizte; ihr *Mons Veneris* war mit einem Büschel wunderschön gekräuselten schwarzen Haars bedeckt.

Wie der Blitz war der Butler auf den Knien und heftete seine Lippen an ihre Spalte, saugte daran und küßte sie wie wild – zum grenzenlosen Vergnügen des Mädchens, das aufstöhnte und sich vor Wonne hin und her warf. Endlich konnte sich auch Mr. William nicht mehr zurückhalten, er kniete sich zwischen Lucys Beine, brachte seinen Schaft in Stellung und rammte ihn zu Alices Erstaunen geradewegs in die klaffende Spalte, bis er völlig in ihrem Unterleib verschwunden war. Einige Augenblicke lang lagen sie still da und genossen die Vereinigung ihrer Körper, bis Lucy ihr Becken nach oben wölbte, was der Butler mit einem Stoß beantwortete; dann begann ein aufregender Kampf, und Alice konnte sehen, wie sein starker männlicher Schaft in ihre Grotte hineinstieß und dann wieder herauskam, glänzend von Flüssigkeit, während ihre Schamlippen sich jedesmal daran festzusaugen schienen, wenn er sich zurückzog, als hätten sie Angst, den köstlichen Zuckerstab zu verlieren. Aber das dauerte nicht lange, ihre Bewegungen wurden wilder und wilder, bis sie schließlich in einer krampfartigen Umarmung zusammenkamen, wobei sie fast die Besinnung verloren und Alice eine Fülle cremiger Flüssigkeit sehen konnte, die aus Lucys Spalte sickerte, als beide nach ihrem Liebesduell erschöpft vor Wonne dalagen.

Mr. William war der erste, der das Schweigen brach: »Lucy, Liebes, schaust du morgen wieder vorbei? Du weißt doch, daß Mary, diese alte Spionin, in ein oder zwei Tagen aus ihrem Urlaub zurückkehrt, und dann haben wir nicht mehr so oft Gelegenheit.«

LUCY: »O du Schurke, ich will jetzt gleich noch ein bißchen mehr haben, egal, ob uns jemand erwischt – ich muß es einfach haben.« Und sie umfing ihn mit ihren Armen und preßte ihre Lippen auf die seinen, als sie ihre wunderschönen

Beine um seine Hinterbacken schlang und durch ein schnelles Einporheben ihres Beckens eine erneute Runde einleitete; obwohl er ein kräftiger Mann war, schien ihr die Last seines Körpers in ihrer liebestollen Erregung nicht das geringste auszumachen.

Die Ausflüchte des Butlers und seine Bekundungen der Furcht für den Fall, daß man ihn vermißte, hatten überhaupt keine Wirkung; sie trieb ihn einfach weiter, und bald war er wieder ebenso wild erregt wie sie. Unter einem Schwall von Seufzern, Bekundungen des Vergnügens, der Zuneigung etc. schmolzen sie bald wieder dahin in einen Zustand kurzer, aber lustvoller Selbstvergessenheit. Doch Mr. William war zu nervös und ängstlich, um lange so liegenzubleiben; er zog sein Gerät aus ihrer schäumenden Pussi – es war ganz schleimig und glänzte von ihrer beider Liebessäften –, doch welch ein Unterschied zu seiner vorherigen Größe! Was Alice jetzt erblickte, war um einiges geschrumpft und ließ den einstmals so stolzen Kopf schlapp herunterhängen.

Lucy sprang auf und ließ ihre Kleider herunter, doch dann kniete sie vor ihrem Liebhaber nieder, ergriff von seinem schlaffen Ding Besitz und saugte ganz hingerissen daran – zum allergrößten Vergnügen von Mr. William, dessen Gesicht vor Lust rot anlief; und als Lucy von ihrem saugenden Kuß abließ, sah Alice, daß sein Gerät wieder steif wie ehedem war und bereit für eine Wiederholung ihrer gemeinsamen Freuden.

LUCY, leise lachend: »Hier, mein Junge. Ich werde dich damit allein lassen; denk an mich bis morgen; ich konnte nicht anders, als den Liebling nach der großen Wonne, die er mir bereitet hat, noch einmal schön zu lutschen – es war einfach himmlisch.«

Mit einem letzten Kuß auf die Lippen trennten sie sich, und Mr. William verschloß wieder seine Tür, während Alice ihren Rückzug antrat, um sich für das Frühstück fertigzumachen.

Es war ein schöner warmer Maimorgen, als sich Alice zusammen mit William als ihrem Beschützer bald nach dem Frühstück auf einen Streifzug durch den Park machte. Ihr Blut befand sich in Wallung, und sie sehnte sich nach den Freuden, von denen sie annahm, daß Lucy sie im Übermaß genossen hatte; sie schlenderten hinunter zum See, und sie bat William, mit ihr zu rudern; er schloß das Bootshaus auf und half ihr in einen hübschen, breiten, bequemen Kahn, der mit Polstern und Kissen reichlich ausgestattet war.

»Wie schön es hier im Schatten ist«, sagte Alice, »komm her ins Boot, Willi, wir wollen ein wenig darin sitzen, und du liest mir ein bißchen vor, ehe wir hinausrudern.«

»Wie Sie wünschen, Miss Alice«, entgegnete er mit ungewohnter Ehrerbietung, stieg in das Boot und ließ sich in dessen Achterteil nieder.

»Ah, mein Kopf schmerzt ein wenig, laß ihn mich auf deinen Schoß legen«, sagte Alice, warf ihren Hut ab und streckte sich auf einem Kissen aus. »Warum bist du heute morgen so förmlich, Willi? Du weißt, ich mag es nicht, wenn man Miss zu mir sagt, das kannst du dir für Lucy aufsparen.« Als sie seine Verwirrung bemerkte, fuhr sie fort: »Ja, erröten Sie nur, Sir, Sie würden vor Scham im Boden versinken, wenn Sie wüßten, daß ich alles mit angesehen habe, was Sie und Lucy miteinander getrieben haben.«

Alice legte ihren Kopf zurück, sah zu ihm auf und delektierte sich an der mächtigen Verwirrung, in die sie ihn versetzt hatte; sodann legte sie, wie um sich aufzustützen, absichtlich ihre Hand auf den Klumpen, den er in seiner Hosentasche zu haben schien, und fuhr fort: »Meinst du, Willi, ich werde jemals so schöne Beine wie Lucy haben? Meinen Sie nicht, Sir, ich sollte bald lange Kleider tragen! Ich schäme mich ja schon fast, mit nackten Waden herumzulaufen.« Der Butler hatte Schwierigkeiten, seine Haltung wiederzufinden, und die Erinnerung an seine sinnliche Episode mit Lucy vor dem Frühstück stand ihm noch so lebendig und frisch vor Augen, daß Alices Anspielungen sowie die sanfte Kleinmädchenhand, die auf seinen privatesten Körperteilen ruhte (wenn er sie auch für so unschuldig wie ein kleines Lämmchen hielt), die Begierde in seinem heißen Blut wieder erweckten, was er freilich so lange wie möglich zu unterdrücken versuchte, doch langsam begann sein aufmüpfiges Glied anzuschwellen, bis er sicher war, sie müßte jetzt spüren, wie es unter ihrer Hand zu klopfen begann. Nur unter größter Mühe gelang es ihm, sich etwas zu verlagern, um ihre Hand ein wenig tiefer auf seinen Schenkel rutschen zu lassen, während er so würdevoll wie nur irgend möglich (in dem Bewußtsein, sie könne überhaupt nicht wissen) antwortete: »Du machst dich heute morgen über mich lustig. Soll ich dir denn nicht vorlesen, Alice?«

Alice, ungewöhnlich erregt, mit gerötetem Gesicht: »Du unartiger Mann, du wirst mir jetzt sagen, was ich wissen will: Woher kommen die Babys? Was ist das Petersilienbeet, von dem die Krankenschwestern und Ärzte sagen, daß sie daraus kommen? Ist das nicht das Häufchen Locken, das die Frauen am Unterleib tragen? Ich weiß, daß Lucy so etwas hat, und ich habe Sie es küssen sehen, Sir!«

William war einer Ohnmacht nahe; Schweiß stand in großen Tropfen auf seiner Stirn, doch seine Lippen waren wie gelähmt, und Alice fuhr in sanftem Flüsterton fort: »Ich habe alles heute morgen gesehen, Willi, mein Lieber, auch die Wonne, die dein großes, rotköpfiges Ding ihr zu geben schien. Du mußt mich in das Geheimnis einweihen, ich werde es auch niemandem verraten. Hier ist das Monster, das du so furios in sie hineingeschoben hast. Ich muß es mir ansehen und es fühlen; wie hart es unter meiner Berührung geworden ist! Ha, wie lustig! Ich kann es herausholen, genau wie Lucy!« Und schon machte sie seine Hose auf und ließ die sprungbereite Liebesmaschine heraus. Sie küßte ihren roten, samtigen Kopf und sagte: »Wie schön und weich sich das anfühlt. Oh!

Ich muß es ein wenig streicheln.« Ihre Berührungen setzten seine Sinne in Flammen; sprachlos vor Verzückung und Überraschung, überließ er sich schweigend den Launen des mutwilligen Mädchens, doch war all dies so gänzlich neu und aufregend für ihn, daß er sich nicht zurückhalten konnte und sich der Saft aus seinem Penis über ihre Hände und ihr Gesicht ergoß.

»Ah!« rief sie aus. »Genau so habe ich es gestern früh gesehen. Macht es das auch in Lucy drinnen?«

Da riß sich William ein wenig zusammen, und indem er ihr Gesicht und Hände mit seinem Taschentuch abwischte, steckte er das obszöne Spielzeug weg und sagte: »Oh! Mein Gott! Ich bin verloren! Was hast du getan, Alice? Es ist schrecklich! Rede nie mehr davon! Ich darf mit dir nicht mehr ausgehen.«

Alice brach in Tränen aus.

»Oh! Willi! Wie unfreundlich du bist! Meinst du etwa, ich würde es weitererzählen? Aber ich möchte auch teilhaben an Lucys Wonnen. Oh! Küß mich, wie du sie geküßt hast, und wir werden heute nicht mehr davon sprechen.«

William liebte das Mädchen zu sehr, um ihr eine solch entzückende Bitte abzuschlagen, doch er beschränkte sich darauf, ihre jungfräuliche Pussi nur ganz kurz zu lecken, um sich nicht von seiner erotischen Leidenschaft hinwegreißen zu lassen.

»Wie angenehm sich deine Zunge dort anfühlt. Wie schön das gekitzelt und mich am ganzen Leib erhitzt hat; aber du hast dich so beeilt und aufgehört, als es gerade noch schöner zu werden begann, mein lieber Willi«, sagte Alice und küßte und umarmte ihn mit Inbrunst.

»Langsam, mein Darling; du darfst nicht so impulsiv sein; es ist ein sehr gefährliches Spiel für jemand, der so jung ist wie du. Du mußt dich in acht nehmen, wie du mich ansiehst oder mich behandelst, wenn andere dabei sind«, sagte Mr. William, erwiderte ihre Küsse und konnte der Verlockung einer so köstlichen *Liaison* kaum noch widerstehen.

»Ah!« sagte Alice mit für ein Mädchen ihres Alters außergewöhnlicher Empfindsamkeit. »Du hast Angst vor Lucy. Am besten ist es, wir ziehen sie ins Vertrauen. Ich werde mich meiner Kammerzofe entledigen, ich habe sie sowieso nie gemocht, und Mama bitten, Lucy an ihre Stelle zu setzen. Wäre das nicht wundervoll, mein Lieber? Dann werden wir bei all unseren Spielchen so sicher sein wie in Abrahams Schoß.«

Der Butler, der sich jetzt etwas gefangen hatte und wieder zu klarerem Denken fähig war, konnte nicht anders, als die Weisheit dieses Arrangements zu bewundern, also erklärte er sich mit Alices Plan einverstanden und ruderte das Boot hinaus auf den See, um ihr erhitztes Blut etwas abzukühlen und beider heftig klopfende Herzen zur Ruhe zu bringen.

Die nächsten zwei oder drei Tage waren regnerisch und daher kaum für Ausflüge ins Freie geeignet, und so nahm Alice die Gelegenheit wahr, ihre Mutter dazu zu überreden, ihre Kammerzofe auszutauschen und Lucy die Stelle zu geben.

Alices Zofe schlief in einer kleinen Kammer mit zwei Türen, von denen eine auf den Korridor führte, während die andere freien und direkten Zutritt zu den anschließenden Gemächern der kleinen Herrin gestattete.

Gleich am ersten Abend, den Lucy in ihrem neuen Zimmer verbrachte, hatte sie kaum eine halbe Stunde im Bett gelegen (wobei sie über diesen plötzlichen Wechsel nachdachte und sich fragte, wie sie wohl in Zukunft mit dem Butler zusammenkommen könnte), als Alice nach ihr rief. Sofort stand sie neben dem Bett der jungen Lady und fragte: »Was kann ich für Sie tun, Miss Alice, ist es Ihnen nicht warm genug? Diese feuchten Nächte sind ja so kühl.«

»Ja, Lucy«, sagte Alice, »das wird es wohl sein. Ich fühle mich kalt und kann nicht einschlafen. Würde es dir etwas ausmachen, zu mir ins Bett zu kommen? Du wirst mich wärmen.«

Lucy sprang hinein, und Alice kuschelte sich an ihren Busen, als ob sie dort Wärme suchen würde, doch in Wirklichkeit, um sich mit den Formen ihres wunderschönen Körpers vertraut zu machen.

»Küß mich, Lucy«, sagte sie; »ich weiß, ich werde dich viel lieber haben als Mary. Ich konnte sie nicht ausstehen.« Dieser Bitte wurde mit viel Hingabe entsprochen, und Alice fuhr fort, indem sie ihre Hand auf die Brust ihrer Bettgenossin drückte: »Was für große Titties du hast. Laß sie mich mal fühlen. Mach dein Nachthemd auf, damit ich mein Gesicht daranlegen kann.«

Die neue *Femme de chambre* hatte von Natur aus eine warme und liebevolle Veranlagung; sie gestattete ihrer jungen Herrin alle Freiheiten, und deren Hände begannen nun suchend über ihren ganzen Körper hinzuwandern, fühlten die warme, glatte Haut ihres Busens, ihres Bauches und ihres Hinterteils; Alices Berührungen schienen Lucys Blut zu erhitzen und sinnliche Gefühle in ihr wachzurufen; wieder und wieder küßte sie ihre kleine Herrin.

ALICE: »Was für ein feines Hinterteil! Wie fest und drall es ist, Lucy! Oh! Was ist denn das alles für Haar hier unten an deinem Bauch? Sag, meine Liebe, wann hast du das bekommen?«

LUCY: »Oh! Bitte nicht, Miss! Das gehört sich nicht! In zwei oder drei Jahren wird es bei Ihnen auch soweit sein; ich hab' es mit der Angst zu tun gekriegt, als es anfing zu wachsen, es kam mir so unnatürlich vor.«

ALICE: »Wir sind doch Mädchen, es schadet ja nichts, wenn wir uns gegenseitig berühren, oder? Fühl mal, wie anders es bei mir ist.«

LUCY: »Oh! Miss Alice!« – Sie preßte den nackten Bauch des jungen Mädchens gegen ihren eigenen. – »Sie wissen ja nicht, was für Gefühle Sie in mir erwecken, wenn Sie mich da berühren.«

ALICE (mit einem kleinen Lacher): »Fühlst du dich auch so gut, wenn Mr. William, der Butler, dich berührt, meine Liebe?«, wobei sie die haarige Spalte mit ihrem Finger kitzelte.

LUCY: »Schämen Sie sich, Miss! Ich hoffe, Sie denken nicht, daß ich ihn an mich ranlasse!« – dies offensichtlich in einiger Verwirrung.

ALICE: »Keine Angst, Lucy, ich sage niemandem etwas davon, aber ich habe alles durch die Glastür seiner Kammer mit angesehen. Ah, du siehst, ich kenne euer Geheimnis, und ihr müßt mich an euren Wonnen teilhaben lassen!«

LUCY: »Oh! Mein Gott! Miss Alice, was haben Sie gesehen? Ich werde das Haus auf der Stelle verlassen müssen.«

ALICE: »Komm, komm, du hast nichts zu fürchten. Du weißt, ich mag Mr. William sehr gern und würde ihm nie etwas zuleide tun. Aber du kannst ihn nicht ganz für dich allein haben. Ich habe dich zu meiner Zofe gemacht, damit du nicht auf eifersüchtige Gedanken kommst und das Geheimnis unter uns bleibt.«

Lucy war schrecklich aufgeregt. »Was! Hat der gemeine Kerl Sie verführt! Ich werde ihn umbringen, wenn das stimmt!« jammerte sie.

ALICE: »Pssst, Lucy, nicht so laut, jemand könnte dich hören; bisher hat er nichts getan, aber ich habe gesehen, in welchen Wonnen du geschwelgt hast, als er sein Ding in deine Spalte steckte, und bin entschlossen, an eurem Vergnügen teilzuhaben, sei also nicht eifersüchtig, dann können wir alle drei zusammen glücklich sein.«

LUCY: »Es würde dich umbringen, mein Liebes; dieses große Ding von ihm würde dich von unten bis oben aufreißen.«

ALICE: »Macht nichts« – sie küßte Lucy hingebungsvoll –, »wahre du nur das Geheimnis, und ich habe keine Angst, daß ich ernsthaft verletzt werden könnte.«

Lucy besiegelte den Pakt mit einem Kuß, und sie verbrachten eine liebevolle Nacht miteinander, küßten und streichelten einander in jeder möglichen Weise, und als sie schließlich, eine in den Armen der anderen, einschlummerten, war Alice von ihrer Bettgenossin in fast alle Mysterien und Details des Liebesgefechtes eingeführt worden.

Bald kehrte das schöne Wetter zurück, und Alice begab sich in Begleitung des Butlers auf einen ihrer üblichen Streifzüge. Am entgegengesetzten Ende des Parks drangen sie in ein Dickicht ein und setzten sich auf eine kleine grasbewachsene Lichtung, wo sie vor Beobachtung sicher waren.

William hatte einen Schirm mitgebracht und einen großen Überwurf, den er auf dem Rasen ausbreitete, damit Alice sich nicht erkältete.

»Ah, du guter alter Knabe!« sagte Alice, setzte sich, ergriff seine Hand und zog ihn zu sich herab. »Ich verstehe jetzt alles, und du sollst mich nun beglücken und eine Frau aus mir machen, wie du es bei Lucy getan hast; du mußt es einfach tun, Willi, mein Lieber, ich werde schon dafür sorgen, daß du nicht mehr zurück kannst.« Und indem sie seine Hose aufknöpfte und seinen bereits steifen Pego tätschelte, fuhr sie fort: »Was ist er doch für ein hübscher Bursche; wie ich mich danach sehne, seinen Saft in mein Inneres spritzen zu fühlen; ich weiß, es tut weh, aber umbringen wird es mich nicht, und dann – ah! – werde ich das himmlische Glück verspüren, das du auch Lucy vermittelst, wenn du bei ihr bist; wie willst du es anstellen? Willst du dich über mich legen?«

William, nicht mehr imstande, ihren Liebkosungen zu widerstehen, hieß sie, sich über ihn zu knien, während er auf dem Rücken lag, um so zunächst einmal ihre jungfräuliche Pussi mit seiner Zunge aufnahmebereit zu machen. Dieser Vorgang reizte und erregte das Mädchen, so daß sie sich leidenschaftlich gegen seinen Mund drückte, während sie, seinem Ständer zugewandt, diesen keinen Moment lang gehenließ; er ergoß sich in Ekstase, während sie ebenfalls ihren ersten mädchenhaften Höhepunkt erlebte.

»Jetzt ist der Moment gekommen, Alice, mein Liebes, mein

Gerät ist gut geölt, und auch deine Pussi ist soweit; wenn ich aber über dich komme, so könnte ich zu grob sein und dir weh tun; am besten ist´s, du versuchst dich auf mich draufzusetzen und richtest selbst meinen Pfeil auf deine Pussi, und dann drückst du nach unten, soweit es der Schmerz beim ersten Mal erlaubt; der Erfolg des Experiments wird somit ganz von deinem eigenen Mut abhängen«, sagte William.

ALICE: »Ah! Du wirst meine Entschlossenheit schon kennenlernen.« Sie befolgte seine Anweisungen, führte den Kopf seines Pego in ihren Schlitz ein und drückte sich darauf und hatte bald den ersten Zoll davon in ihrer Pussi untergebracht.

Hier schien nun der Schmerz, der beim Dehnen und Strecken entstand, zuviel für sie zu werden, doch sie ließ sich einmal kräftig auf ihn hinabplumpsen, und das brachte sie ihrem Ziel um weitere zwei Zoll näher, wenn sie dabei auch vor Schmerz fast die Besinnung verlor.

»Welch ein schneidiges Mädchen du bist, liebe Alice«, sagte William voller Entzücken. »Sobald du es ertragen kannst, erheb dich ein wenig und stoß dann mit aller Kraft nach unten. Du bist jetzt so gut draufgepflanzt, daß mich der nächste Stoß ganz in den Besitz deiner lieblichen Reize bringen wird.«

»Es ist mir egal, und wenn ich dabei draufgehen sollte«, flüsterte sie sanft. »Kümmere dich nicht darum, wie weh es mir tut, sondern hilf mir diesmal, so gut du kannst, Willi-Schatz«, und sie erhob sich wiederum von ihm, und er ergriff sie bei den Hüften, um dem tapferen Mädchen Beistand zu leisten.

Die Zähne fest zusammengebissen, die Augen geschlossen, ließ sie sich erneut mit verzweifelter Anstrengung auf seinen Liebesspeer fallen; die Jungfernhaut wurde durchstoßen, und Alice war so ziemlich bis zur Wurzel seines Instrumentes aufgespießt. Doch es war zuviel für sie, ohnmächtig sank sie vornüber, während das Blut tröpfelte und Zeugnis von der Liebe Kampf und letztendlichem Sieg ablegte.

Der Butler zog sich zurück, von ihrem jungfräulichen Blut

über und über verschmiert. Er war für alle Notfälle gerüstet und machte sich sofort daran, Alice mit Hilfe eines Stärkungsmittels ins Leben zurückzurufen, womit er auch sogleich Erfolg hatte: Mit einem Lächeln öffnete sie die Augen und sagte in sanftem Flüsterton:

»Ah! Dieser letzte Stoß war fürchterlich, aber nun ist es ja vorbei. Warum hast du ihn herausgezogen? Oh! Steck ihn sofort zurück, mein Lieber, und laß mich in den Genuß der lindernden Spritze kommen, von der Lucy meinte, daß sie bald all meine wunden Stellen heilen würde.«

Er preßte seine Lippen auf die ihren, brachte seinen Pego sanft an die Pforte ihrer blutbefleckten Spalte und führte ihn zu drei Vierteln ein; dann begann er, ohne weiter in sie einzudringen, sich langsam und vorsichtig in ihr zu bewegen. Bald stellte sich die erwünschte Schlüpfrigkeit ein, und er konnte die kleinen, liebevollen Kontraktionen ihrer Vagina spüren, die ihn bald wieder bis zum Höhepunkt brachten, und mit einem plötzlichen Stoß drang er ein bis zum Heft und schoß seine Essenz in ihr Innerstes, wobei der Überschwang an Gefühlen ihn fast die Besinnung verlieren ließ.

Bewegungslos lagen sie da und erfreuten sich des gegenseitigen Drucks ihrer Körper, bis sich Mr. William zurückzog und mit einem feinen Batisttaschentuch das jungfräuliche Blut erst von den Lippen ihrer Pussi, dann von seiner eigenen Waffe abwischte, woraufhin er erklärte, während er das blutgetränkte *Mouchoir* in seiner Hosentasche versenkte, daß er es auf immer und ewig aufbewahren werde, in Erinnerung der Reize, die sie ihm so liebevoll ausgeliefert hätte.

Klugerweise enthielt sich der Butler weiterer lüsterner Vergnügungen für diesen Tag, und nachdem sie ausführlich geruht hatte, kehrte Alice zum Haus zurück, wobei sie sich durch ihr Opfer kaum beeinträchtigt, sondern vielmehr äußerst glücklich darüber fühlte, einen Teil der Liebe des alten treuen William für sich gewonnen zu haben.

Wie schnell doch unvorhergesehene Ereignisse die Verwirklichung der schönsten Glückspläne zunichte machen können! Noch am gleichen Tag wurde ihrem Vater von seinen Ärzten ein Aufenthalt im Süden Europas empfohlen, und er fuhr bereits am nächsten Tag in die Stadt, um die notwendigen Anstalten zu treffen, nahm den Butler dorthin mit und überließ es ihrer Mutter, die Kinder angemessen in einem Internat unterzubringen und ihm dann zu folgen.

Lucy und ihre junge Herrin trösteten einander, so gut es unter diesen Umständen möglich war. Doch nach einigen Tagen übernahm eine Tante den Haushalt, und Alice wurde in diese Schule gesandt und liegt jetzt in deinen Armen, liebe Beatrice, während ich meinen Bruder, der jetzt auf dem College ist, nur noch während der Ferien treffe. Willst du, meine Liebe, deine Vormünder bitten, dir zu erlauben, die nächsten Ferien bei mir zu verbringen? Dann kann ich dir Frederick vorstellen, der, wenn ich mich nicht sehr irre, ein ebenso lüsternes Naturell besitzt wie seine Schwester.

Kapitel 2

Ich werde von den erregenden Praktiken schweigen, in denen ich mit meiner Bettgenossin jede Nacht zu schwelgen pflegte, und nur andeuten, daß man unmöglich zwei durchtriebenere Lesben hätte aufspüren können.

Ich mußte bis zu den Weihnachtsferien warten, ehe ich Frederick vorgestellt werden konnte, den wir bereits dazu bestimmt hatten, mir die Unschuld zu nehmen; wir konnten uns nicht vorstellen, daß das besonders schwierig zu bewerkstelligen sein würde, denn nach so viel Fingerarbeit und der Anwendung der Lederwurst, die Alice zu ihrer eigenen Beglükkung hergestellt hatte, waren mein Venushügel und meine Pussi wunderbar entwickelt, auch die ersten Anzeichen meiner zukünftigen braunen Haarlocken waren bereits zu erkennen. Eines schönen, frischen Dezembermorgens gingen wir in die Weihnachtsferien und fuhren vor dem Herrenhaus des Landsitzes vor, auf dem Alice zu Hause war. Die Tante erwartete uns bereits, um uns willkommen zu heißen, doch meine Augen waren auf die jugendliche – und doch schon männliche – Gestalt Fredericks gerichtet, der neben der Tante stand, fast ein Ebenbild der Schwester, was Gesichtszüge und Teint betraf, ein tatsächlich sehr schmucker junger Bursche im Alter von siebzehn oder achtzehn Jahren.

Seit ich von dem Techtelmechtel zwischen Alice und William gehört hatte, schaue ich bei jedem Mann oder Burschen genau hin und versuche mir vorzustellen, was er in der Hose hat, und zu meinem großen Entzücken war Frederick offenbar gut gewappnet.

Alice stellte mich ihren Verwandten vor, aber Frederick sah in mir offensichtlich nur ein kleines Mädchen, das es noch nicht mit Dingen wie Liebe und Liebelei aufnehmen konnte; daher besprach ich mich zunächst mit Alice darüber, wie wir ihm am besten die Augen öffnen und seine Aufmerksamkeit etwas mehr auf mich, die Freundin seiner Schwester, lenken könnten.

Lucy, der ich nun zum erstenmal begegnete, schlief in einer kleinen Kammer, die an Alices Zimmer grenzte, das ich mit ihr teilte. Fredericks Zimmer befand sich auf der anderen Seite davon, wir waren also Zimmernachbarn, so daß wir uns Klopfzeichen durch die Wand geben und auch durch das Schlüsselloch einer unbenutzten Tür blicken konnten, die direkt ins Nebenzimmer führte, aber schon seit langem verschlossen und verriegelt war, um jegliche Kommunikation zwischen den Bewohnern auszuschließen.

Schon bald hatten wir uns durch Beobachtungen überzeugt, daß Lucy mit ihrem jungen Herrn auf höchst intimem Fuße stand, was Alice zu unseren eigenen Gunsten zu wenden gedachte.

Sie machte ihrer *Femme de chambre* klar, daß sie ihren Bruder nicht ganz für sich allein in Anspruch nehmen und genießen könne, und als sie herausfand, daß Lucy Frederick noch in derselben Nacht in ihrer Kammer erwartete, bestand sie darauf, die Wende sofort einzuläuten, indem sie Lucy in ihr eigenes Bett mitnahm und mich statt dessen an die Stelle von Monsieur Fredericks Herzdame versetzte.

Ich war nur allzu bereit, an dieser Umgruppierung teilzunehmen, und als wir uns um zehn Uhr abends zur Ruhe begaben, nahm ich den Platz der Kammerzofe ein und gab vor, bereits tief in ihrem kuscheligen kleinen Bett zu schlafen. Das Türschloß war von Lucy geölt worden, damit es sich geräuschlos öffnen ließ, doch die Kammer lag absichtlich in tiefstem Dunkel, und selbst das schwache Licht der Sterne konnte nicht durch die zugezogenen Vorhänge dringen.

Gegen elf Uhr wurde die Tür leise geöffnet, und im Licht der Flurlampe sah ich eine Gestalt, nur mit einem Hemd bekleidet, vorsichtig heranschleichen und sich dem Bett nähern. Als sich die Tür wieder schloß und alles dunkel war, fing mein Herz beim Herannahen des langersehnten, aber auch gefürchteten Räubers meiner Jungfräulichkeit zu flattern an.

»Lucy! Lucy!! Lucy!!!« flüsterte er, fast schon an meinem Ohr. Keine Antwort, nur die tiefen Atemzüge eines gesunden Schlafs.

»Sie hat nicht auf mich gewartet, aber ich nehme an, etwas zwischen ihren Beinen wird sie bald munter machen«, hörte ich ihn murmeln, dann wurde die Bettdecke weggezogen, und er ließ sich an meine Seite gleiten. Mein Haar war offen, wie Lucy es gewöhnlich bei Nacht trug, und ich spürte einen warmen Kuß auf meiner Wange und einen Arm, der sich um meine Taille legte und mein Nachthemd ergriff, wie um es nach oben zu ziehen. Natürlich tat ich noch immer so, als schliefe ich wie ein Murmeltier, konnte aber nichts gegen den

Schauder tun, der beim Herannahen meines Schicksals von mir Besitz ergriff.

»Wie du zitterst, Lucy; was ist denn nur los? Hoppla, wer ist denn das, das bist du ja gar nicht!« sagte er erstaunt. »Oh! Alice!« Ich drehte mich genau in dem Moment um, als er mir das Nachthemd wegzog, und legte meinen Arm fest um ihn, aber noch immer wie im tiefsten Schlaf. »Mein Gott!« hörte ich ihn sagen. »Es ist Beatrice, dieser kleine Teufelsbraten, in Lucys Bett; aber ich werde nicht gehen, ich mache mir meinen Spaß, sie kann mich im Dunkeln ja doch nicht erkennen.«

Seine Hand erforschte meinen ganzen Körper; ich spürte, wie sein aufgerichteter Stengel zwischen unseren Bäuchen eingeklemmt war, und obwohl mich die Erregung überkommen hatte, entschloß ich mich, ihn gewähren zu lassen und weiterhin vorzugeben, fest zu schlafen; seine Finger untersuchten meine Spalte und streichelten das kleine Ypsilon; zuerst schob er ein Bein zwischen meine Beine, und dann konnte ich spüren, wie er sanft den Kopf seines Liebeswerkzeugs in meine Spalte dirigierte, und das erregte mich derart, daß ein plötzlicher Erguß seine Finger und sein Werkzeug benetzte. »Die kleine Hexe kommt ja schon im Schlaf; diese Mädchen scheinen sich gegenseitig zu beglücken«, sprach er zu sich selbst. Dann begegneten sich unsere Lippen zum ersten Mal, und er brauchte sich in der Beziehung auch gar keine Sorgen zu machen, da sein Gesicht bartlos wie das eines Mädchens war.

»Ah! Alice!« murmelte ich. »Gib mir dieses Wurstding, so ist's gut, schieb es rein«, wobei ich mich langsam auf seinen Stab schob; er kam mir mit einem plötzlichen Stoß entgegen und brachte mich fast dazu, vor Schmerz laut aufzuschreien, doch ich schlang meine Arme um seinen Körper und hielt ihn so bei der Stange.

»Nur ruhig«, flüsterte er, »Beatrice, Liebes, ich bin Frederick, ich will dir nicht weh tun; wie, um Himmels willen, bist du denn in Lucys Bett geraten?«

Jetzt tat ich so, als erwachte ich, stieß einen kleinen Schrei aus, versuchte, ihn von mir zu stoßen, und rief aus: »Oh! Oh! Wie weh du mir tust! Oh, zum Teufel, hör doch auf! Oh! Lassen Sie mich los, Mr. Frederick, wie können Sie nur?« Dann schienen meine Kräfte erschöpft, und ich war seiner Gnade fast völlig ausgeliefert, während er seinen Vorteil zu nutzen suchte und mir den Mund mit zahlreichen Küssen verschloß. Ich war verloren. Obwohl es sehr schmerzte, war die Bahn – dank unserer häufigen Fingerspiele etc. – so frei, daß er schon bald völlig Besitz von mir ergreifen konnte, wenn ich auch hinterher anhand der Flecken auf meinem Nachthemd feststellen mußte, daß der Siegeszug nicht ohne Blutvergießen abgegangen war.

Sich jede Möglichkeit zunutze machend, setzte er seine erregenden Bewegungen fort, bis ich nicht anders konnte, als auf seine köstlichen Stöße zu reagieren, indem ich mein Hinterteil ein wenig bewegte, um dem wiederholten Eindringen seines lüsternen Dolches entgegenzukommen (wir lagen auf der Seite), und nach wenigen Augenblicken wurden wir beide von einer gemeinsamen Woge der Verzückung hinweggetragen; nach einem Schwall von Küssen, Stöhnen und zärtlichen Umarmungen lagen wir dann wunschlos glücklich beisammen, als plötzlich die Bettdecke weggerissen wurde und – klatsch, klatsch, klatsch – brennende Schläge auf unsere Hintern hagelten, wobei Alices helles fröhliches Gelächter in der Dunkelheit ertönte. »Ha! Ha! Ha! Mister Frederick, haben Sie *das* auf dem College gelernt, Sir? Lucy, komm und hilf mir; wir müssen den Elenden festhalten und bestrafen; zünde ein Licht an.«

Lucy kam mit einer Kerze und verschloß die Tür sogleich von innen, ehe er eine Gelegenheit zur Flucht hatte. Ich bemerkte ihr Entzücken über das Schauspiel unserer vereinten

Körper, denn wie wir im voraus verabredet hatten, klammerte ich mich furchtsam an ihn und versuchte, mein Erröten zu verbergen, indem ich mein Gesicht an seine Brust drückte.

Frederick war völlig verwirrt und fürchtete zuerst, seine Schwester würde ihn verraten, gewann jedoch wieder Vertrauen, als sie sagte: »Was soll ich nur tun? Einer alten Jungfer wie der Tante kann ich es nicht erzählen; was für ein Gedanke, daß meine liebe kleine Beatrice unter meinen eigenen Augen verführt worden ist, schon in der zweiten Nacht ihres Besuches. Wenn doch nur Vater oder Mutter hier wären, sie wüßten, was sie zu tun hätten; aber jetzt muß ich selbst entscheiden. Nun, Frederick, du wirst dir unsere Schläge gefallen lassen müssen, oder soll ich Papa schreiben und die entehrte Beatrice gleich am Morgen nach Hause schicken und dir das Versprechen abnehmen, sie zu heiraten? Du hast sie ja jetzt für alle Zeiten verdorben; denn wer würde schon wissentlich einen zerbrochenen Krug kaufen? Wer würde sie nicht verstoßen, wenn er es herausfände, was ja spätestens in der Hochzeitsnacht geschehen würde? Nein, du schlimmer Junge, ich bin entschlossen, dich sowohl zu bestrafen als dich auch dazu zu bringen, alles in deiner Macht Stehende zu tun, um Beatrice zu entschädigen.«

Ich fing an zu weinen und flehte sie an, nicht so streng mit ihm zu sein, denn er hatte mir ja gar keine großen Schmerzen zugefügt und mich trotz allem zu guter Letzt auch noch in echte Verzückung versetzt.

»Wirklich«, sagte Alice und umgab sich mit der Aura einer erwachsenen Frau, »das Mädchen ist so schlimm wie der Junge; das wäre nicht passiert, Beatrice, wenn du nicht so nachgiebig gewesen wärst, seiner Zudringlichkeit auch noch Vorschub leisten.«

Frederick löste sich aus meiner Umarmung, und ungeachtet seiner Nacktheit ging er auf seine Schwester zu, umfaßte ihren Hals und küßte sie sehr zärtlich; der unvorsichtige Bursche hob sogar ihr Nachthemd und streichelte ihren Bauch, und als seine Hand über ihren flaumigen Venushügel strich, rief er aus: »Wie schade, Alice, daß du meine Schwester bist, denn sonst würde ich dir dieselbe Lust bereiten, die Beatrice soeben genossen hat, aber ich werde mich deinen Züchtigungen unterwerfen, wie streng sie auch ausfallen mögen, und außerdem verspreche ich, daß meine kleine Liebe hier mein zukünftiges Eheweib sein soll.«

Alice: »Du schamloser Geselle, so meine Sittsamkeit zu beleidigen und deine blutverschmierte Männlichkeit meinen Augen darzubieten, aber ich werde dich bestrafen und sowohl Beatrice als auch mich selber rächen; du bist mein Gefangener, also, ab mit dir ins andere Zimmer, ich habe eine schöne Rute von der Schule mitgebracht, ein kurioses Souvenir, und ich hätte nicht gedacht, daß ich so schnell Verwendung dafür finden würde.«

Kaum waren sie in Alices Zimmer, banden sie und Lucy zunächst seine Hände am Bettpfosten fest, sodann seine Fußknöchel am Griff einer schweren Truhe, die gerade dort stand, so daß sein Körper lang ausgestreckt war.

Alice, die Rute aus der Schublade nehmend: »So, steck ihm das Hemd an den Schultern fest, ich will sehen, ob ich ihm nicht wenigstens ein paar Tropfen seines unzüchtigen Blutes aus dem Hinterteil dreschen kann, die kann Beatrice dann mit ihrem Taschentuch abwischen, damit sie eine Erinnerung an die schändliche Behandlung hat, die ihr durch ihn widerfahren ist und die sie ihm so leichtfertig vergeben hat.«

Das Herrenhaus war ein geräumiges Gebäude, und auf diesem Korridor waren lediglich unsere Zimmer belegt, während die angrenzenden Räume für die Gäste reserviert waren, die in wenigen Tagen erwartet wurden, um Weihnachten mit uns zu feiern, so daß nicht zu befürchten war, von den anderen Bewohnern des Hauses gehört zu werden, und Alice sich keine Gedanken um eventuelle Folgen ihres Tuns zu machen

brauchte. Sie holte weit aus und ließ die Rute mit einem lauten Klatschen auf seinen festen, weißen Hintern sausen; die Wirkung war erschreckend für das Opfer, das nur mit einem vergnüglichen Spaß gerechnet hatte. »Ah! Großer Gott! Alice, du schneidest mir ins Fleisch; was tust du denn; das kannst du doch mit mir nicht machen.«

ALICE, mit einem zufriedenen Lächeln: »Ho! Ho! Hast du denn geglaubt, ich würde nur so tun, als ob? Aber jetzt wissen Sie es, mein Herr. Nicht wahr? Wirst du es noch einmal zu so schmählichen Zügellosigkeiten mit einer jungen Dame aus meinem Freundeskreis kommen lassen?«

Sie schlug fast ein halbes dutzendmal auf ihn ein, während sie ihm diese Vorhaltungen machte, und jeder Schlag hinterließ lange rote Striemen, welche die Blässe seiner Backen mit einem pfirsichfarbenen Teint überzogen. Das hilflose Opfer biß sich auf die Lippen und knirschte in hilfloser Wut mit den Zähnen. Endlich brach es aus ihm heraus: »Ah! Ah! Du Teufelsweib! Willst du meinen Allerwertesten häuten? Gib acht, oder ich werde mich schon bald dafür rächen.«

ALICE, sehr ruhig und bestimmt, aber mit einem erregten Funkeln in den Augen: »Oh! Jetzt kommt wohl dein Temperament zum Ausbruch, was? Willst du dich etwa dafür rächen, daß ich dir Gerechtigkeit widerfahren lasse? Ich werde dich nicht eher freigeben und deinen schamlosen Hintern weiter peinigen, bis du mich anständig um Verzeihung bittest und versprichst, solche frechen Rachegelüste aufzugeben.«

Das Opfer wand sich vor Pein und Wut, aber ihre Schläge wurden nur noch heftiger und hinterließen breite, brennendrote Striemen auf seinen Backen. »Ah!« fuhr sie fort. »Wie findest du das, Freddie? Soll ich noch ein bißchen Dampf zulegen?«

Frederick versuchte verzweifelt, sich loszureißen, war aber von den Mädchen viel zu gut vertäut worden. Tränen der Scham und Demütigung standen ihm in den Augen, aber er war immer noch aufsässig, und ich konnte ein nicht zu übersehendes Anwachsen seines Mannestums beobachten, welches bald wieder sprungbereit vor seinem Bauch aufragte.

ALICE, unter vorgetäuschter Erbosung: »Sieh dir diesen Burschen an, wie er mich beleidigt, indem er seine lüsterne Waffe zur Schau stellt. Ich wünschte, ich könnte sie mit einem Hieb meiner Rute abschneiden«, und sie versetzte ihm einen fürchterlichen Hieb über den Bauch und auf den Penis.

Frederick heulte fast vor Schmerz, und große Tränen rannen ihm die Wangen herab, als er keuchend ausstieß: »Oh! Ah! Erbarme dich, Alice, ich weiß, daß ich es verdiene. Oh! Hab doch endlich Erbarmen mit mir, Liebes!«

ALICE, ohne mit den Hieben nachzulassen: »Aha, jetzt fängst du endlich an, etwas zu spüren, nicht wahr? Bist du auch wirklich reumütig? Bittet mich sofort um Vergebung, Sir, für die Art, wie Ihr mich in dem anderen Zimmer beleidigt habt.«

FREDERICK: »Oh! Liebe Alice! Hör auf! Hör auf! Ich komme ja gar nicht mehr zu Atem. Ich werde mich entschuldigen. Ja, das tue ich. Oh, ich kann doch nichts dafür, daß mein Ding so heraussteht.«

ALICE: »Runter mit dir! Runter mit dir! Dein Herr und Meister schämt sich deiner«, und fuhr mit ihrer Rute spielerisch über seinen Pego.

Frederick litt Höllenqualen. Er wand sich und bäumte sich auf in seiner Pein und stöhnte: »Oh! Alice, binde mich los. Ich gebe dir mein Wort, daß ich alles tun will, was du mir befiehlst. Oh! Du hast mich soweit gebracht!« Er schloß die Augen, und wir wurden alle Zeuge, wie ein flüssiger Strahl aus seinem männlichen Gliede schoß.

Alice ließ die Rute sinken, und wir befreiten den völlig zerknirschten Sünder.

»So, Sir«, sagte sie, »auf die Knie, und küß die Rute.«

Ohne Widerrede ließ er sich auf die Knie nieder, küßte,

was von der Rute übriggeblieben war, und sagte: »O Alice, die letzten Augenblicke waren himmlisch. Aller Schmerz war wie ausgelöscht. Ich danke dir, liebe Schwester, daß du mich so bestraft hast, und ich werde auch mein Versprechen gegenüber Beatrice halten.«

Ich wischte die Blutstropfen von seinem Hintern, und wir gaben ihm einige Gläser Wein und erlaubten ihm, den Rest der Nacht bei Lucy zu schlafen, mit der er die Zeit höchst lustvoll verbrachte, während Alice und ich uns unseren bevorzugten Spielereien hingaben.

Wie zu vermuten, wartete Frederick nicht lange, bis er seine Vergnügungen mit mir wieder aufnahm, während seine Schwester unser Glück mit Wohlgefallen betrachtete, wobei sie selbst eine Vorliebe für die Rute entwickelt zu haben schien, denn ein- oder zweimal die Woche versammelten wir uns alle in ihrem Zimmer, um eine Birkenzweig-Séance abzuhalten, wie sie es nannte, wobei Lucy oder ich die Rolle des Opfers übernehmen mußte; doch die Glut auf unseren Hinterbacken schien unsere Wonnen noch zu erhöhen, wenn wir hinterher unsere rasenden Leidenschaften in den Armen unseres jeweiligen Geliebten lindern konnten.

Dann kam Weihnachten, und verschiedene Besucher trafen ein, alles junge Damen und Herren etwa unseres Alters, um das Fest mit uns zu feiern; unsere Gesellschaft bestand aus fünf Herren und sieben Damen, die Tante nicht mitgerechnet, die zu alt war, sich den jugendlichen Späßen anzuschließen, und sich damit begnügte, eine gute Haushälterin zu sein und alles in Ordnung zu halten. Nach dem Abendessen konnten wir so ziemlich tun und lassen, was wir wollten; ich und Alice hatten unsere fünf jungen Damen bald zu Lesben nach unserem Vorbild gemacht, die zu jeder Schandtat bereit waren, während Frederick seine jungen männlichen Freunde auf künftige Genüsse vorbereitete. Er feierte am Neujahrstag seinen achtzehnten Geburtstag, und wir beschlossen, an diesem Tag mit Lucys Hilfe eine regelrechte Orgie auf unserem Stockwerk zu veranstalten. Wir legten einen üppigen Vorrat an Erfrischungen wie Eiscreme, belegte Brötchen und Champagner an; die gestrenge Tante befahl, daß wir uns spätestens um ein Uhr morgens zu Bett zu begeben hätten, also hielten wir uns an ihre Anordnung, nachdem wir einen köstlichen Abend mit Tanzen und Spielen verbracht hatten, was uns aber nur dazu diente, unsere Erregung anzufachen, unsere Vorfreude auf das, was, wie wir alle instinktiv begriffen, zu einer höchst wollüstigen Kurzweil auf unseren Zimmern werden sollte.

Die Tante hatte einen festen Schlaf und war obendrein ziemlich taub, und Frederick verabreichte der Dienerschaft unter dem Vorwand, sie sollten auf sein Wohl trinken, zuerst Bier, dann Wein und zum Schluß noch ein Glas Brandy als Schlaftrunk, so daß wir mit Sicherheit annehmen konnten, daß auch sie fest schlafen würden; und in der Tat fanden zwei oder drei nicht einmal mehr den Weg zu ihrem Bett.

Frederick war der Zeremonienmeister und Alice seine höchst hilfreiche Assistentin. Wie schon gesagt, wir waren bereits erhitzt und zu allem bereit; wir stammten alle aus sehr aristokratischen Familien, und unser blaues Blut durchströmte heftig unsere Adern. Als wir uns alle in Alices Zimmer eingefunden hatten, präsentierte sie sich in einem einfachen langen *Chemise de nuit.* »Ladies and Gentlemen«, eröffnete sie ihre Rede, »ich glaube, wir sind uns alle einig, daß wir eine wilde Balgerei veranstalten wollen; ihr seht mein Kostüm, wie gefällt es euch?« Dann fuhr sie mit einem äußerst durchtriebenen Lächeln fort: »Ich hoffe, es unterstreicht meine Formen nicht allzusehr«, und sie zog das Hemd stramm um sich herum, um sowohl die Konturen ihres wunderschönen Allerwertesten als auch ihre hinreißenden Beine vorzuführen, die in rosafarbenen Seidenstrümpfen steckten.

»Bravo! Bravo, Alice! Wir werden deinem Beispiel folgen«,

tönte es von allen Seiten, und ein jeder verschwand in seinem Gemach und erschien bald darauf wieder in legerer Gewandung; doch der Anblick der jungen Männer verursachte großes Gelächter, weil ihre Hemden einfach zu kurz waren.

ALICE: »Meine Herren, ich hätte nie gedacht, daß Ihre Unterwäsche so unanständig kurz sei«, worauf Frederick lachend seine Schwester am Hemdzipfel packte und ringsherum ein großes Stück abriß, so daß nur noch ein kurzer Rock übrigblieb, der ihre hübschen Hinterbacken nur halb bedeckte.

Alice bekam ganz rote Wangen und wollte sich schon ärgern, doch dann fing sie sich wieder und lachte. »Ah! Fred, wie unverschämt, mich so zu entblößen, doch wenn du es bei allen tust, habe ich nichts dagegen.«

Die Mädchen kreischten, und die Herren gingen zum Sturmangriff über; es war eine höchst aufreizende Szene; die jungen Damen wehrten sich, indem sie ihrerseits die Hemden ihrer Quälgeister in Stücke rissen, und dieses Geplänkel hörte nicht eher auf, als bis die ganze Gesellschaft im Zustand völliger Nacktheit dastand; jeder errötete, als er die verschiedenen männlichen und weiblichen Reize anstarrte, die sich jetzt derart unverhüllt den Blicken darboten.

FREDERICK, mit einem Riesenkrug Champagner: »Wir haben alle von *Nuda Veritas** *gehört,* laßt uns also auf sie anstoßen; nun, da wir uns zum ersten Mal in ihrer Gesellschaft befinden, wird sie uns sicher ihr charmantes und wohlwollendes Wesen offenbaren.«

Alle schlossen sich seinem Trinkspruch an, und der Wein tat ein übriges, unseren Appetit anzuregen, so daß es kein einziges männliches Organ gab, das sich nicht binnen kurzem in einem wundervollen Erregungszustand befand.

ALICE: »Sehen Sie, meine Damen, was für eine Ansammlung unbotmäßiger Gesellen. Sie sollen bloß nicht glauben,

* *Nuda Veritas* (lat.): die nackte Wahrheit.

daß wir uns ihnen so ohne weiteres hingeben werden; wir wollen ihnen die Augen verbinden und uns dann mit den bewährten Birkenruten bewaffnen, dann soll jeder sich selbst überlassen sein, und Cupidos Pfeil treffe uns alle.«

»Hört! Hört!« rief es von allen Seiten, und Taschentücher wurden den jungen Männern über die Augen gebunden, während sieben gute Birkenruten an die Damen verteilt wurden. »Nun, meine Herren, fangt, wen ihr erwischen könnt«, lachte Alice und hieb rechts und links auf die Gruppe der Männer ein, und die anderen Mädchen folgten ihrem Beispiel; genügend Raum war vorhanden, und es folgte eine wilde Balgerei, wobei die jungen Mädchen sich so geschmeidig und flink wie Rehe aufführten und die Geduld ihrer männlichen Kameraden – welche ringsum übereinanderstolperten, nur um noch mehr Schläge der Birkenruten einzuheimsen, bevor sie wieder auf die Beine kamen – für lange Zeit arg auf die Probe stellten.

Als Miss Vavasour schließlich über einen am Boden ausgestreckten Gentleman stolperte, bei dem es sich zufällig um den Marquis von Bucktown handelte, umfaßte der schnell ihre Taille und klammerte sich an seiner Beute fest, worauf ein Hagel von Hieben auf das ringende Pärchen niederprasselte.

»Aufhören! Aufhören«, rief Alice, »sie hat sich fangen lassen, und jetzt muß sie sich auch auf dem Altar der Liebe opfern lassen.«

Lucy rollte eilends ein weiches Sofa in die Mitte des Raumes. Die Herren entledigten sich ihrer Augenbinden und halfen unter lautem Gelächter, das Paar darauf in Stellung zu bringen; die Dame unten, ein Kissen unter den Hinterbacken, und der junge Marquis auf den Knien zwischen ihren Schenkeln. Beide waren Novizen, doch ein schöneres Paar hätte man sich nicht vorstellen können: er, ein schmucker Junge von siebzehn Jahren, dunkelhaarig und mit ebenso dunklen Augen, während sie – ein brünetter Typ – fast sein genaues Gegenstück war:

Auch ihre Augen glichen sich, und sein Liebeswerkzeug war ebenso wie ihre Pussi mit weichem, lockigem, schwarzem Haar versehen; der feurige Kopf seines Instrumentes leuchtete wie ein purpurroter Rubin, während er ihn auf Fredericks Anregung hin ihrer zinnoberroten Spalte präsentierte, deren Lippen leicht geöffnet waren, wie sie da mit gespreizten Beinen lag. Als sein Liebespfeil ihre jungfräulichen Lippen berührte, war sie wie elektrisiert, und ihr gerötetes Gesicht tönte sich zu einem noch tieferen Purpur, als er in den Vorhof ihrer Jungfräulichkeit einzudringen begann. Fred fuhr fort, den Erfahrenen zu spielen, und flüsterte dem jungen Galan, der ebenfalls über und über rot angelaufen war, Ratschläge ins Ohr, doch dieser hatte sein Schlachtroß bereits zum Punkt der Attacke geführt und ging zum direkten Angriff über, indem er stieß und schob und ihren Körper mit aller Macht umklammerte und gleichzeitig versuchte, ihre Schmerzensschreie mit seinen Küssen zu ersticken. Es war ein typischer Fall von *Veni, vidi, vici.* Sein Angriff war viel zu leidenschaftlich, als daß sie ihm ernsthaft hätte Widerstand leisten können, und sie lag in einer solch passiven und günstigen Stellung da, daß ihre Jungfernschaft bereits im ersten Anlauf genommen wurde und er schon bald bis zu den Haarwurzeln in den Besitz ihrer Grotte kam. Einen Augenblick lang ruhte er sich aus, und sie schlug die Augen auf und sagte mit einem schwachen Lächeln: »Ah! Das hat wirklich gestochen, aber ich verspüre bereits die ersten Liebesfreuden. Mach bitte weiter, lieber Junge, unser Beispiel wird die anderen anspornen, es uns gleichzutun«, wobei sie ihm ihr Becken entgegenhob und ihn zärtlich an sich drückte. Sie gaben sich dann ganz ihrem Vergnügen hin, was uns mit wollüstiger Erregung erfüllte, und als sie sich schließlich in einem gemeinsamen Höhepunkt verausgabt hatten, löschte jemand das Licht, und es entstand ein kicherndes Durcheinander, als die Herren sich ihre Preise suchten und ein allgemeines Schmatzen und Stöhnen einsetzte.

Ich selbst wurde von einem starken Arm ergriffen, eine Hand fingerte an meiner Muschi herum, während ein Flüstern mein Ohr erreichte: »Wie köstlich! Du bist es, meine liebe kleine Beatrice. Ich kann mich nicht täuschen, denn du bist das einzige unbehaarte Wesen in dieser Gesellschaft. Küß mich, Liebes, ich kann es nicht erwarten, in deinen kleinen, engen Schlitz einzudringen.« Unsere Lippen vereinigten sich in einem lüsternen Kuß. Wir befanden uns zufällig in der Nähe von Alices Bett, mein Begleiter lagerte mich rücklings darauf und bahnte sich, indem er meine Beine unter seine Arme nahm, einen Weg in meine erwartungsvolle Spalte. Ich umschlang ihn so fest wie möglich, und er befand sich bereits in einer solchen Ekstase, daß er beinahe sofort kam, jedoch nicht von der Stelle wich, sondern mich mit seiner starken Manneskraft in eine enorme Liebesraserei versetzte. Höhepunkt folgte auf Höhepunkt, bis wir beide sechsmal gekommen waren, und beim letzten Mal vergaß ich mich so sehr, daß ich ihn in meiner Verzückung kräftig in die Schulter biß. Irgendwann zog er sich dann zurück, ohne mir auch nur seinen Namen zu nennen. Wir waren noch immer von Dunkelheit umgeben, und die Liebeskämpfe um uns herum waren noch in vollem Gange. Ich hatte danach noch zwei weitere Partner, doch jeden nur auf eine Runde. Solange ich noch einen Atemzug in mir verspüre, werde ich jene Nacht niemals vergessen.

Am folgenden Tag erfuhr ich von Fred, daß Charlie Vavasour mein erster Partner gewesen war, und Fred selbst glaubte, seine Schwester beglückt zu haben, was sie mir gegenüber nachher auch zugab, obwohl sie dachte, er hätte es nicht bemerkt – für sie war die Verlockung, ihren Bruder zu genießen, einfach zu groß gewesen.

Diese Orgie war der Grundstein für eine Geheimgesellschaft, die wir in unserem Freundeskreis gründeten. Jedem, der bei einem Händedruck fragt: »Erinnerst du dich an Freds

Geburtstag?«, steht es frei, mit dem, der diesen Gruß versteht, einen Liebeshandel einzugehen, und seither habe ich an zahlreichen Wiederholungen dieses Geburtstagsspaßes teilgenommen.

Kapitel 3

Als wir zur Schule zurückgekehrt waren, nahm ich einen regelmäßigen Briefwechsel mit Frederick auf, wobei wir unsere Briefe der Korrespondenz zwischen ihm und Alice beifügten. Die Zeit kroch weiter, und ich überspringe nun die wenigen Monate, die verblieben, bis ich siebzehn wurde, denn Du kannst Dir bestimmt ebenso gut, wenn nicht besser, als ich sie beschreiben kann, eine Vorstellung von den obszönen Vergnügungen machen, denen wir Mädchen uns hinzugeben pflegten; meine Vormünder hatten es eilig, mich am Hofe und in die Gesellschaft einzuführen, in der Hoffnung, daß ich mich bald verheiraten würde und sie somit ihrer Verantwortung für mich enthoben wären.

Alice war seit meinem ersten Besuch so anhänglich geworden, daß sie ihre Tante drängte, mit meinen Vormündern zu vereinbaren, daß ich bei ihr wohnen dürfte, solange ich noch minderjährig sei, was diesen nur recht sein konnte, wurde es mir doch auf diese Weise ermöglicht, mich in der Gesellschaft umzutun und öfters Herren zu begegnen, die sich vielleicht in mein hübsches Gesicht verlieben könnten.

Lady St. Jerome übernahm die Aufgabe, Alice und mich in die Gesellschaft einzuführen; sie war eine Tante von mir, und in ihrem Brief erwähnte sie, daß ein Stern erster Ordnung leider ebenfalls in diesem Salon vorgestellt werden würde, daß wir aber immerhin noch eine geringe Chance hätten, dem jungen Lothair, der als der begehrteste Junggeselle der Saison galt, den Kopf zu verdrehen, falls er sich nicht auf der Stelle in die wunderschöne Lady Corisande verlieben würde. Wir sollten diese beiden im Crecy House auf dem Ball der Herzogin kennenlernen, der aus Anlaß des Debüts ihrer Lieblingstochter veranstaltet würde und für den sie Einladungen für uns besorgt habe.

Fast drei Wochen lang befanden wir uns in einem Zustand fiebernder Vorfreude und gingen sogleich daran, die notwendigen Vorbereitungen für unseren Auftritt zu treffen. Der Schmuck meiner Mutter wurde nach der derzeit geltenden Mode umgearbeitet, und alle drei oder vier Tage fuhren wir in die Stadt zu unserem Hutmacher.

In Begleitung Alices und ihrer Tante trafen wir am Vorabend des ereignisreichen Tages im Stadthaus von Lord St. Jerome am St. James' Square ein; Mylady war eine sehr charmante Dame im Alter von dreißig Jahren, die uns noch vor dem Dinner ihrer Nichte Miss Clare Arundel, Father Coleman, dem Beichtvater der Familie, sowie Monsignore Berwick, dem Großkämmerer von Pio Nono, vorstellte. Das Dinner war ausgezeichnet, und wir verbrachten einen entzückenden Abend, amüsiert vom stillen Humor des Beichtvaters und dem spritzigen Witz des Monsignore Berwick, der geflissentlich bemüht war, religiösen Themen aus dem Weg zu gehen. Miss Arundel, mit ihren wunderschönen tiefgründigen violetten Augen und ihrem dunklen, braungoldenen Haar, schien besonders von den witzigen Pointen des letzteren fasziniert, während Alice und ich etwas bemerkten, was in uns den Verdacht erweckte, daß ein sonderbares Band zwischen den beiden Geistlichen und den Damen des Hauses existieren mußte.

Lord St. Jerome befand sich nicht in der Stadt. Auf unseren Wunsch hin teilten Alice und ich ein Zimmer, welches auf einen geräumigen Korridor hinausführte, der an einem Ende in eine kleine Kapelle oder ein Oratorium mündete. Wir waren so aufgeregt beim Gedanken an den nächsten Tag und die

Aussicht, eventuell einige unserer alten Freunde wiederzutreffen, besonders die Vavasours, daß wir nicht einschlafen konnten. Plötzlich fuhr Alice in ihrem Bett auf und sagte: »Psst! Draußen auf dem Korridor schleicht jemand umher.« Sie sprang aus dem Bett und öffnete vorsichtig die Tür, während ich ihr folgte und dicht hinter ihr blieb. »Sie sind ins Oratorium verschwunden«, sagte sie. »Ich sah gerade eben, wie eine Gestalt hineinging; ich will wissen, was dort vor sich geht, wir können ganz einfach in einem der leeren Zimmer verschwinden, wenn wir jemanden kommen hören.«

Gesagt, getan; sie zog ihre Hausschuhe an und warf einen Schal über ihre Schulter, und ich tat es ihr gleich; auf jederart Abenteuer gefaßt, schlichen wir vorsichtig den Korridor entlang und erreichten bald die Tür zum Oratorium, aus dessen Innerem wir leise Stimmen hören konnten, doch trauten wir uns aus Furcht vor Entdeckung nicht, die Tür einen Spaltbreit zu öffnen.

»Still!« flüsterte Alice. »Als kleines Mädchen war ich schon einmal hier, und ich erinnere mich, daß die alte Lady St. Jerome dieses Zimmer neben der Kapelle zu benutzen pflegte und sich einen privaten Eingang direkt von ihrem Zimmer ins Oratorium anlegen ließ. Wenn wir dort hineingelangen«, sagte sie und drehte am Türknopf, »dann haben wir einen günstigen Platz, von dem aus wir alles beobachten können, denn der Raum wird niemals benutzt – es geht nämlich das Gerücht, daß die alte Lady dort spukt.« Die Tür gab dem Druck nach, und wir schlüpften in einen düsteren Raum, in dem wir im schwachen Mondlicht gerade noch etwas erkennen konnten.

Alice nahm mich an der Hand, nachdem sie die Tür hinter uns zugezogen hatte; ein kalter Schauer lief mir über den Rücken, doch ich nahm meinen ganzen Mut zusammen, und wir gelangten bald zu einer kleinen, mit grünem Fries bezogenen Tür, die auf unserer Seite verriegelt war. »Still!« sagte sie. »Diese Tür führt in eine dunkle Ecke hinter dem Beichtstuhl«, und sanft schob sie den Riegel zurück, und wir traten geräuschlos in einen kleinen Durchgang zwischen der Wand und dem Beichtstuhl, wo uns ein großer durchbrochener Wandschirm einerseits vollständigen Schutz vor Entdeckung bot, andererseits aber einen guten Einblick ins Innere der Kapelle gewährte. Wie erstaunt waren wir aber, als wir Lady St. Jerome und ihre Nichte entdeckten, die in ein ernsthaftes Gespräch mit den beiden Priestern verwickelt waren, das wir nunmehr verfolgen konnten.

FATHER COLEMAN: »Nun, Schwester Clare, der Kardinal hat befohlen, daß Sie den jungen Lothair mit allen Mitteln, die in Ihrer Macht stehen, verführen sollen; jede läßliche Sünde, die Sie dabei begehen mögen, ist Ihnen jetzt schon vergeben.«

MONSIGNORE, an Lady St. Jerome gewandt: »Ja, und Schwester Agatha wird Ihnen dabei, so gut es geht, zur Seite stehen; Sie wissen, daß sie eine Nonne ist, doch aufgrund der modernen Politik der Heiligen Kirche erlauben wir bestimmten Ordensschwestern zu heiraten, wenn deren Verbindung mit einflußreichen Männern den Interessen der Kirche zugute kommt; die geheime Schwesternschaft von St. Bridget ist eine der mächtigsten politischen Institutionen der Welt, da sie über jeden Verdacht erhaben ist, und ihre Mitglieder haben geschworen, mit Leib und Seele zu gehorchen. In der Tat, Schwester Clare, diese heilige Schwesternschaft, in die wir Sie soeben mit besonderer Erlaubnis seiner Eminenz aufgenommen haben, wird es Ihnen gestatten, jedes nur mögliche sinnliche Vergnügen auf Erden zu genießen, und Ihnen darüber hinaus den Weg ins himmlische Paradies ebnen.«

Das helle Licht zeigte uns deutlich die Röte im Gesicht von Clare Arundel, das beinahe scharlachrot anlief, als der Beichtvater ihr etwas zuflüsterte. »Ah! Nein! Nein! Nicht jetzt«, rief sie aus.

MONSIGNORE: »Das erste Gebot des Schwesternordens ist,

direkt nach der Ordination Buße zu tun, und da Sie den heiligen Eid bereits geleistet haben, mit Leib und Seele zu gehorchen, wird Schwester Agatha Ihnen nun die Augen verbinden, Sie Ihrer Robe entledigen und Ihren Körper der Erniedrigung des Fleisches unterwerfen.«

Lady St. Jerome zog ihrer Nichte flink den Schlafrock aus und ließ dem bezaubernden Mädchen nichts weiter als ein Hemdchen, um ihren wunderschönen Körper zu bedecken; die Binde wurde ihr rasch über die lieblichen Augen gelegt, und sie mußte auf einem Kissen niederknien und die Arme und das Gesicht auf das Geländer des Altars legen. Father Coleman bewaffnete sich mit einer leichten Peitsche, die aus schmalen Lederriemen bestand, während Mylady das Hemdchen des Opfers hob, um dessen Hinterbacken, Oberschenkel, Beine und Rücken für die Züchtigung freizulegen; dann trat sie zurück und ließ sich auf die Knie des Monsignore nieder, der es sich auf einem großen Stuhl in der Nähe des Opfers bequem gemacht hatte; er umschlang ihre Taille und preßte seine Lippen auf die ihren, während sie sich gegenseitig die intimsten Körperteile betätschelten.

Dann sauste die Peitsche auf den lieblichen Hintern des jungen Mädchens, und jeder Hieb ließ sie schmerzvoll aufseufzen und hinterließ lange rote Striemen auf ihrer zarten Haut.

Der Beichtvater hielt ihr dabei einen Vortrag über ihre zukünftigen Pflichten und zwang sie zu dem Versprechen, allen seinen Befehlen Folge zu leisten.

Das Hinterteil des armen Mädchens war bald von zahlreichen Striemen überzogen; dieser Anblick schien die anderen um so mehr zu entflammen: Dem Beichtvater ragte sein Ding vorn aus der Kutte, während Lady St. Jerome sich auf den Pego des Monsignore aufspießte und einen höchst galanten »St. Georg« auf ihm ritt.

Der Beichtvater: »Nun, Schwester, als letzte Erniedrigung Ihres Fleisches müssen Sie der Kirche Ihre Unschuld opfern«, sagte er, während er einige Kissen holte, ihr die Augenbinde abnahm und sie für seine Attacke bequem rücklings auf die Kissen bettete, mit einem extra Kissen unter ihrem Hintern, wie es sich für diesen Zweck als sehr nützlich erwiesen hat. Er kniete zwischen ihren Beinen nieder, öffnete seinen Meßrock, und wir konnten erkennen, daß er darunter splitternackt war. Er legte sich vornüber auf ihren reizenden Körper und flüsterte ihr etwas ins Ohr, was offensichtlich ein Befehl war, seine lüsterne Waffe zur Hand zu nehmen, denn sie griff auch prompt danach und schien sie (soweit wir das erkennen konnten) eigenhändig an ihre Spalte zu führen. Sie war ganz offensichtlich von Lust entflammt, und es verlangte sie wohl auch danach, den rasenden Schmerz ihres grausam zugerichteten Hinterteils zu lindern, denn sie stemmte sich ihm entgegen und erleichterte ihm dadurch seine Mühe, so daß er sich schnell seinen Weg in sie hineinbahnen konnte, und das einzige Anzeichen ihres Schmerzes war ein kurzer spitzer Schrei, als er ihr Jungfernhäutchen durchstieß. Einen Augenblick lang lagen sie reglos da und genossen die Vereinigung ihrer intimen Körperteile, doch war sie so ungeduldig, daß sie mit den Händen seine Hinterbacken umfaßte und ihn in höchst lüsterner Weise an sich zog, als just in diesem Augenblick der Monsignore und Schwester Agatha, die ihren Liebestanz beendet hatten, sich erhoben und, jener mit einer Peitsche, diese mit einem Rohrstock bewaffnet, über Father Coleman herfielen (nachdem sie seine Kutte angehoben und eine braune, behaarte Kehrseite entblößt hatten). Auf diese Weise stimuliert und unter Bitten und Flehen, ihn doch in Ruhe zu lassen, stieß er ungestüm in Miss Clare hinein, und zwar zu deren augenscheinlichem Entzücken, denn sie wand und krümmte sich, schrie in Ekstase und bot den Anblick eines höchst sinnlichen Deliriums, wie es mir weder zuvor noch seither vor Augen gekommen ist. Zum Schluß schien er sich in sie zu ergießen und entzog sich nach einer Weile ihrer Umklammerung, während sie alles daranzusetzen schien, ihn zu einer weiteren Runde zu verleiten.

Wir sahen, daß sich alle anschickten, die Kapelle zu verlassen, und hielten es auch für uns an der Zeit, den Rückzug anzutreten.

Am folgenden Tag fand unser Debüt statt, und nichts im Benehmen der lebenslustigen Lady St. Jerome oder der stillen Miss Clare Arundel deutete auch nur im entferntesten auf das hin, wessen wir in den frühen Morgenstunden Zeuge geworden waren.

Am Abend waren wir alle zu Gast beim Ball der Herzogin. Lord Carisbrooke, dem ich persönlich vorgestellt wurde, war mein Tanzpartner in dem Reigen, an dem auch Lothair und Miss Arundel – vis à vis von Lady Corisande und dem Herzog von Brecon – teilnahmen.

Später geleitete mich der Held des Abends noch zum *Lanciers**, und anschließend schlenderten wir, unbemerkt von den anderen, zum Wintergarten. Die Unterhaltung mit ihm war wesentlich lebhafter, als ich erwartet hatte, denn Lady St. Jerome hatte uns gesagt, er habe einen Hang zum Religiösen und stehe kurz davor, der römisch-katholischen Kirche beizutreten. Es war ein großer Wintergarten, und wir schlenderten so lange weiter, bis die Musik und das Gelächter sich fast verloren hatten und wir zu einer Bank an einem ganz entzückenden Springbrunnen gelangten, und ließen uns nieder. Aber kaum hatte er gesagt: »Wie angenehm, sich für einige Momente aus dem allgemeinen Getümmel zurückzuziehen«, da hörte man leichte Schritte nahen, die offenbar einem sehr verliebten Paar gehörten, denn die Dame kreischte: »Ah! Nein! Wie können Sie es wagen, so etwas zu denken; ich würde Montairy

* *Lanciers:* Quadrille für acht oder sechzehn Paare.

nicht einmal durch einen Kuß betrügen.« Dann gab es ein kleines Gerangel, und man hörte: »Ah, Sie Monster, was erlauben Sie sich!« Wir hörten das Schmatzen von Lippen auf einer Wange und dann: »Nein, lassen Sie mich gehen«, aber der Herr ließ sich offenbar nicht einschüchtern, denn er sagte: »Schon gut, schon gut, fassen Sie sich ein wenig, liebe Victoria, da vorn am Springbrunnen steht eine Bank, Sie sollten sich ein wenig ausruhen.«

Lothair, erschrocken flüsternd: »Sie dürfen uns auf keinen Fall hier finden, sonst glauben sie, wir hätten gelauscht; wir müssen uns verstecken und dürfen niemals ein Wort darüber verlauten lassen.« Damit packte er mich an der Hand und zerrte mich um die Ecke, wo uns das Blätterwerk herrlicher exotischer Gewächse abschirmte.

Mein Herz klopfte wild, und ich bemerkte, daß mein Partner äußerst erregt war. Wir verharrten reglos, Hand in Hand, als die Dame und der Herr den kühlen Platz in Besitz nahmen, den wir gerade verlassen hatten; letzterer stellte sich als der Herzog von Brecon heraus. Ich konnte sie gut beobachten, und ich bin sicher, Lothair ebenfalls.

Lady Montairy: »Sir, unterlassen Sie Ihre schamlosen Annäherungsversuche. Erlauben Sie, daß ich wieder zu Atem komme.«

Der Herzog kniete vor ihr nieder und ergriff ihre Hand, die sie ihm affektiert zu entziehen suchte, er aber ließ nicht los und sagte: »Meine liebste Victoria, erbarmen Sie sich meiner Leidenschaft. Ich liebe Ihre so bestechenden Augen und Ihren lustvollen, schmollenden Mund. Die Tatsache, daß es ungehörig ist, bestärkt mich nur in meinem Entschluß, mich Ihrer bei der nächsten Gelegenheit zu erfreuen. Es ist sinnlos, sich dem Schicksal zu widersetzen. Warum hat mir Amor eine solche Gelegenheit gegeben?«

In gekünstelter Prüderie wandte sie den Kopf; ihr Gesicht zeigte keine Röte, die ihr Entsetzen angesichts seiner Worte ausgedrückt hätte. Eine Hand preßte ihre Finger an seine Lippen, doch wo befand sich die andere? Sie war unter ihren Kleidern verschwunden. Zuerst berührte er nur ihren Fußknöchel, dann ließ er sie langsam nach oben wandern. Sie rutschte nervös auf der Bank hin und her, aber er war voller Feuer und ergriff schon bald von ihren intimsten Reizen Besitz. Sie ließ ihren lasziven Blick auf ihm ruhen, und im Bruchteil einer Sekunde war er aufgesprungen, schob ihre Kleider hoch und brachte ein Paar hübsche Beine in weißen Seidenstrümpfen zum Vorschein, geziert von wunderschönen blauen Strumpfbändern mit goldenen Spangen, und Oberschenkel, die von einem ziemlich eng sitzenden Schlüpfer umschlossen waren, wundervoll abgesetzt mit Valenciennesspitze. Gleichzeitig vereinigten sich ihre Lippen, und seine Hand drückte sanft ihre nachgiebigen Schenkel auseinander, zwischen die er sich wohl zu plazieren wußte. Das alles war das Werk eines Augenblicks. Er legte ihre Hand um seinen Pfahl der Lust, den er soeben hervorgezaubert hatte, und dieser wurde umgehend in den Hafen der Glückseligkeit eingeführt. Beide waren offenbar viel zu stürmisch und erhitzt, so daß alles bereits nach einer Minute ein Ende zu haben schien.

Sie küßte ihn hektisch und sagte, während sie ihr Kleid wieder fallen ließ: »Sie Schlimmer! Aber ich konnte mich Eurer Durchlaucht nicht widersetzen, ohne meine Kleider zu gefährden. Das war eine glatte Vergewaltigung, mein Herr«, und sie lächelte dabei. »Jetzt müssen wir aber schnellstens zurückkehren, ehe man uns vermißt.« Er küßte sie, rang ihr das Versprechen zu einem Stelldichein am darauffolgenden Tag irgendwo in South Belgravia ab, wo sie sich mit mehr Muße einander hingeben wollten, und weg waren sie.

Es ist ganz unmöglich, die Erregung meines Partners während dieses kurzen Intermezzos zu beschreiben; Lothair schien vor Zittern und Schaudern fast zu vergehen, und auch ich war aufgewühlt und drängte mich an ihn; ich legte meine

Hand auf die Schwellung in seiner Hose, die mich immer so sehr reizt, und spürte, wie sie sich vergrößerte und aus ihrem Käfig zu bersten drohte. Er drückte nervös meine Hand und war so aufgewühlt, daß es ihm während der ganzen Szene, die ich soeben beschrieben habe, die Sprache verschlug; kaum waren die beiden verschwunden, da seufzte er erleichtert auf und führte mich aus unserem Versteck heraus. »Armes Mädchen«, sagte er, »welch ein Anblick für Sie. Wie sehr ich um meine Ehre zitterte, aus Angst, ich könnte meine Beherrschung verlieren. Ah, was für ein verdorbenes Weib. Wie sie ihren Mann betrogen hat!« Dann sah er mich zum ersten Mal an und sagte: »Glauben Sie nicht auch, daß es für einen Mann das beste ist, niemals zu heiraten?«

Da ich derartige Anblicke gewöhnt war, hatte ich durchaus Verständnis für seine Bestürzung, und meine eigene Erregung klang in meinen Worten mit, als ich erwiderte: »Ah, mein Herr, Sie kennen den Lauf der Welt noch nicht. Erst gestern nacht habe ich eine weitaus schlimmere Szene mit angesehen als das, was sich gerade vor unseren Augen abgespielt hat, wo nämlich Männer, die ewige Keuschheit gelobt hatten, eine teuflische Verschwörung in Szene setzten, in der Sie selbst zum Opfer bestimmt wurden.«

»Um Himmels willen, ich beschwöre Sie, sagen Sie mir, um was es sich dabei handelt«, barst es aus ihm hervor.

»Nicht jetzt, man wird uns vermissen, kennen Sie nicht einen Ort, wo ich mich mit Euer Lordschaft unter vier Augen besprechen kann? Wir könnten uns morgen nachmittag um zwei Uhr in der Burlington Arcade treffen. Ich werde verkleidet erscheinen«, antwortete ich.

Hastig notierte er sich Zeit und Ort der Verabredung, und dann beeilten wir uns, zum Tanzsaal zurückzukehren, dem wir fast zwanzig Minuten ferngeblieben waren. Wenig später, als ich neben Alice saß und ihr meine Abenteuer ins Ohr flüsterte, kam Lady Montairy, der ich bereits vorgestellt worden war,

und setzte sich zu mir. »Ah!« sagte sie mit einem listigen Blick. »Wie es scheint, sind Sie dabei, den Preis zu erringen. Meine Schwester Corisande hat Ihnen gegenüber keine Chance.«

»Ich habe nur einmal mit ihm getanzt«, erwiderte ich unschuldsvoll.

»Ah!« lachte sie heraus, »ich habe nicht den *Lanciers* gemeint, sondern Ihren heimlichen Spaziergang zu den stillen Winkeln des Wintergartens. Sie hatten ja dort ein reizendes *Tête-à-tête.*«

»Aber wir konnten uns nicht so hemmungslos ergehen wie Sie mit Seiner Durchlaucht«, lachte ich und genoß ihre Bestürzung. Sie war sprachlos vor Überraschung, in ihren Augen lag das pure Entsetzen, und ich beruhigte sie schnell: »Ich bin Ihre Freundin, liebe Lady Montairy, Ihr Geheimnis ist bei mir sicher. Ich hoffe, Sie werden sich hüten, irgendwelche Bemerkungen über mich und Lothair zu machen.«

Sie drückte nervös meine Hand und fragte: »Erinnern Sie sich an Freds Geburtstag? Ich selbst war nicht dabei, aber mein Bruder Bertram war mit seinen Vettern, den Vavasours, dort und gab sich als deren Bruder Charlie aus, denn der eigentliche Charlie war zufällig zu krank, um sie zu begleiten. Daher bin ich auch in Ihre Gesellschaft aufgenommen. Wir werden uns noch begegnen«, fügte sie mit einem Lächeln hinzu, »ich muß jetzt gehen und meinen gesellschaftlichen Verpflichtungen nachkommen.«

Das Souper war märchenhaft, und wir kehrten rundum zufrieden zum Haus von Lady St. Jerome zurück, besonders was die Aussicht auf künftige Vergnügungen betraf.

Am nächsten Tag benutzte ich den Vorwand, eine ehemalige Schulkameradin zu besuchen, um alleine ausgehen zu dürfen, und schlenderte um zwei Uhr durch die Burlington Arcade. Lothair kam auf die Minute pünktlich und wisperte mir zärtlich ins Ohr, während ich die Auslagen in einem Puppengeschäft betrachtete: »Es ist wirklich zu gütig von Euch und beweist mir, daß auf Sie Verlaß ist. Ich habe alles höchst zufriedenstellend vorbereitet, wir brauchen nur noch die Straße zu überqueren, um zum Bristol Hotel in den Burlington Gardens zu gelangen, wo ich schon Lunch für mich und meine Cousine aufs Zimmer bestellt habe. Man kennt mich dort viel zu gut, um die Nase in meine Angelegenheiten zu stecken.«

Das Zimmermädchen half mir im Schlafzimmer beim Ablegen, und nachdem ich mich meines Mantels, Hutes etc. entledigt hatte, ging ich zu Lothair in den angrenzenden Raum hinüber, wo ein prächtiges Mahl aufgetragen war.

Lothair, dessen Schüchternheit der vorhergehenden Nacht wie weggeblasen war, bestand darauf, daß ich zuerst einige Erfrischungen zu mir nehmen müsse, ehe ich mit meinen wichtigen Ausführungen begönne. »Außerdem«, meinte er, »wird Ihnen ein Gläschen Champagner Mut einflößen, wenn er Ihnen nicht ganz und gar zuwider ist. Die Szene gestern nacht war ja wirklich ein Schock für uns beide, also möchte ich Sie nicht bedrängen, sollten Sie es vorziehen, über das zu schweigen, was Sie in jener pikanten Situation erwähnten.«

Während der gesamten Mahlzeit unterhielt er sich angeregt mit mir, und als wir fast fertig waren, bat ich ihn, ein wenig Milch kommen zu lassen, und während er gedankenverloren die Reste der *Pâté de foie gras* betrachtete, schüttete ich die Milch in zwei Champagnergläser und fügte – listig, wie ich war – seinem Glas zirka zehn Tropfen einer Cantharides-Tinktur bei, die Alice mir zugesteckt hatte. »Nun, Mylord«, sagte ich, »fordere ich Sie auf, mit einem Glas meines Lieblingsgetränks auf mein Wohl anzustoßen, Champagner mit Milch ist einfach himmlisch!« Ich goß den schäumenden Wein dazu und reichte ihm das Glas, nachdem ich es zuvor mit meinen Lippen berührt hatte.

In seinen Augen funkelte die reine Wonne, als er das Glas in einem Zug leerte, es dann über die Schulter warf und dabei ausrief: »Niemand wird je wieder dieses Glas an seine Lippen führen, das war in der Tat eine Herausforderung, Lady Beatrice, nach der mich nur noch die Wirklichkeit selbst zufriedenstellen kann.« Damit erhob er sich und verlangte den Kuß, den ich, wie er behauptete, gefordert hatte. »Nun«, fuhr er fort und zog mich zu einem Sofa, »wollen wir uns ein wenig setzen und über das sprechen, was Sie erwähnt haben; wer waren jene ruchlosen Männer?«

»Monsignore Berwick und Father Coleman«, antwortete ich. »Haben Sie jemals von der geheimen Schwesternschaft St. Bridget gehört, deren Nonnen sowohl ihre Seele wie ihren Körper in den Dienst der Kirche gestellt haben?«

»Nein, noch nie, fahren Sie fort«, sagte Lothair, und das tat ich dann auch:

»Diese Nonnen sind alle von aristokratischer Herkunft und haben sich, wie schon gesagt, den Interessen der heiligen Mutter Kirche verschrieben, nämlich die Gelüste der Priester zu befriedigen und jeden einflußreichen Mann, den sie mit dem seidenen Band der Ehe an sich knüpfen können, zu heiraten; solche Damen, Mylord, sind Lady St. Jerome und Miss Arundel.«

»Unglaublich!« rief Lothair aus. »Aber Ihren Worten kann ich nicht mißtrauen, verehrte Beatrice, wenn ich Sie so nennen darf.« Er schaute mich verliebt an und war offensichtlich schon leicht von der erregenden Tinktur, die ich ihm verabreicht hatte, aus der Fassung gebracht. Ich ergriff seine heiße Hand und schaute ihn unverblümt an: »Lieber Lord, hätte ich auch nur einen Moment geglaubt, Sie würden an meinen Worten zweifeln, so wäre ich jetzt nicht hier.«

Mit den Worten: »Nennen Sie mich Lothair, meine Liebe, lassen Sie alle Schranken fallen«, legte er mir den Arm um die Taille und küßte mich erneut auf die Wange. »Erzählen Sie weiter, wie war das mit den teuflischen Priestern, die sich verschworen haben, mich in ihre Fänge zu locken?«

»Hören Sie auf mich, Lothair«, mahnte ich ihn, »Sie werden

Miss Clare sehr verändert finden, an die Stelle eines gesetzten und zurückhaltenden Wesens ist ein lockendes, verführerisches Weib getreten; der Kardinal hat ihr mit aller Dringlichkeit aufgetragen, im Ernstfall nicht einmal ihre Ehre zu schonen, doch diese hat sie bereits vor meinen Augen dem Beichtvater preisgegeben«, und ich beschrieb ihm die Szene, deren Zeuge ich in der Kapelle geworden war, was ihn, zusammen mit der Wirkung der Tinktur, in einen Zustand verliebter Erregung brachte.

»Ehre! Ehre!« rief er echauffiert. »O weh, liebe Beatrice, letzte Nacht war ich noch stark genug, eher mein Leben als meine Ehre zu verlieren, aber schon ist sie dahin, hat mich verlassen, so flüchtig wie ein Schatten, aber was war sie denn in Wirklichkeit? Nichts weiter als eine erbärmliche Verschämtheit; Sie müssen die Meine werden, ich kann die Liebesglut in mir nicht löschen, sie verzehrt mich ganz und gar; das Sündige daran macht die Sache nur noch schmackhafter.« Meine schwachen Abwehrversuche nützten nichts, er war schließlich ein recht kräftiger junger Bursche; es dauerte keine Sekunde, und schon warf er mich rücklings auf das Sofa, während seine Hand Besitz von meiner verlangenden Pussi ergriff. Die Glut der Leidenschaft hatte ihn gänzlich erfaßt, und ich tat so, als würde ich mich wehren, als könnte ich mich ihm nur unter Gewaltanwendung hingeben, und schloß die Augen, wie um nicht mit ansehen zu müssen, wie er sich vor mir entblößte.

Er zwang meine Beine auseinander, warf sich auf mich, und ich konnte fühlen, wie sich der feurige Kopf seines Liebespfeils einen Weg durch die Lippen meiner Spalte bahnte. Ich kämpfte, so gut ich konnte, und da ich zuvor in einer zusammenziehenden Lösung aus Wasser und Alaun gebadet hatte, gestaltete es sich für ihn so schwierig, in die Enge meiner Scheide einzudringen, als wäre ich tatsächlich noch Jungfrau. Meine unterdrückten Schmerzensschreie klangen echt, denn sein großes Ding verursachte mir wirkliche Qualen, aber Stück für Stück drang er vor und verströmte sich in einem mächtigen Erguß.

»Ah, Liebling, wie köstlich!« rief er, wie er da bebend auf mir lag, den Dolch bis zum Heft in mir, und die lasziven Liebkosungen genoß, mit denen ich ihn nun verwöhnte.

Seine Lippen hingen an den meinen, und die zarte, samtige Spitze seiner Zunge war ein Leckerbissen, dem ich einfach nicht widerstehen konnte, und ich saugte daran, bis mir fast der Atem verging. Er kam noch einmal unter dem Einfluß der stimulierenden Gefühle, die ich in ihm erweckte. Dann lag er einige Augenblicke still, damit wir wieder zu Atem kommen konnten, bis ich ihn mit einer Aufwärtsbewegung meiner Hüften zu neuen Taten herausforderte.

Es war ein höchst erotischer, überschäumender Liebesakt. Ich konnte ihn einfach nicht zur Erschöpfung bringen; ohne Unterlaß spritzte er seinen Saft in meinen unersättlichen Schoß, und es dauerte mehr als eine Stunde, ehe wir bereit waren, das Spiel zu unterbrechen.

Die ganze Zeit hingen wir wie siamesische Zwillinge aneinander, nur ein Herz und eine einzige Seele schienen uns zu beleben, während die Flut der Liebessäfte nicht zum Versiegen kam und wir in höchst wollüstiger Erregung dahinschmolzen.

Nachdem wir uns gewaschen und erfrischt hatten, bat er um Vergebung für sein impulsives Verhalten und versprach, mich zur Frau zu nehmen, ich aber erinnerte ihn an seine Worte vom vorherigen Abend, es sei »besser für einen Mann, niemals zu heiraten«, und daß meiner Meinung nach solch süße Stunden verheirateten Leuten niemals beschert sein könnten.

»Ha! Ha!« lachte ich. »Sie müssen noch die beiden Nonnen von St. Bridget vernaschen. Beherzigen Sie meinen Rat, tun Sie so, als ob Sie ihnen in die Fänge gehen würden. Ich werde Sie noch in eine ganz andere geheime Gesellschaft einfüh-

ren, von der Sie noch nie gehört haben. Sie hat sich den Genüssen der Liebe verschrieben, ohne von einer lüsternen Priesterschaft kontrolliert zu werden. Wir werden uns heute in acht Tagen wiedertreffen, und dann berichten Sie mir von den Fortschritten, die Sie gemacht haben.«

Er nahm sehr liebevoll von mir Abschied, und bei meiner Rückkehr zum St. James' Square stellte ich fest, daß Lady Montairy eine Einladung von der Herzogin überbracht hatte, ein paar Tage bei ihr im Crecy House zu verbringen, ehe wir auf unseren Landsitz zurückkehrten.

»Wie entzückend«, sagte Alice, »der Graf ist geschäftlich in Paris, und die Gräfin ist des öfteren unpäßlich, es wird wie im Garten der Aphrodite sein.«

An jenem Abend speiste Lothair mit uns, doch keiner von uns verriet, weder durch Worte noch durch Blicke oder Gesten, das zwischen uns geknüpfte Band.

Miss Arundel war sehr attraktiv und geradezu verführerisch in der Art und Weise, wie sie mit ihm umging. Ihr Gesicht war ein einziges Lächeln, wenn sie sich in verbindlichem, ja fast zärtlichem Ton an ihn wandte. Sie war betörend genug, um sogar weniger empfänglichen Männern (noch weniger als Lothair) mit den Gaben des schwachen Geschlechts den Kopf zu verdrehen, und sah einfach göttlich aus, wirklich bezaubernd in ihrer weißen Robe, geschmückt mit Veilchen, die frisch aus Paris gekommen waren; auf dem Kopf trug sie einen Veilchenkranz vom gleichen tiefen, strahlenden Violett wie ihre Augen, der bewundernswert mit ihrem dunklen, goldbraunen Haar kontrastierte.

Ich konnte sehen, wie fasziniert Lothair war. Er lud uns alle ein, am folgenden Abend zu ihm hinüber nach Richmond zu fahren, um bei ihm zu dinieren, doch Alice lehnte – auch in meinem Namen – ab und begründete dies damit, daß unsere Zeit in London ohnehin viel zu kurz bemessen sei und wir außerdem der Einladung der Gräfin umgehend Folge leisten müßten; mit Lady St. Jeromes gütiger Erlaubnis würden wir am nächsten Morgen in aller Frühe nach Crecy House aufbrechen.

Ich bemerkte, daß dieser Plan sie äußerst zufriedenstellte. Am nächsten Tag wurden wir im Crecy House im Namen der Gräfin, die das Bett hüten mußte, von Lady Bertha St. Aldegonde willkommen geheißen. Lady Montairy begleitete uns zu unseren Zimmern, und indem sie die Dienerschaft so bald wie möglich entließ, schloß sie zuerst mich, dann Alice in die Arme und sagte: »Wie schön, daß ihr beiden Süßen so früh gekommen seid. Ihr kommt genau im richtigen Augenblick, um einer höchst wichtigen Zeremonie beizuwohnen. Mutter befindet sich im Glauben, wir wären morgen alle in der Akademie, doch in Wirklichkeit handelt es sich um einen ganz anderen Ort. Tatsache ist, daß Lady Corisande morgen in den Paphianischen* Kreis eingeführt wird, wie wir die Gesellschaft nennen wollen, die Sie beide mit ins Leben gerufen haben. St. Aldegonde, scheinbar ein Faulpelz und Taugenichts, ist das Herz und die Seele der Gesellschaft; Bertha sieht ihm alles nach, wie Eifersucht unserer Familie überhaupt völlig fremd ist. Auch Bertram, Carisbrooke und Brecon werdet ihr dort antreffen. Nur Lothair fehlt uns noch zu unserem Glück, denn Corisande möchte herausfinden, wer von allen ihr am besten gefällt.«

Alice: »Aber wir brauchen doch wohl nicht bis morgen zu warten, kannst du nicht gleich heute abend eine kleine Party in deinem Zimmer für uns veranstalten, liebe Victoria?«

»Doch«, antwortete sie, »aber nur eine Damenparty; wir drei und Corisande. Mein Zimmer liegt direkt neben eurem.

* Paphos, in Südwest-Zypern, Ort der Verehrung für Aphrodite, die Liebesgöttin der griechischen Mythologie; dort soll sie (die »Schaumgeborene«) der Tradition zufolge den Wogen des Meeres entstiegen und an Land gegangen sein.

Die Herren werden in ihre Clubs gehen. St. Aldegonde schläft nachts nie mit einer Frau, denn er behauptet, der Morgen sei die beste Zeit für ihn, weil sein Stengel vor dem Frühstück, bei leerem Magen, immer in Hochform ist.«

Die Unpäßlichkeit der Gräfin diente allen Damen der Familie als Entschuldigung, sich frühzeitig zurückzuziehen, und nachdem wir unsere Zofen weggeschickt hatten, fanden wir uns in Lady Montairys Zimmer ein, alle in unseren *Robes de nuit*.

Bertha St. Aldegonde war eine wirklich prächtig anzusehende Frau, dunkel-brünett, mit vollentwickelter Figur, auffallend dunklen, leuchtenden Augen und einem höchst sinnlichen Mund. Auch Victoria Montairy war eine Dame von edler Erscheinung und sehr schönen, klassischen Zügen, während Corisande schöner war denn je, ganz ohne Schmuck, nur mit ihrem makellosen *Chemise de nuit* bekleidet.

Alice und ich küßten sie hingebungsvoll, worauf sie liebevoll einging.

»Nun, wie sieht das Programm aus?« fragte Alice Lady Bertha.

»St. Aldegonde und Montairy haben sich zurückgezogen, um morgen bei der großartigen Zeremonie taufrisch zu sein«, erwiderte sie. »Was für schwächliche Geschöpfe die Männer doch sind, als ob man uns schonen müßte! Victoria und ich bekommen nie genug; je mehr wir es besorgt kriegen, desto mehr brauchen wir es, und sie werden dann immer unfähiger, uns zu befriedigen; da man doch immer von Frauenrechten spricht, sollte man die Ehemänner verpflichten, Ersatz zu beschaffen, wenn sie selbst nicht in der Lage sind, es uns zu machen.«

»Nun, wenn du ein paar gute *Godemiches* hast, werden Beatrice und ich versuchen, dich ein wenig zu befriedigen, während uns die liebe Corisande mit der altbewährten Rute ein bißchen Feuer unter dem Hintern machen kann«, sagte Alice.

Die *Godemiches* wurden herbeigebracht und erwiesen sich als recht monströs, ganz nach unserem Geschmack; sie waren aus feinstem vulkanisiertem Kautschuk gefertigt, sehr schön und detailgenau geformt, mit allem, was so dazugehört; wir banden sie um, nachdem sie mit einem Gemisch aus Gelatine und Milch gefüllt worden waren. Alle Anwesenden waren nun splitternackt.

Lady Bertha nahm mich auf den Schoß und küßte mich lustvoll, während sie den Dildo bediente, als sei er aus Fleisch und Blut. »Was für ein hübscher Kerl«, lachte sie, »und kein bißchen zu groß, um mich zu beglücken.« Währenddessen rieb und drückte ich ihre Klitoris; sie küßte mich inbrünstig und nahm mir fast den Atem, erregt durch meine Zärtlichkeiten, die ihren sehr gut ausgebildeten Kitzler mächtig erigierten. Sie zog mich auf ein Sofa, und ich stieß das Ding in ihre bereits gut geschmierte Pussi; ihr Hintern hob sich jedem Stoß entgegen, und ich spürte die brennenden Schläge der Birkenrute, mit denen Corisande abwechselnd mich und Alice traktierte; es war ganz köstlich. Mit aller Inbrunst erwiderte ich die Umarmungen Lady Berthas, die meinen Hintern fest umfaßte, während sie mit zwei Fingern ihrer rechten Hand gleichzeitig mein Löchlein und meine Gruft erregte; Alice und ihre Partnerin waren vergessen; ich glaube, ich habe noch nie in meinem Leben so paradiesische Freuden genossen. Die Vielfalt meiner Gefühle brachte mich in Ekstase, die entzückende Frau unter mir wand sich in einem Taumel der Wonne, und unsere lustvollen Küsse und die exquisiten, kitzligen Vibrationen meines umgeschnallten Organs verhalfen auch mir zu einer solchen Glückseligkeit, daß, als ich den *Godemiche* in ihr zur Entladung brachte, auch ich in einer Woge der Schlüpfrigkeit dahinschmolz.

Wenige Augenblicke später flehte ich sie an, den Herrn zu spielen und mir ihre steife Klitoris zu geben, die mir sicherlich äußerstes Vergnügen bereiten würde. »Aber ja, meine Liebe«, erwiderte sie, »das tue ich oft mit Victoria; leg den Dildo ab.« Wir wechselten die Positionen, und ich bat sie, zunächst über meinem Mund zu knien, damit ich ihre Pussi genießen und ihren aufregenden Kitzler streicheln könnte. So geschah es auch, und ich gewann einen wunderbaren Einblick in ihre Liebesgrotte. Sie hatte einen prächtigen Venushügel, bedeckt mit glänzendem schwarzen Haar; die gezackten Lippen ihrer Scham waren leicht geöffnet, und zwischen ihnen ragte eine steife, fleischige Klitoris heraus, von der Größe eines Männerdaumens. Ich öffnete ihre Lippen mit den Fingern und ließ meine Zunge auf den empfindsamsten Stellen kreisen, dann nahm ich die prächtige Klitoris in den Mund und ließ auch um sie meine Zunge kreisen, während ich sie gleichzeitig zärtlich biß; das war zuviel für sie, denn sie schrie auf: »Du machst mich fertig, Liebste!« und ergoß sich reichlich über meinen Mund und mein Kinn.

Sie sank auf mir nieder, und ich spreizte die Beine, um ihr Zugang zu verschaffen. »Nun bin ich an der Reihe, die köstlichen Freuden, die du mir bereitet hast, zu erwidern«, seufzte sie, küßte mich voller Inbrunst und sog meine Zunge in ihren Mund, so daß ich kaum Atem holen konnte; mit den Fingern öffnete sie meinen Schlitz, so weit es ging, dann richtete sie ihren Kitzler in die Passage und schien ihre Schamlippen gleich mit hineinzustopfen, dann schloß sie meine Lippen darüber und hielt alles zusammen mit der Hand fest. Ich kann Dir gar nicht beschreiben, wie neuartig und ergötzlich diese Verbindung für mich war; wir waren beide so erhitzt und erregt, daß unsere Ergüsse zusammenzufließen schienen, was unsere Liebesraserei noch mehr anheizte; sie schob ihre Klitoris in mir auf und ab, ohne auch nur einen Moment von mir zu lassen, wobei die Lippen und das Haar ihrer Muschi meine empfindsamsten Stellen auf höchst lustvolle Weise kitzelten und streichelten. Erneut schwammen wir auf einer Woge der Geilheit, und Corisande trug zur Lust ihrer Schwester bei, indem sie die Rute auf ihrem Hinterteil tanzen ließ.

Endlich war alles vorüber; wir legten uns zur Ruhe und standen erst am späten Vormittag des nächsten Tages wieder auf. Erfrischt nach einem kalten Bad, fanden wir gerade noch Zeit zu frühstücken, um uns dann umgehend auf den Besuch der Akademie vorzubereiten. Wir fuhren zum Burlington House, blieben jedoch nur eine halbe Stunde, bestiegen wieder die Kutsche und wurden zu einem großen Haus an der Themse, in Cheyne Walk, gefahren. Es war ein einzelnstehendes Haus in einem großen Park.

An der Tür wurden wir von einer stillen alten Dame empfangen, die die Haushälterin und Betreuerin des Paphianischen Kreises war; sie führte uns in eine große Empfangshalle, die fast das gesamte Erdgeschoß ausfüllte und deren Decke in der Mitte von eleganten, sich nach oben verjüngenden Säulen in Schwarz und Gold gestützt wurde, die dem Raum das Aussehen eines Saales in der Alhambra verliehen, und die Fenster waren von prächtigen Vorhängen, ebenfalls in Schwarz und Gold, verhängt. Obwohl draußen die Sonne schien, wurde der Raum von Wachslichtern erhellt, die auf kunstvolle Weise über sämtliche Wände verteilt waren.

Der Herzog von Brecon war als Novize gekommen, und Bertram und Lord Carisbrooke als seine Bürgen; die Herren Montairy und St. Aldegonde sowie weitere Damen und Herren waren ebenfalls anwesend. Alice und ich wurden, als zwei der Begründer des Kreises, mit Komplimenten überschüttet.

Lord St. Aldegonde, in seiner Funktion als Präsident, fragte nun Corisande und den Herzog, ob sie ihr Wort geben wollten, alle Geheimnisse des Paphianischen Kreises zu wahren, wobei er anmerkte, daß ein Schwur wohl überflüssig sei, denn er sei sicher, daß jene, die sie hergebracht hätten, vollkommenes Vertrauen in ihre Verläßlichkeit hätten. Nachdem sie ihr Wort gegeben und ihm die Hand geschüttelt hatten, forderte er alle auf, sich auf den Tanz vorzubereiten, da niemand mehr erwartet würde.

Die Gesellschaft zog sich in die Umkleideräume zurück, und wenige Minuten später waren wir in die Halle zurückgekehrt, alle im Adams- bzw. Evaskostüm, mit Ausnahme von Seidenstrümpfen, Strumpfbändern und eleganten Tanzschuhen. Um jegliche Anwandlungen von Eifersucht oder unangemessene Bevorzugungen zu unterbinden, befand sich ein Kästchen auf einem Buffet, auf dem auch die Erfrischungen standen; in dem Kästchen steckten Pergamentstreifen, von denen ein jeder mit dem Namen eines der anwesenden Herren versehen war, und die Damen mußten auslosen, wer ihr Tanzpartner beim ersten Walzer und dem anschließenden *Pas de Deux* sein würde. Corisande zog einen Zettel mit dem Namen Lord Carisbrookes, und meine Errungenschaft war St. Aldegonde.

Ich darf nicht vergessen zu erwähnen, daß eine der Damen einen Zettel mit der Aufschrift »Piano« zog, und der zuletzt übrige Herr mußte das Notenblatt für sie wenden. Diese Aufgabe fiel Lady Bertha zu, die eine hervorragende Pianistin war und sogleich eine aufreizende Melodie aus den *Argyll Rooms* zu spielen begann, worauf wir sofort zum Tanze schritten. Das war weitaus erregender als das Blindekuh-Spielen an Freds Geburtstag; sie hielt uns auf Trab, bis ein Paar nach dem anderen ermattet auf eines der einladenden Sofas sank, die verstreut im Saal herumstanden; mein Partner war bereits in einem vollkommen erigierten Zustand, doch er flüsterte mir ins Ohr: »Noch nicht, liebe Beatrice, wir müssen uns erst um Corisande kümmern.« Jedermann schien genau das zu tun, was von ihm erwartet wurde, ohne daß es irgendwelcher Anweisungen bedurft hätte; alle Paare bildeten einen Halbkreis um das Sofa, auf dem Carisbrooke Corisande streichelte und küßte, während das schöne Mädchen mit vor Liebesglut geweiteten Augen seufzte und seinen feinen Liebespfeil be-

trachtete, den sie in der Hand hielt. »Nun, meine Liebe«, begann ihr Galan, »als Novizin müssen Sie den Stab eines jeden Gentleman küssen, und dann werden wir Sie in die Mysterien der Venus einführen.« Corisande errötete, nahm jeden der pulsierenden Pfeile sanft in die Hand und küßte zärtlich deren samtige Spitzen. »Nun, Brecon«, sagte mein Partner, »jetzt müssen Sie das gleiche bei den Damen tun, dann erst ist dieser Teil der Zeremonie beendet.«

»Mit Vergnügen, und auf die Knie«, sagte der Herzog, und jede von uns präsentierte ihre Pussi seinen Lippen. Dann drückte Carisbrooke Corisande sanft auf das Sofa zurück und schob ihr ein weiches Kissen unter den Popo, worauf er sich in die erforderliche Stellung brachte; doch es gelang ihm nicht, seine Erregung zu zügeln, und schon spritzte sein Liebessaft über ihren hübschen moosigen Venushügel und Bauch, ja, bis hinauf zu den Alabaster-Halbkugeln ihres Busens.

Er errötete vor Scham und Pein, und Corisande lief purpurrot an, während sie in erregter Erwartung nach Luft rang.

Lady Bertha, die nicht so leicht aus der Fassung zu bringen war, wischte mit den Fingern die Flüssigkeit vom Bauch ihrer Schwester und benetzte deren Spalte damit; dann nahm sie beherzt den Stab Seiner Lordschaft und richtete ihn auf das sehnsuchtsvoll harrende Tor der Liebe.

»Leg los, leg los, mein Junge. Und du, meine Liebe, mußt ihm deinen Schoß entgegenheben«, lachte sie und versetzte Corisande mit der anderen Hand einen klatschenden Schlag gegen die Seite ihres Hinterteils.

Der furiose Stoß des Liebespfeils erfolgte genau im richtigen Moment. Der Aufprall auf den Vorhang ihrer Unschuld war zerstörerisch, die jungfräulichen Schutzwälle gaben nach, und mit einem durchdringenden Schmerzensschrei versank sie in Bewußtlosigkeit. Er führte die Eroberung der Jungfräulichkeit seines Opfers zu Ende, lag dann in Schweiß gebadet da und versuchte schließlich, sie mit seinem lustvoll pochenden Stabe von innen her zu beleben, während wir Riechsalze und Stärkungsmittel anwandten.

Sie kam sehr schnell wieder zu sich und hatte offenbar den Schmerz ihrer Schändung bereits vergessen; eine verzückte Ermattung lag in ihren Augen, als sie sein Hinterteil tätschelte und ihn an ihren Busen drückte. Er erwiderte ihre Herausforderung und ließ sie in allen möglichen Verzückungen des Beischlafs schwelgen, zog niemals seinen blutbefleckten Priapus heraus, ehe sie nicht mehrmals zum Höhepunkt gekommen waren.

Mein Partner führte mich nun zu einer Couch, während die anderen Paare sich ebenfalls zerstreuten. Er war immer noch so steif wie eh und je, und es verlangte mich, ihn in mir zu spüren, doch zu meiner Überraschung setzte er sich umgekehrt auf mich, seinen Hintern vor meinem Gesicht, und bat mich, meine festen Titten zusammenzudrücken, so daß sein Stab noch einmal den Liebessaft ausspritzen könnte, während er mich leckte. Das war eine lustvolle Stellung, und ich verwandte all meine Inbrunst darauf, seine Idee zu unterstützen, und seine lüsterne Zunge schaffte es, daß ich genau in dem Augenblick kam, als sein Sperma meinen Busen und Bauch überflutete.

Alice hatte Lord Montairy gehabt.

Daraufhin wurden die Namen der Herren wieder in das Kästchen gelegt, und die Damen wurden aufgefordert, eine neuerliche Wahl zu treffen, doch im Falle, daß eine Dame ein weiteres Mal denselben Partner zog, mußte sie den Zettel zurücklegen und einen neuen ziehen.

So verbrachten wir einen köstlichen Nachmittag, und von Zeit zu Zeit erfrischten wir uns mit etwas Champagner und Eis oder auch etwas Nahrhafterem, denn der heilige Dienst an Venus und Priapus erfordert eine fortwährende Stimulation durch kräftigende Speisen.

In dieser kurzen Skizzierung meiner Abenteuer wäre es

undenkbar, alles in voller Ausführlichkeit zu beschreiben, doch ich kann Dir versichern, daß die Damen die Herren ziemlich erschöpften, ehe sie sich zum Dinner nach Hause fahren ließen.

Kapitel 4

Ich muß mich nun wieder der Liaison mit Lothair zuwenden; er hatte mir versprochen, mich am kommenden Wochenende zu besuchen, und ich hoffte, dann Einzelheiten über seine Fahrt nach Richmond zu erfahren.

Wir hielten wiederum Lunch im Bristol, und ich brauchte diesmal nicht auf die Tinktur zurückzugreifen, denn ich fand ihn diesmal bereits fast so heiß und impulsiv wie bei unserem ersten Treffen vor. »Ah! Beatrice«, sagte er, als wir nach mehreren köstlichen Liebesgefechten erschöpft auf einem Sofa ruhten. »Ich kann dir nicht halb soviel Dankbarkeit und Zuneigung zum Ausdruck bringen, wie ich eigentlich sollte, denn du hast dich nicht damit zufriedengegeben, mich glücklich zu machen, sondern hast mir auch noch völlig selbstlos dazu verholfen, die beiden Nonnen zu genießen. Doch erzähle mir zunächst etwas über die Gesellschaft der Liebe, in die du mich einführen willst, danach werde ich dir von meinem Abenteuer berichten.«

Ich beschrieb ihm also mit wenigen Worten den Paphianischen Kreis und nahm ihm das Versprechen ab, sich bei der nächsten Séance von mir einführen zu lassen.

»Ich weiß«, sagte er zu mir, »du hieltest mich für ziemlich von Miss Arundel eingenommen, doch habe ich deinen Rat beherzigt und beschlossen, den Neubekehrten zu spielen und alle Vorteile zu nutzen, die sie als Köder auslegten, um mir dadurch einen allgemeinen Einblick in die Pläne der Jesuiten zu verschaffen, bevor ich ihnen die Augen öffne, doch vorläufig sieht es so aus, als ob das Spiel noch lange so weitergehen wird. Und was die Fahrt nach Richmond betrifft: Bereits auf dem Wege dorthin führten sich Lady St. Jerome und Miss Arundel sehr lebhaft und geradezu verführerisch auf; dann unternahmen wir eine sehr schöne Ruderpartie auf dem Fluß, während wir auf das Dinner warteten, und setzten uns mit ausgezeichnetem Appetit zu Tisch. Ich versah die beiden Damen mit reichlich Wein und bat sie um den Gefallen, mich während des Desserts nicht allein zu lassen, denn ich rauchte nicht, und andere Herren seien auch nicht zugegen. Es war alles angenehm und prickelnd, religiöse Themen wurden wie durch stummes Einverständnis gemieden, die Damen verließen dann den Tisch und zogen sich auf ein Sofa im Hintergrund zurück, wo ihre Gesichter nicht vom grellen Licht des Kronleuchters beschienen wurden; sie hatten jede zwei Glas Champagner getrunken und schienen sehr darauf bedacht, die Grenzen des Anstands nicht zu überschreiten, als ich eine neue Flasche öffnete und sie dazu aufforderte, auf das Wohl der christlichen Kirche anzustoßen.

›Ah!‹ sagte Miss Arundel mit leuchtenden Augen, ›welche Kirche meinen Sie denn?‹

›Meine lieben Damen‹, erwiderte ich, ›formulieren Sie einen Toast ganz nach Ihren Wünschen, und ich werde vor Ihren Augen ein randvolles Glas in einem Zuge leeren.‹

›Dann‹, sagte Clare, ›wollen wir auf das Wohl der heiligen römisch-katholischen Kirche und das seiner Heiligkeit, Papst Pius' IX., anstoßen.‹

Ihre Augen funkelten, und beide schienen ganz außergewöhnlich erregt.

›Was würden wir für Ihre Bekehrung nicht alles tun, lieber Lothair‹, sagte Lady St. Jerome. ›Kommen Sie, setzen Sie sich zwischen uns, dann wollen wir ernsthaft mit Ihnen darüber reden.‹

Ich setzte mich auf das Sofa, und in meiner Weinseligkeit

legte ich keck je einen Arm um die Taillen der beiden Ladies und sagte, ohne weiter darüber nachzudenken: ›Ah! Das ist alles Unsinn; in Wahrheit würde ich Leib und Seele verkaufen, um in den Genuß des Glücks zu gelangen, zu dem Sie und Ihre Nichte mir verhelfen könnten.‹

Miss Arundel stieß einen tiefen Seufzer aus, aber Lady St. Jerome flüsterte verführerisch und legte eine Hand auf meinen Schenkel, in beunruhigende Nähe eines sehr wichtigen Gliedes meiner Anatomie. ›Ah! Was wollen Sie damit sagen? Treten Sie unserer Kirche bei, und wir werden Ihnen nichts vorenthalten.‹

›Nichts! Rein gar nichts! Sie werden dann Nachsicht und Absolution für alles erhalten‹, wisperte Clare und legte den Kopf auf meine Schulter.

›Nein! Nein! Ich will mit Priestern nichts zu schaffen haben; ich möchte Nachsicht nur von Ihnen, meine Damen, wenn Ihnen meine Seele am Herzen liegt, noch ist Zeit, sie zu retten; verjagen Sie mich jetzt in unbefriedigter Verzweiflung, wird solch eine Gelegenheit niemals wiederkehren. Ah! Wie grausam werde ich durch die Nähe solcher Reize wie der Ihren in Versuchung geführt!‹ Ich fiel auf die Knie und umfaßte ihre Beine, während ich mein Gesicht in Clares Schoß vergrub.

Die Macht ihrer Gefühle ließ Clare erzittern, und ich war ebenfalls tief ergriffen, aber an ihren Blicken und Gesten konnte ich ablesen, daß dieser Augenblick auch für sie viel zu kostbar war, um ihn ungenutzt verstreichen zu lassen.

Lady St. Jerome ergriff zuerst das Wort. ›Lieber Lothair, wir haben wirklich Mitleid mit Ihrer Not. Oh! Oh! Schande über Ihr Haupt, Sir, was für Freiheiten Sie sich herausnehmen! Werden Sie … Werden Sie uns Ihr Wort geben?‹ sagte sie, als sie in ihrer Verwirrung hin und her rutschte und meine Hand verspürte, die ich unter ihrem Kleid langsam beinaufwärts schob; meine Hände waren beschäftigt, doch Clare preßte ihre Schenkel zusammen und hinderte schweigend, aber nachdrücklich mein Vordringen, während die wortreichen Ergüsse ihrer Tante mich mehr und mehr zu bestärken schienen.

›Bei allem, was mir heilig ist, schwöre ich, alles zu tun, was Sie von mir verlangen, man mag mich sofort in die Kirche aufnehmen, wenn man es für angeraten hält, solange Sie beide nur die barmherzigen Engel meiner drängenden Leidenschaft sein wollen‹, schrie ich und machte mir ihren Zustand der Verwirrung zunutze, um ihre Grotte der Liebe vollständig in Beschlag zu nehmen.

›Clare, Liebste‹, seufzte die edle Dame, ›könnten wir uns denn einer edleren Sache opfern? Indem wir jetzt seine fleischlichen Lüste lindern, können wir gleichzeitig ein verlorenes Schaf zur Gnade des Kreuzes bringen.‹

Ich spürte, wie Miss Arundels Beine nachgaben und ihr Widerstand wich, dann seufzte sie zitternd auf, als meine siegreiche Hand sich einen Weg zu ihrem moosigen Plätzchen bahnte. ›Ah! Wie köstlich, gleich ein Paar so bezaubernder Reize zu genießen, ich will sie küssen und ihnen abwechselnd meine Reverenz darbringen‹, sagte ich voller Wonne bei der Aussicht, die sich mir bot.

Lady St. Jerome: ›Entschuldigen Sie mich einen Moment, lieber Lothair, Clare befindet sich in einem Zustand heftiger Verwirrung, lassen Sie mich ihre Sittsamkeit, so gut es geht, behüten.‹ Damit erhob sie sich, verriegelte die Tür und drehte das Licht fast ganz herunter.

Ich hob Miss Arundels Rock, warf sie rücklings auf das Sofa, und indem ich meine Waffe, die dem Bersten nahe war, aus ihrem Verlies befreite, stürzte ich mich zwischen ihre nachgiebigen Schenkel. ›Sie haben mich tatsächlich von der Qual der Wahl befreit; ich kann die Glut meiner Leidenschaft nicht mehr bezähmen, also muß Clare ihr als erste zum Opfer fallen.‹

In der Ecke, in der wir uns befanden, war es inzwischen fast völlig dunkel, und meine Lippen suchten jene des lieblichen Wesens, dessen ganzer Leib unter mir erschauerte, und dann

stieß sie einen schwachen Schrei aus, als die Spitze meines Pfeiles die Lippen ihrer Pussi berührte. ›Nur Mut, meine Liebe‹, flüsterte ich ihr ins Ohr, ›ich werde Ihnen so wenig wie möglich Schmerzen bereiten; öffnen Sie Ihre Beine, und lassen Sie mich so tief wie möglich eindringen; Sie leiden um einer hehren Sache willen‹ – als ob ich nicht gewußt hätte, daß sie ihre Unschuld bereits verloren hatte.

Lady St. Jerome war zum Sofa zurückgekehrt und ermutigte Clare, den fürchterlichen Schmerz standhaft zu ertragen. Dann nahm ihre Durchlaucht meinen in voller Blüte stehenden Stengel in die Hand und sagte: ›Lassen Sie mich die Führung übernehmen, lieber Lothair. Ich bin eine verheiratete Frau und weiß genau, wie diese Dinge vollzogen werden müssen.‹ Ihre Berührung ließ mich noch mehr erglühen. Sie zog immer wieder meine Vorhaut zurück und achtete darauf, die Spitze oberhalb des Sesam-öffne-dich zu halten, denn ich sollte an einen echten Widerstand glauben, aber gerade das bereitete mir unendliche Wonne, und schon ergoß sich Mr. Pego über den Vorhof von Clares verlangender Pussi. Endlich, nach großen Anstrengungen, gewährte sie mir Einlaß, und ich flehte Ihre Ladyschaft an, ihre Hand nicht zurückzuziehen, sondern mich in meinen Bemühungen weiterhin zu stimulieren. Drei weitere Eruptionen folgten, eine heftiger als die andere, während sich das liebe Mädchen auf einer Woge der Wollust befand, vor Liebe fast verging und sich in lüsterner Raserei an mich klammerte.

Endlich gelang es mir – ungeachtet ihrer flehentlichen Bitten, immer weiter und weiter zu machen –, mich von ihr zu lösen, denn wie ich sagte, würde sonst nichts übrigbleiben, um der Tante ihre Güte zu vergelten. ›Aber, Clare, Liebling‹, sagte ich, ›ich kann dich ja immer noch mit meiner Zunge beglücken.‹ Mit diesen Worten veranlaßte ich sie, Lady St. Jerome an ihre Stelle treten zu lassen, die sich begierig einiger ihrer Röcke entledigte, um, wie sie sagte, mehr Bewegungsfreiheit zu haben, doch in Wirklichkeit, um zu höherem Genuß zu gelangen. Aus lauter Sympathie mit unseren Freuden war auch ihre Gruft bereits cremig betaut.

Miss Clare war eine willfährige Schülerin und brachte sich schnell über ihrer Tante in Stellung, um so ihre erregte Grotte meinen Lippen darzureichen.

Lady St. Jerome verstand es, ihre Scheide aufs äußerste zusammenzuziehen, wodurch mein Instrument wie von einer weichen, reibenden Hand fest umklammert schien, während sie sich unter mir wand und meinen Stößen entgegenkam. Ich packte und knetete ihre lieblichen Brüste mit beiden Händen, denn sie drückte mich derart konvulsivisch an sich, daß ich sie nicht an mich zu pressen brauchte. Unsere Vereinigung war so erregend, daß ich unter den Berührungen ihrer ›unsichtbaren Hand‹ sofort wieder kam; dann faßte ich mich wieder und schwelgte mehr als eine halbe Stunde in Liebeswonne und Verlangen, während beide Ladies keuchten und seufzten und ihnen, wenn sie zum Höhepunkt gelangten, unterdrückte Schreie der Lust und Hingabe entfuhren. Clare schien beinahe so erregt wie ihre Tante, welche ihr hinteres Löchlein stimulierte und all ihre Lüste zur Gänze ausschöpfte, denn ich war ja so fest verankert, daß sie es wagen konnte, mich mit der einen Hand loszulassen.

Ich weiß nicht mehr, wie wir mit der Vögelei aufhörten, denn sie schien kein Ende nehmen zu wollen; jedenfalls erwachten wir gegen elf Uhr aus einer wohligen Lethargie, in die wir alle versunken waren, dann brachten wir uns soweit wieder in Ordnung, daß wir nach der Kutsche klingeln und uns wieder auf den Weg in die Stadt machen konnten; auf die Bitte, die eisige Nachtluft nicht hereinzulassen, wurden die Fenster geschlossen, und ich hatte abwechselnd die eine oder andere Dame rittlings auf dem Schoß, aufgespießt auf meinen Liebespfeil, bis das Geräusch von Kopfsteinpflaster ankündigte, daß wir uns dem St. James' Square näherten.

Ich habe zwar gelobt, nicht zu heiraten, äußerte aber den Wunsch, vom Heiligen Vater selbst kurz nach Weihnachten in die Kirche aufgenommen zu werden, wenn ich in dieser Angelegenheit nach Rom führe; das gibt mir genügend Zeit, mein Spiel fortzusetzen und den Jesuiten zu beweisen, daß ich ihren Schlichen jetzt gewachsen bin, mit denen sie mich bereits umgarnten, als ich noch in ihrem Institut zu Vauxe war, wo sie über die empfänglichen Sinne eines armen Knaben verfügten, der noch feucht hinter den Ohren war. Ich kann Clare lieben, wenn ich nicht an die Jesuiten denke, aber wenn ich es tue, dann hasse ich sie sogar während der Liebesekstasen.«

Unsere Zeit in der Stadt wurde allmählich knapp, und so richteten Bertram und St. Aldegonde es auf meinen Vorschlag hin ein, daß Lothair bald in den Paphianischen Kreis aufgenommen werden sollte.

Wir wohnten noch immer im Crecy House, und diesmal benutzten wir als Vorwand eine private Gesellschaft beim Herzog von Brecon, um mit den Kutschen Seiner Gnaden einen Ausflug aufs Land zu machen, der selbstverständlich bereits in Cheyne Walk endete. Alles war bereit, und nachdem Lothair in der üblichen Weise aufgenommen worden war, befanden wir uns schon bald wieder im Kostüm von Mutter Natur. Die Partner für den ersten Tanz wurden wieder verlost, und mein Partner war diesmal der Herzog von Brecon, während Lothair von Alice gezogen wurde und Lady Corisande den Platz am Piano einnahm, wo sie durch ihre brillante Ausführung ihren Teil zu der durch die lasziven Bewegungen des Tanzens erzeugten Erregung beitrug, bei welchem, wenn die Partner gewechselt wurden, die Herren den Damen einen klatschenden Schlag auf den Hintern versetzten, was wir ihnen mit scharfen kleinen Klapsen auf ihre ausgefahrenen Stengel heimzahlten, die ob dieser Quadrille bald ganz heiß und erregt waren, während wir uns kaum noch zurückhalten konnten, um Lothair zuerst zu erlauben, unseren pochenden Pussis den obligaten Kuß zu entbieten.

Ich bemerkte, wie Lady Bertha eifrig allen Leuten etwas zuflüsterte, und fand schon bald heraus, daß sie einen kleinen Extraspaß vorschlug, dessen Opfer natürlich wieder der Novize sein sollte, während dem Paphianischen Kreis ein besonderes Vergnügen daraus erwachsen sollte.

Nachdem die Zeremonie des Begrüßungskusses vorüber war, wies Alice Lothair darauf hin, daß er noch eine weitere Bußübung abzuleisten habe, bevor er endgültig in den Genuß der rechtmäßigen Mitgliedschaft gelangen könne, und zeigte auf ein feines »Berkeley-Pferd«, das in die Mitte des Salons gerollt wurde, ein Ding, das einer normalen Trittleiter ähnelte, nur daß es mit rotem Fries bezogen war, ausgestattet mit einem gepolsterten Fußtritt, auf dem das Opfer stehen mußte, während seine Hände so weit über dem Kopf ausgestreckt waren, daß es auf den Zehenspitzen stehen mußte. Lothair, in seiner unwissenden Einfalt, bestieg galant den Tritt, und sofort wurden seine Handgelenke an die oberen Ringe des »Pferdes« gefesselt.

St. Aldegonde lachte über das ganze Gesicht und zog die Stricke gnadenlos fest, was Lothair veranlaßte, sich über die schmerzhafte Lage zu beschweren.

»Das ist noch gar nichts, mein Junge«, sagte Aldegonde, »schreien Sie nicht, bevor es überhaupt weh tut. Warten Sie ab, bis die Rute Ihren Allerwertesten streichelt und wärmt, es wird Ihnen ebenso guttun wie mir; ja, es ist das beste Stärkungsmittel der Welt; fragen Sie Bertha, ob sie in jener Nacht nicht alles bekommen hat, was sie sich wünschte.«

Die ganze Gesellschaft wurde nun mit schönen Ruten aus langen, elegant zusammengebundenen Birkenzweigen ausgestattet.

ALICE, in die vorderste Reihe tretend: »Nun, Sir, beantworten Sie alle meine Fragen, oder Sie haben mit schwerster Bestrafung zu rechnen. An erster Stelle können nur Mitglieder der orthodoxen englischen Kirche in den Paphianischen Kreis zugelassen werden, und eines unserer Mitglieder hat mir gerade geflüstert, daß Sie nach Rom reisen wollen und vielleicht ein verkappter Jesuit sind. Nun, Mylord, was haben Sie dazu zu sagen?«, und sie zog die Rute scharf über seinen Allerwertesten, was ihn vor Schmerz zusammenzucken ließ und eine lange rote Strieme auf die weiße Haut seiner männlichen Hinterbacken zauberte.

LOTHAIR: »Mein Gott, Sie lassen einem ja gar keine Zeit zu antworten.«

Bevor er ausreden konnte, fielen auch schon alle Ladies mit ihren Ruten über ihn her und ließen einen Hagel schmerzhafter Schläge auf sein Hinterteil niedergehen, wobei sie schrien: »Antworten Sie! Antworten Sie sofort! Keine Ausflüchte! Nicht lockerlassen!« etc., während die Gentlemen, die hinter den Damen standen, ihrerseits die hübschen Hinterteile ihrer Partnerinnen malträtierten und dabei riefen: »Weitergeben; los, drauf, Ladies; er ist doch ein Jesuit«, etc.

Lothair geriet erst einmal außer Atem, schrie aber schon bald lüstern aus: »Haltet ein, haltet ein!! Es ist nicht wahr! Tötet mich nicht!«

Sein Hintern und sein Rücken waren von Striemen gezeichnet, und aus manchen offenen Stellen troff das Blut.

ALICE: »Nun, Mylord, entschuldigen Sie bitte unseren heiligen Zorn, falls Sie wirklich kein Jesuit sind. Aber wie steht es mit der Kathedrale, die Sie für sie bauen wollen? Nun?«, und gleichzeitig hieb sie entschlossen weiter, während er unter der brennenden Gewalt erschauderte.

LOTHAIR: »O Gott! Woher wissen Sie das? Ich hatte doch erst ein paar Pläne dafür zeichnen lassen.«

ALICE: »Aber Mylord, erlauben Sie mir, Ihnen diese Flausen auszutreiben. Können Sie sich denn keine bessere Verwendung für Ihr Geld denken? Wollen Sie mir versprechen, sich nicht derart zum Narren zu machen?«, und sie schlug immer heftiger zu, bis er vor Schmerz fast brüllte und es aus ihm hervorbrach:

»Oh! Verdammt! Wie grausam von Ihnen, Miss Marchmont! Ah, lassen Sie mich um Gottes willen herunter. Ich – ich – werde es nicht tun; ich gebe Ihnen mein Wort darauf.«

ALICE: »Bitten Sie mich augenblicklich um Vergebung, Mylord, oder Sie werden spüren, was Grausamkeit wirklich bedeutet. Es ist wirklich grausam für eine junge Dame, die nur eine schmerzliche Pflicht erfüllt!«, und sie nahm eine neue Rute und drosch mit aller Macht erneut auf seinen blutenden Hintern ein.

Lothair wand sich in unerträglichem Schmerz; sein prächtiger Stab war sprungbereit und befand sich in einem unerhörten Zustand der Versteifung, mit hochrotem Kopf aufgrund des außerordentlichen Blutdrucks, der ihn aufblähte. »Ah! Oh! Ich bitte Sie ja um Verzeihung, und Sie werden sie mir auch gewähren. Lassen Sie mich nun herunter«, keuchte er in äußerster Pein.

ALICE: »Es bleibt nur noch eine Kleinigkeit, um die ich Sie bitten muß, nachdem Sie sich entschuldigt haben. Meine Pflicht ist weitaus peinvoller und unangenehmer, als es für Sie ist; körperliche Peinigungen können nicht mit Oualen des Geistes verglichen werden«, und weiter kasteite sie seinen wunden, blutigen Hintern und schaute dabei zuspruchheischend in die Runde der Zuschauer, ohne auch nur einen Augenblick von ihm abzulassen, bevor sie fortfuhr: »Wenn Sie die Kathedrale nicht bauen, wollen Sie dann ein Viertel der Summe, die für die Kathedrale bestimmt war, dem Bau eines würdigen Tempels für die Zusammenkünfte des Paphianischen Kreises opfern?«

LOTHAIR, vor Schmerz keuchend: »*Oh! Oh! Ja! Das werde ich tun.* 50 000 Pfund, wenn Sie mich endlich herunterlassen!«

Es gab allgemeines Händeklatschen, und man hörte Rufe

wie: »Genug jetzt! Genug! Er ist ein braver Junge«, dann kam es ringsum zum Handgemenge, als jeder versuchte, weitere Opfer zu fangen, meistens vom schwächeren Geschlecht, nur die Ladies Bertha und Victoria hielten, dank diplomatischer Weitsicht, ihre Ehemänner auf einem Sofa gefangen und traktierten sie äußerst schamlos, wobei sie lachten und kreischten: »Laßt uns weiterspielen! Los! Weiterspielen!«

Inzwischen hatte Alice den armen Lothair vom Sockel gelassen, der im Bruchteil einer Sekunde in ihr steckte, zum großen Entzücken des Mädchens, und gemeinsam erklommen sie viele Gipfel der Ekstase.

Mein Partner legte mich übers Knie und brachte meinen Hintern mit laut klatschenden Schlägen seiner flachen Hand zum Erglühen. Ich wehrte mich und schrie wie eine Wilde, schließlich aber drehte ich den Spieß um, indem ich ihn an ebendiesem packte, was ihn endlich zu der Erkenntnis führte, daß man das Spiel des Schmerzzufügens auch zu zweit spielen kann. Er bat um Waffenstillstand, und ich richtete mich schnell auf und kam auf seinem Schoß zu sitzen, mit seinem Pfeil in meinem lüsternen Körperteil. Er legte den Arm um mich und umfaßte jede meiner Brüste mit einer Hand und massierte sie genüßlich mit den Fingern, während ich auf seinem Pego auf und ab glitt und den Kopf in den Nacken legte, um seine Küsse zu empfangen. Es war eine genußvolle Stellung, und sein Lavafluß schoß mit außerordentlicher Kraft in meinen Hades, was zusammen mit meiner eigenen Lava noch größere Bäche ergab, die über seine Oberschenkel strömten, wobei sogar das Haar um die Wurzel seines Pego in der Sturzflut verschwand.

St. Aldegonde und Montairy nahmen sich, als Abwechslung nach dem Auspeitschen, jeweils die Ehefrau des anderen vor, doch Pussis schienen im Moment nicht gefragt zu sein, denn beide Paare versuchten es jetzt einmal von hinten, und die Damen schienen das als ganz besondere Delikatesse zu

empfinden. Corisande stimmte dazu ein Liedchen an, in dessen Refrain wir allesamt, obwohl anderweitig beschäftigt, einfielen, und nie zuvor hatten wir uns so erregt gefühlt oder einer solchen Szene köstlicher Lüsternheit beigewohnt, wie sie allseits herrschte, bis wir schließlich erschöpft und somit gezwungen waren, unseren bunten Reigen abzubrechen, um nach einer kurzen Ruhepause in den Kutschen des Herzogs zu dessen Landhaus zurückzukehren, als hätten wir nur einen Ausflug hinter uns gebracht.

Dies war ein erinnerungswürdiger Tag, denn sobald wir wieder zum Crecy House zurückgekehrt waren, flüsterte mir Corisande zu, daß ihre Schwestern beschlossen hätten, einen Abend nur unter Damen zu verbringen, denn die Herren seien ziemlich ausgelaugt und würden den Abend im Parlament oder in ihren Clubs verbringen, um ihre erschöpften Kräfte mit Rauchen, Wein und Kartenspiel zu erneuern. Sicher würden sie vor sechs Uhr morgens nicht zurückkehren, und der Nachmittag hatte uns in einem solchen Zustand brennender Unzufriedenheit gelassen, daß sie vier junge, gutaussehende Burschen für unsere Zwecke verpflichtet hatten, zwei Lakaien und zwei Pagen, denen bisher niemals Freizügigkeiten mit ihren Herrinnen erlaubt worden waren, aber Lady St. Aldegonde hatte sie bereits zur Geheimhaltung vergattert über das, was sie am Abend erleben würden, und Anweisungen erteilt, alles in ihrem privaten Salon vorzubereiten, damit das Vergnügen beginnen könne, sobald der Rest der Hausbewohner sich zur Ruhe begeben hätte.

Es war bereits zehn Uhr vorüber, als wir zu Hause ankamen, doch Bertha war so flink, daß alles in wenigen Minuten bereit war, und die Lakaien und Pagen hatten kaum eine Ahnung, was ihnen bevorstand, als sie Stillschweigen schworen. Alles sprach dafür, daß es ein vergnüglicher Abend werden würde, zumal wir sie erst einmal für unsere Zwecke verführen mußten.

In weniger als eineinhalb Stunden war es soweit; die Herzogin hütete immer noch das Bett, also schickte Bertha alle außer John, James, Charles und Lucien (letzterer ein hübscher französischer Page) sowie zwei hübsche Kammerzofen, Fanny und Bridget, weg. Wir setzten uns erst einmal zum Kartenspiel hin, welches als Vorwand für die Party dienen sollte; wir waren alle mit leichten, durchsichtigen Negligés bekleidet, als sei es uns gleichgültig, wenn ein Teil unserer Reize zu sehen sein sollte.

»Ich habe überhaupt kein Glück heute abend«, rief Lady Montairy aus und warf ihre Karten auf den Tisch. »Wenn ich weiter hier sitzen bleibe, bin ich ruiniert; was haltet ihr von einem Tänzchen, laßt uns die Diener dazu einladen, kommen Sie, Lucien, legen Sie mit mir einen Walzer aufs Parkett, ich bin heute so schlechter Stimmung, daß es mir gleich ist, was ich tue, wenn ich dadurch nur irgendwie aufgeheitert werde.«

»Pfui, Schwester! Du machst den Jungen ja ganz verlegen, aber ich würde eigentlich auch gerne tanzen, wenn ich nur wüßte, daß niemand etwas davon erfährt«, entgegnete Corisande.

»Laßt uns wenigstens einmal einen wirklichen Spaß haben, und ihr, John, James und alle anderen, werdet darüber schweigen; ich wüßte ja wirklich ganz gerne, wie ihr euch da unten in eurer Freizeit so vergnügt«, lachte Bertha.

»Ihr leisester Wunsch ist uns Befehl, Mylady«, erwiderte John ehrerbietig und im Namen aller, »und ich bin sicher, daß niemand dieses Geheimnis verraten wird, wenn es den Damen einmal Vergnügen macht, ein wenig Spaß mit der Dienerschaft zu haben.«

Bertha setzte sich ans Piano, und der Saal wurde für den Walzer freigeräumt. Lady Montairy führte ihn mit Lucien an, und ich forderte Charles auf, einen sehr hübschen achtzehnjährigen Jungen, während Alice und Corisande sich die beiden attraktiven Lakaien John und James schnappten und Bridget und Fanny ein rein weibliches Pärchen bildeten.

Was für ein Vergnügen, wie erhitzt und erregt unsere Partner waren, als wir uns zu den sinnlichen Figuren des Walzers an sie schmiegten, während Lady Berthas talentiertes Spiel unser Innerstes aufwühlte; die jungen Burschen erfreuten uns mit ihren beschwingten, graziösen Bewegungen und ihrer höflichen Art – sie hatten offensichtlich aus der täglichen Beobachtung unseres gesellschaftlichen Umgangs gelernt.

Schließlich mußten wir vor lauter Erschöpfung innehalten, und Lady Montairy gab Lucien einen recht verliebten Kuß, als sie ihn zu einem Sofa führte und vorgab, ihm seine Befangenheit nehmen zu wollen. Wir folgten ihrem Beispiel; mein Partner reagierte auf meine Umarmung mit Inbrunst, und seine feurigen Lippen jagten mir heiße Schauer durch den ganzen Körper.

Unter dem Vorwand, mich ein wenig abkühlen zu wollen, geleitete ich ihn ins Nebenzimmer, das nur vom Licht des Vollmondes erhellt wurde, und wir öffneten das Fenster, das auf einen entzückenden Garten hinausging; dann setzten wir uns in einen ziemlich dunklen Winkel, um die leichte Abendbrise zu genießen, die den Duft vieler Blumen hereintrug und auf mein erregtes Inneres eine sanfte, sinnliche Wirkung ausübte. Ich sehnte mich danach, mich meines jungen Partners zu erfreuen, scheute mich aber, die erste zu sein, die die Gesetze des Anstandes brach, obwohl ich genau wußte, daß Lady Bertha und ihre Schwestern genau dieses beabsichtigten; sie schienen sich aber dabei soviel Zeit zu lassen, ihre Begleiter über alles gründlich aufzuklären, daß ich nicht mehr länger warten konnte. »Charles«, flüsterte ich, »weißt du, was Liebe ist, hast du jemals ein Liebchen gehabt?«

»Nein, Mylady, mir bot sich niemals die Gelegenheit, und wenn ich die vielen schönen Geschöpfe sehe, denke ich daran, wie schwer es ist, sie zu gewinnen, und dann wage ich es nie, eine zu küssen. Liebe Lady, wenn Sie wüßten, wie wundervoll das Vergnügen war, das mir Ihre Lippen gerade bereitet haben, würden Sie den Kuß nicht so leicht nehmen, und ich glaube, Sie haben sich nur einen Spaß mit mir erlaubt«, antwortete er bewegt.

»Dummer Junge«, lachte ich leise, »wenn es dich so glücklich macht, nun, dann gebe ich dir hier im Dunkeln gleich noch einen, es ist mir ein Vergnügen und kostet mich überhaupt nichts.« Dann küßte ich ihn noch einmal sehr zärtlich. Er drückte meinen schweratmenden Körper an seine Brust, und ich spürte, wie ihm ein Schauer der Verzückung durch die bebenden Glieder fuhr.

»Warum zitterst du so, Charles?« fragte ich in der unschuldigsten Manier und legte die Hand achtlos auf seinen Oberschenkel, und zwar genau dorthin, wo ich etwas Wichtiges entdecken wollte. Ich war auch nicht von der Liebesmaschine enttäuscht, die ich sanft mit der Hand drückte, als käme es mir nicht in den Sinn, daß daran etwas Schlimmes sein könnte. Wie er mich erschreckte, als er ausrief: »Ich bin so beschämt, meine Dame, Sie haben mich völlig verrückt gemacht«, und dann plötzlich seinen Pfeil der Liebe aus der Hose schnellen ließ, der pochend stand und sich über meine Hand ergoß, während ich mir den Anschein gab, gar nicht zu wissen, was ich ihm antat.

»O Liebling! O Beatrice! Vergeben Sie mir! Was für eine Wonne!« stieß er hervor, küßte mich ausgelassen und nahm sich einiges heraus, indem er meine Brüste berührte, sie drückte und knetete.

»Was tue ich denn? Ich bitte dich, Charles, sei nicht so unverschämt«, sagte ich hastig, ließ seinen Stengel los und gab vor, mich aus seiner Umarmung befreien zu wollen, aber der verliebte Bursche war schon zu weit gegangen, um zu bemerken, daß er offene Türen einrannte, und fast schneller, als ich es erzählen kann, hatte er die Hände unter meinen Rock geschoben und erzwang sich den Zugang zu meinem Liebesschrein.

Mein Partner war viel zu stürmisch, um auf meine schwachen Abwehrversuche zu achten; er schaffte es, seine unternehmungslustige Hand zwischen meinen geschlossenen Schenkeln hindurchzuschieben, und schon bald hatte er von meiner erhitzten Muschi Besitz ergriffen. »Selbst wenn ich sterbe, ich muß Sie einfach haben, meine Dame«, flüsterte er mir ins Ohr, und plötzlich warf er mich rücklings aufs Sofa und versuchte mir die Kleider hochzuschieben.

»Ah! Nein! Nein! Ich werde ohnmächtig. Deine Gewalttätigkeit jagt mir Angst ein!« seufzte ich und versuchte, meine Begierde zu vertuschen, indem ich Hilflosigkeit vortäuschte, dann tat ich so, als hätte ich das Bewußtsein verloren, und versprach mir davon ein ganz besonderes Abenteuer, denn wenn er glaubte, ich sei tatsächlich ohmächtig, würde ihn das zweifellos anfeuern, sich den Vorteil des Augenblickes zunutze zu machen und meine verborgensten Schätze schamlos zu plündern.

Es war fast dunkel in dem schattigen Winkel, in dem unser Sofa stand. »Sie ist ja ganz weg, die Süße«, hörte ich ihn zu sich selbst sagen, als er meine Beine sanft auseinanderschob. »Ich will es zuerst einmal küssen.« Dann merkte ich, daß er zwischen meinen Beinen niederkniete und seine Finger sanft meine lustvolle Knospe öffneten. »Wie sehr muß ich sie erregt haben, sie ist ja ganz naß«, fuhr er fort, und ich spürte seine wilden Küsse genau da, wo das erregbare kleine Ypsilon war. Ich kann nicht aussprechen, welch köstliche Erregung durch mein gesamtes Inneres fuhr, ich zitterte am ganzen Leib und konnte mich kaum zurückhalten, seinen Kopf an mich zu ziehen oder sein liebes Gesicht mit meinen Oberschenkeln zu drücken.

Das allerdings dauerte nur wenige Augenblicke, die mir in meinem erhitzten Zustand viel zu lange erschienen, und mein verborgenes Reich pochte und näßte immer mehr infolge der zündenden Stöße seiner samtigen Zunge. Himmel, wie sehr ich mir wünschte, sein anderes Ich in mir zu spüren! Ich konnte keinen Augenblick länger vorgeben, bewußtlos zu sein, aber in dem Moment, wo sich meine Lippen öffneten und ihn einladen wollten, sofort in mich einzudringen, sprang er auf und spreizte meine Schenkel so weit wie möglich, dann spürte ich, wie er die heiße Spitze seines Pfeils auf das Mal brachte; langsam und etappenweise drang er in mich ein, doch ich machte es ihm so schwer wie nur möglich, in den Vollbesitz meiner engen Höhle zu gelangen, indem ich sie noch mehr zusammenzog. Wie er meine Lippen küßte und ausrief: »Liebe Lady, mein Liebling Beatrice, oh, du Liebe! Welche Lust du mir bereitest!«

Ich spürte, wie ein Strahl warmer Essenz tief in mein Innerstes strömte, und dann blieb er erst einmal reglos auf mir liegen, erschöpft von dem überreichen Erguß.

Obwohl immer noch scheinbar leblos, und ohne die Augen zu öffnen, reizte ich seinen Schwanz, der in den Liebessäften schwelgte, mit kleinen Zuckungen meiner Scheide, so daß er fast umgehend aus seiner wollüstigen Lethargie erweckt wurde und seine stoßenden Bewegungen wiederaufnahm, wobei er ausrief: »Was für ein Mädchen; selbst im Zustand der Bewußtlosigkeit reagiert ihr Liebeswerkzeug noch auf die Stöße meines Dolches. Wie schön es sein könnte, wenn ich sie wieder zum Bewußtsein bringen könnte!« – und er hörte nicht auf, mich mit wilden Küssen zu überschütten, und beschleunigte seinen Rhythmus, bis ich so erhitzt war, daß ich nicht länger die Bewußtlose spielen konnte und ihm meine Arme um den Hals warf, während meine heißen Küsse ihm ohne Worte versicherten, wie sehr er mich in die Sphären der Lust erhoben hatte.

»Ah, seht mal, da sind sie ja, die Schlauberger, nun, Beatrice ist wohl die hitzigste von uns allen, sie hat Charles ganz in sich drin«, lachte Lady Bertha und brachte ein Licht ins Zimmer; ihr auf dem Fuße folgten die anderen, die allesamt sehr erregt zu sein schienen, so, als ob zumindest einige von ihnen gerade ein gleiches getrieben hätten; tatsächlich entging es mir nicht, daß Johns Hosenlatz offenstand, während das gerötete Gesicht Lady Montairys und die überschwengliche Art, in der sie an dem französischen Pagen hing, mir bestätigten, daß wenigstens sie mit ihrem Partner auf bestem Fuße stand, und auch Fanny und Bridget erschienen so verliebt wie nur irgendwer, nach ihren rosigen Wangen und ihren leuchtenden Augen zu urteilen.

Charles war ganz fürchterlich verwirrt, und mir wurde bewußt, daß die Überraschung ihn aller Kraft beraubt hatte, also handelte ich so geistesgegenwärtig, wie ich konnte, schlang meine Beine um seinen Hintern und umarmte ihn fester denn je, während ich sagte: »Dieser ungezogene Bengel war es, meine Liebe, der sich solche Freiheiten mit mir herausgenommen hat, daß ich vor lauter Angst die Besinnung verlor, und dann hat er mir die Unschuld geraubt, und jetzt, wo er mich auf den Gipfel der Leidenschaft getrieben hat, will er sich zurückziehen. Versohlt ihm alle gründlich den Hintern für mich, und sorgt dafür, daß er meiner Lust zur Vollendung verhilft, nachdem er bisher nur seiner eigenen gierigen Geilheit gefrönt hat!«

Er versuchte, sich freizukämpfen, aber ich hielt ihn fest umklammert, und alle schlugen gnadenlos auf ihn ein, und zu meinem großen Vergnügen federte er ganz schön im Sattel auf und ab, und ich spürte, daß bei ihm eine beinahe übernatürliche Versteifung eintrat, bis sein geschwollener Knüppel mich fast aus den Fugen sprengte, und während er mit aller Macht auf mir herumsprang, schrie er, man solle ihn in Ruhe und die Sache auf propere Weise zu Ende bringen lassen.

Das Geräusch der Schläge, die auf sein Hinterteil klatschten, bereitete mir die größte Freude, und ich kann mich an keinen köstlicheren Akt erinnern, der, nachdem mein Partner bereits zweimal gekommen war, ziemlich lange dauerte, bis wir schließlich, fast tobend vor Ekstase, beide gleichzeitig kamen und sich unsere Lebenssäfte im selben Moment vereinigten.

»Daß ich ja kein Pärchen mehr erwische, das sich heimlich verdrücken will!« rief Lady Montairy, während sie ihm einen letzten enormen Schlag versetzte, der dem armen Kerl fast Beine gemacht hätte, trotz seines auszehrenden Ergusses. »Es macht nur halb soviel Spaß, wenn einige so hinterlistig sind und tun, als seien sie die Sittsamkeit selbst, während sie doch zumindest eine ebensolche, wenn nicht gar größere Schwäche für diesen Sport haben wie jeder andere.«

Wir kehrten alle in den Salon zurück und gönnten uns Erfrischungen wie Champagner, kandierte Früchte und andere stärkende Delikatessen, machten unsere Späßchen dabei und zogen die vier jungen Burschen und die beiden Kammerzofen auf, indem wir uns lustig machten über ihre Liebeserfahrungen und Liebschaften, bis Bertha die Idee hatte, die Namen aller anwesenden Damen auf Papierstreifen zu schreiben und sie unter den Burschen zu verlosen, wobei sie erklärte, daß Bridget und Fanny, sollten ihre Namen gezogen werden, sich beteiligen müßten, obwohl sie ihre Jungfräulichkeit ins Feld führten, die sie vorläufig noch nicht aufzugeben gedächten, sosehr ihnen alles andere auch Spaß machen würde.

Zuerst bat sie uns, ihr dabei zu helfen, die Kavaliere nackt auszuziehen, damit wir ihre heranreifende Schönheit begutachten könnten (John, der älteste, war erst neunzehn Jahre alt). Sie waren gut gebaute junge Burschen, doch den Vogel schoß Master Charles mit seinem großartigen Penis ab, der über zwanzig Zentimeter lang und sehr dick war. Bei diesem Anblick gerieten meine Freundinnen in Ekstase und machten die drei anderen Burschen fast eifersüchtig, da eine jede von ihnen wünschte, er – Charles – möge sie als Partnerin ziehen.

»Jeder Betrug oder Täuschung wird nun ausgeschlossen; ich habe eine neuartige Idee, wie die Lose gezogen werden sollen«, sagte Bertha und hob ihr Kleid, bis die schönen Lippen ihrer lustvollen Muschi zum Vorschein kamen, die aus dem Schlitz in ihrem Schlüpfer hervorlugten, als sie da mit gespreizten Beinen stand; dann zog sie mich zu sich, händigte mir die Papierstreifen aus und flüsterte mir ins Ohr, ich solle sie in ihre Grotte stecken, so daß nur die sieben Enden sichtbar blieben. So geschah es, und die Herren mußten vor ihr niederknien und ein jeder mit dem Mund einen der Papierstreifen herausziehen.

Das war eine starke Nummer, und Bertha machte den Eindruck, als wäre es ihr lieber, wenn alle vier sich ganz ihrer annehmen würden, anstatt ihr nur die Lose aus der Trommel zu ziehen.

John zog Bridget; James Lady Montairy und Charles Bertha, während ich das Glück hatte, den hübschen Lucien zu bekommen, der mich bereits auf höchst verliebte Weise beäugt hatte, was mich, dessen kannst Du versichert sein, nicht im geringsten beleidigte.

Corisande und Fanny wurden angewiesen, sich mit zwei sehr kunstvoll gestalteten Kautschuk-Dildos auszustatten, die von natürlicher Größe und auch nicht zu dick waren, von denen Lady St. Aldegonde behauptete, ihr Gemahl habe sie für den Zweck besorgt, daß sie ihm damit gelegentlich ins Hinterloch bumse, wenn es ihn nach einer besonderen Stimulation gelüstete. »Und nun, meine Lieben, werden euch diese Gummidinger befähigen, diesen hübschen Knaben ein doppeltes Vergnügen zu bereiten, während sie mit ihren Partnern den Garten der Lust durchwandeln.«

Nun wurden auch die Damen jeglicher Hülle beraubt, bis die ganze Gesellschaft nackt war, mit Ausnahme der Stiefel und Strümpfe, was meiner Meinung nach viel mehr hermacht als entblößte Füße und Beine.

Im Mittelpunkt des Interesses standen Bertha und Charles, denn alle waren darauf erpicht, seinen gutgewachsenen Prügel in ihrer wunderbaren Grotte in Aktion zu sehen. Er trug das Zeichen seiner Manneskraft stolz vor sich her, und sie legte ihn rücklings auf eine weich gefederte Couch und setzte sich dann mit gespreizten Beinen über ihn, beugte ihren Kopf hinab, um den Prachtkerl mit ihrem Mund zu küssen und mit ihrem Speichel zu benetzen, dann plazierte sie sich direkt über ihn und führte den Wonnenspender langsam in ihre sehnsuchtsvolle Grotte hinein, preßte sich darauf nieder und versiegelte gleichzeitig seine Lippen mit einem Kuß – sie schien das Gefühl, den Wunderapparat ganz zu besitzen, voll auszukosten. Ich zeigte mit dem Finger auf ihr Hinterteil, und Fanny verstand sofort, stieg hinter ihrer Herrin auf und brachte den gut eingecremten Gummipenis zum Einsatz an ihrem braun-runzligen Löchlein, während sie um Bertha herumfaßte und mit einer Hand Charles' prächtigen Hobel befingerte, mit der anderen aber die empfindsame Klitoris unserer Zeremonienmeisterin kitzelte. Es war ein sehr vergnügliches Gruppenbild, und es erregte uns maßlos, als sie sich sofort einem köstlichen Ritt hingaben. Fanny war genauso erregt wie das Paar, als sie Bertha kräftig mit dem Gummidildo traktierte und gleichzeitig fortfuhr, beide mit den Händen vorne zu bearbeiten. Corisande griff nun ihrerseits Fanny mit ihrem Dildo von hinten an und delektierte sie mit zusätzlichem Reiben der Klitoris.

Wie sie vor Verzückung kreischten und immer wieder zum Höhepunkt kamen! Es gibt einfach keine Worte dafür! Doch ich hatte Luciens Cherubsschwänzchen in meiner Hand, als wir uns küßten und in Zärtlichkeiten schwelgten. Als ich die Vorhaut vor- und zurückschob, pochte es in meiner Hand, und ich fürchtete schon, er würde explodieren, da ließ ich mich auf ein Sofa sinken, zog ihn auf mich und führte sein Ding an meinen verlangenden Schlitz, während er sich auf

mich preßte und mich glühender küßte denn je. Ich konnte alles, was um mich her im Zimmer vor sich ging, gut beobachten, zum Beispiel, wie Lady Bertha rasend auf Charles ritt, und ich sah mit Vergnügen die tobende Lust der Kammerzofe, die mit ihrer Hand die Stöße von Charles fühlte, während hinter ihr der Gummipenis in sie getrieben wurde, wobei sie durch die erregenden Bewegungen in ihrem Anus fast um den Verstand gebracht wurde. Lady Montairy ritt auf James, und John wunderte sich ganz schön über Bridgets Verhalten, die sich unter ihm wand und jedem Versuch seines Schwanzes, in sie einzudringen, widersetzte, wenn sie ihn auch küßte und ihm ansonsten alle Freiheiten ließ, außer ihm die letzte Erfüllung der Liebe zu gewähren.

»Nun«, sagte Bertha, als wir alle ziemlich erschöpft waren, »wollen wir uns ein wenig ausruhen und erfrischen, und dann wollen wir mal sehen, daß Bridget und Fanny auf anständige Art und Weise von ihrer Jungfräulichkeit befreit werden; einstweilen möchte ich euch aber von einem Abenteuer erzählen, das ich wenige Monate nach meiner Heirat unten in Brentham erlebt habe. Nun, ihr müßt wissen, daß St. Aldegonde darauf aus war, die Grafschaft im Parlament zu vertreten, und es wurde sehr bald eine allgemeine Wahl erwartet, ja, das Gerücht ging um, die Auflösung des Parlaments stehe unmittelbar bevor, so daß es keine Zeit zu verlieren? gab, denn es galt, einen großen Landbesitzer auf unsere Seite zu bringen, damit wir sicher sein konnten, den Sieg davonzutragen. Er war ein großer Verehrer von mir gewesen und hatte sich sehr geärgert, als ich mich mit meinem Lord verheiratete, so daß wir beinahe die Gewißheit hatten, er würde seinen ganzen Einfluß zugunsten der Opposition geltend machen. Als wir eines Abends nach einem wunderbaren Fick am Einschlafen waren (es ist nämlich sehr schön, wenn man gerade erst geheiratet hat), da kam mir plötzlich eine Idee, die mich sehr erheiterte.

St. Aldegonde war recht begierig zu erfahren, worüber ich

gerade nachgedacht hatte. ›Mein Lieber‹, sagte ich und küßte ihn (heutzutage geschieht das nicht mehr so oft, außer wenn ich ihn zu irgend etwas beschwatzen will), ›hättest du etwas dagegen, wenn ich meine Muschi dazu benutzte, dir deine Rückkehr ins Parlament zu ebnen?‹ – ›Aber Bertha, Schätzchen, es gibt im Moment nichts, was mich eifersüchtig machen könnte, denn du hast meinen Stengel bis zum letzten Tropfen ausgezehrt‹, sagte er mit einem Gähnen, und als ich ihm meine Idee vollends klargemacht hatte, fuhr er fort: ›Meinst du Mr. Stiffington, meine Liebe? Es wäre großartig, wenn du das schaffen würdest, und dazu ein verdammt billiger Weg, ihn zu kaufen; außerdem kann eine Muschi niemals als Bestechungsmittel betrachtet werden.‹

Die Aussicht auf ein Abenteuer, zusammen mit der Möglichkeit, meinem Gatten etwas Gutes angedeihen zu lassen, veranlaßte mich dazu, mich für diesen Zweck zur Verfügung zu stellen, und da es in dieser Situation vor allem auf Geheimhaltung ankam, beschlossen wir, daß ich als Diener verkleidet nach Brentham gehen sollte.

Am nächsten Tag gaben wir vor, gemeinsam nach Paris aufzubrechen, doch verließ ich St. Aldegonde auf dem Bahnhof und machte mich allein auf den Rückweg nach Brentham, nachdem ich mich im Hotel umgekleidet hatte. Die Haushälterin in Brentham war die einzige Person, die ich ins Vertrauen zog, doch erfuhr sie selbstverständlich nicht alles.

Sie gab mich als eine Nichte aus der Stadt aus, die für ein paar Tage Urlaub hatte, und ich mischte mich unter die Dienerschaft, als gehörte ich dazu; es kam ihnen nie der Gedanke, daß ich Lady Bertha sein könnte, denn sie nahmen an, ich wäre unterwegs auf einer Auslandsreise.

Sie veranlaßte unverzüglich, daß mich der Kutscher hinüber zu Mr. Stiffingtons Besitz, Manly Hall, fuhr, wobei ich mit einem Schreiben ausgestattet war, das ich ihm eigenhändig überbringen mußte.

Der Herr war zu Hause, und ich wurde schon bald in die Bibliothek geführt, wo er nach dem Frühstück, gegen elf Uhr, seine Korrespondenz erledigte oder sonstwelchen Geschäften nachging.

›Nun, junge Frau, händigen Sie mir diesen Brief aus, den Sie aus Brentham mitgebracht haben; hätte nicht ein Stallknecht als Bote gereicht? Bei Gott, Sie sind aber ein hübsches Mädchen!‹ sagte er plötzlich, und er schien mich überhaupt erst jetzt richtig wahrzunehmen.

›Verzeiht mir, Sir‹, sagte ich und errötete, ›ich bin Lady Berthas Kammerzofe und überbringe ein sehr wichtiges Schreiben von Lord St. Aldegonde.‹

Er war ein hübscher Kerl von etwa fünfunddreißig Jahren und sprühte vor Leben und Energie; seine Augen durchbohrten mich geradezu; dann erkannte er meine Verkleidung und rief aus: ›Ah, nein, Sie sind ja Lady Bertha persönlich, was steckt denn hinter dieser ganzen Geheimniskrämerei?‹

Ich war völlig entgeistert, doch er bat mich, Platz zu nehmen und ihm zu erzählen, was ich von ihm wollte, wobei er mich zu einem Sofa geleitete und sich an meiner Seite niederließ.

›Ihre Stimme und Ihre Unterstützung, um sicherzustellen, daß mein Mann die Wahl gewinnt‹, sagte ich leise. ›Wir wissen, daß Sie das Blatt wenden können, also bin ich gekommen, um Sie persönlich um Ihre Einflußnahme zu bitten.‹

›Wie können Sie erwarten, daß ich einem Mann freundlich gesonnen bin, der mir eine Schönheit wie Sie weggeschnappt hat‹, erwiderte er. ›Warum haben Sie mich wegen eines solchen Lordlings sitzenlassen?‹

In gespielter Scham schlug ich die Augen nieder und antwortete mit fast unhörbarer Stimme: ›Wenn Sie auch nur ein wenig über unsere Familienangelegenheiten Bescheid wüßten, würde das Ihre verletzte Eitelkeit sofort wiederherstellen, denn lediglich seine Aussicht auf den Herzogtitel hat mein

Schicksal besiegelt, und nun ist es meine Pflicht, seine Interessen in jeder Weise zu fördern.‹

›Liebe Bertha‹, rief er voller Erregung, ›habe ich wirklich richtig verstanden, daß Sie mich vorgezogen hätten? Haben Sie denn kein Mitleid mit meiner unerwiderten Liebe? Möchten Sie mir nicht einmal ein Lächeln schenken, wenn ich Ihnen ins Angesicht sehe?‹ Und er nahm meine Hand und überschüttete sie mit leidenschaftlichen Küssen. ›Ich möchte Ihren Mann gerne unterstützen, aber – aber es bedarf einer Bestechung – lassen Sie mich überlegen, was Sie mir geben könnten, Liebste; natürlich haben Sie ihm ihre erste Jungfräulichkeit geopfert, doch nun müssen Sie mir ihre zweite geben, das kostet ihn nichts, und niemand braucht es zu erfahren.‹

Er wurde immer stürmischer; mit einem Arm umfaßte er meine Taille, und brennende Küsse hagelten auf mein errötetes Gesicht hernieder, während ich spürte, wie er sich mit seiner anderen Hand über meine Brüste und Oberschenkel hermachte, die er durch die Kleidung hindurch betastete; dann ergriff er meine Hand und führte sie zu seinem aufgerichteten Tier, das er bereits aus seinem Käfig befreit hatte; allein schon die Berührung ließ mich vor wollüstigem Begehren erschauern, und ich sank, Bewußtlosigkeit vortäuschend, rücklings auf das Sofa.

Er sprang auf und verriegelte die Tür, dann ging er zu einer Kommode, der er eine kleine Schachtel und ein kleines Buch entnahm, kniete neben mir nieder und hob behutsam meine Kleider, während er meine Beine von oben bis unten mit Küssen bedeckte. Dann spreizte er meine Beine und öffnete den Schlitz meiner Unterhose, bis er meine Pussi gut sehen konnte. ›Was für eine süße kleine Spalte, mit welch weichem, seidigem Flaum sie umrahmt ist‹, hörte ich ihn sagen, als er seine Lippen auf meinen Venushügel preßte, dann spürte ich, wie er mit den Fingern äußerst behutsam meine Knospe öffnete, um den kleinen Liebesknopf küssen zu können.

Das war zuviel für mich, ich zog seinen Kopf näher zu mir heran und ergoß mich, mit einem tiefen und lang anhaltenden Seufzer der Lust, über seine Zunge. ›Sie ist mein! Wie sehr es ihr gefällt! Die Liebkosungen meiner Zunge haben sie zum Höhepunkt gebracht!‹

›Sieh, Darling‹, fuhr er fort und erhob sich, ›ich dachte, ein paar delikate Küsse würden dich wieder zum Leben erwecken, wenn sie nur an den empfindsamsten Stellen angebracht würden, doch damit soll sich unser Vergnügen nicht erschöpft haben; dieses Buch hier wird dir die reizvollste Allee zu den himmlischen Freuden weisen und deine Sinne den höchsten Freuden öffnen, von denen du bisher nur träumen konntest.‹

Indem er meine Kleider hochhielt und mich mit einer Hand seinen Priapus ergreifen ließ, zeigte er mir eine Reihe höchst anregender Zeichnungen in seinem Buch, die alle zeigten, wie man einen Analverkehr am besten genießen kann. Es entging ihm nicht, daß es mich ziemlich stark erregte, und er verlor keine Sekunde, mich auf Händen und Knien auf dem Sofa in Stellung zu bringen. Indem er dann mein enges, kleines hinteres Löchlein und ebenso seinen Ständer mit der Salbe aus dem Kästchen einölte, ließ er mich mein Hinterteil weit nach hinten recken und meine Beine so weit wie möglich spreizen, um ihm das Eindringen zu erleichtern, doch ich rief: ›Ah! Nein, nein, ich kann es nicht ertragen!‹, und Tränen schossen mir in die Augen, als seine köstliche Maschine zum ersten Stoß ansetzte, um durch das Nadelöhr ins Paradies zu gelangen; der Schmerz glich tausend Nadelstichen. Anders kann ich das Gefühl nicht beschreiben, als sich der Schließmuskel nach und nach entspannte. Die ganze Zeit über kitzelte er mich auch vorne, während er hinten behutsam, aber bestimmt eindrang, so daß meine Liebe zu ihm von Augenblick zu Augenblick zu wachsen schien und ich mich danach sehnte, daß er sein Werk vollenden und mein Entzücken zum Höhepunkt bringen möge, denn der Schmerz schien nur das Vorzeichen außergewöhnlicher Wonnen zu sein, und darin wurde ich auch nicht enttäuscht; auf den Schmerz folgten schon bald die köstlichsten Gefühle, hervorgerufen durch seine stimulierenden Bewegungen, die mich auf den Gipfel der Erregung trieben, und er hielt nicht inne, bis wir dreimal in stürmischer Ekstase gekommen waren, vor Lust aufschreiend und im Überfluß der Freuden beinahe ertrinkend.

Auf diese Weise erreichte ich das Ziel meiner Mission, und Seine Lordschaft wurde Parlamentsabgeordneter.«

Diese Geschichte hatte in uns allen neues Feuer entfacht, so daß wir bereits dabei waren, uns durch gegenseitige Handreichungen zu erregen, und sobald Bertha zum Ende gekommen war, ergriffen wir Bridget und Fanny. Doch da es sicher langweilig ist, immer wieder dasselbe zu lesen, will ich nur noch erwähnen, daß Charles und John ihnen auf souveräne Weise die Unschuld raubten, nachdem die Mädchen eingesehen hatten, daß ihr Unsinn nicht länger hingenommen würde.

Das war mein letztes Abenteuer in der Stadt, und ich will im nächsten Teil von den Geschehnissen nach meiner Eheschließung mit Lord Crim-Con berichten, die wenig später stattfand.

Kapitel 5

Nun komme ich auf eine höchst wichtige Epoche meines Lebens zu sprechen, die auf einen Schlag mein eheliches Schicksal besiegelte.

Wir planten, am nächsten Tag die Stadt zu verlassen, und machten mit Lady St. Jerome in Kensington Gardens einen

Morgenspaziergang, als plötzlich ein hochgewachsener, gutaussehender älterer Herr von etwa dreißig Jahren auf Mylady zutrat, der die teuflischsten Augen hatte, die ich jemals sah, und verlangte, den jungen charmanten Damen (also Alice und mir) vorgestellt zu werden.

Auf Lady St. Jeromes Gesicht erschien ein hinterlistiges Lächeln, als sie sich zu uns wandte und sagte:

»Meine Lieben, erlaubt mir, euch Baron Crim-Con, den galantesten Herrn der Welt, vorzustellen, aber hütet euch vor seinen Aufmerksamkeiten.« Ich bemerkte, wie ein ziemlich wilder Ausdruck sein Gesicht verdüsterte. – »Entschuldigen Sie, Mylord, wenn ich Lady Beatrice Pokingham und Lady Alice Marchmont darauf hinweise, daß sie sich vor einem so gefährlichen Liebhaber wie Ihnen in acht nehmen sollen; sie sind meiner Obhut anvertraut, und ich würde meine Pflichten vernachlässigen, wenn ich es nicht täte.«

Die Zornesröte verschwand und wurde sofort durch ein überaus angenehmes Lächeln ersetzt, als er sagte: »Danke, danke, meine liebe Cousine, aber Ihre Frömmigkeit macht Sie immer so streng mit meinen kleinen Schwächen. Warum wollen Sie nicht glauben, daß ich nur ehrbare Absichten verfolge? Wie oft habe ich Sie schon gebeten, mir ein liebes kleines Eheweibchen zu suchen, das mich um den kleinen Finger wickelt und auf dem Pfad der Tugend hält!«

»Sie hätten schon längst eine gute Ehefrau finden können, Sie elender Heuchler«, gab Mylady zurück, »Sie wissen, daß der Weg zu einem gewissen Ort mit guten Vorsätzen gepflastert ist, und dahin werden Sie auch die Ihren führen, fürchte ich, Mylord, aber ich habe ja nur meine jungen unschuldigen Freundinnen gewarnt.«

»Ah, hm, ich glaube, ich weiß, auf welchen warmen Ort Sie anspielen, genau zwischen den Schenkeln, nicht wahr, Mylady?«

Lady St. Jerome wurde puterrot, und sie rief, offensichtlich verärgert, aus: »Es ist wirklich unerhört, daß Sie gleich wieder mit derlei obszönen Tiraden loslegen; meine Lieben, ich schäme mich, euch einem so schrecklichen Vertreter der modernen Gesellschaft vorgestellt zu haben.«

»Ich bitte um Waffenstillstand! Ich will mich von meiner besten Seite zeigen und versuchen, Ihre hehren Ideale nicht mehr zu verletzen«, sagte er mit scheinbarer Ernsthaftigkeit, »aber wirklich, Cousine, ich möchte heiraten und der Welt des Bösen ferngehalten werden. Nun, ich nehme an, diese beiden jungen Damen kämen dafür in Frage. Glauben Sie, eine von ihnen würde sich eines alten Lebemannes wie mir annehmen?«

»Wirklich, Mylord, Sie sind unverbesserlich, sich gleich vor zwei jungen Damen auf diese Weise zu ergehen«, entfuhr es unserer Anstandsdame.

»Ha, Sie glauben mir nicht, Cousine, aber bei Gott, ich scherze nicht, das werden Sie sogleich sehen, warten Sie nur einen Augenblick«, sagte er, zog sein Notizbuch aus der Tasche, schrieb etwas auf zwei Papierstreifen und hielt sie so in der Hand, daß die Enden nur ein wenig herausragten. »Nun, Cousine, ziehen Sie einen, und sehen Sie, welche von beiden es sein soll.«

»Nur aus Spaß, um zu sehen, worauf das Ganze hinausläuft.« Sie zog einen Streifen aus seiner Hand und rief lachend aus: »Beatrice, du wirst Lady Crim-Con, falls du einen solchen Taugenichts auf Gedeih und Verderb nehmen willst.«

Seine Lordschaft: »Ich meine es ganz ernst, wenn Sie mich wollen, meine Liebe. Darf ich Sie Beatrice nennen? Welch ein glückverheißender Name, besonders, wenn Sie *mich* damit glücklich machen wollen.«

Es ist unmöglich auszudrücken, was mich in diesem Moment bewegte; ich wußte, daß er reich war und einen angesehenen Titel trug, und das war trotz seines schlechten Rufes ein guter Köder für ein vergleichsweise unvermögendes Mädchen wie mich.

Irgendwie ergriff er meinen Arm, und Lady St. Jerome ging mit Alice voraus, schien aber keineswegs direkt nach Hause zu wollen, um Seiner Lordschaft jede Gelegenheit an die Hand zu geben, mir den Hof zu machen. Ich kann Dir gar nicht sagen, wie alles kam, doch noch bevor wir zum Hause gelangten, hatte ich mich ihm bereits versprochen, und schon nach wenigen Wochen waren wir vermählt.

Ich will kein Wort über die Hochzeitszeremonie verlieren und sogleich auf die erste Nacht zu sprechen kommen. Als ich ihn hier zum ersten Mal erwähnte, sprach ich von einem älteren Mann von dreißig; genau das war er, und obwohl immer noch ein schmucker Kerl, hätte man ihn doch wenigstens auf fünfzig geschätzt.

Seine jugendliche Manneskraft war durch ständige, entkräftende Ausschweifungen schon seit langem verbraucht, und anstatt nun fähig zu sein, in die Sphären ehrbarer Liebe aufzusteigen, hatte er eine ganze Anzahl ekelerregender Gelüste entwickelt, ohne deren Befriedigung er keine Sinneslust erleben konnte.

Wir verbrachten unsere erste Nacht im Lord Warden Hotel in Dover, auf dem Weg zu einer Reise auf den Kontinent.

Während unserer kurzen Verlobungszeit hatte ich ihm niemals Gelegenheit zu der kleinsten Annäherung gegeben, denn der gesunde Menschenverstand sagte mir, daß ein solcher Mann selbst das schönste Mädchen verstoßen würde, sobald er sich bereits vor der Hochzeitsnacht an ihr gesättigt hätte.

Nun, die Zeremonie in St. George's, wo das eheliche Band geknüpft wurde, lag kaum hinter uns, und wir hatten gerade erst in der Kutsche Platz genommen, um zu Lady St. Jeromes Haus zurückzukehren, als er mir einen groben Schmatz gab, mir mit den Händen unter die Kleider fuhr und sehr rauh von

meiner Pussi Besitz ergriff, wobei er mir lachend sagte, ich solle ja nicht so prüde tun, denn er wisse ganz genau, ich sei »eine kleine Hure, die Lothair und viele andere Burschen gehabt« hätte, und in der Tat sei das der Grund, warum er mich geheiratet habe.

Ich sollte seine kleine verdammte Hure sein und alles tun, was er von mir verlangte und was ein tugendsameres Mädchen ihm wahrscheinlich verweigert hätte. »Nebenbei bemerkt«, fügte er hinzu, »ich habe schon immer eine Waise gesucht, die sich nicht bei ihren aufgeblasenen Eltern beschweren kann. – Hör auf, wie eine Närrin zu weinen«, sagte er, als er die Tränen der Erniedrigung in meinem tief errröteten Gesicht bemerkte, »du mußt nur ein wenig auf meine seltsamen Vorlieben eingehen, dann werden wir schon ganz gut miteinander zurechtkommen.«

Ich fühlte, daß es im Moment das beste war, seinen Anweisungen zu folgen; sein Wissen über meine Intrigen gaben ihm einen so großen Vorteil über mich, daß ich meine Tränen trocknete und beschloß, das Beste daraus zu machen; ich erwiderte seinen Kuß so zärtlich, wie ich nur konnte, und flehte ihn an, »vor anderen Leuten kein so schlechter Mensch« zu sein, dann würde ich ihm »alles geben, was du dir nur wünschen kannst«.

Ich muß in jener Nacht schon ziemlich beschwipst gewesen sein, als ich zu Bett ging, um Seiner Lordschaft zu harren. Entsprechend seinen Anordnungen legte ich mich splitternackt unter die Decke und begann sofort, an mir herumzuspielen. Ich hatte viele randvolle Gläser Champagner trinken und auf ebenso viele obszöne Trinksprüche anstoßen müssen, wie zum Beispiel – »Ein steifer Schwanz für eine geile Möse!« – »Auf das Mädchen, das es lieber von hinten bekommt als überhaupt nicht!« Und ein Spruch regte meine Phantasie ganz besonders an, nämlich: »Auf das Mädchen, das sich vor dir kitzelt, bis es kommt, deinen Schwanz lutscht, bis er steif ist, und ihn sich dann lieber in ihr enges kleines Arschloch stecken läßt als anderswohin.«

Plötzlich trat er ins Zimmer. Er hatte einen Schluckauf, und als er mir die Bettdecke wegzog, rief er aus: »Du bist eine verdammt hübsche kleine Hure, Beatrice, und da ich beinahe betrunken bin, habe ich jetzt schon einen Steifen, und wir werden das Beste daraus machen. Ich habe heute morgen das Eiweiß von einem Dutzend roher Eier zusammen mit etwas Milch getrunken, und gerade eben habe ich eine Tasse Schokolade mit einem halben Dutzend Tropfen Canthariden-Tinktur zu mir genommen, um mich endlich mal richtig geil zu machen.«

Im Handumdrehen hatte er Jacke, Hose und alles andere abgelegt, bis er so nackt war wie ich, und seine Augen leuchteten unnatürlich, ja, sie hatten beinahe einen dämonischen Glanz.

Er sprang aufs Bett und schrie mit rauher Stimme: »Ha! Meine kleine Schönheit hat sich schon selbst befriedigt. Nimm meinen Schwanz in den Mund, oder ich bringe dich um, du kleine Nutte!« Er legte sich umgekehrt auf mich, schob den Kopf zwischen meine Beine und begann meine Pussi aufs köstlichste zu schlecken, während ich seinen ziemlich langen (aber nicht sehr dicken) Stab zwischen die Titten nahm, die ich mit den Händen zusammendrückte, damit er mich dort ficken konnte; ich war so erregt, daß ich bereitwillig seine Eier küßte und sogar in den Mund nahm.

So stürmisch fiel er über meine Pussi her, daß ich seine Zähne fortwährend kräftig zu spüren bekam, wenn er mir in die Klitoris und Nymphae biß, wobei er keuchte: »Komm, nun komm schon, warum kommst du nicht, du kleine Hure?« Und er wurde immer heftiger und grausamer, bis seine Bisse mich vor Schmerz aufschreien ließen, während ich mich unter ihm wand und seinen Mund mit einer Woge cremiger Flüssigkeit überflutete.

»Das war ein verteufelt guter Erguß«, murmelte er zwischen meinen Beinen hervor, »doch ich habe deine arme Pussi ein wenig zum Bluten gebracht«, und er schien es zu genießen, die blutige Mischung aufzulecken.

»Jetzt leck meinen Schwanz!« befahl er mir mit erneuter Heftigkeit, drehte sich um und hielt ihn mir mitten ins Gesicht. »Du bist eine betrügerische kleine Nutte, ich werde es dir nach Hundeart besorgen.«

Ich nahm den langen Stab in die Hand und rieb den Schaft, so fest ich konnte, auf und ab, während ich mit der Zunge den rubinroten Kopf nur leicht mit der Zunge kitzelte, bis ich spürte, daß er immens geschwollen und hart wie Eisen war.

»Los, knie dich vor mich hin, du kleines Biest«, sagte er und gab mir ein paar derbe Schläge auf den Hintern, die so laut waren, daß man sie bestimmt weithin hätte hören können, nur lag unser Schlafzimmer am Ende eines Korridors, und alle Räume in diesem Flügel des Hotels waren uns als Suite zur Verfügung gestellt worden.

Ich hob mein Hinterteil und dachte, es sei nur eine kleine Vorliebe von ihm, in dieser Stellung in meine Spalte zu stoßen, doch spuckte er plötzlich auf die Spitze seines langen Tieres, hielt es an mein erschrockenes Hintertürchen und rief mit einem verzückten Kichern in der Stimme: »Ich werde mir jetzt vorstellen, du wärest ein Junge, und dir die letzte Unschuld rauben, die du noch besitzt, deine Möse werde ich mir für ein anderes Mal aufheben, aber in einer Hochzeitsnacht muß es eine Entjungferung geben!«

»Ah, nein, nein, nein, das wirst du nicht tun!« schrie ich angsterfüllt.

»Unsinn, du kleines bockiges Biest, streck deinen Arsch raus und laß mich rein, oder ich werde es dir ganz fürchterlich besorgen, und dann stoße ich dich aus dem Fenster und behaupte, die übergroße Erregung hätte dich in den Selbstmord getrieben!«

Meine Furcht wuchs, ich hatte wirklich Angst, er würde mich umbringen, und so fügte ich mich in mein Schicksal und biß die Zähne zusammen, als ich den Kopf seines Tieres wie unter tausend Nadelstichen in mein enges Windloch eindringen fühlte. Endlich war er in mir, und indem er die Hand von meinem Hügel nahm, wo er an den empfindlichen Haaren gezerrt hatte, um mir noch mehr Schmerz zuzufügen, legte er mir die Arme um den Hals und begann, zunächst ganz langsam, mich höchst wollüstig in den Hintern zu bumsen, bis ich erneut mit einem Schrei der Glückseligkeit und in höchster Ekstase kam, als sein herrlich warmer Erguß in mein Fundament hereinschoß.

Durch seine kräftigenden Vorbereitungen auf unsere Hochzeitsnacht war er so übererregt, daß er auch jetzt noch steif blieb und mein Löchlein nicht in Ruhe ließ, bis wir ein drittes Mal zusammen den Höhepunkt erreicht hatten.

Sobald er seinen nunmehr schlaffen Stab herausgezogen hatte, der jetzt nach Sperma und Kot roch, fesselte er mich umgehend mit seidenen Stricken am Bettpfosten fest, noch ehe ich Gelegenheit zur Flucht hatte oder auch nur seine Absichten durchschauen konnte.

»Nun, mein hübscher Junge, ich habe es dir ja ganz schön besorgt, und ich werde mir gleich noch mal einen Steifen aus dir herauspeitschen, sobald ich sämtliche Spuren unserer jüngsten *Enculade* beseitigt habe«, sagte er und brachte eine Schüssel mit kaltem Wasser und einen Schwamm; er wusch und kühlte meine erhitzten Stellen, bis ich ihm gegenüber fast dankbare Gefühle zu hegen begann. Zum Schluß wusch er sich selbst und trocknete uns beide mit einem weichen Handtuch ab, bevor er dazu überging, eine Auswahl unter den Flagellationsinstrumenten zu treffen, die er in einem schmalen, langen Lederetui aufbewahrte, in dem ich zunächst nur eine Flinte vermutet hatte.

Er zeigte sie mir freudestrahlend, dann wählte er eine feine

Rute aus Pferdehaar, das an einem Rohr befestigt war, und fing an, mich zwischen die Schenkel und auf die Schamlippen zu schlagen, was ich so erregend fand, daß ich völlig aus dem Häuschen geriet und ihn anflehte, mich anständig zu bumsen, um den sehnsuchtsvollen Schmerz meiner brennenden Möse zu lindern.

»Mein Schwanz ist noch nicht steif genug, doch ich werde deine Ergüsse schon mal aufschlürfen, mein wunderschönes, bockiges kleines Fohlen«, schrie er, fiel auf die Knie und drehte meinen Körper herum, so daß er besser an meine Möse herankam. Wie köstlich mir die Stöße seiner Zunge in meinem erregten Zustand vorkamen! Ich wand mich ekstatisch, setzte meinen Fuß auf seinen Stab und rollte ihn unter meiner Fußsohle gegen seinen Schenkel, bis ich spürte, daß er erneut ganz enorm anschwoll, und im selben Moment, in dem ich meinen geilen Gatten mit einem weiteren reichlichen Erguß beglückte, schwanden mir beinahe die Sinne vor Erregung.

Ich hoffte, er würde mich nun endlich richtig bumsen, so aufgerichtet stand sein Tier da, aber statt dessen drehte er mich auf den Bauch, nahm eine Birkenrute zur Hand, die nur aus drei oder vier Zweigen bestand und mit blauen und roten Samtbändern elegant zusammengebunden war, und machte sich daran, meine Kehrseite zu geißeln. Wie mir die leichte Peitsche bei jedem Schlag ins Fleisch zu schneiden schien! Vergeblich flehte ich ihn um Gnade an, während mir Tränen echter Pein über die Wangen flossen; das schien ihm nur noch mehr Freude zu bereiten, und obendrein machte er sich bei jedem Hieb über mich lustig, indem er mir erst beschrieb, wie rosig mein Hinterteil sei, und dann fortfuhr: »Nun, du Hure, dein Hintern ist bereits rot und zart geklopft und blutet entzückend!« Als schließlich die Rute zerfetzt war und die Splitter über den ganzen Boden und das Bett verstreut lagen, warf er sie endlich weg und attackierte nun erneut mein armes

Löchlein; je mehr Schmerz er mir zufügte, desto besser gefiel es ihm, und wiederum drang er so gewaltsam wie möglich in mich ein; als er jedoch so gut wie drin war, ließen mich seine ekstatischen Bewegungen alles andere vergessen, bis ich mich an nichts mehr erinnern konnte und wohl das Bewußtsein verloren haben muß; er hat mich dann wohl losgebunden und auf das Bett sinken lassen, denn als ich erwachte, schien die Sonne hell durchs Fenster, und Seine Lordschaft schnarchte an meiner Seite.

Die Behandlung, die er mir in der Hochzeitsnacht widerfahren ließ, war noch vergleichsweise milde, verglichen mit dem, was ich später erdulden mußte, doch sein Hang, mich als Objekt seiner Gelüste zu benutzen, war schon bald ausgezehrt, wenn er mich auch noch hin und wieder mit einem Gummipenis ausrüstete, damit ich es ihm von hinten gab, während ich ihn gleichzeitig vorne so lange stimulierte, bis er den Höhepunkt erreichte.

Ein weiteres seiner Amüsements, das ihm besonderes Vergnügen zu bereiten schien, bestand darin, mir seine Sammlung obszöner Bücher, Zeichnungen und Photographien zu zeigen, und zwar so lange, bis er sah, daß ich in höchste Erregung geraten war, und mich dann damit zu verspotten, daß ich mit einem alten, verbrauchten Kerl wie ihm verheiratet sei und ob ich denn nicht Lust verspürte, jetzt mit Lothair zusammenzusein, etc.

Eines Tages vergnügte er sich eine Zeitlang auf diese Weise mit mir, dann mußte ich mich auf ein Sofa legen, und er verband mir die Augen und fesselte mir Hände und Füße, so daß ich mich nicht mehr bewegen konnte, dann warf er mir die Kleider über den Kopf und kitzelte und stimulierte mich so lange, bis ich vor unbefriedigtem Verlangen fast den Verstand verlor und ihn bat, mich zu bumsen oder mir wenigstens mit dem Dildo irgendeine Art von Befriedigung zu verschaffen.

»Es gehört sich wirklich nicht, dich auf diese Weise zu

necken, meine kleine Nutte«, lachte er, »also werde ich jetzt den Dildo aus dem Schrank im Nebenzimmer holen.«

Es waren kaum ein paar Sekunden vergangen, da fühlte ich, wie er mit den Fingern die Lippen meiner Pussi öffnete, und ich dachte, es sei, um den Dildo einzuführen, aber statt dessen war es sein Schwanz, und als er seine Arme um mich schlang, schien er kräftiger denn je zuvor, und sein Tier war angeschwollen und füllte meine sehnsüchtige Grotte in einer Weise aus, wie ich es noch nie zuvor erlebt hatte. Ich verlor mich in einer Ekstase der Seligkeit und flüsterte ihm in den zärtlichsten Worten meinen Dank für den köstlichen Beweis seiner Manneskraft ins Ohr.

Plötzlich schien eine fremde Hand nach seinem Ständer zu tasten, und ein paar Finger schoben sich neben dem noch immer starken Schwanz in mich hinein.

»Ah! Oh! Oh!!! Wer ist das?« schrie ich unter meinen Röcken hervor, die mir über das Gesicht geworfen worden waren.

»Ha! Ha! Ha!!! Sie tut so, als ob sie immer noch glaubt, daß ich es war, der sie gebumst hat, obwohl sie eigentlich wissen müßte, daß es schon die ganze Zeit James war!« hörte ich ihn lachen, gleichzeitig nahm er mir die Binde von den Augen, und ich konnte sehen, daß der junge Butler auf mir saß, seinen Prügel noch immer in mir hatte und sich gerade anschickte, eine zweite Runde zu beginnen.

»Küß sie, steck ihr deine Zunge in den Mund, mein Junge! Fick nur! Immer drauflos! Oder dein Allerwertester kann was erleben!« schrie Seine Lordschaft, der mit einer Hand die Eier des Butlers befingerte und mit der anderen wild auf seine Kehrseite eindrosch. »Sieh, wie sie vorgibt, sich zu schämen; es ist hübsch anzusehen, Lady Beatrice, daß du immer noch erröten kannst.«

Ich kreischte und protestierte angesichts dieser Schmach, aber James' köstliche Bewegungen ließen mich bald wieder in einen Taumel versinken und riefen mir die Orgie ins Gedächtnis zurück, die wir mit den Dienern im Crecy House erlebt hatten, und in meiner Phantasie gab ich mich wieder dem wundervoll entwickelten Charlie hin.

Wir erreichten ein zweites Mal den Höhepunkt, aber er ließ nicht locker und setzte die Liebesschlacht mit unverminderter Kraft fort, und als Seine Lordschaft sah, daß ich vollkommen entrückt war und auf den Angriff seines Dienstmannes mit natürlicher, wollüstiger Glut reagierte, löste er mir die Hand- und Fußfesseln, damit ich mich gründlich austoben konnte.

»Laß nicht locker, James«, schrie er, »sie ist in bester Laune, du läufst Gefahr, aus dem Sattel geworfen zu werden, aber das kleine Biest braucht nicht zu denken, daß sie den ganzen Spaß für sich alleine haben kann.«

Er stieg hinter dem jungen Butler auf das Sofa, und ich sah, daß sein langer Stab jetzt zum Bersten angeschwollen war, ja, es schien ihm keine Schwierigkeiten zu bereiten, in die hintere Öffnung seines Butlers einzudringen, zweifellos war er da schon öfters gewesen, nur wollte er diesmal ein besonderes Stimulans, also opferte er mich seinem Ganymed, um sich selbst zum Höhepunkt zu bringen, indem er sich an unseren laszviven Bewegungen aufgeilte.

Du kannst mir glauben, lieber Walter, daß James und ich anschließend auf bestem Fuße standen. Seine Lordschaft brachte ihn jetzt jede Nacht mit in unser Schlafzimmer, wo er sich jeglicher Art von Ausschweifungen anschloß; einmal brachte er es sogar fertig, seinen langen dünnen Schwanz gleichzeitig mit dem von James in meine Möse einzuführen, als ich einen »St. Georg« auf ihm ritt; ich hatte das größte Vergnügen daran und begeisterte sie beide mit diesem neuartigen Gefühl, ganz abgesehen von der Vorstellung, etwas offenbar völlig Unmögliches bewerkstelligt zu haben.

Nach diesem Ereignis schien Lord Crim-Con gleichgültig

und blasiert gegenüber allem, was wir taten; er bestand sogar darauf, in einem eigenen Zimmer zu schlafen, und überließ uns das Schlachtfeld völlig. Mein Buhler und ich waren jedoch nicht so blind zu glauben, daß er jetzt ganz und gar aufgebraucht sei, und als wir darüber sprachen, kamen wir darauf, daß sich Seine Lordschaft in meinen jungen Pagen, einen fünfzehnjährigen Knaben, verliebt haben mußte, der erst vor kurzem in meine Dienste getreten war und der in einer kleinen Kammer am Ende des langen Korridors schlief, in dem sich auch unser beider Schlafzimmer befanden.

Er schloß sich immer ein, wenn er zu Bett ging, und zwar, wie er sagte, aus Angst, ich würde ihn nicht in Ruhe lassen, und so bestreuten wir eines Nachts, um dem Geheimnis auf den Grund zu kommen, den Korridor der ganzen Länge nach mit Mehl, was sich bereits am nächsten Morgen bezahlt gemacht hatte, als wir nämlich die Fußspuren Seiner Lordschaft entdeckten, die zur Kammer des Pagen und wieder zurück führten.

Wir wollten ihm den Spaß nicht verderben, sondern nur ein wenig zuschauen, um nach Möglichkeit selbst ein wenig zusätzliche Lust durch den Anblick der Szene zu gewinnen, also sondierten wir das Gelände am nächsten Tag und fanden heraus, daß sich direkt neben der Kammer des Pagen ein weiterer kleiner Raum befand, der sich für unsere Zwecke eignete, und da er als Gästezimmer eingerichtet war, brauchten wir nur ein paar Gucklöcher herzustellen, um, auf dem Bett sitzend oder kniend, alles mit ansehen zu können.

Nachdem wir uns eine gute Nacht gewünscht hatten (James und ich hatten den Abend im Salon damit verbracht, die geilsten und laszivsten Spielchen auszudenken, um Seine Lordschaft zu amüsieren, der es jedoch dabei beließ, unseren Tollheiten geruhsam zuzusehen, seine Zigarre zu rauchen und sich offenbar seine Energien für später aufzuheben), begaben wir uns, statt zwischen die Laken zu kriechen, in das

Extrazimmer neben dem, in welchem Reuben, der Page, schlief.

Wir waren zu früh dran für Seine Lordschaft, denn als wir durch die Gucklöcher spähten, lag das Zimmer des Pagen noch in völliger Dunkelheit, und da die Nacht warm war und man sich also nicht zu bedecken brauchte, streckten wir uns auf dem Bett aus und warteten auf die Ankunft Crim-Cons; inzwischen amüsierten wir uns damit, einander zu küssen und mit den intimen Körperteilen des anderen zu spielen, bis mein hübscher Butler sich – trotz der vorangegangenen harten Arbeit des Abends – in einem hervorragenden Zustand der Ungeduld befand, so daß er am liebsten sein Mütchen an meiner sehnsüchtigen Pussi gekühlt hätte, jedoch hätte dies alles verdorben, denn unsere Tätigkeit wäre den Ohren des Pagen sicher nicht entgangen und unsere Besichtigungstour somit hinfällig gewesen.

Als ich ihm gerade zuflüsterte, er solle stillhalten, hörten wir, wie im Nebenzimmer ein Streichholz angezündet wurde, und zu unserem Erstaunen konnten wir durch die Gucklöcher erkennen, daß Reuben, der Page, nicht allein war, sondern sich in Begleitung des zweiten Butlers befand, eines ziemlich hochgewachsenen blonden Jünglings, den wir nicht in unsere Spekulationen einbezogen hatten; er trug immer eine so kalte und abweisende Würde zur Schau, sogar James gegenüber, daß wir es nie für möglich gehalten hätten, er könnte mit den Vergnügungen Seiner Lordschaft etwas im Sinne haben.

Reuben zündete einige Kerzen an, wandte sich dann an seinen Kameraden, der im Bett lag und langsam sein erigiertes Glied massierte, als wolle er es in einem jederzeit einsatzfähigen Zustand halten, und sagte: »Will, Seine Lordschaft wird jetzt jederzeit auftauchen, wie gut, daß ich mich noch rechtzeitig von dir gelöst habe, sonst hättest du drauflosgespritzt und alles verdorben; er hat es gerne, wenn er uns mit gesetzten Segeln sieht; glaubt er jedoch, wir hätten uns bereits gegenseitig befriedigt, dann würde er uns beschimpfen und wütend das Weite suchen.«

Reuben und Will waren beide ganz nackt, und es bestand ein starker Kontrast zwischen ihnen, denn während der letztere eher schlank, groß und blond war, hatte der andere eine regelrechte Adonisfigur, ein richtig schönes volles, rosiges Gesicht, dunkle Haare und dunkle, sprühende, stürmische Augen, ja, auch sein Schwanz befand sich in einem wunderschönen Zustand der Erektion, und beide hatten nicht mehr als eine Andeutung von Flaum an den Wurzeln ihrer Stengel.

»Wie hübsch du doch aussiehst, Reuben, kein Wunder, daß Seine Lordschaft dich verführt hat; außerdem bist du ein lieber selbstloser Bursche, denn du hast mich auch in den Spaß eingeführt; ich werde dich wunderbar bumsen, sobald er hier ist und uns zuschaut. Ich liebe dich herzlicher und inniger, als ich jemals das hübscheste Mädchen auf der Welt lieben könnte! Außerdem zahlt es sich auch noch aus!«

Dann legten sich die beiden Knaben auf das Bett, spielten mit ihren Stäben, küßten, saugten an ihren Zungen und schmiegten sich sehr verliebt aneinander, bis ich jeden Augenblick damit rechnete, daß sie zum Höhepunkt kommen würden, doch da unterbrachen sie plötzlich ihr Spiel, draußen waren Schritte zu hören, dann quietschte die Tür in den Angeln, und Seine Lordschaft erschien mit einer großen Tischlampe in der Hand.

»Halt, halt, hört sofort auf, ihr geilen Schlingel!« schrie er, »ich weiß ganz genau, daß ihr euren Spaß bereits gehabt habt. Wenn das wahr ist, ihr Bumser –« Er zischte so furchterregend durch die Zähne, daß die beiden Burschen einen Moment lang vor Schreck erblaßten, bevor sie puterrot anliefen.

Reuben antwortete zuerst. »Nein, nein, Mylord, wir sind ganz vorsichtig gewesen, nur hat Will mir gerade seine Liebe gestanden und was für ein prächtiger Anblick es für Sie sein wird, wenn er mich nun an die Kandare nimmt.«

»Bravo! Das soll er tun, mein Lieber, und ich werde deinen süßen Pego lecken, um herauszufinden, ob du mich betrogen hast.«

Er stellte seine Lampe am Fußende des Bettes ab, so daß der Raum nun bestens ausgeleuchtet war, setzte sich aufs Bett, öffnete seinen Morgenrock und stellte seinen langen schlappen Schwanz zur Schau. Dann nahm er die beiden auf den Schoß, so daß jeder auf einem seiner nackten Schenkeln zu sitzen kam, küßte die Knaben, schob ihnen die Zunge in den Mund, spielte mit ihren entzückenden Dingern und stellte Vergleiche an.

Das war jedoch nur ein kleines Vorspiel, denn plötzlich fragte er Reuben, ob die Creme unter dem Kopfkissen sei, warf das einzige Kleidungsstück, das er trug, von sich ab und streckte sich rücklings auf dem Bett aus.

»Nun, mein kleiner Pummel«, sagte er zu dem Pagen, »knie über meiner Brust und gib mir dein Ding zum Saugen, und du, Will, kniest dich hinter ihn, damit ich deinen Hobel an sein Loch führen kann.«

Will ließ sich nicht zweimal bitten, er war sofort zur Stelle, sein harter Schwanz war wohl acht Zoll lang, und damit traktierte er jetzt das enge, dunkle, schrumpelige Loch seines Geliebten.

Seine Lordschaft hatte es so eilig, daß er kaum Reubens Siebenzollstock zwischen die Lippen genommen hatte, als er sich auch schon mit der Creme an Wills Ständer und des Pagen Löchlein zu schaffen machte, woraufhin er des ersteren Ding so genau plazierte, daß es fast umgehend bis zu den Haarwurzeln eindringen und in den erregenden Druckempfindungen, mit denen ihn sein Geliebter beglückte, schwelgen konnte.

Seine Lordschaft lutschte begeistert an dem Leckerbissen, und wir hörten ihn halberstickt hervorstoßen: »Sehr schön! Fick! Mach schnell! Komm! Komm! Ah-h-h«, während wir

Reubens dunkle, feurige Augen beobachteten und sahen, wie sich sein Tier versteifte und dann seinen Saft in Crim-Cons Mund spritzte, bis ihm die Tropfen des dicken, cremigen Ergusses regelrecht von den Lippen rannen, während er immer noch saugte und dabei genüßlich schmatzte; daneben bemerkten wir auch, wie sein eigener Leuchter in voller Kraft erstrahlte.

Will bumste *en furioso* das Loch seines Geliebten und schien fast gleichzeitig den Höhepunkt zu erreichen, und zwar so ausgiebig, daß er hinterrücks umgefallen wäre, hätte er sich nicht an Reubens Hals festgehalten.

Während sich diese begeisternde Szene vor unseren Augen abspielte, blieben auch wir nicht untätig. Instinktiv befeuchtete James die Spitze seines Stabes und mein Arschlöchlein mit Speichel, und bald schon führte er seine gewaltige Maschine durch das Nadelöhr ins Paradies. Seine Bewegungen waren einfach himmlisch. Noch nie habe ich einen derartigen Gipfel der Lust erreicht, mit dem Schauspiel vor mir und den erregenden Bewegungen hinten in mir, und als unsere Bäche dann strömten, hätte ich beinahe entzückt aufgestöhnt.

Mein Körper wurde von einer Lust erfaßt, die an Raserei grenzte, ich sah, daß der Schwanz seiner Durchlaucht jetzt voll ausgefahren war und die beiden Burschen ihn abwechselnd leckten und küßten.

Ich flüsterte meinem Buhlen zu, mir zu folgen, und wir huschten schnell aus unserem Versteck ins Nebenzimmer zu den anderen. Da die Tür unverschlossen war, konnte ich mich, ehe sie es sich versahen, mit meinem Rücken der Länge nach auf den Bauch Seiner Lordschaft werfen, wobei ich ihm mit dem Aufprall beinahe den Atem raubte und mich auch nicht im geringsten um sein: »Verdammte Höllenbraut« und andere ärgerliche Ausrufe scherte. Triumphierend verankerte ich seinen steifen Stengel in meinem hinteren Loch und ließ wippend und massierend meinen Hintern kreisen, während James mit seinem furchtbar erregten und gespannten Werkzeug von meiner Möse Besitz nahm.

Die Burschen schienen sofort zu verstehen, was ich vorhatte, denn sie knieten sich beide neben mich und präsentierten mir ihre Schwänze, damit ich sie liebkosen konnte, während Crim-Con nicht aufhörte, mich als »verdammte Höllenhure« etc. zu beschimpfen, und unter unserem Gewicht keuchte, aber ich spürte, daß er diese Variante gründlich genoß, da sein Glied immer steifer wurde; außerdem war die Haut zwischen seinem und James' Schwanz so dünn, daß es fast so war, als ob sich die beiden Stäbe in meiner Möse aneinander reiben würden.

Ich stimulierte die beiden Burschen, bis ihnen vor Verzükkung fast die Augen aus dem Kopf fielen und sie über die festen, runden Hügel meiner Brüste daherspritzten, doch gelang es mir, sie im Zustand der Erektion zu halten, indem ich abwechselnd die Spitze des einen und des anderen Stengels küßte, während Crim-Con ihre Hoden kitzelte und ihre Löcher rieb, bis sie fast von Sinnen waren.

Noch nie hatte ich den langen dünnen Stengel meines Mannes so gut gespürt, und James' Ding war vor lüsterner Erregung dermaßen angeschwollen, daß ich mich wie eine gestopfte Weihnachtsgans fühlte, und doch wollte ich immer noch mehr, mehr, mehr! Wäre ich eine einzige Möse gewesen, ich hätte mir gewünscht, daß jeder Winkel von ihr mit einem guten steifen Schwanz gefüllt gewesen wäre! Welch himmlisches Vernügen! Ah! Ah! Könnte ich doch so sterben! Ich schien gänzlich in einer anderen Welt zu sein, meine Sinne verließen mich, ja, ich war wirklich im Paradies!

An mehr kann ich mich nicht erinnern, doch am nächsten Tag berichtete mir James, daß sie große Angst ausgestanden hätten, denn ich sei in tiefe Bewußtlosigkeit versunken, und sie hätten mich in mein Zimmer tragen und Riechsalz anwenden müssen, bis ich wieder zu atmen begann und in einen unruhigen Schlummer sank; ich hätte die beiden Burschen so heftig in die Schwänze gebissen, daß sie wund und blutig waren. »Was Seine Lordschaft betrifft«, fügte James hinzu, »fürchte ich, daß er so gut wie tot ist, denn er war so erschöpft, daß Doktor Spendlove kommen mußte, der das Schlimmste befürchtet.«

Es war nur zu wahr, Seine Lordschaft lebte nur noch achtundvierzig Stunden, und auch ich habe mich seither nie mehr ganz erholt. Das außerordentliche Übermaß an Ergüssen in jener Nacht hatte meine Konstitution geschwächt, und ich kam nur langsam wieder zu Kräften. Man empfahl mir, sexuelle Vergnügungen in Zukunft mit Vorsicht zu genießen, doch angesichts meiner schwachen, nervösen und leicht erregbaren Natur erschien es mir unmöglich, auf diese Freuden völlig zu verzichten, die mir den einzigen wahren Vorgeschmack auf das zukünftige Paradies zu vermitteln schienen; ungeachtet meiner schwindenden Kräfte gab ich mich entweder selbst den Vergnügungen der Liebe hin oder erfreute mich daran, anderen bei dieser Beschäftigung zuzusehen, wann immer sich mir Gelegenheit dazu bot.

Die Testamentsvollstrecker kümmerten sich um alles, während der neue Baron James und die beiden Burschen äußerst großzügig bedachte, um sich auf diese Weise für ihren Einsatz zugunsten seiner Interessen zu bedanken, denn, wie er mir anvertraute, führte er es auf ihre Anstrengungen zurück, daß er fünf bis zehn Jahre eher, als er es eigentlich hatte erwarten können, in den Besitz von Titel und Ländereien des Verstorbenen gekommen war.

»Aber glaubt Ihr nicht, Mylord«, fragte ich ihn, als er mir dies erklärte, »daß nicht auch ich Euren Dank verdiene? Wo ist Eure Belohnung für die kleine Beatrice?«

Er schaute mich auf eine seltsame Art an. Er war ein stattlicher junger Bursche von achtundzwanzig Jahren, mit einer fetten blonden Frau verheiratet, die über ihr eigenes Vermögen verfügte und ihm bereits neun Kinder geschenkt hatte, wobei die Aussicht bestand, daß sie ihm noch weitere bescheren würde.

»Ich werde nicht aus dir schlau, Robert«, fuhr ich fort, »du bist so anders als dein armer Bruder, gibst dich mit dem täglichen Einerlei einfach so zufrieden; jeder Blick, jedes Lächeln gilt deiner famosen Frau; dein Bruder aber flirtete und trieb es mit jeder, die ihm über den Weg lief; was hast du denn für ein Herz, du scheinst ja nicht ein einziges Mal Mitleid mit mir empfunden zu haben, angesichts des Verlustes, der mich getroffen hat.«

Er war so hübsch, und ich mochte die neue Lady Crim-Con so wenig, daß ich beschloß, ihn zu verführen, um meinen Groll und meine Leidenschaft gleichzeitig zu stillen.

»Auf was willst du hinaus, liebe Beatrice, du sprichst in Rätseln.«

»Ah! Du weißt, wie schwach und einsam ich bin, und dennoch bekomme ich nicht einmal einen brüderlichen Kuß des Mitgefühls von dir. Ich weiß, daß Mylady mich haßt, doch werde ich sowieso in wenigen Tagen nach Hastings abreisen«, sagte ich und brach in Tränen aus, als ob mir das Herz bräche, und die Tränen tropften aus meinen niedergeschlagenen Augen auf seine Hände, die er, wie er da neben mir saß, wie unabsichtlich auf meinen Schoß gelegt hatte.

Er gab mir einen sanften, eher väterlichen Kuß auf die Stirn und sagte: »Ich wünschte nur, ich wüßte, wie ich dich ein wenig aufmuntern kann, meine Liebe.«

»Meine Liebe« – das hörte sich schon ein wenig warmherziger an, als ob das Eis endlich brechen wollte, und so warf ich ihm die Arme um den Hals und erwiderte seinen väterlichen Kuß mit einem weitaus leidenschaftlicheren, wobei ich mit leiser, gebrochener Stimme flüsterte: »O Robert, du weißt ja nicht, wie es ist, elend und mutterseelenallein in dieser kalten

Welt zurückgelassen zu werden. Kannst du mir nicht ein wenig, nur ein klein wenig von diesem liebevollen Lächeln abgeben, von dem deine Frau sicherlich schon ganz übersättigt ist?«

Er stieß einen leisen Seufzer aus, und ich spürte, wie sich ein Arm um meine Taille stahl und er mich sehr zärtlich an sich zog, und er schien auch gar nicht abgeneigt zu sein, meine Küsse anzunehmen, die immer leidenschaftlicher wurden.

»Was verliert denn Mylady schon dabei, wenn du mich küßt?« flüsterte ich.

Seinen Körper durchlief ein deutlich spürbares Beben, als sich unsere Lippen schließlich zu einem langen und liebevollen Kuß begegneten. Es war klar, daß ich nun endlich seine amourösen Gefühle geweckt hatte, die in der respektablen Brust eines verheirateten Mannes geschlummert hatten.

»Ich liebe dich, Robert, mein Liebster, aber so eine bedeutungslose Sache brauchst du ja Lady Cecilia nicht gerade unter die Nase zu reiben«, flüsterte ich, nachdem sich unsere Lippen endlich getrennt hatten.

»Wenn ein Brot einmal angeschnitten ist, fällt es nicht weiter auf, wenn einer noch eine Scheibe davon abschneidet, meine liebe Beatrice«, sagte er, hielt mich lächelnd von sich ab und schaute in mein errötendes Gesicht. »Außerdem kann ich es leicht wieder wettmachen, so verliert Cecilia gar nichts dabei.«

»Von deinem Laib wurde bereits ganz schön verzehrt«, erwiderte ich, »wenn man bedenkt, wie viele Mäuler du schon zu stopfen hast.«

Wiederum zog er mich an sich, und wir tauschten die sinnlichsten Küsse aus, während ich auf seinem Schoß saß. Das Gurren und Schnäbeln war so wirksam, daß ich schon bald sehr deutlich spürte, wie sein Schwanz unter meinem Hintern steif wurde. Er errötete, und ein außerordentliches Feuer flackerte in seinen sonst so traurigen Augen; wir verstanden uns sofort. Ohne ein weiteres Wort zu verlieren, bog er meinen widerstandslosen Körper auf die Couch zurück, und als ich meine Augen schloß, spürte ich, wie er meine Kleider hob und seine Hände an meinen Beinen entlangstreichen ließ, bis er den Thron der Freuden erreicht hatte. Meine Beine öffneten sich von selbst, um ihm freie Bahn zu gewähren, und schon nahm er meine stillschweigende Einladung an, und ich fühlte, wie die Spitze seines prächtigen Rammbocks an der Pforte meiner verwitweten Pussi anklopfte.

Die Lust auf einen richtig guten Fick verzehrte mich schon seit einigen Tagen, und ich konnte dem Impuls nicht widerstehen, meine Hand auf seine herrliche Liebesmaschine zu legen, um sie selbst in den Hafen der Liebe zu lotsen. Sie war drin, und ich war völlig davon ausgefüllt, seufzte vor Lust und hatte bereits einen Erguß, ehe er sich noch kaum bewegt hatte.

Als ich die Augen öffnete, bemerkte ich, daß er von meiner Ekstase ganz hingerissen war. »Ah, liebster Robert, du weißt nicht, was es für eine junge Witwe bedeutet, wenn sie des natürlichen Trostes ihres Geschlechts beraubt ist. Nun komm, mein Junge, laß uns vollends glücklich werden, laß unsere Seelen in den Ergüssen der Liebe verschmelzen, und sag mir dann, ob du manchmal ein paar Krumen von deinem Laib für mich entbehren kannst.«

Schon wenige Stöße ließen meine Liebessäfte erneut strömen, und ich spürte, wie sich die außerordentlich warme Flut seiner Essenz in meinen sehnsüchtigen Schoß ergoß. Unsere Lippen vereinigten sich in wilden, zungensaugenden Küssen, während ich meine Beine um seinen Hintern schlang und mich ihm entgegenbog, um seiner männlichen Glut mit ekstatischer Hingabe entgegenzukommen.

Mylady war ausgefahren, und wir konnten uns wenigstens für ein paar Stunden sicher fühlen; trotzdem achtete ich angesichts seiner ehelichen Pflichten darauf, daß er noch ein oder zwei Schuß für die Nacht in Reserve behielt, und er begnügte sich denn auch damit, vor jenem Schrein der Liebe anbetend niederzuknien, wo er gerade noch der Venus seinen Tribut gezollt hatte, und rief aus: »Was für eine wundervolle Möse! Wie klein und eng! Welch bezaubernde *Chevelure!*«

Ein oder zwei Tage später geschah es zu unserer Freude, daß Lady Cecilia aufs Land gerufen wurde, um am Krankenbett ihrer Mutter zu wachen.

Mein Schlafzimmer befand sich neben ihrem, also war es eine sehr einfache Sache für ihn, sich nachts in mein Bett zu stehlen. Ich fand heraus, daß er sehr wenig vom kunstvollen Bumsen verstand, denn er und seine Frau hatten sich streng an den traditionellen Familienstil gehalten, der solch fruchtbare Ergebnisse gezeitigt hatte. Mein Spott über seine Ignoranz erfüllte ihn mit Scham und weckte in ihm ein großes Nachholbedürfnis, besonders als ich ihn die Köstlichkeiten des Arschbumsens lehrte, und er versprach hoch und heilig, nach der Rückkehr von Mylady auf seinem Recht als Ehemann auf jeden Teil ihrer Person zu bestehen und in Zukunft weiteren Babys aus dem Weg zu gehen, und wenn ich mir nur ein schönes Guckloch anfertigen wollte, so könnte ich seinen ganzen Spaß mit Lady Cecilia miterleben.

Ich war mit meiner Eroberung sehr zufrieden und beschloß, ihn zu überreden, seine Gattin auf jede nur mögliche Weise zu bumsen, damit ich meinen Spaß daran hätte. Also führte ich ihn in sämtliche lustvollen Genüsse ein, bis ich die Genugtuung hatte, daß sich der bislang brave Ehemann in einen lüsternen Wüstling verwandelt hatte.

Der Baron hielt, was er versprochen hatte. *Mein Robert,* wie ich ihn während unserer Liebesintermezzos nannte, war zuletzt derart geschult, daß er der Durchsetzung seiner ehelichen Rechte vollauf gewachsen war, wenn Lady Cecilia nach Hause zurückkehren würde.

Am Tag ihrer Rückkehr vom Lande traf er mich nach dem Abendessen im Wintergarten an, setzte sich zu mir und flüsterte mir ins Ohr, wie glücklich er sei, sich ein letztes Mal mit mir beraten zu können, ehe er sich mit seiner zweifellos sehr erwartungsvollen Gemahlin ins Schlafzimmer zurückzog.

»Du hast mich in der vergangenen Nacht und heute morgen so ausgezehrt, Beatrice«, sagte er, legte einen Arm um meine Taille und begegnete meinen erwartungsvollen Lippen mit einem langen, atemberaubenden Kuß, bevor er fortfuhr: »Ich werde nur durch eine außergewöhnliche Erregung ihren Erwartungen gerecht werden können. Nach ihrer langen Abwesenheit muß ich sie wenigstens drei- oder viermal beglücken; wie kann ich mich dem nur gewachsen zeigen?«

»Nimm mich zuerst«, antwortete ich; »während sie die Kinder zu Bett bringen läßt, ist Zeit genug; auf diese Weise bekommst du Lust auf die Dinge, die deiner noch harren, denn die Vorstellung, ihrem jungfräulichen Afterloch die Unschuld zu rauben, wird dich schon genug beflügeln, und je mehr sie sich wehrt und böse wird, desto reizvoller wird es für dich sein.«

Während ich das sagte, hatte ich sanft durch die Hose hindurch seinen Stengel gestreichelt; meine Berührung hatte eine magische Wirkung, denn er wurde sofort hart, und als ich den ungeduldigen Gefangenen aus seinem Käfig herausließ, glaubte ich, ihn nie zuvor so groß und lustentflammt vor Augen gehabt zu haben.

Ich erhob mich, und indem ich mich zunächst hinabbeugte und seinem Liebespfeil einen heißen Kuß gab, hob ich meine Kleider, ohne ihn derweil loszulassen, drehte ihm dann meinen Hintern zu, spuckte auf meine Möse, spreizte meine Beine und setzte mich rittlings auf ihn, um jeden Millimeter seiner Liebesmaschine in meine erhitzte Möse eindringen zu lassen.

Einige Augenblicke verhielten wir reglos und genossen die Gefühle der gegenseitigen Besitznahme, die den Beteiligten an einer liebenden Vereinigung so köstlich erscheinen, bevor wir mit den erregenden Bewegungen begannen, die allmählich unser hitziges Verlangen in einen Zustand rasenden Wahnsinns verwandeln, der nur noch durch den himmlisch wohltuenden Höhepunkt gestillt werden kann, wenn die natürlichen Säfte des Liebesaktes ineinanderfließen.

Die Vorstellung, daß ich seine verhaßte Frau der Erfüllung ihrer rechtmäßigen Erwartungen beraubte, verlieh unserer Liebesvereinigung eine besondere Würze, so daß ich buchstäblich vor Wonne stöhnte und seufzte, während ich beim Höhepunkt meinen Kopf herumdrehte, um nicht auf den lustvollen Kuß verzichten zu müssen, der uns in solchen wonnevollen Momenten der Glückseligkeit einen zusätzlichen Genuß vermittelt.

Er erreichte den Höhepunkt nicht zusammen mit mir, sondern hielt inne und ruhte einen Augenblick oder zwei, dann richtete er sich wieder auf, und ohne seine feste Verankerung in mir auch nur eine Sekunde lang zu verlieren, legte er mich bäuchlings auf einen kleinen Tisch und begann wieder mit den bezaubernden Bewegungen, seine Hände unter meinem Bauch, mit denen er meine Möse kitzelte und reizte, bis die Zuckungen der Lust mich fast aus seiner Umklammerung rissen. Plötzlich zog er sich ganz zurück und stieß dann die Spitze seines Geräts mit kraftvollem Stoß in die kleinere Körperöffnung hinein, welche in der Stellung, die wir innehatten, so wunderbar leicht und bequem zu erreichen ist.

»Ah! Ohhh-ohh-oh-oh-o-o-o-o!!!« schrie ich und schwamm in einem Meer der Lust, als er mich derart hinterwärts ausfüllte, während seine Finger damit beschäftigt waren, meiner erotischen Entrückung durch die kunstvolle Art, mit welcher er in meiner überströmenden Möse wühlte, weitere Lust zuzuführen. »Oh, Himmel, Robert, Robert! Komm,

komm doch, Liebling! Ah! Da! Ich fühle, wie es sich heiß in mich ergießt!« rief ich, als die Flut seines heißen Samens den empfänglichen Schacht überschwemmte, mit dem ich ihn so fest umschlossen hielt.

Nachdem wir uns von unserer Ekstase erholt hatten, unterhielten wir uns darüber, wie er mit seiner Frau verfahren sollte, und währenddessen blieb sein Stab so steif wie ein Polizeiknüppel, bis ich schließlich aus Furcht, Lady Cecilia könnte uns überraschen, in den Salon ging und Klavier spielte, während er vor dem Fenster Zigaretten rauchte.

Da Mylady Müdigkeit vorschützte (wir aber wußten sehr wohl, warum sie es so eilig hatte), zog sich die Familie früher als gewöhnlich in die Schlafgemächer zurück, doch ich nahm meine Stellung am Guckloch ein, bevor Cecilia und Robert ihr Schlafzimmer betreten hatten.

Da er stets die unteren Räume des Hauses kontrollierte, bevor er zu Bett ging, betrat seine Frau das Schlafzimmer zuerst und begann, sich zu entkleiden.

Sie war etwa gleich alt wie ihr Gatte, eine sehr schöne, hellhäutige Frau, ziemlich groß, mit hellem rötlichbraunem Haar, das leicht golden schimmerte, dunkelblauen Augen mit dunklen Brauen und langen dunklen Wimpern, einem ausladenden Mund mit aufgeworfenen kirschfarbenen Lippen und prächtigen perlweißen Zähnen; als sie sich Stück für Stück entkleidete, erregten ihre Reize, die sich nach und nach meinen Blicken enthüllten, mein laszives Blut. Was für großartig schwellende Brüste, rund und fest, und als sie das Hemd über den Kopf zog und ihren hübschen weißen Bauch entblößte (noch immer faltenlos, denn ihre Entbindungen waren leicht vonstatten gegangen, und um ihre Figur nicht zu verderben, stillte sie die Kinder nicht), der unten von einem buschigen Venushügel mit leicht gelocktem, seidig-rotem Haar begrenzt wurde, durch das ihre Spalte hindurchschimmerte.

Jetzt stellte sie sich vor einen Spiegel, um ihre Schönheit zu begutachten, und ich konnte sehen, wie eine Röte ihr Gesicht überlief, als sie sich ihrer eigenen Nacktheit fast zu schämen schien. Dann öffneten sich ihre Kirschlippen in einem selbstzufriedenen Lächeln, wobei sie ihre perlweißen Zähne zeigte; sie tätschelte die schimmernd weiße Haut ihres Bauchs und Hinterteils (offenbar dachte sie an die Wirkung dieses Anblicks auf Robert, falls er jetzt das Schlafzimmer betrat), dann öffnete sie spielerisch die Lippen ihrer Pussi mit den Fingern, ließ sie erneut erröten, und sie schien kaum der Versuchung widerstehen zu können, sich ein wenig zu reiben, denn ziemlich nervös schob sie ein Fingerpaar zwischen ihren Schamlippen vor und zurück.

Das Blut brannte mir in den Adern, und obgleich ich sie haßte, hätte ich sie gerne an Ort und Stelle geleckt. Plötzlich aber öffnete sich die Tür, und Robert stand wie gebannt auf der Schwelle und rief überrascht aus: »Cecilia, du hast wohl allen Anstand verloren; warum hast du dich nie zuvor derart meinen Augen präsentiert?«

»Oh, Robert, Liebster, wie du mich verwirrst, du bist so schnell gekommen, und ich betrachtete gerade den Liebesquell, den du so gern streicheln möchtest, sobald das Licht gelöscht ist.«

»Ich habe gar nicht gewußt, daß du eine so bezaubernde Figur besitzt, Cecilia, aber jetzt will ich mich auch daran ergötzen, also löschen wir die Lichter nicht, meine Liebe. Ich muß erst einmal alle deine Reize genau untersuchen. Übrigens kann ich dir ruhig sagen, daß ich während deiner Abwesenheit ein paar schlechte Bücher meines verstorbenen Bruders gefunden habe, welche mit ihren außergewöhnlichen Beschreibungen der verschiedensten sexuellen Genüsse meine Phantasie so angefeuert haben, daß ich beim Gedanken an unsere unschuldige Unwissenheit fast errötete und es mich danach verlangt, mit dir ein paar davon auszuprobieren.«

Er hatte sich beinahe alle Kleider vom Leib gerissen, während er sprach, und ich konnte seinen Schwanz sehen, der so sprungbereit wie nur irgend möglich war, und ich nahm an, daß er seit unserem erregten Duell von vorhin nicht mehr erschlafft war.

Er warf sich in ihre Arme, und sie umarmten und küßten sich, während sie seinen Stab ergriff, langsam rückwärts zum Bett ging und gleichzeitig versuchte, den Kopf seines Stabes in den Hafen zu lotsen.

»Nicht da, Cecilia, Liebes, du hast noch eine Unschuld, die ich dir heute nacht rauben will; unsere langweilige, stumpfsinnige Art, es zu tun, führt nur dazu, einen Haufen Kinder zu kriegen, und mein Köcher ist sicherlich noch voll davon. Ich will aber keine mehr, es würde den totalen Ruin bedeuten. Nein, nein, in Zukunft machen wir es auf französisch, verstehst du? Ich will in deinen Hintern.« Das sagte er ganz ernsthaft, jedoch voller Erregung.

»Was für eine scheußliche Idee! Das wirst du mir niemals antun, Robert«, rief sie aus und lief bis zu den Haarwurzeln purpurrot an.

»Aber ich muß und werde es tun, Cecilia, schau dir dieses Buch an, du findest hier alle nur erdenklichen Arten, *es* zu tun. Da, sie lecken einander, ficken sich – ah – du erschrickst über das vulgäre Wort – aber es heißt nun mal ficken – fikken – ficken, das ist der Name dafür; sie ficken sich in den Arsch, in die Achselhöhle, zwischen die Titten – überall – für einen Mann ist das alles gleich, alles, was unter die Bezeichnung FICKEN fällt, ein Wort, das du bestimmt schon auf Fensterläden, Türen oder das Trottoir geschrieben gesehen hast – ein köstlich vulgäres Wort, Cecilia, aber der universale Trinkspruch von Männern, wenn sie in Gesellschaft zusammen sind.« (Ich konnte sehen, wie er versuchte, ihr etwas in dem französischen Buch *La Science Pratique* mit seinen vierzig hübschen kleinen Bildtafeln zu zeigen.) »Du kannst dir nicht vorstellen, wie sehr es mein Blut in Wallung gebracht hat, als ich mir vorstellte, was es für uns nach deiner Heimkehr noch alles zu genießen gibt.«

»Du bist ja verrückt, Robert, ich werde das fürchterliche Buch verbrennen und das dreckige Zeug nie lernen!« sagte sie und schnappte nach dem Buch.

»Du bist meine Frau, jeder Teil deines Körpers gehört mir, und ich kann damit tun, was ich will; treib mich nicht zum Äußersten, Cecilia, oder ich könnte grob werden, denn ich bin entschlossen, meinen Schwanz in deinen Arsch zu stekken, hier und jetzt!« rief er, während er sie auf den Bauch zu drehen versuchte.

»Robert, Robert, schäm dich, Beatrice wird deine ekelhaften Worte hören. Du wirst mich niemals auf diese Weise mißbrauchen!« Sie verbarg das Gesicht in den Händen und begann zu schluchzen.

»O doch, auch wenn du wie ein Kind plärrst. Deine Tränen erregen mich nur noch mehr, und solltest du dich weiterhin weigern, werde ich dich so lange verprügeln, bis du mir gehorchst!«

Sie wehrte sich, doch die Kräfte einer Frau sind schnell erschöpft, und so schaffte er es schließlich, sie über den Bettrand zu legen, das Gesicht nach unten, den Körper auf dem Bett, den Po nach oben gestreckt, die Füße auf dem Boden, dann gab er ihr einen heftigen Klaps auf die Hinterbacken, spreizte ihre Beine weit auseinander und öffnete die Backen ihres prächtigen Hinterteils; nun benetzte er die Spitze seines fast berstenden Schwanzes mit Speichel, ebenso das enge braune Löchlein, das er jetzt zu attackieren im Begriff stand, und hub an, die jungfräuliche Festung zu stürmen.

Ich hörte, wie sie vor Schmerz aufstöhnte, als er sich langsam einen Weg durch den Schließmuskel bahnte. »Ah – es sticht – oh, oh – du zerreißt mich, Robert – oh, ich bitte dich! Ah-h-h-h! Oh! Ohhh!«

Schließlich war er drin und verhielt einen Augenblick, dann begann er mit den stoßenden Bewegungen.

Dann konnte ich an ihrem sich windenden Hintern ablesen, daß sie Gefallen daran fand, zumal seine Hände vorne damit beschäftigt waren, ihre Pussi zu bearbeiten. Wie erregt sie waren! Und beide schienen zur gleichen Zeit zu kommen, doch er wich nicht von der Stelle, und beim zweiten Höhepunkt schrien beide laut auf in ihrer Raserei, dann verlor Cecilia das Bewußtsein, und Robert sank erschöpft auf ihren leblosen Körper nieder.

Jetzt hatte er sich wieder genügend erholt, daß er seine Gattin mit Riechsalz wiederbeleben konnte, und kaum hatte er sie soweit zu sich gebracht, daß sie verstehen konnte, was er sagte, ging er daran, ihr zu erklären, daß sie »in Zukunft alle diese neuen Stellungen ausprobieren« würden, die in dem »hübschen französischen Büchlein« illustriert waren, und daß es auch »keine dicken Bäuche, Cecilia, oder Angst vor weiteren Kindern mehr geben« würde. »Und nun mußt du meinen Schwanz lecken, bis er wieder steif ist«, sagte er dann und hielt ihn ihr an den Mund.

»Nein, nein, so eine Schweinerei kann ich nicht mitmachen, außerdem ist es gleich doppelt eklig, denn du hast dich nicht einmal gewaschen, seit du über meinen Hintern hergefallen bist«, schluchzte sie, und ihre Augen füllten sich mit Tränen, als sie in seinem Gesicht keine Spur von Mitleid entdecken konnte.

»Das ist mir egal, du mußt ihn lecken, also los, meine Liebe, und ohne all die Grimassen, die mich doch nur amüsieren, denn es ist ja ein Riesenspaß, dich meinen Phantasien gefügig zu machen. Ich finde, ich war die ganze Zeit unserer Ehe ein Narr, weil ich nie von meinem Recht Gebrauch gemacht habe, jedes Stück von dir, Möse, Arsch, Mund und Titten, nach meinem Belieben zu nutzen; all das kann einem intensivstes Vergnügen bereiten, ohne daß man immer gleich Kinder kriegen muß. Also los jetzt, ich werde dich auch mit einem schönen langen Gummipenis beglücken. Denk dran, wenn es mir kommt, mußt du jeden Tropfen hinunterschlucken.«

Er zwang seinen Schwanz zwischen ihre widerstrebenden Lippen, schleimig und beschmutzt, wie er war von der vorhergegangenen *Enculade*, dann zog er einen riesigen Dildo hervor, der fast zwölf Zoll lang und sehr dick war, strich ein wenig Creme darauf, setzte ihn an ihre Spalte und versuchte, ihn in sie hineinzustoßen.

»Ah! Nein! Nein!! Er ist so entsetzlich groß«, kreischte sie, aber der Kopf war schon fast drin, und trotz ihrer Schluchzer und Schmerzensschreie dauerte es nicht lange, bis wenigstens zehn Zoll davon in ihrer geweiteten Möse verschwunden waren.

Ihre Pussi war von meinem Versteck aus gut zu erkennen, und ich sah, wie das große Gummiinstrument sie fast gänzlich ausfüllte, und der Anblick ihres bis zum Zerreißen gedehnten Schlitzes schickte einen Schauer des Verlangens durch meine Adern; es war mir fast unmöglich, keinen Muckser von mir zu geben. Wie sehr ich mich danach sehnte, an ihrer lustvollen Orgie teilzunehmen! Jeder Stoß mit diesem gewaltigen Ding schien ihr jetzt intensivstes Vergnügen zu bereiten, sie saugte in einer Art Delirium an seinem Schwanz, und ihre aufgewühlten Gefühle schlossen nun alle Gedanken an Scham oder Ekel aus, die sie vorher möglicherweise davon abgehalten hätten, so etwas zu tun. Ich rieb mich selbst wie wahnsinnig, während sie schreiend den Höhepunkt erreichten, und schließlich waren Zuschauer wie Darsteller gleichermaßen erschöpft.

Als ich am nächsten Morgen erwachte und mein Auge ans Guckloch legte, geschah es gerade rechtzeitig, um Mylady erwachen zu sehen. Zuerst befühlte sie ihre Pussi, um festzustellen, ob noch alles in Ordnung sei und nichts von dem riesigen Dildo ruiniert wäre, den sie in der vergangenen Nacht in sich aufgenommen hatte. Ihre Augen funkelten vor Begierde, und sie errötete mehrfach, wenn die Erinnerung vor ihrem geistigen Auge wiedererstand. Dann zog sie ihrem Gatten die Bettdecke weg und fingerte eine Weile an seinem schlaffen Ding herum, um dann ihr Haupt zu senken und die Spitze seines Speers in den Mund zu nehmen und voller Gier daran zu saugen, bis es sich wieder in reckenhaftem Zustand befand, und sie wollte sich gerade zu einem ordentlichen »St.-Georgs-Ritt« verhelfen, als Robert, der sich nur schlafend gestellt hatte, um zu sehen, was sein geiles Weib tun würde, erwachte und darauf bestand, daß sie es sich, mit Speichel benetzt, in den Hintern schiebe anstatt in ihre Grotte.

Langsam schaffte sie es, den Pfeil einzuführen, obwohl es, ihrem Gesicht nach zu urteilen, eine schmerzhafte Angelegenheit war, aber kaum war er drin, wie sehr genossen sie da dieses wunderbare rückwärtige Vergnügen. Sogar nachdem er bereits gekommen war, ritt sie immer noch weiter auf ihm, und diesmal schienen beide gemeinsam zu kommen, und sie küßten sich rasend in ihrem erotischen Wahn.

Das Guckloch gestattete mir noch den Anblick einer ganzen Reihe weiterer lüsterner Szenen zwischen Lady Cecilia und ihrem Gatten, bevor ich die Stadt verließ, um mich meiner Gesundheit zuliebe in Hastings niederzulassen.

Mein Makler hatte mir ein hübsches kleines, abgeschiedenes Haus mit dreizehn oder vierzehn Räumen besorgt und eingerichtet, umgeben von Blumen und Obstgärten, so daß ich vor nachbarlicher Neugier völlig geschützt war.

Der Hausstand setzte sich aus einem Koch und einer Haushälterin zusammen, beides junge Leute, die nicht älter als vier- oder fünfundzwanzig waren, die letztere war die Tochter eines heruntergekommenen Kaufmanns, eine sehr angenehme und intelligente Gefährtin, aber bis zu der Zeit, da sie in meine Dienste trat, durch und durch prüde und tugendhaft.

Da ich von Natur aus junge Burschen und Mädchen mag, gab es auch noch zwei hübsche Pagen von siebzehn, achtzehn Jahren sowie zwei schöne junge Mädchen etwa desselben Alters, als Hausmädchen und Kammerzofe.

Zunächst fühlte ich mich sehr geschwächt von den Exzessen, an denen ich teilgenommen hatte, während ich im Haus des neuen Grafen wohnte, aber in der milden, schmeichelnden Küstenbrise erholte ich mich bald, und es verlangte mich danach, mich wieder den köstlichen Tändeleien der Liebe hinzugeben, denen ich dank meines heißen Temperaments immer zugeneigt war.

Das Ergebnis war, daß ich beschloß, jedes einzelne Mitglied meines jungfräulichen Haushalts zu verführen, denn wie ich glaubte, hatten sie alle ein tugendhaftes Leben geführt, bis sie in meine Dienste traten.

Die beiden jungen Mädchen, meine Zofen, schliefen in dem Raum, der an den meinen grenzte, und es gab eine Tür, die beide Räume miteinander verband, ohne daß man den Korridor betreten mußte.

Die Leidenschaft packte mich, diese beiden jungen hübschen Dinger abzuschlecken und sie mir und meinen Zwekken in jeder Hinsicht gefügig zu machen.

Du kannst Dir vorstellen, lieber Walter, daß es nicht lange dauerte, bis ich meine Pläne in die Tat umsetzte. Eines Abends, nachdem die beiden hübschen *Demoiselles* meine Abendtoilette beendet hatten und im Begriff waren, mich in meinem *Chemise de nuit* vor einem gemütlichen Feuer, die Füße auf dem Kamingitter, allein zu lassen, und ich so tat, als läse ich eine aufregende Liebesgeschichte, sagte ich, als sie mir zum Abschied eine gute Nacht wünschten: »Laßt doch die Tür offen, meine Lieben. Ich fühle mich so lustlos, vielleicht werde ich euch rufen, damit ihr mir Gesellschaft leistet, falls ich nicht einschlafen kann.«

Wenige Minuten später hörte ich sie kichern und lachen.

»Nun, Mädchen«, rief ich aus, »kommt sofort zu mir. Ich möchte gerne wissen, was euch solches Vergnügen bereitet. Kommt, wie ihr seid, ohne euch etwas überzuziehen oder zu warten, bis euch die Verlegenheitsröte vergeht. Annie! Patty! Hört ihr?«

Sie fürchteten, mich zu verärgern, und kamen so, wie sie waren, im Nachthemd und mit geröteten Gesichtern, in mein Zimmer gelaufen.

»Nun, was amüsiert euch denn so?«

»Bitte, Mylady, es war Patty«, sagte Annie und warf ihrer Gefährtin einen durchtriebenen Blick zu.

»Aber nein, du flunkerst! Mylady, Annie hat damit angefangen«, erwiderte die andere und sah ziemlich verschämt drein.

Man konnte nicht schlau daraus werden, denn jede sagte nur, die andere sei es gewesen.

Schließlich, sagte ich: »Ich errate sehr wohl, worüber ihr beide euch so belustigt habt; nun sagt mir aber ehrlich, habt ihr vielleicht eure Intimteile im Spiegel betrachtet?«

Diese Frage traf ins Schwarze, und so fuhr ich fort: »Sicher habt ihr herauszufinden versucht, wer mehr Haar auf seiner Muschi hat. Laß mich mal sehen, Annie«, und im Bruchteil einer Sekunde hatte ich den Saum ihres Nachthemds erfaßt und es ihr über den Kopf gezogen, um gleichzeitig ihr Gesicht zu bedecken und den Rest ihrer wunderschönen kleinen Figur zu entblößen. »Ha, das schamlose kleine Ding hat ja nicht ein einziges Härchen, dessen es sich brüsten könnte! Patty, verhau ihr mal kräftig den Hintern!«

Patty ließ sich nicht lange bitten, und die Schläge hallten mächtig durch das Schlafzimmer und mischten sich mit Annies mitleiderregenden Schreien, sie doch loszulassen.

Mein Blut war in Rage. Der Anblick ihres wunderschönen Hinterteils, das von den Schlägen ganz rosig geworden war, erweckte in mir die Lust zu weiteren Ausschweifungen. Also ließ ich das kleine Opfer erst einmal los und flüsterte ihr etwas ins Ohr, wobei sich ihre tränenglänzenden Augen sofort wieder aufhellten. Sie stürzte auf Patty zu und zerrte sie – schneller, als man es niederschreiben kann – völlig entblößt durch den Raum, Kopf und Arme gefangen in ihrem umgestülpten Nachthemd.

Ich belustigte mich damit, auf Pattys hübschen Hintern einzudreschen, bis er fast grün und blau geworden war, ohne auf ihr Schluchzen und Geschrei um Gnade einzugehen.

Endlich ließen wir sie los, und ich nahm sie auf meinen Schoß, um ihr die Tränen wegzuküssen. Bald lächelte sie wieder und kuschelte sich liebevoll an mich. Das schien ihre Gefährtin eifersüchtig zu machen, denn sie verlangte mit geröteten Wangen, ebenfalls von mir geküßt zu werden, was ich auch prompt und sehr zärtlich tat, und dann bat ich sie, eine Karaffe Wein und Gläser aus einem Kabinett zu holen, wobei ich sagte, daß ich mich sehr lustlos fühlte und nicht einschlafen könne und deshalb etwas benötige, um mich aufzuheitern.

»Ach, meine liebe Dame«, rief Patty aus und küßte mich immer wieder. »Sie wissen gar nicht, wie sehr wir Sie alle lieben und mit Ihnen fühlen, da Sie so allein und unglücklich sind. Es gibt nichts, was wir nicht tun würden, um ein Lächeln auf Ihr blasses Gesicht zu zaubern.«

»Dann wollen wir zusammen schlafen und ein bißchen auf dem Bett herumtollen. Denkt aber daran, daß ihr brave Mädchen sein müßt und niemals etwas von dem Treiben eurer Herrin verraten dürft«, erwiderte ich und ergriff ein Glas Wein, während ich sie hieß, es mir gleichzutun.

Ein zweites und drittes Glas ließ ihre Augen riesengroß werden; die leiseste Berührung, der harmloseste Witz brachte sie dazu, sich vor Lachen zu biegen. Ihre Wangen waren gerötet, und sie schienen äußerst erregt. Patty, die auf meinem Schoß sitzen geblieben war, verlor fast die Besinnung, während sie mein Gesicht und meine Brüste küßte, und der Grund dafür war meine Hand, die ich unter ihr Nachthemd geschoben hatte, so daß ich mit einem Finger ihre fast unbehaarte Spalte kitzeln und befummeln konnte, bis sie sich in einem Zustand der Erregung befand, den sie überhaupt nicht verstehen konnte.

»Laßt uns alle nackt sein. Werft jeden Fetzen ab, meine Lieben, ich möchte eure warme weiche Haut an meiner Haut spüren, euch befühlen und von Kopf bis Fuß liebkosen.« Und schon hatte ich je einen Finger in ihre Spalten gesteckt. »Was habt ihr doch für liebe kleine Töpfchen, ihr beiden! Ich würde euch jetzt am liebsten aufs Bett werfen und sie küssen. Was haltet ihr denn von meinem Krug mit dem weichen lockigen Haar! Leider ist er schon zerbrochen, denn ihr wißt ja, meine Lieben, daß ich bereits verheiratet war.«

»Ach, und war das wirklich so schön, liebe Lady? Oh, ich liebe Sie so, lassen Sie mich doch bitte mal sehen«, rief Patty aus, glitt von meinem Schoß und postierte sich zwischen meinen Beinen, um einen besseren Blick auf das Objekt ihrer Neugierde zu erhalten, das sie zuerst sehr zärtlich küßte, dann das Haar teilte und ein Fingerpaar geradewegs hineinschob. Das reizte mich und gefiel mir so sehr, daß ich mich im Stuhl zurücklehnte, Annie an meine Brust drückte, sie umarmte und küßte, während mein Finger immer noch so tief wie möglich in ihrer Spalte steckte. Meine Beine spreizten sich wie von selbst, um die Untersuchung zu erleichtern, als Patty ausrief: »Wie tief meine beiden Finger hineingehen, und wie warm und feucht es da drinnen ist! Es fühlt sich so an, als ob man es essen könnte!«

Wenige Minuten später tollten wir nackt auf meinem Bett herum. Sie lachten, schrien und wurden abwechselnd rot, als ich ihre jeweiligen Muschis untersuchte und küßte. Wie meine Zunge ihre knospenden Venushügel umschmeichelte, bis sie mich mit ihren ersten jungfräulichen Ergüssen belohnten, die immer so dick und cremig sind! Wie hingebungsvoll sie alle meine Liebkosungen erwiderten, wobei Patty sich besonders leidenschaftlich meiner Pussi annahm, was ihr von Augenblick zu Augenblick besser gefiel, während Annie es vorzog, an meinen Titten zu saugen, und ich sie im Gegenzug mit meiner Zunge beglückte.

»Welch ein Fest wäre es, wenn ihr beide auf der Stelle eure Unschuld hergeben würdet!« rief ich aus.

»Ah! Könnten das nicht die beiden Pagen besorgen, liebe Lady? Ich bin ganz verliebt in den Charlie!« bat Patty in ihrer Erregung, ohne weiter darüber nachzudenken.

»Ich will versuchen, es einzurichten; doch wir dürfen die Pagen nicht vorzeitig in unser Geheimnis einweihen, ehe ich nicht festgestellt habe, wie sie dazu stehen«, antwortete ich.

»Oh, ich weiß, daß der Charlie ein wahrhaftiger kleiner Rammler ist, der zu jeder Teufelei bereit ist, wenn er nur die Gelegenheit dazu hat. Stellen Sie sich vor, eines Tages habe ich ihn doch tatsächlich dabei ertappt, wie er in der Vorratskammer an seinem Ding herumgefummelt hat, als er sich unbeobachtet glaubte und ich plötzlich eintrat; steif und gerade stak es heraus und war oben ganz rot. Auch sein Kopf war ganz rot, und er war ziemlich außer Atem; aber der schamlose Bursche war so waghalsig, mir mit dem Ding vor der Nase rumzuwackeln, und dann wollte er auch noch, daß ich ihn küsse. ›Na, wie findest du ihn, Patty?‹ sagte er. ›So sieht er aus, wenn –‹ O Herrin, ich kann gar nicht alles wiederholen, was er zu mir sagte.«

Doch ich drängte sie, und schließlich fuhr sie fort: »Es war, nachdem er seiner Herrin aufgewartet hatte. ›O Patty‹, sagte er, ›ist sie nicht zauberhaft? Dieser Mund, diese Zähne, diese liebevollen Augen, ich habe das Gefühl, ich könnte sie glatt anspringen!‹«

»Sehr wohl, Master Charlie«, lachte ich, »wahrscheinlich hätte ich gar nichts dagegen einzuwenden, und wenn wir einmal alleine sind, werde ich ihm die Gelegenheit bieten und euch beiden Lieben dann alles berichten.«

Als wir am nächsten Morgen aufwachten, war es zu spät,

um unsere Spielchen wiederaufzunehmen, also scheuchte ich die beiden aus den Federn und ließ sie das Frühstück bringen, und ich versprach ihnen, mich im Laufe des Tages um Master Charlie zu kümmern.

Kapitel 6

Nach dem Mittagessen befahl ich Charles, ein paar Decken und einen Fußschemel in die Gartenlaube zu tragen, da ich ein Nickerchen machen wolle und glaubte, daß an einem so warmen und sonnigen Tag frische Luft einem erquicklichen Schlaf dienlicher sei als die stickige Atmosphäre eines Zimmers.

Annie und Patty warfen sich vielsagende Blicke zu, als ich diesen Befehl erteilte, aber mein erhobener Zeigefinger hinderte sie daran, weitere Zeichen ihrer Mitwisserschaft von sich zu geben.

Hinter dem Haus befand sich ein schöner großer Garten mit altehrwürdigen Ulmen, die großzügig Schatten spendeten, so auch den Ufern eines runden Teichs von etwa zwanzig Yard Durchmesser, wo, mit Blick nach Süden, die Gartenlaube stand.

Ich folgte Charles, und als wir unser Ziel erreicht hatten, gebot ich ihm, die Decken auf einem Sofa auszubreiten, denn ich fürchtete, das Leder könnte feucht sein. Dann holte er ein Kopfkissen und stellte den Schemel vor meine Füße.

Ich trug nichts weiter als einen losen Morgenrock und darunter nur Hemd und Höschen.

»Wie schwül es heute ist«, rief ich aus, ließ mich träge auf die Couch sinken, sobald er sie hergerichtet hatte, und gestattete ihm dabei aus scheinbarer Nachlässigkeit einen Blick auf meinen Hals sowie auf den Ansatz der Liebeskugeln darunter.

»Ah! Oh, oh! Meine Güte, dieser furchtbare Krampf«,

schrie ich fast, beugte mich, offenbar in großer Pein, nach vorn und hob meine Robe, um meine rechte Wade zu massieren. »Ah, oh! Was für eine Qual!«

Charles war sofort auf den Knien zu meinen Füßen.

»Oh, Mylady, ist es wirklich so schlimm? Lassen Sie mich ihre Zehen aufwärts drücken!«

»Nein, nein, nicht dort, massiere nur meine Wade, so fest du kannst, Charles, sei so gut!« antwortete ich, während ich das Gesicht schmerzerfüllt verzog. »Höher, massiere mein Bein, am Fuß ist es zwecklos!«

Irgendwie berührte ich ihn mit meinem kranken Fuß genau da, wo seine Anatomie am interessantesten ist; mein Hausschuh war heruntergefallen, und ich spürte, wie sein Schwanz rasch anschwoll und unter meinen Zehen pulsierte, während sein Gesicht knallrot anlief und ich einen recht deutlichen, seinen ganzen Körper durchlaufenden Schauer wahrzunehmen vermeinte, als er fortfuhr, mein Bein unterhalb des Knies zu reiben, und ich brauche wohl kaum hinzuzufügen, wie mein eigenes lüsternes Temperament durch diese Berührung angeregt wurde.

Mein Morgenrock hatte sich von oben bis unten geöffnet, so daß er einen ganz vorzüglichen Blick auf meine Beine, meine Unterwäsche, meinen Busen, ja, vielleicht sogar auf die Falte der Liebe selbst genießen konnte.

Mein Blut brodelte, und ich konnte nicht länger der Versuchung widerstehen, einen so hübschen Adonis zu kosten.

»Steh auf, Charles, es geht mir jetzt besser«, sagte ich mit leiser Stimme, »und sag bitte niemandem, was du vielleicht zufällig erblickt hast. Dieser Krampf hat mir solche Oualen bereitet, daß ich mich nicht mehr unter Kontrolle hatte.«

»Liebe Lady, ihre Geheimnisse sind bei mir stets sicher aufgehoben«, erwiderte er und senkte beschämt sein Haupt, als er sich erhob. »Ich könnte den Boden unter Ihren Füßen küssen, um Ihnen meine Ergebenheit zu beweisen!«

»Ach, du bist so ein guter Junge, daß ich dir dieses eine Mal, Charles, aber wirklich nur dieses eine Mal einen Kuß geben werde! Was bist du doch für ein hübscher Junge. Sei nicht so schüchtern, ich möchte dich wirklich küssen, wenn du mir versprichst, es niemandem weiterzusagen.«

»Ah, Mylady, wie freundlich von einer großen Dame einem armen Pagen gegenüber! Ich werde Ihre Güte nie vergessen und würde jederzeit mein Leben für Sie opfern!« sagte er mit unterdrückter Erregung.

»Also komm!«, und ich nahm sein hübsches Gesicht in meine Hände und küßte ihn wiederholt. »Warum küßt du mich nicht auch, Charles?«

»Oh, Mylady, darf ich mir denn diese Freiheit erlauben?« fragte er, und seine Lippen nahmen mir beinahe den Atem, so ernst nahm er es mit seinem Kuß.

»Ja, ja«, murmelte ich, »du darfst mich jetzt küssen, mein lieber Junge! Wärst du mir denn selbst dann noch treu, wenn ich mein Leben, ja sogar meine Ehre in deine Hände geben würde?«

»Diese Küsse machen mich auf ewig zu Ihrem Sklaven, liebe Lady. Nichts und niemand könnte mir jemals eines Ihrer Geheimnisse abringen.«

»Dann will ich dir gestehen, Charles, daß ich in deine Gestalt verliebt bin! Ach, du mußt ein vollkommener Cupido sein, zieh dich ganz nackt aus, ich möchte den Anblick einer lebenden Statue genießen! Wirst du es tun? Niemand wird es je erfahren.«

Sein Gesicht wurde scharlachrot, und er erbebte unter meinen Blicken. »Nun, Charles, beeile dich, wenn du das für mich tust, kriegst du einen Sovereign, und dazu noch einen neuen Anzug.«

Er schlüpfte aus seiner Jacke, und ich begann seine Hose aufzuknöpfen. Kaum hatte ich sie ihm heruntergezogen, da schickte ich auch schon meine begierigen Hände unter seinem Hemd auf Wanderschaft und fühlte die Festigkeit des elfenbeingleichen Fleisches seiner runden Hinterbacken, während es mir nicht entging, wie sein leinenes Hemd vorne ausgebeult und von seinen Freudentropfen befeuchtet war.

Er schien mich jetzt zu durchschauen, und schneller, als ich es beschreiben kann, war er so nackt wie Adam im Paradies.

Meine umherschweifenden Hände ergriffen seinen wunderschönen kleinen Schwanz, der ganze sechs Zoll lang und um die prallen Bälle herum von lockigem braunem Flaum gesäumt war.

»Was ist denn das, Charles? Bist du oft derart feucht?« fragte ich und zeigte ihm das glitzernde Zeug auf meinen Fingern. »Was für ein großer Bursche das ist, der würde einem Mann Ehre machen. Hast du schon mal mit einem Mädchen geschlafen?«

»Nein, Mylady, ich wollte es schon mal mit Patty versuchen, aber sie will davon nichts wissen.«

»Dann solltest du's mal mit mir versuchen, Charles, gleich jetzt. Und dann will ich mal sehen, ob ich nicht Patty für dich gewinnen kann. Ihr gäbt sicher ein hübsches Paar ab.« Damit führte ich seinen Stengel an meinen Mund und sog genußvoll daran, bis ich fühlte, daß er einem zweiten Orgasmus nahe war.

»Nun, Sir, kniet nieder und küßt mich«, sagte ich, ließ mich auf das Sofa zurücksinken und spreizte meine Beine, während er den Schlitz meiner Unterhose öffnete und die Schamlippen bloßlegte. Im nächsten Augenblick heftete sich sein Mund darauf, und dann – ah! oh! – ließ mich seine laszive Zunge sogleich einen Orgasmus erleben, während ich mit dem nackten Fuß seinen Schwanz gegen seinen Schenkel rollte. Doch fürchtete ich, den nächsten Erguß seines Liebessaftes zu verpassen, also zog ich ihn sanft über mich und dirigierte seinen Liebespfeil in meine Muschel.

Zuerst war er der Sache noch kaum gewachsen, doch verhalf ihm der Instinkt dazu, in mich hineinzustoßen.

Welche Ekstase ich fühlte, als sein jungfräulicher Degen in mich drang! Und wie köstlich er in der Scheide anzuschwellen schien, die ihn liebend empfing!

Zunächst lagen wir nur reglos da, schnäbelnd und schmusend, bis ich schließlich mein Hinterteil ein wenig zu bewegen begann, worauf er umgehend reagierte.

Wie ich diesen Burschen genoß! Der Gedanke, von einem so taufrischen Stengel durchdrungen zu werden, gab der Sache eine ganz besondere Würze, so daß ich vor überschäumender Ekstase regelrecht schrie, als ich kam und gleichzeitig fühlte, wie sich sein Liebesbalsam in meinen sehnsüchtigen Schoß ergoß.

Er mußte es mir dreimal besorgen, bevor ich ihm erlaubte, sich anzuziehen und wieder seiner Arbeit nachzugehen. Wir waren über zwei Stunden zusammengewesen, doch hatte ich diese Zeit gut genutzt, nicht nur zur Liebe, sondern auch weil ich dabei alles Wissenwerte über ihn erfuhr – ihn und den anderen Pagen, Sam, mit dem er das Zimmer teilte und der zwar ebenfalls gut aussah, aber soviel indisches Blut in sich hatte, daß sein Teint fast schwarz war.

Charlie hatte mir nicht verschwiegen, daß sie oft miteinander spielten und ihre Stäbe aneinander rieben, bis das dickflüssige weiße Zeug herausquoll, und dann hinzugefügt: »Liebe Lady, ob Sie's glauben oder nicht, sein Ding ist zwei Zoll länger als meins; und nebenbei bemerkt, ist es auch noch sein dunkelster Körperteil.«

»Glaubst du, er würde auch gern mit uns spielen?« fragte ich.

»Oh, gewiß. Er ist genau der Richtige dafür! Er hat mir alles beigebracht, was ich weiß, und ich muß Ihnen unbedingt erzählen, was er mir anvertraut hat, nämlich daß sein früherer Herr, Colonel Culo, der ihn aus Kalkutta mitgebracht hat, ihn während der gesamten Passage in seiner Kabine schlafen ließ und ihn verführte, indem er mit seinem Schwanz spielte und ihn leckte, was so schön war, daß Sam sich schließlich vom Colonel in den Hintern bumsen ließ. Wissen Sie, der Colonel war in dieser Hinsicht nicht sehr groß und konnte deshalb leicht in ihn eindringen, wenn er ein wenig Pomade gebrauchte. Dann, als Sam gehen mußte, weil der Colonel befürchtete, er könnte sich an seine Töchter heranmachen, wenn er weiter in seinen Diensten verblieb, erhielt er ein Geschenk von fünfzig Pfund. Er möchte mich gern von hinten bumsen, er sagt, das sei sehr schön, jedoch wollte ich nie weiter gehen, als mit unseren Stengeln zu spielen.«

»Also, dann bring ihn heute nacht, etwa eine Stunde nachdem alle anderen im Haus schlafen gegangen sind, mit zur Schlafzimmertür der Mädchen. Die Tür wird angelehnt sein, sieh zu, daß ihr nichts als eure Hemden anhabt, und paßt auf, daß ihr weder den Koch noch die Haushälterin aufweckt.«

Damit küßte ich ihn und ließ ihn gehen; dann begab ich mich zum Haus zurück, um mich für das Abendessen umzukleiden.

Kurz vor dem Schlafengehen lud ich Koch und Haushälterin noch zu einem Glas guten Portweins ein, in den ich ein ziemlich starkes Mittel gemischt hatte, damit sie auch ja gut schliefen und, falls sich unsere Ausschweifungen mit den Pagen als etwas geräuschvoll erweisen sollten, nichts davon mitbekämen.

Patty und Annie befanden sich, nachdem ich ihnen von meinem Arrangement berichtet hatte, in hellster Aufregung und nervöser Erwartung. Wir waren alle nackt und erregt, und sie preßten ihre Leiber an mich, während sie mir unter Tränen und mit roten Wangen ihre Furcht vor dem Schmerz bei der Aufgabe ihrer, ach, so lästigen Jungfernschaft gestanden.

Schließlich hörten wir ein leises Geräusch in ihrem Schlafgemach, das sie so sehr erschreckte, daß sie sich unter dem Bett verkrochen, während ich die Tür öffnete und in ihr Zimmer trat, wo ich im Dunkeln auf die beiden jungen Männer stieß, die sich noch zierten, an die Verbindungstür zu klopfen.

»Zieht eure Hemden und Hausschuhe aus«, flüsterte ich. »Fühlt nur, ich bin auch völlig nackt, wir wollen uns jetzt alle ganz zwanglos geben«, und schon tastete ich nach ihren Schwänzen. Dabei stellte sich heraus, daß sie ganz steif waren, und ich konnte der Versuchung nicht widerstehen, ihre nackten Leiber an mich zu drücken, wobei mich das Gefühl der pochenden Schwänze an meinem Bauch so sehr erregte, daß ich Sam ergriff, den ich an der Größe seines Stachels sofort erkannte, mit ihm geradewegs zum Bett der Mädchen schritt und ihn auf mich zog. Was für ein köstlicher Leckerbissen! So groß, daß mein Mörser vollkommen ausgefüllt war von diesem köstlichen Stößel, der sich bereits entlud, als er noch gar nicht richtig in mich eingedrungen war. Mit den Armen umfaßte ich fest seine Taille, während mein Körper auf der Bettkante ruhte, so daß er sich nicht zurückziehen konnte und mit der köstlichen Vögelei fortfahren mußte. Zusätzlich flehte ich Charlie an, seinen Schwanz in Sams Hintern zu stekken, damit er es mir auch ja gut besorgte. Charlie ließ sich auch nicht lange bitten, und obwohl das Fehlen eines Gleitmittels sich hemmend auswirkte, kam Charlie dann doch irgendwie zurecht, wenn auch unter vielen Zuckungen und Verrenkungen.

So konnte mein Kavalier seine Energien glatt verdoppeln. Und ich griff um ihn herum und spielte an Charlies Schwanz und Anhängseln herum, während er genüßlich Sams Hintern bumste.

Das war ein weiterer jungfräulicher Schwanz, den ich da genoß. Man stelle sich nur vor: zwei stattlichen Jungs an einem einzigen Tag die Unschuld zu rauben! Allein der Gedanke beflügelte meine lustvollen Empfindungen noch mehr. Wie heftig meine Möse um seinen schwarzen Schwanz pulsierte! Wie sich unsere Liebeselixiere in Strömen ergossen und wir bei jedem Erguß fast in Ekstase vergingen! Welch himmlische Freuden, dreimal zusammen den Gipfel der Lust zu erklimmen, ohne sich ein einziges Mal voneinander zu trennen! Ich wußte natürlich, daß solche Exzesse mein Leben verkürzen mußten, doch angesichts solch cytherischer* Freuden versagt die Vernunft.

Schließlich war es vorbei, und wir gingen in mein Zimmer hinüber, in dem ein Dutzend Kerzen dafür sorgte, daß sich dem Auge alles im besten Lichte bot. Die Gestalten der beiden Jünglinge, die von den Spiegeln rund um den Raum vielfach reflektiert wurden, erweckten den Anschein, als sei mein Appartement mit jungen lüsternen Burschen angefüllt, die eine Hälfte hell-, die andere dunkelhäutig, aber alle mit schlaffen, glänzenden Schwänzen, so, wie sie gerade dem Gefecht der Liebe entronnen waren.

»Hört, meine Lieben, könnt ihr das schwere Atmen der beiden Mädchen unterm Bett hören? Ich wette, daß sie sich gegenseitig ein bißchen gekitzelt haben, während wir uns unserer himmlischen Bumserei im Nebenzimmer hingaben!« rief ich aus. »Doch wollen wir uns zuerst unter einer kalten Dusche erfrischen und ein Glas Champagner zu uns nehmen! Dann, Jungs, wollen wir mal sehen, ob wir sie nicht ans Licht bringen können!«

Wir wuschen uns, und ein paar Gläser Wein erweckten unsere Lebensgeister von neuem, so daß wir wieder in gewohnter Energie erstrahlten. Ich hatte eine hübsche kleine Hundepeitsche mit einem langen Riemen daran, und indem ich den Burschen befahl, die Bettvorhänge beiseite zu ziehen, klatschte ich damit so wirkungsvoll auf die ängstlichen, überraschten Schönheiten ein, daß ich nur ein halbes Dutzend Hiebe anbringen konnte, als sie auch schon hervorsprangen und schrei-

*Von *Cythera (Kithera)*, griechische Insel vor der Südostküste des Peloponnes, im Altertum ein Zentrum der Verehrung der Aphrodite.

end im Zimmer umherrannten, während ich sie verfolgte und ihnen die Peitsche über die zarten Hinterteile zog. Der Anblick der schmalen Striemen auf ihrer zarten Haut, die Schmerzensschreie und die Rötungen auf den Hinterbacken und in den Gesichtern brachten uns derart in Rage, daß die Schwänze der Jungen sofort wieder standen und ich von dem Verlangen ergriffen wurde, die beiden Mädchen so grob wie möglich von den Pagen geschändet zu sehen. Ja, ich gestehe, daß ich in diesem Augenblick den grausamsten Gefühlen nachhing und mir wünschte, daß sie während ihrer Entjungferung Höllenqualen erleiden müßten.

Ich weiß, daß sich das Vergnügen vieler Männer steigert, wenn sie den Opfern, die sie schänden, Schmerz zufügen, doch daß eine Frau bei einem solchen Anblick auch noch Schadenfreude empfinden kann, ist schier unvorstellbar. Doch so ist es, ich war buchstäblich verrückt nach Blut und Qualen!

Ich ließ sie schließlich niederknien und die Schwänze der Jungen küssen, während sie sie bitten mußten, sie doch gefälligst von der Unschuld zu befreien.

Charlie nahm Patty, und Sam hatte Annie. Ich befahl ihnen, die Mädchen auf den weichen türkischen Teppich in der Mitte des Zimmers zu legen und ihnen Kissen unter die Hinterbacken zu stopfen. Dann knieten sich die beiden jungen Champions zwischen die Beine der Mädchen, öffneten die Lippen ihrer bereits feuchten Muscheln und gingen daran, die Köpfe ihrer Pegos in die zinnoberroten Spalten ihrer Opfer einzuführen.

Es war ein köstlicher Anblick für mich, und ich genoß ihre schamgeröteten und schmerzverzerrten Gesichter, als die Schwänze unter der Peitsche, die ich gnadenlos schwang, um die Jungen zum Sieg zu führen, rücksichtslos in sie eingeführt wurden. Schließlich war es vollbracht, und ich merkte, daß die beiden Jungs ihre Liebessäfte bereits in sie ergossen hatten, und es tat mir leid, daß alles so schnell vorüber war.

Die Tränen der Mädchen wichen schon bald einem liebevollen Lächeln, nachdem ich alle angewiesen hatte, sich erneut zu waschen. Dann setzten wir uns, erfrischten uns mit Wein und schwelgten in allen nur erdenklichen Freiheiten und Späßen, bis sich meine beiden Jünglinge erholt hatten und anfingen, mich sehr liebevoll zu beäugen.

Wieder geriet mein Blut in Aufruhr, und nichts anderes konnte da helfen, als beide gleichzeitig zu genießen und die Mädchen auf die bestmögliche Weise daran zu beteiligen.

Sam und Charles saßen zu meiner Rechten und Linken, und als ich spürte, daß beide Schwänze wieder auf ihren Einsatz warteten, hieß ich ersteren auf der Bettkante sitzen und mich auf den Schoß nehmen, und sobald ich mich gut auf dem schönen schwarzen Schwanz in Stellung gebracht hatte, befahl ich Charles, seinen Stengel von hinten einzuführen, parallel zu Sams. Das war nicht ganz einfach zu bewerkstelligen, da Sam meinen Schacht schon so ziemlich ausfüllte, doch ich war dazu entschlossen, und mit Hilfe der Mädchen schaffte es Charlie, meinen erotischen Phantasien zu entsprechen. Dann streichelten Annie und Patty meinen Kitzler und die geweiteten Lippen meiner Muschel und gleichzeitig die Schwänze und Bälle meiner beiden Liebhaber.

Mir fehlen die Worte, um die übermäßige Wollust dieser Verbindung, dieses *Trio in uno* zu beschreiben. Ihre Schwänze wurden von meinen überschäumenden Liebesergüssen so gut benetzt, daß sie schon bald Seite an Seite in meiner verzückten Pussi auf und ab glitten, immer wieder auf und ab, bis ich ausrief: »Ah! Oh! Oh! Ich komme! Ich sterbe! Ah! Himmel! O Gott! Welch Entzücken!« So schrie ich und verlor fast die Besinnung vor lauter Überschwang, und auch sie waren in der höchsten Raserei ihrer Lust.

Die Erregung war so groß, daß meine Champions nicht erschlafften, sondern ihre Steifheit bewahrten und an Ort und Stelle blieben, während die Mädchen, um nicht übergangen zu werden, aufs Bett sprangen, wo Patty meinem Gesicht ihr Hinterteil zuwandte, Sams Kopf zwischen ihren Schenkeln vergrub und ihre Muschi an seine Lippen preßte, um sich von ihm lecken zu lassen, während Annie sich mit gespreizten Beinen über sie beugte und dabei Pussi und Hintern meiner lasziven Zunge darbot, welche es sich nicht nehmen ließ, in ihrer Möse ebenso wie dem kleinen rosa Löchlein zu schwelgen.

Das ging so lange, bis uns die totale Erschöpfung zwang auseinanderzugehen, und als ich sie schließlich in ihre jeweiligen Zimmer entließ, küßte und umarmte ich sie noch einmal alle sehr herzlich.

Am nächsten Tag war ich sehr krank, und am Tag darauf mußte ein Arzt gerufen werden. Ich schickte Patty absichtlich zu einem Doktor mit einer sehr wenig besuchten Praxis, bei dem ich sicher sein konnte, daß er noch nicht von seinen weiblichen Patienten ausgelaugt war.

Sobald er ankam, zogen sich meine Bediensteten zurück und ließen uns allein.

»Meine liebe Dame«, sagte Mr. Loveshaft, »was hat Sie in diesen unnatürlichen Zustand erregungsbedingter Erschöpfung versetzt? Erzählen Sie mir alles. Wenn ich Ihnen helfen soll, dürfen Sie mir nichts verheimlichen.«

»O Doktor«, antwortete ich flüsternd, »löschen Sie bitte die Lichter, der Schein des Kaminfeuers reicht völlig aus, und neigen Sie Ihr Ohr, denn ich kann meine Beichte nur flüsternd vorbringen, und ich möchte nicht, daß Sie Zeuge meiner Schamröte werden.«

So geschah es, und sein Gesicht war meinem so nahe, daß ich ihm die Arme um den Hals legte, sein Antlitz an meine fiebernden Lippen drückte und ihn inbrünstig küßte, wobei ich sagte:

»Ich brauche Liebe; niemand ist da, mich zu lieben. Oh, oh, ficken Sie mich erst und kurieren Sie mich danach. Ich weiß,

Sie müssen ein galanter Mann sein, und Sie haben in mir einen echten Fall von Nymphomanie!«

Während ich ihn mit der einen Hand weiterhin liebevoll umfangen hielt, wanderte die andere zu seinem Schwanz hin, in dem nach meinem leidenschaftlichen Appell bereits das Pflichtgefühl erwacht war. Ein feiner Bursche war er, lang und dick, und ohne Widerstand durfte ich seine Hose öffnen und ihn in Besitz nehmen.

»Legen Sie Ihre Kleider ab, seien Sie lieb, und verschreiben Sie mir zuerst das hier, die Medikamente haben Zeit«, rief ich aus und stieß mit der Zunge in seinen Mund.

Er war ein sehr liebenswürdiger Arzt, und so dauerte es denn fast eine Stunde, bis die Konsultation zu Ende war.

In der Folge verschlimmerte sich mein Zustand immer mehr, trotz des Doktors unermüdlicher Dienste, die er sowohl meiner Gesundheit wie meiner Möse angedeihen ließ; es ging mir immer schlechter und schlechter, und ich mußte sogar über die Wintermonate nach Madeira geschickt werden. So will ich denn meinen langen Bericht mit den Abenteuern beenden, die ich während der Hinreise an Bord des Schiffes erlebte.

Meine Haushälterin, die ich Miss Prude nennen will, fuhr als Reisegefährtin mit mir. Wir hatten eine hübsche geräumige Kabine im Hinterschiff gemietet, in der sich Betten – oder richtiger gesagt: Kojen – für vier befanden, denn ich nahm auch Patty und Annie als Zofen mit. Das jedenfalls glaubte Miss Prude, doch ich hatte vor, diese tugendsame junge Dame gegen ihren Willen zu verführen. Deshalb war Annie im letzten Moment mittels einer kleinen Bestechung überredet worden, zu Hause zu bleiben, damit mein lieber Charlie, als Frau verkleidet, an ihre Stelle treten konnte.

Da wir uns sehr früh morgens, noch vor Anbruch des Tages, an Bord einzufinden hatten, mußten wir den Nachtzug nach Southampton nehmen; meine Begleiterin reiste mit mir in einem Wagen Erster Klasse, während die Dienerschaft in einem anderen Teil des Zuges fuhr und sich um die ordnungsgemäße Beförderung unseres Gepäcks kümmerte. Miss Prude schöpfte keinen Verdacht, was den Austausch betraf, und sobald wir an Bord waren, zogen wir uns in die Kabinen zurück und überließen alles andere den Mädchen.

Während der ersten beiden Tage streckte uns die Seekrankheit nieder, besonders meine Begleiterin, jedoch war sie bereits am dritten Tag wieder sehr lebendig, und die falsche Annie hielt sich soweit wie möglich außer Sichtweite, bis wir uns alle schlafen legten.

Die Zofen hatten sich bereits in ihre Kojen zurückgezogen und schienen zu schlafen, während Miss Prude und ich uns ausgezogen hatten und Seite an Seite auf der Ottomane saßen.

Ich bat sie, die Lampe zu löschen, dann legte ich meinen Arm um ihre Taille und zog sie sanft neben mich.

»Ist es nicht schön jetzt, nachdem wir die Krankheit überwunden haben? Welch herrliches Gefühl die Bewegung des Schiffes vermittelt! Ach, wären Sie doch ein netter junger Mann, meine Liebe!« sagte ich zärtlich und stieß ihr meine Zunge in den Mund, während ich meine Hand unter ihrem Nachthemd zu der köstlich behaarten Stelle wandern ließ, die als der geheiligte Sitz der Jungfräulichkeit gilt.

»O schämen Sie sich, Mylady! Wie können Sie nur so zudringlich sein?!« flüsterte sie.

Immerhin wies sie mich nicht gänzlich von sich, und ihr bebender Busen zeigte mir, daß sie sich offenbar in beträchtlicher Verwirrung befand.

»Wie lautet Ihr Vorname, meine Liebe? Miss Prude klingt so kühl«, fragte ich zwischen lasziven Küssen.

»Selina; aber hören Sie doch bitte auf, Mylady!« sagte sie fast stöhnend, als mein Finger ihren kleinen Kitzler zwischen den geschürzten Lippen ihrer Scham ausmachte, die mir ihre nachgiebigen Schenkel bereits zu betasten erlaubt hatten.

»Was für ein schöner Name: Selina! Und du mußt mich Beatrice nennen, ja? Und wir müssen in derselben Koje schlafen, es ist Platz genug für beide. Ich muß dich von Kopf bis Fuß küssen, um dir meine Liebe zu beweisen – sogar dort, mein Liebling«, sagte ich und meinte damit ihre Möse, wo sich mein Zeigefinger gerade zufällig befand. »Und du wirst das gleiche mit mir machen. Oder wenn du das nicht willst, kannst du wenigstens zusehen, wie sehr Patty es genießt, meine Spalte zu küssen. Ah! Du wirst schnell lernen, Selina, was das für Spaß macht, auch wenn es dir furchtbar rüde erscheint.

Hast du dich nie gewundert, meine Liebe«, fuhr ich fort, »warum manche Mädchen sich so schrecklich gern mögen? Nun, ich werde es dir sagen – so können sie einander die verbotenen Freuden bereiten, die sonst nur Verheirateten gestattet sind.«

Sie zitterte am ganzen Leibe.

Meine Finger waren in ihrer Grotte untergetaucht, so weit es nur ging, und brachten sie zu einem Erguß.

»Oh! Oh, ich muß es auflecken, jeder Perlentropfen, der deiner jungfräulichen Höhle entrinnt, ist sein Gewicht in Diamanten wert!« sagte ich voller Erregung und warf sie rücklings auf das Sofa, dann kniete ich mich zwischen ihre nachgiebigen Schenkel und drückte meine Lippen gegen ihre Spalte. Meine Zunge ergötzte sich an der dicken, cremigen Substanz, die nur echte Jungfrauen geben können, denn da ihre Liebessäfte noch nie geflossen sind, sind sie weitaus cremiger als die von Frauen, die öfters gebumst und befriedigt werden.

Sie genoß es über alle Maßen. Wie sie sich wand und krümmte im Übermaß der Erregung!

Schließlich stand ich auf und weckte Patty, dann kehrte ich

zu meiner Geliebten zurück und flüsterte ihr ins Ohr: »Selina, Liebling, ich werde dir jetzt zeigen, wie sich ein richtiger Mann anfühlt. Patty wird jetzt meinen Dildo anlegen und dich damit vögeln, während sie gleichzeitig mein hinteres Löchlein kitzelt und du meine Pussi leckst. Hört sich das nicht wundervoll an, meine Liebe?«

»Sie ängstigen mich, liebe Beatrice! Was ist das, ein Dildo? Wird es weh tun?« flüsterte sie.

»Es ist wie das Ding von einem Mann, Selina! Und obwohl es in der Ekstase auch einen köstlichen Strahl abgeben kann, besteht dennoch keine Gefahr, schwanger zu werden«, antwortete ich sanft. »Patty ist jetzt bereit; laß mich über deinem Gesicht knien und meine Muschi deinen süßen Lippen zu einem saugenden Kusse darreichen. Es wird dich überaus erregen, zusätzlich zu den Freuden, die dir der Dildo bereiten wird, nachdem er einmal eingedrungen ist«, und ich ließ meinen Worten die Tat folgen, indem ich mich über ihr in Stellung brachte.

Ihr Blut geriet in Wallung. Begierig stieß sie ihre Zunge in meine sehnsuchtsvolle Spalte, die ihr dies schon bald durch einen reichlichen Erguß lohnte, was Selina so sehr zu genießen schien wie nur irgendein mösenschleckender Epikureer*, die Schenkel in höchst lüsterner Weise weit auseinandergespreizt, was sich Master Charlie umgehend zunutze machte, wobei die Stellung, die ich über ihr innehatte, die erwartungsvolle Jungfrau daran hinderte, der bevorstehenden Beendigung ihres bis dato unberührten Zustandes gewahr zu werden.

Indem er die Lippen ihrer überströmenden Möse vorsichtig mit den Fingern spreizte, rieb er ihre empfindlichste Stelle gekonnt mit dem rubinroten Kopf seines Schwanzes, bis

* *Epikureer:* Anhänger des griechischen Philosophen Epikur(os) (341–270 v. Chr.), der den Genuß zum höchsten Gut des Menschen erhob und die Lehre vertrat, das Universum setze sich aus einer zufälligen Anordnung von Atomen zusammen.

die arme Selina so erregt war, daß sie mich zu beißen und sich in außergewöhnlicher Manier herumzuwälzen begann, während sie gleichzeitig schluchzte und stöhnte: »Oh! Ah! Stoß zu, stoß zu! Schieb ihn weiter hinein, Patty, Liebste! Ich fühle es, ich muß ihn einfach haben! Oh! Oh! Ahhh!« und »Au! Jetzt tut's weh! Bitte nicht!«, als er ernsthaft daranging, ihre Jungfernschaft zu beenden. Ich drückte ihr meine Möse auf den Mund, so daß sie nicht mehr schreien konnte, und kostete ihren Schmerz weidlich aus; denn sie hatte eine sehr enge Passage, und Charlie war nicht von seinem Ziel abzubringen. In wollüstiger Raserei stieß und rammte er in sie hinein, kam, machte aber weiter, bis sich sein männlicher Dolch völlig in ihre Scheide versenkt hatte. Er verhielt ein paar Augenblicke und ließ den Schwanz in seiner engen Höhle pochen, bis dem Opfer jegliches Schmerzgefühl vergangen zu sein schien; ihre natürliche Geilheit siegte ein weiteres Mal, und sie erwiderte jeden Stoß ihres Partners mit einem wollüstigen Hub ihres Hinterteils. Nun, da sie auf den Geschmack gekommen war, schien nichts auf der Welt mehr ihre gierige Pussi befriedigen zu können.

Zu guter Letzt ließen wir von ihr ab, zündeten die Lampen wieder an und ließen sie den »Dildo« sehen, und sie staunte nicht schlecht, daß es sich in Wirklichkeit um das höchst lebendige Ding selber handelte, anstatt einer abscheulichen Nachahmung, aber sie verzieh uns, hatte ihr doch unser Betrug zu solch exquisitem Vergnügen verholfen.

Nachdem wir unsere intimen Stellen mit kaltem Wasser erfrischt hatten, sah sie mit großem Genuß dabei zu, wie Charlie die liebestolle Patty vögelte, wobei sie eigenhändig seine Eier bearbeitete und auch Pattys Möse kitzelte, während die beiden ihre Liebesschlacht führten.

Da wir nur noch zwei Nächte an Bord des Schiffes vor uns hatten, beschloß ich, die Zeit bestmöglich zu nutzen; und da ich einen gutaussehenden Jüngling einem gestandenen Mann jederzeit vorziehe, machte ich mich an ein paar junge Kadetten heran, in die ich mich rechtschaffen verliebt hatte, nachdem sie mir während meiner Seekrankheit so viel feinfühlige Aufmerksamkeit entgegengebracht hatten.

Ein strahlender Morgen lockte uns gleich nach dem Frühstück auf Deck.

»Guten Morgen, Mylady«, sagte Simpson und lupfte seine Mütze mit einem wissenden, wehmütigen Blick.

»Komm her, du Knabe mit dem unverschämten Blick«, lachte ich, und als er näher trat, sagte ich flüsternd: »Kannst du ein Geheimnis bewahren?«

»Meine Brust ist so sicher wie eine eiserne Seemannskiste, falls Mylady mir etwas anzuvertrauen haben«, entgegnete er.

»Ich werde euch bald verlassen, und ich möchte dir und dem jungen William heute nacht in meiner Kabine eine kleine Freude machen, wenn ihr kommen wollt, sobald alles schläft; soviel ich weiß, habt ihr dann auch dienstfrei.«

»Ja«, erwiderte er, »von zehn Uhr abends bis sechs Uhr morgens, und Sie können sich drauf verlassen, daß wir leise sein werden.«

Ich legte einen Finger an meine Lippen, zum Zeichen strengster Verschwiegenheit, schlüpfte davon und verbrachte den Rest des Tages auf dem Achterdeck, sah verträumt auf das Wasser hinaus und dachte an den Spaß, den ich mir für den Abend erhoffte.

Ich hatte alle Vorbereitungen getroffen und die Stewards bestochen, von etwaigen Geräuschen, die aus meiner Kabine dringen könnten, keinerlei Notiz zu nehmen, denn ich wolle eine kleine Gesellschaft für zwei oder drei mitreisende Damen geben, bevor wir in Funchal an Land gingen.

Nach dem Abendessen legten meine Begleiter/innen und ich uns ein wenig hin, ließen aber die Lichter brennen, während alle Erfrischungen schon bereitstanden. Als auf dem Schiff alles still war, öffnete sich leise die Tür, und die beiden feschen Jungs traten in ihren besten Uniformen ein, salutierten schweigend und küßten mich beide, noch ehe ich mich von der Couch erheben konnte. Patty verriegelte währenddessen die Tür und wies sie lachend an, sich gefälligst zu benehmen, sonst würden sie schon sehen, wohin das führte, worauf beide sie trotz ihres vorgeschützten Widerstands ebenfalls küßten.

Die Kadetten waren hungrig und taten sich an einer Wildpastete gütlich, die sie mit mehreren Gläsern Champagner hinunterspülten und dabei Trinksprüche auf uns alle ausbrachten.

Ich trank Glas für Glas mit ihnen. In meinen Adern brannte das Blut, entflammt von meinem lustvollen Verlangen, zwei so prächtige Jünglinge zu genießen, und sobald sie ihr Mahl beendet hatten, bat ich sie, sich neben mir auf der Ottomane niederzulassen. Als sich Simpson hinsetzen wollte, zog ich ihn gleich auf meinen Schoß und sagte lachend:

»Was für ein hübsches Baby, welch ein kleiner süßer Darling; komm, gib der lieben Mama einen Kuß.«

Unsere Lippen trafen sich zu einem langen Kuß, der ihn vor Wonne erschauern ließ, wie er da an meinem Busen ruhte.

»Hattest du je schon ein Schätzchen, mein lieber Junge?« fragte ich.

»Ja, so ein hübsches Mädel am Kap. Immer wenn ich dort an Land gehe, habe ich einen Riesenspaß mit ihr.«

»Was! Bist du etwa so frech, dir Freizügigkeiten mit ihr zu erlauben?«

»Ja, sie hat mich sogar in ihr Bettchen gelassen.«

»Du unverschämter kleiner Bursche, mir gegenüber solche Dinge zu erwähnen! Miss Prude und ihr, Mädchen, fesselt ihn und zieht ihm die Hosen runter! Ich habe eine hübsche kleine Peitsche und werde dir damit den Hintern versohlen!« rief ich aus und stieß ihn mit offensichtlichem Ekel von mir weg.

»Das ist ein Spaß! Das wollen wir doch mal sehen! Peter, alter Junge, hilf mir mal, oder diese Mädels werden es mir tatsächlich besorgen«, sagte er und schien sich seiner Sache gar nicht mehr sicher.

Ein Lächeln und eine Geste von mir genügten, um seinen Kumpel Peter auf unsere Seite zu bringen, und wir weideten uns an Simpsons dümmlichem Gesichtsausdruck, als wir ihn nun tatsächlich an eine der Kojen fesselten und ihm trotz aller Gegenwehr die Hose herunterzogen. Wie rot er wurde, als sie sein Hemd lüpften und ein sehr ansehnliches weißhäutiges Hinterteil entblößten, das unter den Händen der gesamten Belegschaft, denen die Klatscherei ein fürstliches Vergnügen bereitete, schon bald eine rosige Färbung annahm.

»Tretet alle zur Seite«, sagte ich streng, »und laßt mich ihm für seine Frechheit die Rechnung präsentieren!« Die Birkenrute in der Hand, ging ich auf ihn zu.

Er war ein tapferer kleiner Bursche, der die Zähne zusammenbiß, um nicht laut aufzuschreien, obwohl ich sehen konnte, wie ihm unter meiner Züchtigung einige dicke Tränen die scharlachroten Wangen hinabrannen, wobei ich gleichfalls bemerkte, wie sein Stab so steif wie ein Schürhaken wurde. Dann lösten wir seine Fesseln, und ohne auch nur die Hosen wieder hochzuziehen, half er uns, nunmehr seinen Freund Peter auf dem Sofa auszustrecken, dem er sich auf den Rücken setzte, während ich ihm vergnügt seinen Anteil an Schlägen mit der Birkenrute zukommen ließ, bis er darum bettelte, losgelassen zu werden.

Als sie ihre Kleidung wieder in Ordnung bringen wollten, begannen wir alle über die roten Striemen auf ihren Allerwertesten zu lachen und zu witzeln, während wir sie an den Hemdzipfeln zogen und uns so viele Freiheiten herausnahmen, daß die beiden Jungs schon recht bald so vor uns standen, wie sie die Natur geschaffen hatte, mit steifen Schwänzen zum Angucken.

»Nun, ich würde nicht viel auf euer Spielzeug da geben, wenn das alles ist, was ihr den Mädchen vorweisen könnt!« sagte ich lachend, als ich meine Rute auf die betreffenden Teile herabsausen ließ. »Annie zum Beispiel hat einen viel größeren Stab als ihr. Wir werden uns jetzt alle ausziehen, dann werdet ihr schon sehen.«

Das war das erwartete Signal, und alle Hemmungen unserer impulsiven Leidenschaften waren von einem Augenblick auf den anderen aufgehoben.

Ich glaube, die beiden hübschen Kadetten hatten in Wirklichkeit noch nie ein Mädchen gehabt, und ich war tatsächlich dabei, ihnen die Unschuld zu rauben. Dies tat ich auch, indem ich mich meiner lüsternen Lieblingsbeschäftigung hingab und beide Schwänze gleichzeitig in meiner Möse beherbergte, während Charlie Miss Prude vor unseren Augen bumste, bis sie vor überschäumender Geilheit richtiggehend hysterisch wurde.

Wir trieben es bis etwa fünf Uhr morgens, vögelten und leckten uns und gaben uns jeder Phantasie hin, die uns nur einfallen wollte. Ich brachte Charlie dazu, meinen Hintern zu bumsen, während Simpson in ihm hinten drinsteckte, an den sich wiederum Peter *a posteriori* anschloß, während uns Miss Prude und Patty kitzelten und uns, so gut sie es vermochten, zu höchster Erregung anstachelten.

Schließlich rief sie die Pflicht, und wie sich herausstellte, war dies die letzte lustvolle Orgie, in der ich schwelgen konnte, denn meine Kräfte nahmen rapide ab, sogar während meines Madeira-Aufenthalts, und als ich im darauffolgenden Mai nach England zurückkehrte, wurdest Du, mein lieber Walter, zu meinem ständigen, bezaubernden Begleiter und konntest mitverfolgen, wie schnell ich dem Grab entgegentaumelte. Oh! Ich wünschte, ich hätte die Kraft, es noch ein einziges Mal zu tun, und Du wärest mein mannhafter Champion auf dem Schlachtfeld der Glückseligkeit, die ich nun niemals mehr erleben werde. Es wäre paradiesisch, im Orgasmus zu sterben, während deine Seele geradewegs in meinen Schoß hineinschießt, aber – ach! – es kann nimmermehr geschehen! Und doch, sollte es im kommenden Leben eine ewige Glückseligkeit geben, so bin ich sicher, daß sie in einem immerwährenden Fick besteht.

Amen! Ich kann die Feder nicht länger halten.

Philo Cunnus

Nelly oder Bekenntnisse eines Arztes

*»Man suche unserm Herrn, dem König,
eine Jungfrau, die vor dem König stehe
und ihn umsorge und in seinen
Armen schlafe und unsern Herrn,
den König, wärme.«*

BUCH DER KÖNIGE 1,1,2.

Kapitel 1

So sprachen die Diener des alten Königs David, als er ungefähr achtzig Jahre alt war. Die Zustimmung des alten Mannes zu ihrem Vorschlag zeigt schließlich, daß er diesbezüglich weiser als sein berühmter Sohn Salomon war, der, erschöpft von seinen siebenhundert Frauen und dreihundert Konkubinen, entschieden kränker war und dem in seinem Alter alles mißfiel, wenn er schrieb: »Alles ist vergänglich und bereitet der Seele Verdruß!« Nach den Opfern an die Götter Moloch, Kemosh, Astarte, Milkom und anderen änderte er seine Meinung in der Hoffnung, daß ihre grausamen, bluttriefenden Opferriten vielleicht seine verlorene Manneskraft wiederherstellen könnten und er wieder einigermaßen die Liebesfreuden genießen könne.

Diese Ereignisse am Ende von Davids Leben haben für mich einen besonderen Reiz. Ich habe öfters über die köstliche Wärme nachgedacht, die der weiche Bauch der lieblichen Abishag ihm gespendet haben muß, wenn er sie gleichzeitig liebkoste, die jungfräulichen Brustwarzen saugte und mit einer seiner alten Hände die schneeweißen Liebeskugeln knetete, während natürlich seine andere Hand »nirgendwo« war. Der heilige Text nämlich oder vielmehr sein Übersetzer sagt uns aus Gründen des Anstandes nur: »Er kannte sie nicht.« Jedenfalls ist mein Vertrauen in die Glaubwürdigkeit der Bibel nicht so stark, daß ich annehme, David war schon zu alt, um einer solchen Versuchung widerstehen zu können.

Das mittlere Lebensalter habe ich schon lange erreicht, und ich kann jede Frau sechs- oder achtmal in der Nacht lieben und ebenso drei- oder viermal während des Tages. Ich bin verheiratet und führe mit meiner Frau eine glückliche Ehe.

Vor sechs Monaten aber, als ich sie ein wenig satt hatte, ließ ich mich eines Tages hinreißen, ihr Dienstmädchen zu küssen, als wir allein im Hause waren. Das Mädchen war zwar ziemlich schüchtern, aber bald hatte ich sie so weit, daß sie meine Küsse erwiderte und ihre Zunge zwischen meine Lippen steckte. Ihr zartes, warmes Gesicht und ihre lüsternen Lippen brachten das Blut in meinen Adern zum Kochen. Ich zitterte vor Erregung, als ich sie rückwärts aufs Sofa stieß. Ich öffnete ihr Kleid, um mich ihrer Brust zu bemächtigen und die kleinen, erdbeerförmigen Warzen ihrer weißen, festen Brüste zu küssen. Sie waren bei weitem verlockender als die meiner Frau.

Da sie rot bis hinter die Ohren war und ihre Hände aus Scham vors Gesicht hielt, verschaffte sie mir auf diese Weise eine glänzende Gelegenheit, Besitz von ihren unteren Partien zu ergreifen. Mit einer Hand hob ich ihr Kleid hoch. Zwar drückte sie ihre Beine noch krampfhaft zusammen, aber allmählich gab sie den Weg für das weitere Vordringen frei, bis mein Finger das weiche Haarvlies ihrer Lustgrotte erreicht und sich an dem schon ein wenig offenen Spalt ergötzt hatte, der bereits bis zum Rand mit dem dicken, cremeartigen Nektar gefüllt war.

Gütiger Gott! Wie ragte mein Süßer in die Höhe, als ich

diesen Liebessaft berührte! Ich glaubte schon, er würde platzen. Dann legte ich sie rücklings aufs Sofa und fand mühelos einen Weg, der schon vorher frei war, aber nur sehr wenig benutzt worden ist. Offen kann ich sagen, dies war eine Folge ihrer wollüstigen Erregung, die meine Nachstellung bei ihr bewirkt hatte.

Daß sie sich sowohl nach mir sehnte als auch zur gleichen Zeit mich fürchtete, bewies eindeutig die große Menge von Schweiß, die ihren Bauch, ihre Muschi und die angrenzenden Teile befeuchtete.

Sie lag regungslos da, ohne daß sie etwas sagte oder bewegte, als ich sie zu lieben anfing. Während der ganzen Zeit drückte sie ihre Hände fest auf ihr Gesicht. Ich kochte buchstäblich vor Wollust, und da ich fürchtete, sie schwanger zu machen, zog ich ruckartig meinen Freund heraus und spritzte den Liebessaft über ihren ganzen Bauch. In diesem Augenblick klopfte und klingelte es zugleich an der Tür.

Einige Tage danach besuchte meine Frau ihre Familie. Da sie sich ein wenig unwohl fühlte, schickte sie mir ein Telegramm, in dem sie mir mitteilte, sie könne an diesem Abend nicht nach Hause kommen. Als das Mädchen das Abendessen heraufbrachte, traf ich ein paar Vorbereitungen, um die Nacht in ihrem Zimmer zu verbringen, das ein Stockwerk höher über meinem Schlafzimmer lag und nur durch eine Rumpelkammer vom nächsten Schlafzimmer getrennt war, in dem zwei andere interessante Dienstmädchen schliefen.

Ich schlich mich hinauf in ihr Zimmer und stieg in ihr kleines, unbequemes Bett, das kaum groß genug für eine Person war. Ihre Lippen erwiderten leidenschaftlich in der Dunkelheit meine lüsternen Küsse und Zungenstöße. Als ich sie berührte, bemerkte ich, daß die Körperregion über ihrer Scham ebenso zitterte und bebte und vor Schweiß triefte wie zuvor. Daraus zog ich die Schlußfolgerung, daß dies bei ihr unter diesen Umständen ganz natürlich war.

Nach einem Stoß, bei dem viel Nektar floß, beklagte ich mich über die Enge des Bettes und überredete sie, mir nach unten in mein Zimmer zu folgen.

Dort warf ich sie sogleich auf das weiche, elastische Bett, das bisher für meine ehelichen Pflichten diente. So kam zu dem eigenartigen Reiz meiner verbotenen Freuden noch das Bewußtsein, etwas Unrechtes zu tun. Da ich gegen alle Hemmnisse empfindlich war, entfernte ich ihr Nachthemd und warf ebenfalls mein Nachtgewand zur Seite, so daß wir beide nackt nebeneinanderlagen.

O Himmel! Welche Zärtlichkeiten tauschten wir aus! Wir küßten uns und saugten dem anderen den Atem weg, während unsere eifrigen Hände über den Körper des anderen wanderten, um alle Körperteile zu erforschen, die der Liebe geweiht sind.

Ich kann, ohne anzugeben, sagen, daß ich ein sehr gut gebauter Mann bin und ein Liebeswerkzeug von einer nützlichen Größe habe, da es bei weitem länger als achtzehn Zentimeter ist. Ihr Zittern und der Schweißausbruch waren jetzt vorüber, und meine Hände befühlten all die Reize ihrer Person. Meine Lippen küßten und saugten diese köstlichen und entzückenden Brüste. Dabei zwirbelte ich mit einem oder zweien meiner Finger ihren Kitzler.

Wie floß bei ihr der Lustsaft heraus! Das war ganz neu für mich! Als ich ihn berührte, kochte mein Blut in meinen Adern. Mein Freund, den sie zärtlich liebkoste, pulsierte so sehr, daß ich mich gegen sie drücken mußte. Mit ihren eigenen Fingern führte sie seinen glühendheißen Kopf in ihren schäumenden Hafen der Liebe.

Was für ein Moment war das! Ich spritzte einmal, zweimal, dreimal. Während sie mich fest umschlungen hielt, flüsterte sie: »Mehr, mehr! Oh! Laß es mich wieder fühlen! Es kommt mir wieder! Wie köstlich ist der Saft in meinem Leibe! Ah! Ah! Da! Du bist an der richtigen Stelle!«

»Du liebst mich doch immer, Liebling?« fragte sie mich, wobei sie sich hin und her wand und seufzte. Als ich sie zum letzten Mal dazu brachte, ihren Liebessaft fließen zu lassen, wurde sie ohnmächtig.

Niemals werde ich die Freuden dieser Nacht vergessen. Aber es ist jetzt unangebracht, all meine Liebesabenteuer mit diesem lieben Mädchen zu wiederholen, das die Verschwiegenheit in Person war. Kein Wort und kein Blick während ihres dreijährigen Aufenthaltes bei uns verrieten etwas von unseren Amouren. Schließlich ging sie weg, um zu heiraten.

Meine Frau war fünf Jahre älter als ich und in ihren besten Jahren, in einem Alter also, das so viele Männer, wie sie freimütig bekennen, sehr schätzen.

Sie war sehr heißblütig und lüstern. Deshalb erwartete sie sehr viel Aufmerksamkeit von meinem John Thomas, der allmählich sehr überheblich wurde. Sehr oft nämlich wurde er nicht steif, außer wenn sie ihn mit den Händen liebkoste. Den zweiten Stoß konnte er selten durchführen, ohne daß er seine Steife verlor und gerade in dem kritischen Augenblick versagte, wenn meine Frau zum Höhepunkt kam.

Was konnte ich anderes machen, als meiner besseren Hälfte zu erklären, daß ich nicht mehr so vital wie einst bin und daß sie nicht zu hart über die Fehler der Natur urteilen solle.

Diese Sache ließ sie nicht mehr los, und sie war geradezu darauf versessen, mich aufzupäppeln in der Hoffnung, meine Manneskraft zu verbessern. Deshalb empfand ich geradezu einen Widerwillen, sie zu lieben, und ich führte meine Erschöpfung als Entschuldigung an.

»Neue Liebe, neuer Mut«, das war mein Wahlspruch, nach dem ich handelte. So auch, wenn ich die Nachmittage mit verschiedenen Frauen verbrachte, die in meine Praxis kamen und mir mehr Freude verschafften als meine Frau, die keine Phantasie hatte, obwohl sie wirklich himmlisch war. Meine lebenslustigen Freundinnen bemühten sich, mich zu befriedigen, und steigerten meine Begierden durch Lecken und mäßige Rutenschläge. Wenn ich sie liebte, bedienten sie sich all der künstlichen Bewegungen und Krümmungen ihres Körpers, deren sie nur fähig waren.

Schließlich wurden mir die Augen darüber geöfffnet, worin die eigentliche Steigerung der Manneskraft besteht, obgleich ich dies eigentlich schon viel früher hätte herausfinden sollen. Meine Lage glich tatsächlich der eines Mannes, der einen wertvollen Stein findet, ohne daß er seinen wahren Wert kennt.

Aus Mitleid nahmen wir eine Waise von achtzehn Jahren zur Unterstützung der Köchin in unser Haus, die vorher noch nie in Stellung war. Dieses Mädchen war nicht besonders schön, aber sie hatte hübsche braune Augen, die von dunklen Wimpern umschattet waren. Ihre darunterliegenden Augen schauten mich durchdringend an. Überdies besaß sie noch schöne Zähne und kirschrote Lippen. Irgendwie übte sie einen besonderen Reiz auf mich aus, aber ich war natürlich so vorsichtig, mir das nicht anmerken zu lassen, obgleich ich wußte, daß das Mädchen ihre Macht fühlte.

Für meine Frau war es aber unmöglich, davon etwas zu ahnen. So hatte sie nicht die geringsten Bedenken, an einem Sonntagabend in die Kirche zu gehen. Den beiden anderen Dienstmädchen erlaubte sie auszugehen. Polly mußte zu Hause bleiben, um die Tür zu öffnen und um mich zu bedienen.

Daß sie mich bedienen sollte, dazu war ich fest entschlossen. Als meine Frau die Tür hinter sich verschlossen hatte, läutete ich und befahl Polly, mir Wein und Zigaretten zu bringen. Auf ihrem Gesicht war eine leichte Röte zu sehen, als sie diese Dinge auf den Tisch setzte.

»Polly, willst du ein Glas Wein mittrinken?« sagte ich zu ihr.

»Oh! Danke, nein, Sir, das verwirrt meine Sinne!«

»Bestimmt nicht so viel, wie deine Augen mich verwirren, Polly, wenn du mich unter deinen Augenwimpern hervor so ansiehst!«

Wie errötete sie! Sogleich sprang ich von meinem Sessel auf und umschlang ihre Taille.

»Polly, ich muß dich küssen, deine Augen allein genügen, um jemanden zu betören!«

Bei diesen Worten wollte sie ihr Gesicht abwenden. Da zog ich sie auf meine Knie und küßte sie immer wieder. Sogleich bemerkte ich, sie war sehr erregt, ihr Busen bebte und sie konnte kaum ihre unterdrückten Seufzer zurückhalten.

Man muß eben das Eisen schmieden, solange es glüht. Schließlich hatte ich sie soweit, daß sie meine Küsse erwiderte und ihre Zungenspitze in meinen Mund steckte. Mein ganzer Körper zitterte vor Erregung, und ich wurde mit jeder Sekunde wilder.

»Welch schöne Brüste du hast!« sagte ich, und dabei öffnete ich ihr Kleid, ohne daß sie Widerstand leistete. Im übrigen ging ich gegen jede jungfräuliche Festung mit derselben Taktik schrittweise vor. Es wurde weitergeschmust, und ich küßte sie einige Minuten lang, so daß ihre Erregung mehr und mehr zunahm. Dann fuhr ich mit einer Hand sanft unter ihre Röcke, bis ich ihre nackten Oberschenkel erreicht hatte. Sie trug keine Unterhosen.

»Hebe deine Beine hoch, Liebling, und laß mich das kleine Nest befühlen!« flüsterte ich. »Ich kann dir doch soviel Wollust schenken!«

Sie schloß ihre Augen und verbarg ihr Gesicht auf meinen Schultern, als sie ihre Oberschenkel allmählich etwas öffnete und meine Finger endlich den ersehnten Spalt fanden. Ich hatte die gleichen Erlebnisse wie bei dem Dienstmädchen einige Jahre zuvor. Welch eine Wärme! Alles war naß vom Schweiß! Der Spalt selbst triefte von Liebessaft. Die bloße Berührung versetzte mich in Erregung. Mein Speer war wirklich furchtbar steif.

Überwältigt von einem Übermaß an Lustgefühlen, leistete sie nicht den geringsten Widerstand, als ich sie längs auf das

Sofa legte und mich anschickte, sie zu lieben. Es war leichter als erwartet. Sie war nämlich keine Jungfrau mehr. Mein Freund schwelgte geradezu in diesem lusterregenden Nektar. Als es mir kam, zog ich ihn heraus und spritzte auf ihre Oberschenkel, da ich die Folgen fürchtete. Aber das liebe Mädchen hielt ihren Wollusterreger fest und wollte ihn wieder hineinstecken. Ich tat ihr diesen Gefallen, sobald ich mich sorgfältig abgewischt hatte.

Mein Liebesstab hatte seine alte Steife nicht verloren, und ich hatte einen köstlichen Höhepunkt.

Sie bewegte sich nicht viel. Aufgrund ihrer Lustseufzer konnte ich vermuten, daß die Stärke ihrer Wollust der meinen entsprach. Mein Freund schwamm geradezu in ihrem köstlichen Lustsaft, der ihn so zu erregen schien, daß ich ihn bald wieder herausziehen mußte.

»Hört jetzt auf«, sagte sie unschuldsvoll, »macht es nicht noch einmal, Sir!«

Sie saß auf meinen Knien, bis meine Frau wiederkam. Sie versicherte mir unter anderem, daß kein Mann, sondern ein Mädchen es mit ihr getrieben und ihre Finger in ihre Grotte gestoßen habe.

Einige Tage danach beglückte ich meine Frau, und sie schlief danach völlig befriedigt ein.

Ich lag an der Seite meiner ruhig schlummernden Gattin, befühlte meinen Freund und fragte mich verwundert, ob er augenblicklich für Polly wieder steif werden würde. Ich rieb mich selbst, aber es blieb nur Stückwerk. Ich wußte aber, sie würde noch auf mich warten. Deshalb schlüpfte ich aus dem Bett und schlich mich in Pollys Zimmer. Aber sie war auch eingeschlafen.

Da ich ein wenig wegen ihrer offensichtlichen Gleichgültigkeit enttäuscht war, schüttelte ich sie behutsam. Ein wenig später erhob sie sich, ohne viel Lärm zu machen, warf ihre Arme um meinen Hals und küßte mich, als ich an ihrer Seite ins

Bett gekrochen war. Mit meinen Händen liebkoste ich ihre Brüste, dann fuhr ich tiefer und stellte fest, sie war zur Liebe bereit. Auch bemerkte ich, daß ihre Brust schwer atmete und sie mehrmals leise Lustseufzer ausstieß.

Mein Freund hob mit einemmale sein Haupt empor und wurde bei jeder Bewegung steifer. Lüstern rieb ich meine Finger an ihrer Muschi.

Ihr Gesicht war so heiß wie ein Toast, während ihr Bauch noch heißer als der meine war, den ich fest an sie preßte. Sie hatte meinen pulsierenden Lustspeer in ihren Händen und wartete geduldig darauf, daß ich anfing.

Dies war das erste Mal, daß ich sie ohne Kleider in meinen Armen hielt, die ein großes Hindernis für die Liebesfreuden sind. Meine Lust konnte nicht mehr gesteigert werden. Ich warf sie auf den Rücken, und schon war ich in ihrer erregten Grotte.

Welch eine Wärme! Welch eine Feuchtigkeit! O Himmel! Ich wäre fast gekommen, bevor ich ihn wieder herausziehen konnte. Niemals werde ich vergessen, wie sie ihre Beine geöffnet hatte und sich noch enger an mich schlang. Die warme Hülle zog sich krampfartig um meinen pulsierenden Doktor zusammen. Es war ein wahnsinnig wilder Akt, den ich niemals vergessen kann. Ich wollte den Höhepunkt so lange wie nur möglich hinausziehen, aber der kleine Teufel wand sich, krümmte sich und bewegte sich so leidenschaftlich, daß gegen meinen Willen mein Lustsaft in einer größeren Menge als je zuvor in ihre schon sehnsüchtig darauf wartende Muschi hineinschoß.

Widerstrebend erlaubte sie mir danach, in mein eigenes Bett zurückzukehren. Ich bin betrübt, daß Polly so lüstern wurde und nicht genug bekommen konnte. So verließ sie uns eines Tages und heiratete einen jungen Metzger, der besonders gut in Form war.

Da ich Arzt war, kam ich bald zu dem Ergebnis, daß keine

Dirne, wie jung sie auch ist, von großem Nutzen ist. Durch das viele Lieben ist ihr Nektar ganz verschieden von dem einer Jungfrau, der gerade eine solche erregende Wirkung ausübt. Dirnen, wie jung sie auch sind, sind vergleichsweise kalt und abweisend; sogar jene, die ordentlich ihren Lustsaft fließen lassen, werden sichtbar kälter im Verlauf eines Liebesaktes, anstatt ihre Hitze und Erregung zu steigern.

Das passende Alter liegt bei den Mädchen zwischen achtzehn und fünfundzwanzig Jahren. Wenn sie keine Jungfrauen mehr sind, sollten sie aber nur sehr wenig Kontakt mit Männern gehabt haben. Aber grundsätzlich sollten sie ein leidenschaftliches Temperament haben, das man leicht nach der Röte ihres Gesichtes beurteilen kann. Einen außerordentlichen Genuß bereitet die warme Röte, wenn man sie bei einem solchen Mädchen spürt. Ich selbst habe herausgefunden, daß nur Mädchen, die noch keinen Verkehr hatten, sehr stark schwitzen, wenn sie zum ersten Male geliebt werden. Die anderen, die schon erfahrener sind, fürchten sich nicht.

Liebe Leser, weise ein Mädchen mit einem kalten Gesicht immer ab! Sie hat vielleicht das Zeug zu einer Ehefrau, aber niemals kann sie die Manneskraft beleben.

Dirnen erzielen im allgemeinen durch raffinierte Berührungen, Saugen oder Lecken eine unnatürliche Wirkung. Rutenschläge aber sollten auf alle Fälle gemieden werden, da die Erregung, die auf diese Weise erzeugt wurde, dazu führt, daß ein Mann noch mehr Kraft verliert und am Ende noch schwächer sein wird.

Ich könnte noch mehr sagen, aber ich will meine Leser nicht mit der Schilderung dieses Mädchentypus belästigen, der sozusagen am besten für die Liebe geeignet ist. Dieses Ziel erreiche ich nämlich viel besser, wenn ich eine meiner Patientinnen erwähne, oder mit anderen Worten, wie ich meine schönste Zeit mit einer meiner Patientinnen verbrachte, die mich in meiner Praxis besuchte.

Kapitel 2

Eines Tages am Ende des letzten Sommers erschienen bei mir zwei Frauen, um meinen ärztlichen Rat in Anspruch zu nehmen. Die eine war um die Vierzig. Sie besaß ein frisches Äußeres, ein gerötetes Gesicht, das hübsche, dunkelglänzende Augen zierten, und eine sehr schöne Gestalt. Die andere, ihre Tochter, war ungefähr achtzehn Jahre alt und in einen grauen Halsschal eingehüllt.

Als ich eintrat, saß sie auf einem Stuhl. Offenbar nämlich fühlte sie sich unwohl. Als sie mir die Symptome genau geschildert hatte, bat ich die Patientin, sich für einen Augenblick in einen anderen Raum zu begeben. Dort legte sie ihren Mantel ab. Sogleich fiel mir ihr dicker Bauch auf. Kurz und bündig fragte ich sie, ob sie irgendwelchen Verkehr mit Männern hatte. Dies leugnete sie natürlich ab.

Ich schaute ihr ins Gesicht und entdeckte dort eine dieser schönen ovalen Gesichtsformen, die so eindrucksvoll einen besonderen Typus von Schönheit zieren. Für nur einen Augenblick sah ich in ihrem Gesicht einen Ausdruck von schelmischer Unschuld, vermischt mit Sittsamkeit und Scham, den zu verbergen sie sich bemühte. Dann fragte ich sie nach ihrem Namen.

»Nelly heiße ich«, sagte sie. Als sie vor mir stand, drückte ich meine Hand an ihren Bauch, befühlte seine Form und die sichtbare Anschwellung. Währenddessen stand das Mädchen wie eine Statue da.

Als nächstes bat ich sie, mir ihre Brüste zu zeigen. Sie öffnete ihr Kleid, Halstuch und Mieder. So kamen zwei Halbkugeln zum Vorschein, deren Anblick mir das Blut in den Adern zum Kochen brachte. Ich ergriff diese köstlichen Hügel der Liebe, verformte sie und kitzelte ihre Brustwarzen, bis sie spitz wurden.

Nellys Augen begannen vor Wollust zu leuchten. Dann

sagte ich: »Meine Liebe, ich muß Ihren Bauch völlig entblößt betasten!«

Mit dem gewissen Unterton eines Seufzers gab sie mir zur Antwort: »Ich werde Sie nicht hindern!«

Dann half sie mir ihr Kleid hochzuziehen. Ich konnte nicht umhin, auch einen Blick auf ihre Oberschenkel zu werfen, die ebenso schön wie ihre noch entblößten Brüste waren.

Sie stand seitlich am Fenster und hielt ihr Kleid über den Nabel, währenddessen fuhr ich freizügig mit meiner Hand über die zarte Haut ihres Bauches. Ich war entschlossen, falls es möglich sein sollte, für die Göttin Venus einen Sieg zu erringen. Deshalb gab ich vor, feststellen zu müssen, ob sie Wasser habe. Zu diesem Zweck hielt ich eine Hand an eine Seite von ihr und klopfte an die entgegengesetzte. Dann legte ich beide Hände an ihre Seiten. Gleichsam zufällig ließ ich sie über ihre glatten Hüften, die es wert waren, berührt zu werden, nach unten gleiten.

Nun wollte ich sehen, ob eine Seite größer als die andere war. Deshalb drehte ich meine völlig passive Patientin ganz ins Licht, um sie sehr genau betrachten zu können. Ich streifte über ihre schönen Oberschenkel, den Bauch und kam schließlich zu der wichtigsten Stelle, deren Lage ich aufgrund des dickbuschigen, gekräuselten Haarvlieses erahnen konnte, von dem sie bedeckt wurde. In meiner Phantasie glaubte ich darunter den verschwiegenen Ort zwischen ihren Oberschenkeln zu erkennen, wo sich die Lippen, die ihre Muschi zierten, vereinigten.

Mit den Worten »sehr schön« stellte ich mich ganz nah an sie und bemühte mich gleichsam zufällig meine rechte Hand genau auf diese Stelle zu halten.

»Sehr schön, mein liebes Mädchen, keine Angst, ich tue Ihnen nicht weh! Aber lassen Sie mich nur machen, was mir gefällt!«

»O ja, Sir, meine Mutter hieß mich, Sie alles machen zu lassen, was Sie für richtig halten, und ich will mich gern danach richten!«

Vor Lust war ihr ganzes Gesicht errötet. Ihre glänzenden Augen warfen mir feurige Blicke zu, und ihre schweratmende Brust paßte so recht dazu.

Ich faßte die Gelegenheit beim Schopf, legte meine Arme um ihren Nacken, preßte ihre Lippen an die meinen und dachte: »Das ist ein gutes Mädchen, bei dieser Nelly wirst du keine Reue empfinden!«

In diesem Augenblick steckte ich zwei Finger zwischen ihre Beine. Als sie diese spürte, öffnete sie sofort ihre Oberschenkel und gab mir freien Lauf. Im Nu waren meine Finger so weit drinnen, wie es nur möglich ist. Ich fragte sie, ob sie etwas fühle.

»Oh, ja!«

»Tut es Ihnen weh?«

»Oh, nein!«

»Nelly, gefällt es Ihnen, wenn ich hin und her reibe?«

»Oh, sehr, Sir!«

»Lehnen Sie sich an mich!«

Dann rieb ich sie tüchtig, und in wenigen Sekunden schenkte ich ihr soviel Wollust, daß sie mich gern küßte und ihre Arme um mich schlang. Als es vorbei war, sagte ich: »Das war die ganze Medizin, Nelly!«

»Ja, wirklich, das war eine gute Medizin«, sagte sie.

»Das stimmt! Am besten ist es aber, wenn sie eine junge Frau regelmäßig bekommt. Ich würde es deshalb gerne sehen, wenn Sie es ordentlich machen können, ja, ich will sogar sehen, ob Sie es selbst können!«

Nelly spielte das Unschuldslamm, indem sie nur ganz unbekümmert antwortete: »Ja, bestimmt, wenn es Ihnen gefällt!«

»Komm nun, meine liebe Nelly, und setz dich bequem auf diesen Stuhl!«

Ich küßte sie und tätschelte ihre Brüste. Dann führte ich sie zu einem großen Stuhl, wo sie zurückgelehnt Platz nahm. Sie mußte dann ein Bein über die Stuhllehne legen. Sobald sie ihre Kleider hochgerafft hatte, fragte sie verlegen, ob ich jetzt die Güte hätte, ihr den Anfang zu zeigen.

Man kann sich vorstellen, daß ich mir dies nicht zweimal sagen ließ. Ich führte einen ihrer Finger zwischen die Schamlippen, damit er den kleinen Fleischknoten berührt, von wo aus all die entzückende Wollust ihren Anfang nimmt.

Sobald sie sich anschickte, mir zu zeigen, wie gut sie ihre Sache verstehe, beschäftigte ich mich damit, mir einen neuen Überblick über ihre Körperteile zu verschaffen, die jetzt so schön entblößt vor mir lagen.

Ich ließ sie nun innehalten, indem ich ihr sagte, ich wünschte nicht, daß sie dasselbe wie ich mache, denn ich sähe, sie sei eine gelehrige Schülerin.

Aber ich hätte mich bestimmt einer anderen Untersuchungsmethode bedient, um mir Gewißheit über die Größe ihres Bauches zu verschaffen, wenn sie mit größerer Offenheit zu mir sprechen würde. Nelly sagte lächelnd: »Ich bin mit dem völlig zufrieden, was Sie getan haben, so daß ich mich Ihnen ohne Furcht freiwillig anvertraue.«

Ich schloß sie in meine Arme, küßte sie und bat sie, guten Mutes zu sein, denn ich könnte sie von allen Schwierigkeiten befreien.

»Sie werden es sicherlich, Sir!«

»Ganz bestimmt, Nelly, aber du mußt mir die Führung überlassen!«

»Oh, Sir, gerne!«

Das Mädchen saß noch rückwärts gelehnt auf dem Stuhl. Ich beugte mich deshalb nach vorne, um ihre Lippen und Brüste zu küssen. Ehe sie es recht gewahr wurde, öffnete ich meine Hose und legte meinen Liebesspieß in ihre Hände. Ich spürte den festen Griff ihrer Hand. Doch ich bat sie, sich zu erheben, sich umzudrehen und sich mit dem Gesicht auf das Polster des Stuhles zu legen.

Nelly, die das willfährigste Wesen auf der Welt zu sein schien, gehorchte, ohne zu zögern. Mein nächster Schritt war, ihr die Kleider so weit hochzuheben, bis unterhalb ihrer Lenden ein Paar schöne runde Pobacken sichtbar wurden, die genau zu ihrem Körperumfang vorne paßten.

Ich rief aus: »Wie schön!« Denn mehr konnte ich nicht sagen, weil mein Freund, der vor Lust pulsierte, augenblicklich eine Linderung verlangte. Ich steckte ihn zwischen diese angeschwollenen Rosenknospen, verweilte einen Moment dort, legte meine Hände an die Seiten ihres Bauches und stieß ohne Schwierigkeiten hinein.

Nelly ließ es mit der bei ihr gewohnten Standhaftigkeit geschehen, daß ich ihn in seiner vollen Länge in ihre Liebesgrotte einführte. Ich stieß noch ein- oder zweimal zu und rief dann: »Liebe Nelly, spürst du etwas?«

»Oh, ja, Sir, Sie dringen mir ja bis zu meinem Herzen vor!«

Bei jedem Stoß, den ich gegen ihren Unterleib führte, sah man, wie sich das Kind in ihrem Bauch bewegte, und indem ich ihre Hand an den geschwollenen Bauch legte, ließ ich sie es auch fühlen.

»Sieh, meine Nelly, ich zweifle nicht länger an deinem Zustand, aber fürchte dich nicht, alles wird gut werden!«

Dann schickte ich mich an, ihn herauszuziehen.

Aber schon eine Sekunde später schrie Nelly: »Oh, oh, lieber Sir, bitte ziehen Sie ihn nicht heraus! Stecken Sie ihn wieder hinein! Oh! Oh! Wie köstlich ist es!«

»Willst du wirklich, Nelly, daß ich dich liebe?«

»Ja, mein lieber Sir, wenn das ›Lieben‹ bedeutet! Oh! Machen Sie es!«

Dann wandte sie mir ihr Gesicht zu, das vor wollüstiger Erregung glühte. Ich gab ihr meine Antwort, indem ich bis zum Schaftende eindrang. Einige Sekunden ließ ich ihn drinnen und genoß es, wie Nelly ihre Hüften hin und her wand. Aber meine eigenen Gefühle versetzten mich bald in denselben Zustand wie Nelly, und nach einigen Bewegungen meiner Gelenke schoß ein kräftiger Strahl von meinem Liebesbalsam in sie hinein.

Nelly keuchte, krümmte sich und stöhnte, als sie den Zustand erreichte, wo sie ganz in Glückseligkeit aufgelöst war. Ich zog mich nicht eher zurück, bis wir uns beide ein wenig von diesem Glücksgefühl erholt hatten.

Nellys Dank bestand in einem Strom von Tränen, und sie bat mich, ihre Mutter zu informieren, daß sie sich in anderen Umständen befände. Ein paar Minuten später gab mir Nelly alle Informationen, um ihrer Mutter die ganze Sache zu offenbaren. Sie ging dann hinaus und sagte zu ihrer Mutter, daß ich sie zu sprechen wünsche.

Mit viel Rücksicht und Takt, wie es die Sache erforderte, teilte ich der Dame mit, daß ich nach vielen Fragen und Untersuchungen ein volles Geständnis ihrer Tochter erhalten habe. Ich sei beauftragt, sie davon in Kenntnis zu setzen. Dies erforderte zunächst, daß ich die ehrliche Entrüstung dieser Dame besänftigen mußte, die nicht so sehr an den Verlust der Jungfräulichkeit ihrer Tochter dachte als vielmehr an den Triumph, den dadurch ihre tadelsüchtigen Nachbarn haben würden. Deshalb versprach ich ihr, all meine Bemühungen darauf zu verwenden, um den jungen Mann, den Vater des Kindes, zur Heirat zu bewegen. In der Zwischenzeit bat ich sie jedoch, die ganze Angelegenheit als Geheimnis zu bewahren. Sie sollte außerdem Nelly dann und wann in die Stadt gehen lassen, damit sie mich aufsuchte. Ich würde es nicht versäumen, ihr Anweisungen zu geben, wie sie ihren Liebhaber dazu bringen könne, sich anständig zu verhalten.

Sie versprach mir nachdrücklich, kein schlechtes Wort zu Nelly zu sagen, und bedankte sich bei mir wegen der großen Güte, in der ich sie beide behandelt hätte.

Ich bat sie nun, Platz zu nehmen, und rief Nelly herbei. Als sie beide wieder zusammen waren, schauten sie sich nicht an. Dann brach die Tochter in Tränen aus, warf sich in die Arme ihrer Mutter und bat sie um Vergebung.

»Mein Kind, ich vergebe dir aus ganzem Herzen!«

Ich ließ sie beide auf einem breiten Stuhl Platz nehmen, den ich nahe herangerückt hatte, damit sie sich ein wenig ausruhten. Wein und Kekse lagen auf einem Tisch bereit. Jeder von ihnen trank ein Glas. Dann bedankte sich die Mutter erneut bei mir, und zu ihrer Tochter gewandt, sagte sie: »Nelly, wir können dem Herrn Doktor gegenüber gar nicht genug dankbar sein für seine Güte, ja, das ist mehr, als wir je hoffen können zu vergelten!«

Ich erwiderte kurz, ich fühle mich auch glücklich, wenn ich Sie glücklich machen könne. Als Nelly ihren Mantel schon anhatte, drückte sie mit ein paar Worten aus, wie tief beeindruckt sie war. Ihr Verhalten würde beweisen, wie nahe ihr das gegangen sei, was ich mit ihr gemacht habe.

Ich gab ihr noch ein Naturheilmittel und bat sie, sich in den bevorstehenden Monaten zu schonen. Natürlich würde ich mich freuen, jeden von ihnen beiden wiederzusehen, wenn sie in der Stadt seien. Als sie weggingen, blieb Nelly einen Moment stehen, warf mir einen zärtlichen Blick zum Abschied zu und flüsterte: »Möge Gott Sie segnen!«

Als ich allein war, ging ich die Ereignisse der letzten Stunde noch einmal durch. Ich kam zu keinem anderen Schluß, als mich selbst zu beglückwünschen. Wahrlich, Nellys Bauch erregte meine verborgenen Leidenschaften!

Da klopfte es plötzlich an mein Praxiszimmer. Als ich aufmachte, sah ich Nelly leibhaftig, bekleidet mit ihrem schwarzen Mantel wie vorher, vor mir stehen. Ich bat sie, einzutreten und Platz zu nehmen. Sie machte einen Moment eine Pause, dann begann sie so zu sprechen: »Sie wundern sich ohne Zweifel, mich hier wiederzusehen. Aber als wir Sie verließen, mußte meine Mutter noch woanders hingehen, wohin ich sie nicht begleiten mußte. Deshalb sagte ich zu ihr, ich würde auf sie in einem anderen Haus warten. Dann aber fiel mir ein, ich könnte Sie ja besuchen, lieber Sir, um Ihnen noch einmal zu danken und Sie zu fragen, wann ich zurückkommen soll!«

»Nelly, liebes Mädchen«, sagte ich, wobei ich sie umarmte, mich auf einen Sessel setzte und sie auf meine Knie nahm, »sage mir, erwartest du nicht auch, daß ich eine weitere wundervolle Untersuchung vornehme?«

»Vielleicht«, sagte sie, »besteht Hoffnung darauf!«

Schon hatte ich ihre Kleider über die Knie gezogen, und meine Hände waren an ihrer Muschi.

»Oh! Wie glücklich haben Sie mich gemacht, Sir! Ich kann es nicht ausdrücken, aber es hat mir den Kopf verdreht! Aber bitte, halten Sie mich nicht für naseweis, wenn ich mich ernsthaft danach sehne, Ihren … zu sehen!«

»Meinen Stößel willst du doch sagen, Nelly!«

»Ja, Sir, Ihren Stößel!«

»Na schön, mein gutes Mädchen, hier ist er!«

Dann legte ich ihn, der so steif wie ein Horn war, in ihre Hände. Nelly stand auf und fing an, ihn zu untersuchen. Dabei streichelte sie ihn und zog die Haut über seinen Kopf vor und zurück. Sie konnte nicht umhin, häufig und nachhaltig ihre tiefe Bewunderung auszudrücken. Es war augenscheinlich, daß sie niemals zuvor einen richtigen steifen Lustspeer gesehen hatte, obwohl sie doch bestimmt öfters einen gespürt hatte.

»Küß ihn!« sagte ich. Nelly kniete nieder und steckte seinen Kopf in einer ganz besonders lusterregenden Weise zwischen ihre Lippen. Die allmächtige Natur tat ihr übriges. Allmählich zog ich sie zu mir hoch, während ich mich in dem Sessel zurücklehnte. Dann raffte ich ihr die Kleider hoch und bat sie, sich quer über meine Knie zu setzen. Die Spitze meines Stößels drückte ihr Haarvlies zur Seite und berührte die feinen Lippen.

»Nun, Nelly«, rief ich, »führ ihn mit der Hand hinein!«

Nelly machte es, und ein paar Sekunden später war sie auf meinem Liebesspieß so weit aufgepfählt, bis sich unsere Haare auf beiden Seiten berührten und sich ineinander verflochten.

Dann ergriff ich ihre Pobacken mit beiden Händen und bat sie, sich nach Belieben zu bewegen. Nelly wallte das Blut vor Erregung in den Adern. Sie umschlang meinen Nacken und begann eine Reihe von herrlichen Bewegungen, so daß wir beide bald den üblichen Höhepunkt erreichten, wo wir unseren Nektar fließen ließen.

Danach ging Nelly hinaus, um sich ein wenig zu erfrischen. Als sie wieder zurückkam, machten wir es uns beide gemütlich. Wir vereinbarten, wann sie wieder zurückkommen sollte. Sie verabschiedete sich und nahm das Buch »Die Liebesabenteuer des berühmten Chevalier de Faublas« und »Die Schule der Venus« mit, die ich ihr wegen der berühmten Bilder gezeigt hatte, mit denen sie geschmückt waren.

Ich übergehe die Zeit, die inzwischen verstrichen war, und beginne direkt mit Nellys Rückkehr. Deswegen hatte ich alle denkbaren Vorbereitungen getroffen, damit wir beide die Wollust in höchster Vollendung genießen könnten, ohne daß es bemerkt würde. Mehr, als ich erwartet hatte, hatte sie durch die Lektüre des Buches »Die Liebesabenteuer des berühmten Chevalier de Faublas« große Fortschritte gemacht.

Ich entschloß mich, meinen Salon für unser Tête-à-tête zu benutzen, da es einen separaten, kleinen Schlafraum hatte und darin auch ein schönes, großes Sofa stand.

Nelly kam ohne Begleitung ihrer Mutter. Ihre äußere Erscheinung hatte sich zu ihren Gunsten verändert, obgleich ihr Bauch noch etwas größer erschien. Gerade dieser Umstand vergrößerte noch meine Lust, wenn ich daran dachte, daß sie jetzt mir gehörte.

Nach einer kurzen Ruhepause zog ich sie näher an mich,

legte meine Arme um ihren Nacken, küßte sie und fragte, ob sie »Die Liebesabenteuer des berühmten Chevalier de Faublas« zurückbringen wolle.

Sie nahm das Buch aus ihrer Tasche und legte es in meine Hand. Dann bat sie mich, wenn ich noch mehr solcher Bücher hätte, ihr das eine oder andere auszuleihen. Auch hatte sie schon fast »Die Schule der Venus« ausgelesen.

Ich versprach, ihre Wünsche zu erfüllen, aber erinnerte sie jetzt daran, daß unsere gegenwärtige Zeit kostbar sei.

Nelly sagte, sie sei bereit. Ich schlug ihr vor, sich auszuziehen, und ging mit gutem Beispiel voran. In wenigen Sekunden war ich ganz nackt und half ihr beim Ausziehen, wobei ich mir nur jede erdenkbare Freiheit herausnahm. Nelly, die gar nicht daran dachte, mich daran zu hindern, trieb ihre Späße, warf meinen Freund hin und her, schlug auf meine Hüften und spielte zärtlich mit den Haaren am Schaftende von meinem Liebesspieß.

Als sie vollständig nackt war, legte ich sie aufs Sofa, drückte ihr die Oberschenkel auseinander, so daß ich sie genau untersuchen konnte.

Nichts dergleichen hätte schöner sein können. Ihre Schamlippen waren am äußeren Rand verwickelt in die zahlreichen, gekräuselten Locken ihres Haarvlieses. Ihre Innenseiten dagegen waren rotglühend und wurden von einem fleischigen Knoten getrennt, der sich vergrößerte, wenn ich ihn zwirbelte.

Als ich zwei Finger hineinsteckte, konnte Nelly sich nicht länger zurückhalten, ihre Pobacken auf und nieder zu heben und in abgehackten Seufzern zu sagen: »Oh! Lieber Sir, ich muß jetzt bestimmt, oh! Oh! ...«

Dann ließ sie ihren Lustsaft über meine Hand und Finger fließen. Ich war deshalb so erregt, daß ich nicht umhinkonnte, in sie einzudringen.

Das war für Nelly die denkbar wollüstigste Handlung. Da

ergriff ich meinen Schatz und steckte ihn in ihren Mund. Dort hätte sie ihn mir tüchtig geleckt, wenn ich sie nicht gebeten hätte aufzuhören, da ich ihn noch für einige Sekunden zwischen ihre Brüste legen wollte. Ich sagte ihr, jetzt würden ihr bald reichliche Gelegenheiten geboten, ihn in jeder nur denkbaren Weise zu bearbeiten. Ich setzte sie, wie es mir besonders gefiel, mit ihrem Popo auf den Rand des Sofas und legte ein Kissen darunter. In jede Hand nahm ich ein Bein und legte es an meine Hüften. Entzückt betrachtete ich die sanfte Anschwellung ihres Bauches und die großen Hügel ihrer Brüste.

»Nelly, Nelly«, sagte ich, »die Führung liegt jetzt bei dir!«

»Ah! Was für ein Glücksgefühl ist es, meinen Teil zu einem solchen Freudenfest beizusteuern!« gab sie zur Antwort, und sogleich öffnete sie mit einer Hand ihre Blütenblätter, während sie mit der anderen meinen Stamm dazwischen steckte. Sie kitzelte mich und sich selbst, indem sie ihn ein wenig rieb. Dann bat sie mich, langsam hineinzustoßen, damit wir beide jeden Zentimeter beim Eindringen auskosten könnten. Das machte ich, und ich hörte nicht eher auf, bis er mit seiner ganzen Schaftlänge drinnen war.

Ich legte dann meine Hand auf die Lehne des Sofas, und Nelly umschlang mich mit ihren Armen, während sie ihre Beine um meine Hüften legte.

Auf alle nur möglichen Arten, die die Wollust ihr eingaben, schlang sie sich um mich. Ihre Brüste waren an meine Brust gedrückt, und ihre Zunge spielte in meinem Mund.

Nichts konnte köstlicher sein! Sie rief aus: »Liebe mich nun, lieber Sir!«

Jetzt begann sie, sich wie eine Wahnsinnige hochzuheben, niederzudrücken und sich hin und her zu winden. Bei jeder Bewegung wurde ich leidenschaftlicher. Dann bemerkte ich, wie ihre Augen sich verdrehten und ihr Atem schneller wurde. Bald spürte ich ihre süße Nässe, als sie schrie: »Oh! Bei Gott, ich sterbe!«

»Ich auch!« gab ich zur Antwort, legte mich mächtig ins Zeug und behielt meinen Stößel in ihrer Liebesgrotte drin, bis ich einen Strom von Lustsaft ausschüttete, der Nelly überschwemmte. Wir ertranken geradezu in einem Meer von wilder Wollust, die am Schluß uns beide in ihrer Gewalt hatte.

Es dauerte nicht nur lange, bis ich meinen Speer wieder herauszog, sondern im Gegenteil, ich versenkte ihn noch tiefer und vergrub mich in den Armen der ungewöhnlichen Nymphe. Dieses liebenswürdige Mädchen war von der Natur so reichlich ausgestattet worden, um eine Lehrerin der Venus zu werden. Nelly drückte und umarmte mich, gleichsam als ob sie mich in sich hineindrücken wollte.

Sie genoß geradezu unsere enge Umarmung. Endlich gestattete sie mir, meinen Freund herauszuziehen, aber ruckartig war er wieder bei ihr drinnen, denn wir hatten uns so sehr der Wollust hingegeben, daß er selbst nach einem so reichlichen Spritzen noch keine Erleichterung spürte. Durch Nellys lüsterne Späße erreichte er bald wieder seine alte Steife.

Als ich ihn endlich ganz herauszog, konnte ich sehen, daß ihr Himmelreich vollständig mit einer Art Schaum gefüllt war. Tropfen des Lustsaftes, mit dem ich sie überflutet hatte, perlten heraus. Ich schenkte Nelly und mir ein Glas guten Kanarierwein ein und sprach einen Trinkspruch auf unsere gemeinsamen Begierden aus. Anstatt unsere Gläser anzustoßen, kühlte ich ihre Pussi mit meinem Glas, und sie steckte meinen Stab in das ihre.

Ich legte mich nun neben sie aufs Sofa, nahm einen Band der »Liebesabenteuer des berühmten Chevalier de Faublas« und erklärte ihr eine schöne Abbildung des Helden mit der Madame B., die gerade den Ritter St. Georg spielte.

Nellys Augen schauten mich mit Liebesglut an.

»Ja«, sagte sie, »das würde ich auch gerne versuchen!«

»Jetzt ist gerade die richtige Zeit!« gab ich ihr zur Antwort.

Als ich mich richtig hingesetzt hatte, um diesen Spaß mit

ihr zu haben, setzte sich sogleich Nelly rittlings auf mich. Für einen Moment saß sie still da, gleichsam als ob sie die Größe meines Freudenspenders betrachten wollte, den sie in sich aufzunehmen gedachte.

Sie streichelte ihn noch einmal und nahm ihn dann lüstern in ihre Hand. Endlich steckte sie den Kopf zwischen die Lippen ihres schönen Beetes. Sie lehnte sich nach vorne an meinen Körper, warf die Arme um meinen Nacken, bat mich, meine Hände an ihre Pobacken zu legen, und zog ihre Knie an meine Seiten.

Da ich die von meiner süßen Partnerin bevorzugten Liebesfreuden kannte, ließ ich sie ohne Unterbrechung spüren, wie er, der vor Steifheit zu platzen schien, nach oben vorstieß. Bisweilen verzögerte ich ein wenig diese Bewegungen, um diesen erregenden Teil unserer Glückseligkeit zu verlängern. Als schließlich Nelly mich ganz in sich spürte, stieß sie einen tiefen Seufzer aus, fuhr mit ihrer Zunge zwischen meine Lippen und flüsterte: »Oh! Wie köstlich!«

Einige Sekunden lang lagen wir bewegungslos da, gleichsam als ob wir uns der Wirklichkeit unseres Glückes vergewissern wollten. Dann begann sie ihre Hüften mit einer heftigen Bewegung zu verdrehen und bewegte sich hin und her. Sie knetete und drückte meinen Liebesstab, der ganz in ihre Grotte hineingestoßen war und von ihr buchstäblich verschlungen wurde. Das alles brachte mich auf Trab.

Unablässig stieß ich nun nach oben zu, bis am Schluß die übliche Menge Lustsaft herausspritzte. Ich drückte ihren Popo so fest wie nur möglich an mich, gleichsam als ob ich sie durchbohren wollte.

Jedesmal, wenn der Höhepunkt sich näherte, spürte ich das krampfartige Zusammenziehen ihrer Glieder.

Kein Wort drang über ihre Lippen. Nur den kurzen und schnellen Atem hörte man. Dann folgten all diese Bewegungen, die so unbeschreiblich sind und die nicht mehr von uns kontrolliert werden können. Sie erst verschaffen uns dieses herrliche Wollustgefühl. Danach stellte sich ein Zustand von Glückseligkeit ein, von dem wir nicht sagen konnten, wie lange er dauerte.

Als aber Nelly wieder zu sich kam, bemerkte sie, daß es herrlich war und ihre Wollust jedesmal noch größer werden würde.

Wir reinigten uns, küßten uns und trieben noch eine Weile unsere Späße miteinander. Wir einigten uns, daß keine neue Runde folgen sollte. Als wir schon angezogen waren, setzten wir unsere lüsternen Spiele und Scherze fort, indem wir uns erneut küßten.

Ehe wir uns endgültig trennten, bat ich sie noch, falls die Geschichte nicht zu lang sei, mir von dem Verlust ihrer Jungfräulichkeit zu erzählen und ob es ihr Freund Sandy gewesen sei, der sie ihr geraubt hatte. Mit ihrer üblichen Naivität willigte Nelly ein, mir alles mit ein paar Worten zu erzählen. Sandy war außer mir der einzige, der jemals bei ihr Erfolg gehabt hatte.

Nellys Bericht über ihre erste Liebe und den Verlust ihrer Jungfräulichkeit

Es ist noch nicht lange her, daß ich diese hochgeschätzte Lappalie, meine Jungfräulichkeit, bei der Rückkehr vom Jahrmarkt verloren habe. Wir waren noch einige Stunden auf einer Tanzveranstaltung von Bauernburschen und -mädchen, ehe wir aufbrechen wollten.

Als ich vom Tanzen ermüdet war, setzte ich mich auf Sandys Knie und trank ein oder zwei Gläser Punsch. Wir saßen in einer Ecke. Alle um uns herum waren zu sehr mit ihren eigenen Freuden beschäftigt, um sich um uns zu kümmern. Ganz allmählich fuhr mir Sandy mit der Hand in Kleid und Unterrock, obgleich ich mich bemühte, ihn abzuhalten. Dennoch zog seine Hand mein Hemd nach oben und kam bis zu meinem nackten Oberschenkel. Dort blieb sie aber nicht lange, denn einen Augenblick später schon versuchte sie, sich meiner Liebesgrotte zu bemächtigen.

Ja, er wagte es, die Finger hineinzustecken, und er war der erste, der mich dort rieb. In demselben Moment spürte ich auch schon die Steife seines Freundes, da ich ja auf ihm saß. Durch den Tanz, Punsch und Sandys Herumfummeln war mein Körper vor Erregung erhitzt. Bald danach hörte die Veranstaltung auf, und Sandy brachte mich wie üblich nach Hause.

Als wir heimgingen, steckte er meine Hand in seine Hose, wo ich sie auf und nieder bewegte. Natürlich war sein Liebesschweif nicht so groß wie Deiner. Ehe ich es recht gewahr wurde, führte er mich von der Straße weg in ein kleines Dickicht.

»Hier, Nelly, wollen wir uns ein wenig ausruhen, da die Nacht schön und warm ist!«

Er zog seinen Überrock aus, damit ich mich darauf setzen konnte. Mein eigener Mantel lag schon unter mir.

Vergeblich erhob ich Einwände. Sandy küßte mich und legte mich nieder. Zwar fürchtete ich mich, aber sogleich wünschte ich auch, daß er damit fortfuhr, denn ich liebte ihn wirklich sehr. Augenscheinlich verstand er von alldem selbst nicht sehr viel, denn zuerst legte er sich einfach auf mich und zog mir unter vielen feurigen Küssen Unterrock und Hemd hoch, bis ich seinen warmen Bauch an meinem spürte. Bei seinen zahllosen Versuchen, mit seinem Liebeswerkzeug einzudringen, flüsterte ich: »Oh! Sandy! Du stürzt mich ins Unglück!«

»Nein, meine liebe Nelly, ich schwöre bei Gott, ich mache dich zu meiner Frau!«

Nun war die Spitze seines Werkzeuges am richtigen Platz. Ich öffnete meine Oberschenkel, und er bohrte es unablässig hinein. Dabei hatte ich kaum Schmerzen. Als er endlich den Kopf seines Freundes drinnen hatte, war ich überwältigt von dem Wollustgefühl, das ich empfand. Sein ganzer Lustsaft floß in mich hinein.

Sandy dachte gar nicht daran, sich damit zufriedenzugeben. Da der Balsam unsere Liebeswerkzeuge geschmeidig machte, war er bald ganz in meine Grotte eingedrungen. Seine Steife und das Reiben ließen mich bald ebenso die Freuden der Liebe genießen, die ich mit dem Verlust meiner Jungfräulichkeit bezahlte.

So gewährte ich meinem Liebhaber alles, was in meiner Macht stand. Ich hatte jetzt keine Eile mehr, sondern lag geduldig unter Sandy, bis er durch Küsse und Streicheln wieder soweit war, den Liebeskampf von neuem zu beginnen. Diesmal aber drang er leichter ein, und ich hatte keine Schmerzen, nur mehr Wollustgefühle.

Seit dieser Nacht liebte mich Sandy, sooft er konnte, denn es machte mir zu sehr Spaß, um ihn daran zu hindern. Ja im Gegenteil, ich suchte ständig nach neuen Gelegenheiten, damit wir es machen konnten!

Wir trafen uns immer nachts. Er nannte meine Scham seine »Presse«, während ich seinem Freund die Bezeichnung »Tunichtgut« gab.

Deiner aber ist der erste, den ich bei Tageslicht gesehen habe.

Hier endet die schlichte Erzählung Nellys, und sie schien eine Antwort von mir zu erwarten.

»Komm, meine liebe Nelly, wir haben zwar vereinbart, es nicht noch einmal zu tun, aber weshalb sollten wir uns nicht gegenseitig eine Freude machen?«

»Aus ganzem Herzen gern!« sagte das liebenswürdige Mädchen.

Sofort setzten wir unseren Entschluß in die Tat um. Wir

berührten uns nun gegenseitig. Als Nelly den Erfolg sah, rief sie: »Oh! Das ist es, was mir soviel Wollust verursacht.«

Dann konnte sie sich nicht länger zurückhalten, ihre Lippen an den Kopf meines Freundes zu drücken. Ich selbst benetzte meine Finger reichlich mit ihrem Liebestau und drückte leidenschaftliche Küsse auf die der Venus geweihten Lippen.

Nelly nahm einige Bücher mit. Alle acht oder neun Tage beehrte sie mich mit ihrem Besuch, bis zu den letzten vierzehn Tagen vor ihrer Niederkunft. In dieser Zeit heiratete sie auch Sandy, der eine günstige Gelegenheit gefunden hatte, um die Hochzeit durchzuführen.

Ich nahm an der Hochzeit teil, und durch Nellys geschickte Vorbereitungen hatte ich sogar das Vergnügen, anstatt des Bräutigams mit ihr die Hochzeitsnacht zu verbringen.

Einige Tage vor der Hochzeit benutzte Nelly die Gelegenheit, daß ich gerade auf der Farm war, wo sie mit ihrer Mutter lebte, um mit mir zu sprechen. Dabei ließ sie durchblicken, sie habe nicht den geringsten Wunsch, Sandy zu erlauben, es mit ihr zu machen, ehe das Kind geboren werde. Aber sie habe andererseits ein unstillbares Verlangen, von mir in der Hochzeitsnacht geliebt zu werden. Denn ihre Mutter und Sandy würden mich bitten, die ganze Nacht über dazubleiben. Ich könnte in einem Zimmer schlafen, das neben ihrem Schlafzimmer liegt. Ich müßte mir natürlich genau die Lage merken, um so im Dunkeln zu ihr kommen zu können. Sie würde Vorsorge treffen, daß die Tür offen sei, und Sandy würde von ihr leicht dazu gebracht werden, mehr als sonst zu trinken.

Der Tag kam, und alles verlief nach Plan. Am Abend nahm ich zwischen Nelly und Sandy Platz. Ihre Mutter saß neben uns. Ich gab Nelly ein Zeichen, und sie begann, ihrem Bräutigam Glas auf Glas einzuschenken. Die alte Dame wurde dabei keineswegs ausgespart, so daß sie danach so zweideutige

Reden führte, daß alle Frauen erröteten. Sie bewies, daß sie eine lüsterne Ader hatte und einen tüchtigen Liebhaber nicht abweisen würde, sollte er in ihre Hände fallen.

Schließlich war es Zeit, ins Bett zu gehen. Als Nelly ausgezogen war und im Bett lag, forderte ihr Bräutigam sie auf, ihm zu helfen, damit er sich neben sie legen könne. Sie sorgte dafür, daß er an der Wandseite des Bettes zu liegen kam. Die Gründe dafür können meine Leser leicht erraten.

Sobald die Gesellschaft sich zurückgezogen hatte, liebäugelte ganz eindeutig ihre Mutter mit mir. Bei einer anderen Gelegenheit würde ich sie mir bestimmt vornehmen. Im Augenblick begnügte ich mich nur damit, ihr gute Nacht zu sagen, und ging zu Bett. Ich konnte bereits das laute Schnarchen Sandys hören, während Nelly hüstelte.

Es waren schon zwei Stunden vergangen, seitdem tiefe Stille im Haus herrschte. Da sich mir aber eine Gelegenheit für ein Liebesabenteuer bot und ich starke Lust verspürte, Nelly zu lieben, die so nahe bei mir war, konnte ich nicht einschlafen.

Bevor ich aufstand, klopfte ich sachte an die Wand. Ich erhielt eine Antwort. Um meine Schritte zu dämpfen, zog ich nur meine Strümpfe an, und schon war ich an der Bettseite Nellys.

Die wohltönenden Laute, die aus Sandys Nase drangen, gaben uns die Gewißheit, daß wir ungestört unsere Liebesfreuden genießen konnten.

Ich flüsterte ihr zu, sich bäuchlings hinzulegen und ihren Popo ein wenig über die Bettseite zu strecken. Dann hob ich den Oberschenkel hoch, der mir als nächster zugewandt war, befühlte den Eingang ihrer Grotte und lenkte meinen Freund in diese Richtung. Sofort ergriff ihn Nelly mit ihrer Hand und führte ihn an die richtige Stelle. Die Vorsicht gebot es, daß ich langsam hineinstieß, auch wenn es uns beiden keinen Spaß machte. In dem Moment, da sie ihn drinnen spürte, griff sie mit der Hand nach meinen Hüften und unterstützte sie zärtlich bei einem der wunderbarsten Momente, die ich jemals genoß.

Der Druck meines Bauches gegen die glatten, festen Lenden, ihre lasziven Bewegungen, der feste Druck ihrer Muskeln zusammen mit den Stößen meines Liebesspeers bewirkten zu guter Letzt, daß einer der größten Ströme Balsam ausgeschüttet wurde, so daß unsere Liebeswerkzeuge vollständig naß waren. Jezt war für einige Zeit das Feuer erloschen, das andernfalls unsere Werkzeuge verbrannt hätte.

Ich spürte in mir eine solche Lust, daß ich mich nach einigen Minuten erneut mit frischer Manneskraft versuchen wollte. Aber meine abenteuerliche Partnerin hielt mich zurück.

»Nein, mein lieber Sir«, flüsterte sie, »das genügt mir nicht! Gehen Sie in Ihr eigenes Bett, und ich folge Ihnen nach. Wir wollen die Stellung ›St. Georg‹ einmal versuchen und noch einiges mehr, das ich schon lange vorhabe!«

Ich gehorchte, und in kurzer Zeit hatte ich das Vergnügen, in raffinierter Weise von dieser Amazone und Ranghöchsten des weiblichen Geschlechtes bestiegen zu werden. Sobald sie sich richtig hingesetzt hatte, küßte sie mich und fragte mich, ob dies nicht die einzig richtige Art zu lieben sei.

»Je dicker ich werde, desto mehr Lust verspüre ich, deinen Freund zu kitzeln!«

Dann setzte sie sich mit einer Drehbewegung darauf. Sie bat mich, das Ende zu verzögern. Ich küßte ihre Brüste und saugte an ihnen. Als nächstes umfaßte ich ihre Pobacken mit meinen Händen und hob sie so weit hoch, bis die Spitze meines Speers herausglitt. Sogleich ließ ich sie langsam wieder auf mich niedersinken, bis unsere Leiber zusammentrafen.

In kurzer Zeit war keine Bewegung unversucht gelassen, die man im Rausche der Sinne sich ausdenken kann. Als Nelly ihre Zunge in meinen Mund stieß, fragte sie mich, ob ich das auch mit ihrer Liebesgrotte machen werde.

»Sehr gern, liebe Nelly!«

»Sobald wir uns von der Stellung ›St. Georg‹ erholt haben«, sagte sie, »da ich ja schon oben bin, drehe ich mich nur um, damit ich mich des Kopfes und des Schaftes meines Lieblings bemächtigen kann.«

»Komm, Liebling, wir wollen zuerst diesen köstlichen Moment auskosten!«

Wir begannen nun unsere Liebesschlacht, indem wir uns hochhoben und niedersenkten, kurzum, wir bemühten uns mächtig, damit sich bald die bekannten Symptome der tranceartigen Glückseligkeit einstellten. Die starke Erregung hatte bei Nelly ein solches Ausmaß angenommen, daß ich befürchtete, sie habe einen Anfall oder etwas noch Schlimmeres bekommen.

Endlich jedoch kam sie wieder zu sich. Obgleich sie geschwächt und außer Atem war – das Gefühl, eine große Meisterin zu sein, war aber noch geblieben –, wandte sie sich um, ergriff den Freudenspender, aus dem noch der Liebessaft herausperlte, nahm ihn in den Mund und fing an, mit ihren Händen und Lippen meine Manneskraft wiederherzustellen.

Ich meinerseits schob ihre Oberschenkel zur Seite, öffnete ihre Pobacken und die Lippen ihres Liebesnests und drückte geradewegs meinen Mund darauf. Meine Zunge stieß ich so weit hinein, wie ich konnte, und ließ sie dort umherschweifen, um ihr all die Freuden eines Stoßes zu schenken. Es dauerte nicht lange, bis unsere gegenseitigen Bemühungen die gewünschte Wirkung hatten.

Meine Wangen und mein Hals waren überströmt von dem zuckersüßen Extrakt, der aus ihrer Liebesgrotte floß. Nelly schlürfte währenddessen die letzten Tropfen auf, die aus meinem vor Wollust pulsierenden Stab flossen.

Muß ich sagen, wie wir uns im Wollusttaumel austobten? Nelly bekundete ihre Abneigung, jetzt schon zu gehen, da es lange dauern würde, ehe sie mich erneut genießen könne. Aber ich war ständig in Furcht, entdeckt zu werden.

Als sie sich erhob, um zu gehen, machte ich dasselbe. Da kam mir die Idee, uns im Stehen zu lieben. Kaum vorgeschlagen, war es auch schon ausgeführt. Obgleich es anders war, machte es dennoch viel Freude und war etwas ganz Neuartiges.

Nelly verließ mich nun. Man wird mir gern glauben, daß wir beide uns jetzt danach sehnten, den erholsamen Schlaf zu genießen.

Es war schon lange Tag, als ich durch Schritte in meiner Kammer aufgeweckt wurde. Es war ihre Mutter, die sich erkundigen wollte, wie ich geschlafen hätte.

Ich gab ihr zur Antwort, ich habe sehr schöne Träume gehabt, die nach meiner Vermutung ihre Ursache darin hatten, daß ich mir in meiner Phantasie einen Liebesakt ausmalte. Sie bat mich dann, ihr meine Träume zu berichten, von denen sie annahm, daß sie sehr interessant wären.

»Meine Beste, kommen Sie näher!« sagte ich, »denn Ihre hochgeschätzte Person spielt darin eine wichtige Rolle.«

»Ich?« sagte die Dame erfreut, »bitte lassen Sie es mich hören!«

Inzwischen war sie sehr nahe an mein Bett herangetreten.

»Na gut, ich träumte, daß Sie und ich Seite an Seite an einem schönen Fluß entlanggingen, dessen Ufer mit Bäumen und verschiedenartigen Büschen bedeckt waren. Auf ihren Zweigen hüpften und sangen Vögel. Wir setzten uns in ein Blumenbeet, und ich legte meine Arme um Ihren Nacken und küßte Sie. In diesem Augenblick sind Sie in voller Länge nach hinten gefallen. Es folgte ein anderer Traum. Was soll ich viel sagen, ich übte bei Ihnen regelrecht den Beischlaf aus!«

»Oh! Lieber Herr, sprechen Sie nicht weiter, das kann ich Ihnen nicht glauben!«

Inzwischen hatte sich meine Hand mit großen Mühen unter ihren Unterröcken vorgearbeitet.

»Was haben Sie vor?« sagte die Dame verwirrt.

»Nur deshalb, weil ich im Traum sah, daß Ihr Unterleib ohne Haare war, kurzum, Madame, lassen Sie mich nachsehen!«

Ich bemühte mich wiederum, mit der Hand dorthin zu kommen. Ihr Widerstand wurde schwächer. Sie legte sich jetzt nieder und flüsterte: »Bitte überzeugen Sie sich jetzt, daß es nicht so ist!«

Zärtlich küßte ich sie, und wirklich, meine Hände berührten keine kahlgeschorene Scham!

O nein! Im Gegenteil! Es war eine sehr behaarte, gutentwickelte und sehr schöne Liebesgrotte, die von mir gestreichelt wurde. Ich legte meine Arme um ihren Nacken und wurde mutiger. Auf diese Weise wurde die lüsterne Dame so erregt, daß sie überhaupt nicht daran dachte, von mir wegzugehen. Sie spürte nämlich jetzt ihre Begierden und gab ihnen hübsch nach.

»Ihr Ärzte denkt, daß ihr alles mit uns Frauen machen könnt!« sagte sie und küßte mich.

»Sie sind wirklich eine vortreffliche Frau, aber sind Sie gar nicht neugierig, oder wollen Sie nicht wissen, was für ein Werkzeug ich habe? Sehen Sie! Geben Sie mir Ihre Hand!«

Sie gab sie mir und ließ sie bereitwillig an meiner Männlichkeit drücken. Die Witwe hatte offenbar noch nicht vergessen, wie man sie behandeln muß.

Inzwischen hatte ich diese anfängliche Annäherung aufgegeben und hatte meinen Arm um den Oberschenkel gelegt, der mir im nächsten war, denn sie lag inzwischen schon in meinem Bett.

Von hinten streichelte ich sie mit drei meiner Finger. Ich rieb sie dort so lange, bis ihr Atem immer schneller wurde, sie die Augen verdrehte und ihre Hände nicht mehr meinen Freund bearbeiteten. Jetzt wußte ich, daß der Höhepunkt kurz bevorstand, und ich verdoppelte meine Bemühungen, um ihr all das zu schenken, was in meiner Macht stand, damit ihre Wollust noch gesteigert wurde. Die Lustschreie, die krampfartigen Bewegungen und die große Menge Liebessaft, die meine Finger benetzte, verrieten mir, daß sie wirklich ein Höchstmaß an Wollust genoß.

Als das vorüber war, sagte ich ihr beiläufig, dies sei nur ein Vorgeschmack der Wollust, denn sie habe den »Premierminister der Liebe« vor sich.

»Ah, ich werde den Herrn Minister bald in seine Kanzlei zurückbringen!« entgegnete die brünstige Witwe.

Gerade als wir weitermachen wollten, hörten wir Schritte im Gang. In einem nicht sehr freundlichen Ton sagte sie:

»Jetzt kommt mein Stümper von Schwiegersohn, um uns den Spaß zu verderben, den er, wie ich zu behaupten wage, in der letzten Nacht mit Nelly nicht getrieben hat!«

Ja, es entsprach der Wahrheit. Sandy war aufgestanden, ohne daß er seine Braut geliebt hatte, die noch die Ruhe genoß, die sie wegen ihrer Anstrengungen zu Recht verdiente.

Sandy kam herein, und es folgte die übliche Begrüßungszeremonie. Er machte wie üblich einen linkischen Eindruck und klagte über Kopfschmerzen.

Die Witwe zwinkerte mir zu und bemerkte, er habe vielleicht nicht viel geschlafen, denn junge Leute neigten dazu, ihre Kräfte zu überfordern. Deshalb reichte sie ihm ein Glas, das eine Art Stärkungsmittel enthielt.

Sandy murmelte nur, es sei für ihn etwas ganz Neues gewesen und Nelly sei übrigens zu dick, um noch etwas auszuhalten. Darüber mußten die Mutter und ich sogleich lachen. Die Dame bemerkte dann, sie denke ja nicht, daß er eines Tages Mühe haben werde, etwas auszuhalten.

So endete die Hochzeit. Nachdem ich mich mit einem Frühstück gestärkt hatte, das aus kaltem Fleisch und frischgelegten Eiern bestand, die Nelly für mich besorgt hatte, mußte ich aufbrechen.

Leider bot sich keine Gelegenheit mehr, mit der Mutter

über meine erfundenen Träume ein Gespräch zu führen. Ich wollte mir aber dieses Vergnügen mit ihr für einen günstigeren Zeitpunkt aufsparen.

Als nächstes Abenteuer folgte Nellys Niederkunft, bei der ich natürlich anwesend war. Obgleich sie lange dauerte, überstand sie doch alles sehr gut. Zehn Tage nach diesem Ereignis erkundigte ich mich nach ihrem Befinden. Sie war allein im Hause. Zu diesem Zeitpunkt hatte sie sich schon prächtig erholt, und ihr lüsternes Wesen war, wie ich erwartete, wieder zum Vorschein getreten. Mit schelmischem Lächeln sagte sie, daß sie mir ein Geheimnis mitteilen müsse.

»Was ist es, Nelly?« gab ich zur Antwort.

Sie schlug die Augen nieder und sah eine Zeitlang wie ein Unschuldslamm aus.

»Ich glaube, Sir, aufgrund der Art und Weise, wie meine Mutter von Ihnen spricht, daß sie entweder schon etwas mit Ihnen hatte oder aber sich sehr danach sehnt.«

»Nelly, bist du auch bestimmt nicht eifersüchtig auf deine Mutter?«

»Oh, keinesfalls, Sir«, gab sie zur Antwort, indem sie jetzt die Amazone spielte. »Doch natürlich nur, wenn Sie mich als erster nach meiner Niederkunft lieben, so wie Sie der letzte davor waren. Dann ist es mir gleichgültig!«

Natürlich nahm ich diesen sehr vernünftigen und akzeptablen Vorschlag an. Ich überließ es ihr, den Zeitpunkt und den Ort für diese Liebesschlacht festzusetzen.

Inzwischen kam die Witwe aus einem anderen Teil des Hauses, hörte uns eine Zeitlang zu und bat dann Nelly, für sie etwas im Haus zu erledigen, da sie inzwischen meinen ärztlichen Rat in Anspruch nehmen wolle. Deshalb sollte sie uns für einige Zeit allein lassen.

Wir zogen uns dann zurück. Die Dame ging voran. Nelly schüttelte nur mit dem Kopf, als ich ihr folgte. Die Dame hatte einige geringfügige Beschwerden, von denen ich sie sofort befreite, als ich sie in meine Arme nahm. Ich fragte sie, ob sie sich noch an den letzten Morgen erinnerte, wo ich bei ihnen geschlafen habe.

»O ja, Sir, sehr gut. Aber ich muß Sie bitten, dies nicht noch einmal bei mir zu versuchen!«

Aber da war ich schon an ihren Strumpfbändern und fühlte mich völlig in meiner Meinung bestätigt, daß sie in dem Augenblick, da ich sie berührte, sich ganz meinen Gelüsten unterwerfen würde, was auch immer ich vorhatte.

Schnell zog ich ihr den Unterrock hoch und ließ sie ein Bein auf einen Stuhl legen, damit ich ungehindert ihren Bauch und ihre Hüften streicheln konnte.

Am meisten freute ich mich aber, daß sie ganz beiläufig meinen Hosenlatz aufmachte und so tat, als ob sie durch den Anblick des pulsierenden Lustspeers so furchtbar erschrocken sei, daß sie seinen Kopf niederdrückte und flüsterte: »Wirklich, Sir, Sie wissen genau, wie man um eine Frau buhlen muß!«

»Das ist der einzig richtige Weg«, sagte ich, und zur selben Zeit hob ich ihren rechten Oberschenkel hoch und pflanzte meinen Stamm zwischen diesen und den linken Oberschenkel hinein.

»Ja, so muß man es machen!«

Ich ließ mich von meinem Vorsatz nicht abbringen, und endlich stieß meine Speerspitze in Richtung ihrer Liebesgrotte.

»Ja, so ist es richtig!« sagte sie und machte bei diesem Spaß mit, indem sie sich so weit nach vorne hob, daß wir uns berührten.

Schließlich stellten sich die Wollustgefühle ein, über die ich nicht weiter berichten muß und die uns einen wirklich herrlichen Höhepunkt verschafften.

Die Witwe jedoch, wie man sicherlich schon vermutet hat, war noch nicht zufrieden. Sie erhob sich von meinen Knien, auf denen sie saß – sie hatte mir den Rücken zugewandt gehabt –, und nahm aus einem Schrank eine Flasche Wein, die sie, wie sie sagte, mit zwei oder drei anderen an dieser Stelle aufbewahrt hatte.

»Es gibt keine bessere Gelegenheit als diese, sie zu entkorken!« fügte sie noch hinzu.

Ich muß bekennen, daß ich über diese theatralische Zurschaustellung ihrer Großzügigkeit nicht unzufrieden war. Denn ich trank mehrere Gläser.

Sie ging danach zu Nelly und sagte ihr etwas, das ich aber nicht verstand, was aber offenbar mich betraf. Aber trotz aller Versuche, ihren Worten Glaubwürdigkeit zu geben, konnte sie nicht ein so kluges Mädchen täuschen, das offenbar genau wußte, was vorgefallen war.

Nelly nämlich sagte hernach zu mir, daß sie wüßte, sie könne sich jetzt nicht meiner Gesellschaft erfreuen und wolle deshalb auch nicht das Vergnügen ihrer Mutter stören.

Als die Witwe zu mir zurückkam, nahm ich sie in meine Arme und bat sie inständig, meinen Bitten nachzugeben, nämlich diese Freuden zu wiederholen, die wir beide so reichlich genossen hatten.

»Sie sind ein verschlagener Bursche«, sagte sie, »denn Sie haben schon meine Gedanken und Wünsche vorweggenommen, aber nun müssen Sie nach meiner Pfeife tanzen! Sehen Sie das Bett, es hält das Gewicht eines Mannes aus!«

Ich erriet sehr leicht ihre Absicht und legte sie schön auf das Bett, stieg selbst hinein und setzte sie ganz den Blicken der Sonne aus, die gerade am höchsten stand.

Sie hatte es bestimmt verdient, daß ich sie eine Zeitlang genau untersuchte und mit der Dame dann einige Späße trieb, die sie in Entzücken versetzten.

Bald schlüpfte ich aus meiner Hose, und sie konnte jetzt frei über meinen Unterleib verfügen. Diese Gelegenheit ließ sie sich nicht entgehen. Ein paar Minuten lang befriedigte sie ihre Neugierde, indem sie mein Hab und Gut inspizierte. Das machte sie gründlich. Sie nahm nämlich meinen Freund fest in eine Hand, während sie mich mit der anderen so wollüstig kitzelte, daß der Lustsaft nur so floß und ihre Brust vollständig naß war. Übrigens hoben sich von ihrer Brust zwei rundliche Brüste ab, die einem Mädchen von achtzehn Jahren alle Ehre gemacht hätten.

Jetzt wandte ich meine Aufmerksamkeit der Dame zu, die mir gestand, daß die lüsternen Berührungen meiner Finger, während sie die Lippen und Falten ihrer Liebesgrotte öffneten, ihr höchsten Genuß verschafft hatten. Ich erregte sie so lange, bis sie den Liebesbalsam fließen ließ.

Währenddessen war es sehr spaßig, die Lustschreie zu hören, das Hinundherwerfen und Krümmen ihres Körpers zu sehen und zu spüren, wie ihre Hand mich drückte.

Gerade als sie den Höhepunkt erreichte, drang ich in sie ein und fiel nach vorne auf die Witwe, so daß es zu einer ganz besonders innigen Vereinigung kam.

Das gefiel der Witwe ganz besonders. Sie umarmte mich, schlang ihre Beine um meine Lenden und erwiderte jeden meiner Stöße mit einer Aufwärts- und Drehbewegung ihres Körpers. So dauerte es nicht lange, bis unsere Körper so sehr erregt waren, daß der alles verzehrende Wollustschauer folgte, der von einem Zustand glückseliger Ermattung abgelöst wurde. Am Schluß setzte eine kurze Ohnmacht den Freuden der Wollust ein Ende, die zu köstlich sind, um lange zu dauern.

Sobald wir uns ein wenig erholt und die Dame ihre Kleider geordnet hatte, die natürlich durch die vielen Freudensprünge zerknittert waren, vereinbarten wir jetzt, auf eine Fortsetzung unserer Liebesschlacht zu verzichten.

Ich bereitete gerade meine Abreise vor, als ein Knecht hereinkam und der Hausherrin meldete, daß der Zuchthengst da sei, um die Stute zu decken.

Deshalb mußte die Dame das Haus verlassen, und Nelly konnte mit mir offen sprechen.

»Nach Ablauf einer Woche«, sagte sie, »werde ich wieder voll hergestellt sein, und ich sehne mich sehr danach, von Ihnen als erster nach meiner Niederkunft geliebt zu werden. Das habe ich Ihnen versprochen. Sollte es aber länger dauern, müssen wir halt auf eine gute Gelegenheit warten.«

Ich umarmte sie leidenschaftlich, bedeckte ihre Lippen mit feurigen Küssen, stimmte ihrem Vorschlag zu und drückte die Hoffnung aus, daß unser Freudenfest nicht lange aufgeschoben würde.

»Meine Mutter«, fuhr sie fort, »hat schon lange angekündigt, daß sie ihren Bruder besuchen will, und auch Sandy wird uns nicht im Wege sein, da er mit seinem Chef in London ist. Aber jetzt, lieber Sir, lassen Sie mich Ihren heißgeliebten Schatz sehen, der mir schon so viel Wollust gespendet hat!«

Ich konnte es Nelly nicht verwehren, denn sie hatte sich schon ihres Lieblings bemächtigt und zog ihn, noch halbsteif, heraus.

»Ah! Du Schurke«, sagte sie, »du sträubst dich, deinen Kopf zu erheben, aber warte nur ein wenig, dann ragst du so steif wie früher in die Höhe! Sieh her, ich mache es selbst!«

Sie nahm eine ihrer Brüste heraus und zeigte sie mir. Dann drückte sie meinen Schwellkörper gegen die Brust. Jetzt war er so steif wie früher. Nelly küßte und saugte den roten Kopf, dann aber mußte sie meine Hose zuknöpfen, da sie ihre Mutter kommen hörte.

Die Lady kam näher und sprach zu ihrem Knecht, als sie eintrat: »Laß ihn nicht heran, bis du die Tür verschlossen hast!«

»Liebe Frau«, sagte ich, »lassen Sie mich heraus, denn ich möchte gerne eine so schöne Stute sehen, denn ich glaube bestimmt, daß die Ihre mehr als das übliche Ebenmaß besitzt.«

»Gehen Sie nur hinaus, Sir, sie ist ein hübsches Tier, und ein schöneres Pferd als sie findet man nicht im ganzen Land!«

Tatsächlich, es war eine erregende Szene. Die Schönheit

der Stute und die Vornehmheit des Hengstes, seine würdevolle Stellung, seine freie Haltung, die Größe und Stärke seines Werkzeuges und seine mächtigen Stöße riefen ein solch lebhaftes Interesse hervor, wie man es bei der Vereinigung von anderen Tieren nicht findet.

Als es vorüber war, ging der Diener weg, klopfte an die Tür, und in wenigen Minuten erschien die Witwe. Sie entschuldigte sich bei mir und bat mich, noch etwas dazubleiben.

»Sehr gern«, sagte ich und ging ins Haus. Nelly beugte sich über die Wiege und sang ihr Baby in den Schlaf. Da ich durch den Anblick des vorhergehenden Schauspieles erregt war, ahnte ich, daß ich ihrer verführerischen Haltung nicht widerstehen konnte, und bat sie, sich mir für ein paar Minuten hinzugeben. Sogleich hob ich ihre Kleider hoch und steckte meinen vor Erregung glühenden Stab bis zum Schaftende in ihre Grotte hinein.

Nelly drehte sich um und bat mich ernsthaft, sie nicht zu lieben. Das tat ich auch nicht, sondern ließ ihn nur für zwei Sekunden drinnen. Als ich ihn herauszog, erzählte ich ihr, wie mich das erregt hatte, was ich gerade gesehen.

Wir hörten die Witwe kommen. Sie trat ein und bot mir ein Glas an. Ich nahm es in die Hand und trank auf das Wohl der Stute.

»Sie müssen nun unsere Farm besichtigen, wir haben gute Ställe und alles, was zu einer gutgeführten Farm gehört.«

Wir gingen hinaus und sahen uns den Hof, Schweineställe, Scheune etc. an. Als wir zum Stall kamen, ging sie zur braunen Stute und schlug ihr auf das Hinterteil mit den Worten: »Braves Tier, du hast dich prächtig gehalten!«

»Ja, meine Dame«, sagte ich, »ich spüre überall Ihre ordnende Hand!«

»Ah! Sie sind ein listiger, ja wirklich ein listiger Doktor«, sagte sie, »kommen Sie, wir steigen hinauf und sehen uns den Heuboden an!«

Wir stiegen auf einer dieser einfachen Leitern hinauf, die auf dem Lande üblich sind. Die Witwe ging vor mir. Da ich unter ihr stand, hatte ich einen freien Blick nach oben auf ihre runden Pobacken, zwischen denen man das dunkle Haarvlies sah.

Als wir den Heuboden erreicht hatten, hob sie ziemlich weitschweifig all die zahllosen Vorzüge ihrer Farm hervor.

»Aber lassen Sie mich einen zeigen, den aufzuzählen Sie vergessen haben. Drücken Sie bitte Ihren Kopf auf das Heu nieder!« sagte ich zu ihr.

»Nein, lieber Sir, bis ich nicht meinen ›Zuchthengst‹ gesehen habe, denn ich weiß genau, was Sie vorhaben!«

Nach diesen Worten ließ es sich die vollschlanke Witwe nicht nehmen, mir die Hose aufzuknöpfen, und mit einem Ruck war sie auf dem Boden.

»Nun«, sagte sie, »wir müssen alle Hemmnisse beseitigen, und dieses Hemd muß deshalb hochgezogen werden, damit ich ihn richtig sehen kann! – Nun habe ich ihn! Reck dich der Sonne entgegen! Wie groß ist er? Wie bin ich in ihn vernarrt, laß mich ihn küssen! Da, da und da! Diese hier auch, oh, wie entzückend sie sind!«

Ich muß nicht erwähnen, daß sie während dieser Rede meinen Freund ergriff, ihn mit der Hand streichelte, küßte und mehr als die Hälfte von ihm in ihren Mund nahm. Sie drückte ihre Wangen an meinen Unterleib und versäumte es auch nicht, meine Rückseite in Augenschein zu nehmen und einer wollüstigen Untersuchung zu unterziehen.

Sie hörte erst auf, nachdem ich sie darum gebeten hatte. Ich dagegen hob ihre Kleider weit über ihre Hüften hoch, so daß ihre gutgeformten Pobacken in ihrer ganzen Ausdehnung ans Tageslicht kamen. Ihre Beine hatten die dazu passende Länge, und ich kniete mich nieder, um all ihre Vorzüge zu genießen.

Muß ich es beschreiben? Könnte ich es überhaupt! Kann man mit der Feder einem solchen Anblick gerecht werden?

Alles war so füllig und fleischig, die festen, ausgereiften Kugeln auf jeder Körperseite, die sich von der zarten, weißen, glatten Oberfläche abhoben, die dazwischenliegende Vertiefung, die so verschwenderisch mit einem dichten, moosartigen Haarvlies bedeckt war und auf der gleichsam wie ein Spalt die zwei rosaroten Lippen zu sehen waren. Durch die Umgebung wurde die Wirkung ihrer Farbe noch gesteigert. Sie glitzerten vor Feuchtigkeit, und zwischen ihnen konnte ich zwei noch kleinere Lippen erkennen, die in einem Knoten zusammenliefen. Er richtete sich bei meiner Berührung auf, als ich die inneren Lippen öffnete, und bot einen entzückenden Anblick.

Ich sah, daß das erhabene Tor des Lebens verbreitert war und offenstand, gleichsam als ob es jemanden auffordern wollte, es wieder zu schließen.

Ich steckte einen Finger hinein, die Witwe legte los, und schon konnte ich sehen, wie schön sie ihre Hüften bewegen konnte.

Ich drückte meine Lippen darauf und liebte sie mit der Zunge. Dann stand ich auf, stemmte mich gegen die Kerbe ihres Popos, steckte meinen steifen Freund in den Eingang ihrer Liebesgrotte, stieß zu, damit sie auch meinen Fortgang spürte, und versenkte ihn bis zum Schaftende in sie.

Die Witwe seufzte: »Oh! Er ist bis zu meinem Herzen vorgedrungen!«

Sie bewegte in höchster Wollust ihre Hüften hin und her. Sie rief, ich solle hin und her fahren. Ich erfüllte ihren Wunsch. Dabei hielt ich sie an den Hüften fest, währenddessen jede einzelne Faser bebte, wenn ich mit meinem Bauch gegen ihren runden, fleischigen Popo stieß. Ich sah die Ausdehnung des Einganges ihrer Scham, deren Haare meinen Doktor umhüllten, und das Nachgeben ihrer Pobacken. Dies alles steigerte die Lust, bis ein paar Bewegungen uns beide in den todesähnlichen Zustand des Entzückens versetzten, wo wir unseren Liebessaft vergossen.

Mannhaft hielt sich die Witwe auf den Beinen, und ich war untrennbar mit ihr vereinigt, bis sie schließlich flach auf dem Bauch lag. Mit ihr noch vereinigt, lag ich auf ihr und badete in der großen Menge Lustsaft aus unseren beiden Körpern.

Es war wirklich ein Augenblick, der die höchste Befriedigung verschaffte. Keiner von uns war ein Neuling. Deshalb wußten wir, wie man Wollust erregen und sie bis zur höchsten Stufe steigern kann.

Als ich mein Lustwerkzeug herausgezogen hatte, ergriff die lüsterne Dame es, legte es zwischen ihre Brüste und küßte seine feuchte und glühendheiße Spitze.

Danach untersuchte ich ihre Liebesgrotte, die noch ganz feucht war. Ihr gekräuseltes Haarvlies war durcheinandergebracht und durch den zurückfließenden Lebensbalsam aufgerichtet. Ich wischte sie ab, trocknete ihre Oberschenkel und Lenden und schickte mich an fortzugehen, ohne daß ich Nelly noch einmal sah. Jedoch versprach ich der lüsternen und auf mich versessenen Witwe, unsere köstlichen Vergnügungen zu wiederholen.

Die Mutter mußte öfters in die Stadt. Selten enttäuschte ich ihre Erwartungen, denn sie war, wenngleich auch keine junge Frau mehr, dennoch das sprudelnde Leben selbst mit einer höchst lüsternen Veranlagung.

Ich kann nur sagen, daß sie in bezug auf Fähigkeiten und Energie Nelly ebenbürtig war, die alle begehrenswerten Eigenschaften der Jugend und ein Höchstmaß an Schönheit besaß, wozu dann noch alle guten Eigenschaften ihrer Mutter kamen.

Zwei Monate gingen vorüber, in denen die Witwe viele Varianten ausprobierte, die in einem italienischen Bildband dargestellt waren, den ich ihr gezeigt hatte.

Eines Tages bei einem ihrer üblichen Besuche verkündete sie mir, daß sie beabsichtige, ihren Bruder zu besuchen, und deshalb eine Woche weg sei. Gleichzeitig gab sie mir frischgelegte Eier, die mir Nelly schickte. Die Anzahl der Eier verriet mir aufgrund einer früheren Vereinbarung, in wieviel Tagen ich die junge Frau besuchen konnte, um ihren Einstand zu feiern, wie sie es nannte.

Schließlich kam der Abend, an dem ich mit Nelly schlafen konnte. Nachdem ich mich gut vorbereitet hatte, machte ich mich auf den Weg. Nach meiner Ankunft konnte ich glücklicherweise ungesehen in die Wohnung meiner Amazone, meiner liebenden Herrin, gelangen.

Nelly war bereit, mich mit offenen Armen zu empfangen. Sie hatte ein Essen vorbereitet, das nur aus solchen Speisen bestand, die bestimmte Kraft und Lust für die nächtlichen Unternehmungen geben würden. Bevor wir jedoch begannen, umfaßte ich ihre Taille und zog sie an mich, als ich in ihrem Schaukelstuhl saß.

Nach den üblichen Liebkosungen nahm ich ihr das Halstuch ab und drückte meine Nase zwischen ihre gutgeformten, alabasterweißen Brüste. Als nächstes raffte ich ihr die Kleider hoch und streifte mit meinen Händen über ihre schönen, fleischigen Oberschenkel und schöngeformten Pobacken. Zu meiner großen Freude und Befriedigung entdeckte ich, daß sie wieder ihre gewohnte Elastizität und frühere Stärke besaß. Sodann legte ich ihr linkes Bein über meinen rechten Oberschenkel, nahm meinen Freund, mit dem sie inzwischen ihre Späße getrieben hatte, und drang in sie ein. Dann umschlang ich ihre Taille und zog sie in höchst erregender Weise rückwärts und vorwärts, wobei der Stuhl noch die Schnelligkeit und das gegenseitige Reiben unserer Liebeswerkzeuge förderte, bis mein Bogenschütze die Liebespfeile herausschoß, die als Antwort einen Erguß von Lustsaft erhielten.

So endete der erste Teil unserer abendlichen Vergnügungen in einer grenzenlosen Wollustorgie.

Wir nahmen nun das Abendessen ein, zu dem wir ein Glas selbstgebrautes Bier tranken. Ihr kleines Baby hatte in dieser

Nacht einen auffällig guten Schlaf. Somit deutete alles darauf hin, daß wir eine schöne Nacht verbringen sollten. Zusätzlich brannten noch zwei Kerzen, und ein loderndes Feuer war im Schlafzimmer ihrer Mutter angezündet worden, das sie für unsere Orgie vorbereitet hatte. Die Fenster waren gut verschlossen worden, so daß von außen kein Licht zu sehen war.

Sobald wir uns ein wenig ausgeruht hatten, hieß es »Ausziehen«, und im Nu waren wir beide nackt. Nelly war wieder Feuer und Flamme und erklärte mir, daß sie es nach ihrer langen Enthaltsamkeit gut vertragen könnte, einmal ausgedehnt geliebt zu werden. Aber sie fügte einschränkend hinzu, wie verschwenderisch sie auch mit ihren Kräften umgehe, so rücksichtsvoll sei sie aber auch gegenüber ihrem Partner.

Nachdem wir unsere Liebeswerkzeuge inspiziert hatten, deren Beschreibung ich mir ersparen kann, will ich nun meinen Lesern mitteilen, was dann geschah.

Nelly nämlich stellte drei Stühle eng aneinander. Ich saß auf dem mittleren, und sie legte einen Fuß an jede meiner Seiten. Zugleich hockte sie sich auf mich nieder, bis sie vollständig ihre Begierden befriedigt hatte und meine Oberschenkel von ihrem Liebesbalsam naß waren.

Wir legten uns dann aufs Bett. Nelly bat mich, die Rückenlage einzunehmen, legte ein Kissen unter meine Fersen, wandte mir ihren Popo zu, umarmte meine Füße, und wir vereinigten uns. So konnte ich schön ihre Bewegungen sehen. Dann drehte sie sich um, und wir erfreuten uns an der Stellung »St. Georg«. Dazwischen kitzelten wir uns, trieben unsere Scherze, unterhielten uns über lüsterne Themen, kurzum, wir trieben alles mögliche, das geeignet war, Leidenschaft zu erregen.

An einer Seite des Raumes stand ein kleines Bett, das an einem Ende niedriger war.

Nelly bat mich, sie darauf zu nehmen, indem sie den Kopf nach unten hielt. Ich machte es. Währenddessen erklärte sie, daß sie es ganz besonders wundervoll fände. Dieser Meinung war ich auch, denn diese Stellung ermöglichte es, mich ganz in ihr einzurichten.

Sodann nahmen wir auf diesem abgeflachten Bett folgende Stellung ein: Sie legte ihren Kopf auf die niedrige Seite des Bettes, und ihre Beine hob ich mit meinen Armen hoch. Es war eine Stellung nach Art der »Schubkarre«. Alle Stellungen aufzuzählen, die wir in dieser Nacht einnahmen, würde endlos dauern. In dieser Zeit kam ich nicht weniger als fünf- oder sechsmal, während Nelly dreimal so häufig ihren Liebesbalsam ergoß. Einmal wachte ihr Baby auf, und sie nahm es an ihre Brust.

Es war fast eine der letzten Begegnungen mit Nelly. Denn es traten Umstände ein, die unsere Liebesabenteuer beendeten. Ich fand woanders einen ebenso guten Ersatz.

ENDE

Anonymus

La Rose d'Amour oder Abenteuer eines Herrn, der auszog, das Vergnügen zu finden

»So findet jede Kreatur weltweit
die süßen Freuden süßer Lustbarkeit.«

DRYDEN

Kapitel 1

Im Alter von siebzehn Jahren war ich, ein Opfer falsch verstandener väterlicher Fürsorge meines alten Herrn, des Grafen von L., noch immer zwischen den Mauern eines altehrwürdigen Châteaus an der Küste der Bretagne eingesperrt, ohne andere Gesellschaft als die meiner Hauslehrer in einem sich ewig wiederholenden Zirkel täglicher Lektionen und Büffeleien über modrigen Büchern. Von Natur aus ein bequemer Mensch, wurde ich durch diese monotone Lebensweise so träge, daß ich wahrhaftig glaube, ich hätte dort keine drei Monate mehr überlebt, hätte nicht eines schönen Tages ein Besuch auf dem Château für unerwartete Abwechslung gesorgt.

Ich war höchst angenehm überrascht, als ich eines Morgens während des Unterrichts das Geräusch von Wagenrädern auf dem Steinpflaster des Schloßhofes vernahm. Ich warf mein Buch in eine Ecke, rannte die Treppen hinunter und traf meinen Vater an der Tür der Eingangshalle; er befand sich in

Begleitung meines Onkels, des Grafen C., und dessen beider Söhne, die ungefähr in meinem Alter waren.

Im Verlauf des Tages erzählte mir mein Vater, daß er als Botschafter nach Rußland gehen werde und daß mein Onkel und meine Cousins, nachdem sie sich für ein oder zwei Wochen auf dem Château aufgehalten hätten, nach Paris zurückkehren und mich dorthin mitnehmen würden, denn während seiner Abwesenheit sollte ich bei ihnen wohnen.

Nachdem er mir am nächsten Morgen viele gute Ratschläge und seinen Segen gegeben hatte, machte sich mein Vater auf die Reise nach St. Petersburg.

Ich fand schnell heraus, daß meine Cousins, Raoul und Julien, die zwei wildesten jungen Hengste waren, die man je auf die Einwohner eines Bauerndorfes losgelassen hat. Sie stellten wirklich alles auf den Kopf und stifteten mich, den gelehrigen Schüler, zu allerlei Unfug an, während ihr Vater, der in der Gegend Geschäftliches zu erledigen hatte, sich nicht um unser Treiben kümmern konnte.

Eines Tages, als ich auf der Suche nach Cousin Raoul in sein Zimmer trat, blieb ich, völlig überrascht von der Szene, die sich meinen Blicken bot, an der Tür stehen: Raoul in den Armen Manettes, einer der *Femmes de chambre,* ein sehr lebhaftes, anmutiges Frauenzimmer mit rosigen Wangen und von lieblicher Gestalt.

Als ich das Zimmer betrat, lag mein Cousin in enger Umarmung auf Manette, zwei lange weiße Beine kreuzten sich über seinem Rücken, und an den wonnevollen Bewegungen ihrer Körper konnte ich erkennen, daß sie im besten Sinne ihren Spaß an der Sache hatten. Und derart konzentriert und hingerissen waren sie von ihrem Treiben, daß sie meine Anwesenheit im Zimmer nicht einmal bemerkten.

Obwohl meine Cousins während der drei Tage, die sie inzwischen auf dem Château weilten, mit ihren zügellosen Reden alle mir anerzogenen Vorstellungen von der Tugendhaftigkeit der Frau über den Haufen geworfen hatten – ich war in der Tat so streng aufgezogen worden, daß es mir noch nie erlaubt worden war, mich in weiblicher Gesellschaft aufzuhalten, nicht einmal in dem kleinen Dorf, welches an unser Château grenzte –, war ich von dem Schauspiel auf dem Bett derart verblüfft, daß ich wie festgenagelt an der Tür stehenblieb und zusah, bis Raoul sich von dem Mädchen erhob.

Er stand auf und wandte mir den Rücken zu, während Manette mit geschlossenen Augen auf dem Bette liegenblieb, Röcke und Unterhemd hochgeworfen und die Schenkel weit gespreizt, so daß sich meinem brennenden Blick ein runder weißer Bauch darbot, dessen unterer Teil mit einem großen Büschel pechschwarzen lockigen Haars bedeckt war, und etwas tiefer, zwischen ihren Schenkeln, erkannte ich das, wovon ich schon so oft gehört, was ich aber noch nie zu Gesicht bekommen hatte: eine Pussi. Zwischen den Locken gekräuselten Haars, die über den Hügel hinauswuchsen, entdeckte ich um den köstlichen Schlitz herum zwei dicke rosige Lippen, die leicht offenstanden und aus denen ein wenig weißlicher Schaum heraussickerte.

Meine Sinne waren derart verwirrt von dem, was ich sah, und von den seltsamen Gefühlen, die sich in mir regten, daß ich wie in Trance auf das Bett zuging. In dem Augenblick, da meine Schritte vernommen wurden, versteckte sich Manette unter den Laken, während Raoul mir entgegenkam, mich an der Hand zum Bett führte und fragte:

»Cousin Louis, was hast du gesehen? Wie lange bist du schon im Zimmer?«

Ich sagte ihm, daß ich Zeuge der gesamten Vorstellung geworden sei.

Da warf Raoul die Laken beiseite, setzte das Mädchen neben sich auf und sagte, einen Arm um ihre Hüften gelegt:

»Cousin Louis, da du nie das Vergnügen kennengelernt hast, das man in den Armen einer Frau genießt, weißt du nicht, was es heißt, der Versuchung zu widerstehen, jede sich bietende Gelegenheit zu nutzen, seine Gelüste zu befriedigen. Schau nur, was für eine schöne, aufreizende Frau Manette ist; wer könnte ihr widerstehen? Nachdem sie mir gestern nacht die Ehre erwies, mich in ihr Zimmer einzuladen, konnte ich doch nicht anders, als ihr diese Gefälligkeit heute abend zu erwidern; das gehört sich ja wohl so.«

Ich entgegnete: »Ja, sie ist wirklich reizend«, und in dem Verlangen, endlich einen Einblick in das Vergnügen zu bekommen, das bei der Vereinigung der Geschlechter entsteht, legte ich meine Hand auf das unbedeckte Knie von Manette, die noch immer auf dem Bettrand saß und deren Kleider kaum ihre Schenkel und ihre Muschi bedeckten, und schob sie ihr unter das Hemd, bis hin zu dem behaarten Hügel, der über ihrem köstlichen Schlitz aufragte.

Doch Raoul hielt mich zurück und sagte: »Entschuldige, Cousin, doch Manette gehört mir, jedenfalls im Augenblick, da ich jedoch sehe, wie sehr du darauf erpicht bist, dich in die Geheimnisse der zyprischen Göttin* einführen zu lassen, denke ich, daß wir dir mit Manettes Hilfe heute nacht eine Bettgenossin beschaffen können, was meinst du, Manette?«

»O ja«, sagte das Mädchen, sprang auf und lächelte verschmitzt. »Wir werden Monsieur Louis meine kleine Schwester Rose zuführen, die viel schöner ist als ich selbst. Vor allem hat sie größere und noch weißere Brüste als ich.« Dabei entblößte sie ein Paar wundervolle runde weiße Kugeln, die ich mit den Augen gierig verschlang. »Ich bin sicher«, fuhr sie, an mich gewandt, fort, »Rose wird Euch gefallen, wenn wir sie heute nacht zu Euch bringen.«

Ich versicherte Manette, ich würde unter der Bedingung, daß sie ihre Schwester am Abend tatsächlich zu mir bringen

* Aphrodite (die auf Zypern im Altertum orgiastisch verehrt wurde).

werde, ihr Geheimnis wahren und keiner Menschenseele von dem Gesehenen berichten, empfahl mich und ging.

An diesem Abend war ich sehr früh auf meinem Zimmer und verbrachte eine ganze Stunde in fiebriger Erwartung, bis Manette hereintrat, ihre Schwester an der Hand. Rose war wirklich ein wunderschönes Mädchen, und sobald sie eingetreten und die Tür verschlossen war, sprang ich auf sie zu, schloß sie in die Arme und führte sie zum Sofa, wo ich mich hinsetzte und sie an meine Seite zog. Ich entfernte ihr Busentuch, und indem ich sie erneut umarmte, bedeckte ich die prallen, runden Brüste mit feurigen Küssen. Dies brachte Rose ganz allerliebst zum Erröten, und sie wehrte sich ein wenig und versuchte, sich aus meiner Umarmung zu lösen, als Manette auf uns zutrat und sagte:

»Monsieur Louis! Rose war noch nie in Gesellschaft eines Mannes und ist daher natürlich noch etwas schüchtern, sie will aber gerne hier bei Euch bleiben, und ich bin sicher, wenn ich euch jetzt allein lasse, werdet Ihr in Rose all Eure Wünsche erfüllt finden, nicht wahr, Schwesterlein?«

Worauf Rose »O ja« entgegnete und ihr Gesicht in den Sofakissen vergrub.

Manette wollte Wein holen, da dieser nicht nur sehr erfrischend auf den Geist, sondern auch sehr anregend auf die Liebe wirke, und Rose sollte mich reichlich damit versorgen. Sie ging und kam schon bald mit einem Tablett voller Wein, Keksen und anderen Leckereien zurück, worauf sie uns eine »glückliche Nacht und viel Spaß« wünschte und verschwand.

Als Manette aus dem Zimmer gegangen war, schloß ich die Tür ab, dann schob ich ein Sofa an den Tisch, führte Rose dorthin und setzte mich neben sie. Zunächst einmal wollte ich dafür sorgen, daß sie ihre Scheu verlor, und so nahm ich mir vorläufig noch keine Freiheiten mit ihr heraus, sondern animierte sie dazu, ein paar Gläschen Wein mit mir zu trinken. Nachdem sie so etwa ein halbes Dutzend intus hatte, begann sich die natürliche Lebhaftigkeit ihres Charakters in freien und unverblümten Worten zu zeigen. Jetzt legte ich meine Arme um ihre Taille und ihren Hals, und indem ich sie an mich drückte, bedeckte ich ihre roten vollen Lippen mit feurigen Küssen. Dann steckte ich eine Hand in ihren Busen und befühlte und knetete die festen runden Hügel, und nachdem ich so eine Weile mit ihr geschäkert hatte, bückte ich mich, schlüpfte mit einer Hand unter ihren Rock und schob ihn über die Knie. Jetzt streichelte und drückte ich ihre Beine und ihre Schenkel und ließ meine Finger immer höher wandern, bis sie das Büschel weichen, moosigen Haares erreicht hatten, das über dem Eingang zu ihrer jungfräulichen Grotte hing.

Während ich mit den seidigen Locken spielte und das weiche Haar zwischen meinen Fingern drehte, ließ ich einen Finger etwas tiefer gleiten, und indem ich nur die Fingerspitze zwischen die Lippen legte, kitzelte ich sie so gut, daß sie anfing, auf ihrem Platz hin und her zu rutschen. Jetzt hielt ich es nicht mehr länger aus. Das Feuer hatte mich ergriffen, heftig pulsierte das Blut in meinen Adern. Ich stellte sie vor mich hin und begann sie auszuziehen, wobei ich ihr in meiner Eile fast die Kleider vom Leibe riß, bis sie gänzlich nackt vor mir stand. O ihr Götter! Welche Schönheit, welche Reize boten sich meinen wilden, hungrigen Augen dar, welch köstliche Brüste, so fest und klein und rund. Ich drücke und küsse sie, nehme die Spitzen in den Mund, ich ziehe sie an mich heran, bis ich ihren nackten Körper an meinem spüre, ich falle auf die Knie und verlege meine Liebesküsse auf die Lippen ihrer herrlichen kleinen behaarten Grotte. Oh, welche Lust, welche Raserei, welches Feuer in mir – ich brannte lichterloh. Im Nu warf ich meine Kleider ab, drückte ihren Körper an meinen, hob das bebende Mädchen auf und trug es zum Bett.

Ich lege ein Kissen unter die üppigen Backen ihres Hinterteils und springe neben sie auf das Bett. Ich spreize ihre Beine weit auseinander, und da meine Lanze mehr als bereit für den Waffengang ist, lege ich mich der Länge nach auf sie, öffne mit den Fingerspitzen die geschwollenen Lippen, und mit größter Vorsicht plaziere ich den Kopf meiner noch unschuldigen Rute in den Eingang ihrer nicht weniger jungfräulichen Höhle.

Sobald ich spürte, daß der Kopf die richtige Stellung eingenommen hatte, stieß ich mit aller Kraft drauflos. Ich drang etwas in sie ein, machte jedoch so geringe Fortschritte, daß ich ihn wieder herauszog und mit Speichel befeuchtete, bevor ich ihn wieder in Anschlag brachte. Endlich schaffte ich es nun, durch wildes Stoßen und Reißen die erste Hürde zu überwinden und etwa halbwegs einzudringen, doch da war ich bereits so erregt, daß sich plötzlich die Schleusen meiner Liebe öffneten und ich in einem Delirium der Gefühle an ihrem Busen zusammensank, während ich ihre zerrissene und blutende Spalte mit einer mächtigen Flut jungfräulichen Samens einölte. Die arme Rose hatte alles mit wahrem Heldenmut ertragen, sie hatte die Zähne in die Bettdecke geschlagen, um jeglichen Schmerzensschrei zu unterdrücken, während sie mich mit den Händen an sich preßte oder sogar nach meinem Liebespfeil griff, um ihn bei seinem mörderischen Anschlag auf ihre Unschuld zu unterstützen.

Als ich so, keuchend und nach Luft schnappend, auf Rose lag, glühend vor Erregung, kehrte die Steifheit, die spürbar nachgelassen hatten, mit doppelter Macht zurück, und wieder kam ich ein Stück voran. Der Saft, den ich ihr gespendet, hatte die dunkle, enge Passage durchdrungen und eingeölt, wodurch mein weiteres Vorwärtskommen erheblich erleichtert wurde. Ich nahm meinen wilden Angriff, meine heftigen Stöße wieder auf und spürte mein Vorwärtskommen mit jeder Bewegung, bis ich mich mit einem wahnsinnigen, alles zerreißenden Stoß bis zum Heft in sie eingrub. So groß war der Schmerz bei diesem letzten Schub, daß Rose einen scharfen, schrillen Schrei nicht unterdrücken konnte, doch ich kümmerte mich nicht darum; er war das Signal des endgültigen Sieges und trug erheblich zur Würze meines Vergnügens bei, als ich mich, falls das überhaupt möglich war, noch tiefer in die köstliche weiche Höhle ihrer Lust vergrub. Eine Weile lagen wir so eng aneinandergeschmiegt, daß sich unsere Schamhaare zu einem einzigen Büschel vereinten.

Einen Arm um ihren Nacken, zog ich sie noch enger an mich heran, und während ich ihre Lippen und ihr rosig erblühtes Gesicht mit zahllosen Küssen bedeckte – ein Gesicht, das von Tränen benetzt war, die mein tapferer kleiner Liebling nicht hatte zurückhalten können –, zog ich die Speerspitze aus ihr heraus und schob sie langsam wieder hinein. Meine wilden Lüste stachelten mich an, sie zu einem neuen Gefecht herauszufordern. Ein Lächeln unendlicher Liebe überzog ihr reizendes Antlitz, aller vorangegangene Schmerz schien vergessen, und ich spürte, wie die feuchten Wände ihrer Liebeshöhle meinen Ständer zärtlich bearbeiteten. Schon wurden meine Bewegungen schneller, und das Auf und Nieder, dazu das herrliche Gefühl, wie meine Früchte wieder und wieder gegen ihr Hinterteil schlugen, war so erregend, daß Rose allem Schmerz zum Trotz derart heftig von Ekstase ergriffen wurde, daß sie mich mit ihren Armen umklammerte, ihre Beine um meinen Rücken schlang und ihren ersten jungfräulichen Tribut an die Männlichkeit entrichtete, den ihr die aufreizenden Bewegungen meines Liebespfeils abrangen, während ich ihr dabei entgegenkam und einen weiteren Strom brennender Lava in die äußersten Winkel ihres Liebesborns verströmte, wo sich unser beider Säfte vermischten und die Feuer, die in uns rasten, teilweise abkühlten.

So neuartig, so außerordentlich köstlich, so verzaubernd und himmlisch waren die Gefühle, so ekstatisch die Freuden, die wir beide genossen, daß wir uns in des anderen Armen drehten und wanden wie zwei Schlangen, während Rose ausrief: »O Gott! Ich sterbe! O Himmel! Welche Freude, welches Vergnügen! Oh! Oh! Ah! Ah!« und mit einem tiefen Seufzer endete. Nach ein paar letzten wilden Stößen und Zuckungen ihres köstlichen Hinterteils gab sie mich frei, streckte in einem Schauer der Lust die Arme und Beine von sich und fiel in eine tiefe Ohnmacht, und auch ich war am Ende meiner Kräfte und sank ebenfalls in tiefen Schlaf.

Als wir aus diesem Delirium der Lust erwachten, stand ich auf und füllte unsere Gläser erneut mit Wein. Ich gab Rose ein Glas und trank selbst kurz einen Schluck, um anschließend gleich ihre arg strapazierte, blutende Spalte zu küssen. Dabei rief ich:

»Du wahrer Quell der Liebe, du einziger Ort niemals versagender Freuden und Vergnügen für den Mann, kostbare, wundervolle, behaarte, kleine Grotte, von diesem Moment an gehört mein ganzes Leben und meine Seele nur dir.«

In einem ununterbrochenen Reigen des Vergnügens verbrachte ich die ganze Nacht mit Rose und schwelgte im Genuß ihrer unschuldigen Reize. Wieder und wieder erneuerten wir unsere Umarmungen, badeten wir gemeinsam im Meer der Lust. Derart wild stürzten wie uns in diese Liebesgefechte, daß unsere Kräfte bald völlig erschöpft waren und wir Arm in Arm einschliefen.

Als ich am Morgen erwachte, saß Rose im Bett und schaute besorgt auf mein zusammengeschrumpftes Instrument, das in der Nacht zuvor die Pforten ihrer Unschuld geöffnet und ihr die Jungfräulichkeit geraubt hatte. Als sie bemerkte, daß ich sie beobachtete, warf sie sich in meine Arme und barg schluchzend ihr Gesicht an meiner Brust.

Zärtlich hob ich sie hoch, beruhigte sie, gab ihr meinen

Pfeil in die Hand und begann erneut mit ihren Brüsten zu spielen, sie zu streicheln und zu kneten und an den rosafarbenen Spitzen zu saugen, während die Berührung ihrer Hände das Feuer in mir von neuem entfachte. Rose hatte so das Vergnügen, das arg geschrumpfte Ding wieder zu einem herrlichen Prachtstück heranwachsen zu sehen, glatt und glänzend wie Elfenbein, während sein großer entblößter Kopf rot und glühend vor feuriger Begierde wurde. Nun, so beschloß ich, sollte sie für ihre Mühen belohnt werden und die reiche Ernte der Liebe, die auf sie wartete, in ihre Scheune einbringen.

Sanft legte ich sie nieder und schob unter die beiden drallen Halbmonde ihrer Kehrseite ein Kissen. Bis zum äußersten spreizte sie ihre Beine und bot meinem Blick die geöffneten Lippen ihrer Pussi, bereit, meinen herrlichen Stößel in sich aufzunehmen, der nun schnaubte und zitterte wie ein rassiges Rennpferd und seinen schäumenden Kopf kerzengerade vor meinem Bauch aufrichtete.

Ich legte mich auf Rose und forderte sie auf, meinen Stab zu nehmen und einzuführen, doch so gerade und fest war er aufgerichtet, daß sie es kaum schaffte, ihn zum Eingang ihres Liebesnestes herunterzubiegen. Die Erregung war so stark, daß er trotz allen Dehnens und Streckens, die ihre Passage in der vergangenen Nacht erfahren hatte, nicht hineinpassen wollte. Ich zog mich etwas zurück, um den Kopf zwischen ihren Lippen zu benetzen, und drang anschließend langsam in sie ein. Erst lag sie ganz reglos da, doch erregte ich sie bald so mächtig, daß wir sehr schnell dahinschmolzen, wobei sie diesmal die Freuden mit mehr Gefühl erlebte und in den vollen Genuß all dessen kam, wovon sie in der Nacht zuvor ja erst einen Vorgeschmack bekommen hatte.

Wir hatten uns kaum ein wenig erholt, als wir von einem Klopfen an der Tür aufgeschreckt wurden. Ich sprang in eine lose *Robe de chambre* und öffnete sogleich, und Raoul und

Manette traten ein. Ich führte sie zum Bett, schlug die Dekke zurück und zeigte ihnen die errötende Rose, die jetzt, am Morgen danach, noch schöner war als zuvor.

Ich sagte: »Seht ihr Hemd; seht, wie es gefärbt ist von Saft und roter Flut, die sich ergoß, nachdem ich *La rose d'amour* von meiner lieblichen Rose gepflückt.«

Mein Cousin Raoul gratulierte mir. Er sagte, er sei »überglücklich, daß ich dir eine solch köstliche Blume wie diese Rose überreichen konnte«. Er sei ehrlich erfreut, dazu beigetragen zu haben, daß ich so glücklich in die Geheimnisse der himmlischen Kunst der Liebe eingeführt worden sei, vor allem, da mir bei diesem köstlichen Unternehmen ein jungfräulicher Partner zur Seite gestanden habe.

Auch Manette gratulierte ihrer Schwester und sagte, wie dankbar sie sei, daß sie einen Partner wie Monsieur Louis gefunden habe und »wie glücklich ihr beide zusammen sein werdet, nachdem ihr die süßen Freuden der Liebe gekostet habt, deren ihr gewiß niemals müde werdet«.

Von nun an verbrachte ich jede Nacht mit Rose, manchmal in ihrer Kammer, dann wieder in meinem Zimmer. Oft hielt ich es bis zur Nacht nicht aus, und dann holte ich sie manchmal während des Tages zu mir aufs Zimmer, um mich ihrer zu erfreuen.

Eines Tages – ich war mit Rose in meinem Zimmer, sie ausgestreckt über dem Fußende des Bettes, die Kleider hoch, und zeigte mir all ihre Schönheiten, ich zwischen ihren Beinen stehend, meinen Schwanz (er war außerordentlich groß; nur wenige Männer können sich rühmen, einen größeren zu besitzen) in der Hand – trat Manette plötzlich herein, denn ich hatte es versäumt, die Tür abzuschließen.

Sie erhaschte einen Blick auf meinen Ständer, stand da und starrte ihn an, offensichtlich erstaunt über seine Größe, doch als sie sah, womit ich gerade beschäftigt war, zog sie sich wieder zurück.

Kapitel 2

Am Nachmittag des folgenden Tages kam Manette in mein Zimmer und bat mich, ihr in ihre Kammer zu folgen. Während sie mich dorthin führte, sagte sie: »Ich habe Euch etwas zu zeigen, was Euch sehr viel mehr beglücken und zufriedenstellen wird, als es Eure Geliebte jemals könnte.«

Ich folgte ihr in ihre Kammer, deren Tür sie hinter uns abschloß, und blickte aus dem Fenster, während Manette hinter den zugezogenen Vorhängen ihres Bettes verschwand. Plötzlich hörte ich leichte Schritte hinter mir, und als ich mich umdrehte, stand da Manette – splitternackt; sie fiel mir in die Arme, faßte mich um den Hals, führte mich zum Bett und ließ sich darauf nieder. Jetzt verstand ich, was sie mir hatte zeigen wollen, und da ich natürlich in keiner Weise abgeneigt war, mit ihr in den Clinch zu gehen, worauf ihre Einladung ja schließlich hinauslief, warf ich Jacke und Weste ab, während sie mir die Hosen hinunterließ, meine stumpfe, aber stets bereite Waffe hervorholte, sich rückwärts aufs Bett fallen ließ und mich auf sich zog. Rasch war mein Degen in voller Länge in ihre weiche, saftige Scheide gefahren, welche die Natur dafür vorgesehen hat. Zweimal öffneten sich die Schleusen meines Liebesreservoirs, ergossen sich die Ströme heißer Lava, und beide Male kam sie mit mir zusammen, und ihre cremige Essenz floß dabei so reichlich, daß die vereinigten Säfte unsere Schenkel benetzten.

Von diesem Tag an bis zu unserer Abreise nach Paris erfreute ich mich auch Manettes jeden Tag.

Gegen Ende der zweiten Woche nach seiner Ankunft kündigte mein Onkel seine Abreise nach Paris für den folgenden Tag an und forderte mich auf, alle Vorbereitungen zu treffen, um ihn zu begleiten. Nachdem dies meinen Cousins und mir mitgeteilt worden war, beschlossen wir, den Tag bestmöglich zu nutzen, indem wir ihn zusammen mit unseren jeweiligen Liebchen am Ufer eines kleinen Baches im Wald verbrachten.

Es war ein Sonntagmorgen, und Raoul, ich selbst und Julien (denn obwohl ich ihn in Verbindung mit unseren Liebesaffären nicht erwähnt habe, sollte man nun nicht annehmen, daß er in dieser Beziehung gänzlich untätig gewesen sei – im Gegenteil: Während Raoul und ich uns mit Manette und Rose amüsierten, tröstete er sich in den Armen von Marie, einer unserer Milchmägde, einer großen, lebhaften und sehr gut aussehenden Brünetten, in deren Bettkammer er sich jede Nacht stahl), wir drei also machten uns auf den Weg, um uns mit den drei Mädchen an der verabredeten Stelle zu treffen, denn diese waren bereits vorausgegangen und hatten Proviant und Wein mitgenommen.

Nachdem wir unsere Schönheiten begrüßt hatten, gingen wir erst einmal daran, alles für das Picknick vorzubereiten, setzten oder vielmehr legten uns dann auf den grünen Rasen und unterhielten uns über einige der guten Sachen, die sie für uns zubereitet hatten. Als unser Appetit gestillt war, fühlten wir nunmehr auch Lust, von den anderen guten Dingen zu naschen, die sie für uns parat hielten, die aber nicht so ohne weiteres zutage lagen.

So schoben wir also in einer Art Vorspiel unsere Hände in ihren Busen, spielten ein wenig daran herum und rollten die Mädchen anschließend rücklings ins Gras, doch bei allen Bemühungen gelang es uns nicht, ihre Röcke weit genug hochzuschieben, um mehr als nur einen flüchtigen Blick auf ihre Schenkel zu erhaschen; dabei widersetzten sie sich jeder Anstrengung, tiefer in die Materie einzudringen, indem sie anführten, daß sie sich unter den Augen der anderen nicht auf solch unanständige Dinge einlassen und, wenn wir uns nicht besser benähmen, davonrennen und uns sitzenlassen würden.

Da schlug ich vor, wir sollten uns alle entkleiden und ein Bad nehmen. »Erst ziehen wir uns bis aufs Hemd aus, und dann euch, und auf Kommando werfen wir dann alle unsere Unterwäsche ab.«

Dagegen wurden einige Einwände von seiten unserer jungen Damen erhoben, denn sie schämten sich, von den anderen gesehen zu werden, besonders Marie, die weder Raoul noch ich bis zum gegenwärtigen Zeitpunkt im Evaskostüm vor Augen bekommen hatten, doch sie wurden von uns überstimmt, und wir zogen uns bis aufs Hemd aus und begannen dann, sie aufzuknöpfen und aufzuschnüren und ihnen Röcke und Unterkleider auszuziehen, bis sie nur noch ihre Leibchen anhatten. Ich gab das Kommando: »Hemden – aus!«, und wir Männer schlüpften aus unseren Hemden, doch als wir wieder hinsahen, standen die Mädchen immer noch in ihrer Unterwäsche da.

Als ich merkte, daß sie ihre Hemden nicht ausziehen wollten, schlug ich vor, eine nach der anderen sollte sich entkleiden und nackt vor uns hintreten, und wir würden dann eine jede genauestens untersuchen und ihre Schönheiten mit denen der anderen vergleichen, und ich versprach der, die es als erste täte, einen schönen Diamantring.

Manette war sofort einverstanden und sagte, nachdem sie nun einmal alle hergekommen seien, um sich mit ihren Liebhabern zu treffen und sich mit ihnen zu ergötzen, und nachdem diese sich all ihrer Kleider entledigt hätten, wolle sie kein Spielverderber sein, und sie schäme sich auch nicht, allen zu zeigen, was sie besitze, denn sie habe gewiß ebenso schöne Beine und eine genauso süße Pussi wie nur irgendein Mädchen in der Bretagne.

Ich war so sehr von der lustigen Marie, Juliens Freundin, eingenommen, ihren wahnsinnig großen Brüsten, ihren außerordentlich ausladenden Hüften und Schenkeln, vor allem aber von ihrer wunderschönen Pussi, die bedeckt und versteckt war in einem üppigen Gewucher aus pechschwarzem Haar, das ganze acht Zoll herabhing und aus dem zwei

volle rote Lippen schmollend herausragten, saftig und verlockend, daß ich vorschlug, wir sollten nach unserem ersten Bad unsere Damen untereinander austauschen, damit jeder einmal in den Genuß der Freundinnen der beiden anderen käme.

Meine Cousins erklärten sich einverstanden, und auch die Mädchen waren es zufrieden, besonders Manette, die ganz scharf darauf war, mich noch einmal in den saftigen Falten und Grotten ihrer Liebeshöhle zu spüren; und auch Marie war nur zu willig, wie sie mir zuflüsterte, während ich sie untersuchte; sie sagte, sie sei zwar groß, aber ihre Pussi klein und eng, Juliens Bürzel hingegen sei viel zu klein, um ihr Vergnügen zu spenden, wenn er in ihr sei, während meiner fast doppelt so groß wie seiner sei, und bestimmt würde sie mir auch – wenn ich damit einverstanden wäre, es mit ihr zu versuchen – viel besser gefallen als Rose, da sei sie sich ganz sicher.

Nun führte ich die ganze Gesellschaft in den Bach, Rose an der Hand, die anderen hinter uns her. Nachdem wir einmal drinnen waren, spielten und tollten wir mutwillig im Wasser umher, tauchten die Mädchen unter und reizten sie in jeder Weise, und unter dem Vorwand, unsere hübschen Partnerinnen zu waschen, gestatteten wir unseren Händen jegliche Freiheit, betatschten jeden Körperteil, drückten und kneteten ihre Brüste, ihre weichen Bäuche, rieben ihre Schenkel und ihre Muschis und alles andere; und auch die Mädchen blieben uns nichts schuldig.

Als wir da im Wasser standen, das uns nur bis etwa zur Taille ging, unsere Liebesmaschinen aufgerichtet und einsatzbereit, versuchte ich, den Arm um Roses Taille gelegt, meinen Feuerwehrschlauch in den Eingang ihres wasserdichten Heizkessels zu bringen, um das Feuer, das darin wütete, zu löschen, doch erwies sich dies als unmöglich, da wir keinen Halt aneinander fanden.

Da wurde meine Aufmerksamkeit auf ein lautes Platschen

gelenkt, und als ich mich umsah, stellte ich fest, daß Raoul und Julien ihre Nymphen am Rande des Wassers niedergelegt hatten, die Köpfe auf dem Ufer, und auf diese Weise in sie eingedrungen waren, wobei beim Zusammenklatschen ihrer Leiber das Wasser hoch über ihnen aufspritzte.

Dies war ein Beispiel, dem Rose und ich nicht widerstehen konnten, also führte ich sie aus dem Wasser, und wir setzten uns unter einem schattigen Baum auf den Rasen, das heißt, ich setzte sie mir auf den Schoß, und sie legte ihre Beine um mein Hinterteil, so daß sich ihr wunderschöner weißer Bauch an dem meinen rieb. Mit der einen Hand spielte ich mit ihren rubinrot benippelten Tittchen – fest und federnd unter meiner Berührung –, während ich mit der anderen den Eingang zum Hafen der Liebe auszumachen versuchte, um Platz zu schaffen für mein Meisterstück der Natur, das zwischen ihren Schenkeln aufragte und sich mächtig gegen ihren Bauch drückte, als verlange es Eintritt und Unterschlupf in der weichen, saftigen Scheide, womit Mutter Natur die Frau so großzügig ausgestattet hat und wovon Rose ein ganz besonders liebliches Exemplar besaß. Raffiniert tat sie so, als widersetzte sie sich meinen Bemühungen, in sie einzudringen, um so die Erfüllung ihrer Sehnsucht hinauszuzögern, und sie machte das so geschickt, daß das Feuer, das in uns brannte, nur noch mehr entfacht und meine Erregung verdoppelt wurde.

Ich bedeckte sie mit glühenden Küssen, und aus ihren Augen, die, halb verborgen unter den langen dunklen Wimpern, schmachtend dahinzuschmelzen schienen, leuchtete es wie Feuer. Wir rollten und wanden uns auf dem grünen Rasen, einander fest umklammernd, bis ich sie schließlich unter mich bekam, meine Knie zwischen ihren Schenkeln, und in sie einzudringen begann. Als Rose den Liebespfeil in ihrem Innersten spürte, gab sie auf und sich mir auf Gnade und Ungnade hin, und dennoch wurde der Kampf wilder und wilder, so daß sie mich bald zu einem Höhepunkt gebracht hatte, während sie gleichzeitig ihren Tribut an die Männlichkeit entrichtete.

Rose schloß die Augen, stieß einen tiefen Seufzer aus und streckte alle Glieder von sich, während ein lustvoller Schauer sie durchrieselte. Als sich ihre Muskeln gleich darauf entspannten, merkte ich, daß sie den höchstmöglichen Genuß erlebt hatte, den eine Frau zu empfangen oder ein Mann zu geben imstande ist.

Wir hatten uns noch nicht wieder aus unserer Trance befreit, als die anderen herbeikamen und uns aufs Hinterteil klatschten, was uns bald wieder zum Leben erweckte.

Nach einer weiteren wilden Tollerei im Wasser tauschten wir die Partner. Raoul nahm Rose, Julien Manette und ich Marie, und kaum hatte ich sie in Empfang genommen, da lag ich auch schon zwischen ihren wundervollen Schenkeln und bettete meine Wange auf das moosige Haar, das die klaffenden Lippen der darunterliegenden Pforte krönte.

So blieb ich eine Weile liegen, trank Wein und naschte von den Bonbons und Süßigkeiten, und wir tändelten eine Stunde oder auch zwei so dahin, bis sich allmählich unsere Leidenschaften so sehr steigerten, daß sie sich schließlich nicht mehr länger unterdrücken ließen. Meine Cousins glaubten vermutlich, daß es das Vergnügen, das sie von ihren Damen empfingen, während sie sie bumsten, steigerte, wenn sie es im Wasser trieben, oder vielleicht war es auch nur der Reiz des Neuen, jedenfalls schlugen sie vor, wir sollten unsere Damen dort genießen, und das taten die andern denn auch, doch ich blieb mit Marie unter dem Baum. Als die anderen unterhalb der Uferbank verschwunden waren, stand ich auf, breitete alle Kleider und Unterröcke auf dem Boden aus, formte aus einer Jacke ein Kissen und baute so für Marie ein komfortables Lager. Dann lud ich sie zum Gefecht. Sie stand auf, legte sich auf das Bett, das ich ihr bereitet hatte, und nahm gleich eine Position ein, die mir den Eintritt erheblich erleichterte. Behutsam legte ich mich auf sie, und sie nahm mein Instrument und führte dessen Kopf in die Öffnung, von wo er in ihr tiefstes Inneres vorstoßen sollte. Nachdem sie ihn zwischen den Lippen in Stellung gebracht hatte, rieb ich ihn einen Augenblick lang genüßlich an ihrem Liebesmund, um dann langsam in sie einzudringen; so langsam, daß es eine ganze Minute dauerte, bis er ganz in sie eingetaucht war. So eng war ihre Scheide, und so groß war mein Schwert, daß es sie bis zum Äußersten dehnte und ausfüllte.

Maries Venus war klein, wirklich klein, und so wunderbar eng. Langsam zog ich meine Rute bis zum Kopf heraus – die Enge erzeugte solch einen Sog, daß ein wollüstiger Schauer den Körper durchlief –, stieß dann wieder hinein, wieder heraus, wieder hinein ... bis ich mich nicht länger beherrschen konnte und meine Bewegungen so schnell und wild wurden, daß wir bald kamen und sich die Essenz unserer Seelen vereinte.

Obwohl ich meine kleine Rose mit ihrer süßen kleinen Muschi und all ihren Reizen liebte und auch großes Vergnügen empfand, wenn ich in den Armen ihrer Schwester Manette lag und deren reifere Liebesfrüchte kostete, so übertrafen doch die Gefühle, die ich soeben durch Marie empfangen hatte, alles andere bei weitem.

Ich kostete soeben zum zweitenmal von den Früchten, die in Maries Armen zu haben waren, als der Rest der Gesellschaft über uns hereinbrach, doch wir kümmerten uns einfach nicht um sie, sondern machten weiter, bis das Werk vollendet war. Nachdem wir uns ein wenig von den Mühen erholt hatten, bekamen wir wieder Appetit und brachten unsere nackten Sirenen dazu, noch einmal die Tafel zu decken, und als unser Hunger gestillt war, nahmen wir ein letztes Bad, zogen uns an und begaben uns auf den Heimweg. Unterwegs beraumte ich eine Beratung darüber an, ob der Tausch unserer Geliebten auch während der Nacht Bestand haben sollte.

Raoul meinte, da wir den Tag zusammen verbracht hatten, sollten wir auch in der Nacht zusammenbleiben. Alle in einem Zimmer, und wenn eines der Mädchen von einem der Jungen beglückt werden wollte, dann sollte sie das nur sagen, und der Wunsch würde ihr erfüllt. Umgekehrt müsse natürlich das gleiche gelten; womit sich alle einverstanden erklärten.

Wir trafen uns um elf Uhr abends auf meinem Zimmer, und die Mädchen brachten Betten aus anderen Räumen und breiteten sie auf dem Fußboden aus. Ich warf mich nackt auf eines der Lager, und Manette lief sogleich herbei und legte sich zu mir. Raoul nahm zur Abwechslung Marie, und Julien vergnügte sich mit Rose.

Nachdem ich der molligen Manette eine doppelte Probe der in mir schlummernden Kräfte gegeben hatte, erfolgte ein neuer Wechsel, und ich war wieder mit der lustigen Marie zusammen. Nach einem weiteren Wechsel lag dann gegen Tagesanbruch jeder wieder mit seiner eigenen Freundin zusammen, und nachdem wir noch Pläne für die Zukunft geschmiedet hatten, schliefen wir ein, ich in meiner Lieblingsstellung zwischen Roses Beinen, die sie über mich geschlagen hatte, meinen Kopf auf ihrem zarten weißen Bauch, während meine Wange auf dem weichen moosigen Haar ihres Venushügels ruhte.

Wir frühstückten um zehn Uhr, und gleich darauf huschte ich in Manettes Zimmer, wo ich außer ihr auch Marie und Rose vorfand. Jeder machte ich ein schönes Geschenk und erklärte ihnen, daß ich mich, wenn sie mir treu blieben, bei meiner Rückkehr aus Paris ihrer aller drei annehmen würde. Alle waren ganz wild darauf, noch einmal mit mir auf dem Bett herumzuturnen, da ich aber nur eine befriedigen konnte, mußten sie darum losen. Marie gewann. Sie legte sich quer über das Bett, und während ich die Hosen herunterließ, warfen die anderen beiden Mädchen ihre Kleider hoch und hoben eine jede eines ihrer Beine an, und als ich wohlbehalten in sie eingedrungen war, legten sie Maries Schenkel an meine Hüften, so daß ich sie schon bald durch die köstlichen Bewegungen meines Liebeskolbens in Ekstase versetzte.

Eine halbe Stunde später befand ich mich auf dem Weg nach Paris.

Kapitel 3

Die Fahrt dauerte ganze fünf Tage, und wenn uns unsere amourösen Vergnügungen irgendwie in Mitleidenschaft gezogen hatten, so erholten wir uns jedenfalls auf der Reise wieder zu strotzender Kraft.

Wir erreichten das Haus des Grafen in Paris spät abends – zu spät, wie meine Cousins meinten, um mich irgendwelchen ihrer *filles d'amour* vorstellen zu können. So zogen wir uns denn nach einem leichten Nachtmahl in aller Sittsamkeit (wenigstens für diese Nacht) auf unsere jeweiligen Lagerstätten zurück.

Den nächsten Tag verbrachten wir im Palais Royal und auf den Boulevards. Um zehn Uhr begaben wir uns dann hinauf in Raouls Kammer, wo wir kaum ein paar Minunten gesessen hatten, als drei wunderschöne Mädchen das Zimmer betraten, jedes von ihnen mit einem Tablett voller Wein, Konfekt, Bonbons und anderen Leckereien, und nachdem sie all dies auf einem runden Tisch aufgedeckt hatten, stellte mir Raoul die hübschen Liebchen vor.

Nach der Begrüßungszeremonie nahmen wir an der Tafel Platz und verbrachten eine gute Stunde mit Trinken, Essen und Plaudereien mit unseren lieblichen Gästen, bis uns der Champagner in die Köpfe zu steigen begann und wir uns nicht mehr damit begnügen wollten, unsere Charmeusen zu küssen, ihre Brüste zu streicheln, und was dergleichen Freizügigkeiten mehr sind, sondern tiefer in die Materie einzudringen versuchten. Doch da stießen wir auf Widerstand von seiten der Damen, und als wir der Sache mit etwas sanfter Gewalt nachzuhelfen begannen, sprangen sie auf und rannten aus dem Zimmer. Kaum waren sie aus der Tür, da sagte Raoul:

»Keine Angst, lieber Cousin, die kommen bald zurück, und dann wollen wir ihnen mal eine große Überraschung bereiten, indem wir sie völlig nackt empfangen!«

Das taten wir dann auch, und als wir fertig waren, sagte mir Raoul, ich sollte mir nur gleich ein Mädchen aussuchen, das ich für die Nacht als Partnerin haben wollte, sobald sie wieder das Zimmer beträten.

Bald ging die Tür wieder auf, und die Mädchen traten eine nach der anderen in das Zimmer und waren so nackt wie wir, abgesehen von einem großen grünen Schleier, in den sich jede eingewickelt hatte, was allerdings eher geeignet war, ihre Reize noch hervorzuheben, anstatt irgend etwas vor unseren Augen zu verbergen. Ihre Haare, die ihnen offen in langen Locken über die Schultern fielen, betonten nur noch ihre Schönheit, so daß ich völlig überwältigt vor ihnen stand und gar nicht daran dachte, mich für eine zu entscheiden, bis mein Cousin mich ansprach. Doch Louise, ein süßer kleiner Kobold, gerade achtzehn Jahre alt, schön, gut gebaut, mit großen Brüsten, üppigen Hüften, großem festem Hintern und überhaupt von allerliebster Dralligkeit, warf mir mit ihren bezaubernden dunkelblauen Augen solch feurige Blicke zu, daß ich mich sofort für sie entschied. Im gleichen Moment, da ich sie bei ihrem Namen nannte, kam sie auf mich zu, öffnete ihren Schleier und schlug mich zusammen mit sich selbst darin ein. Kaum hatte sie das getan, als auch bereits die anderen Mädchen in den Armen meiner Cousins lagen.

Wir setzten uns wieder zu Tisch, die Mädchen auf dem Schoß. So fest sie nur konnte, schmiegte sich Louise an meinen nackten Körper. Ihr herrlich fetter Hintern auf meinen Schenkeln, ihre großen festen Brüste an meiner Brust, ihr pummliger kleiner Arm um meinen Nacken, ihre weiche Wange an meine geschmiegt, ihre rosigen Schmollippen mit den meinen zu einem brennenden Kuß verschmolzen – all dies war genug, um selbst die Seele eines Einsiedlers zu entflammen. Doch als reichte dies noch nicht, spreizte die kleine Hexe ihre Beine, schob ihre Hand hindurch und ergriff meinen Zauberstab, der schon die ganze Zeit hart gegen ihr Hinterteil gedrückt hatte, auf der Suche nach einer Öffnung, in der er seinen Kopf verbergen könnte, und indem sie ihn zwischen ihren Schenkeln hervorzog, lenkte sie seinen Kopf zwischen die dicken feuchten Lippen ihrer sich längst ergießenden Spalte, wo sie ihn so lange an der Pforte der Lust rieb, bis ich so erregt war, daß ich ihr sagte, wenn sie den Saft nicht auf ihren Schenkeln haben wollte, dann müsse sie mich endlich einlassen, viel länger könnte ich mich nämlich nicht mehr beherrschen.

Als sie merkte, daß sie mich in einen Zustand versetzt hatte, der ihren Zwecken genügte, hob Louise ein Bein, nahm Schwung und warf es über meinen Kopf hinweg, wobei sie sich auf meinem Zapfen so drehte, daß ihr runder, weicher, glatter Bauch an meinen Bauch zu liegen kam. Dann stellte sie sich auf die Zehenspitzen, packte meinen Stab mit festem Griff, drückte seine Spitze in ihren Spalt und ließ sich mit ihrem ganzen Gewicht darauf nieder, wodurch sie sich selbst bis zum Heft aufspießte. Dann ging es auf und nieder, immer wieder, was mich so wild machte, daß ich mich gehenließ, bevor Louise ganz soweit war, doch in dem Moment, wo sie den heißen Saft in sich spürte, schoß es auch aus ihr heraus, bereits zum zweitenmal, und ihr Tribut vermischte sich mit meinem. Wir blieben in inniger Vereinigung zusammen, bis sich mein Freund ganz in sich zurückgezogen hatte und von alleine aus den feuchten Falten ihres Nestes glitt.

Louise stand auf und eilte aus dem Zimmer, und gleich darauf folgten ihr die beiden anderen Mädchen, die, wie ich jetzt sehen konnte, mit ihren Partnern das gleiche Spiel getrieben hatten wie Louise und ich. Wenig später kamen sie zurück, und wir saßen und tranken bis spät in die Nacht.

Am Ende hatte mich mein süßer kleiner Teufel wieder so erregt, daß ich vorschlug, wir sollten diese Nacht erst gar nicht zu Bett gehen. Ein Licht in der Hand, führte mich meine Geliebte in ihre Kammer, der man sofort ansah, daß sie ausschließlich als ein Sanktuarium der Liebe eingerichtet war, ein Ort, an dem nie etwas anderes getan oder an etwas anderes gedacht wurde. Zuerst einmal erfrischten wir uns, indem wir unsere am meisten erregten Körperteile mit eiskaltem Wasser wuschen, dann trug ich sie, von unverminderter Manneskraft erfüllt, zum Bett, und wir verbrachten die Nacht in einem nie nachlassenden Zirkel unbändiger Lust.

So vertrieben wir uns zwei Wochen lang die Zeit, ohne eine andere Abwechslung als die, daß ich ab und zu in die Kammern der Liebchen meiner Cousins huschte, um mich mit ihnen für eine Stunde – oder auch zwei – während des Tages zu amüsieren.

Schließlich forderte Raoul mich auf, mich einige Tage lang mit keinem der Mädchen mehr abzugeben, denn ich würde bald alle frischen Kräfte brauchen, wenn er mich nämlich in ein Etablissement einführen würde, für das selbst das »Haus der Arabischen Nächte« keine Konkurrenz sei, ein Etablissement von Damen, das ausschließlich vom Adel getragen werde – allein der Eintritt betrage eintausend Francs. In diesem Haus, so sagte er, finde man die schönsten Frauen ganz Frankreichs. Noch einmal ermahnte er mich, mich in den nächsten Tagen des Verkehrs mit unseren Mädchen zu enthalten, denn ich müßte seiner Empfehlung Ehre machen, und als neu einzuführendes Mitglied wäre ich verpflichtet, die erste Runde mit dem Mädchen meiner Wahl in aller Öffentlichkeit zu absolvieren.

Am Abend des dritten Tages nach der Ankündigung meines Cousins gingen wir zu dem Haus, in dem die Orgien abgehalten wurden. Es handelte sich um eine große düstere Villa in der Rue St. Honoré. Am Tor angelangt, wurden wir vom Portier eingelassen. Wir überquerten einen gepflasterten Hof, erstiegen eine breite Steintreppe, und nachdem mein Cousin dem Türsteher seinen Namen genannt hatte, führte er mich durch eine schwach erleuchtete Halle in ein kleines, hübsch eingerichtetes Zimmer zur Linken und ließ mich dort einige Minuten allein, um, wie er sagte, das Prüfungskomitee zu benachrichtigen. Er war schnell wieder zurück und stellte mich drei Herren vor, denen er sagte, es sei mein Wunsch, als Mitglied aufgenommen zu werden.

Die Aufnahmezeremonie war rasch vollzogen. Sie bestand lediglich in der Übergabe von eintausend Francs Aufnahmegebühr sowie weiterer tausend Francs zugunsten des Hauses.

Über eine große Treppenflucht wurde ich nun in einen Umkleideraum geführt. Dort informierte man mich, daß ich die Tracht des Hauses anzulegen habe, die aus nichts weiter als einem langen, vorn offenen Morgenmantel bestand, den man sich über das Hemd zog. Gemeinsam mit den anderen zog ich mich aus, und bald waren wir alle *en règle*. Daraufhin wurde ich zu einer großen Falttür geführt, die sich bei unserer Annäherung geräuschlos öffnete, und ich wurde nahezu geblendet von dem hellen Lichtschein, der durch sie hindurchfiel. Als ich den Raum betrat, bot sich meinen Augen eine Szene größter Pracht und Herrlichkeit, die es mit jeder Märchenschilderung aufnehmen konnte, die ich je gelesen hatte. Ich stand in einem großen, hohen und langgestreckten Salon, der zu beiden Seiten mit Reihen von Marmorsäulen in den verschiedensten Maserungen verziert war. Zwischen den Säulen standen auf Postamenten aus Alabaster eine Anzahl wahrhafter Meisterwerke der Bildhauerei aus feinstem Carrara-Marmor, die nackte Frauengestalten in allen erdenklichen Posen darstellten, in denen sich Wollust und Grazie vereinten.

Mit einem Schleier, der um jede Figur geschlungen war, sahen sie so natürlich aus, daß man hätte schwören können, es handle sich um Geschöpfe aus Fleisch und Blut, so vortrefflich war ihr Haar herausgemeißelt, so täuschend echt war die Rundung der Brüste nachgeahmt und ebenso, weiter unten, das kurze gekräuselte Haar, das die wunderschönen, lebensnah geschwollenen Lippen umrankte, so daß man sich beinah dazu herausgefordert fühlte, heranzutreten und sich selbst zu überzeugen, ob sie nicht vielleicht doch lebendig waren. Auch waren einige Figuren geradezu grotesk; eine stellte eine Frau dar, die Knie leicht gebeugt und weit gespreizt, die einen Schwanz halb in ihrer Spalte hatte. Eine andere hielt ein Glied in der Hand, dessen Kopf sich gerade vor den Lippen ihrer Liebeskerbe befand und so aussah, als wäre er soeben aus ihrer Höhle herausgerutscht und nach vollbrachter Tat in ihrer Hand zusammengeschrumpft; und was dergleichen Posen mehr sind.

Am Ende der Halle spielte ein Springbrunnen, dessen parfümiertes Wasser den Raum mit köstlicher, wohlriechender Kühle erfüllte. Die Wände waren mit den laszivsten Bildern bemalt, die man sich nur vorstellen kann, mit Frauen in den verschiedensten Haltungen und Stellungen. Fast alle waren in innigster Umarmung mit einem Mann dargestellt.

Doch die Decke war das *Chef d'œuvre* in diesem prachtvollen Raum. Das Mittelstück zeigte eine riesengroße Scham in den wunderschönsten Farben, aus deren Lippen ein großer gemeißelter Penis herabhing, samt den dazugehörigen Kugeln, an denen ein prunkvoller Leuchter hing. An den äußeren Seiten, um den Rand der übergroßen Venus herum, hingen Penisse, die, mit Flügeln versehen, durch den Raum schwebten und von denen einige einen Strahl Sperma in das Mittelstück sandten. Noch weiter außerhalb, um den Kreis der Penisse herum, flogen nackte Nymphen, die Jagd auf die fliegenden Penisse machten; sie schienen ihre Hände auszustrecken und nach den Stäben zu greifen; das Ganze, untermischt mit goldenen und silbernen Sternen und umrandet von Wolken himmelblauer Couleur, ergab eine wahrhaft großartige Szene.

In der Mitte des Raumes stand ein langer Tisch, auf dem ein luxuriöses Mahl auf goldenem und silbernem Geschirr angerichtet war. In seiner Art war das Mahl nicht weniger lüstern geschmückt als die anderen Attraktionen in diesem Raum. In die Stühle waren Figuren von Frauen und Männern in allen Formen und Stellungen eingeschnitzt. Manche Kelche hatten Stiele in Form von Penissen, andere waren wie Liebesgrotten geformt und ruhten auf wunderschönen Frauenbeinen. Auch die Vasen zeigten verschiedene Darstellungen, von denen mir eine sofort ins Auge fiel. Sie hatte die Form einer nackten Frau, die auf dem Kopf stand. Ihre Beine, gespreizt und in den Knien angewinkelt, die Füße auf den Hüften ruhend, bildeten die Henkel. Ihre Vagina war die Öffnung der Vase, und darin steckte ein Bouquet gar seltener Blumen.

Nachdem ich den anwesenden Herren vorgestellt und mir genügend Zeit gegeben worden war, all die schönen Dinge in dem Raum zu bewundern, teilte man mir mit, daß die Göttinnen dieses Hauses bald erscheinen würden, um ihr Mahl einzunehmen, und wenn sie den Raum betreten würden, sollte ich mir die aussuchen, die mir am meisten zusagte; da sie alle völlig ungebunden seien und es in dieser Hinsicht unter den Männern keinerlei Eifersucht gebe.

Kapitel 4

Schon bald darauf ertönte eine Glocke, und durch eine Seitentür betrat eine Gruppe von so schönen Mädchen den Raum, wie sie die Welt zuvor noch nie zusammen gesehen hatte.

Ich war wie elektrisiert, soviel Schönheit auf einem Haufen hätte ich mir nicht in meinen kühnsten Träumen vorzustellen gewagt. So bezaubernd und anmutig waren sie, wie sie da vergnügt hereinspazierten und dabei ein höchst lüsternes Gebaren an den Tag legten. Ihre Figuren waren so makellos, so betörend war das klare, fast transparente Weiß ihrer Gesichter und Hälse, leicht überhaucht mit rosigem Teint, beschattet von langem, tiefschwarzem, kastanien- oder nußbraunem Haar, das im Licht wie flüssiges Gold schimmerte und in prachtvollen Locken auf die wundervoll gerundeten Schultern niederfiel, während ihre Augen, halb versteckt unter langen seidigen Wimpern, voller Lüsternheit strahlten und funkelten, so daß sie eher Huris glichen, herabgestiegen aus dem moslemischen Paradies, denn irgendeiner sterblichen Rasse. Was jedoch dem Reiz ihrer Erscheinung das I-Tüpfelchen aufsetzte, das war ihre Kleidung.

Einige trugen Beinkleider und kurze Felljacken, *à la Turque*, wodurch ihre prächtigen Büsten und wundervoll geschwungenen Hüften bestens zur Geltung kamen.

Andere (die Mehrzahl) waren in Pluderhosen aus feiner blauer oder rosafarbener Gaze gekleidet, zusammen mit einem kurzen Röckchen aus dem gleichen Material, das halb bis zu den Knien reichte, was ihre Schönheit nur hervorhob und die einzelnen Reize noch besonders betonte, statt irgend etwas Wesentliches zu verbergen.

Ihre wunderschönen Brüste waren deutlich zu sehen, und sogar die rosigen Brustspitzen konnte man erkennen, die sich bei jedem Atemzug gegen den dünnen Stoff drückten.

Auch die Form ihrer Beine und Schenkel war zu erkennen, und nicht nur die Masse lockigen Haars, das ihnen über die köstlichen kleinen Spalten hing, selbst die Lippen derselben konnte ich sehen – alles, alles war sichtbar.

Da stand ich nun völlig überwältigt und starrte auf die feenhaften Geschöpfe um mich herum, ohne an etwas anderes zu denken als an ihre ungemeine Lieblichkeit, bis ich aus diesem Zustand träumerischen Entzückens durch die Stimme eines der anwesenden Herren gerissen wurde, der mich bat, einer der Damen meinen Arm zu reichen, um sie als meine Begleiterin zu Tische zu führen. Sollte ich aber nach dem Nachtmahl eine andere Dame entdecken, die ich meiner ersten Wahl vorzöge, so hätte ich völlige Freiheit, dann diese zu wählen.

Alles, was mir als Antwort einfiel, war, mit halb verwirrtem Blick in die Runde zu schauen, bis eines der schönen Geschöpfe vortrat, um sich mit einem Lächeln bei mir einzuhaken, wobei ihre dunkel schimmernden Augen in vollem Glanze erstrahlten und sie mich fragte, ob ich sie als Gefährtin für die Nacht akzeptieren wolle.

Als Antwort legte ich meinen Arm um ihre schmale Taille, zog sie in eine innige Umarmung und bedeckte ihre Lippen mit einem Dutzend brennender Küsse, die sie mit gleichem Feuer erwiderte.

Ich führte sie zu Tische, wo wir auf einem Sofa Platz nahmen (es gab keine Stühle, nur jeweils ein Sofa für jedes Paar), und das Mahl konnte beginnen.

Kaum hatten wir uns niedergelassen, da begann eine unsichtbare Kapelle die schönsten und verführerischsten Melodien zu spielen, und als der Nachtisch gereicht wurde, öffnete sich an einem Ende des Raumes ein großer Vorhang und enthüllte eine hübsche kleine Bühne, auf der vier Mädchen erschienen und äußerst lustvolle Tänze vorführten; sie warfen sich in höchst anregende Stellungen, legten Pirouetten hin, bis ihre Gaze-Röcke in Bauchnabelhöhe waagerecht von ihnen abstanden und ihre Pussis deutlich zu sehen waren, ja sogar die scharlachroten Lippen ihrer moosigen Liebestempel wurden beim Spreizen der Beine auseinandergezogen, so daß wir einen Blick in das köstliche Innere ihrer Lust auffangen konnten, soweit es die geöffneten Beine zuließen.

Nachdem wir eine Stunde oder mehr mit dem Dessert verbracht und mit den köstlich anregenden und erhitzenden Weinen einander zugetrunken hatten, verschwanden die Mädchen auf ein Zeichen, um sich für den Ball vorzubereiten, und überließen es uns, desgleichen zu tun, was lediglich darin bestand, daß wir uns bis auf unsere Lackschuhe splitternackt auszogen.

An dieser Stelle muß ich den Leser um etwas Geduld bitten, denn ich muß erst etwas erklären, was ich schon längst hätte tun müssen – daß nämlich die Mitglieder der Gesellschaft, die ihre Feste in diesem Hause abhielt, alle zu den besten Familien des Königreichs gehörten. Und daß ein Herr, der in den Club aufgenommen wurde, der Gesellschaft eine weibliche Person präsentieren mußte, entweder eine Schwester oder eine Cousine, eine Geliebte oder eine schöne Freundin, so daß er, wenn er sich mit den Verwandten oder Freundinnen der anderen Mitglieder vergnügte, keinerlei Vorteil über sie oder ihre Ehre haben konnte.

Die junge Dame, die sich mir als Gefährtin für die Nacht angeboten hatte, war, wie ich erfuhr, Mademoiselle de C., Tochter des Grafen C. und Schwester eines der anwesenden Herren. Hier trafen sie sich einmal pro Woche, ein jeder unter dem Vorwand, zu Besuch im Hause des anderen zu weilen, und ließen ihren unbändigen Gelüsten freien Lauf. Alle Sittsamkeit war aus diesem Haus verbannt und dafür der Lüsternheit Tür und Tor geöffnet.

Nachdem wir uns entkleidet hatten, betraten wir den Ballsaal, der wie der *Salle à manger* mit nackten Figuren bemalt war und in dem anstelle von Stühlen entlang den Wänden luxuriöse Couches standen, gepolstert mit den feinsten Daunen, ausgestattet mit Sprungfedern, bezogen mit Laken aus feinster Spitze und mit Tagesdecken aus Seide und Satin versehen, jedoch ohne Vorhänge, denn nichts durfte sich heimlich abspielen.

Wenn ein Herr und seine Gefährtin müde vom Tanzen waren, so konnten sie sich auf eine der Couches zurückziehen und sich dort dem Liebesspiel hingeben.

An den Wänden über den Lagern waren Regale angebracht, auf denen Weinkaraffen, Schalen mit Konfekt und andere anregende Erfrischungen standen.

Wir brauchten nicht lange auf unsere Gefährtinnen zu warten; schon kamen sie in den Saal getanzt, so nackt wie wir, mit Ausnahme durchsichtiger Gewänder aus blauer oder rosafarbener Gaze, die sie über die Schulter geworfen trugen.

War ich schon beim Mahle von meiner Auserwählten angetan gewesen, so war dies jetzt in weit höherem Maße der Fall, als ich einen freien Blick auf ihren nackten Körper werfen konnte. Ihre Haut war weiß wie Alabaster, ihre wunderschönen vollen Brüste zeigten sich fest und rund wie zwei Kugeln, ihr Körper verengte sich von den schön geschwungenen Schultern zu einer schmalen Taille. Von ihren kleinen Füßen an aufwärts sah ich ihre zarten Knöchel, die sanften Waden, die kräftigen, wohlproportionierten Schenkel, die in ein Paar fester Hüften übergingen, während die beiden Halbmonde ihres Hinterteils gleichermaßen massiv und fest waren. Ihre Haare reichten ihr bis zu den Knien, und ihre Lusthöhle war umgeben und überschattet von dichtem pechschwarzem Haar, das von ihrem Bauchnabel an wuchs und bis tief zwischen ihre Schenkel hing und nicht nur ein perfekter Schleier für ihre süße kleine Spalte war, sondern auch einen hübschen Kontrast zum Weiß des Bauches und der Schenkel bildete.

Kaum hatte sie den Raum betreten, da lief sie mit offenen Armen auf mich zu, aber ich fing sie ab und hielt sie auf Armeslänge vor mich hin, sah sie mir prüfend an und verschlang mit meinen Blicken jeden einzelnen ihrer Reize und Schönheiten. Dann umfing ich sie in einer langen Umarmung, wir wanden uns in den Armen des anderen und rieben unsere

Bäuche aneinander, bis mein Freund zwischen ihren Schenkeln zu schnaufen und zu tänzeln begann und sich auf die Suche nach einer gastfreundlichen Einkehr machte, in der er seine Schamlosigkeit verbergen konnte.

So sehr stieg die Erregung in mir, als ich spürte, wie sie ihren weichen weißen Bauch an meinem Bauch und die flauschige, moosartige Abdeckung ihres Liebesquells gegen meinen erstarkten Liebesschaft drückte, daß ich ihn so, wie wir da in der Mitte des Saales standen, hineingesteckt hätte, um die zwischen ihren Schenkeln verborgene dunkle kleine Höhle zu erforschen, hätte sie mich nicht zurückgehalten.

Ich wußte kaum noch, wie ich meine immer stärker werdende Gier mäßigen sollte, und so glitt ich aus ihren Armen nach unten, sank auf die Knie und schob mit meinen Fingern die glänzenden Locken beiseite, unter denen sich ein Paar rosiger, äußerst lüsterner und verführerischer Schmollippen versteckte, und überschüttete diese amouröse Körperstelle mit flammenden Küssen.

Für weitere Tändeleien blieb jedoch keine Zeit, da jetzt die Musik aufspielte und sie mich auf das Tanzparkett führte.

Nach dem ersten *Cotillon* führte ich sie zu einer Couch, und indem ich mich selbst hinlegte, zog ich sie neben mich und hätte schon bald wieder den höchsten Punkt erreicht, hätte sie mich nicht wiederum zurückgehalten und gesagt, daß wir verpflichtet seien, uns an die Regeln zu halten: Das erste Liebesspiel müsse auf der Paradecouch im Mittelpunkt des Raumes stattfinden, umgeben von der ganzen Gesellschaft.

Kurz darauf hörte ich das Läuten einer kleinen Glocke, und unverzüglich betraten vier Männer den Raum und schoben eine Couch aus geschnitztem Rosenholz vor sich her, bezogen mit feinstem Leinen und mit Brüsseler Spitze bedeckt.

Das Komitee, darunter der Bruder meiner Auserwählten, trat heran und führte mich zu der Couch. Drei der anwesenden Damen nahmen Mademoiselle de C. und legten sie auf den Rücken. Sie drehten an einer kleinen Schraube, die mittels Federwerk den Teil der Couch, auf dem das Hinterteil meiner Geliebten ruhte, gegenüber dem Kopf- und Fußende um mindestens dreißig Zentimeter erhöhte, wodurch ihr Körper eine Art Bogen bildete und derjenige Teil ihres Bauchs und ihrer Schenkel eine prominente Stellung einnahm, der der süßen kleinen Kluft am unteren Ende ihres Leibes am nächsten war.

Sobald sie alles arrangiert hatten, traten die drei Mädchen ein wenig zurück, und die Männer legten mich auf meine Auserwählte, mit der ich nun diese köstliche Zeremonie teilen sollte und die jetzt ihre Schenkel bis zum äußersten spreizte, um mich zu empfangen.

Nachdem ich bequem auf ihr gebettet war, schnallten uns die Männer mit Gurten aus indischem Kautschuk an, die über die Couch gespannt waren und uns nun dort festhielten.

Sehr bald erkannte ich die Notwendigkeit dieser Maßnahme, denn bei der kleinsten Bewegung, die ich machte (so stark waren die Sprungfedern im Inneren der Couch), hätte mich die Federwirkung von meiner Partnerin, wenn nicht gleich ganz und gar von der Couch, abgeworfen.

Das süße kleine Geschöpf, das unter mir lag, warf jetzt seine Beine über meinen Rücken und zeigte mir, indem es sich mit den Armen fest an mich klammerte, daß es bereit sei für den köstlichen Nahkampf.

Auf diese Anzeichen hin traten die drei Mädchen, die sie auf die Couch gelegt hatten, auf uns zu, und während die eine mit den Fingerspitzen die Lippen der Pussi öffnete, nahm eine andere meinen harten Ständer, zielte mit dessen Kopf auf den Eingang und führte ihn an die Öffnung heran. Doch meine Leidenschaft war derart außer Kontrolle geraten, meine Erektion hatte solche Ausmaße angenommen, sein roter Kopf war so angeschwollen und der Eingang ihrer Liebesgrotte so eng und klein, daß er nicht hineingehen wollte.

Nach zwei oder drei Versuchen, die alle fehlschlugen, hob das Mädchen, das für meine Liebesmaschine zuständig war, mein Mittelteil von Mademoiselle de C. ab, rutschte mit dem Kopf zwischen meine Schenkel, nahm meinen Spender in den Mund und beleckte ihn mit der Zunge, um ihn mit Speichel zu benetzen, nahm ihn dann wieder heraus und preßte ihn von neuem gegen den sehnsüchtig wartenden Eingang. Jetzt waren alle Voraussetzungen geschaffen, und mit einem kräftigen Stoß bohrte ich mich bis zum Heft in sie hinein.

Die Erschütterung, die durch das Zusammentreffen unserer Körper entstand, war so groß, daß meine Bälle förmlich an ihr Hinterteil klatschten. Die Wucht, mit der ich auf sie niederkam, war so enorm, daß die Federn tief in das Bett hineingedrückt wurden und uns postwendend fast einen Meter hoch in die Luft schleuderten. Das Bett war so konstruiert, daß die Federn das Polster, auf dem wir lagen, mit in die Höhe schleudern konnten.

Jetzt fühlte ich mich Herr der Lage und nutzte den Vorteil, indem ich meine Partnerin mit einer solchen Reihe von Stößen und Schüben beglückte – die Bettfedern warfen sie mir immer wieder entgegen –, daß unsere Körper mit großer Heftigkeit zusammenprallten und alles um uns erbebte.

Die Zuschauer, die um das Bett herumstanden, feuerten uns ununterbrochen an. Sie kommentierten unsere Vorstellung mit Ausrufen wie: »O Gott, was für ein wunderbarer Angriff!« – »Wie herrlich er sie sich zu Gemüte führt!« – »Seht, wie köstlich sich ihre Körper begegnen!« – »Was für ein herrlicher Schwanz, was für schöne große Bälle! Wie köstlich sie immer wieder gegen ihre Hinterbacken klatschen!«, etc.

»Ah, Mademoiselle de C., wie ich Euch um diese großartigen Bälle, um diesen herrlichen Schwanz, mit dem Ihr Euren gierigen kleinen Schlund gerade füttert, beneide«, schrie ein lebhaftes junges Ding, löste sich aus den Armen ihres Galans

und trat zum Bett, um einen besseren Blick auf meine ständig rotierende Liebesmaschine zu erhaschen, die ihre Phantasie so beflügelte. »Oh, wie wunderbar«, rief sie aus, kniete nieder und genoß jetzt den Anblick der gesamten Maschinerie in voller Aktion. »Seht, wie der stolze Hengst dampft und schnauft, wenn er seinen Kopf in die Anfangsstellung zurückbringt, und wie er dann alles wieder zum Schäumen bringt, wenn er in seiner unbändigen Raserei vorwärts stößt, der Ziellinie und dem Sieg entgegen«, und in ihrer Erregung griff sie nach meinen Eiern und drückte sie zärtlich, was mich sofort zum Höhepunkt brachte.

Mit einem letzten wilden Stoß blieb ich erschöpft und keuchend auf dem Busen meiner schönen Partnerin liegen, nachdem ich ihr Inneres mit dem satten Strahl meiner Liebessäfte durchtränkt hatte.

Als meine Partnerin, die meinen Angriffen in keiner Weise nachstand und mir mit ebenso liebestollen Stößen und kräftigem Empordrücken begegnete, die Hitze meines brennenden Saftes in sich spürte, kam sie im gleichen Moment, und indem ihr Inneres in einer wahren Flut meines Liebessaftes ertrank, öffnete sie ihrerseits die Schleusen der Liebe und ließ einen derart reißenden Strom prickelnder Flüssigkeit frei, wie er nie zuvor einer Frau entsprungen ist.

Kaum hatten wir uns von dem Delirium, in das sich unsere Sinne für einige Minuten verloren hatten, erholt, da wurden die Gurte, die uns zusammenhielten, gelöst.

Ich stand auf und hob Mademoiselle de C. zu mir empor. Als sie so vor mir stand, flossen die großen Tropfen unserer Liebessäfte aus ihr heraus und platschten zwischen ihren Füßen auf den Boden. Ein Beweis, mit welcher Kraft und Wärme wir uns in das Vergnügen der Liebe gestürzt hatten.

Nun erhielt ich die Glückwünsche von seiten der Männer für die Art und Weise, wie ich die Vorstellung bewältigt und dem Ruf ihres Geschlechts Ehre erwiesen hatte.

Meine Geliebte empfing ihrerseits die Lobreden der weiblichen Anwesenden, und alle beneideten sie darum, daß gerade sie mich als Gefährten bekommen hatte.

Dann nahm ich das geliebte Mädchen und führte es zu einer der Couches an der Seite des Saals, wo wir uns für einen Augenblick niederlegten, Wein tranken und uns an den anderen Köstlichkeiten erfrischten, um uns so für weitere Vergnügungen zu stärken.

Ich ließ meine Augen durch den Raum wandern und stellte fest, daß jede Couch mit einem Paar belegt war und alle das gleiche Spiel trieben, das wir soeben hinter uns gebracht hatten.

Da erhob ich mich mit meiner schönen Gespielin, und wir spazierten durch den Saal und beobachteten die verschiedenen Stellungen, die einige der Liebenden einnahmen.

Beim Anblick so vieler schöner Frauen, die alle auf einmal in Aktion waren, hielt ich es nur für gerecht, daß meine Geliebte den Reigen vervollständigte, und so führte ich sie zurück zur Couch und liebte sie so wild, daß sie sich anschließend eine halbe Stunde lang nicht erheben konnte.

Kurz nachdem sich die Gesellschaft von diesen Verzückungen erholt hatte, kamen zwei Diener und trugen Tabletts mit kleinen Tassen voll gewürzter Schokolade herein, die so zubereitet war, daß jeder, der von ihr trank, Kraft für zehn oder zwölf weitere Liebesspiele in sich hatte.

Liebe wurde nun zum Motto der ganzen Nacht erklärt. Ich glaube, niemals auf dieser Welt wurde eine so köstliche Orgie gleichzeitig von so vielen Menschen veranstaltet.* Niemals sah man so viele wunderschöne Liebesgrotten, ausgefüllt und vollgestopft von so vielen noblen Schwänzen. Niemals wur-

* Nach Ansicht des Herausgebers der »Perle« muß der Autor Belsazars Fest vergessen haben, von dem Photographien zu je £1 1s erworben werden können.

den Frauen von einer derartigen Flut von Liebessäften jeglicher Herkunft eingedeckt.

Die Ausschweifung näherte sich ihrem Höhepunkt, die Schokolade begann sich bei den Männern in wilder Weise auszuwirken. Die Frauen wanden und krümmten sich auf dem Boden, vögelten, stöhnten und schrien in Ekstase.

Die obszönsten Worte kamen über die Lippen der Frauen, die einen am nächsten Tag mit sprödem Blick und keuscher Miene in ihren Salons empfangen würden.

Die Erregung steigerte sich von Minute zu Minute. Die Frauen wurden zu wahren Bacchantinnen, freizügig tranken sie von den an- und aufregendsten Weinen.

Plötzlich zogen sie die Matratzen von den Sofas und breiteten sie auf dem Boden aus, um daraus ein einziges riesiges Bett zu bauen, auf das sich alle legen konnten.

Der Tumult wurde immer gewaltiger.

Hier konnte man zwei Frauen in (natürlich freundschaftlichem) Wettbeweb um ein und denselben Mann sehen.

Dann wieder waren es zwei Männer, die eine Frau umwarben, bis endlich jeder eine Stelle gefunden hatte, in der er seinen entflammten Ständer unterbringen konnte. Während einer es ihrer Spalte besorgte, trieb es der andere gleichzeitig in ihrem Mund oder Hintern.

Die Frauen kreischten. Sie liefen hinter den Männern her, warfen sich auf das Bett und zogen die Männer auf sich nieder.

Meine geliebte Freundin nahm mit den anderen an diesem Universalvergnügen teil. Dabei war sie, falls überhaupt möglich, noch wilder bei der Sache als jede andere ihres Geschlechts. Fast verrückt vor übermenschlicher Geilheit, wand sie sich in meinen Armen, rieb alle ihre Körperteile an den meinen, übersäte mich mit Küssen, ja sie kniff und biß mich sogar ganz kräftig in ihrer übersteigerten erotischen Erregung, und mich bei den verschiedensten Kosenamen rufend, forderte sie mich immer wieder von neuem auf, sie mit den Fingern, meinem Ständer oder der Zunge zu beglücken.

Sie brachte sich in die lüsternsten Stellungen, sie warf die Beine nach oben, streckte die Arme aus und lud mich mit höchst obszönen Worten ein, in die Schranken der Liebe zu treten, dabei verbreitete sie sich über jede einzelne Schönheit ihres Körpers, betonte die überlegene Festigkeit ihrer drallen Brüste, wobei sie sie knetete und preßte, dann ließ sie sich über die weiße, samtige Haut ihres Bauches aus und beschrieb die köstlichen Reize ihrer Lusthöhle und das zwischen deren feuchten Wänden versteckte Feuer. Dann drehte sie sich auf den Bauch, bot mir die beiden vollen, runden Monde ihres Hinterteils und lud mich ein, es mal von dieser Seite auszuprobieren. Dabei winkelte sie die Beine an, daß die Füße auf ihren Hinterbacken zu liegen kamen.

Während sie in dieser Stellung lag, durchfuhr mich ein Gedanke, und ich machte mich unverzüglich an seine Ausführung.

Ich legte mich auf den Rücken, die Füße zu ihrem Kopf hin, mein nackter Arsch an ihrem, mein Ständer so steif und hart wie ein Elfenbeinstab mit rotem Knauf, und sagte zu meiner Geliebten, sie solle ihre Beine auf meinen Körper herablassen. Als sie dies tat, befand sich mein Rammbock genau auf dem Punkt, und sie spießte sich selbst darauf auf. Das war nun eine wirklich neue Art des Liebesspiels – aber im Erfinden von neuartigen Stellungen waren wir natürlich nicht die einzigen.

Nachdem unsere bacchantische Orgie nun ihren höchsten Punkt erreicht hatte, trat momentan eine Unterbrechung ein, als der Präsident des Clubs um Aufmerksamkeit bat, um darüber abstimmen zu lassen, ob nun die Lichter im Raum gelöscht werden sollten oder nicht.

Gemessen an dem bisherigen Prozedere empfand ich dies

als eine etwas merkwürdige Maßnahme, und als ich deshalb meine schöne Begleiterin bat, mir die Lösung des Rätsels zu verraten, erklärte sie mir, daß sich die Männer und Frauen bei jedem Treffen der Gesellschaft zu einer bestimmten Stunde sämtlicher Zierde entledigten; den Damen sei es nicht einmal erlaubt, eine Spange im Haar zu behalten. Die Herren zögen sich für ein paar Augenblicke in einen anderen Raum zurück, während die Damen alle Lichter im Saale löschten, mit Ausnahme eines kleinen Lichtes in einem der Seitenkabinette. Auf ein Glockenzeichen hin beträten die Männer dann wieder den Raum, in dem ihre Gespielinnen sich befanden, mischten sich wahllos unter sie und nähmen die sanften Vergnügungen der Liebe umgehend wieder auf.

Weder Damen noch Herren sei es gestattet, den Mund aufzumachen, nicht einmal zu einem Flüstern, damit die strikteste Anonymität gewahrt blieb, und aus dem gleichen Grunde sei auch jedermann verpflichtet, jegliches Schmuckstück abzulegen, damit nicht einmal Bruder und Schwester, falls sie zusammenträfen, einander an einem Armband, einem Ring oder sonstigem Schmuckstück erkennen könnten.

Nachdem abgestimmt war, geschah alles genauso, wie ich es soeben geschildert habe.

Nachdem wir den stockfinsteren Raum wieder betreten hatten, wurden von einem Bediensteten die Türen hinter uns verschlossen, und als wir nun durch die Dunkelheit vorwärts stolperten, trafen wir auf die Frauen, die sich uns in die Arme warfen, und im Nu tummelten wir uns bereits wieder in einem großen Durcheinander auf dem Boden.

Ich kam in den Besitz einer kleinen barocken Fee, und indem ich mir den Weg in eine Ecke des großes Bettes ertastete, brachte ich sie in eine günstige Stellung, fand in der Dunkelheit meinen Weg genauso schnell wie bei Tageslicht und schwelgte in den sinnlichsten Reizen, die man sich vorstellen kann.

Oh, ihr Götter! Wie eng umschloß ihre Spalte meinen Ständer! Welch köstlicher Sog entstand, als mein Kolben zwischen den feuchten Wänden ihres Zylinders auf und ab fuhr! Wie herrlich sie all meinen Stößen mit energischem Gegendruck begegnete! Oh, wie verschwenderisch ihre feurigen Küsse auf meinen Wangen und Lippen verteilt wurden, während ich sie an meine Brust drückte. Und schon kam der Höhepunkt herbei, und wir schwammen in einem Meer des Vergnügens.

Ich lag an ihrer Seite und brach die Regeln, indem ich ihr flüsternd erklärte, wer ich war. Ich fragte sie nach ihren Abenteuern in der Dunkelheit.

Sie erzählte von einem Treffen, bei dem sie sich, als die Lichter plötzlich wieder angingen, in den Armen ihres Halbbruders fand, und daß sie auch schon oft mit ihrem Cousin zusammengetroffen sei.

Sie berichtete mir auch von Brüdern und Schwestern und vielen Cousins und Cousinen, die, als die Lichter angingen, miteinander ertappt worden seien, dann aber, weit davon entfernt, wieder auseinanderzugehen, die Jagd bis zur Erlegung des Wildes fortgesetzt und sich dabei genauso vergnügt hätten, als wären sie einander völlig fremd gewesen.

Sie sagte, um das volle Vergnügen im Liebesspiel zu erreichen, sei es notwendig, jede Sittsamkeit und Hemmung über Bord zu werfen, denn der Mann sei nun einmal für die Frau geschaffen und die Frau für den Mann. Soweit es sie betreffe, mache es keinen Unterschied, wer die Darsteller seien, Hauptsache, die Bumserei sei gut ausgeführt und man hätte seinen Spaß dabei.

All ihre Handlungen und Reden wiesen meine Partnerin als eine der lüsternsten Frauen aus, die man sich vorstellen kann. Ohne Scheu spielte sie mit allen meinen Körperteilen, legte ihren Kopf auf meine Hüften, spielte mit meinen Eiern und legte den Kopf meines Ständers zwischen andere Lippen als die von Mutter Natur dafür bestimmten, und versuchte, indem sie ihn mit ihrer Zunge kitzelte, ihn zu neuer Lebenskraft zu erwecken. Jeder nur erdenkliche Trick war ihr recht, um seine schlafenden Energien zu beleben, und als ihr der Erfolg beschieden war, warf sie sich in meine Arme und legte sich rücklings auf mich drauf.

Mein Instrument befand sich in einem wundervollen Zustand der Erektion, sein Kopf stand hoch aufgerichtet zwischen den schneeweißen Schenkeln meiner süßen Last und klopfte, Einlaß in die geheime Kammer der Liebe begehrend, wild gegen deren Tür. Mit ihren Fingerspitzen öffnete sie die Ventile, welche die rosige Öffnung ihrer tiefsten Nische verschlossen hielten, und indem ich den Kopf hineinsteckte, ließ ich den Dingen ihren Lauf und ertränkte mich zum siebtenmal in dieser Nacht in einem Meer von Seligkeit.

Ich war so angetan von meiner Partnerin, daß ich mich, trotz der Verlockung durch die anderen Schönheiten, die im Saale umherwimmelten und sich mal mit dem einen, mal mit einem anderen Partner ergötzten und von denen ich eine jede selbst hätte haben können, in ihre Arme legte und meine Wange an einer der großen Kugeln ihres Busens zur Ruhe bettete, während sie mich an sich drückte und ihre Beine mit meinen verschränkte.

In dieser Stellung fiel ich in einen gesunden Schlaf.

Als ich erwachte, strahlte der Saal in hellem Lichterglanz, und ich fand das Mädchen, in dessen Armen ich eingeschlafen war, in einem wilden Liebesgefecht mit einem anderen Mann ganz in meiner Nähe.

Bis zum Tagesanbruch setzten wir unsere Ausschweifungen fort, dann kleideten wir uns an, und ein jeder verließ einzeln das Haus und ging auf verschiedenen Wegen nach Hause.

Daheim angekommen, begab ich mich sofort auf mein Zimmer, und erschöpft, wie ich war von den gewaltigen Anstrengungen, denen ich mich unterzogen hatte, fiel ich sofort in einen tiefen Schlaf, aus dem ich erst um drei Uhr am Nachmittag wieder erwachte.

Kapitel 5

Ich besuchte alle Orgien des Clubs, dessen Mitglied ich inzwischen geworden war und wo jede Woche neue Ausschweifungen veranstaltet wurden.

Bei jedem Treffen wuchs meine Vorliebe für das köstliche Geschöpf, in dessen Armen ich an meinem ersten Abend zuletzt gelegen hatte, so daß ich beschloß, sie so weit wie möglich ganz für mich zu bekommen.

Celestine war die Tochter des Marquis de R. Im Club war sie unter dem Spitznamen »La Rose d'Amour« bekannt, mit welchem ich sie auch weiterhin bezeichnen will.

In ihr waren alle Liebreize und aller Charme des zarten Geschlechts vereinigt.

Mit ihren verführerisch kleinen Füßen – Hinweis auf die köstliche Enge ihrer Liebeshöhle, welche die Natur zwischen ein Paar reifer, fleischiger Schenkel plaziert hatte, die auf der Rückseite in sanftem Schwung in ein allerliebstes, kühn hervorragendes Hinterteil mündeten –, mit einem Bauch, so weich und weiß wie frischer Schnee, einer Taille, schlank wie die einer Nymphe, einem Hals wie ein Schwan, einem kleinen, mit zwei Reihen elfenbeinerner Zähne ausgelegten und von einem Paar rosiger Schmollippen gesäumten Mund, Wangen, so zart wie die samtenen Daunen eines überreifen Pfirsichs, schmachtenden dunklen Augen, die von einem lüsternen Feuer glühten und von langen seidenen Wimpern beschattet wurden, ihrem kastanienbraunen Haar, das ihr in verschwenderischen Locken über Hals und Schultern fiel und die vollen alabasterfarbenen Brüste halb bedeckte, die ihrerseits von Spitzen, so hart und rot wie Rosenknospen, gekrönt waren, stellte sie für mich die »personifizierte Vollkommenheit« dar.

Einen Tag nach meinem letzten Besuch im Club erhielt ich einen Brief aus St. Petersburg, in dem mir der Tod meines Vaters mitgeteilt und ich aufgefordert wurde, mich unverzüglich dorthin zu begeben, um seine sterbliche Hülle nach Frankreich zu überführen.

Nun, ich hatte nie so viel von meinem Vater gehabt, daß ich jetzt besondere Trauer verspürt hätte. Und das wenige kindliche Mitgefühl in mir wurde rasch von dem Gedanken an die Freuden verdrängt, die mir nun offenstanden, da ich umgehend in das immense Erbe meines Vaters eintreten konnte, so daß ich gar keine Lust verspürte, meine Vergnügungen aufzugeben, am allerwenigsten aber, auf mein Rendezvous mit »La Rose d'Amour« zu verzichten.

Nach Erhalt des Briefes begab ich mich unverzüglich zum Hause des Marquis de R., fragte nach Celestine und wurde in den Salon geführt.

Der Diener kam zurück und brachte mich zum Boudoir seiner Herrin, wo ich sie, als ich eintrat, in einem bezaubernden *Negligé* auf dem Sofa liegend vorfand. Ihr Nacken war unbedeckt, der Ausschnitt so weit offen, daß man die Hälfte ihrer Brüste sehen konnte. Einen Fuß auf dem Sofa, den anderen auf einem Schemel, das Kleid über die Knie hochgezogen, stellte sie ein Paar fein geschwungener Waden zur Schau. Nachdem ich die Tür abgeschlossen hatte, las ich ihr den Brief vor, sagte ihr, daß ich mich nicht von ihr trennen könne, und beschwor sie, ihr Elternhaus zu verlassen und mich auf meiner Reise zu begleiten. Ich sagte ihr, daß ich nach meiner Rückkehr unser altes Schloß in der Bretagne mit allem Luxus eines orientalischen Harems versehen wollte, wo wir dann unter all den Vergnügungen, welche die Liebe zu bieten habe, und all dem Luxus, der für Geld zu haben sei, leben könnten.

Nachdem sie ein wenig mit sich zu Rate gegangen war, willigte sie ein, und ich ließ sie allein, damit sie alle nötigen Vorbereitungen für unsere Abreise am nächsten Tage treffen konnte.

Da sie mich als Page verkleidet begleiten sollte, war ich gezwungen, mich an meinen treuen Diener zu halten, um für geeignete Kleidung etc. zu sorgen.

Um acht Uhr abends hatte er alles vorbereitet, und da wir mit dem ersten Tageslicht aufbrechen wollten, verbrachte Celestine, unter dem Vorwand, sie besuche einen Ball, die Nacht bei mir, in meiner Kammer im Haus meines Onkels.

Bei Tagesanbruch brachen wir auf, so schnell uns vier gute Pferde nur ziehen konnten.

Meine Begleiterin gab einen sehr gut aussehenden jungen Mann ab und war der Grund für einige Abenteuer, die wir auf unserer Reise noch erleben sollten.

In einem kleinen Grenzort hielten wir an, und als ich dem Bürgermeister meinen Paß vorlegte, bestand dieser darauf, daß wir die Nacht in seinem Haus verbrachten, worein ich mich schließlich fügte.

Er war ein alter Mann, so um die Sechzig, und hatte nur noch wenige graue Haare. Nachdem wir sein Haus erreicht hatten, schickte er einen Diener, seiner Frau mitzuteilen, daß sich Fremde unten in der Halle befänden, die ihre Gegenwart erforderten.

Ein paar Minuten später erschien zu unser beider großer Überraschung eine sehr reizvolle, rotwangige, lebhafte junge Frau von vielleicht zweiundzwanzig Jahren.

Im Verlaufe des Abends stellte ich anhand der fast verächtlichen Art, in der sie mit ihrem Ehemann umsprang, fest, daß es sich bei ihrer Verbindung nur um eine »Verstandesheirat« handeln konnte, und darüber hinaus bemerkte ich an den Blicken, die zwischen ihr und Celestine hin und her flogen, daß sie nur auf eine Gelegenheit wartete, ihrem Mann eins auszuwischen. Also beschloß ich, falls sich die Gelegenheit bieten sollte, dem Herrn Bürgermeister seine Gastfreundschaft dadurch zu vergelten, daß ich seinem kahlen Schädel einen neuen Schmuck in Form zweier Hörner verpaßte.

Als wir uns in die Zimmer zurückgezogen hatten, unterrichtete mich meine Geliebte, daß sie eine Verabredung mit der Gattin des Hausherrn habe. Diese wollte beim Zubettgehen ihrem Mann ein Mittel in den Wein geben, welches ihr für mindestens zehn Stunden Ruhe vor ihm bescheren würde. Sobald er schlafe, werde sie in Celestines Zimmer kommen.

Ich sagte Celestine, sie solle sich entkleiden und in mein Bett legen. Ich selbst zog mich völlig nackt aus und erwartete in der Dunkelheit die Ankunft der reizenden Gastgeberin.

Nach einer Stunde des Wartens hörte ich leise Schritte näher kommen. Die Tür ging auf, und sie betrat das Zimmer. »Rudolph«, flüsterte sie, denn das war der Name, den sich Celestine zugelegt hatte, und näherte sich dem Bett. Ich sprang auf, schob die Riegel vor die Tür, umfing sie mit meinen Armen und stellte fest, daß sie ebenso nackt war wie ich. Als ich sie jedoch küßte, bemerkte sie sofort an meinem Schnurrbart, daß ich nicht die Person war, mit der sie sich hatte treffen wollen. Voller Angst, sie könnte sich im Zimmer geirrt haben, stieß sie einen kleinen Schrei aus und versuchte, sich mit Gewalt aus meiner Umarmung zu befreien.

Ich aber packte sie mit festem Griff bei ihrer nackten Taille, zog sie zum Bett und erklärte ihr alles: daß mein Page meine Geliebte sei und mich in dieser Verkleidung begleite.

Nachdem ich sie auf diese Weise beschwichtigt hatte, zündete ich eine Kerze auf dem Nachttisch an, und nach genauer Begutachtung ihrer Reize, bei der ich jede einzelne Stelle streichelte und küßte – vor allem aber den kleinen behaarten Schlitz unterhalb ihres Bauches –, stellte ich fest, daß sie meine beim Nachtmahl entwickelten Vorstellungen bei weitem übertraf.

Sie konnte den Liebkosungen, die ich ihrem Körper zukommen ließ, nicht widerstehen und ergab sich freimütig in meine Berührungen.

Das Spiel wurde zu erregend, als daß ich mich noch länger hätte zurückhalten können, und so legte ich sie auf den Rücken, schob meinen Ständer in ein Bad von heißem, feuchtem Fleisch und vermittelte ihr einen überreichlichen Genuß der Köstlichkeiten, von denen sie in ihrem bisherigen Leben nur einen kleinen Vorgeschmack bekommen hatte.

Fünfmal brachte ich sie auf den Höhepunkt der Liebe, und fünfmal starb sie fast vor wollüstiger Ekstase. Es war ein Vergnügen, so erklärte sie mir, das sie bisher nur in ihrer Phantasie gekannt hatte.

Mit aufrichtigem Bedauern verließ mich Madame le Maire bei Tagesanbruch, um sich zu ihrem schlafenden Ehemann zu begeben, dessen Glatze nun ein Paar Hörner aufgesetzt bekommen hatte. Sie waren zwar noch recht kurz, aber die Aussichten waren nicht schlecht, daß sie mit der Zeit zu einem stolzen Geweih heranwachsen würden.

Bevor sie von mir ging, mußte ich ihr versprechen, auf der Rückreise wieder vorbeizuschauen.

Nach dem Frühstück erstattete ich meinem Wirt meinen aufrichtigen Dank für seine Gastfreundschaft und versicherte ihm, daß die Unterhaltung, die ich in seinem Haus genießen konnte, weit über meine Erwartungen hinausgegangen sei.

Ich ließ meinen Wagen kommen und nahm in Begleitung meines Pagen die Straße nach Wien.

Vierzehn Tage später erreichten wir St. Petersburg, wo ich, nachdem alle Vorbereitungen für die Rückreise getroffen waren, beschloß, ein oder zwei Tage dem Vergnügen zu widmen.

Auf einem Ball im Zarenpalast, zu dem man mich eingeladen hatte, machte ich die Bekanntschaft der Comtesse Z., einer der vollendetsten Schönheiten am Hofe und die regierende *Belle* von St. Petersburg.

Die Comtesse, sie hieß Caroline, war erst dreiundzwanzig und schon Witwe! Mit zwanzig hatte sie geheiratet, und nur einen Monat nach der Trauung wurde ihr Mann im Duell mit einem Engländer getötet.

Die Comtesse hatte einen Gang und einen Blick, so stolz und hochmütig wie von einer Juno. Ihr ovales Gesicht und ihre majestätische Gestalt erregten meine höchste Bewunderung, und ich war entschlossen, sie zu meiner Geliebten zu machen.

Als ich sie in ein Gespräch verwickelte, stellte ich fest, daß sie an meiner Gesellschaft, vor allem aber an meiner Person, Gefallen fand.

Vollendet, wie sie war, besaß Caroline Z. auch das typische Laster aller Russen: Sie trank große Mengen Weinbrands. In der Tat sprach sie dem Alkohol dermaßen eifrig zu, daß ich den Entschluß faßte, sie noch in derselben Nacht zu der Meinen zu machen.

Da ich sie bis in den späten Morgen hinein mit Weinbrand traktierte, geriet sie in solche Erregung, daß sie sich nicht mehr unter Kontrolle hatte. Die ganze Nacht hindurch blieb ich dicht an ihrer Seite, bis der Ball zu Ende war. Dann fragte ich sie bescheiden, ob ich sie nach Hause begleiten dürfte.

Ich brachte diese Frage im Laufe einer lustigen Unterhaltung an, die wir führten, als wir die Stufen des Palastes hinabschritten. Das schwankende junge Geschöpf, vom Alkohol völlig berauscht, willigte sofort ein.

Ich half ihr in den Wagen, mahnte den Kutscher zur Eile, und im Nu waren wir bei ihrem Palast angekommen.

Beim Aussteigen forderte sie mich auf, mit hineinzukommen – eine Einladung, die ich sofort annahm –, und führte mich über eine große Treppenflucht hinauf in ihr Ankleidezimmer. Der Brandy hatte ihr so zugesetzt, daß sie kaum noch wußte, was sie tat.

Sie entledigte sich ihres Umhangs und Schals, läutete mit

einer Glocke, und zwei Dienstmädchen betraten den Raum. Indem sie mich bat, sie für ein paar Minuten zu entschuldigen, zog sie sich, gefolgt von den Dienerinnen, in ihr Boudoir zurück und erschien kurz darauf wieder in neuer Aufmachung: einem losen, fließenden Gewand aus feinstem Kaschmir.

Mit dem Auftrag, einen Lunch und Brandy aufzutragen, schickte sie die Dienerinnen fort, die das Gewünschte brachten und sich dann zurückzogen, offensichtlich erstaunt darüber, daß einem Mann der Zutritt in ihr Ankleidezimmer gestattet wurde, vor allem zu dieser Stunde.

Nun sah ich meine Chance gekommen, und ich tröpfelte ihr ein paar Tropfen aus der kleinen Flasche, die ich immer bei mir trug, in den Brandy. Ich reichte ihr das Glas, und sie trank es in einem Zug aus.

Es durchströmte ihre Venen wie flüssiges Feuer, ihre Augen funkelten vor Lüsternheit, ihr Herz schlug hoch und klopfte wild von dem Verlangen, das sich in ihr ausbreitete.

Ich rückte meinen Stuhl näher an sie heran und flüsterte ihr brennende Liebesschwüre ins Ohr. Dabei legte ich meinen Arm um sie, und da ich keinerlei Widerstand feststellen konnte, drückte ich sie an meine Brust, pflanzte zahllose Küsse auf ihre Lippen und sog ihren Atem in mich ein.

Nach einer weiteren Minute lieferte sie sich mir mit Leib und Seele aus, warf ihre Arme um meinen Nacken und zahlte mir die Küsse, die ich ihr gegeben, mit Zins und Zinseszins zurück.

Ich stand auf und trug sie in das Boudoir, wo in einer Nische ein Bett stand. Ich zog sie aus, bis sie nur noch ihr Hemd anhatte, dann entkleidete ich mich selbst, bis ich splitternackt dastand. Während ich Caroline einen sanften Kuß gab, zog ich ihr nun ebenfalls das Hemd aus und kam dadurch in den Genuß des wunderschönen Anblicks all ihrer verborgenen Reize.

Ich führte sie zum Bettrand, gab ihr einen Klaps auf den Rücken und war schon bald zur allerletzten Raste in die köstlich-engste Spalte eingedrungen, die ich je erobert hatte.

Mit welchem Feuer, welcher Begeisterung, welcher Wildheit sie sich mir entgegenhob, um die durchdringenden Stöße meines Liebespfeils aufzufangen!

Die Erregung steigt, das Gefecht wird heißer und heißer. Himmel! Welch Vergnügen! Welche Freude! Welche Ekstase! Oh, wie gut meine lebhafte Partnerin auf all meine feurigen Begierden einging! Was für ein Meer der Lust, in das ich gefallen bin! Was für eine unbeschreiblich köstliche Hitze in den herrlichen Falten ihrer Liebeskluft herrschte! Ihr Götter, wie oft ich meinen harten Pfeil durch das herrlich saftige Fleisch ihres köstlich-empfindsamen Köchers schnellen ließ! Ich fühlte den Höhepunkt nahen, unsere Münder begegneten sich; ich verschlang ihre Zunge, wie sie die meine; ihre rosigen Lippen, wie süß und warm! Welch tiefe Sinnlichkeit in diesen amourösen Bissen, in diesem feurigen Kampf unserer Zungen, die einander suchten, sich mit Speichel benetzten, sich ineinander verschlangen, sich zurückzogen, um wieder zuzustoßen!

Ich gab ihr den *Coup de grâce,* und so groß war die Flut, die aus den Reservoirs der Liebe schoß, daß die köstlich prickelnde Flüssigkeit an ihren Schenkeln herunterlief, als ich meinen brennenden Saft in die tiefsten Tiefen ihrer Grotte spritzte.

Caroline war nicht so munter und lebhaft wie meine Rose d'Amour, ihre Bewegungen waren schmachtend, aber sehr sinnlich. Ich drehte sie um und um, berührte und streichelte jeden Zoll ihres Körpers. Wieder küßte ich sie; alles verschlang ich mit meinen feurigen Küssen, vor allem die klaffenden Lippen ihrer Lusthöhle, die feucht waren von dem flüssigen Strahl aus dem Born der Liebe, den ich in sie verströmt hatte.

Funken sprühten, Flammen schlugen. Wir wanden und rankten uns in den Armen des anderen, und zum sechstenmal hatte mein unermüdlicher Hengst das Siegestor der Liebe erreicht, ohne zu ermüden. Der Sturm wurde immer stärker, die Liebessäfte ergossen sich in Strömen, doch sie konnten das lodernde Feuer nicht löschen, das in uns wütete.

Am nächsten Morgen erwachten wir, leidlich erholt von den Anstrengungen der Nacht. Wieder nahm ich all die Reize meiner lieblichen Bettgespielin in Augenschein, während sie mein geschmeidiges Instrument streichelte, bis es zu einer stattlichen Rute heranwuchs. Ich spielte mit ihren verlockend festen Alabasterkugeln, jede mit einer höchst verführerischen Rosenknospe versehen, und indem ich sie mit meinen Händen umfing und sie knetete und drückte und an ihren Spitzen sog, loderte das Feuer von neuem in mir auf.

Ich drehte sie auf den Rücken, sie spreizte ihre Schenkel und brachte meinen Liebespfeil auf den Weg in ihr Innerstes, in das er sofort heftig eindrang, und wieder kosteten wir von den süßen Freuden aus dem Brunnen der Venus.

Unter Schwüren ewiger Treue und Liebe verließ ich meine geliebte Caroline und eilte nach Hause.

Ich berichtete Celestine von allem, was vorgefallen, schwärmte geradezu von den Freuden, die ich genossen, als ich in den jungfräulichen Reizen der Caroline Z. geschwelgt hatte, und ließ auch nicht die kleinste Kleinigkeit aus.

Dies pikierte meine französische Geliebte ein wenig, doch als ich ihr von meinen Plänen berichtete, gewann ich ihre Zustimmung. Ich erzählte ihr von meiner Absicht, das Schloß mit allen Herrlichkeiten barbarischer Üppigkeit und Prachtentfaltung auszustatten und mir die schönsten Frauen, die mein Verlangen am stärksten erregten, zu nehmen, ja zu stehlen und sie in das Schloß zu bringen, das ich von meinen vertrauensvollsten Gefolgsleuten bewachen lassen und somit in ein befestigtes Serail verwandeln würde.

Ich sagte ihr, daß sie dort als uneingeschränkte Herrin schalten und walten sollte und daß es ihr, gierig, wie sie nun einmal war, niemals mehr an dem besonderen Fleisch mangeln sollte, das zu verschlingen sie ja allzeit bereit und willig war. Weiterhin sagte ich ihr, sie solle alles für eine sofortige Abreise vorbereiten, während ich die schöne Russin besuchen würde, in deren Armen ich die letzte Nacht verbracht hatte.

Als ich gegen Abend dort eintraf, führte mich ein Diener umgehend zu Caroline. Ich fand sie in einem herrlichen Badezimmer vor, wo sie sich in einem Bad aus Milch und duftenden Wässern räkelte.

Ich legte ein Kissen auf den Marmorrand der Badewanne und unterbreitete ihr meinen Vorschlag, Rußland zu verlassen und mit mir nach Frankreich zu gehen. Ich stellte ihr die Pracht und Herrlichkeit vor Augen, in der wir leben und wo nur die Liebe allein Zutritt haben würde.

Ich beschrieb ihr die endlose Vielfalt von Vergnügungen, in denen wir schwelgen, und den ununterbrochenen Reigen der Lust, in dem wir unsere Tage und Nächte verbringen würden.

So sehr erregte ich ihre Phantasie mit der glühenden Beschreibung des Liebeslebens, das wir führen würden, daß sie auf der Stelle einwilligte, mit uns zu kommen. Ich sage »uns«, denn ich hatte ihr nicht nur alles über Celestine erzählt, die mich begleitete, sondern auch von meiner Absicht, jede Frau zu besitzen, die unterwegs mein Interesse erwecken sollte.

Sie ging auch sofort auf alle meine Pläne ein, und ich mußte ihr versprechen, Celestine am nächsten Abend mitzubringen, damit wir die Nacht alle drei zusammen verbringen könnten.

Nachdem wir den Tag damit verbracht hatten, uns die Umgebung von St. Petersburg anzusehen, entstiegen Celestine (in ihrer männlichen Aufmachung) und ich gegen Abend vor dem Haus der Comtesse unserer Kutsche und

wurden sofort in das Ankleidezimmer geführt, von dem ich bereits erzählt habe.

Als wir eintraten, lag Caroline in all der aufreizenden Koketterie eines *Negligé* auf einem Sofa. Anstatt sich zu erheben, um uns zu begrüßen, läutete sie lediglich mit einer Glocke, und zwei Mädchen traten ein und führten Celestine in das Boudoir, wo sie eine geschlagene halbe Stunde blieben.

Welche Überraschung, als Celestine in das Zimmer zurückkam, sie in genau der gleichen Aufmachung zu sehen wie Caroline, die ihrerseits sofort aufsprang, sie umarmte, ihre Schönheit pries, ihre Figur bewunderte, sie »Schwester« nannte und ihr jede Aufmerksamkeit entgegenbrachte, die ihr in den Sinn kam.

Als ich meine treffliche Russin fragte, woher sie das Gewand für Celestine hätte, entgegnete sie, sie habe es nach der Beschreibung, die ich ihr gegeben, in so kurzer Zeit anfertigen lassen, weil sie den Gedanken nicht habe ertragen können, sich und ihre Reize von so vorteilhafter Seite zu zeigen, während sich Celestine unter ihrer männlichen Aufmachung verstecken müsse. Und mit diesen Worten öffnete sie eine Schatulle und setzte Celestine eine Krone von hochkarätigen Diamanten auf die Stirn, legte ihr eine Perlenkette um den Hals und steckte ihr eine große Rose aus Brillanten an das Décolleté; dabei bat sie sie, all dies als Geschenk von einer Schwester anzunehmen.

Daraufhin zog sich Celestine einen sehr großen Brillantring vom Finger und überreichte ihn Caroline als Symbol der Freundschaft, wobei sie ihre gegenwärtige Armut als Entschuldigung dafür anführte, das kostbare Geschenk nicht durch eine entsprechend schöne Gegengabe erwidern zu können.

Das Abendessen wurde in dem Raum serviert, in dem wir uns befanden, und wir ließen uns zu einem wahren Göttermahl nieder, welches speziell für diese Gelegenheit von unserer sinnlichen Caroline vorbereitet worden war. Die Gerichte waren alle stark gewürzt, während die Weine von der feurigsten und erregendsten Sorte waren.

Nachdem der Nachtisch aufgetragen war, legte ich meinen beiden Geliebten noch einmal meine Pläne vor.

Caroline sagte, sie würde für ihre Vorbereitungen eine Woche brauchen, weil der größte Teil ihres riesigen Vermögens aus Geld und Juwelen bestand, und sie würde alles in meine Hände legen, damit ich nach eigenem Ermessen darüber verfügen könne. Sie bat mich, die Vorbereitungen für ihre Abreise in aller Stille zu treffen, denn wenn ihre Brüder von ihren Absichten erführen, würden sie sie, wenn es anders nicht ginge, höchstwahrscheinlich mit Gewalt zurückhalten.

Nachdem wir genug Wein getrunken hatten, um ihr Verlangen zu entfachen, begannen meine beiden Schönheiten, sich mit mir herumzubalgen, mich auf dem Boden umherzurollen und auf mir herumzuklettern, wobei ihre Gewänder in herrliche Unordnung gerieten; eine Nadel, die sich lockerte, entblößte die Hälfte einer schneeweißen Brust; ein hochfliegender Unterrock legte eine schöngeschwungene Wade, ein Knie oder einen festen, fleischigen Schenkel frei.

Doch diese Tändelei, die wie eine Provokation auf ihre bereits erregten Gelüste wirkte, konnte nicht lange anhalten: Sie brannten nach Handfesterem als Küssen und Kniffen, welche zwar sehr anregende Hilfsmittel sind, um den Appetit zu steigern, nicht jedoch, ihn zu befriedigen.

Ich sprang auf und rannte in das Boudoir, verfolgt von den beiden süßen Geschöpfen, in deren Augen ein lüsternes Feuer brannte, während ihre Brüste heftig auf und ab wogten.

Ich versteckte mich unter dem Bett, sie zogen mich hervor und anschließend aus und hefteten ihre feuchten Küsse auf jeden Teil meines Körpers, wobei mein strammer Jakobsstab mehr als den ihm zustehenden Anteil abbekam.

Sie zogen sich aus bis auf die Haut und beriefen mich zum

Schiedsrichter darüber, wer von ihnen die Schönste sei. Dazu stellten sie sich vor einen hohen Wandspiegel, strichen sich über ihre weißen Brüste mit den Erdbeerspitzen und kämmten sich die glänzenden Locken glatt, welche die beiden schönsten Paar Schmollippen umkränzten, die je zwei Frauen ihr eigen nennen konnten. Da beide solch perfekte Modelle lüsterner Schönheit und Grazie waren, wenn auch jede auf ihre Art, konnte ich mich für keine entscheiden, sondern nur mehr und mehr ihre Reize bewundern, deren glücklicher Besitzer ich war.

Ich bemächtigte mich der rosa Knospen auf den wippenden schneeigen Hügeln, die jedes Korsett verschmähten und auf ihren Oberkörpern wie Alabasterkugeln ruhten. Ich sog an ihnen, ich drückte ihre zarten runden Bäuche an den meinen, ich küßte alles überall. Ich pflanzte meine Küsse auf die bewachsenen Hügel, welche ihre köstlichen Grotten überragten. Als nächstes erhalten die Lippen, welche die Mündungen der fleischigen Schlitze versiegeln, ihren Anteil. Ich bin Feuer und Flamme! Ich brenne! Das Bett empfängt uns! Ich möchte die Sache zum Abschluß bringen, aber nein, sie wollen mich auf den Punkt bringen, bevor ich eindringen darf.

Celestine hat Besitz von meinem Schwanz ergriffen; sie kann ihn aber nicht in ihre Grotte bringen, also nimmt sie ihn, entschlossen, ihn nicht gänzlich zu verlieren, in den Mund, sie saugt seinen glühenden Kopf, sie rollt ihre Zunge über seine Spitze. Ich bin verrückt – im Delirium. Ich kann mich nicht länger zurückhalten und werfe mich auf Caroline, die mich mit offenen Armen und Beinen empfängt. Ich spieße meinen brennenden Pfeil in ihren Hochofen, der ihn verzehrt. Ein paar irrsinnige Stöße, mit solcher Gewalt vorangetragen, daß ich sie bis ins Mark treffe – ein Schrei überwältigender Lust entringt sich uns im selben Augenblick, und alles ist vorbei.

Doch so groß sind unsere Leidenschaften, daß wir es kaum

wahrnehmen, und schon spüre ich, wie sie sich wieder unter mir aufbäumt. Oh, wie köstlich! Welch lustvolle Wärme ihren Körper durchströmt. Wie wundervoll ihre federnden Hinterbacken auf alle meine Bewegungen eingehen. Und Celestine, der kleine Teufel, spielt dazu mit zwei großen Bällen, die fortwährend gegen den Hintern meiner Widersacherin klopfen.

Es ist zuviel; ich hämmere drauflos, dann liege ich stöhnend und zitternd auf Carolines Brust. Sie schreit: »O Himmel! Tiefer! Ich komme! Ich zerfließe! Oh – o Gott, ich sterbe! O Liebling, was für ein Ver... Verg... Vergnüüüügen!«

Sie war bewußtlos geworden, doch ihre Hüften wanden sich noch in Verzückung, und die Kontraktionen ihrer Muschi entlockten mir die letzten Tropfen.

Als sie sich von dem Delirium erholte, in das ihre Sinne getaucht waren, lag sie da mit schmachtend strahlendem Blick, die Lippen geöffnet, die Spitze ihrer rosigen Zunge leicht zwischen zwei Perlenreihen hervorstehend – das Urbild lüsternen Vergnügens.

So reichlich hatte ich sie mit dem flüssigen Schatz meines Liebesreservoirs getränkt, und so wunderbar hatte sie die Essenz ihrer selbst mit der meinen vermischt, daß ihr, als ich mich zurückzog, der perlende Saft heraus und über die Schenkel floß.

Ich legte eine kurze Pause ein und erhielt neue Kraft durch die Liebkosungen Celestines, deren gieriger kleiner Schlund weit offenstand, um die halbaufgerichtete Maschine in sich aufzunehmen, an der sie arbeitete, um sie zum Stehen zu bringen und dadurch ihren Zwecken verfügbar zu machen.

Sie glühte am ganzen Leibe von einer intensiven Hitze, einer lüsternen Wärme, die von all ihren Teilen Besitz ergriff. Sie brennt, sie überträgt auf mich das Feuer, das sie mit Leib und Seele verzehrt. Mein allzeit bereiter Hengst rappelt sich auf, hält den Kopf hoch, erwartet ungeduldig das Kommando.

Ich gebe ihm die Zügel, und er stürzt sich vorwärts in ungestümem Lauf; er läuft und läuft, und nichts hält ihn auf. Er läuft und läuft und bleibt nicht stehen, bis das Rennen gelaufen ist. Er zögert, er hält ein, läßt den Kopf fallen, er vergießt seinen Lebenssaft und besprenkelt die gesamte Strecke, die er gelaufen ist, mit dem kostbaren Naß. Es ist vorüber; noch ein schwaches Beben, ein paar konvulsivische Zuckungen, und alles ist zu Ende. Ich liege japsend auf dem bebenden Busen Celestines.

Nachdem ich zum achten Male meine beiden Geliebten umarmt, fielen wir in Schlaf, nur um zu erneuten Vergnügungen zu erwachen.

Am Ende der Woche übergab mir Caroline, nachdem sie ihre Geschäfte abgeschlossen, über drei Millionen Franc und Juwelen im Wert von einer weiteren Million, und am folgenden Tag verließen wir St. Petersburg.

Nachdem sie sich auf mein Verlangen hin mit einer kompletten Herrengarderobe ausgestattet hatte, machten wir uns auf den Weg nach Frankreich, denn ich sehnte mich danach, all meine Pläne der Lust in die Tat umzusetzen, und war entschlossen, es sollte ebenso gut, wenn nicht gar besser werden als alles, was man je aus dem Orient gesehen oder gehört hat.

Wir passierten die Grenze nach Frankreich, und unsere Route führte uns sogleich zum Château, von wo ich, nachdem ich meine Damen dort abgesetzt, unverzüglich nach Paris weiterreiste.

Gleich nach meinem Eintreffen dort fuhr ich zu dem besten Polsterer der Hauptstadt, erklärte ihm, was ich gemacht haben wollte, und gab ihm *Carte blanche* bezüglich der Kosten.

Ich sagte dem Manne, er solle alles aus dem besten Material herstellen, das mit Geld zu kaufen sei, und schrieb ihm als Anzahlung einen Scheck über hunderttausend Franc aus, zusammen mit dem Vorrecht, nötigenfalls weitere Mittel von meiner Bank anzufordern.

Nachdem ich Order erteilt hatte, alles innerhalb Monatsfrist fertigzustellen, begann ich, einige der Mitglieder des Clubs aufzusuchen, von dem ich Celestine gestohlen hatte.

Mein erster Besuch galt dem Hause des Comte de C., um mit Mademoiselle de C. zu sprechen, oder Rosalie, wie ich sie nennen will, für die ich, da sie meine Partnerin in der Nacht der Aufnahmezeremonie in den Club gewesen war, eine beträchtliche Schwäche hegte und die ich deshalb, sobald im Château alles fertig eingerichtet war, so schnell wie möglich dorthin verpflanzen wollte.

An der Tür des Hauses wurde mir mitgeteilt, daß Monsieur le Comte und Gattin ausgegangen seien, und auf meine Frage nach Rosalie wurde ich in den Musiksaal geführt, wo ich sie, an einer Harfe sitzend, vorfand.

Kaum hatte sich der Bedienstete zurückgezogen, da lief sie auf mich zu und warf sich in meine Arme.

Ich führte sie zu einem Sofa, zog sie auf meine Knie und setzte ihr meine Absichten auseinander, wobei ich ihr erklärte, was ich inzwischen getan und was ich nun vorhatte. Ich erzählte ihr, wie Celestine mich nach Rußland begleitet und wie ich die charmante Caroline erobert, wie ich die beiden nach Frankreich gebracht und sie auf dem Château zurückgelassen hatte. Ich drängte sie mit aller mir zu Gebote stehenden Überzeugungskraft, mich auf das Château zu begleiten, wo ihr Leben ein ununterbrochener Reigen luxuriösester Freuden sein werde.

Sie willigte ein, zu mir zu kommen, sobald ich alles für ihren Empfang vorbereitet hätte.

Während unseres Gesprächs knetete und preßte ich ihre Brüste, und je mehr der Dialog an Interesse gewann, desto kühner wurde auch meine Hand, die jetzt überall herumstromerte.

Als ich zu Ende gesprochen hatte, stellte ich fest, daß ich sie ganz in Gedanken auf das Sofa hingestreckt hatte, und ich wollte soeben ihre Liebesbezeigungen auf die Probe stellen, als ein der Hölle entsprungener Diener die Tür öffnete und Besuch ankündigte.

Ach, verflixtes Pech! dachte ich, als wir uns in Ordnung brachten. In einem solchen Augenblick gestört zu werden! Doch als ich die Dame eintreten sah, verwandelte sich meine Trauer in helle Freude, denn sie war zweifellos die sinnlichste und schönste Kreatur, auf die ich je meine Augen gerichtet hatte. Mit welcher Würde, welcher Anmut sie den Raum durchquerte! Welch graziöse Leichtigkeit jede ihrer Bewegungen beherrschte! Ein schön geschwungener Knöchel, ein hübscher kleiner Fuß, der geräuschlos über den Boden trippelte, vermittelten mir eine sehr gute Vorstellung von dem, was über dem Strumpfband zu erwarten war.

Rosalie stellte mir die Dame als Laura, Tochter des Comte de B., vor. Da ich erkannte, daß es keine Möglichkeit mehr gab, Rosalie *privatim* meine Komplimente zu erweisen, empfahl ich mich, um andere Besuche zu erledigen.

Ich verbrachte sechs, sieben Tage in Paris, gab bei Juwelieren und Silberschmieden Bestellungen für alle möglichen Kinkerlitzchen auf und beauftragte meinen Bankier, seinem Agenten in London zu schreiben, der mir eine Segelyacht der größten Klasse, in luxuriösester Ausstattung besorgen sollte, ohne Ansehen der Kosten und mit einer Besatzung, die bereit sein mußte, mir jeden Dienst zu erweisen, den ich eventuell verlangen könnte. Sie sollte mir zum Château an der bretonischen Küste geschickt werden, wo eine kleine Flußmündung einem vom Meer einlaufenden Schiff einen trefflichen Hafen bot.

Nachdem ich meine Geschäfte getätigt hatte, begab ich mich in Begleitung eines erstklassigen Architekten und einer Anzahl Arbeiter schleunigst zurück zum Château.

Binnen kurzem hatte ich einen großen Salon im zweiten Stock in einen prächtigen Saal verwandelt, dessen Längs- und

Querwände sämtlich mit Blumen und immergrünen Pflanzen bedeckt waren, so daß darin ein immerwährender Sommer herrschte. Längs beider Seiten stand je eine Reihe nackter Figuren, die ich in Paris erworben hatte, und an jedem Ende spielte ein wunderschöner Brunnen, während sich in der Mitte ein großes Marmorbecken befand, in welchem ein dritter Brunnen vor sich hin plätscherte. Bei der Figur, die das Wasser von sich gab, handelte es sich um die Gestalt einer liegenden Frau, die auf dem Rücken im Wasser zu schwimmen schien, und der *Jet d'eau* schoß ihr aus der Möse und stieg fast bis zur Decke auf, wodurch jeder, der sich auf der Figur niederließ, in den Genuß einer Dusche kam.

Die französischen Fenster an der Längsseite führten auf einen Balkon mit herrlichem Blick auf das Meer.

Auf der anderen Seite des Korridors hatte ich die gesamten dort vorhandenen Zimmer in einen einzigen großen Raum verwandelt, der vom Polsterer mit fünfzig Betten ausgestattet werden sollte.

Die Zimmer im gleichen Stockwerk des angrenzenden Flügels funktionierte ich in ein einziges großes Badezimmer um und installierte dort ein großes Marmorbecken, in dem fünfzig Personen gleichzeitig baden konnten.

Im Garten befand sich ein kleiner Fischteich. Ich machte daraus einen kleinen See von vielleicht hundert Metern Durchmesser.

Kapitel 6

Nach einigen Wochen lief ein Schiff in unsere Bucht ein, beladen mit dem Mobiliar für das Château, und der Polsterer meldete sich bei mir. Ich führte ihn durch das Schloß und zeigte ihm, welche Zimmer ich in welchem Stil dekoriert haben wollte.

Der Brunnensaal wurde ganz schlicht mit Sitzkissen aus feinem Satin und purer Seide sowie mit Musikinstrumenten ausgestattet, da er hauptsächlich zum Rauchen, Singen und Tanzen bestimmt war.

In dem anderen langgestreckten Saal auf der gegenüberliegenden Seite des Korridors wurden Bettgestelle aus feinstem Rosenholz installiert, eingelegt mit Gold, Silber, Perlen und sogar Edelsteinen. Jedes Bett ward mit Sprungfedern versehen und mit den zartesten Daunenkissen ausgefüllt. Die Bettlaken waren aus feinstem Kammertuch*, die Bezüge aus wundervoll verarbeiteter Seide und Satin und die Überdecken aus Brüsseler Spitze oder Stickerei.

Die Vorhänge waren aus karmesinrotem Samt, abgesetzt mit weißer Seide. In den Bettnischen wurden große, silbergerahmte Spiegel angebracht.

Die Fußböden wurden mit feinsten Teppichen ausgelegt und die Wände mit Seidentapeten behängt, auf denen Eros und Psyche im Liebesspiel, der Raub der Europa, Leda mit dem Schwan, Diana, aus dem Bade steigend, eine Prozession nackter Bacchantinnen mit den »Göttern des Frohsinns im Triumph« auf ihren Schultern und andere Motive dargestellt waren.

Anstelle von Sesseln und Sofas gab es auch in diesem Raum nur mit Perlen und Edelsteinen gearbeitete und mit Borten aus purem Gold gesäumte Sitzkissen.

Jedes Bett stand auf einem Podium aus Mahagoni. Die Teppiche waren aus edelstem Gewebe, so dick und weich, daß der Fuß bis zum Knöchel darin versank. An einem Ende des Zimmers stand das »Prunkbett«; es war von den anderen Teilen des Raumes durch einen blauen Samtvorhang abgetrennt.

Dieses Abteil wurde als türkisches Zelt eingerichtet. Stoff-

* Von Flämisch *Kamerijk,* Leinen- oder Baumwolltuch aus Cambrai (Nordfrankreich).

bahnen (aus grünem Samt) breiteten sich von einem Mittelstück aus goldenen Sternen nach unten hin aus und bildeten so ein regelrechtes Zelt.

Das Bett stand genau in der Mitte darunter und war aus dem mit kunstvollen Schnitzereien versehenen Holz der Libanon-Zeder gemacht. Die Bettpfosten sowie das Kopf- und das Fußende waren mit Vögeln, Fischen, Männern, Frauen und anderen Motiven aus reinstem Gold und Silber verziert und mit Edelsteinen besetzt. Kostbare Samtvorhänge, mit Goldketten zusammengerafft, vervollständigten die Augenweide.

Ich hatte keinerlei sonstige Ornamente in diesem Appartement angebracht, denn es war als Ort der »Initiierung« für all die Schönheiten gedacht, die ich herbeizuschaffen hoffte. Unzüchtige Bilder, Statuen etc. mögen zwar zu Zeiten sehr anregend auf Männer wirken, doch gleichzeitig könnten sie auch unsere Aufmerksamkeit von den herrlichen Geschöpfen ablenken, deren wir uns gerade erfreuten.

Angrenzend an dieses große Schlafgemach ließ ich einen Raum als Umkleidezimmer einrichten, in dessen Wände und Decken große Spiegelgläser eingelassen wurden, so daß das gesamte Zimmer ein einziger Spiegel war. Wohin man den Blick auch wandte – wer hier eintrat, sah nichts anderes als sein eigenes Spiegelbild.

Hier gab es Waschbecken und Toilettentische aus ziseliertem Gold und Silber, aus Elfenbein und Perlmutt; sämtliche Parfums des Orients, alle nur erdenklichen Kosmetika, die geeignet sind, die Schönheit zu erhöhen und denen, die an diesem Orte weilen, Jugend und Gesundheit zu schenken, waren hier im Überfluß vorhanden.

Dem Spiegelzimmer schloß sich ein Salon mit Blick auf den Garten an. Türen und Fenster öffneten sich auf einen Balkon, der sich über die gesamte Länge dieser Seite des Schlosses zog. Diesem Raum widmete ich größere Aufmerksamkeit als allen andern. Der Boden war mit einem Teppich aus dunkelrotem, mit Daunen gepolstertem Samt ausgelegt, und die Wände waren mit den wertvollsten Werken alter Meister geschmückt, zwischen denen goldgerahmte Spiegel von Schnäbeln silbergetriebener Vögel herabhingen. In jeder Ecke des Raumes stand die Statue einer der Grazien, in deren Körper Spieldosen eingesetzt waren, um den Raum mit süßen Klängen zu erfüllen. Auf Alabastersäulen standen große Vasen, Meisterstücke der Dresdner Porzellanmanufaktur, mit süß duftenden Blumen darin, während in Rauchfässern, die in Wandnischen völlig verborgen waren, die köstlichsten Gewürze und Duftstoffe Arabiens brannten und im ganzen Raum Düfte verbreiteten, welche ebenfalls dazu beitrugen, die Sinne zu betören.

Hier wollte ich meine Geliebten empfangen, nachdem alle Räume fertig eingerichtet waren.

Während der Zeit, da die Arbeiter mit der Renovierung und Einrichtung der Räume beschäftigt waren, hatte ich die Frauen in einem abgelegenen Flügel des Châteaus untergebracht und mich geweigert, mich ihnen zu widmen, bevor nicht alles fertig war. Ich hatte mich der Dienste eines Dutzends munterer Burschen und Maiden versichert, die als Diener und Wachen für die Frauen zu sorgen und sie zu bewachen hatten.

Einen der Männer machte ich zum »Diener des Schlafzimmers« – diesen Namen erhielt er, weil er der einzige Mann war, dem ich erlaubte, diesen Teil des Schlosses zu betreten. Ihn schickte ich, um mir La Rose d'Amour und die lüsterne Russin sowie Rose, Manette und Marie zu bringen.

Als sie eintraten, lag ich auf einem Stapel Kissen ausgestreckt, angetan mit einer losen Robe aus feinstem Kaschmir, einen türkischen Fez auf dem Kopf, bereit, ein Bad zu nehmen, das ich mit den Mädchen teilen wollte.

Kaum war die Tür hinter ihnen geschlossen worden, da

rannten sie los, fielen über mich her und verschlangen mich mit Umarmungen und Küssen. Oh, wie sie sofort Feuer fingen, als sie mich berührten, wie sie nach dem brannten, was ich ihnen seit über einem Monat vorenthalten hatte, während ich mich nur schwer zurückhalten konnte, sie auf den Boden zu werfen und auf der Stelle das flüssige Feuer der Liebe in sie hineinzuschießen. Doch ich beherrschte mich.

Ich nahm sie mit in den Blumengarten und zeigte ihnen all die Verschönerungen dort: den wundervollen kleinen See, umrandet von Sträuchern und Bäumen, das Ganze von einem feinmaschigen Drahtnetz überspannt, um so einen riesigen Käfig für eine Vielzahl von seltenen Vögeln zu bilden.

Wir gingen zurück zum Schloß, und ich führte sie in das große Schlafzimmer, wo ich ihnen die fünfzig Betten zeigte und ihnen erzählte, daß ich beschlossen hätte, durch die Welt zu reisen, bis ich fünfzig der schönsten Frauen gefunden hätte, um sie da hineinzulegen.

Wir gingen weiter zum Badezimmer, wo wir sämtliche Kleider abwarfen und in das parfümierte Wasser sprangen.

Nachdem wir so eine Weile im Bad herumgetollt oder auch nur dagelegen hatten, zog ich an einer Klingelschnur, und vier der Maiden erschienen, um uns aufzuwarten.

Wir stiegen aus dem Wasser, und sie trockneten uns Haut und Haar. Dann reichten sie uns lose Gewänder, in die wir uns einwickelten, und ich führte meine Schönheiten in das Umkleidezimmer.

Die Überraschung der Mädchen, als sie das Spiegelzimmer betraten, war unbeschreiblich. Ich nahm ihre Roben und warf sie zur Tür hinaus, die ich anschließend verschloß. Dann befahl ich ihnen, die schönen, kostbaren Gewänder anzulegen, die vor ihnen ausgebreitet lagen.

Wie groß ihr Erstaunen, als sie sich an den Wänden und an der Decke tausendmal widergespiegelt sahen! Das Zimmer schien voller Toilettentische, und es dauerte eine Weile, bis sie sich von ihrer Verwirrung erholt hatten, und unter gegenseitiger Hilfe gelang es ihnen schließlich, sich anzukleiden.

Die Kleider, die ich für sie bereitgelegt hatte, waren solche türkischer Art: weite, lose Hosen und Westen aus Satin und kurze Röcke anstelle der unpraktischen langen Hemdkleider.

Nachdem wir uns angezogen hatten, führte ich sie in den Saal mit den Springbrunnen, wo uns ein üppiges Mahl erwartete, in dessen Verlauf ich ihnen meine Pläne eröffnete: Zunächst wollte ich noch einmal nach Paris fahren, um von dort, nach Eintreffen der Yacht, nach Konstantinopel zu segeln, wo ich einige der schönsten Frauen zu kaufen gedächte, die ich finden könnte. Außerdem wollte ich mir für meinen Harem ein paar Stumme und Eunuchen zulegen, weil ich den weiblichen Wesen, die ich vielleicht kaufen und mitbringen würde, nicht in der gleichen Weise trauen könne wie denjenigen, die mich jetzt umgaben.

Ich erzählte ihnen auch, daß ich beschlossen hätte, ein oder zwei von ihnen auf meine Schiffsreise mitzunehmen, und damit auch alles ganz fair und unparteiisch zuginge, sollten sie losen, wer die Glücklichen sein sollten; weiterhin teilte ich ihnen mit, daß zwei von ihnen in dieser Nacht mit mir schlafen sollten, und auch hierüber sollte das Los entscheiden.

Bereits vorher hatte ich beschlossen, daß ich mit Celestine und Caroline schlafen und sie auch auf die Reise mitnehmen wollte, und so sorgte ich dafür, daß die Lotterie meinen Wünschen gemäß ausfiel.

Schon früh am Abend begab ich mich in das Schlafgemach, gefolgt von den fünf Mädchen. Es dauerte nur einen kurzen Augenblick, uns in einen Zustand der Nacktheit zu versetzen.

Oh, mit welcher Freude, welchem Entzücken ich ihre warmen nackten Körper an mich drückte! Wie herrlich sich ihre glatten, weichen weißen Bäuche anfühlten, als sie sich in meinen Armen wanden. Mit welcher Glut sich ihre feuchten

Schmollippen auf die meinen preßten, während ein lüsternes Feuer in ihren Augen funkelte und blitzte.

Ich ziehe die wollüstige Celestine zum Bett. Meine Leidenschaft ist auf dem höchsten Punkt angelangt. Mein Ständer ist zum Bersten angeschwollen, sein hochroter Kopf steht stramm vor meinem Bauch und wäre glatt abgebrochen, hätte man versucht, ihn zu biegen.

Celestine liegt auf dem Rücken, die Schenkel gespreizt, und offenbart die leicht klaffenden Lippen ihrer lüsternen Spalte, die sehnsüchtig den Angriff erwartet.

Ich werfe mich auf sie – ich durchbohre sie bis ins Mark. Sie schreit in einer Mischung aus Schmerz und Vergnügen.

Der riesige Kopf meines Götterknaben weitet die Falten und Lippen ihrer Lust bis zum Äußersten. Der Sturm nimmt zu, alles erzittert, die Blitze zucken, und der Regen rauscht in Sturzbächen hernieder. Ich komme! Ich sterbe! Mein Gott, was für ein Genuß! Himmel, hab Gnade!

Wir rollten uns herum, wir schrien und bissen, wir kreischten wie Dämonen vor überschwenglichem Vergnügen. Ihre Spalte ist ein kleiner See aus Sperma, mein Ständer schwimmt und lümmelt sich seiner ganzen Länge nach darin. Ich ziehe ihn heraus, und die perlige Flüssigkeit, diese köstliche Mischung unserer Körpersäfte, schießt hervor und überflutet ihre Schenkel und die Laken.

Ah, meine reizende Celestine, was für ein Übermaß an exquisitem Vergnügen ich fühlte, als ich in jener Nacht in deinen Armen lag! Dreimal betaute ich, getrieben von meiner feurigen Lust, die Grotten meiner beiden edlen Geliebten mit einer Flut des kostbaren Saftes, den das Reservoir der Liebe so überreichlich spendete.

Ich erholte mich ein wenig und machte einen Abstecher zu Rose, Manette und Marie, und alle drei bekamen von mir, was ihnen zustand – mit gereckter Lanze und fliegenden Fahnen landete ich Attacke um Attacke. Und keine verließ ich, ohne ihren köstlichen kleinen Schlund mit dem teuren Naß, nach dem sich jede Frau so sehr sehnt, geölt zu haben.

Am nächsten Morgen brach ich nach Paris auf – begleitet von Caroline, als Page verkleidet –, um dort meine letzten Vorbereitungen für die Reise nach Konstantinopel zu treffen.

Nach kurzem Aufenthalt in meiner Stadtresidenz zog ich mit meinem weiblichen Pagen los, um Rosalie de C. meine Aufwartung zu machen, die ich glücklicherweise allein antraf.

Nachdem ich sie umarmt hatte, stellte ich ihr Caroline vor und fragte sie, wann sie bereit sein werde, mich zum Château zu begleiten. Sie erwiderte, sie würde in zwei Tagen soweit sein.

Sodann erkundigte ich mich nach der lieblichen Laura B. Ich erklärte Rosalie, daß ich ihre Freundin unter allen Umständen haben und daß sie mir dabei behilflich sein müsse, sie in meinen Besitz zu bringen; und da mir nichts Besseres einfiel, schlug ich vor, Rosalie sollte zu ihrer Freundin gehen und sie zu einer Spazierfahrt durch den Bois de Boulogne überreden, und an einem abgelegenen Ort würde ich dann zu ihnen stoßen, aus meiner Kutsche steigen und sie und Laura zu einem kleinen Spaziergang einladen; sodann würde ich Laura ein Tuch über den Kopf werfen, sie in meine eigene Kutsche zwingen und mich dann mit allen dreien schleunigst auf den Weg zum Château machen.

Alles ging, wie geplant.

Als ich Rosalie im Wald begegnete, nahm sie meine Einladung zu einem Spaziergang an.

Ich öffnete die Tür ihrer Kutsche, Laura stieg zuerst aus, und gerade als sie den Fuß auf den Boden setzte, warf ihr Rosalie von hinten einen großen Schal über den Kopf und zog die Enden um ihren Hals zusammen, so daß ihre Stimme nicht zu hören war. Ich nahm sie auf die Arme und trug sie in meine Kutsche. Rosalie und Caroline stiegen unverzüglich zu, und schon machte ich mich, so schnell es vier gute Pferde gestatteten, mit meiner hübschen Beute davon.

Auf dem Weg zum Château machte ich nur in Häusern von Leuten Rast, die in meine Pläne eingeweiht waren.

An dem Ort angekommen, wo wir übernachten wollten, begab ich mich mit meinen Begleitern eiligst in einen großen Raum, der von einem Kurier, den ich vorausgeschickt hatte, für uns vorbereitet worden war.

Sofort nach meiner Ankunft wurde das Abendessen aufgetragen. Ich schickte sämtliche Bedienstete weg, drehte den Schlüssel im Schloß und richtete zum erstenmal, seit ich sie in meinen Wagen gezwungen hatte, das Wort an Laura.

Ich sprach ihr von meiner unbezähmbaren Liebe, von den Gefühlen, die sie in meinem Herzen erweckt hatte, als ich sie das erste Mal in Rosalies Haus gesehen hatte, und daß ich bereits damals den Entschluß gefaßt hätte, sie auf das Château zu bringen, und ich sei fest entschlossen, niemand anders als ich dürfe eine solche Schönheit besitzen und in diesen Reizen schwelgen, wie sie in ihr vereinigt seien.

Ich legte Laura all meine Pläne dar, berichtete ihr, wie ich das alte Schloß hergerichtet hatte und zu welchem Zweck, und sagte ihr auch, daß sie dort Celestine C., eine alte Freundin von ihr, antreffen würde und daß auch Rosalie, nur allzu willig, mit von der Partie sei.

Ich stellte ihr Caroline Z. vor, erwähnte, welchen Standes sie sei, berichtete, wie ich sie erobert und wie sie ihr Vermögen mit meinem vereinigt hatte und mir nach Frankreich gefolgt war.

Ausführlich beschrieb ich ihr das luxuriöse Leben der Muße und des Vergnügens, welches uns im Château erwartete, wobei ich mich insbesondere über die endlosen Freuden und Ekstasen ausließ, die ein Leben mit mir in der Freiheit ungezügelten sexuellen Verkehrs mit sich bringen würde.

Auch Rosalie und Caroline erzählten ihr von dem lustbetonten Leben, das sie mit mir führten, und beschrieben ihr, so gut sie konnten, den extremen Genuß, den es bedeute, in den Armen eines Mannes zu liegen und wirklich gut gebumst zu werden; und sie benutzten all ihre Überzeugungskraft, um sie zu überreden, uns friedfertig zum Château zu begleiten.

Laura, die zunächst ziemlich beleidigt war und weder essen noch mit einem von uns sprechen wollte, ließ sich allmählich soweit besänftigen, daß sie am Nachtmahl teilnahm und die Fragen beantwortete, die ihr meine beiden Geliebten stellten.

Nachdem die Tafel abgeräumt war, rief ich nach Wein, und während wir so dasaßen, tranken und redeten, war ich sorgsam bemüht, das Gespräch immer wieder auf das eine Thema zu lenken – nämlich die Liebe und ihre natürlichen Konsequenzen und den Verkehr der Geschlechter miteinander.

Caroline und Rosalie waren mir dabei sehr hilfreiche Assistentinnen, sie sprachen mit aller Hingabe, sie zogen sich aus und tanzten über das Parkett, als ihnen der Wein zu Kopfe stieg, sie entblößten ihren Busen, zeigten ihre Brüste und lupften hier und da ihre Unterröcke, so daß man mal einen Blick auf eine schöne Wade, mal auf ein Knie hatte, und alle möglichen anderen Tricks, die alle nur das Ziel hatten, die Sinne der reizenden kleinen Laura zu verwirren, die ihre Bewegungen die ganze Zeit beobachtete. Ich schenkte ihr immer wieder Wein nach, bis sie in eine leichte Erregung geriet, ein wenig freier wurde und Bemerkungen über die beiden Mädchen abzugeben begann, die sich auf dem Fußboden tummelten.

Ich läutete und bestellte eine Flasche weißen Brandy, die ich, sofort nachdem sie gebracht worden war, entkorkte, und indem ich unsere Gläser füllte, forderte ich meine Russin zum Trinken auf. Sie hob ihr Glas, desgleichen Rosalie, und beide bestimmten, daß Laura mit ihnen trinken müsse. Nach einigem Hin und Her nahm sie ihr Glas, führte es an die Lippen, nippte ein wenig und stellte es wieder hin.

Um die reizende Laura dazu zu verführen, dem Brandy ungehemmt zuzusprechen, tranken sie ein Glas nach dem anderen, bis Laura ebenfalls vom »Nippen« zum »Kippen« überging und uns bald in nichts mehr nachstand.

Als ich das Zeichen zur Nachtruhe gab, war Laura bereits so angesäuselt, daß sie der Stützung durch die beiden anderen bedurfte, um sich, ohne beim Gehen zu taumeln, zu Bett zu begeben.

Nachdem die drei in ihre Schlafkammer gegangen waren, zog ich mich splitternackt aus, und da Caroline die Tür einen Spaltbreit offengelassen hatte, trat ich in das Zimmer und versteckte mich hinter einem Bettvorhang, um die Handlungen meiner beiden lieblichen Kupplerinnen zu beobachten.

Zuerst zogen sie sich splitternackt aus, dann taten sie mit der betrunkenen Laura das gleiche. Und da stand sie nun in ihrer ganzen nackten Schönheit vor mir und offenbarte meinem glühenden Blick lieblichere Reize, wenn dies denn möglich war, als alles, was mir bis dato je vor Augen gekommen.

Nachdem meine Geliebten Laura entkleidet hatten, betrachteten und bewunderten sie ihre nackten Sehenswürdigkeiten, priesen sie über die Mediceische Venus, warfen sie auf den Boden, drehten sie um und um, drückten ihre Brüste, kniffen sie in den Hintern, spreizten ihre Schenkel und öffneten sogar die Lippen der süßen kleinen Nische dazwischen. Sie priesen deren Schönheit, das lüsterne Schmollen ihrer Lippen, ja sie gingen sogar soweit, sie mit ihren Küssen zu bedecken, während ihre Unterhaltung eine einzige Lobpreisung der Vergnügungen war, welche sie und den Mann gemeinsam erwarteten, der so glücklich sein sollte, ihre jungfräuliche Festung zu erobern, die den Eingang zu solch köstlicher kleiner Spalte behütete.

Jetzt konnte ich sehen, wie Caroline ihre Fingerspitze in die herrliche Spalte schob, mit der sie spielte, und sie zu kitzeln begann, während Rosalie Laura die Arme um den Hals warf, sie in eine enge Umarmung zog, sie küßte und ihr die Zunge in den Mund stieß, was, zusammen mit Carolines Fingerspielen, ihr höchsten Genuß zu bereiten schien, wie ich ihren Schreien und den Zuckungen ihres Hinterteils zu entnehmen vermeinte, und wie sie sich da auf dem Boden wand und krümmte.

Als Lauras Bewegungen darauf hindeuteten, daß sie nun bald zum ersten Male einen leichten Vorgeschmack der ekstatischen Freuden genießen würde, deren vollständige Erfüllung eine Frau nur in den Armen eines Mannes erleben kann – als ich dies sah, schlüpfte ich aus meinem Versteck hervor und nahm Carolines Platz zwischen Lauras Schenkeln ein (unbemerkt von Laura, deren Gesicht im Busen von Rosalie vergraben lag), und indem ich meinen Finger in ihr cremiges Loch steckte, brachte ich bald ein großzügiges Trankopfer des köstlichen Liebessaftes zuwege, der meine Hand reichlich betaute, so frei schoß die Flüssigkeit heraus, sobald die Schleuse erst einmal geöffnet war. Ihre Schenkel über meinem Rücken kreuzend, drückte sie mir fast den Atem ab und rief mit gebrochener Stimme:

»Oh, jetzt kommt es mir! Noch mal – o Gott! Ich werde ohnmächtig! Ich sterbe!«

Sie verlor die Kontrolle, streckte mit einem Zittern der Glieder alle viere von sich und verlor das Bewußtsein.

Während Laura in ihrem Lusttaumel verharrte, legte ich mich in ihre Arme, meine Wange auf ihrer Brust, meine Lippen die ihren leicht berührend; meine Hand bedeckte weiterhin ihren süßen Schlitz, und mein Finger gab den Besitz ihrer Spalte nicht auf.

Als ich bemerkte, daß sich Laura langsam von ihrer Ekstase erholte, drückte ich sie fest an meine Brust und nahm meine Kitzeleien wieder auf. Ich fragte sie, ob sie immer noch böse sei, daß ich sie entführt hätte, und erklärte ihr, daß sie, sobald wir das Château erreicht haben würden, in den Genuß der wirklichen Liebe kommen werde, von der sie mittels meines Fingers erst einen bescheidenen Abklatsch erlebt hätte.

Wenn auch ihre Sittsamkeit und Tugend noch nicht vollständig besiegt waren, so brachten doch die Bewegungen meines Fingers bereits eine Neuauflage des Vergnügens, von dem sie sich gerade erst erholt hatte und das sie nun bereits zum zweiten Male erleben würde. Sie konnte mir daher keine andere Antwort geben, als mir die Arme um den Hals zu werfen und ihre Lippen auf die meinen zu heften.

Mein Verlangen war auf dem höchsten Punkt angelangt. Ich beschrieb ihr das Vergnügen, das sie haben würde, wenn ich sie nach der Ankunft auf dem Château ihrer Jungfernschaft berauben und das bewußte Häutchen triumphierend auf meinem ... »Geliebte Laura«, sagte ich, nahm ihre Hand und legte sie um meinen Ständer, »dann wirst du all die Freuden einer echten Bumserei kennenlernen.

Du wirst dann«, fuhr ich fort, »all die süße Verwirrung kennenlernen – ein großer Unterschied zu dem, was du jetzt erlebst –, die auf dich zukommt, wenn du deine Schenkel auseinanderspreizt, um den Mann zwischen ihnen aufzunehmen, wenn du seinen warmen nackten Körper auf deiner Haut spürst, wenn du fühlst, wie er in erregendem Vorspiel mit deinen Brüsten spielt und sie mit seinen heißen Küssen überschüttet – ebenso deinen Mund, und wie sich seine fordernde Zunge ihren Weg durch deine rosigen Lippen sucht, auf der Suche nach der deinen, wie sie sich dann in köstlicher Weise begegnen, miteinander herumtollen und einander kitzeln – wie es meine jetzt mit deiner macht«, und ich stieß ihr meine Zunge in den Mund, um die ihre zu treffen.

»Dann wirst du fühlen, wie er sein Schwert nimmt und mit den Fingerspitzen die Lippen deiner Scheide öffnet, in die er es hineinzuschieben gedenkt. Er wird die Spitze seines Schwertes an der Öffnung plazieren und sie zuerst ganz vorsichtig hineinschieben, wobei er das arme kleine Ding bis zum Äußersten ausdehnt, bis der Kopf, nicht ohne gewisse Schmerzen für dich, fest darin verankert ist. Dann, nachdem er dir einen Kuß auf die Lippen gegeben hat, setzt er zum Angriff an, indem er sanft, aber bestimmt und stetig in dich hineinstößt. Jetzt werden seine Schübe immer härter und härter, bis er schließlich mit aller Kraft zustößt. Du wirst stöhnen und schreien, doch hart stößt er zu, jedesmal ein Stück tiefer, er kämpft mit dem Hindernis, er reißt an der Festung deiner Unschuld, er wird sie überwinden, du schreist nach Gnade, wirst aber nicht erhört. Seine Leidenschaft wird zum Wahn, Feuer funkelt in seinen Augen, er sammelt seine Kräfte für einen gewaltigen Stoß. Er stürzt drauflos, reißt alles mit, was ihm im Wege ist, und nimmt das Fort im Sturm, er riecht nach dem Blut seiner schönen Feindin, die mit einem schmerzvollen Schrei ihre Jungfernschaft dem Eroberer ausliefert, der, nachdem er sein Opfer *hors de combat* gesetzt hat, darangeht, den Lohn für seinen hart erkämpften und blutigen Sieg zu ernten.

Jetzt zieht er sich bis zum Kopf zurück und dringt ganz langsam wieder ein, zieht sich wieder zurück, dringt wieder ein, bis die Reibung, erzeugt durch die herrliche Enge des Fleisches, das den schäumenden Hengst umspannt, solch köstliche Gefühle in ihm erweckt, daß er nicht länger Herr seiner selbst ist.

Wild und hemmungslos rammt er in sie hinein, der Höhepunkt der Lust kommt näher; er fühlt ihn kommen, er hämmert drauflos, tiefer und tiefer. Schließlich ist es soweit: Es schießt aus ihm heraus!

Mein Gott, welch Vergnügen! Seine ›Ohs und ›Ahs, die tiefen Seufzer, die kurzen Zuckungen und schnellen Bewegungen seiner Hinterbacken, alles Zeichen dafür, daß er den Gipfel der Lust erklommen hat und die köstliche Flüssigkeit in sie hineinspritzt, Balsam und Kühlung für das Brennen und Jukken in ihrer süßen kleinen Spalte, die sich der schmerzvollen

Prüfung unterzogen hat, der dein Geschlecht nun einmal unterworfen ist.«

Während meiner beschreibenden Chronik hatte Caroline meinen Ständer in die Hand genommen, die ganze Zeit damit gespielt und ihn gerubbelt. Ich hatte meinen Finger noch immer in Laura und bemerkte an dem Zucken ihrer Hinterbäckchen, daß sie im Begriff stand, den nächsten Höhepunkt zu erleben.

»Ich … oh, Liebling … ich … fühle … wie … es … mir … kommt! Da, jetzt kommt's! Ah! Ohh! Ahhh!«, und ich schmolz an ihrem Busen dahin, und als ich wieder zu mir kam, fand ich meine Hand mit einem reichlichen Erguß des Nektars überflutet, den ich ihr mit meinem Finger entlockt hatte, während ihr mein Saft über Bauch und Schenkel gespritzt war.

Ohne Murren gab sich Laura mir und meinen verführerischen Fingerspielen rückhaltslos hin, und erst als die Natur ihr Recht verlangte, schliefen wir, einer in des anderen Armen, ein.

Am Morgen, als Laura erwachte und sich in meinen Armen wiederfand, sprang sie auf, riß ein Laken vom Bett, wickelte sich darin ein und setzte sich in eine Ecke, wo sie schluchzte und weinte, als würde ihr das Herz zerbrechen.

Ich versuchte sie zu trösten, doch sie hörte mir nicht einmal zu. So zog ich mich an und ging in ein anderes Zimmer, während Caroline und Rosalie sich bemühten, sie wieder zu beruhigen, womit sie wenigstens soweit Erfolg hatten, daß sie zum Frühstück, welches kurz darauf serviert wurde, mit herauskam.

Bei Tisch neckten sie Laura wegen ihrer morgendlichen Verschämtheit, nachdem sie doch eine so entzückende Nacht mit mir verbracht hatte, und sie scherzten darüber, daß ich ihr mit meinem Finger solch exquisite Genüsse verschafft hatte, daß sie von einer wunderbaren Ohnmacht in die andere gefallen war. Und sie erinnerten sie daran, wie sie, als ihr der Höhepunkt kam, ihre Arme um mich geworfen, wie sie meine Hand zwischen ihre Schenkel gedrückt, wie sie mit ihrem süßen drallen Hintern gewackelt hätte, etc.

Nach ein paar Gläsern Wein hatte sie sich dann endlich wieder gefangen.

Ich ging hinaus, um die Kutsche zu bestellen, und als ich zurückkam, fand ich sie mitten in einer Rangelei mit den beiden anderen Mädchen, wobei diese versuchten, sie auf den Boden zu werfen, um ihr einen Begriff von dem Vergnügen zu vermitteln, das sie während der Nacht durch mein Zutun so vielfach genossen.

Bei meinem Eintreten riefen mir die beiden Mädchen zu, ich solle kommen und ihnen behilflich sein, während Laura mich anflehte, sie aus den Händen ihrer Peinigerinnen zu befreien.

Als sie so durcheinanderschrien, kam der Wirt herein und verkündete, daß die Kutsche zur Abfahrt bereitstehe, und so nahm ich Laura beim Arm und führte sie hinaus, während die anderen uns folgten. Wir bestiegen die Kutsche und fuhren davon.

Es war spät in der Nacht, als wir nach dreitägiger Fahrt das Château erreichten. Ich begab mich zu Bett und fiel sogleich in Schlaf, umgeben von allen meinen Mädchen, doch ich hatte beschlossen, keine von ihnen zu berühren, weil ich alle in mir ruhenden Kräfte dafür aufsparen wollte, der Jungfernschaft der lieblichen Laura volle Gerechtigkeit widerfahren zu lassen.

Kapitel 7

Als ich am Morgen nach unserer Ankunft aufwachte, weckte ich die schlafenden Schönheiten, die um mich herum lagen, und führte sie in das Badezimmer.

Wir stiegen allesamt ins Wasser, und nachdem wir eine gute Stunde darin herumgeplanscht hatten, begaben wir uns in den Ankleideraum, wo wir unsere Morgentoilette machten. Die Mädchen kleideten sich in Hosen, Hemdkleider und kurze Jäckchen, wie sie die Odalisken des Orients tragen.

Während des Tages trafen wir in glanzvollem Stil die Vorbereitungen für das große Opferfest, nämlich Lauras Entjungferung, die am Abend stattfinden sollte.

Den Vormittag über trieben wir uns im Park herum; wir rannten, sprangen und tollten umher, um unser Blut in erregter Zirkulation zu halten.

Das Dinner, das ich für drei Stunden später als üblich anberaumt hatte, bestand aus raffiniert gewürzten Speisen und den besten und anregendsten Weinen, und wir bedienten uns von allem reichlich, ohne jedoch übermäßig zu prassen. Als wir uns schließlich von der Tafel erhoben, hatten unsere amourösen Gelüste den Gipfel erreicht.

Wir begaben uns in den Bettensaal, zogen uns aus und suchten nochmals das Bad auf, das mit den teuersten Parfums versetzt war.

Wir hielten uns dort jedoch nur kurze Zeit auf und kehrten in den Bettensaal zurück, wo uns Rose und Marie die schweren Vorhänge aufhielten, damit wir das Pracht-Appartement betreten konnten. Hier trockneten Celestine und Manette mit Tüchern aus feinstem Leinen Lauras Körper und Haare, während Rosalie und Caroline desgleichen bei mir taten.

Während sie ihr die vollen kastanienbraunen Locken auskämmten, die ihr in welligen Massen über Hals und Schultern fielen, kniete ich vor ihr nieder und kämmte ihr das schwarzseidene Haar, das ihr in einer für ein siebzehnjähriges Mädchen seltenen Fülle aus dem fettesten kleinen Hügel sproß, den ich jemals gesehen und der fast den Eingang zu der darunterliegenden Grotte verdeckte.

Nachdem ich ihr die köstlichen Locken *comme il faut* gekämmt und rund um die Mündung des gierigen kleinen

Schlundes herum auseinandergescheitelt habe, der in Kürze zum ersten Male in den Genuß des Fleisches kommen soll, öffne ich mit meinen Fingerspitzen die schmollenden Lippen und bereite meinen Augen einen Festschmaus durch den Anblick der in sattem, saftigem Rosa leuchtenden Liebesnische, in welche mein Abgott bald Einzug halten soll. Ich gucke, luge, spähe und versuche, einen tieferen Einblick in die verborgenen Mysterien der tiefen, dunklen Höhlung zu erhalten, doch dringt mein Blick nicht weiter als bis zu einem höchst verführerischen Stückchen Fleisch, etwa in Form eines Herzens, das im Zentrum der Passage zu der unerforschten Höhle, durch deren Falttür ich hineinspähe, herabhängt wie eine strahlende Lampe von der Decke eines Zimmers.

Mein hingerissener Blick weilt noch immer auf dem verführerischen Leckerbissen vor mir, bis ich plötzlich spüre, daß sich zwischen meinen Beinen etwas tut, und, an mir herabblickend, Celestines Hand erkenne, die meinen edlen Stab umfangen hält und sich langsam daran auf und ab bewegt, so daß sein wunderschöner roter Kopf mit der feinen weißen Haut, welche in Falten um seinen Hals liegt, abwechselnd entblößt und bedeckt wird.

Dies gab meinen Lüsten einen gewaltigen Schub, dem ich machtlos ausgeliefert war. Ich erhob mich, nahm Laura auf die Arme, trug sie zum Bett und legte sie darauf nieder, die festen Halbkugeln ihres Hinterteils auf der Bettkante ruhend, gestützt von einem Kissen aus weißem Satin, das mit einem bestickten Tuch aus feinem Leinen bedeckt war.

Celestine und Caroline halten je eines ihrer Beine, während Rose und Marie aufs Bett springen und Manette und Rosalie mir beistehen, für den Fall, daß ich nach vollendetem Werk von meinen Gefühlen überwältigt werden sollte, aber auch als Lotsen für mich – die eine, um das Tor der Liebe zu öffnen, die andere, um den feurigen Pfeil auf den rechten Pfad zu führen.

Etwas besorgt um die kleine Maid, die sich jetzt dem Verfahren der Defloration unterziehen sollte, und in dem Wissen, daß die Rose nicht ohne Dornen war und der Stich zunächst einmal recht schmerzhaft sein würde, salbte ich meinen ungeduldigen Jungfernkiller mit parfümiertem Öl und begab mich dann auf das Schlachtfeld, fest entschlossen, zu siegen oder zu sterben.

Ihre Beine werden mir aufgehalten. Ich trete zwischen sie und pflanze einen sanften Kuß auf die Lippen, die ich auf so grausame Weise auseinanderzureißen im Begriff stehe, was einen Schauer der Lust in ihr auszulösen scheint.

Ich beuge mich leicht vor; Manette teilt mit den Fingerspitzen die rosigen Lippen. Rosalie ergreift meinen Ständer und setzt dessen Kopf in den Eingang.

Die beiden Mädchen, die ihre Beine stützen, legen diese auf meine Hüften, stellen sich einander gegenüber hinter mich und fassen sich über Kreuz an den Händen, so daß Lauras Füße auf dem Schnittpunkt wie auf einem Kissen ruhen können. Ich recke mich und stoße einmal wild zu, wodurch ich gleich einen ganzen Zoll eindringe. Die plötzliche Dehnung ihrer empfindlichen Teile entlockt ihr einen Schmerzensschrei und läßt sie dergestalt mit dem Hinterteil wackeln, daß sie, anstatt sich meiner zu entledigen, mir bei meinen Bemühungen, tiefer in sie einzudringen, noch entgegenkommt.

Ich stoße stärker zu, ich dringe ein, ich durchbohre sie. Blut beginnt zu fließen. Ich fühle es auf meinen Schenkeln. Ihre Hinterbacken zucken konvulsivisch, sie windet sich in dem Bemühen, mich abzuwerfen. In ihrem Todesschmerz entweicht ihren Lippen ein Schrei nach dem anderen.

Arme kleine Maid, dies ist ein schwerer, dorniger Weg für dich. Doch hat man ihn einmal zurückgelegt, ist er glatt für alle Zeiten. Wieder stoße ich vorwärts.

»Ah, mein Gott!« schreit sie. »Ich sterbe! Hab doch Gnade mit mir!«

Ich habe kein Mitleid mit ihr und stoße heftiger zu denn je, um sie ein für allemal von Schmerz und Pein zu befreien. Ich reiße sie auf, reiße alles mit, was im Wege ist, und ein letzter Schub bringt mich sieggekrönt hinein ins Heiligtum der Liebe, umrauscht vom Applaus und Triumphgeschrei unserer Zuschauer.

Kaum war ich bis zum Äußersten in sie eingedrungen, da lag ich auch schon zitternd und keuchend auf ihrem Bauch, eine Flut kochenden Spermas in sie hineinschießend.

Bald erlangte ich neues Leben und neue Kraft, und indem ich mich bis zum Kopf aus ihr herauszog, nahm ich eine Hinundherbewegung auf, die lediglich ein paar »Ahs« und tiefe Seufzer in ihr hervorriefen, da das Sperma, das ich ihr eingespritzt, ihre wunden Teile eingesalbt und die Sache dem lieben Geschöpf, das unter mir lag, dadurch vergleichsweise leichtgemacht hatte.

Nun entgegnete sie meinen Schüben und Stößen mit einem leichten Zittern ihrer Kehrseite. Sie zieht mich in ihre Arme, sie schließt die Augen. Ein paarmal hebt sie sich mir energisch entgegen, und jetzt fühlt auch das liebe Mädchen das Vergnügen, trotz des Schmerzes, den eine Frau erfährt, wenn ihr zum erstenmal von einem Mann die Milch der frommen Denkungsart entzogen wird.

Ich komme ihr entgegen und schmelze wiederum in ihr dahin, wobei ich sie mit dem reichlich fließenden Liebessaft förmlich überschwemme.

Schließlich erhebe ich mich von meiner lieblichen Beute und lasse sie als blutendes Opfer auf dem Altar der Liebe zurück.

Die Mädchen scharten sich um Laura und gratulierten ihr zur Beförderung von der Maid zur Frau. Nachdem der Eingang erstürmt war, konnte sie sich fortan den grenzenlosen Freuden und Vergnügungen der Liebe hingeben, ohne dabei Schmerz zu empfinden.

Sie richteten sie auf, reinigten sie von dem Blut, das ihre Schenkel und Pobacken färbte, und ich nahm das geweihte Kissen und seinen blutigen Bezug und schickte eines der Mädchen, das Bett für uns zu richten. Ich – aber nein. Ich beschloß, ihr ein wenig Ruhe zu gönnen, und indem ich den Mädchen auftrug, ein kaltes Mahl zu bereiten, und sie bat, uns in zwei Stunden zu wecken, fielen wir, einer in den Armen des anderen, in Schlaf.

Nachdem wir eine Weile geschlafen, erwachte Laura zwar recht erfrischt, doch immer noch unter den Folgen der schweren Mißhandlung ihrer empfindlichen Organe leidend.

Die Tafel ward neben dem Bett aufgetragen, so daß wir liegen bleiben konnten, während sich die anderen rundherum auf Kissen niederließen.

Ich verspürte keinen großen Appetit, sondern begann statt dessen mit meiner Bettgenossin herumzuschäkern und sie darüber auszufragen, was sie während ihrer Entjungferung für Gefühle durchgemacht habe. Dies ging so lange, bis die Lust machtvoll in mir anzuwachsen begann, worauf ich sie flach auf den Rücken legte, mich auf sie fallen und meinen Gelüsten freien Lauf ließ. O ja! So manche heldenhafte Vögelei vollbrachten wir in dieser Nacht, und erst nach sechs weiteren Operationen – oder Lustanwandlungen – waren wir so erschöpft, daß wir Arm in Arm einschliefen.

Ein paar Tage später erschien eine schöne große Dampfbrigg in der Flußmündung, warf Anker und sandte ein Boot mit dem Kapitän an Land, der mir einen Brief meines Bankiers übergab, aus welchem hervorging, wer und was die Offiziere und Matrosen waren und unter welchen Bedingungen er sie angeheuert hatte.

Unverzüglich begab ich mich hinunter zum Fluß und begleitete den Kapitän an Bord. Dort nahm ich die Decks, Masten etc. in Augenschein und begab mich dann zu den Kabinen, die meine optimistischsten Erwartungen bei weitem übertrafen, so wundervoll waren sie eingerichtet. Es handelte sich um insgesamt sechs Luxuskabinen, so groß und feudal, daß sie es in Stil und Ausstattung durchaus mit den besten Boudoirs aufnehmen konnten, die ich je in Paris gesehen hatte.

Ich fragte den Kapitän, der, wie die ganze Crew, Engländer war, nach den Männern an Bord und erfuhr, daß er und seine Männer angeheuert worden seien, um mir in jeder mir angemessen erscheinenden Weise dienstbar zu sein, solange ich sie nicht zur Piraterie anstifte. Er und die Crew erhielten eine immense Heuer und fühlten sich deshalb verpflichtet und bereit, mir »zur Hölle und zurück« zu folgen, wenn ich ihnen nur den Weg zeigen wollte.

Ihrerseits befragt, teilten mir die Stewards mit, daß die Brigg mit allem Luxus ausgerüstet worden sei, den man mit Geld nur kaufen könne.

Ich stieg mit dem Kapitän auf Deck und ließ die gesamte Mannschaft auf dem Achterdeck antreten. Im Nu stand eine Crew aus kräftigen, robusten, verwegen aussehenden Männern vor mir, respektvoll den Hut in der Hand.

Ich hielt eine kurze Ansprache, in der ich ihnen meine Pläne offenlegte und ihnen die Dienste beschrieb, welche ich von ihnen erwartete.

Dann gab ich dem Kapitän Order, in zwei Tagen klar zum Auslaufen zu sein, und begab mich zurück auf mein Schloß.

Ich ließ den Steward kommen und gab ihm Anweisungen, alles für unsere Reise vorzubereiten, da ich beschlossen hatte, in zwei Tagen nach Konstantinopel abzureisen.

Sodann schickte ich einen Pagen nach den Mädchen.

Nachdem sie eingetreten waren, ließ ich sie sich alle bis auf die Haut entkleiden und sah mir mit kritischem Auge ihre Spalten und sonstigen Reize in dem Bestreben an, mir unter all diesen überwältigenden Schönheiten eine als *Compagnon de voyage* auszuwählen. Doch war ich nicht in der Lage, unter so viel Liebreiz eine Entscheidung zu treffen, und überließ es deshalb dem Zufall.

So nahm ich also einen Würfelbecher und ließ jede der Reihe nach würfeln. »La Rose d'Amour« und meine schöne Russin, Caroline, hatten die höchsten Würfe, und ich beschloß, sie beide mitzunehmen.

Erst nachdem die Würfel gefallen waren, informierte ich sie, worum es ging, worauf sich Laura, meine neueste Liebe, die mittlerweile zu einer richtigen *Libertine* geworden war, weinend vor mir auf die Knie warf und mich innig bat, auch sie mitzunehmen.

Es sei mir unmöglich, mehr als zwei mitzunehmen, erklärte ich ihr; es sei auch völlig sinnlos, deswegen traurig zu sein, das würde auch nichts ändern. Dafür aber wollte ich die gesamte restliche Zeit bis zu meiner Abfahrt nur mit ihr verbringen.

Ich ließ das Schloß in der Obhut meiner vertrauenswürdigen Diener und Gefolgschaft, und als ich mich dann einschiffte, führte ich über eine Million Franc bei mir, um damit in Konstantinopel Sklavinnen zu kaufen.

Kapitel 8

Nach einer sehr angenehmen Reise von ungefähr zwei Wochen erreichten wir die Hauptstadt des türkischen Reiches.

Bei der erstbesten Gelegenheit sandte ich den wohlhabendsten und einflußreichsten Ausländern unter einem angenommenen Namen meine Empfehlungen.

Schon bald machte ich die Bekanntschaft von vielen reichen Türken, unter ihnen auch drei oder vier Sklavenhändlern.

Daraufhin engagierte ich einen Dolmetscher, suchte einen der Sklavenhändler auf und beauftragte ihn damit, mir eine

Partie der ansehnlichsten weiblichen Wesen zu besorgen, die auf dem Markt zu haben seien. Und da ich wußte, daß es unter dem ärmeren Teil der Bevölkerung gang und gäbe war, ihre Töchter zu verkaufen, soweit sie schön genug waren, den Harems der reichen und lüsternen Türken zur Zierde zu gereichen, wies ich ihn an, einige seiner Emissäre auszusenden, um in den Armenvierteln all diejenigen Familien ausfindig zu machen, die schöne Töchter hatten und auch bereit waren, sie gegen Gold einzutauschen.

Binnen weniger Tage suchte mich mein Agent auf, um mir mitzuteilen, daß er sich auf die Reise zu einem seiner alten Zwischenhändler machen wolle, der drei Tagereisen von der Hauptstadt entfernt wohne und ständig Mädchen aus dem Inneren des Königreiches erhalte, manchmal sogar aus Tscherkessien. Aus gewissen Gründen komme er niemals in die Stadt, doch schreibe er ihm jedesmal, wenn er neue Schönheiten erhalte, und dann fahre er, mein Agent, zu seiner Residenz und handele gleich an Ort und Stelle um die Mädchen, oder er nehme sie mit nach Konstantinopel, um sie dort auf Kommission zu verkaufen.

Er sagte, er habe seinem Geschäftspartner gleich nach meinem ersten Besuch geschrieben, worauf ihm dieser geantwortet habe, daß er über mehrere sehr reizvolle Mädchen verfüge, besonders aber eine, die er Ibzaidu nannte und die, wie er meinte, würdig sei, den Harem des Großsultans zu schmücken.

Ich hieß meinen Agenten, Ali Hassan, umgehend abreisen und die Partie, falls die Mädchen wirklich schön seien, in die Stadt bringen.

Während seiner Abwesenheit streifte ich Tag und Nacht, begleitet von meinem Dolmetscher, durch die Straßen und Basare der Stadt in dem Bemühen, selbst einige lokale Schönheiten aufzutreiben; doch alle Mühe war vergebens. Ich konnte nicht den kleinsten Blick auf ein weibliches Gesicht erhaschen.

Am Abend des neunten Tages nach seiner Abreise kam Ali zurück und berichtete, er habe sieben Sklavinnen mitgebracht und sie sicher in seinem Harem verwahrt, und er lud mich ein, am nächsten Morgen zu ihm zu kommen und sie in Augenschein zu nehmen.

Er konnte sich kaum in seinen Lobpreisungen Ibzaidus zurückhalten, die seiner Beschreibung nach wundervoller als eine Huri war: das *non plus ultra* aller tscherkessischen Schönheiten.

Gegen elf Uhr am folgenden Morgen begab ich mich zu Alis Haus und kam sofort zum Geschäft.

Für einige Augenblicke zog er sich zurück, um den Sklavinnen Anweisung zu geben, sich auf meine Visite vorzubereiten.

Binnen einer halben Stunde erschien ein Eunuch, entbot seinem Herrn einen Salaam und verschwand wieder.

Ali erhob sich, bat mich, ihm zu folgen, und führte mich in ein großes, elegant eingerichtetes Appartement seines Harems.

Beim Eintreten erblickte ich sechs Mädchen, die an einer Seite des Raumes auf Kissen saßen, bekleidet mit weiten türkischen Hosen aus weißem Satin und Westen aus kostbar besticktem Stoff.

In der Mitte des Raums stand eine Couch, und an einem Ende davon standen zwei Eunuchen. Nachdem ich mir die Mädchen, so wie sie da saßen, angesehen und die Verschiedenartigkeit ihrer Schönheit wahrgenommen hatte – wissend, daß dies hier üblich war –, äußerte ich den Wunsch, sie in völliger Nacktheit zu begutachten, um festzustellen, ob sie auch wirklich alle Jungfrauen seien, wie Ali es mir angekündigt hatte; außerdem wollte ich sehen, ob die Schönheit ihrer verschiedenen Körperteile der ihrer Gesichter entsprach.

Unverzüglich ließ er eine von ihnen neben mich treten

und sprach auf türkisch zu ihr und den anderen. Dann gab ich ihm und den Eunuchen einen Wink, mich mit den weiblichen Wesen allein zu lassen.

Sie zogen sich zurück, und ich ergriff die Hand des Mädchens und bedeutete ihr, sich auszuziehen, doch sie weigerte sich. Ich bat und drängte sie, so gut ich es mit meiner Zeichensprache konnte; doch sie kreuzte die Arme über der Brust und weigerte sich weiterhin. Ich klatschte in die Hände, und Ali und seine Eunuchen betraten erneut den Raum. Es bedurfte nur eines Kopfnickens meinerseits, da zeigte er auch schon mit dem Finger auf das Mädchen, und die Eunuchen ergriffen sie und hatten sie im Nu ausgezogen. Ich ging zu ihr hin, legte meine Hand auf ihre festen, runden Brüste, drückte und knetete sie, befühlte ihre Taille und ließ meine Hand tiefer gleiten, zu dem moosigen Geflecht über ihrer Spalte; sie sprang zurück, griff sich einige ihrer Kleidungsstücke, wickelte sie sich um den Leib und hockte sich in eine Ecke.

Ali stampfte mit dem Fuß auf, und die Eunuchen nahmen das Mädchen auf, trugen es zur Couch und warfen es rücklings darauf.

Einer der beiden hielt sie an den Schultern fest, während der andere ein Bein ergriff und Ali das andere, die sie dann weit auseinanderspreizten, woraufhin ich dazwischen niederkniete und mit meinen Fingern die Lippen ihrer Venus öffnete. Als ich versuchte, einen davon hineinzustecken, und merkte, daß ich nicht einmal die Fingerspitze hineinbekam, wobei sie bereits zusammenzuckte und kreischte und ihr Hinterteil hin und her wand, ließ ich von ihr ab, völlig befriedigt, daß ihre Jungfräulichkeit unversehrt war.

Während sie weiterhin auf der Couch festgehalten wurde, prüfte, befühlte und küßte ich jeden Teil von ihr, und da ich für diesen Fall vorbereitet war, legte bzw. steckte ich ihr ein Armband, eine Halskette und einen Ring an Handgelenk,

Hals und Finger. Auf mein Zeichen ließ man sie frei und gab ihr die Kleider zurück. Sie zog sich an, nahm wieder Platz bei den anderen und begutachtete überglücklich ihre Juwelen.

Jetzt ließ ich ein anderes Mädchen kommen. Ich gab ihr ein Zeichen, sich auszuziehen, doch sie nahm keine Notiz davon, sondern stand mit gekreuzten Armen und gesenktem Haupt. Ich nahm ihr die Hände von der Brust und ging daran, ihr die Weste auszuziehen, und als sie sich nicht sträubte, hieß ich Ali und seine Sklaven hinausgehen und draußen warten.

Dann zog ich ihr die Hose und den Simar* aus und war von ihrer Schönheit höchst angetan. Ich führte sie zur Couch und zog sie, indem ich mich setzte, an meine Seite, befühlte ihre Brüste, strich ihr über Arme, Bauch und Schenkel und vergrub meine Finger in dem üppigen Haar, das ihre Liebesgrotte überwucherte; all das ließ sie ohne Widerstand geschehen.

Zum Schluß legte ich sie auf den Rücken, spreizte ihre Schenkel weit auseinander, prüfte ihre Liebeshöhle und fand, daß bei ihr noch alle Zeichen der Unschuld vorhanden waren. Auch ihr schenkte ich, wie schon der ersten, den schönsten Schmuck. Die restlichen Mädchen prüfte ich alle auf die nämliche Art.

Bei zwei Mädchen stellte ich fest, daß sie nicht mehr Jungfrauen waren, und eine hatte, obwohl in jeder anderen Beziehung ohne Fehl, krumme Beine.

Ich rief Ali herein, erkundigte mich, wo denn die wunderschöne Ibzaidu bleibe, und äußerte den Wunsch, sie umgehend zu sehen.

Als Ali daraufhin in die Hände klatschte, traten zwei Sklavinnen ein, die sie zwischen sich führten, sie vor mich hin-

* *Simar* (auch: *Cymar*): kurze Jacke oder Weste mit Fellbesatz, im 17. und 18. Jh. in Mode.

stellten und sich dann wieder zurückzogen. Sie war in ein Tuch aus feinem indischem Musselin gehüllt und trug einen Schleier vor dem Gesicht.

Ich hob den Schleier und schrak, überwältigt von der blendenden Schönheit ihrer Züge, zurück.

Dann faßte ich das Gewand, in das sie gehüllt war, entrang es sanft ihrem Griff, warf es zur Seite und blickte voller Bewunderung auf die hinreißendsten Formen und die bezauberndste Gestalt, die mir jemals unter die Augen gekommen waren.

Sie besaß eine jener majestätischen ovalen Figuren, welche Dichter und Mythologen der Göttin Juno zuschreiben.

Ich bestaunte ihr volles, pechschwarzes Haar, das ihr in Locken über Hals und Schultern hing und einen einzigartigen Kontrast zu dem blendenden Weiß ihrer Haut bildete. Ihre Schultern waren wohlgeformt, und ihre Arme, drall und wunderschön gerundet, ließen in meiner Brust den sehnsüchtigen Wunsch aufkommen, von ihnen umfangen zu werden. Ihre Brüste waren betörend üppig, fest, weiß wie Schnee und wurden von zwei köstlich kleinen Knospen aus jenem herrlichen Rosa gekrönt, welches so übermächtig Zeugnis von der Unschuld der Besitzerin ablegt.

Ihre Taille war auf graziöse, elegante Weise schmal, ihr Bauch fein und rund, so weiß wie Alabaster und so weich wie der allerfeinste Samtflaum, ihre Hüften groß und breit, während ihre Pobacken, die wie zwei Hügel aus schneeweißem Fleisch hinten hervorschwollen, sich dem Zugriff fest und federnd darboten und Gewähr für die Lebhaftigkeit und Munterkeit leisteten, mit denen ihre Besitzerin in die köstlichen Gefechte der Lust ziehen würde.

Ihre Schenkel waren so groß und kräftig, wie man es bei Frauen selten sieht, die Knie dagegen klein, während die Waden wie die Schenkel wiederum groß waren. Sie verjüngten sich zu den Knöcheln hin, und ihre delikaten kleinen Füße ließen beim Betrachter keinerlei Zweifel offen, daß der Sitz und das Zentrum der Liebe, dieser für den Mann betörendste Teil der weiblichen Anatomie, nach ebenso feinem und elegantem Muster geformt war.

Ihr Kinn wies ein reizendes Grübchen auf, und ihre Lippen, voll und schmollend, leicht geöffnet, offenbarten zwei Reihen Elfenbein, das aus dem tiefen Rosa ihres kleinen Mundes hervorleuchtete. Ihre Nase war von griechischem Typus, ihre Augen funkelten in einem strahlenden, leuchtenden Schwarz, und ihre Stirn war weder zu hoch noch zu niedrig. Alles in allem entsprach sie in jeder Hinsicht der Idealvorstellung von weiblicher Schönheit.

Welche Leichtigkeit und Grazie jeden Teil ihres Körpers beherrschte! Wie sylphidenhaft federnd sie sich bewegte, als ich sie zu der Couch führte, auf der ich sie sich ausstrecken ließ. Dort untersuchte ich minutiös all ihre versteckten Reize. Jeden Teil befühlte und betastete ich.

Ihre Liebeshöhle war hinreißend, jenseits aller Beschreibung. Ihr moosiger Venushügel schwoll an zu einem Berg aus festem Fleisch, umgeben und bedeckt von üppigem, moosigem, kohlschwarzem Haar, so glatt und fein wie Seide. Die Lippen waren üppige, feiste, rosige, schwellende Schönheiten. Ich öffnete sie, tastete nach ihrer Klitoris und stellte fest, daß sie äußerst groß war, der Eingang dagegen sehr klein und eng – offenbar nicht größer als bei einem Mädchen von elf oder zwölf Jahren.

»O Gott der Liebe!« schrie ich bei diesem Anblick. »Hier ist eine Jungfrau, die sogar Jupiter vom Olymp gelockt hätte oder einen Propheten aus den Armen der Huris im Paradies oder selbst einen Einsiedler aus seiner Zelle.«

Die Handhabung und Begutachtung so vieler schöner Körperteile hatten in mir das Feuer entfacht. Ich konnte mich kaum noch zurückhalten, sie auf dem Altar der Liebe dem Gott der Wollust zu opfern.

Ich riß mich von ihr los und bedeutete ihr, sich zu erheben und ihr Gewand wieder anzulegen.

Dann schloß ich den Handel ab und erwarb lbzaidu und von den anderen Mädchen die drei schönsten, die ich ausgesucht hatte.

Nachdem ich mit Ali handelseinig geworden war, sagte ich ihm, daß er mir unbedingt einen Teil seines Hauses, einschließlich des Harems, während meines Aufenthaltes zur Verfügung stellen müsse, damit ich meine Sklavinnen sicher aufbewahren und ihre angemessene Versorgung sicherstellen könne. Außerdem sollte er mir sechs oder acht Stumme und Eunuchen besorgen, woran er sich sofort machte, während ich zu meinem Haus zurückkehrte, um mein Geld, meine Juwelen etc. zu holen sowie Caroline und ihre Begleiterin wegzubringen.

Kapitel 9

Gegen Abend hatte ich alles erledigt und saß auf einem Haufen Kissen in einem der Appartements von Alis Harem, den Kopf an die Brust der sinnlichen Tscherkessin Ibzaidu gelehnt, deren Name soviel wie »Perlentraube« bedeutet, umgeben von meinen anderen Sklavinnen, die ich zu ihren Dienerinnen gemacht hatte, denn sie sollte, das war mein fester Wille, das Zepter führen über alle bis zu dem Tag, da ich eine finden würde, die noch schöner war als sie.

Ich hatte meine Schmuckschatullen geöffnet und zierte ihre Handgelenke, ihre Arme, Hals, Kopf und Fußknöchel mit Schmuckstücken aus massivem Gold westlicher wie orientalischer Schmiedekunst, und sie schien überhaupt nicht müde zu werden, die Pretiosen zu betrachten und damit zu spielen wie ein Kind mit angemaltem Tand.

Vor Einbruch der Nacht erschien mein Gastgeber mit den

Stummen und Eunuchen und führte mich durch all die Räumlichkeiten, die er zu meiner Verfügung stellte. Unter anderem zeigte er mir ein äußerst elegant eingerichtetes Schlafzimmer mit zwanzig Einzelbetten.

Hier war es, wo ich mit all meinen Konkubinen schlief, oder besser gesagt, sie schliefen zwar in diesem Raum, aber ich nicht mit ihnen, denn ich vergaß all die anderen, mit denen ich mich eigentlich hätte vergnügen sollen, um in den Armen von lbzaidu zu ruhen, die, als sie mich auf ihr Bett zuschreiten sah, mir die Arme entgegenstreckte, die Bettdecke zurückschlug und zur anderen Seite hinüberrutschte, um mir Platz zu machen.

Ich stieg zu ihr ins Bett und lag die ganze Nacht lang mit der Wange an ihrem Busen. Und obwohl sich mein Liebespfeil in ausgezeichneter Verfassung befand, fest und aufrecht wie ein Elfenbeinstab, dachte ich doch kein einziges Mal daran, ihn den Eintritt durch ihre herrlich zarte und enge Passage in das Innere ihres Liebestempels erzwingen zu lassen.

Es dauerte ungefähr drei Wochen, bis sich mir eine neue Gelegenheit zur Erweiterung meiner Sammlung bot. Einen Teil der Zeit verbrachte ich in der Stadt, einen anderen in Alis Villa am Ufer des Bosporus in alleiniger Gesellschaft Ibzaidus, während die anderen Frauen in der Obhut der Eunuchen in der Stadt zurückblieben.

Während eines dieser Besuche in der Villa wurde ich eines Abends, während ich mich auf der Gartenterrasse erging, durch den Anblick Alis überrascht, der auf einem vollblütigen Araber die Straße heraufgejagt kam. In der Befürchtung, irgend etwas könnte in dem Haus, das ich in der Stadt bewohnte, vorgefallen sein, eilte ich ihm zum Tor entgegen, um die Neuigkeiten zu erfahren.

Auf meine Anfrage hin berichtete er, daß auf Befehl des Großen Sultans in den nächsten Tagen eine größere Partie Frauen zum Verkauf kommen sollte.

Ali sagte, es handele sich um die Frauen aus dem Harem eines Staatsbeamten, der vor etwa einem Jahr verstorben sei und dessen einzige Erben, zwei Neffen, sich seitdem um ihren Besitz gestritten hätten; so habe der Sultan schließlich einfach den Verkauf angeordnet, um anschließend den Erlös unter den beiden Erben aufzuteilen. Weiterhin berichtete er mir, daß sich Gerüchten zufolge, die in der Stadt umliefen, einige sehr schöne Sklavinnen unter ihnen befinden müßten, und er riet mir, mich unverzüglich in meine Stadtresidenz zu begeben, denn er wolle mir durch Bestechung die Gelegenheit zu einem privaten Besuch bei ihnen verschaffen, damit ich sie in aller Ruhe begutachten und mir die aussuchen könne, die ich gern haben würde, so daß er sie dann am Tage des Verkaufs für mich erwerben könne.

Am folgenden Tag begleitete ich Ali zum Hause des Händlers, in dessen Obhut sich die Sklavinnen befanden.

Der Händler öffnete uns die Tür und führte mich umgehend in den Raum, in dem sich die Frauen befanden. Sie waren allesamt in große weiße Gewänder gehüllt, die sie von Kopf bis Fuß bedeckten.

Mustapha, der Händler, sprach zu ihnen, worauf sie alle in einer Reihe rund um das Zimmer Aufstellung nahmen, dann zog er sich zurück, wobei er mir sagte, daß sie in dem Moment, da er den Raum verließe, ihre Gewänder fallen lassen würden und ich sie mir in aller Ruhe ansehen könnte.

Er ließ mich stehen, ging hinaus und schloß die Tür hinter sich ab.

Ich ging auf die Frau zu, die mir am nächsten stand, und sie warf ihr Gewand hinter sich. Die anderen taten es ihr nach, und ich weidete meine Augen an einem Bild der Sinnlichkeit, wie ich es mir größer nie hätte erträumen können.

Vor mir standen an die sechzig Frauen, völlig nackt, wie sie wohl kein anderer orientalischer Harem zu übertreffen vermochte: Da waren die tscherkessischen Frauen mit ihren dunklen, wehenden Locken, den stechend schwarzen Augen und der blendend weißen Haut, zu der das tiefe Rot ihrer Lippen, ihre rosigen Brustwarzen und das tiefschwarze, buschige Haar, das ihre Spalten bedeckte, den lebhaftesten Kontrast bildeten.

Und dann waren da die schmachtenden, sanften, blauäugigen Schönheiten, entführt von den griechischen Inseln, und die sinnlichen Georgierinnen; sogar Afrika hatte seine schwarzen Schönheiten den Lüsten des einstigen Besitzers dieser lieblichen Sklavinnen preisgegeben, die um mich herumstanden.

Ich nahm jede einzeln für sich genauestens unter die Lupe, und mit den Augen eines Connaisseurs prüfte ich ihren jeweiligen Anspruch auf das Prädikat »Schönheit«. Oh, wie ich meine Augen am Anblick der Reihe köstlicher, leckerer Liebesgrotten weidete! Ich besah sie mir, fühlte, berührte sie alle und strich über das buschige Haar, das ihre Kerben umrandete.

Das Betätscheln so zahlreicher Pussis erregte mich dermaßen, daß ich meinen Arm um die Taille eines entzückenden kleinen Geschöpfes legte, das, wie ich erkennen konnte, eine ganz Schlimme war, und führte sie in ein kleines Nebengemach, wo ich ihr eine kostbare goldene Kette, die ich trug, zum Geschenk machte, sie auf einen Stapel Kissen legte und ihr zweimal das Erlebnis höchst ekstatischer Vergnügungen zuteil werden ließ, bevor ich wieder von ihr herunterstieg.

Ich gab ihr etwas Zeit, sich von der Verwirrung, in die ich sie gestürzt hatte, zu erholen, bevor wir in das Appartement zurückkehrten, in dem die anderen Frauen standen und keine weitere Notiz von unserer Abwesenheit nahmen, als daß sie ihre Köpfe hoben, um die Goldkette zu bestaunen, die ich ihr um den Hals gehängt hatte.

Ich zog die, mit der ich es gerade getrieben hatte, zur Seite und suchte noch zehn weitere Frauen aus, darunter eine Schwarze, eine junge Afrikanerin, die vielleicht fünfzehn Jahre alt war und noch die Merkmale der Unschuld trug; sie war, alles in allem, das Geschöpf mit den sinnlichsten weiblichen Formen, die ich je gesehen hatte, und offensichtlich von allen Frauen, die ich besaß, am besten für das Vergnügen der Liebe ausgestattet. Ihr Haar war ganz glatt und so schwarz wie die Schwingen eines Raben; ihre Brüste waren voll und groß, wie aus Ebenholz geschnitzt. Ihre Taille war schlank, während ihre Hüften so ausladend waren, wie ich sie noch nie gesehen hatte. Ihre Schenkel waren von einer Größe, die alles in den Schatten stellte, was ich bisher unter mir gehabt hatte.

Nachdem ich die Frauen, die ich zu kaufen wünschte, ausgesondert hatte, rief ich den Händler und Ali herein und zeigte sie ihm, und da der Verkauf auf den nächsten Tag festgelegt war, wies ich ihn an, pünktlich zu erscheinen, um sie für mich zu erwerben, und ging von dannen.

Bis zur Mittagszeit des folgenden Tages hatte Ali sämtliche Frauen, auf die meine Wahl am Abend zuvor gefallen war, zu mir gebracht. Vier der Sklavinnen unterzog ich gleich einem Probelauf und zeigte ihnen zum erstenmal, welch ein Unterschied darin besteht, anstatt in den Armen eines alten Ziegenbocks von Türken zu liegen, von einem jungen und lebhaften Franzosen gevögelt zu werden, der von dem köstlichen Lebenssaft, auf den alle Frauen so scharf sind, nur so überschäumt.

Ich verbrachte zwei Wochen damit, diese neuen Schönheiten zu genießen, mit Ausnahme jener, deren jungfräuliche Blüte noch nicht von dem gehörnten alten Wüstling, ihrem verstorbenen Herrn und Meister, entblättert worden war. Das waren im ganzen drei.

Während ich mir so die Zeit in den Armen meiner schönen Sklavinnen vertrieb, erschien eines Morgens mein Dolmetscher bei mir, der mir, nachdem ich ihn vorgelassen hatte, berichtete, daß er in dem Haus eines armen Handwerkers eines der lieblichsten Mädchen Konstantinopels entdeckt hätte;

allerdings hätte der Mann es auf Anfrage rundweg abgelehnt, sich von ihr zu trennen, wieviel man ihm auch bezahlen möge. Er meinte jedoch, es gäbe wohl die Möglichkeit, sie zu entführen, falls mir der Sinn danach stünde.

Ich versprach ihm einen großen Geldbetrag, wenn er sie mir besorgen könnte, und brachte ihn zu Ali, mit dem er sich über die Art beriet, wie man ihrer am besten habhaft werden könnte.

Sie einigten sich darauf, abends so lange vor dem Haus herumzulungern, bis sie den alten Mann ausgehen sähen, um dann mit Hilfe zweier Eunuchen in das Haus zu stürmen, sie zu knebeln, hinauszutragen, in eine Sänfte zu setzen und zu mir zu bringen. Ich war mit allem einverstanden und versprach ihnen eine reiche Belohnung, wenn sie Erfolg hätten.

Erst in der dritten Nacht konnten sie sie entführen, und ich war höchst angenehm überrascht, als zwei meiner stummen Diener, während ich in den Armen einer meiner lieblichen Sklavinnen lag, in mein Zimmer traten, in ihren Armen die schöne Beute.

Ich nahm sie ihnen ab, setzte sie auf ein Kissen, entblößte ihr Gesicht und nahm ihr den Knebel aus dem Mund. Sie war ein bezauberndes Geschöpf, soweit ich es bisher erkennen konnte, und so begann ich damit, sie auszuziehen, damit ich sie in ihrer Nacktheit sehen und all ihre versteckten Reize betrachten konnte.

Oh, welch Reiz und welche Schönheit boten sich meinem feurigen Blick!

Ich mußte mehrere Frauen herbeiholen, um mir zu helfen, sie zu halten, während ich ihre Reize befühlte und bewunderte. Ich brannte vor Verlangen, mich ihrer zu erfreuen, und bedeckte jeden ihrer Körperteile mit meinen begierigen Küssen. Ich preßte meine Lippen auf ihren Mund und sog an ihren rosigen Brustwarzen, doch den Lippen ihrer Scham schenkte ich die größte Beachtung.

Ich war drauf und dran, mich auf sie zu werfen, doch da erinnerte ich mich meines Entschlusses, mir alle Jungfrauen bis zu meiner Rückkehr nach Frankreich aufzuheben, sprang von ihr herunter und statt dessen in die Arme Celestines, in dich ich mich bis zum Heft hineinbohrte, gerade noch rechtzeitig, bevor meine Säfte über den Fußboden spritzten.

Kurz danach brachte Ali zwei weitere weibliche Wesen, die beide von einer der Inseln im Hellespont geraubt worden waren.

Ich hatte nun fast mein ganzes mitgebrachtes Geld aufgebraucht und stellte mich langsam auf die Rückreise ein, da entdeckte ich durch Zufall, daß man Ali nachsagte, er besäße eine Tochter, die schöner sei als sonst ein weibliches Wesen in Konstantinopel, und ich beschloß, noch eine Weile zu bleiben, um so oder so in ihren Besitz zu kommen.

Ich hatte nicht mehr genug Geld, um ihm eine Summe anzubieten, die groß genug gewesen wäre, seine Habsucht anzustacheln, also traf ich Anstalten, sie zu stehlen, zu welchem Zwecke ich ihn unter einem Vorwand ins Landesinnere schickte.

Am gleichen Tag entdeckte ich denjenigen Teil des Hauses, in dem Ali seine Tochter in der Hoffnung, sie vor meinen Augen verbergen zu können, hinter Schloß und Riegel hielt, und so bereitete ich alles vor, sie zu rauben, sobald es dunkel war.

Mein gesamtes Gepäck und die Frauen mit den Eunuchen und Stummen schickte ich an Bord der Brigg.

Ich besorgte eine Sänfte, und mit Hilfe des Dolmetschers, den ich für diesen Dienst großzügig bezahlte, erlangte ich Zutritt zu den Gemächern Selinas, die ich schlafend vorfand. Ohne ein Geräusch zu machen, knebelten wir sie, setzten sie in die Sänfte und hatten sie alsbald zu meinen anderen Schätzen an Bord der Brigg gebracht, die auch unverzüglich aus dem Hafen steuerte und sich in aller Eile davonmachte, denn ich fühlte mich nicht völlig sicher, bis wir wieder das Mittelmeer erreicht hätten.

Als ich Selina von ihrem Knebel befreite, machte sie zunächst ein entsetzliches Geschrei wegen ihrer Entführung, und so hielt ich sie weiterhin unter Verschluß, bis wir ein paar Tagesreisen zurückgelegt hatten, wobei die Seekrankheit eine wundersam heilende Wirkung auf sie ausübte und ich mich ihr nähern konnte, ohne einen Schwall von Beschimpfungen und türkischen Flüchen auf mein Haupt zu laden. Tatsächlich waren fast all meine Passagiere seekrank, mit Ausnahme Carolines, Celestines und der nubischen Sklavin.

Diese drei pflegten die anderen, bis sie ihre Krankheit überwunden hatten, was bei einigen bis zu drei oder vier Tagen dauerte. Dann aber gab es nur noch Frohsinn, Lust und alle Köstlichkeiten der Liebe.

Nachdem sich alle völlig erholt hatten, stießen wir auf eine kleine, grüne, aber unbewohnte Insel im Mittelmeer und blieben dort einen Tag und eine Nacht vor Anker liegen.

Gegen Abend ließ ich ein zu diesem Zwecke angefertigtes großes Segeltuch ins Wasser hinab, das an den Auslegern der Ladekräne befestigt war, um den Frauen die Möglichkeit zum Baden zu geben. Ich befahl ihnen, ihre teuren Gewänder gegen schlichte weiße Leinenhosen und -hemden zu tauschen, und brachte sie an Deck. Während ich die Matrosen in den Beibooten in einigen Yard Entfernung zu der Segelleinwand postierte, schubste ich eine nach der anderen ins Wasser, mitten in das Segeltuch hinein.

Eine gute Stunde lang vergnügten sie sich im Wasser, dann wurden sie in einem Korbsessel, der extra für diesen Zweck hergerichtet worden war, wieder an Bord gezogen, und nachdem sie sich umgezogen hatten, brachte ich sie wiederum an Deck, wo sie wie kleine Kätzchen oder Äffchen herumrauften und spielten.

Später ließ ich einen Eunuchen einige Musikinstrumente an Deck bringen, die ich in Konstantinopel gekauft hatte.

Ibzaidu und zwei andere Mädchen spielten die Gusla* und sangen ein paar klagende Lieder aus ihrer Heimat mit so lieblicher Stimme, daß sich Traurigkeit in unser aller Gemüter schlich. Das änderte sich jedoch, als Celestine zur Gitarre griff und uns Lieder aus unserer geliebten französischen Heimat vorsang.

So vergnügten wir uns bis spät in die Nacht und ließen dort auch das Abendmahl auftragen, das wir uns im Schein des Mondes munden ließen.

Wir gingen unterwegs immer wieder mal vor Anker, wie es mich gerade gelüstete, und so dauerte es fast fünf Wochen, bis wir in die kleine Flußmündung nahe bei meinem Château in der Bretagne einliefen, wo ich, nachdem ich meine Frauen etc. sicher in dem alten Schloß verstaut hatte, mit den Vorbereitungen für das begann, was Sie vielleicht im nächsten Kapitel erfahren werden.

Kapitel 10

Das erste, was ich an einem Tag der Ruhe erledigte, war, die Eunuchen und Stummen in ihre jeweiligen Pflichten einzuweisen. Diese bestanden einzig und allein darin, die Frauen zu bewachen und zu bedienen, und zwar sowohl in ihren Gemächern wie auch draußen, wenn sie sich im Garten oder in den Gehölzen herumtrieben, von denen das Schloß umgeben war, so daß sie niemals ohne Aufsicht blieben.

Nachdem ich diese Vorkehrungen getroffen hatte, begann ich mit den Vorbereitungen für ein großes Fest zu Ehren des Kapitäns und seiner Mannschaft, die sich während der gesam-

* Gusla: einsaitige Kniegeige des Balkans.

ten Reise sehr zu meiner Zufriedenheit aufgeführt hatten, da kein einziger jemals seine Befugnisse überschritt oder seine Privilegien mißbrauchte, sondern jeder immer nur die größte Diskretion an den Tag legte.

An einem Abend im Mittelmeer, als ich die Frauen zum Baden an Deck kommen ließ, hätten sie sich allesamt in ihre Kajüten verzogen, hätte ich sie nicht zurückgerufen und in die Boote geschickt, und nun wollte ich sie für ihr gutes Verhalten belohnen, indem ich ein Fest veranstaltete, an dem selbst Prinzen Gefallen gefunden hätten.

Gegen Abend ließ ich dem Kapitän die Botschaft übermitteln, daß er und seine Crew aufs Schloß kommen sollten. Eine halbe Stunde später waren sie vollständig angetreten, und nachdem ich die Mädchen in einem Appartement eingeschlossen und somit aus dem Blickfeld der Matrosen gebracht hatte, führte ich sie durch das Gehölz und den Garten. Sie sahen sich alles voller Erstaunen an und bewunderten den erlesenen Geschmack, den ich bei der Ausstattung des »Schlosses der Schönheiten«, wie sie es nannten, hatte walten lassen.

Um sechs Uhr erschien ein Diener und meldete, daß das Abendessen angerichtet sei. Ich hatte befohlen, es im Brunnensaal zu servieren, und führte nun meine Gäste dorthin. Sogleich kamen auch alle Frauen meines Harems hereinmarschiert und nahmen gegenüber den Männern Platz.

Nach dem Essen griffen lbzaidu und ein paar andere der Frauen, die ich in der Türkei erstanden hatte, zu ihren Instrumenten und gaben uns ein Konzert orientalischer Musik; anschließend ging Caroline an den Flügel, und Celestine setzte sich an die Harfe, und zusammen spielten sie ein paar brillante, lebendige Stücke französischer und italienischer Musik; und schließlich erhoben sich diejenigen meiner Sklavinnen, die von den griechischen Inseln stammten, und tanzten uns eine Romaika und andere typische Tänze ihrer Heimat vor.

Ihnen folgten Ibzaidu und die beiden anderen Tscherkessinnen, die uns, in ihre Nationaltracht gekleidet, einige Tänze ihrer Heimat vorführten.

Dann waren die Georgierinnen an der Reihe, und an sie schloß sich meine schwarze Mätresse, die Nubierin, an; sie trug Unterröcke, die ihr bis zu den Knien reichten, und darüber ein Kleid aus feiner blauer Gaze.

Ihr Tanz war wild und sehr anregend, und während sie so über den Boden flog, waren, da ihre Beine unbekleidet, so manches Mal ihre Schenkel und nackten Pobacken, ja sogar gelegentlich ihre schwarze, buschige Kerbe zu sehen.

Celestine und Caroline erhoben sich, um zu tanzen, und Laura nahm den Platz am Flügel ein.

Wie die Nubierin trugen auch sie kurze Unterröcke und Kleider, und sie führten höchst lüsterne Tänze vor und zeigten dabei alle Reize, mit denen die Natur sie begnadet hatte.

Die Offiziere und Matrosen von der Brigg klatschten begeistert Beifall.

Gegen Mitternacht schickte ich die einfachen Seeleute zurück auf das Schiff und behielt nur die Offiziere da; es waren fünf an der Zahl.

Nachdem die Matrosen gegangen waren, wurde die Gesellschaft eine gemischte, da die Offiziere jetzt inmitten der Frauen saßen, von denen ich einige seit langem nicht mehr gevögelt hatte und die deshalb mit schmachtenden, sehnsüchtigen Blicken die Männer um sie herum ansahen. Mir war klar, wenn ich nicht dagewesen wäre, dann hätten sie schon bald mit den Männern die sanften Freuden der Liebe genossen.

Ich klatschte in die Hände, und ein paar Eunuchen betraten den Raum. Indem ich ihnen Rose, Marie und Manette sowie zwei andere Mädchen bezeichnete, führten sie sie zu einem Appartement, das ich zuvor mit Betten hatte ausstatten lassen. Als die Eunuchen zurückkamen, verabschiedete ich die Offiziere, und die Eunuchen geleiteten sie in das Zimmer, in das sie zuvor die fünf Mädchen gebracht hatten.

Welch eine Überraschung für beide Seiten! Für die Männer, als sie die Betten mit den fünf Mädchen belegt vorfanden, und für die Mädchen, als sich die gleiche Anzahl Männer zu ihnen gesellte. Oh, wie sie bei diesem Anblick in Verzükkung gerieten!

Augenblicklich war ihnen klar, warum ich sie in dieses Appartement gebracht hatte. Nachdem die Männer gegangen waren, schickte ich die anderen Mädchen, außer einer lieblichen Georgierin, auf ihre Zimmer und begab mich in ein Appartement, welches an dasjenige der fünf Pärchen grenzte.

Diesen Raum hatte ich so einrichten lassen, daß ich, ohne selbst gesehen zu werden, beobachten konnte, was in dem anderen Raum vor sich ging.

Nachdem die Männer das Zimmer betreten hatten, stürmten sie sofort auf die Betten zu und hätten sich die Mädchen sogleich zur Brust genommen, wären diese nicht nackt aus den Betten gesprungen und hätten begonnen, die Männer auszuziehen, die schnell all ihrer Kleidung entledigt waren. Und was dann für ein Schauspiel der Liebe folgte!

Die Männer warfen die Mädchen auf die Betten, die ihre Schenkel weit öffneten, kaum daß sie auf dem Rücken gelandet waren, und sprangen mit Schwänzen, so hart wie Eisenruten, auf sie drauf, stießen zwischen die zarten Wände der Liebeshöhlen unter ihnen, sandten Lust und Freude in ihr tiefstes Inneres, und an ihren Ausrufen und Bewegungen, am Zukken der Hinterteile, an den heißen Küssen und liebevollen Bissen in den Nacken konnte ich erkennen, daß nicht eine einzige mit weniger als zwei, drei Dosen des geheiligten Saftes abgespeist wurde. Ich glaube, niemals sah ich Männer und Frauen mit größerem Eifer sich der Liebe hingeben oder mehr Lust und Vergnügen in solch genußvoller Vereinigung finden als sie.

Der Anblick hatte solch eine Wirkung auf mich und meine Partnerin, daß wir nicht anders konnten, als uns ins Schlafzimmer zurückzuziehen, um uns in gleicher Weise zu delektieren.

Beim Ersteigen einer Treppenflucht stolperte meine Sklavin, fiel hin und verletzte sich dabei so sehr, daß ich mir eine andere suchen mußte, in welche ich den übermächtigen Schwall aus meinem magischen Brunnen ergießen konnte, der schon bald überlaufen würde, wurde er nicht bald abgepumpt.

Das erste Bett, auf das meine Augen fielen, war das der schönen nubischen Sklavin, und ich beschloß, ihre Unschuld umgehend dem Gott der Liebe als Opfergabe darzubringen.

Ich trat zu ihr, bedeutete ihr aufzustehen und mir zu dem Staatsbett zu folgen, zu dem ich voranging.

Wir erstiegen beide das Lager in völliger Nacktheit, und indem ich sie, ein Kissen unter ihrem fetten Hintern, sofort in eine günstige Stellung brachte, legte ich mich in voller Länge auf sie drauf, führte meinen Speer an ihre Spalte und versuchte damit zwischen deren Lippen einzudringen – doch vergebens.

Ich stand auf und salbte sie gründlich ein. Wieder nahm ich den Eingang in Angriff und schob diesmal alle Hindernisse und Barrieren, die ihre jungfräuliehe Rose verteidigten, beiseite – und fand, daß sie ein Leckerbissen für die Götter war! Himmel! Mit welch unbändiger Wonne ich sie an mich drückte, während ich meinen Pfeil in das Innerste ihres köstlichen Fleisches schob.

Ungeachtet der Schmerzen, die ich ihr mit meinem wilden Eintritt verschafft haben mußte, begann Celeste, so hatte ich sie getauft, im gleichen Moment, in dem ich anhub, mich in ihr zu bewegen, mir mit Kraft und Geschmeidigkeit und einer Lüsternheit entgegenzukommen, die man sich in ihrer Situation überhaupt nicht vorstellen konnte.

Sie war so jung, gerade erst achtzehn, und ihre Furche war so klein, so herrlich eng, daß ich mich, nachdem ich bis zum Heft in sie eingedrungen war, kaum in ihr vor und zurück bewegen konnte. Doch durch den Sog, der entstand, als mein Kolben in ihrem Zylinder der fleischernen Lüste auf und ab fuhr, öffneten sich schon bald die Schleusen meines Liebesreservoirs, und heraus strömte ein Strahl feuriger Flüssigkeit, der ihr Innerstes völlig überschwemmte. Dies jagte ihr einen Schauer der Lust durch den ganzen Körper, der mir sofort zeigte, daß auch sie kurz davor stand, Zeugnis von der Freude und Ekstase abzulegen, die mein furchtbarer Lanzenstoß ihr vermittelt hatte, der ihr solch schreckliche Verwundung zugefügt und sie die Essenz ihrer Seele durch ihre klaffende Öffnung verströmen ließ.

Die Ölung, die ihr Organ durch den gemeinsamen Fluß unserer Säfte erhalten hatte, machte mir den Zutritt jetzt etwas einfacher, doch ging es immer noch sehr eng zu.

Gegen Morgen begann sie zu begreifen, welch enormes Vergnügen, welche Wollust ein gut ausgeführtes Liebesspiel bereiten kann. Von meinen unaufhörlichen Stößen hatte sich ihre Spalte etwas geweitet, zwar war die Enge noch vorhanden, doch wurde sie jetzt als äußerst angenehm empfunden und trug zur Steigerung des Vergnügens bei, während es bei den ersten drei oder vier Malen für ein perfektes Vergnügen noch zu eng gewesen war, um die Freuden der Liebe in vollen Zügen zu genießen, denn beim Eindringen wurde mir fast die Vorhaut abgerissen, was Schmerz verursachte, der dem Vergnügen abträglich war.

Als ich am Morgen zum Frühstück hinunterging, fand ich die Mädchen, die die Nacht mit den Offizieren von der Brigg verbracht hatten, so wund und matt vor, daß sie nach dem grausamen Ansturm, dem sie die ganze Nacht über von seiten ihrer Partner ausgesetzt gewesen waren, kaum noch gehen konnten.

Während des Tages unternahm ich einen ausgedehnten Ritt in die Umgebung des Schlosses, und als ich bei meiner Rückkehr am späten Nachmittag an einem der Zimmer vorbeiging, drang von dorther beträchtliches Geflüster an mein Ohr. Als ich näher hinhörte, erkannte ich die Stimme einer Frau, die sich mit einigen Männern unterhielt. Ich öffnete vorsichtig die Tür, und wie überrascht war ich, als ich Caroline, Celestine, Rosalie und Laura in Gesellschaft von vier Bauernlümmeln vorfand, die bei mir angestellt waren.

Sie lagen alle auf dem Fußboden, die Mädchen mit bis zur Taille hochgeschobenen Kleidern, die Jungs mit aus der Enge ihrer Hosen befreiten Schwänzen, wobei die Mädchen mit den letzteren spielten, um den schlaffen Dingern neues Leben einzuflößen, die ihnen offensichtlich soeben gute Dienste geleistet hatten.

Ohne daß sie mich gesehen hatten, zog ich mich zurück und schloß leise die Tür, um mit mir darüber zu Rate zu gehen, was mit den Schuldigen zu geschehen habe.

Nachdem ich eine ganze Weile über das Thema nachgedacht hatte, kam ich zu dem Schluß, daß ich wohl kein Recht hätte, irgend etwas zu tun oder zu sagen, da ich wußte, daß es ihr naturgegebener Instinkt war, der sie dazu trieb, solcherart zu handeln. Auch erinnerte ich mich daran, daß ich jeder von ihnen versprochen hatte, es solle ihnen niemals an dem mangeln, wozu sie sich jetzt selbst verholfen hatten, und beschloß, kein Wort über die ganze Angelegenheit zu verlieren, sondern ihnen lediglich einen tüchtigen Schrecken einzujagen.

Nach dem Abendessen, während ich inmitten meiner Mädchen im Brunnensaal saß und zusah, wie meine Griechinnen sich zur Musik der Gusla durch die verwirrende Vielfalt der sinnlichen Romaika wiegten, klatschte ich in die Hände, worauf vier der stummen Diener erschienen.

Ich zeigte auf die vier Mädchen, die ich am Nachmittag beim Fummeln mit den Dienstboten erwischt hatte, und befahl den Stummen, sie zu fesseln.

Sie fesselten ihnen die Handgelenke mit Seidenschärpen und führten sie vor mich hin.

Ich setzte ein furchterregendes Stirnrunzeln auf und klagte sie an, sich herabgewürdigt zu haben, indem sie sich mit niederem Gesinde eingelassen hätten.

Dieses leugneten sie, und zwar hartnäckig.

Da befahl ich den Dienern, sie auszuziehen, und indem ich eine dünne Reitpeitsche zur Hand nahm, begann ich Celestine damit ganz leicht auf die nackten Hinterbacken zu tippen, bis sie in einem wunderschönen Karminrot erstrahlten, unterbrochen von hellem Alabaster, worauf sich alle vier vor mir auf die Knie warfen und ihre Untat eingestanden. Da sagte ich ihnen, daß dies eine härtere Bestrafung erfordere, die sie jetzt erhalten sollten.

Nun hatte ich zuvor vier der bestaussehenden und stattlichsten Bauern, die zu finden waren, aus dem Dorf heraufkommen lassen, und als ich den Dienern ein Zeichen gab, gingen sie hinaus und führten sie mit verbundenen Augen herein.

Nachdem sie den Raum betreten hatten, unterhielt ich mich eine Weile mit ihnen und ließ ihnen heiße Schokolade servieren, die ich unter Verwendung gewisser Drogen zubereitet hatte, welche ihre Liebesgelüste vier Stunden lang alle paar Minuten von neuem erwecken würden.

Sie waren splitternackt, und kurz nachdem sie getrunken hatten, ragten ihre Lanzen in voller Blüte vor ihren Bäuchen auf.

Jetzt löste ich die Fesseln von den Handgelenken der Mädchen und befahl ihnen, sich auf vier zu diesem Zwecke bereitgelegte Kissen zu legen. Anschließend führte ich jeder einen der Männer zu, legte sie einander in die Arme und befahl ihnen loszulegen. Augenblicklich bestiegen die Männer die Frauen und hielten die Flamme drei Stunden lang am Lodern.

Vierzehnmal trieben es diese Männer mit den Frauen, die unter ihnen lagen, wobei sie hin und wieder einen Austausch vornahmen.

Am Anfang genossen es die Frauen sehr, doch gegen Ende waren sie völlig erledigt, total erschöpft, zerschunden und in Stücke gerissen. Ihre Schamlippen klafften weit auseinander, waren schlaff und stark geschwollen, und zwischen ihren Schenkeln hatten sich richtige kleine Seen aus Sperma gebildet.

Sobald ich sah, daß die Wirkung der Schokolade nachzulassen begann, ließ ich die Männer hinausschaffen, und nun lagen die Mädchen so vollständig ausgebumst da, daß sie weder Hand noch Fuß bewegen konnten.

Ich selbst war während der Vorstellung auch nicht untätig gewesen, denn dreimal war ich unterdes in der nubischen Sklavin dahingeschmolzen. Ich verbrachte die Nacht in ihren Armen und erwachte am nächsten Morgen mit dem Vorsatz, mit meinen Kräften für ein paar Tage hauszuhalten, um der Jungfräulichkeit Ibzaidus gerecht werden zu können, die ich meinen wilden, wollüstigen Begierden zu opfern beschlossen hatte.

Kapitel 11

Am Abend des zweiten Tages danach traf ich große Vorbereitungen für das zu feiernde Ereignis. Zunächst ließ ich ein exklusives Abendmahl servieren, das selbst den alten Epikur in Versuchung geführt hätte. Alle Bewohnerinnen des Serails waren bei Tisch, und ich versah sie so reichlich mit Wein, daß keine außer Ibzaidu sich nüchtern wieder davon erhob.

Als ich das Zeichen gab, sich in den Schlafsaal zu begeben, torkelten und schwankten sie durcheinander wie betrunkene Seeleute. Im Schlafsaal angekommen, zogen wir uns alle aus bis auf die Haut, und ich nahm Ibzaidu auf den Arm, trug sie zum Prachtbett und warf sie darauf nieder, und da ich mir, von meiner nubischen Sklavin völlig ausgelaugt, meiner Kräfte nicht ganz sicher war, ließ ich eine Tasse meiner magischen Schokolade kommen und trank sie aus; sie würde mich dazu befähigen, dieses Abenteuer als Eroberer zu bestehen.

Ich gab das Zeichen, und alle Mädchen stellten sich um uns herum, spielten auf ihren Instrumenten und sangen ein wunderschönes Lied, das ich extra für diesen Anlaß komponiert hatte.

Dann stieg ich in das Bett, brachte mein Opfer in die günstigste Position und mich zwischen ihre Schenkel, gab einem der Mädchen ein Bündel von Gerten in die Hand und wies es an, mir damit kräftig den Hintern zu versohlen, so daß es richtig weh tat.

Ich selbst nahm meinen Rammbock zur Hand und bemühte mich, den Zugang zu erzwingen. Der Kopf ist drinnen, das zarte Fleisch gibt meinen wilden Stößen nach. Ich fahre in sie hinein, sie schreit vor Schmerz, doch ich beachte es nicht. Es ist Musik in meinen Ohren. Es bedeutet, daß ich kurz davor bin, den Sitz der Wonnen zu erobern. Ich schiebe und stoße fester, alles gibt nach, die Peitschenhiebe auf meinen Hintern verdoppeln meine Kraft, und mit einem heftigen Stoß dringe ich in das tiefste Innere ihrer Grotte vor. Im selben Moment öle ich das zerrissene, wunde Fleisch ihrer süßen kleinen Höhle mit solch einem Strahl brennenden Spermas, wie ihn eine Frau noch nie zuvor von einem Mann empfangen hat. Es fühlte sich an, als würde sich mein Schwanz samt Anhängseln in dem perlenden Safte auflösen.

Nachdem ich mich einige Augenblicke an ihrem Busen ausgeruht hatte, merkte ich, daß mein Rammbock zu einem neuerlichen Angriff bereit war, und voller Macht schob ich ihn in die Bresche.

Dreimal, bevor ich von ihr stieg, spendete ich ihr meinen Körpersaft, ohne eine Gegenleistung zu verlangen.

Sie lag da und stöhnte vor Schmerzen und Pein, und als ich

genau hinsah, erkannte ich, daß ich den Eingang zum Sitz ihrer Liebe fürchterlich zugerichtet hatte.

Ich nahm sie auf und steckte sie in ein warmes Bad, dann trocknete ich sie ab und brachte sie zurück ins Bett. Nachdem ich ihr Wein verabreicht und auch selbst etwas getrunken hatte, stellte ich fest, daß ich zu neuen Taten bereit war.

Mit einem Satz lag ich zwischen ihren Schenkeln und drang, nicht ohne einige Anstrengung, in sie ein.

O Gott der lustvollen Liebe, was für ein Feuer brannte jetzt in ihrem Körper!

Wie lüstern ihr süßes Fleisch meinen Ständer umspannte!

Ein paar Stöße, ein paarmal rein und raus, erweckten in ihr die Sinne der Lust.

Sie bäumt sich mir entgegen; in ihr entbrennt das gleiche Fieber, welches meine Adern durchrinnt. Schneller, immer schneller kommt sie mir entgegen, um den wilden Stößen zu begegnen, mit denen ich meinen schäumenden Hengst durch die Enge auf ihre blühende Weide treibe. Sie umfängt mich mit ihren Armen und schlingt ihre schneeweißen Schenkel um meinen Rücken. Mit den Stößen ihres Hinterteils wirft sie mich fast von sich herunter. Ich merke, daß sie gleich kommt. O mein Gott, sie kommt! Sie fließt dahin! Ihre Säfte ergießen sich in Strömen. Und ich – auch ich komme schon wieder! Es spritzt und strömt aus mir heraus! Großer Gott! Das ist zuviel! Ich sterbe! Oh-h! Mit einem Seufzer, so zart und sanft wie ein Westwind, hauche ich meine Seele aus.

Mein Gott, wie wollüstig, wie aufregend war diese wunderschöne Tscherkessin! Welche Wärme! Mit welch einem Feuer, mit welcher Energie sie all meinen Bemühungen entgegenkam, Freude zu schaffen mit allen Waffen der Liebe. Wie köstlich sie mich zwickte, als ich in ihr war. Wie reichlich sie die Milch fließen ließ, als die Agonie der Lust sie überwältigte!

Wir schwammen in einem unbeschreiblichen Meer der

Lust – weder reicht die menschliche Phantasie, es sich vorzustellen, noch kann es die Feder zu Papier bringen. Eine Überdosis an Gefühlen – Vergnügen zur Qual geworden, Wonne, der die Worte fehlen, köstlichere Wonnen, als sie im Paradies die Huris in den Armen der wahren Mohammedaner erlebten, köstlicher auch, als sie die Geister auf den Elysäischen Feldern genossen.

Ich fühlte mich ein oder zwei Tage lang ziemlich kraftlos und hielt Abstand von weiteren Liebestaten, bis ich wieder die Segel setzen ließ und zu meiner geplanten Kreuzfahrt auf der Suche nach Liebe und Schönheit in See stach, um in den westlichen Breiten meine Suche nach Liebe und Schönheit fortzusetzen: Dort, in den Armen der feurigen Damen Cubas und des spanischen Amerika hoffte ich auf exquisiteste Vergnügungen.

Ich segelte die Küste entlang und ging in Bordeaux vor Anker, um der Mannschaft Gelegenheit zu geben, sich Mädchen zu besorgen.

Nach zwei Tagen hatten sich alle eingedeckt, und wir legten ab in Richtung Havanna, wo ich kurz an Land zu gehen beabsichtigte, denn ich hatte viel über die Schönheit der Frauen dieser Insel gehört.

In Havanna angekommen, nahm ich mir ein paar Zimmer in einem der besten Hotels und gab dem Kapitän Order, die Brigg bereitzuhalten, so daß wir in kürzester Frist absegeln könnten.

Beim Essen bemerkte ich eine hübsche, lebhafte Brünette, bei der es sich offenbar um eine Bewohnerin der Insel handelte. Ihre Augen waren fast versteckt unter einer Mähne pechschwarzen Haars. Trotzdem konnte ich sehen, während wir zu Tische saßen, daß sie mich ununterbrochen aus den Augenwinkeln beobachtete. Jedesmal wenn sich unsere Augen begegneten, senkte sie plötzlich den Blick auf ihren Teller oder sah in eine andere Richtung. Daraus schloß ich, und war mir dessen völlig sicher, daß ich eine Eroberung gemacht hatte.

Am Abend ging ich in Begleitung des Kapitäns ins Theater, und beide waren wir gut bewaffnet. Dort sah ich in einer Loge die bewußte Dame in Gesellschaft zweier älterer Herren wieder. Der, den ich für ihren Ehemann hielt, war ein mürrischer Kerl von abstoßendem Äußeren.

Ich folgte ihr nach Hause; meine Absicht war es, sie für mich zu gewinnen.

Am nächsten Morgen ließ ich mich bei Señor Don Manuel Vasquer einführen, dem Gatten Doña Isabels, meines lieblichen Vis-à-vis an der Tafel des Hotels.

Ich erklärte ihm, ich sei ein Herr von Rang und Vermögen, welcher nur zum Vergnügen mit seinem eigenen Schiff reise, und lud ihn ein, sich im Hafen meine Brigg anzusehen.

Er nahm die Einladung an und war sehr beeindruckt von der makellosen Sauberkeit aller Decks und von dem Luxus, der in den Kabinen herrschte.

Ich ließ einen Lunch auftragen und war nicht geizig mit Champagner, so daß er sich beim Verlassen des Schiffes bei bester Laune befand. Als wir das Hotel erreichten, lud er mich in seine Suite ein und stellte mich seiner Frau sowie zwei weiteren Damen vor, die ihr Gesellschaft leisteten.

Ich bemühte mich, so gut ich es mit meinen Blicken ausdrücken konnte, ihr zu zeigen, daß ich ein besonderes Interesse für sie hegte und von ihren Reizen sehr angetan war.

Nachdem man sich eine Weile unterhalten hatte, zog ich mich zurück, um mich in meiner Suite für das Dinner umzuziehen. Dort schrieb ich eine an Doña Isabel gerichtete Erklärung, in der ich meiner Leidenschaft für sie Ausdruck gab und sie flehentlich um ein Rendezvous ersuchte, denn ich hätte in ihren Augen gelesen, daß auch ich ihr nicht unangenehm sei.

Nach dem Dinner gesellte ich mich zu ihr und ihrem Gatten und schob ihr den Zettel in die Hand, den sie umgehend in den Falten ihres Kleides verschwinden ließ. Dann ging ich auf mein Zimmer, um dort auf Antwort zu warten, die – da war ich mir sicher – nicht lange auf sich warten lassen würde. Ich brauchte auch nicht lange zu warten, denn nach zwei Stunden öffnete ein schwarzes Frauenzimmer die Tür, steckte den Kopf herein, um festzustellen, ob ich da sei, warf mir einen Brief zu und verschwand wieder, ohne auch nur ein Wort zu sagen.

In aller Hast hob ich die Nachricht auf, öffnete sie und fand meine Erwartungen bestätigt!

Sie gestattete mir ein Stelldichein. In dem Brief hieß es, ihr Ehemann würde am nächsten Tag auf seine Plantagen hinausfahren, und um drei Uhr nachmittags würde sie allein sein, denn da halte sie Siesta.

Den Abend, die Nacht und den folgenden Morgen empfand ich wie Blei, und nach dem Mittagessen zog ich mich auf mein Zimmer zurück, legte die Uhr vor mir auf den Tisch, saß da und starrte fortwährend auf das Zifferblatt, um zu sehen, wie die Stunden dahinschlichen; doch genau um drei Uhr, als der Minutenzeiger die volle Stunde erreicht hatte, öffnete das gleiche schwarze Frauenzimmer wieder die Tür, blickte kurz herein, sah sich um und verschwand wieder, wobei sie die Tür offenließ.

Ich sprang auf und folgte ihr zu den Gemächern ihrer Herrin. Dort fand ich Doña Isabel vor, die in einem eleganten *Déshabillé* auf einem Sofa ruhte. Zur Begrüßung reichte sie mir ihre Hand, die ich nahm und an meine Lippen preßte.

Sie bat mich, Platz zu nehmen, und ich setzte mich auf einen Fußschemel ihr zur Seite. Ich nahm ihre Hand zwischen meine, offenbarte ihr meine Leidenschaft und flehte sie an, meine Liebe nicht zurückzuweisen. Zunächst tat sie so, als sei sie über meine Liebeserklärung sehr überrascht, und schien leicht verärgert. Doch als ich mit meinen Beteuerungen fortfuhr und auf eine meiner verzehrenden Leidenschaft günstige Antwort drängte, schien sie sich erweichen zu lassen, erhob sich aus ihrer liegenden Stellung und machte Platz, damit ich mich neben sie auf die Couch setzen konnte.

Als ich mich neben sie setzte, legte ich sogleich einen Arm um ihre Taille, zog sie an meine Brust und beschwor sie, mir ihre Liebe zu gewähren – ja sogar ihren Ehemann zu verlassen und mit mir in irgendeine entlegene Ecke der Welt zu fliehen, um dort unsere Jahre in den Armen der Liebe verstreichen zu lassen.

Ich erklärte ihr, daß ihr Ehegatte ein alter Mann sei, mit dem sie das Leben nicht genießen und von dem eine junge Frau wie sie nicht jene zärtlichen Aufmerksamkeiten erwarten und das sanfte, wahre Vergnügen empfangen könne, das sie in den Armen eines jungen, hingebungsvollen Liebhabers erwarte.

Sie seufzte, ließ den Kopf auf die Brust sinken und sagte, sie wisse nicht einmal, was es bedeute, die von mir angesprochenen Vergnügen von ihrem Ehemann zu erlangen. Vom Augenblick ihrer Hochzeit bis zum heutigen Tage habe er seine gesamte Zeit mit Trinken und Spielen verbracht, während sie sich, so gut es eben ging, zu Hause amüsieren mußte, denn er sei so eifersüchtig, daß er sie nie ausgehen ließe, es sei denn in seiner Begleitung. Sie seufzte wiederum und wünschte, der Himmel hätte ihr einen Mann wie mich beschert.

Ich weiß nicht, wie es kam, doch als sie mit ihrer Schilderung fertig war, stellte ich fest, daß eine meiner Hände ihr Kleid geöffnet hatte, unter ihr Hemd geschlüpft war und eine ihrer großen festen Brüste knetete, während meine Lippen auf die ihren gepreßt waren.

Durch meine Anlehnung war sie fast unmerklich zurückgesunken, bis sie plötzlich, ohne daß wir uns dessen recht bewußt wurden, mit dem Kopf auf dem Sofakissen ruhte und ich auf ihr lag.

Während ich sie meiner ewigen Liebe und Treue versicherte und sie um Erlaubnis anflehte, ihr den Beweis meiner Zärtlichkeit und Zuneigung erbringen und sie überzeugen zu dürfen, daß sie bisher lediglich den Schatten der ekstatischen Vergnügungen der Liebe erlebt habe, doch wenn sie mich nur gewähren ließe, ich ihr das wahre Hochgefühl der Liebe und all jene Vergnügungen im Überfluß zeigen könne, von denen sie – dessen sei ich gewiß – durch ihren Ehemann nur einen schalen Vorgeschmack erhalten habe, hatte ich ihre Kleider allmählich höher geschoben, bis meine Hand auf einem großen, festen und fleischigen Schenkel ruhte. Isabel hatte die Augen geschlossen, ihr Kopf hing zur Seite, ihre Lippen waren leicht geöffnet, und ihre Brüste hoben und senkten sich in rascher Folge unter dem schnellen Pulsieren ihres durch die wilden, sinnlichen Sehnsüchte in Wallung geratenen Blutes.

Ich schob ihre Röcke noch höher, bis sich meinem Blick ein Büschel langen schwarzen Haars offenbarte. Dann knöpfte ich meine Hose auf, spreizte mit sanfter Gewalt ihre Beine auseinander und plazierte mich zwischen ihre Schenkel.

Indem ich mit den Fingern ihre Schamlippen öffnete, schob ich den Kopf meiner Liebesmaschine dazwischen, und schon nach wenigen Augenblicken schmolzen wir inmitten der herrlichsten Liebesgefühle dahin.

Keuchend und stöhnend lag ich an ihrem Busen, während sie bewegungslos unter mir lag, bis ich spürte, daß meine Erregung kaum nachgelassen hatte, und an den kurzen Zuckungen meiner Speerspitze merkte, daß er von neuem bereit war für den Kampf und nur noch ungeduldig auf mein Zeichen wartete, um wieder auf das Schlachtfeld zu ziehen. So begann ich mich in ihr zu bewegen.

»O du schönes Geschöpf«, schrie ich, »was für köstliche Empfindungen! Welche Lust! Mein Gott, du bist ja fast noch eine Jungfrau. Wie herrlich fest dein süßes Fleisch meine Rute umspannt!«

Sie hatte ihre Arme um meinen Nacken, ihre Schenkel um

meinen Rücken geschlungen, und ihre feuchten rosigen Lippen sogen an meinem Mund. Unsere Zungen begegneten sich. Mit welcher Lebendigkeit, welcher Lüsternheit sie sich an mich drückte und meine Stöße mit kraftvollen Hüben erwiderte. An den stärker werdenden Bewegungen ihres Hinterteils erkannte ich, daß sie kurz davor war, sich in Wonne aufzulösen, und auch ich war fast soweit.

»Ah, mein Gott! Oh! Welch Vergnügen! Ich komme, da, da, mein Liebling, jetzt hast du es – die Lust, die Liebe, die unerträgliche Wonne!« Und ich schwamm in einem Meer der Lust, einer vollkommenen Agonie der Seligkeit.

Als wir uns von unserem Delirium erholt hatten, setzte ich mich auf, zog langsam ihre Kleider zurecht und drückte sie fest an mich. Ich gab ihr einen sanften Kuß auf die vollen Lippen, schloß sie in meine Arme und fragte sie, wie ihr denn nun die Wirklichkeit gefallen habe, nachdem sie über ein Jahr lang nur einen Schatten dessen zu spüren bekommen habe, was sie nun in vollen Zügen genossen.

Ihre Antwort war ein Kuß, der mir einen Lustschauer durch jede Vene jagte.

»O mein Liebling, das war gar nichts, verglichen mit dem, was du erhalten würdest, wenn du dein Glück in meine Hände legen und mit mir nach Frankreich fliehen würdest. Dann würden wir ein ganzes Leben in Lust und Liebe verbringen, in der Art, wie du es gerade erlebt hast. Unser gesamtes Leben bestünde nur aus Lust und Liebe, morgens, mittags und nachts nur Liebe, Liebe. Nichts anderes gäbe es mehr um uns herum als Liebe – Liebe und Lust!«

Isabel läutete eine kleine Glocke, und dasselbe Stück Ebenholz, das schon zweimal seinen Kopf durch meine Zimmertür gesteckt hatte, trat ein.

Ihre Herrin befahl ihr, etwas zu essen zu bringen, und schon bald kam sie mit einer köstlichen kalten Platte und süßem Wein zurück.

Nachdem wir gegessen und getrunken hatten, wandten wir uns wieder der Liebe zu. Ich erhob mich von meinem Stuhl, führte sie zurück zum Sofa, setzte sie auf meine Knie, dann zog ich ihr Kleid von den Schultern, löste die Bänder ihres Unterrockes und spielte mit ihren Brüsten, die wirklich schön waren, groß und fest und mit höchst verführerischen Erdbeerspitzchen versehen.

Auch meine Partnerin war nicht faul, denn während ich auf die beschriebene Weise beschäftigt war, hatte sie meine Hose geöffnet und meinen Freudenspender herausgenommen, bewunderte ihn und spielte mit ihm und schob immer wieder die Haut über seinem Kopf vor und zurück, bis sie ihn in einen herrlichen Zustand der Erektion versetzt hatte.

Ich stellte sie auf die Füße, da rutschten ihr die Kleider vom Körper, und sie stand in all ihrer nackten Schönheit vor mir.

Welche Reize, welche Schönheit sich meinen Augen bot, als ich sie um und um drehte. Die zarte Rundung ihres Bauches, ihr kräftiger Hintern und dann erst ihre süße kleine Spalte, dieses Meisterwerk der Schönheit, wie ich es an mich drückte! Wie verschwenderisch ich sie mit Küssen bedeckte, und sie zahlte mir alles mit Zinsen zurück.

Sie sinkt zwischen meinen Beinen nieder auf den Boden, streichelt meinen Pego, drückt ihn an ihre Lippen. Sie wölbt sie und führt den großen roten Kopf zwischen sie. Ich drükke mich ein wenig nach vorn, er dringt in ihren Mund, sie saugt daran und läßt ihre Zunge immer wieder darüberrollen. Und sie fährt fort, ihn mit ihrer Zunge zu kitzeln. Ich spüre, wenn sie so weitermacht, werde ich mich in ihren Mund ergießen. Ich zucke zurück und ziehe ihn aus ihrem Mund. Sie will ihn wiederhaben, doch ich lege sie auf den Boden und ein paar Kissen unter ihre Hinterbacken. Ich besteige sie so, daß mein Kopf zwischen ihren Schenkeln liegt und sich mein Schwanz samt Anhang über ihrem Gesicht befindet. Wieder nimmt sie ihn in den Mund, während ich meine Zunge zwischen die Lippen ihrer Venus schiebe und ihren Kitzler kitzle.

Die Bewegungen ihres Beckens steigern sich immer mehr! Ich spüre, daß sie kurz vor dem Höhepunkt ist, ich springe plötzlich auf, setze mich auf das Sofa, und sie springt mir nach, hinauf aufs Sofa, drückt ihre Spalte gegen mein Gesicht und klammert sich mit ihren Armen um meinen Hals.

Langsam senkt sie ihr Hinterteil, bis sie den Kopf meines Liebespfeils berührt. Ich führe ihn auf den richtigen Weg, und sie spießt sich darauf auf.

Nur ein paar Bewegungen, und schon betaute ich sie reichlich mit meinem Nektar, während sie gleichzeitig dem Gott der Liebe ihren Tribut zollte.

Als sie von mir herunterstieg, tropften die Liebessäfte aus ihrer wollüstigen Grotte auf mich hernieder, ein Beweis dafür, wie reichlich uns die Natur mit dem Lebenselixier ausgestattet hatte.

Am Abend schickte sie ihre Schwarze, um das Nachtmahl auf ihr Zimmer kommen zu lassen, und nachdem wir gemütlich gegessen hatten, gingen wir zu Bett, und ich verbrachte die angenehmste Nacht, die ich je mit einer Frau erlebt habe.

Ihr Ehemann kehrte am nächsten Tag zurück, doch fand ich am Abend eine Möglichkeit, mich mit seiner Gattin zu treffen und für kurze Zeit die Verzückung, die wir am Tag zuvor genossen hatten, wiederaufleben zu lassen.

Ein paar Tage später lud ihr Mann sechs junge Damen und die gleiche Anzahl junger Herren ein, um seiner Frau Gesellschaft zu leisten und mit ihnen gemeinsam zu dinieren. Auch ich war eingeladen.

Sofort nachdem ich die Einladung erhalten hatte, gab ich dem Kapitän Bescheid, unter Dampf zu gehen und sich abfahrbereit zu halten.

Ich erschien zum Dinner und stellte fest, daß drei der eingeladenen Mädchen sehr hübsch waren, aber auch die anderen nicht schlecht aussahen.

Nach dem Dinner lud ich die Gesellschaft ein, meine Yacht zu besichtigen und einen abendlichen Törn mit mir zu unternehmen.

Der Ehemann meiner Geliebten pries lautstark die Schönheit meines Schiffes, vor allem die elegante und wertvolle Einrichtung, und unterstützte somit meinen Vorschlag. Die Gesellschaft stimmte zu, wir bestellten Kutschen und fuhren zum Liegeplatz der Brigg. Als alle an Bord waren, liefen wir aus und fuhren die Küste der Insel entlang.

Nachdem wir außer Sichtweite der Stadt waren, nahm ich den Kapitän beiseite und sagte ihm, er solle, sobald die Nacht hereinbreche, die Brigg ans Ufer steuern; ich hätte vor, die sieben Männer zu ergreifen, sie mit einem Beiboot an Land zu bringen und mich mit den Damen aus dem Staub zu machen. Ich bat ihn, die Angelegenheit mit der Mannschaft zu besprechen und sie in Bereitschaft zu halten, um auf mein Signal hin in Aktion zu treten.

Kurz vor Einbruch der Dunkelheit segelten wir dicht an die Küste heran, an eine Stelle, wo weit und breit keine Plantagen zu sehen waren. Ich hatte einiges Gerümpel auf dem Großdeck verstreuen lassen und befahl dem Kapitän, es von den Matrosen wegschaffen zu lassen.

Sechzehn stramme Burschen erschienen auf dem Achterdeck, ergriffen wie aus heiterem Himmel die Männer und fesselten ihnen Arme und Beine. Dann erklärte ich ihnen, was ich vorhatte, und wies die Männer gleichzeitig an, die Frauen unter Deck zu bringen. Die Flüche und das Flehen der Cubaner um die Mädchen, die ihre Verwandten waren, überhörte ich und ließ sie statt dessen in ein Boot setzen und zum Strand rudern. Dort wurden sie losgebunden und freigelassen. Das Boot kehrte zur Brigg zurück, und wir setzten die Segel für die Heimfahrt nach Frankreich.

Die Mädchen schluchzten und weinten ein oder zwei Tage lang, doch schon bald hatte ich sie wieder zur Vernunft gebracht. Gleich nachdem ich ihre Begleiter am Strand ausgesetzt hatte, ging ich hinunter zu den Kabinen, holte Ibzaidu und Mary aus ihrem Versteck und stellte sie der Gesellschaft vor.

Als das Nachtmahl serviert wurde, weigerten sich alle, sich zu Tisch zu setzen und zu essen, doch ich erklärte ihnen, wenn sie mir nicht gehorchten, würde ich sie den Matrosen übergeben, die dann mit ihnen anstellen könnten, was sie wollten. Dies tat seine Wirkung, und sie nahmen bei Tische Platz.

Ich läutete eine Glocke, und zwei der schönsten Frauen, die den Matrosen gehörten, traten splitternackt ein, denn ich hatte befohlen, daß sie uns bei Tisch aufwarten sollten.

Die spanischen Mädchen waren drauf und dran aufzuspringen, doch ich setzte eine bitterböse Miene auf und drohte, die erste, die aufstehe, nach vorne zur Mannschaft zu schicken. Auch dies verfehlte seine Wirkung nicht, und sie blieben still sitzen.

Als die Dienerinnen den Kaffee servierten, ging ich zur Anrichte, als ob ich etwas holen wollte, doch in Wirklichkeit verabreichte ich jeder Tasse ein paar Tropfen einer gewissen Flüssigkeit.

Die Dosis, die ich in den Kaffee schüttete, war ausreichend, um in jeder Frau die Lust und die Liebe zum Auflodern zu bringen.

Sie tranken alle brav ihren Kaffee, und bereits nach einer halben Stunde war die Wirkung nur allzu sichtbar: Alle Schüchternheit war verschwunden, sehnsüchtig warfen sie ihre lüsternen Blicke auf mich, machten Witze über die Nacktheit der Dienerinnen, und wann immer eine in ihre Nähe kam, zwickten oder betatschten sie sie und nahmen sich andere Freiheiten heraus, so stark war die Wirkung des Mittels, das ich dem Kaffee hinzugefügt hatte.

Als nach dem Essen die Tische abgeräumt waren, begann ich mit den Mädchen herumzuspielen. Ich rollte mit ihnen auf dem Boden umher und spielte ihnen allerlei lustvolle Streiche, die sie mir mit Zinsen zurückzahlten – indem sie mich auf den Boden warfen, im Haufen über mich herfielen, während ich ab und zu einen Kuß stibitzen oder eine wohlgeformte Titte drücken, einen Schenkel entlangstreichen oder unter ihre Röcke langen und eine Wade oder ein Knie begrapschen konnte. Ich ließ einen feurigen Wein kredenzen, der ebenfalls großzügig mit dem Liebestrank vermischt war, und traktierte sie damit. Sie sprachen ihm eifrig zu, und nach ein paar Stunden waren auch die letzten Schranken gefallen.

Ich nahm die Señora – die Ehefrau, die ich im Hotel verführt und deren Gatten ich mit den anderen an den Strand gesetzt hatte – zur Seite und lud sie ein, mit mir in eine der Prachtkabinen zu kommen. Dort fragte ich sie, ob sie mir vergeben könne, daß ich sie aus den Klauen ihres alten Hahnreis von Ehemann geraubt hatte. Sie warf sich in meine Arme, und unter einer inbrünstigen Umarmung samt Kuß besiegelte sie meinen Pardon mit ihren Lippen.

Kapitel 12

Ich bat sie nun, sich auszuziehen, und indem ich ihr sagte, daß ich gleich wieder zu ihr zurückkommen würde, verließ ich die Kabine, ging zu Mary, gab ihr ein paar Anweisungen und kehrte zurück zu meiner Geliebten, die ich bis aufs Hemd ausgezogen vorfand.

Ich zog mich aus, einschließlich des Hemdes, gab ihr einen Kuß und zog auch ihr das Hemd über den Kopf, so daß wir beide splitternackt waren. Ich öffnete die Kabinentür, nahm sie in meine Arme und trug sie in den anderen Raum, mitten unter die Mädchen.

Isabel war inzwischen genauso betrunken wie die anderen Mädchen, die mit ihr an Bord gekommen waren. Mit was für einem kreischenden Gelächter wurden wir empfangen! Sie kitzelten und kniffen uns, schubsten uns aneinander, griffen nach meinen Anhängseln und zogen an dem Haar, das die Furche meiner Geliebten umgab, tätschelten unsere nackten Pobacken, warfen uns auf den Boden, legten uns aufeinander etc., während ich nach ihnen haschte, ihre Röcke hob, sie in den Hintern kniff und den Kopf meiner enormen Maschine gegen die Lippen ihrer kleinen haarigen Spalten klatschen ließ, sie ihnen zu treuen Händen gab und sie damit herumspielen ließ.

Ich schnappte mir eine von ihnen, und mit Hilfe von Ibzaidu und meiner Partnerin hatten wir sie bald ganz nackt gemacht. Ich gab Mary die Kleider, damit sie sie zusammen mit lbzaidu wegbrächte – sie waren übrigens ebenso nackt wie ich –, und sie brachten sie in einer anderen Kabine in Sicherheit. Nach wenigen Minuten hatte ich die ganze Gesellschaft nackt ausgezogen.

Oh, was für wollüstige Spielchen wir miteinander trieben! Sie kitzelten meinen großen Beutel mit seinem kostbaren Inhalt, spielten mit meinem Schwanz und rieben ihn, während ich ihre wunderschönen Titten knetete und mit den Fingerspitzen ihre Furchen bearbeitete.

Einen kleinen Teufel, der nicht viel älter als siebzehn sein konnte, brachte ich damit zum Höhepunkt. Welch einen Spaß die anderen dabei hatten, als sie sahen, wie das kleine Ding seinen Kopf auf meine Schultern legte, ihre Schenkel weit spreizte und stöhnend ihre Verzückung herausschrie, ihr »Ohh« und »Ahh« und »Ja-a-a«, als sich ihre Liebessäfte reichlich über meine Finger ergossen und die ganze Hand benetzten.

Während ich mit meinem Finger das süße kleine Geschöpf befriedigte, hatte sich Isabel zwischen meinen Beinen hingehockt und meinen Ständer in den Mund genommen, um mich so zu befriedigen. Ich bemerkte es erst, als das köstliche Geschöpf, das an meiner Schulter lag, seine Erfüllung gefunden hatte. Jetzt aber spürte ich, wie ich selbst kurz vor der Vollendung stand, und versuchte meinen Schwanz aus ihrem Mund zu ziehen, doch sie packte mit beiden Händen meine Hinterbacken und drückte mich so dicht an ihren Mund, daß ihr mein Beutel gegen Kinn und Hals schlug.

Ich schrie: »Mein Gott! Laß los! Ich komme!«

Doch statt dessen griff sie nur noch fester zu und kitzelte den Kopf immer weiter mit ihrer Zunge.

Ich werde vom Orgasmus ergriffen; das heftige Zucken in meinen Hinterbacken kündigt die kommende Flutwelle an!

»Ich komme! Da hast du's! O mein Gott, welch ein Pläsier, welche Lust, welche Wonne! O Gott, schneller! O Segen! Himmlische Freude! Ich komme!«, und ich stürzte zu Boden, fast ohnmächtig nach diesem übermächtigen Vergnügen. Mein Fleisch zitterte und tanzte, mein ganzer Körper war in Bewegung, als sei er vom Veitstanz ergriffen.

Niemals, nein, niemals wurde ein Mann auf dieser Welt so von einer Frau befriedigt. Niemals zuvor hat ein Mann diese Stufe der Wollust erklommen. Niemals zuvor wurde die Wonne einem Mann so himmlisch, so ekstatisch von einer Frau verabreicht wie mir soeben von meiner Geliebten, als ich den perlenden Strom in ihren Mund fließen ließ. Niemals zuvor hat auch das exquisiteste Saugen und Reiben einer weiblichen Spalte eine solch rasende Ekstase erzeugt, wie ich sie durch ihren Mund erfuhr. Als das perlige Gel aus mir herausströmte, legte sie ihre Zunge auf den roten Kopf, um sie immer wieder von neuem darüberkreisen zu lassen, wodurch sie in mir solch köstliche Gefühle der Wonne hervorzauberte, daß ich in wahre Lustkrämpfe verfiel.

Es dauerte seine Zeit, bis ich mich erholt hatte, das Nekken und Kitzeln meiner lieblichen Quälgeister halfen mir dabei. Mit den Betten aus den anderen Kabinen ließ ich auf dem Boden ein Lager herrichten, und wir löschten die Lichter und legten uns nieder. Ich lag in den Armen Isabels und belohnte sie schon bald für den Genuß, den sie mir kurz zuvor verschafft hatte. Dreimal ergoß ich in ihr tiefstes Inneres die warme, reichliche Flüssigkeit, welche eine so mächtige Wirkung auf Frauen ausübt, dann legte ich mich zur Ruhe.

Nachdem ich etwa zwei Stunden geschlafen hatte, wachte ich auf, weil sich jemand an meinem Glied zu schaffen machte, das bereits wieder in die Höhe ragte.

Ich stellte fest, daß es Isabel war, die ihr Hinterteil in meine Körpermitte streckte und den Kopf meiner Rute an ihrem *Culo* rieb. Ab und zu benäßte sie ihn, und dann glitschte er zwischen ihren fetten Pobacken auf und ab, was in mir ein höchst angenehm prickelndes Gefühl hervorrief, das mein gesamtes Körpersystem durchdrang.

Ich wollte ihren Absichten entgegenkommen, und indem ich immer noch so tat, als ob ich schliefe, tat ich alles in meiner Macht Stehende, ihr zu helfen, was meine Stellung usw. betraf.

Dann legte ich meine Arme um ihre Taille und um einen Schenkel, den ich leicht anhob.

»Oh«, sagte sie, »du bist aufgewacht und willst noch mehr Vergnügen.«

Ich gab keine Antwort und führte meinen Schwanz an das kleine Loch *au derrière*. Ich stieß vorwärts, konnte jedoch nicht eindringen. Da benetzte sie mit ihren Fingern seinen Kopf mit Speichel und brachte ihn wieder in Position. Da es aber eine ungünstige Stellung war, drehte ich sie auf den Bauch, legte ein Kissen unter sie, so daß ihr Becken weit nach oben ragte. Ich öffnete ihre Schenkel, legte mich dazwischen und versuchte ihr Hintertürchen zu öffnen. Als es widerstand, drang ich mit Gewalt ein. Sie krümmte und wand sich, keuchend vor lüsternem Vergnügen, so daß ich mich kaum in ihr halten konnte.

Die Windungen ihres Körpers und die köstlichen Kontraktionen ihres *Culo* führten eine heftige Entladung meiner elektrisierten Flüssigkeit herbei, die ich in sie hineinschoß.

»O Gott!« schrie sie. »Welch ein Genuß, ich fühle, wie es in mich hineinrauscht! Wie heiß es ist, mein Liebster! Noch einmal, bitte, und schneller! Jetzt komme ich auch; es läuft aus mir heraus! Mein Gott, es ist himmlisch! Was für ein Vergnügen! Oh, welch kös-, köst-, köstliche Lust!«

Die Worte erstarben ihr auf den Lippen. Da ich es ihr von hinten besorgte und gleichzeitig noch mit dem Finger ihren Kitzler streichelte, hatte sie den doppelten Genuß.

Dies war ein völlig neues Vergnügen für mich, das ich der Lüsternheit meiner neuen Geliebten zu verdanken hatte. Inzwischen hatte ich sie an drei verschiedenen Körperstellen genossen und mußte nun feststellen, daß sie so weit in mein tiefstes Inneres vorgestoßen war, daß sie dort Spuren hinterlassen hatte, die kein anderes weibliches Wesen jemals wieder würde auslöschen können.

Was für ein Genuß es doch war, am nächsten Morgen die großen staunenden Augen der reizenden Mädchen zu sehen, die um mich herumlagen, als sie entdeckten, daß sie allesamt nackt waren, und ich glaube, ihr Entsetzen steigerte sich noch, als sie bemerkten, daß ich auf Isabel lag und mich gemeinsam mit der Morgenbrise, die sie mit großem Entzücken in sich aufsog, bemühte, ihren Frühstücksappetit anzuregen.

Sie sprangen alle auf und suchten nach ihren Kleidern oder sonst irgend etwas, um ihre Nacktheit zu bedecken, doch vergebens: Weit und breit waren keine Kleider zu sehen, denn ich hielt sie alle hinter Schloß und Riegel.

Das hinreißende kleine Geschöpf, in dessen Armen ich die Nacht verbracht hatte, bekam fast einen Lachkrampf, als sie den stummen Terror in den Gesichtern der Mädchen sah, und begann über sie herzuziehen, indem sie ihnen alles erzählte, was in der Nacht vorgefallen war. Sie erinnerte die Mädchen an all den Jux und die Tollereien, deren sie sich schuldig gemacht hatten, und versuchte sie dazu zu überreden, ihr Glück, wie sie es ausdrückte, mit Tapferkeit zu tragen, und sie beschrieb den Mädchen all die Vergnügungen, die sie von mir während der Nacht erhalten hatte, und bat sie, sich in alles, was ich von ihnen verlangte, mit guter Miene zu fügen, denn das wäre das beste für sie. Dann sprach ich selbst zu den Mädchen und erklärte ihnen, wohin ich sie bringen wollte und daß ich sie beim kleinsten Widerstand den wilden Begierden der gewöhnlichen Matrosen ausliefern würde; wenn sie sich dagegen meinen Wünschen entsprechend verhielten, würde sich für sie alles zum Guten wenden, der kleinste Wunsch würde ihnen umgehend erfüllt werden, und man würde ihnen jedwede Aufmerksamkeit entgegenbringen. Ich schloß damit, daß ich ihnen den Luxus und das wonnevolle Liebesleben auf dem Schloß schilderte, das sie mit mir führen würden, und im Gegensatz erwähnte ich das schreckliche Leben, das sie erwartete, sollten sie mir durch ihr widerspenstiges Verhalten Anlaß dazu geben, sie den brutalen Gelüsten der Matrosen auszuliefern.

Dies hatte die erwünschte Wirkung auf sie, denn ich konnte klar erkennen, wie sich Angst und Horror auf ihren Gesichtern abzeichneten.

Dann läutete ich nach einer Dienerin, befahl ihr, mir eine Flasche Wein zu bringen, und erklärte ihr, wo sie ihn finden würde.

Als sie ihn hereinbrachte, füllte ich die Gläser und forderte die Mädchen, die zusammengedrängt in einer Ecke kauerten, auf, zu kommen und sich jede ein Glas zu nehmen.

Sie rührten sich nicht, da setzte ich eine düstere Miene auf und befahl ihnen, zu kommen und zu trinken.

Da traten sie alle an den Tisch und tranken den Wein.

Ich sagte ihnen, sie sollten sich auf das Sofa setzen, bis das Frühstück aufgetragen würde. Ich setzte vier von ihnen auf ein Sofa und wollte mich gerade der Länge nach über ihre Knie legen, da sprangen sie auf und verkrochen sich wieder in ihrer Ecke. Daher beschloß ich, ihnen umgehend einen Schrecken einzujagen, damit sie sich ein für allemal meinem Willen beugten. Ich rief eine Dienerin und schickte sie nach dem Maat, der gleichzeitig auch mein Kammerdiener war.

Als er die Kabine betrat, befahl ich den Mädchen, sich wieder auf das Sofa zu setzen, was sie, am ganzen Leibe zitternd, auch taten.

Dann sagte ich dem Maat, er solle die erste, die sich rühre, ergreifen, sie an Deck schleifen und an die Matrosen ausliefern.

Ich ging zu ihnen hin, setzte mich einen Augenblick auf den Schoß eines der Mädchen, um mich dann der Länge nach über alle Mädchen auszustrecken, Gesicht und Bauch ihnen zugewandt. Die, auf deren Schenkeln meine Füße ruhten, bat ich, ihre Beine zu spreizen, und dann kitzelte ich mit meinen Zehen die Lippen ihrer buschigen Kerbe. Die, auf deren Schenkeln meine Wange ruhte, ließ ich ebenfalls die Beine spreizen, so daß ich meinen rechten Arm dazwischenschieben konnte, dann rieb ich ihren Kitzler gelegentlich mit meinem kleinen Finger und kitzelte sie am inneren Rand der Lippen; sie begann sich auf dem Sofa zu winden. Von den Mädchen, auf deren Schenkeln mein Hintern und meine Schenkel lagen, ließ ich die eine mit meinen Bällen, die andere mit meinem Jakobsstab spielen.

Beim Frühstück schüttete ich in die Tasse eines der jüngsten und hübschesten Mädchen genügend Canthariden-Tinktur, daß ihre libidinösen Begierden wie von selbst zutage treten würden.

Nachdem wir fertiggegessen hatten, brachte ich sie zu einer Couch und setzte sie auf meine Knie, und als die Wirkung der Droge einsetzte, nahm ich mir all die Freiheiten heraus, nach denen es mich bei ihr verlangte: Ich küßte und sog an ihren süßen Lippen und den Nippeln ihrer Brüste, ich streichelte ihre Pobacken und befingerte ihre Klitoris, um schließlich meine großartige Maschine zwischen ihren Schenkeln aufzurichten und die Lippen ihrer Pussi damit zu reiben, bis ich mich sicher fühlte, mit Erfolg in jedwede Öffnung eindringen zu können, wie klein und eng auch immer. Sie hielt mich unterdessen in ihren Armen und gab mir Kuß auf Kuß, sie rieb und wand ihr Hinterteil auf meinen Schenkeln umher und bewies damit, welch rasendes Fieber von diesem Teil ihres Körpers Besitz ergriffen hatte.

Ihre Gefährtinnen, von denen keine gesehen hatte, wie ich die Droge in ihre Tasse tat, verfolgten ungläubig ihre Manöver mit mir und konnten sich wohl kaum vorstellen, daß sie dasselbe tun würden, noch bevor sie zwei Tage älter geworden waren.

Ich legte ein Polster und ein Kissen auf das Sofa, um ihren Kopf und ihr Hinterteil darauf zu betten, legte dann die wüste kleine Teufelsbraut darauf, spreizte ihre Beine weit auseinander und legte mich selbst dazwischen. Sie kam mir dabei nach besten Kräften zu Hilfe, um die Sache in Gang zu bringen.

Mary und Ibzaidu standen mir als Lotsen zur Seite, um mein stolzes Schiff sicher in den Hafen von Cythera zu führen. Ihre Hafeneinfahrt war sehr schmal und machte mir sehr zu schaffen, bis Doña Isabel herbeikam und mich mit einem Schlag auf den nackten Hintern bis zum Heft in sie hineintrieb, was die köstliche Kreatur, die ich soeben ihrer Jungfernschaft beraubte, vor Schmerz aufschreien ließ. Blut floß aus ihr und Sperma aus mir heraus, was zusammen eine entzückende Mischung ergab.

Nach einem kurzen Augenblick der Erholung begann ich das reizvolle Spiel von neuem, und bald merkte ich zu meiner nicht geringen Freude, daß sich das süße Mädchen dem Höhepunkt menschlicher Genüsse näherte, während meine Sinne wiederum in einer Flut meiner köstlichen Liebessäfte ertranken, welche einen zu solch köstlichen Ekstasen hinreißen.

Bevor der Tag um war, hatte ich noch drei weitere Mädchen auf gleiche Weise bedient und ihrer süßen Unschuld beraubt, die ja der Frau in keiner Weise von Nutzen ist, mir aber jedesmal das größte Vergnügen bereitet.

Eine zwang ich, mir ihre Unschuld zwar mit Hilfe der Tinktur, doch ohne den gleichzeitigen Verlust ihrer Sinne auszuliefern. Oh, welche Wonne! Doppelt raffiniert ihre wilden Bemühungen, sich aus meiner lüsternen Umarmung zu befreien. Wie süße Musik klangen ihre Schreie des Schmerzes und der Scham in meinen Ohren. Mit welchem Entzücken ich sie zwang, ihren Körper meinem feurigen Verlangen auszuliefern. Wie überwältigend das Vergnügen, ihre zarten äußeren Wehren einzureißen, das innere Tor zu durchstoßen, das Bollwerk schließlich – einfach alles. Um letzten Endes – ungeachtet ihres fortgesetzten Kämpfens und Schreiens – mit Volldampf in den eigentlichen Tempel der Venus einzufahren, triumphierend die Rose der Jungfräulichkeit vom Stengel zu pflücken, wobei das Blut in Strömen floß. Oh, wie ich mich an den Ruinen all dessen weidete, was von ihrem Geschlecht für so teuer und ehrenwert gehalten wird – nämlich ihre Tugend.

Ihr Götter! War das ein exquisiter Spaß! So köstlich, daß ich eine volle halbe Stunde brauchte, bis ich wieder soweit hergestellt war, daß ich nochmals in ihre kleine Venusgrotte eindringen konnte, zu der ich soeben den Weg geebnet hatte.

Liebliches Geschöpf! Dreimal erfuhr ich in deinen Armen diese wilde, köstliche Lust, welche die Seele berauscht und den Verstand in jenen lustvollen Ekstasen ertränkt, die nur aus der innigsten Vereinigung der beiden Geschlechter entstehen.

Nachdem ich zwei Tage gegenüber den Mädchen Abstinenz geübt hatte, fühlte ich mich gestärkt und erfrischt, und am fünften Tag, nachdem ich sie von der Insel verschleppt, hatte ich alle sechs ihrer Unschuld beraubt, indem ich sie zwang, sich meiner Geilheit zu unterwerfen. Doch als das, was sie so in Ehren hielten, erst einmal dahin war, gingen sie auf all meine Ideen und Vergnügungen mit all jener Leidenschaft und Inbrunst ein, die so bezeichnend ist für das weibliche Wesen des Südens.

Nachdem der Rubikon einmal überschritten war, wurden sie zu den freizügigsten Wesen, mit denen ich je zu tun hatte. Tag und Nacht schwirrten sie um mich herum und versuchten mit allen ihnen zur Verfügung stehenden Kräften, meinen Schwanz in einem fortwährenden Zustand der Erregung zu halten. So legten sie mich etwa auf den Boden, splitternackt wie sie selbst, und kämpften regelrecht um den Besitz meiner Genitalien. Eine drückte dann sanft meine Klötze, die andere spielte mit meinem Penis, bis sie ihn durch die zarte Reibung ihrer Hand in Erregung versetzt hatte.

Dann stürzte sie sich über mich und verschlang den stolzen Stößel mit ihrem Mörser, verwöhnte ihn mit Kontraktionen und innerlichem Drücken, was, wenn sich bei der Frau der Höhepunkt ankündigt, dem Akt des Kopulierens seine besonders exquisite Würze verleiht.

Wenn dann eine mich bestiegen hatte, brach bei den anderen erst recht das Feuer ihrer Geilheit aus.

Zwei von ihnen ergriffen meine Hände, jede eine, und indem sie meine Finger in ihre wollüstigen Grotten steckten, verschafften sie sich einen ähnlichen Genuß, wie ihn ihre glücklichere Rivalin durch die Reibung meines steifen rotköpfigen Horns erhielt, das aus meinem Unterleib hervorstak.

Isabel stürzte sich unterdessen lbzaidu in die Arme, zu der sie eine große Zuneigung gefaßt hatte. Sie wälzten sich über den Fußboden, umarmten und drückten einander, kneteten sich gegenseitig die Brüste, sogen an den Nippeln und schoben ihre Zungen in die Liebeshöhlen der anderen. Dabei spielten ihre Finger mit dem buschigen Haar, das den Hügel über ihren Kerben beschattete. Dann wanderten ihre Finger tiefer, drangen in die geheiligte kleine Grotte ein, so weit es nur ging, und lösten dort angenehme Gefühle aus; gleichzeitig bearbeiteten sie mit den Fingern der linken Hand die Klitoris der geliebten Freundin, und das brachte sie dann schnell in den köstlichen Zustand der Selbstaufgabe, da sich die Seele in einem Meer der Wonne auflöst.

Bei anderer Gelegenheit ergriffen sie die schmachtende Fanny, die zwar noch im Besitze ihrer Unschuld war, aber große Angst hatte, sie zu verlieren, und warfen sie auf das Sofa oder den Fußboden, und während Ibzaidu ihr die Brüste drückte und leckte und gleichzeitig ihre eigenen süßen Dinger Fanny ins Gesicht preßte, ihre rosigen Lippen küßte und ihr die Zunge in den Mund stieß, lag Isabel zwischen ihren Schenkeln, rieb ihr mit den Fingern die Klitoris und steckte ihr gleichzeitig die Zunge zwischen die Schamlippen, um ihr leckenderweise die leckersten Genüsse zu vermitteln. Dann kam es der guten Fanny unweigerlich, und sie ließ unter langgezogenen, tiefen Seufzern ihren Liebessaft rinnen, von dem sie anscheinend Unmengen besaß.

Auch waren Fannys Hände dabei keineswegs faul, denn diejenigen, die ihr ein so herrliches Vergnügen bereiteten, dachten natürlich auch an ihr eigenes Pläsier.

Sie führten Fannys Finger in ihre eigenen glühenden Öfen und ließen dann solche Ströme fließen, daß Fanny ganz nasse Hände bekam.

Die beiden gaben ihr Bestes, Fanny all den Spaß zu verschaffen, der allen anderen Mädchen in der Runde ständig von mir zuteil wurde, den ich ihr aber bisher vorenthalten hatte. Doch lange sollte sie nicht mehr mit dem behaftet sein, was alle Mädchen nur allzugern loswerden möchten – nämlich ihre Unschuld.

Ich gönnte mir einen Tag der Ruhe und lag allein auf einer Matratze in der Kabine. Die Mädchen bereiteten ihre Betten immer auf dem Fußboden und lagen alle zusammen. Nachdem ich eine Weile geschlafen hatte, wachte ich plötzlich auf, weil ich spürte, daß jemand mit meinen intimsten Teilen spielte. Und tatsächlich, Isabel und Ibzaidu lagen links und rechts von mir und hatten ihre Köpfe auf meine Schenkel gelegt. Isabel hatte jenes Stück Fleisch, nach dem sie immer so gierig war, in den Mund genommen und kitzelte es mit ihrer Zunge. Die andere spielte mit dem seltsamen Beutel, der zwischen meinen Schenkeln tief herunterhing, und rieb und drückte zärtlich meine Bälle.

Meine Maschine stand da wie ein Schiffsmast, ihr roter Kopf glühte durch die Finsternis.

»Komm!« sagte Isabel, »Ibzaidu mußte fünf Tage lang mit einem traurigen Abklatsch dessen auskommen, womit die anderen Mädchen so sehr verwöhnt worden sind, und es wäre nur gerecht, wenn du sie jetzt für ihr Fasten belohnst, während die anderen im Überfluß gelebt haben. Sprung auf, marsch, marsch! Dein Schwanz steht schon. Du mußt die Nacht mit ihr und mir verbringen, denn ich habe auch schon ziemlich lange auf dein Fleisch verzichten müssen.«

Ich legte Ibzaidu auf den Rücken, legte mich zwischen ihre Schenkel und schob meinen Bolzen in ihr Werkstück. In dem Augenblick, da sie seinen Kopf in ihren tiefsten Gründen spürte, ergoß sie sich in Strömen. Ich aber machte noch ein Weilchen weiter und hielt mich selbst so lange wie möglich zurück, um ihr so viel Vergnügen zu bereiten, wie ich nur konnte, und sie kam noch dreimal. Erst als sich ihr Innerstes zum viertenmal in einem wonnevollen Schauer auflöste, kam ich ihr entgegen und injizierte meinen Samen in ihren Leib.

Ich stieg von ihr herunter und legte mich zwischen beide. Doch ohne mir Zeit zur Erholung zu geben, begann sie sofort mit meinem Stab zu spielen: Sie umarmte ihn, drückte ihn an ihre Brust, legte ihn zwischen beide Brüste, drückte ihn an ihre Wange, rieb ihn sanft mit der Hand und nahm seinen entblößten Kopf zwischen ihre Lippen, wobei sie zärtlich an ihm knabberte und ihn mit der Zungenspitze kitzelte.

Sie ließ von ihm ab, bis er wieder in sich zusammengesunken war, klein und verrunzelt, um ihn dann ganz und gar in ihrem Mund verschwinden zu lassen. Mit ihrem herrlichen Saugen, Kauen und Lecken brachte sie dann bald neues Leben in ihn, und er wurde so groß und steif, daß ihn ihre kleinen Lippen kaum noch fassen konnten.

Ich legte sie auf ihren Bauch, schob ein Kissen unter den unteren Teil ihres Körpers und drang *au derrière* in sie ein. Meine linke Hand steckte ich unter ihrem Schenkel durch, führte meine Finger in ihre Spalte ein und hielt sie steif, während ich sie durchs Hintertürchen bearbeitete.

Die Bewegungen ihres Hinterteils, verursacht durch das rhythmische Klatschen meiner Schenkel gegen ihr Hinterteil, sorgten dafür, daß sie sich von selbst an meinen Fingern rieb, wodurch sich das Vergnügen für sie verdoppelte.

Doch auch Ibzaidu hatte Anteil an diesem wunderschönen Szenarium. Sie hatte sich zwischen Isabel und mich geschoben, ihr Bauch lag an meiner Brust, ihr Busch und ihr Schlitz drückten sich gegen meine Seite, den rechten Schenkel hatte sie über meinen Kopf geschwungen.

Ich zog sie näher an mich heran, küßte die Lippen ihrer Spalte, kitzelte ihre Klitoris mit meiner Zunge, nahm sie zwischen meine Lippen und kitzelte sie derart köstlich damit, daß sie vor Wonne dahinfloß, und zwar im nämlichen Augenblick, wie Isabel in ihrer konvulsiven Verzückung, in welche sie aufgrund meiner zweiseitigen Bemühungen geraten war, der Macht ihrer Sinne verlustig ging.

Im Anschluß an diese Vorstellung lagen wir an die zwei Stunden lang völlig erschöpft einander in den Armen, bis ich fühlte, daß sich meine Kräfte allmählich wieder erholten.

Während wir so schläfrig in gegenseitiger Umarmung dalagen, hatte Isabel Ibzaidu das ungeheure Vergnügen beschrie-

ben, das sie genossen hatte, als ich ihr den *au derrière* aufriß, und sie bewog sie dazu, sich mir in der gleichen Art und Weise hinzugeben, wozu auch gehörte, daß sie zunächst einmal ihren Kopf zwischen meine Schenkel steckte, um mit meinem kleinen Ding zu spielen und es zu neuer Blüte zu erwecken.

Die schöne, delikate und lüsterne lbzaidu nahm meinen Kitzler in den Mund, und durch das Kitzeln ihrer Zunge und das Saugen, das sie ihm vermittelte, brachte sie ihn bald in einen wunderschön aufständischen Zustand, worauf sie von ihm abließ.

Unverzüglich brachte ich sie meinerseits in eine angemessene Position für den Angriff auf ihre zweite Jungfernschaft, und sie stand einer sofortigen Kapitulation alles andere als verschlossen gegenüber.

Ich legte lbzaidu auf die rechte Seite, halb auf den Rücken, und plazierte mich zu ihrer Linken, bereit, in sie einzudringen, während Isabel sich vor Ibzaidu hingestreckt hatte, die Pussi vor ihrem Gesicht, den eigenen Kopf zwischen den Schenkeln der Gefährtin.

Isabel nahm den Kopf meiner enormen Maschine in den Mund, befeuchtete ihn mit Speichel und geleitete ihn an seinen Bestimmungsort. Doch das Öhr war klein, so daß es zahlreicher Versuche bedurfte, bevor mir ein Eindringen gelang.

Endlich ging es hinein. Langsam, aber sicher stieß ich weiter vor, bis ich merkte, daß es nicht mehr weiterging.

Ibzaidu drehte und wand sich so sehr hin und her, nachdem ich in ihr war, daß ich mich kaum auf ihr halten konnte. Isabel hatte die Finger ihrer rechten Hand in die Spalte des wundervollen Wesens gesteckt, dem ich von hinten Zunder gab, und die durch unsere gemeinsamen Anstrengungen bewirkte Bewegung ihres verlängerten Rückens sorgte dafür, daß sie sich ohne weiteres Zutun an ihnen rieb.

Gleichzeitig umfing sie mit beiden Armen Isabels Hüften,

zog deren Schlitz zu sich heran, schob ihre Zunge hinein und machte ihre Sache so gut, daß Isabel vor uns beiden anderen kam und mit ihren perlenden Tropfen Zunge und Lippen meiner schönen Tscherkessin benetzte.

Jetzt näherte ich mich meinem Höhepunkt, und im gleichen Augenblick, da Ibzaidu dem Fingerspiel Isabels erlag, schoß ich einen Strom kochenden Spermas tief in ihr Innerstes hinein.

»Oh, lieber Herr, habt Erbarmen! Ich spüre es in mir! Auch ich, o Gott, ich komme! O Himmel, welche Lust! Ich sterbe! Ich komme wieder – wieder!« Sie löste den krampfartigen Griff, mit dem sie Isabels Hintern umfangen gehalten hatte. Ihr Fleisch zitterte und tanzte, und wie im Krampf zusammengekrümmt, lag sie da als Folge eines Vergnügens, von dem nicht einmal die Götter zu träumen gewagt hätten.

Drei Wochen später erreichten wir die französische Küste und gingen in unserer kleinen Bucht vor Anker. Sofort begab ich mich an Land und schaffte die Mädchen auf mein Schloß.

Himmel! Was für ein Empfang uns zuteil wurde! Wie mich die lebhaften, zügellosen, wollüstigen Mädchen umlagerten und mit welchen Umarmungen sie mich begrüßten! Ich wurde von den hungrigen Geschöpfen förmlich verschlungen, so herzlich war die Begrüßung.

Und erst »La Rose d'Amour«! Ach, meine geliebte Rose, was für ein Schauer mich durchlief, als ich dich an mich preßte und deine glühenden Küsse empfing!

Und du, schöne Laura, wie heftig dein Herzchen schlug, als ich deinen Busen an den meinen drückte; welch Feuer aus deinen sehnsuchtsvollen schwarzen Augen sprang, als du meine Hand an deine Muschi legtest und deine eigene auf meinen freudig erregten Schwanz.

Jetzt war Rosalie an der Reihe, die zarte, hellhäutige, blauäugige Rosalie. Mit welch wildem Entzücken sie auf mich zusprang, leichtfüßig wie eine Gazelle, und in meine Arme flog. Welch lüsterne Funken aus ihren halbgeschlossenen Augen sprühten! Unsere Lippen treffen aufeinander – sie kleben regelrecht zusammen. Gewaltsam öffnet sie den Mund, und unsere Zungen begegnen sich. Sie reibt ihre Schamlippen an meinem Schenkel, sie klammert sich an mir fest, ihre Brüste heben und senken sich in rascher Folge, sie wackelt mit dem Po, ihr Hinterteil beginnt konvulsivisch zu zucken, und mit den Worten: »Oh – oh! O Gott!« entgleitet sie meinen Armen und sinkt zu Boden.

Dort am anderen Ende des Raumes sehe ich Caroline eintreten. Caroline, die Göttin üppiger Schönheit in Person, sie hat von meiner Ankunft gehört. Sie kommt auf mich zu, völlig nackt, wenn man von dem rosafarbenen Schleier absieht, den sie um die Taille geschlungen trägt. Auch ich bin nackt, da mich die Mädchen bereits beim Betreten des Raumes ausgezogen hatten. Mein Ständer ragt hart und steif vor meinem Bauch auf. Caroline sieht ihn, fixiert ihren Blick darauf, erstarrt in ihrer Bewegung, fasziniert von seinem verführerischen Anblick. Ich fliege zu ihr hin, nehme sie in die Arme, und von ihren Gefühlen überwältigt, sinkt sie rücklings zu Boden, zieht mich mit sich hinab. Im Fallen noch spreizt sie ihre Beine, ich lande genau dazwischen, und erst nachdem sie fünfmal gekommen ist, hat sie sich von ihrem Fall erholt.

Als sie sich erhob, wie ihre Augen da funkelten! Ihr Gang war leicht und federnd wie der einer jungen Hindin.

Als ich mich nach meinem Fall mit der lieblichen Caroline erhob, begegnete ich dem Blick der lüsternen Nubierin, die jetzt auf mich zukam, ein Glas Wein in der Hand. Sie war völlig nackt und rieb ihre Schenkel aneinander, als ob sie es nicht mehr lange aushalten könnte. Ich verneigte mich vor ihr, nahm das Glas in Empfang und trank den Wein in einem Zug. Im gleichen Moment wußte ich, daß er mit der Tinktur vermischt war, welche die amourösen Neigungen erweckt und anstachelt.

Die lieblichen Geschöpfe, die ich soeben erwähnte, umringen mich jetzt und umarmen mich überall; die eine umklammert ein Bein, eine andere hängt mir am Hals, ein paar ergreifen meine Hände und befriedigen sich damit selbst. Eine setzt sich zwischen meinen Beinen auf den Boden, spielt mit meinen Bällen und streichelt meinen wiedererregten Schwanz. Celeste, die himmlische, hält meinen Hals umklammert, und ich will sie bereits auf meinem Speer aufspießen, da tritt Fanny vor und besteht auf ihrem Anspruch als letzte Trägerin der Unschuld, welche ihr zwischen den Schenkeln fiebernd brennt.

Ich schließe sie in die Arme, lege sie hin und stürze mich auf sie. Eines der Mädchen beeilt sich, ihr ein Kissen unter den Po zu schieben, und führt dann den Pfeil an den Köcher heran. Ich schiebe und stoße, und eines der Mädchen klatscht mir ein paarmal scharf auf den Hintern, was mir zu einem raschen und tiefen Eindringen verhilft und die süße Maid ohne Verzug in den Genuß des köstlichen Giftes bringt, nach dem sie sich so sehr gesehnt.

Der Wein, den ich getrunken hatte, enthielt so viel Tinktur, daß mein Pego im Vollbesitz seiner Kräfte blieb.

Als nächste bekam die Nubierin ihre Streicheleinheiten. Dreimal kam sie, während ich in ihr war. Caroline, Laura und Rosalie folgten; eine jede von ihnen empfing eine exquisite Abreibung.

Anschließend begab ich mich ins Bad, in das ich nur vier der Mädchen mitnahm: Caroline, Celestine, Laura und Rosalie.

Im Badezimmer trieb ich es noch zweimal mit Rosalie und Laura, um sie anschließend auf ihre Zimmer zu schicken. Die anderen beiden Mädchen behielt ich bei mir.

Ich ließ mir einen Imbiß ins Bad bringen, und entschlossen, mich dem unbändigen Verlangen meiner beiden lieblichen Mätressen zu opfern, trank ich noch mehr von dem mit der Tinktur versetzten Wein; genug, um den beiden, die bei mir geblieben waren, so viel Schwanzsuppe einzuverleiben, wie sie im Laufe einer Nacht nur verknusen konnten.

Nachdem wir ein paar Stunden im Bad verbracht hatten, gingen wir geläutert daraus hervor und begaben uns zu den Schlafgemächern, wo ich sie in den Raum mit dem Prachtbett führte.

Ich ließ die Vorhänge herunter und sprang in die Schlafstatt.

Die beiden Mädchen folgten mir, und schon steckte ich in voller Länge in Celestines feurigem Heizkessel. Viermal ließ dieses liebenswürdige Mädel seinen Naturgewalten freien Lauf, und viermal verströmte sie ihren Nektar in solchem Überfluß, daß das Laken unter ihr ganz durchnäßt wurde.

Nicht weniger intensiv verwöhnte Caroline ihren gierigen kleinen Mörser mit meinem Stößel.

So verbrachte ich die ganze Nacht, indem ich erst die eine, dann die andere befriedigte, so lange, bis sie völlig ausgelaugt und erschöpft waren von der herrlichen Vögelei, die ich ihnen bot.

Ich beschloß nun, nicht mehr weiter nach Jungfrauen zu suchen, um mich ausschließlich den lieblichen Geschöpfen zu widmen, die ich bereits besaß, denn schönere, lüsternere und meinen kapriziösen Begierden hingebungsvoller ergebene Wesen konnte ich wohl kaum noch finden.

So lebe ich nun glücklich, umgeben von meinen süßen Geschöpfen, doch hört! Eine Stimme ruft aus meinem privaten Bett nach mir. Ich bin in bester Verfassung, nachdem ich drei Tage lang abstinent gewesen bin. Ich fliege zu ihr hin, lande weich in ihren Armen und versinke in einem Meer der Wonne, in den Armen von … *La Rose d'Amour.*

James Champbell Reddie

Liebeserlebnisse eines Arztes

Kapitel 1

Weder all die brünstigen Beschreibungen in der erotischen Literatur noch ein Herz, in dem nichts als Leidenschaft regiert, können wirklich und hinreichend die Macht dieser Begierden und den betäubenden Rausch der Wollust erfassen, bei dem das zarte Geschlecht eine so wichtige Rolle spielt. Als Belohnung dafür genießt es stärkere Lustempfindungen.

Wenn ich vorhätte, die folgenden Seiten mit der Beschreibung von verführerischen und lüsternen Szenen zu füllen, dann würde ich mein Ziel nicht ganz erreichen.

Die Sprache nämlich kann die Wirklichkeit nicht in ihrer ganzen Fülle wiedergeben. Worte, wie leidenschaftlich, wie brünstig sie auch sein mögen, sind nicht imstande, die Sinne so zu erregen und den Körper so zu entzücken wie eine verzauberte, ganz den Gefühlen hingegebene Seele, von deren Existenz die Liebenden bei ihren heiligen Handlungen erfahren. Wenn meine Leser sich in meine Lage versetzen, während ich ihnen meine Liebeserlebnisse erzähle, dann können sie vielleicht mit ihren eigenen Sinnen das gleiche wie ich empfinden; denn durch die Analogie genießen sie von neuem einige der erregendsten und bewegendsten Ereignisse aus ihrem eigenen Leben.

Wenn ich sagen würde, ich stammte von ehrenwerten Eltern ab, so ist dies, genau betrachtet, unrichtig. Meine Mutter, die aus einer wenig angesehenen Familie stammte, war eine verstoßene Mätresse. Mein Vater dagegen gehörte dem höchsten Adel an. Als junger Mann, der den wilden Leidenschaften der Jugend frönte, war er ihr aufgefallen. Durch seine schöne Gestalt und sein vornehmes Benehmen gewann er ihre reine Liebe.

Dann folgte die übliche Geschichte. Er verführte sie und nahm sie sich eine Zeitlang zur Gespielin. Zu guter Letzt, ihrer Gesellschaft überdrüssig, warf er sie wie ein Spielzeug weg, das ihm lästig geworden ist.

Sie starb. Und er fuhr fort, die Herzen noch vieler unschuldiger Wesen zu brechen.

Welche Fehler er auch immer hatte, zu seinen sympathischen Eigenschaften gehörte es, daß er sich um sein uneheliches Kind kümmerte.

Nach dem Tode meiner Mutter wurde ich in ein Internat geschickt und wuchs zu einem großen, gutgebauten und vornehm aussehenden jungen Burschen heran.

Es erübrigt sich zu sagen, daß ich hier, in der Gesellschaft anderer Burschen, von denen viele älter waren, schnell mit dem vertraut gemacht wurde, was Männer an Theorie wissen müssen. Praktische Erfahrungen mit dem anderen Geschlecht hatte ich aber nicht. In meiner blühenden Phantasie hatte ich eine Vorstellung vom Zustand der höchsten Wollust, die aber noch etwas die Wirklichkeit verfehlte. Aber diese bizarren Vorstellungen wurden durch die Spiele weiter genährt, die wir Jungens miteinander trieben.

Und wir trieben alles, was in unserer Macht stand. Wir verschafften uns Vergnügen, soviel wir nur vermochten.

Es war für uns nichts Ungewöhnliches, zu einem anderen Jungen ins Bett zu steigen. Dann nahm man das halbsteife und noch kleine Ding des anderen in die Hand, um durch angenehmes Reiben den Saft fließen zu lassen, was uns – natürlich war es nur ein schwacher Ersatz – viel Wollust bereitete.

Öfters steckten einige der älteren Jungen wollüstig ihren

vor Lust glühenden Stab einem jüngeren mit hübschen Haaren zwischen die Lippen und ließen ihn sich auf diese höchst angenehme Weise kitzeln.

Diese Vergnügungen waren an der Tagesordnung, so daß wir keine Nacht verstreichen ließen, ohne das eine oder andere zu praktizieren.

Bis zu meinem sechzehnten Geburtstag war ich noch nicht ganz in die Praktiken der älteren Jungen eingeweiht, als ich in die »obere Klasse«, wie sie sie selbst bezeichneten, aufrückte. Es war Brauch bei ihnen, daß jeder Bursche, der das sechzehnte Lebensjahr erreicht hatte, ein Fest für die »obere Klasse« veranstalten mußte, auf dem er feierlich in den erlauchten Kreis aufgenommen wurde.

Mein engster Kumpel, Bob Ferguson, hatte mir manchmal zugeflüstert, während er mit meinem Schwanz spielte, daß mir an meinem Geburtstag eine große Überraschung bevorstehe.

Schließlich kam diese so bedeutende Nacht. Da ich, was das Taschengeld anbelangt, dank der Großzügigkeit meines Vaters zu den reichsten Schülern der Schule gehörte, veranstalteten wir ein wirklich prächtiges Fest, das, wie es einmütig hieß, alle früheren in den Schatten stellte.

Bei solchen Gelegenheiten gab uns der Lehrer, der an sich ein sehr strenger Zuchtmeister war, die Erlaubnis, uns zu vergnügen, so viel Lärm zu machen und im Raum der älteren Jungen Späße zu treiben, wie wir wollten. Selbst im Traum hätte er sich nicht die Ausschweifungen vorstellen können, denen wir uns tatsächlich an diesem Geburtstag hingaben.

Nachdem wir uns mit kalter Wildpastete, Torte und Champagner vollgestopft hatten, begannen wir mit der eigentlichen Zeremonie meiner Aufnahme. Alle zogen sich aus. Sogar jetzt noch spüre ich das Entzücken, wenn ich mich an diesen Raum voller hübscher nackter Burschen erinnere, manche schöner als Adonis selbst. Einige der älteren hatten einen sehr schönen und feinen Haarwuchs, der ihre Prachtstücke schmückte. Meine Leser können sicher sein, daß der gegenseitige Anblick unserer Reize jeden von uns wild machte, zumal wir durch die Speisen und den Wein schon erregt genug waren.

Ein paar von ihnen begannen nun meinen Schwanz zu befühlen, zu reiben und die Haut zurückzuziehen, als sie mit ihren Händen an dem steifen Schaft auf und nieder fuhren. Dann rieben sie ihn mit Salbe ein. Zu guter Letzt verlor ich wegen des maßlosen Lustgefühls ganz die Besinnung. Als ich wieder zu mir kam, lag ich in einem Bett und hatte Bob Fergusons Schwanz im Mund, während der Klassensprecher in köstlicher Weise den meinen saugte, der wieder in voller Pracht stand.

Welch eine Lustorgie feierten wir in dieser Nacht! Damals schwebte ich im siebten Himmel! Jetzt, wo ich diese Zeilen schreibe, steht er mir wieder, wenn ich nur daran denke!

Bald danach verließ ich die Schule, die mich auf die für mich ausersehene Karriere vorbereitet hatte. Obgleich mich eine Zeitlang die Aussicht, Arzneien zu verordnen, abschreckte, holte ich mir dennoch von meinem adeligen Vater die Erlaubnis, Medizin zu studieren.

Zu diesem Zweck ging ich nach London. Nachdem ich mehrere Jahre fleißig in Hospitälern gearbeitet hatte, bekam ich mein Diplom von dem Prüfungskomitee der Ärztekammer oder, modern ausgedrückt, vom »Royal College of Surgeons«.

Danach ließ ich mich in einer kleinen Praxis in der Stadt nieder, in der Nähe der Residenz meines väterlichen Schutzherrn.

Es erübrigt sich zu sagen, daß unsere Verwandtschaft so geheimgehalten wurde, wie es sich die neidischen Klatschbasen an diesem Ort nur wünschen konnten. Alles, was sie wußten, war die Tatsache, daß Lord L… mich förderte. Dies reichte bereits aus, um den Neid der Streber in meiner Nachbarschaft zu erregen.

Trotz dieser Leute, die mir nichts Gutes wünschten, half mir doch die Förderung durch den Lord, daß meine Praxis immer gut besucht war. Mit der Zeit wurde ich der bekannteste Arzt im ganzen Bezirk.

Dies beruhte aber nicht nur auf diesen Gründen – so zwingend sie auch sein mögen –, die ich eben geschildert habe. Zu dem sehr natürlichen Wunsch nach Erfolg und der besonderen Aufmerksamkeit meinen Patienten gegenüber, die – ich lobe mich jetzt selbst – von keiner großen Sachkunde getrübt war, gesellten sich noch die Vorzüge meines männlichen, robusten und fein wirkenden Äußeren.

Ich denke, daß ich diesem letzteren Umstand in hohem Maße mein Ansehen bei einem großen Teil meiner Patienten verdanke. Mein Erfolg bei diesen sowohl in der Liebe wie in der Heilkunst war wirklich wunderbar. An einem Tag kamen gut drei oder vier Patientinnen wegen einer Medizin zu mir, aber ganz und gar nicht wegen einer übelschmeckenden!

Während dieser Zeit lebte mein Vater in Broad Heath, seiner Residenz an diesem Ort, mit einer Mätresse zusammen. Da er Junggeselle war, verbrachte er die meiste Zeit in ihrer Gesellschaft. In meiner Eigenschaft als Berater der Familie in allen gesundheitlichen Fragen – eine Aufgabe, die mir alle Türen öffnete –, hatte ich häufig diese Frau gesehen und gesprochen. Sie war vielleicht dreißig Jahre alt, groß, schlank, aber nicht dürr, und bewegte sich mit einer besonderen Anmut, wie sie nur Frauen ihres Schlages besitzen. Ihre Haare waren ganz und gar nicht dunkel, sondern gerade so brünett, daß man sie nicht mehr blond nennen konnte. Sie hatte tiefbraune Augen, die beständig vor jugendlichem Verlangen glänzten. Sie war noch nicht durch den verderblichen Kontakt mit der öffentlichen Prostitution entehrt und noch jugendfrisch durch ihre heimische Umwelt. Ihr Wesen war natürlich, anmutig und ihre Konversation bezaubernd.

In meiner Phantasie beschäftigte ich mich bald nur noch mit dieser Frau. Voller Rachegefühle, weil Lord L… meine Mutter verlassen hatte, reiften in mir Pläne, es ihm ordentlich heimzuzahlen.

Adelaide – so lautete der Name der vollerblühten Rose – legte in allen Gesprächen mit mir so viel Leutseligkeit und Hochachtung an den Tag, daß ich kaum Schwierigkeiten hatte, mich zu überzeugen, daß ihre Eroberung ein leichter Sieg sein würde.

Ich bemühte mich, ihr Vertrauen zu gewinnen. Da ich bei ihr einige schwache Punkte fand, war ich bald in der Lage, eine Bresche zu schlagen.

Allmählich erlaubte ich mir, meine Gefühle zu zeigen und ihre Wirkung auf diese Frau zu beobachten. Sie schien sich durch den Umgang mit mir geschmeichelt zu fühlen und lachte über mein Vorhaben. Jetzt fehlte nur noch eine Gelegenheit, um mein Abenteuer zu vollenden. Und tatsächlich, es dauerte nicht lange, bis sich mir eine solche Gelegenheit bot. Als ich eines Tages wie gewöhnlich meine nachmittägliche Visite bei meinen Patienten machte und am Eingangstor vorbeiging, bemerkte ich, wie die Kutsche des Lords allein mit Seiner Lordschaft hinausfuhr. Ich wartete, bis sie um die Ecke gefahren und außer Sicht war, dann ging ich ins Haus und fragte nach Seiner Lordschaft. Natürlich war er nicht zu Hause. Ich tat zuerst so, als ob ich weggehen wollte, aber plötzlich fragte ich nach der Hausherrin, wobei ich als Vorwand einen Blumenstrauß benutzte, den ich ihr versprochen hatte.

Ich wurde eingelassen und traf sie allein an, da sie sich ja gerade von meinem Vater verabschiedet hatte. Wir unterhielten uns. Mit allen mir zu Gebote stehenden Kniffen versuchte ich, jetzt die Gelegenheit auszunutzen.

Keineswegs will ich den Leser damit ermüden, ihm jedes

Kompliment und jeden bedeutungsvollen Blick mitzuteilen. Es genügt zu sagen, daß wir nach einer Viertelstunde Seite an Seite auf dem Sofa saßen und ich zärtlich meinen Arm um die Taille der geliebten Frau legte. In dieser Stellung war es leicht, von Zeit zu Zeit einen Kuß zu erhaschen. Da sie meiner Zügellosigkeit nicht viel Widerstand entgegensetzte, wurde ich allmählich immer kühner.

Mit einer Hand fuhr ich jetzt über ihren bebenden Busen, und allmählich drehte ich mich zu ihr hin, bis unsere Gesichter einander gegenüber waren. Dann drückte ich meine Brust fest an die zarten Reize ihres Oberkörpers.

Wir blickten uns in die Augen. Worte waren überflüssig. Der zärtliche, lüsterne und schmachtende Blick ihrer feuchten Augen drückte besser als Worte die Liebesleidenschaft in ihrer erregten Brust aus.

Wilde Lust ergriff mich nun. Keine Überlegungen, wie heilig sie auch waren, hätten mich jetzt zurückhalten können, meine brennende Begierde an dieser geliebten Person neben mir zu befriedigen.

Ich suchte und fand den Saum ihres Kleides. Ohne viel Widerstand zu spüren, fuhr ich mit der Hand bis zu ihren Knien hinauf. Dort hielt ich aber nicht inne, sondern wollte mit verdoppelter Begierde von dem Körperteil darüber Besitz ergreifen. Ein großer Oberschenkel, der schön geformt war, entzückte mich wegen seiner Weichheit, aber noch mehr belohnte ein moosiger Haarwuchs, der aus feinen und flaumigen Härchen bestand, die Kühnheit meiner forschenden Hand.

Meine Erregung war furchterregend. Ich fuhr mit dem Finger in eine charmante kleine Liebesgrotte, die jeden Mann verführt hätte.

Verzögerungen sind gefährlich, besonders in der Liebe, so spricht der Lüstling, und so dachte auch ich, als ich heimlich den unteren Teil meiner Kleider aufknöpfte. Still und leise führte ich meine starke und erregte Waffe in ihre Liebesgrotte ein. Ein wollüstiger Schauer fuhr bei der ersten Berührung durch ihren Körper. Ich stieß tiefer hinein. Ein ärgerliches Murmeln drang leise über die Lippen meiner Partnerin. Ich fühlte jetzt, wie sich die erste Wirkung nach der zärtlichen Einführung meines Kaktusses einstellte. Da ich fürchtete, vor Ungeduld zu zerplatzen, vergrub ich mich geradezu in den Körper des lieben Mädchens.

Kaum war ich richtig drinnen, da kam ich auch schon in den vollen Genuß der Reize eines so verschwenderisch von der Natur ausgestatteten Wesens. Wild fuhr ich rein und raus aus dem engen, mich köstlich umschließenden Wunder, das so lüstern mit seinen weichen und feuchten Falten den Schaft meines entzückten Liebeswerkzeuges festhielt.

Bei jedem Stoß seufzte sie tiefer. Als der Höhepunkt kam und die intensive Wollust und Leidenschaft sich in Raserei verwandelte, drückte sie meinen Körper eng an den ihren, während leise Schreie der Wollust über ihre feuchten Lippen drangen, die eben noch versucht hatten, ihrer Empörung über mein abscheuliches Verhalten Ausdruck zu verleihen.

Die Natur konnte nicht länger den Anstrengungen der Liebe den schuldigen Tribut vorenthalten. Das übliche Ende kündigte sich an, natürlich in viel stärkerem Maße. Ich fühlte den Höhepunkt herankommen, während wir tausendmal zu sterben schienen, wie wenn die Funken eines gewaltigen Blitzes all unsere Nerven erregten. Endlich war es soweit. Ich fiel nach vorn. Es erübrigt sich jede Beschreibung, um unsere Gefühle auszudrücken. Uns beide ergriff die wahnsinnige Lust, unsere Herzen und Körper zu vereinen. Der beiderseitige Strom von heißem Liebessaft, welcher endlich der erregten Natur Linderung verschaffte, beendete unsere Wollust und bewirkte, daß wir uns atemlos, erhitzt und naßgeschwitzt in den Armen lagen.

Wir blieben einige Augenblicke engumschlungen liegen

und tauschten kleine zärtliche Zeichen unserer befriedigten Begierden aus, die gewöhnlich die Zeit der Trägheit kennzeichnen, die auf die wilde Leidenschaft der vorangegangenen Handlungen folgt.

Endlich trennten wir uns, aber nur, um unsere in Unordnung geratenen Kleider zu ordnen. Dann mußte ich neben ihr sitzen, und es dauerte nicht lange, bis ich bemerkte, wie mein bester Freund nervöser wurde durch die Berührungen ihrer zärtlichen und warmen Hand, die sie in seinen Schlupfwinkel gesteckt hatte. Sie war nicht zufrieden damit, daß er so verborgen blieb. Mit einem Ruck brachte sie mein stattliches Liebeswerkzeug ans Tageslicht und begann, es von allen Seiten zu untersuchen.

Dieses Vergnügen fand ich höchst befriedigend für meine eigenen Sinne. Bald stand er wieder so, daß er der liebenswerten Beischläferin einen ordentlichen Stoß versprach.

Sie hatte aber einen neuen Einfall und kniete sich zwischen meine Beine. Dann liebkoste sie wollüstig meinen Speer, der ganz hart und steif war. Nach einem langen Kuß steckte sie ihn langsam in den Mund hinein und kitzelte ihn mit ihrer warmen Zunge. Daraufhin preßte sie ihn zwischen ihren feuchten Lippen, bis ich »Halt!« schrie und sogleich mein Werkzeug herauszog, da ich fürchtete zu spritzen. Wenn ich mich dadurch auch selbst einer Gelegenheit beraubt hatte, so fand ich doch schnell eine andere Öffnung, die nicht weniger lustvoll als dieser etwas ungewohnte Eingang war, den ich gerade verlassen hatte.

Wir gaben uns der Liebesraserei völlig hin. Ich bewegte mich hin und her und stieß zu, bis ich schließlich schweratmend auf ihrer Brust lag, nachdem ich in zahllosen Höhepunkten viel Saft verspritzt hatte.

Immer wieder kühlte ich meine rasende Wollust in den Armen dieser charmanten Frau, die immer bereit war, mit all dem Feuer ihres leidenschaftlichen Wesens den schlaffen Stößel Amors steif zu machen, der, wie sie mir versicherte, ein wahrer Phönix seiner Art sei.

Schließlich versagte mir mein erschöpfter Körper, länger meinen Begierden nachzugehen. Nach einigen weiteren Zärtlichkeiten und dem Versprechen, uns bald wieder zu vereinen, mußte mein kleiner Soldat, der sein Bestes gegeben hatte, eingestehen, daß er endgültig besiegt war, und zusammengerunzelt schlich er sich vom Feld der Liebe.

Kapitel 2

Wenn Sappho ein schönes Geschöpf ihres eigenen Geschlechtes wahnsinnig liebte, fand sie zweifelsohne Mittel und Wege, ihre brennende Begierde zu befriedigen. Trotzdem ist es für uns Männer, besonders aber für Ärzte, oftmals überraschend zu sehen, wie ein vollkommenes Vergnügen erreicht werden kann, ohne daß es zur Vereinigung kommt.

Die Frau ist dazu bestimmt, daß sie das wichtigste Glied des anderen Geschlechtes in sich aufnimmt. Wenn ihr das aber fehlt, gibt es nur einen Ersatz für diesen Verlust: die Phantasie. Aber eine begnadete Dichterin besitzt Phantasie in außerordentlichem Maße, und zweifellos bediente sie sich ihrer auch reichlich bei ihren zärtlichen Zusammenkünften, von denen uns die alten griechischen Schriftsteller berichten, um eine ebenso intensive wie neuartige Liebesfreude zu erfinden.

So braucht man in unseren Tagen in der rauhen Wirklichkeit Gedankenreichtum, der sich auf die Phantasie stützt. Wenn ein Mann sich der Selbstbefriedigung hingibt, erhöht da nicht der Gedanke, daß er sich dieses angenehme Gefühl durch unnatürliche Mittel verschafft, seine Empfindungen?

Und versucht er sich nicht auszumalen – ja, wirklich mit bewundernswerter Genauigkeit –, welche Gefühle er wohl haben würde, wenn er diese letzten Wollustschauer des

Höhepunktes auf der keuchenden Brust eines geliebten Wesens erfahren würde, nach dem es ihn verlangt?

Ja, diese Begierde, wie intensiv sie auch immer erfahren wird, wird durch die Phantasie noch verstärkt.

Wenn du auf einem Freudenmädchen liegst, stellst du dir vielleicht vor, du entjungferst ein liebenswertes und unschuldiges Mädchen. Hast du dann nicht genau dasselbe Gefühl, das du bei der wirklichen Entjungferung eines Mädchens erfährst? Natürlich hast du es.

In keinem anderen Fall kann das Sprichwort passender angewandt werden, wenn in Anspielung auf eine solche Selbsttäuschung festgestellt wird: »Wo Unwissenheit wonnevoll ist, da ist Narrheit weise.«

Der Verstand natürlich ist bei Dingen dieser Art gänzlich auf die Handlung des Körpers angewiesen, wie übrigens auch bei allem anderen, aber nirgendwo so unmittelbar.

Ja, man weiß, daß man etwas sehr Unanständiges tut, wenn man den geradezu unerhört sinnlichen Teil unseres Körpers mit dem nicht weniger sinnlichen Teil eines weiblichen Körpers vereinigt, sein lüsternes Werkzeug so weit wie nur möglich in ihren Unterleib hineinstößt und ihr allerwichtigstes Organ mit einem Strom von dieser herrlichen Flüssigkeit überflutet, mit der ein Mann ausgestattet ist. Das alles ist der Gipfel der Lust für einen Mann, der sinnlich veranlagt ist.

Alle Bilder, die noch einen zusätzlichen Reiz auf den Geschlechtsakt ausüben, rufen noch mehr Lust und Freude hervor.

Ich bin von meiner Erzählung abgeschweift, wie wenn ich einen Exkurs machen wollte. Jetzt muß ich aber den Leser um Verzeihung für die obige Predigt bitten, doch sie kann vielleicht einigermaßen die jetzt folgende Handlung erklären, die an sich sonst sinnlos erscheint.

Den folgenden Morgen verbrachte ich mit meiner schönen Freundin von den vorangegangenen Seiten und vergnügte mich in ihren Armen ein paar Stunden. Erneut schenkte sie mir dasselbe Vergnügen.

Auf einmal nahm sie meinen kräftigen Wollustspender zwischen andere Lippen als die, die dafür gewöhnlich vorgesehen sind. Diesmal aber war ich entschlossen, den Dingen ihren Lauf zu lassen. Sie saugte und preßte meinen Stab mit ihren Lippen und ihrer Zunge. Er wurde immer steifer. Noch dauerte das köstliche Lutschen an, und die Erregung steigerte sich ständig, so daß ich mich verpflichtet fühlte, das hübsche Mädchen vor dem unvermeidlichen Ergebnis zu warnen. Aber sie verdoppelte nur ihre Zärtlichkeiten. Die Natur forderte ihr Recht, und mit einem wilden Lustschrei spritzte ich in ihren Mund, der sich mit dem sahnigen Saft, dem Beweis für meine vollendete Wollust, füllte.

Obgleich sie dieses vorzeitige Ergebnis nicht geahnt hatte, genoß sie doch offensichtlich das Ende des ganzen Auftrittes und schluckte das köstliche Naß hinunter wie ein dem Priap geweihter Jünger.

Seit diesem Abenteuer habe ich erfahren, daß viele Frauen es bei weitem vorziehen, den Strom des Lustsaftes in ihren Mund aufzunehmen. Ich habe bei mehr als einer Gelegenheit die Freuden eben dieser Neigung genossen.

Obgleich mir meine Eroberung in diesem Augenblick gefiel, fand ich doch bald heraus, daß der Charakter dieser Dame nicht so beschaffen war, um mich dauernd in ihren Bann zu ziehen. Zwei Monate nach unserer ersten Umarmung trennten wir uns ziemlich unerwartet.

Ich besuchte wie üblich Adelaide zu einer Zeit, da ich wußte, daß Lord L… abwesend war. Gerade war ich im Begriff, den Wintergarten zu betreten, um in den Salon zu gelangen, da hörte ich Stimmen in diesem Zimmer, so daß ich stehenblieb. Sie schienen von einem Mann und einer Frau zu stammen. Es machte mir keine Schwierigkeiten, die letztere als die meiner hübschen Freundin zu erkennen.

Neugierde und ein noch stärkeres Gefühl trieben mich an, mich vorsichtig zu nähern. Als ich nahe genug heran war, hörte ich unzweifelhafte Geräusche von leidenschaftlichen Küssen. Als ich mich hinter die halbgeöffnete Tür stellte, bot sich mir ein Bild dar, das ich niemals vergessen werde.

Adelaide lag auf einem Sofa. Sie hatte ihren Popo über das runde Kopfende gehoben, sich auf Brust und Ellbogen gestützt, ihre Kleider über ihrem Rücken hochgeschlagen und so alle ihre geheimen Schätze entblößt. Währenddessen stand der sechs Fuß große Butler, ein stämmiger Bursche von gewaltigen Ausmaßen, hinter ihr, mit herabgezogener Hose und einem Ding, das nach vorn ragte wie der Stock eines Polizisten. Wie man bereits vermutet, war er nicht lange untätig. Er strich über den zierlichen Popo meiner Adelaide und stieß seinen Stab bis zum Schaftende in die Liebesgrotte der jungen Lady. Sie genoß offenbar mit höchstem Vergnügen den Angriff ihres großen Liebhabers, wie das Hinundherwinden ihrer Hüften und die leisen Lustschreie bewiesen, welche ich deutlich hören konnte und die ihn zärtlich aufforderten, zuzustoßen und alles herzugeben.

Immer weiter steigerten sie sich, er ganz in Raserei und Lust aufgelöst und sie nicht weniger wollüstig erregt.

Seine lange Stange bewegte sich rein und raus in der feuchten Hülle. Sie glänzte buchstäblich im Sonnenlicht, während die Strahlen des alten Apollo auf sie beide fielen. Welch lüsterne Anblicke oft die alte Sonne genießt, und sie verdient es auch, denn ohne ihre belebende Wärme wären wir armen Sterblichen wohl kaum noch geeignet für den Beischlaf. Die ausgedehnten Lippen ihrer köstlichen Höhle umschlossen seinen Stab mit einer Saugkraft, die bald so stark sein würde, wie ich aus Erfahrung weiß, um ihn zum Höhepunkt zu bringen.

Aber – o weh! Wenigstens in diesem Augenblick sollte die Treulosigkeit ihre gebührende Strafe erhalten!

Durch die Stöße des hartnäckigen Butlers gegen den ge-

schmeidigen Popo des hübschen Mädchens wurde das Sofa immer weiter nach vorn bewegt – seine liebliche und lusterregende Last trug es mit sich –, bis es einen kleinen Tisch erreichte, auf dem ein Satz chinesischer Schachfiguren stand, die auf einem Schachbrett aus Elfenbein zum Spiel aufgestellt waren. Als das Sofa diesen Tisch erreichte, warf ein gewaltiger Stoß des bis zur Raserei erregten Mannes das Hindernis mit einem lauten Schlag um. Meine geliebte, aber treulose Adelaide hob den Kopf, um die Ursache für die Störung zu erkennen, dabei kippte das Sofa so, daß es sich an der einen Seite hob, während sich die andere Seite senkte. Und gerade als ihr kräftiger Partner zum Höhepunkt kam, lag das erschrockene Mädchen ganz auf ihm drauf. Tatsächlich fiel sie nämlich im Augenblick seiner Ekstase rückwärts um, da sie auf den Schrecken nicht vorbereitet war, und riß ihren Partner mit sich zu Boden. Er lag halb bewußtlos auf ihr, umfaßte aber noch locker ihren süßen Popo, während sein Lustwerkzeug zwischen ihren geöffneten Beinen in die Höhe ragte und ihren Bauch, Nacken und sogar ihr Gesicht mit einem großen Samenstrom besprengte.

In dieser Stellung überraschte ich die beiden Kämpfer, als ich in den Raum eintrat. Stellt euch den Schrecken des großen Butlers und die Verwirrung Adelaides vor!

Schnell zog der schuldbewußte Hausangestellte seine Hose hoch und verschwand. So war ich mit der zärtlichen Missetäterin allein, die zwischen Wut und Schrecken hin und her gerissen wurde und sich kaum fassen konnte. Sie warf mir vor, daß ich in ihre Privatsphäre eingedrungen sei.

»Ja, mein Liebling«, gab ich ihr zur Antwort, »ich bin betrübt, daß ich diese wahrlich köstliche Liebessitzung gestört habe. Ich muß mich bei dir, meine liebe Adelaide, tausendmal entschuldigen! Ist es mir gestattet, dadurch Wiedergutmachung zu leisten, daß ich das beende, an dessen völliger Vollendung Perkins gehindert war?«

Mein höhnisches Lächeln, als ich dies sagte, brachte sie vor Wut außer sich, und sie befahl mir, den Raum zu verlassen. Trotz meiner Versicherung, daß ich Gefallen daran fände, auch kurz nach einem anderen Mann sie noch zu lieben, blieb sie hart.

»Du verdammter ekliger Spion!« zischte sie zwischen zusammengepreßten Zähnen heraus.

Ich wandte mich mit der zynischen Bemerkung von ihr ab, ein orientalischer Keuschheitsgürtel wäre in ihrem Fall sehr nützlich für den Lord, dann ließ ich sie allein mit ihren Gedanken, denn ich dachte mir, daß es für den Sohn, wenn der Platz des Vaters so gut ausgefüllt wurde, nicht mehr länger notwendig sei, seine leidenschaftliche Mätresse für das zu entschädigen, was er ihr nur in ungenügender Weise schenken konnte und was offenbar nicht ausreichte, die Sehnsucht und das Verlangen seines schönen Schützlings zu befriedigen.

Ich wandte mich statt dessen von neuem mit Fleiß meinen Studien zu und heilte erfolgreich schwierige Fälle, wo die Heilmittel von berühmten Mitgliedern meiner Zunft keinen Erfolg gehabt hatten.

Unter den Patienten, die zu meinen erfolgreich behandelten Fällen gehörten, bei denen ziemlich neuartige Methoden zur Anwendung kamen, gab es zwei Schwestern, Töchter eines reichen Mannes in der Stadt. Die diesbezüglichen Einzelheiten sind, so glaube ich, von hinreichendem Interesse, um von mir im nächsten Kapitel berichtet zu werden.

Kapitel 3

Es gehört zu den gesellschaftlichen Gepflogenheiten, daß eine Frau sich wenigstens nach außen hin den Anschein von Tugendhaftigkeit gibt. Aber nichts ist für die weibliche Natur schwieriger, als dies zu befolgen.

Die Gesellschaft toleriert bei den Männern alle Arten von Lastern, so daß ein Missetäter überhaupt nicht mit dem Gesetz in Konflikt gerät. Aber wenn eine Frau einen Fehltritt begeht, ja sogar nur ein Schatten von Schande auf sie fällt, so wird sie sofort als minderwertiges Wesen abgestempelt, das außerhalb des Bannkreises der Gesellschaft steht.

Können wir uns eine bejammernswertere Lage als die einer jungen Frau vorstellen, die in der Blüte ihrer Jugend und Schönheit steht und dennoch dazu verdammt ist, in aller Stille auf Annäherungsversuche des anderen Geschlechtes zu warten? Obendrein weiß sie, daß sich dieser Mann, den sie schließlich akzeptieren muß, vielleicht nach alledem als ein Betrüger erweisen und völlig unfähig sein kann, seine Aufgaben zu erfüllen, die für ein glückliches Eheleben notwendig sind.

Wir Ärzte kennen die Oualen und unbändigen Begierden, die eine schüchterne Jungfrau quälen und deren Befriedigung die Gesellschaft allein durch ihre Moralgesetze verhindert. Sehr oft können wir all die lüsternen Gedanken und manchmal auch das wollüstige Treiben insgeheim bei denen aufspüren, die von der guten Gesellschaft dazu verurteilt sind, zu leiden, anstatt daß man der Natur erlaubt, ihren eigenen Weg zu gehen, um die Symptome zu lindern, von denen junge Mädchen gequält werden.

Wer kann schon sagen, wie viele Opfer auf dem Altar der lobenden Sittsamkeit aus der Furcht heraus dargebracht wurden, daß die Schande, die ihnen das einzig natürliche Heilmittel gegen die Beschwerden einbringt, ihre Person in Ungnade werfen könnte?

Hierbei spiele ich auf Fälle an, die mir von Zeit zu Zeit zur Kenntnis gelangten, und die diesbezüglichen Heilmittel, die angewandt werden, um das Feuer der Leidenschaft zu löschen, das so frühzeitig die körperliche Verfassung unserer jungen Frauen erschöpft. Einer dieser Fälle wird genügen, um zu beweisen, wie raffiniert diese Methoden sind, um die willkürlichen gesellschaftlichen Konventionen zu umgehen.

Eine junge Frau von noch nicht neunzehn Jahren war wegen Beschwerden an ihrer Blase bei mir in Behandlung. Ihre Symptome wiesen auf Blasen- oder Nierensteine hin. Eine Operation war notwendig, der sich die Patientin mit beispiellosem Mut unterzog.

Von Anfang an konnte ich nicht meinen Verdacht unterdrücken, daß dieses junge Mädchen, wenn sie es wollte, uns die eigentliche Ursache ihres Falles erhellen könnte. Es mutet seltsam an, aber sie zog es vor, sich einer schmerzhaften und gefährlichen Operation zu unterziehen, von der sie wußte, daß sie möglicherweise den Tod zur Folge haben könnte, als daß sie uns einige Hinweise gab, die zu einer richtigen Diagnose geführt hätten.

Die Operation wurde erfolgreich durchgeführt. Eine Menge Steine wurden entfernt. Da aber solche Gebilde niemals entstehen, ohne daß vorher so etwas wie ein Kern da war, suchten wir weiter.

Wir nahmen die übliche Untersuchung vor. Dabei entdeckten wir, daß diese Steine als Kern eine Haarnadel hatten, die von den zarten Händen der jungen Patientin selbst eingeführt worden war. Zweifelsohne war sie mit einer passenden Hülle versehen worden, damit sich das Einführen recht angenehm gestaltete.

Das Ergebnis war, daß das unerfahrene Mädchen diese Haarnadel losließ, so daß sie, anstatt in den beabsichtigten Eingang vorzudringen, in die Harnröhre glitt, dann in die Blase, aus der sie auf Grund ihrer Beschaffenheit nicht mehr herauskam.

Dieses Beispiel ist eines aus der großen Zahl, die ich meinen Lesern geben könnte, um zu belegen, welche Notlösungen sich häufig junge Frauen einfallen lassen, um heimlich durch unerlaubte Mittel jene Begierden zu befriedigen, die sie öffentlich nicht zeigen dürfen. Auch wagen sie nicht, sie mit dem passenden und geeigneten Mittel der Natur zu befriedigen, indem sie nämlich mit dem anderen Geschlecht Beziehungen aufnehmen.

Ich habe versprochen, auf diesen Seiten einen wahrheitsgetreuen Bericht der Ereignisse zu geben, die ich selbst erlebt habe und deren Erwähnung mir eine Herzensangelegenheit ist, so daß sie zu Recht hierher gehören. Getreu diesem Versprechen beginne ich meine Abenteuer in dem schon vorher erwähnten Fall der beiden Schwestern zu berichten.

Wie ich bereits bemerkt habe, waren sie die Töchter eines reichen Bürgers der Stadt. Sie hatten beide das schöne Gesicht und die anmutige Gestalt von ihrer Mutter geerbt. Diese hatte sie, als sie beide noch ganz klein waren, in ihrer letzten Stunde dem väterlichen Schutze anvertraut.

Ich war der Hausarzt der Familie und mußte mich deshalb von Berufs wegen mit den kleinen Beschwerden beschäftigen, wie sie bei diesen Schönheiten vorkommen mußten.

Zur Zeit meiner Niederschrift war die Ältere gerade sechzehn und ihre Schwester noch nicht fünfzehn Jahre alt.

In der letzten Zeit hatte ich bei der Älteren die üblichen Anzeichen der Pubertät beobachtet, welche einem jungen Mädchen den Geist verwirren.

Auf Grund ihrer Symptome wußte ich, daß in ihr die Natur unbändig am Werke war, um ihren Anspruch, als Frau behandelt zu werden, zu verwirklichen.

Als ich eines Tages gerufen wurde, bemerkte ich, daß Herr H... auf die Jagd gegangen war und erst spät am Abend zurückkehren würde. Es war vier Uhr nachmittags an einem heißen, schwülen Sommertag. Die beiden jungen Mädchen waren allein und empfingen mich mit dieser Mischung von Sittsamkeit und Charme, die jungen Männern so den Kopf verdreht.

Ich stand bei ihnen herum und plauderte, bis die Zeit für meine anderen Visiten verstrichen war. Da sie nicht eilten und auch noch bis zum nächsten Tag warten konnten, blieb ich zum Tee bei ihnen.

Nach dem Tee klagte die Jüngere der beiden über Kopfschmerzen. Nach einer Weile ging sie nach oben, um sich hinzulegen, und ihre Schwester mußte die Unterhaltung allein fortsetzen.

Ich wandte meinen ganzen Charme auf, um ihr zu gefallen. Ich starrte sie mit schmachtenden Augen an. Meine Blicke folgten jeder Bewegung ihres Körpers. Meine zügellose Phantasie malte mir ein köstliches Bild von ihren verborgenen Reizen.

Allmählich verwandelte sich die Liebe in heißes Verlangen, das so stark war, daß es mir schwerfiel, ruhig zu sitzen, während mein Freund steif wie eine Eisenstange in meiner Hose aufragte.

In jeder Sekunde vergrößerte sich mein Fieber. Ich glaubte, bei ihr eine Verlegenheit festzustellen, die mir Hinweise gab, daß ihr meine Leidenschaft, die in mir tobte, nicht verborgen geblieben war. Da sie noch unschuldig war und überhaupt keine Lebenserfahrung besaß, war sie natürlich ganz aufgewühlt, und eine innere Stimme sagte ihr, daß in meinem Blick ein verborgener Reiz lag, ja etwas, das sich danach sehnte, sie zu befriedigen.

Schließlich waren die Teesachen weggeräumt, und es gab keinen vernünftigen Grund mehr, länger bei diesem schönen Wesen zu verweilen, das mich so leidenschaftlich erregt hatte. Ich erhob mich, um zu gehen. Sie erhob sich ebenfalls, aber sie tat es mit einem gewissen Unbehagen, das mir nur bestätigte, daß sie mir noch etwas mitteilen wollte. Ich fragte sie, ob sie sich unwohl fühle. Als Vorwand benutzte ich eine ungewöhnliche Blässe in ihrem schönen Gesicht.

Da sagte sie mir endlich, sie müsse mir noch etwas mitteilen, und im weiteren Verlauf schilderte sie mir die Symptome, die sich bei ihr im Laufe der Monatsblutung einstellten. Sie waren vor einigen Tagen zum erstenmal aufgetreten und hatten sie zuerst sehr beunruhigt.

Zuerst beruhigte ich sie, erklärte ihr die Ursachen und versprach ihr Linderung. Als ich wegging, bat ich sie, am folgenden Tag in mein Haus zu kommen. Dort wollte ich sie dann untersuchen.

Mit welcher Ungeduld ich die Zwischenzeit verbrachte, kann sich jeder meiner Leser vorstellen, der je in einer ähnlichen Lage war. Aber auch die längste Nacht geht einmal zu Ende!

Der Morgen vertrieb die unruhigen Träume meiner zügellosen Leidenschaft, die mich in ihrer Gewalt hatte. Ängstlich erwartete ich den Zeitpunkt, da meine junge Patientin ankommen würde, und mein Herz tanzte vor Freude, als ich ihr schüchternes Klopfen an meiner Tür hörte.

Sie trat ein. O Himmel! Wie er mir stand! Wie schön sie aussah!

Selbst jetzt bekomme ich noch einen Steifen, wenn ich an diesen köstlichen Anblick denke!

Über einem Rock aus schwarzer Seide trug sie einen Mantel, wie ihn junge Frauen gerne anziehen. Dazu eine kleine Haube. Helle Glacéhandschuhe schmückten ihre kleinen Hände. Ich bemerkte, daß ihre Füße mit Stiefeln bekleidet waren, um die sie jede Frau beneidet hätte.

Ich beeilte mich, sie in meinem Studierzimmer Platz nehmen zu lassen, und widmete mich ihrem Fall sehr eingehend. Wie erwartet fand ich, daß sie die ganze Gewalt der Gefühle spürte, die ohne Linderung niemals auszuhalten sind, und ich lechzte geradezu danach, ihr diese Linderung zu verschaffen.

Ich nannte ihr die Gründe für ihre Symptome. Schritt für Schritt erklärte ich ihr die Folgen und fand, ohne ihre Sittsamkeit zu erschüttern, einen Weg, ihr das Heilmittel anzudeuten.

Als ich sah, daß sie zu zittern begann, und deshalb befürchtete, über das Ziel hinauszuschießen, verurteilte ich leidenschaftlich diese gesellschaftlichen Verhältnisse, die es ermöglichen, daß die Jugend und die Schönheit junger Mädchen, wie in ihrem Fall, im geheimen verdorben werden.

Ich fuhr fort, ihr anzudeuten, daß es offensichtlich die Pflicht eines Arztes sei, diese Mängel zu beheben, die die Gesellschaft bei der Erziehung junger Mädchen verursacht.

Ich sprach weiter von der über jeden Zweifel erhabenen Zuverlässigkeit, die sie in solchen Fällen auszeichnet, und von der Unmöglichkeit, daß etwas ihnen Anvertrautes bekannt wird.

Sie war so unschuldig, daß sie meine wahren Absichten nicht durchschaute. Deshalb brannte ich vor Verlangen, meinen Vorteil aus ihrer Unerfahrenheit zu ziehen. Als erster wollte ich ihr die berauschenden Unterweisungen auf dem Gebiet der Wollust geben, die man ähnlich wie Rosen nicht ohne Dornen bekommen kann.

Allmählich zog ich sie näher an mich heran. Ich berührte sie. Sie zitterte. Dann legte ich meinen Arm um ihre schlanke Taille. Diese Berührung machte mich buchstäblich wahnsinnig. Ich nahm mir weitere Freiheiten heraus, die ein erfahreneres Mädchen nicht länger über meine wahren Absichten getäuscht hätten.

Meine Berührungen hatten bei ihr die einzige Wirkung, daß sie in ihrem Inneren noch stärker die Gefühle spürte, über die sie schon vorher geklagt hatte. Jetzt wurde ich gänzlich von meiner Leidenschaft fortgerissen. Ich umarmte die unschuldige Schönheit und bedeckte ihr Gesicht und ihren Nacken mit wilden, feuchten Küssen.

Sie schien von ihren Gefühlen überwältigt zu werden. Ich ergriff die Gelegenheit, hob sie wie ein Kind vom Stuhl und legte sie auf die Couch. Ich entfernte ihre Haube. Mein Opfer leistete mir überhaupt keinen Widerstand, denn die überwältigende Leidenschaft hatte sie fast regungslos gemacht.

Sorgfältig hob ich ihr Kleid. Als ich damit fortfuhr, enthüllte ich Reize, die einen Toten wieder zum Leben erweckt hätten. Jetzt nahm ich auf den guten Ton keine Rücksicht mehr und zog es über die Brust des süßen Mädchens. O Himmel! Welcher Anblick bot sich meinen Blicken! Als sie sich schüchtern bemühte, sich aus meiner Umarmung zu lösen, offenbarte sie neue Geheimnisse!

Alles lag nun nackt vor mir. Ihr bemooster Eingang, der von einem sehr zarten und seidigen Flaum umschattet war, bot meinen Blicken zwei feine Lippen von roter Farbe dar. Ihre prallen Oberschenkel verstärkten noch meine Leidenschaft.

Ich konnte sie nicht länger anstarren! Ich verbarg ihr Gesicht unter dem hochgerafften Kleid. Dann knöpfte ich schnell meine Hose auf. Mein vor Lust glühender Stab schnellte heraus und ragte in die Höhe wie das Zepter eines Franziskaners. Ich sank auf ihrem Körper nieder. Sie atmete schwer und keuchte aus Unsicherheit und Angst. Ich brachte mein Prachtstück ganz nahe an ihre Schamlippen und drang vorsichtig ein.

Jetzt folgte Stoß auf Stoß! O Himmel! Wie soll ich das Folgende beschreiben! Tatsächlich, ich drang in sie ein! Ich war ganz drinnen im Körper des hübschen Mädchens!

Fast ohnmächtig vor Lust sank ich auf ihr nieder. Mein Ding bebte und zitterte in ihrem Unterleib. Oh! Unbeschreiblich war die Wonne dieses Stoßes! Meine Feder zittert jetzt noch, wenn ich mich an diese Szene erinnere.

Was dann folgte, weiß ich kaum noch. Ich liebte sie immer weiter, bis ich merkte, daß ich gefährlich nahe dem Höhepunkt war.

Ich bemerkte, daß ihre zarte und noch im Handschuh steckende Hand am Rande der Couch lag. Ich ergriff sie und bedeckte sie mit Küssen.

O Himmel! Welch ein Feuer durchdrang meine Adern! Ich glaubte zu verbrennen!

Sogar in diesem berauschenden Augenblick, wo ich das Herannahen des wonnevollen Höhepunktes fühlte, dachte ich noch an ihren Ruf. Mit Furcht stieß ich noch einmal zu. Mein Freund schien ihren Unterleib der ganzen Länge nach zu durchdringen.

Dann stöhnte ich vor Wollust und zog meinen vor Lust glühenden Stab heraus. Kopfüber fiel ich auf sie nieder und benetzte ihren kleinen Mund und ihre Oberschenkel mit einer fast übernatürlichen Flut von Samen.

Völlig überwältigt von der Stärke meiner Gefühle, lag ich eine Zeitlang da, so daß ich nur meine Augen bewegen und das schöne Mädchen an meine Brust drücken konnte.

Zu guter Letzt erhob ich mich und entfernte sorgfältig die noch warmen Spuren meines Sieges. Dann ordnete ich die zerknitterten Kleider meiner Partnerin, nahm sie zärtlich in meine Arme und setzte sie auf einen bequemen Stuhl.

Ich will nicht die einzelnen Zustände beschreiben, die sie erlebte, bis sie wieder völlig bei Sinnen und sich voll bewußt war, jetzt eine richtige Frau zu sein. Aus ihrem Mund drang kein Tadel wegen meines Verhaltens, so daß ich sicher war, daß meine köstliche Eroberung nicht mißbilligt wurde.

Sobald sie sich von der Verwirrung und dem Schrecken erholt hatte – unmittelbar nach dem eben geschilderten Ereignis –, bewies meine hübsche Patientin, daß sie nichts von ihrer Redegewandtheit verloren hatte, sondern sich im Gegenteil sogar über den soeben vollbrachten Akt unterhalten und so viele Fragen stellen konnte, daß ich kaum Zeit hatte, sie zu beantworten, ehe sie mich mit neuen verwirrte.

Bevor sie mich verließ, hatte ich sie noch in die genaue Abmessung und Beschaffenheit dieses mächtigen Eindringlings eingeweiht, dessen Angriffe sie gerade erlebt hatte.

Das Befummeln, dem ich nun ausgesetzt war, war in keiner Weise dazu angetan, das Verlangen nach einem zweiten Stoß zu verringern. Aber ich dachte auch an den schwachen Gesundheitszustand und die zarte Konstitution meiner neuen Schülerin, zu der, wie ich jetzt genau wußte, auch ihr sehr kleines Geschlechtsorgan noch hinzugezählt werden mußte. Widerstrebend verschob ich deshalb einen weiteren Versuch, und sie ging jetzt von mir nicht mehr als Mädchen, sondern als richtige Frau.

Kapitel 4

Nichts konnte die Vorsicht übertreffen, mit der wir unsere geheimen Freuden vor den eifersüchtigen Augen der Umwelt verbargen. Sogar jetzt noch zittere ich, daß mein unbesonnenes Verhalten bekannt werden könnte.

Es gab nur eine Sache, nach der wir beide lechzten, aber es schien zu gefährlich, sie in die Tat umzusetzen. Julia hatte öfters meinen Stab in seiner ganzen Länge in ihre kleine Liebesgrotte aufgenommen. Das war der Gipfel unserer Wonne. Dann aber den Dingen ihren Lauf zu lassen wäre ein gefährliches Wagnis gewesen.

Mehrere Wochen waren seit dem Beginn unserer galanten Beziehungen vergangen. Während dieser Zeit beschäftigte ich mich ununterbrochen mit den jugendlichen Reizen meiner neuen Eroberung.

Sie sehnte sich nach Wollust, aber ich war mir des Risikos bewußt, wenn ich ihren Begierden nachgab.

Die Furcht, ihr ein Kind zu machen, war mir immer gegenwärtig. Obgleich ich es ihr als Arzt wegmachen konnte, so war ich mir doch immer der Gefahr bewußt, die mit einem solchen Eingriff verbunden ist.

Als wir beide eines Tages mit vielen Seufzern und Unmut beschlossen, nicht auf die übliche Weise die Liebesriten zu beenden, ließ Julia ihren Gefühlen freien Lauf.

Julia, die durch das süße Reiben ganz wild war, gestattete

mir nicht, den Liebesspeer herauszuziehen, umschlang meine Lenden und hielt mich fest. Mit wollüstigen Stößen und unter allen nur erdenklichen Anstrengungen, deren sie fähig war, wollte sie mich in sich zum Höhepunkt bringen.

Ich war wegen der Gefahr besorgt, bemühte mich jedoch vergeblich, meinen Freund aus der warmen Höhle zu ziehen.

Je mehr ich mich bemühte, desto mehr hielt sie mich fest. Je mehr ich mich dem gefährlichen Augenblick näherte, desto mehr bemühte sie sich, das gefürchtete Ende herbeizuführen.

»Halt, halt!« schrie ich.

»Julia, mein liebes Mädchen! Ich weiß, ich werde gleich … Oh!«

Ich konnte nichts mehr sagen, sondern sank unter einer heftigen Bewegung nach vorne auf ihren Bauch nieder. Mein Freudenspender hatte sich bei ihr bis zu den Haaren eingegraben, und der Lustsaft floß in Strömen heraus.

Was meine Partnerin anbelangt, so warf sie ihren Kopf zurück und nahm diesen gefährlichen Nektar mit ebensoviel Wollust in sich auf, wie wenn sie ihn selbst im Zustand der höchsten Verzückung herausgespritzt hätte.

Als ich aufstand und Julia auf die Beine half, zitterte ich am ganzen Leib, sowohl aus Furcht über die Folgen als auch vor Erregung.

Einige Tage nach diesem Vorfall waren wir wieder mit unseren kleinen mannigfaltigen Freiheiten beschäftigt, die sich der eine am Körper des anderen herausnahm, da ergriff Julia meinen Schaft mit ihrer kleinen weißen Hand, warf sich aufs Sofa, zog mich an sich und begann mein Werkzeug zu küssen und zu streicheln. Dies bereitete mir, wie man vermuten kann, beträchtliche Freude, und ich ließ sie machen, was ihr gefiel. Ich wollte mich nämlich überraschen lassen, was für ein Spaß als nächster folgen sollte.

Nach dem Küssen saugte sie ihn. Die zärtliche Berührung

durch ihre drückenden Lippen rief bei mir bald eine maßlose Lust hervor.

Dann zog sie ihn aus ihrem Mund heraus, nahm den schlaffen Schlauch fest in ihre Hand und fuhr mit ihrer Hand an dem langen weißen Schaft auf und nieder, bis er zum Platzen steif war und kurz vor dem Spritzen stand. Da zog ich ihn mit einem Ruck weg.

»Ah, mein Bursche! Hast du Angst, daß es dir kommt?«

Ich gab ihr zur Antwort, ich könnte es noch eine ganze Zeit verhindern. Darauf gab sie lachend diesem besagten kitzligen Körperteil einen Kuß und schrie: »Nun gut, mein lieber Bursche, wir werden sehen, was wir aus deinem großen Kopf herausbringen können!«

Ihren Worten folgten sogleich Taten. Denn sie begann wieder mit dem köstlichen Kitzeln, bis alle Nerven die äußerste Stufe der köstlichen Erregung erreicht hatten. Da fühlte ich das Herannahen des sinnenbetörenden Endes. Ich hob meine Hüften auf und nieder, während mein Ding in die Höhe ragte.

Mit ein paar Bewegungen ihrer Hand brachte Julia mich zum Höhepunkt.

Mit einem Seufzer, der meine himmlische Wollust ausdrückte, spritzte ich Ströme von Lustsaft auf ihre Brust, während ihre hübsche Hand noch meinen zitternden Doktor festhielt, dessen hübscher Kopf reichlich mit Saft bedeckt war.

Danach lagen wir wie gewöhnlich zusammen auf dem Kaminteppich und hatten unsere liebkosenden Hände an dem Körper des anderen, um uns gegenseitig die Empfindungen zu verschaffen – sage man, was man wolle –, durch welche die Lust erst richtig erregt wird, der weder eine Frau noch ein Mann widerstehen kann.

Wir streichelten uns auf diese Weise gegenseitig, bis die Vorsicht uns zwang aufzuhören, damit wir zu guter Letzt nicht zum Spritzen kamen. Wir warteten deshalb einige Minuten und reizten dann wieder unsere Sinne bis zum Herannahen des Höhepunktes.

Wochen vergingen auf angenehmste Weise, bis ein ernster Anlaß unserer Sorglosigkeit ein jähes Ende bereitete.

Wie ich befürchtet hatte, war Julia schwanger geworden. Wie hätte sie es auch in einem solchen Fall vermeiden können?

Sobald sie mich davon in Kenntnis gesetzt hatte, verschrieb ich ihr etwas, aber leider ohne Erfolg. Mein fruchtbarer Saft hatte einen festen Halt gefunden, und die Natur formte unaufhörlich weiter an einem kleinen Schreihals, der das Produkt unserer Liebe war.

Ich hatte nun große Angst vor einer Entdeckung, die uns ständig drohte und uns trotz all unserer Bemühungen zugrunde richten würde.

Unter diesen Umständen faßte ich einen mannhaften Entschluß: Ich nahm einen Eingriff bei Julia vor, und ich hatte Erfolg. Ich entfernte den Fötus und bannte damit jede Gefahr einer Entdeckung.

Das Ergebnis war aber nicht so günstig, was die Gesundheit meiner Patientin anbelangte. Unsere überspannten Leidenschaften hatten dem Jugendtraum von ungestörter Wollust in ständigem Liebestaumel ein Ende gesetzt. Julia mußte nun die Folgen ihrer Unvorsichtigkeit tragen. Ihr Gesundheitszustand wurde immer schwächer, und ich empfahl eine sofortige Luftveränderung.

Ihr Vater zeigte sich wegen ihres schlechten Gesundheitszustandes ebenfalls besorgt und brachte sie deshalb nach Baden-Baden. Nachdem sie sich dort mehrere Monate aufgehalten hatte, zeigten ihre Backen wieder die alte rosige Farbe.

In Baden-Baden wurde sie sehr bewundert, und man hielt um ihre Hand an. Ihr kluger Vater hielt es für richtig, dies nicht abzuschlagen, und so wurde sie die Gattin eines russischen Prinzen. Wenngleich er bei ihr nicht mehr diesen rohen Juwel, nämlich ihre Jungfräulichkeit, vorfand, so erhielt er doch wenigstens eine in allen Arten der Liebe und Ausschweifungen erfahrene Frau.

So endeten meine Liebesabenteuer mit einem der liebenswürdigsten und wildesten Mädchen, die ich jemals kennengelernt habe. Mein Ding ragt jetzt noch in die Höhe, wenn ich mich an die lüsternen Spiele erinnere, die wir gemeinsam im Rausche der Wollust trieben und die nicht mehr gesteigert werden konnten.

Kapitel 5

Ich widmete mich nun ohne Einschränkung den Freuden der Liebe. Alle meinen Patientinnen, die nur ein bißchen Neigung zeigten, wurden durch meine große Überzeugungskraft verführt und dann ordentlich aufs Kreuz gelegt.

Ich veränderte meine Liebesfreuden in jeder nur denkbaren Weise. Nichts unterließ ich, um zu probieren, was die Lust vergrößert, und ich ließ auch alles mit mir machen. Köstlich fand ich das Nest zwischen den Beinen meiner hübschesten Patientinnen, und ich zögerte nicht, davon Besitz zu ergreifen. Ich drang mit meinem Freund in Körperregionen vor, die von der Natur zu ganz anderen Zwecken gedacht waren. Öfters mußte ich mir eingestehen, daß die Wollust, die ich empfand, desto größer war, je mehr mein Treiben üblicherweise als unanständig galt.

Auch muß zugestanden werden, daß dieser Körperteil in wundervoller Weise für diese Zwecke geeignet ist. Die natürliche Beschaffenheit dieses Eingangs, das weiche Innere und die Länge, wo selbst der längste Stab noch Platz hat, machen die Liebe zu einer einzigartigen Kunst. Die unbändige Wollust, die der Liebende spürt, und die Häufung der köstlichen Gefühle lassen den Freund im Handumdrehen steif werden und schenken eine beispiellose Kraft und Wollust.

Einer der größten Dichter, den kein Zensor und keine Autorität zur Unterordnung unter die üblichen Normen bringen können, pries in seinen leidenschaftlichen und schwermütigen Gedichten diese Freuden:

»Oh! Geliebte Frau! Durch des Schöpfers Hand
bist du zur Freude und zum Trost
der Männer in weiser Absicht geschaffen.
Undankbar ist die, von der die natürlichen
Gaben verspottet werden,
und der Liebe ein Eingang verwehrt wird,
wo auch immer sie anklopft.«

Eine große Freude machte es mir, wenn ich seltsame, erotische Bücher las und sie anderen zeigte. Davon besaß ich eine große Sammlung. Einige von ihnen bestanden fast nur aus erregenden Szenen und merkwürdigen und köstlichen Beschreibungen. Dazu gehörte ein berühmtes Werk des Marquis de Sade. Man muß jedoch erwähnen, daß dieser ungewöhnliche Mann den Verstand verloren hat.

Ich spiele hierbei auf das Buch »Justine« an. Wenn die Quintessenz der sexuellen Erregungen und der lüsternen Szenen, die jede Beschreibung übertreffen, so wirkungsvoll ist, um ein solches Resultat hervorzurufen, besonders aber auf den Autor selbst, dann gehört dieses seltene und gefürchtete Buch bestimmt zu denen, die das bewirken können. Die wundervollen Beschreibungen, die es enthält, die wüsten und ausschweifenden Szenen, die es anschaulich schildert, und die Darstellung von so verschiedenen Wegen, um die Wollust zu steigern, machen es ebenso wertvoll wegen seines nachhaltigen Einflusses auf die Begierden als auch wegen seiner tiefsinnigen Philosophie und bewundernswert scharfsinnigen Logik, die es als ein Werk eines genialen und außergewöhnlichen Talentes ausweisen.

Es kam der Zeitpunkt, wo Sättigung, der Feind der Befriedigung der zärtlichen Vergnügungen, mich befiel. Deshalb wünschte ich einen Wechsel. Meine Manneskraft war natürlich noch stark genug und meine Gesundheit gut. Meinem Doktor bereitete es aber Verdruß, denen Visiten abzustatten, die er so oft schon besucht hatte und wo er so häufig seine Freudentränen zurückgelassen hatte.

Ich sehnte mich nach einer noch unreifen Schönheit, einem jungen Mädchen, um es zu liebkosen, mit ihm zusammenzuliegen und es zu lecken. Ich fand ein liebreizendes Mädchen, das bei mir wegen eines Rückgratleidens in Behandlung war. In der Behandlung dieser Art von Krankheiten galt ich schon länger als ein erfolgreicher Arzt.

Sie wohnte bei mir im Hause, damit ich mich mehr um ihre Behandlung kümmern konnte. Ihre Verwandten wohnten in einer anderen Grafschaft. Sie hatten ein solches Vertrauen in meine Person, daß ich glaube, wenn ich ihnen vorgeschlagen hätte, mit ihrer Nichte zu schlafen, sie hätten es ohne weiteres als Teil meiner Behandlungsmethode angesehen.

Mary war erst ungefähr eine Woche mit mir zusammen, aber ihre Gesellschaft machte mir so viel Freude, daß ich ein merkwürdiges Gefühl in meinen Lenden spürte, wenn ich sie bisweilen abends sah und hörte. Ich ließ sie manchmal bei mir am Kamin sitzen. Sie nahm dann auf meinen Knien Platz, so daß ihr süßer, kleiner Po unmittelbar auf meinem steifen Ding war, das durch seine Erregung und ruckartigen Bewegungen bewirkte, daß sie ziemlich unruhig saß. Das dadurch verursachte sanfte Reiben war für mich sehr angenehm.

Als ich eines Abends schon länger als eine Woche nicht meine Begierden befriedigt hatte, so daß sie mir stärker zu schaffen machten, konnte ich mich nicht länger zurückhalten. Ich spielte und tollte mit meiner Hausbewohnerin so herum, daß ich häufig meine Hände an ihren nackten Knien hatte und ein- oder zweimal auch an ihren Oberschenkeln.

Ihre Haut fühlte sich weich und warm an. Die Begierden gewannen jetzt die Herrschaft über meinen Verstand. Ich machte weitere Annäherungsversuche, wobei ich jedoch achtgab, daß das scheue Mädchen nicht plötzlich das Vertrauen in mich verlor.

Ganz allmählich, unter dem Vorwand, sie zu kitzeln, um sie zum Lachen zu bringen, erreichte ich das Ziel meiner Gelüste. Meine Hand – natürlich nur meine Fingerkuppen – berührte ihre Muschi, deren Lippen aufgeworfen waren. Als ich sie berührte, war ich wie vom Schlag getroffen. Sie war so zart wie ihre rosaroten Wangen. Die Wärme ihrer samtweichen Haut brachte mein Blut in den Adern zum Kochen.

Ich wollte nun noch weitergehen, aber sie preßte ihre Beine fest zusammen und schien augenscheinlich keinen Gefallen an dem prickelnden Gefühl zu finden, das mein Eindringen hervorrief.

Sie war ein nervöses Mädchen. Jedoch schon bald erreichte ich, indem ich plötzlich vortäuschte, sie auf den Rücken zu werfen, daß sie ihre Beine öffnete. Und dann! Oh! Wie steif ist er, wenn ich es nur erwähne! Ich fuhr mit meinen Fingern zärtlich in den offenen Spalt. Er war so feucht wie das Innere ihres geliebten Mundes. Der Eingang war eng, und sie war offensichtlich noch unberührt.

Meine Leser wundern sich vielleicht über die obige Bemerkung. Meine Erfahrung aber hat mir gezeigt, daß in sehr vielen Fällen junge Mädchen, lange bevor sie das Alter von achtzehn Jahren erreichen, nicht mehr im Besitz eines unversehrten Jungfernhäutchens sind. Der Grund ist folgender: Teils veranlaßt durch frühe natürliche Regungen, dieses Hindernis zu durchbrechen, fahren sie mit ihren kleinen Händen in die zarte Öffnung, manchmal sogar auch mit Gegenständen, teils beruht es auf dem Einfluß der Gesellschaft, teils auf dem gemeinsamen Schlafen mit Jungen, die häufig mit ihren kleinen, aber steif in die Höhe ragenden Dingern in diese

jungen Mädchen eindringen. Deshalb sind junge Mädchen am Ende der Pubertät selten im Besitz dieses imaginären Juwels in seiner höchsten Vollendung. Dies trifft in hohem Maße bei Mädchen aus den Unter- und Mittelschichten zu.

Ich könnte viele Beispiele für die Richtigkeit meiner Behauptung anführen. Zum Beispiel erinnere ich mich an einen Fall, der an der Schule vorkam, in die mein Vater mich gesteckt hatte.

Der Schulleiter hatte eine hübsche Tochter, die fast siebzehn Jahre alt war, als das passierte, worauf ich hier Bezug nehme. Sie genoß jede Freiheit, und sie war nach Schulschluß meistens mit uns zusammen auf dem Hof.

Es gab keinen Jungen, der nicht bereit war, die Gelegenheit zu nutzen, um die verborgenen Schätze der Natur zu untersuchen. Das kecke Fräulein, das ein ähnliches Verlangen spürte, hatte bald mehrere Bewunderer, mit denen zusammen es einen Riesenspaß machte, einander zu betasten und zu kitzeln.

Vom Betasten ging man zur Vereinigung über. Einer der Jungen hatte bereits ein steifes und längeres Ding als seine Kameraden. So drang er denn in sie ein und ließ auch kleine Tropfen Lustsaft in ihr zurück.

Natürlich ahmten ihn die anderen nach. Dieses junge Mädchen, das von seinen Eltern als Verkörperung der Unschuld angesehen wurde, wurde zum Hurchen von vielen Jungen. Kaum ein Tag ging vorüber, ohne daß sie nicht tüchtig von wenigstens drei oder vier von ihnen gebumst wurde.

Schließlich kam man aber doch dahinter. Jedoch erst, nachdem ein junger Hilfslehrer, ein hochgewachsener, starker junger Mann von zwanzig Jahren, die Sache herausgefunden und sie unter der Drohung, alles zu verraten, überredet hatte, sich ihm hinzugeben.

Dieser ungewöhnliche Beischlaf und besonders aber die Schmerzen, welche die Dehnung in Folge der großen Ausmaße des neuen Beischläfers bei dem Mädchen hervorriefen, führten letztlich zur Aufdeckung der ganzen Affäre durch den Hausarzt. Mit einem Male war sie verschwunden.

Aber jetzt will ich zu mir selbst und meiner jungen Spielgefährtin zurückkehren.

Als sie sah, daß meine Hand von dem Besitz ergriffen hatte, von dessen Gebrauch sie keine Ahnung hatte, gab sie vor, sich losreißen zu wollen. Aber ich sorgte dafür, daß ihre Bemühungen erfolglos blieben, und schließlich hörte sie lachend damit auf.

Mit Vergnügen betrachtete ich dann all ihre niedlichen Reize. Mein Doktor stand steif, und ich kam vor Erregung ins Schwitzen. Ich legte sie dann der Länge nach aufs Sofa, legte mich auf sie und holte ihn aus der Enge der Hose heraus. Danach befeuchtete ich ihn mit Speichel, steckte ihn in den zarten Eingang und stieß zu.

Bis zu diesem Zeitpunkt hatte meine Partnerin keine Ahnung von meinen wahren Absichten und ließ sich in wunderbarer Weise meine Liebkosungen gefallen. Jetzt aber fühlte sie den schmerzhaften Druck, den der große Schwellkörper hervorrief. Sie hätte meine Attacke vereitelt, wenn ich nicht ihre Taille fest mit meinem linken Arm umschlungen hätte.

Immer wieder versuchte ich einzudringen. Aber ich verfehlte mein Ziel, bis plötzlich ein kleiner Spritzer mir zu Hilfe kam. Sogleich versuchte ich mich noch einmal an dem nunmehr befeuchteten Hindernis. Allmählich drang ich bis fast zum Schaftende ein, doch da blieb ich plötzlich stecken. Da meine Erregung nunmehr den Höhepunkt erreicht hatte, ließ ich meinen Lustsaft fließen. Er strömte aus mir heraus und überflutete das weiche und elastische Innere ihres Unterleibes.

Im Laufe des folgenden Tages wiederholte ich meine Versuche an Marys Festung. Schließlich zerstörte ich den natürlichen Schutzwall und fuhr mit meiner Lanze der ganzen

Länge nach in ihre Liebesgrotte hinein. Die Wollust war außergewöhnlich, und die Enge ließ mich bald einen Strom von Nektar herausspritzen, den ich ungezwungen in sie hineingoß.

Wenn Mary so richtig von der Leidenschaft ergriffen wurde, war sie recht lüstern. Da ich Angst hatte, ihren Rücken zu verletzen oder ihre schwächliche Wirbelsäule zu verrenken, ließ ich sie möglichst ruhig liegen. In dieser Stellung machte es mir Spaß, ihre Lustwerkzeuge durch sanfte Bewegungen mit meinem großen Freund zu erregen.

Sie war eine der gelehrigsten Schülerinnen, der ich jemals die Kunst des Leckens beigebracht hatte. Wir leckten uns gewöhnlich gegenseitig und waren dabei völlig nackt. Das machten wir gewöhnlich dann, wenn ich sie in ihrem Zimmer besuchte, sobald sich mein Personal zur Ruhe begeben hatte. Dann drehte sie sich um und legte sich auf mich. Ich vergrub mein Gesicht in ihren Oberschenkeln und erwiderte ihre Wohltaten, die sie mir schenkte, indem ich ihre karminrote kleine Pussi leckte und mit der Zunge liebkoste, bis sie ihren süßen Saft reichlich in meinen Mund fließen ließ. Auch der kleinste Tropfen war für mich so kostbar wie das reinste Lebenselixier, denn ich ließ im wahrsten Sinne des Wortes meinen Saft in Strömen fließen, um mich für die Beweise ihrer brennenden Begierde zu revanchieren. Wie saugte sie meinen Jadestab und drückte ihn zwischen ihren bebenden Brüsten, bis er wieder steif in die Höhe ragte! Unmöglich ist es, auf diesen Seiten zu beschreiben, welche Lustgefühle uns im Zustand der höchsten Erregung in den siebten Himmel zu heben schienen!

Sie sagte mir dann, sie sehne sich danach, einmal zu erleben, wie ich mit all meiner leidenschaftlichen Kraft in sie hineinstieß, die ich nach ihrem Wissen besaß. Wenn sie stillhalte und ich mich sanft bewege, werde sie nur erregt, ohne daß sie die volle Befriedigung spüre. Instinktiv fühle sie aber, daß sie dieses Ziel nur erlangen könne, wenn all unsere Begierden bei diesem sinnenbetörenden Akt freien Lauf bekämen und wir uns vollkommen der Wollust hingäben. Davon aber hätte ich ihr bisher nur eine schwache Vorstellung gegeben. Was die himmlischen Freuden anbelange, die sie noch in meinen Armen zu finden hoffe, so fügte sie hinzu, würde es sie sehr freuen, wenn ich ihr Entzücken am zweiten Tag meiner Bemühungen vollkommen machen würde. Obgleich sie wirklich stark unter den Schmerzen zu leiden gehabt hätte, die durch das Eindringen meines großen Schwanzes in ihr kleines, enges Löchlein verursacht wurden, so habe sie doch in ihrer tranceähnlichen Ohnmacht eine solche himmlische Wollust gespürt wie niemals zuvor.

»Liebling«, fügte sie hinzu, »liebe mich mit ganzer Kraft, wenn auch nur einmal. Laß mich das wahre Entzücken der Liebe spüren! Laß mich diesmal an der Liebe sterben, auch wenn es mir dann niemals mehr möglich sein sollte, sie zu genießen. Du weißt, meine Krankheit, dieses Rückgratleiden, wird mir niemals gestatten zu heiraten!«

Da ich so inständig von meiner lieben Mary gebeten wurde, willigte ich ein, sie tüchtig zu lieben. Aber nur unter einer Bedingung, die da lautete: Sie mußte sich auf meiner Couch im Behandlungszimmer auf den Bauch legen und sich anbinden lassen. So konnte ich ihr jede nur mögliche Befriedigung durch meine eigenen Bewegungen geben und war sicher, daß sie sich nicht durch ekstatische Bewegungen verletzen würde. Denn ich wußte, daß dies sonst mit großer Sicherheit in ihrer Liebesraserei geschehen würde.

Als ich mich am nächsten Nachmittag gerade vergewissert hatte, daß alle morgendlichen Visiten erledigt waren, und nachsah, welche Visiten am Nachmittag zu machen wären, erinnerte mich ein schüchternes Klopfen an die Tür meines Behandlungszimmers an mein Versprechen Mary gegenüber.

Sie trat ein, und mit einem betörenden Lachen auf ihrem

sonst so ernsten Gesicht sagte sie: »Nun, Sir, ich will Sie an die Einhaltung Ihres Versprechens erinnern! Glauben Sie, ich lasse Sie herumlaufen und ein halbes Dutzend Ihrer Patientinnen vorher verführen, so daß für die arme Mary nichts mehr übrigbleibt? Ich will jeden Tropfen von Eurem lebensspendenden Saft! Wenn ich sterbe, sollt Ihr so trocken sein wie ein Stein, wenn Ihr heute außer Hauses geht!«

Meine Zeit war wirklich kostbar, aber man konnte einem solchen Liebling bei so vielen Küssen und reizenden Berührungen einfach nicht widersprechen. Zuerst verschloß ich die Tür. Dann zogen wir uns ganz aus. Ich hatte nur einen Schlafrock und meine Hosen an. Mary hatte sich ebenfalls nur schnell etwas übergezogen.

Die Couch, auf die sie sich legen sollte, war ein richtiges Schlachtfeld der Venus. Sie war nach meinen Plänen angefertigt worden, die ich meinem Polsterer geliefert hatte. Wenn meine Leser den Erfahrungsschatz dieses Sofas besäßen, anstatt mein unvollständiges Gekritzel lesen zu müssen, dann wären sie in der Tat bis zum Überdruß mit lüsternen Abenteuern vollgestopft.

Jetzt will ich aber zu meiner Geschichte zurückkehren. Diese Couch war sehr groß, ohne Rückenlehne, und hatte an einer Seite ein verziertes Kopfende. Was man gewöhnlich als das Fußende bezeichnet, war halbmondförmig gestaltet, so daß ich, wenn ich wollte, gut zwischen den geöffneten Beinen meiner hübschen Patientinnen Platz nehmen und mein Klistier so bequem wie nur möglich einführen konnte, indem ich stand oder auf einem Fußkissen kniete.

Die Couch besaß ganz hervorragende Sprungfedern, besonders geeignet für ein quicklebendiges Liebespaar, das auf bestimmte lusterregende Nebenwirkungen Wert legte. Es hatte Winden an jedem Ende und in der Mitte, so daß ich den Kopf, Popo oder Körper meiner Partnerin hochheben konnte, wie es mir gerade paßte.

Mary war die Gelehrsamkeit in Person und legte sich ruhig bäuchlings auf den Liebesthron. »Nun, mein Liebling, jetzt bist du auf Gedeih und Verderben mir ausgeliefert«, rief ich lachend. »Ich denke, ich sollte nun beginnen.«

Ich kniete nieder. Dann hob ich die köstliche kleine Pussi so hoch, bis sie genau meinen eifrigen Lippen gegenüberstand. Das war also der entzückende Eingang, den die Natur so eng gemacht hat. Es ist doch das Selbstverständlichste auf der Welt, daß man ihm die gebührende Achtung schenken muß!

Sie war schon im voraus naß. Meine Zunge schwelgte in der cremeartigen Flüssigkeit, bis die Kleine fast von Sinnen war und mich schreiend bat, ihr meinen Freund zu geben.

»Oh, oh! Liebling, jetzt muß ich das richtige Ding haben! Oh! Quäle mich nicht so, Liebster!«

Aber das hatte ich in diesem Augenblick noch nicht vor.

»Soll ich es jetzt tun, Liebling?« fragte ich dann. »Du wirst sehen, daß es deine kühnsten Vorstellungen übersteigt, meine Liebe!«

»Ja, ja, bitte! Tu, was dir gefällt! Laß mich die unbeschreibliche Lust fühlen, die mir, wie ich weiß, nur du schenken kannst. Du machst mich wild!«

Ich hatte auf einem Tisch kühlende Creme bereitgelegt. Jetzt drang mein ziemlich dicker Doktor leichter vor als beim ersten Versuch, sie zu entjungfern. Ihr Gesicht war mir zugewandt, und ich sah Tränen des Glücks in ihren Augen. Dann hielt ich ein oder zwei Sekunden inne und begann langsam, mich in der köstlichen Hülle vorwärts zu bewegen, die mich so fest umschloß und so heftig mein köstliches Werkzeug zusammenpreßte, daß ich nicht umhin konnte zu spritzen. Sie schrie vor Wollust, als ich den warmen Liebesbalsam in ihre edelsten Teile hineinschüttete.

»Ich verbrenne! Wie köstlich das war! Schöner als jemals zuvor! Oh, oh! Liebling, laß uns keinen Augenblick von unserer himmlischen Wollust verlieren!«

Ich will meine Leser nicht mit der Wiederholung all der zärtlichen Ausrufe bei dem langen und leidenschaftlichen Liebesakt ermüden. Nur soviel will ich noch sagen, daß nach einer halben Stunde und nachdem ich sechsmal, ohne herauszuziehen, zum Höhepunkt gekommen war, wir beide wirklich von dem Übermaß an Wollust so erschöpft waren, daß der Spaß für diesen Tag ein Ende hatte. Aber es erübrigt sich zu sagen, daß diese Art zu lieben später auf besonderen Wunsch meiner kleinen reizenden Mary wiederholt wurde.

Zum Abschluß will ich noch folgendes sagen. Wenn dieses letzte Abenteuer in irgendeiner Weise unglaublich erscheint oder wenn meine Leser wünschen, selbst von dieser neuartigen Ouelle der Lust zu trinken, ein Briefchen an den Autor – zu seinem Schutz natürlich nur an den Vermittler, der dieses Werk beschafft hat – wird ihm die Möglichkeit verschaffen, sich durch einen praktischen Beweis zu überzeugen, der über jeden Zweifel erhaben ist.

Noch etwas Ungewöhnliches muß ich erwähnen. Die Liebe hatte eine solch heilsame Wirkung auf meine junge Patientin, daß sie endlich von ihrem Rückgratleiden geheilt wurde. Im Alter von achtzehn Jahren heiratete sie. Obgleich sie augenscheinlich vor Gesundheit strotzte, bekam sie aber nie ein Kind.

Als ich Mary verloren hatte, widerfuhr mir etwas Merkwürdiges. Ich bin für ein oder zwei Wochen sehr enthaltsam gewesen, um meine Manneskraft nach diesen übertriebenen Anforderungen wiederherzustellen, die meine letzte Patientin an mich gestellt hatte, bevor sie mein Haus verließ. Mein John Thomas war nach dieser Ruhe von den Toten wiederauferstanden, und ich betete um neue Nahrung für mein Kloster, zu dem ich, ein unverbesserlicher Junggeselle, eine alte Haushälterin und eine Dienerin, eine häßliche Frau mittleren Alters, gehörten. Ich saß an einem Abend im Vorfrühling – ein wenig nach Einbruch der Dunkelheit – in einem bequemen Sessel in meinem Behandlungszimmer und träumte vor mich hin. Vor meinem inneren Auge liefen noch einmal all die wollüstigen Szenen meiner Erlebnisse ab. Mein Ding war knochenhart und schon fast außer Kontrolle, während ich daran dachte, wie ich Mary geliebt hatte. Als ich plötzlich ein verzweifeltes Läuten an meiner kleinen Türglocke und ein kräftiges »Tack, tack« an meinem bescheidenen Türklopfer hörte, wäre ich fast aus meinem Sessel hochgesprungen. Der Raum war dunkel, aber ich öffnete schnell die Tür. Eine weibliche Gestalt stürzte herein, stieß gegen das mysteriöse Sofa und sank schluchzend nieder, als ob ihr das Herz gebrochen wäre.

»Es ist aus mit mir! Oh! Oh! Oh!!! Doktor, was soll ich tun? Ich kann nicht mehr heimgehen!«

Mein erster Gedanke war, meine Lampe anzuzünden. Dann verriegelte ich die Tür. Als ich mich der weiblichen Person auf dem Sofa näherte, sah ich, daß ihr Kleid zerrissen und stellenweise mit Dreck beschmiert war.

»Los! Erzählt mir, was passiert ist! Wer seid Ihr? Laßt mich Euer Gesicht sehen! Eurem Doktor könnt Ihr wie keinem anderen vertrauen! Ihr seid bestimmt nicht getötet worden! Ihr seid nur ein wenig, dies erlaubt Ihr mir doch zu sagen, verwirrt!«

Bei diesen Worten hob ich ihren Kopf hoch, um zu sehen, wer es sei.

»Gütiger Gott! Ihr seid es, Fräulein Lover! Nun erzählt mir alles! Mir könnt Ihr mehr vertrauen als Eurem eigenen Papa, denn ich weiß, der Herr Rektor ist sehr zugeknöpft!«

Sie war in der Tat die einzige Tochter des Pfarrers, eine süße junge Frau von ungefähr zwanzig Jahren, die ich schon immer als nicht zu meinem Jagdrevier gehörig angesehen hatte, denn sie galt als die Keuschheit in Person.

»Ich bin erledigt«, schluchzte sie. »Oh, lieber Doktor, was

soll ich tun?« Sie rang die Hände, und ein Strom bitterer Tränen floß über ihre Wangen.

Schließlich beruhigte ich sie ein wenig und gab ihr ein Stärkungsmittel. Dann begann sie, mir unter ständigem Schluchzen zu erzählen, niemand wisse, daß sie heimlich mit dem jungen Pomeroy, dem Sohn eines Landedelmannes, verlobt sei. Aber dessen Vater würde niemals der Heirat seines Sohnes ohne Mitgift zustimmen.

»Sie wissen, Doktor, mein armer Vater hat nur das Allerlebensnotwendigste, obgleich er sehr stolz ist und glaubt, ein Mann in der kirchlichen Hierarchie sei den höchsten Persönlichkeiten im Lande ebenbürtig. Heute abend nun traf ich Georg in einem Heckenweg an der Rückseite Ihres Hauses. Er überredete mich, mit ihm in ein kleines Gebüsch auf Ihrer Koppel zu gehen, damit uns niemand hörte, der den Heckenweg entlanggeht. Er wollte, daß ich mit ihm durchbrenne. Als jedoch keines seiner Argumente fruchtete, hat er mich verführt. Am Ende wurde ich vor Erschöpfung ohnmächtig, und als ich wieder bei mir war, sah ich, daß er mich verlassen hatte.« Und sie schluchzte zum Herzerweichen.

Da überredete ich sie, sich von mir untersuchen zu lassen, und ich fand heraus, daß er sein Vorhaben wahrgemacht hatte: Das Jungfernhäutchen war durchstoßen, und sie hatte geblutet.

»Ich rate Ihnen, liebe junge Frau«, sagte ich, als ich mich von der interessanten Untersuchung erhob, die, wie man mir bestimmt glauben wird, meinem Luststab seine alte Steife wiedergegeben hatte, »ich rate Ihnen also, so ruhig wie nur möglich heimzugehen. Ich werde jetzt meine Haushälterin rufen, die die Verschwiegenheit in Person ist. Sie soll Euch wieder so herrichten, daß niemand etwas Ungewöhnliches bemerkt. Hier haben Sie noch eine Salbe, damit die Schmerzen an der aufgerissenen Spalte gelindert werden. Morgen um fünf Uhr nachmittags kommen Sie wieder. Ich kann sogar noch mehr für Sie tun als Ihr Vater! Vielleicht kann ich Georg veranlassen, das zu tun, was sich gehört. Aber befolgt meinen Rat, jammert nicht über vergossene Milch! Zeit und Geduld bringen alles am Ende wieder in Ordnung! Auf alle Fälle verspreche ich Ihnen, Sie vor allen üblen Folgen seiner Brutalität zu schützen, die Ihnen andernfalls Schande und Verachtung bringen.«

Nachdem sie mich ihrer immerwährenden Dankbarkeit versichert hatte, verließ sie mich. Aber sie bat mich noch, Georg am nächsten Morgen zu besuchen. Das versuchte ich, aber ich fand heraus, daß er die ganze Nacht nicht zu Hause war und sich offenbar davongemacht hatte, weil er dachte, Fräulein Lover getötet zu haben.

Ich erwartete sie um fünf Uhr und ging nervös in meinem kleinen Behandlungszimmer hin und her. Dabei fummelte ich an einem mysteriösen Ding in meiner Tasche herum – es war auf keinen Fall mein Stab; die Leser werden es aber nach und nach herausfinden –, das meinen Fingern eine magische Kraft verlieh. Als ich deshalb später meine Untersuchung wiederholte und die Lippen ihrer Spalte und ihren Kitzler befingerte, war die Wirkung so erregend auf sie, daß sie mich alles tun ließ, um ja mit einem Male Linderung zu bekommen.

Sie kam wenige Minuten vor der festgesetzten Zeit an. Wie errötete sie, als ich ihr die Hände schüttelte und sagte, sie schaue wie ein Engel aus, so daß ich alles in meiner Macht Stehende tun würde, um Schaden und Schande von ihr abzuwenden!

»Nun, nehmen Sie bitte den Hut ab und lassen Sie mich noch einmal die Verletzung betrachten, meine liebe junge Frau!« sagte ich, wobei ich sie auf der Couch Platz nehmen ließ.

»Es ist zwar sehr heikel, aber ich vermute, es ist notwendig. Außerdem wissen Sie ja alles! Sie behandeln es doch sicherlich vertraulich, Herr Doktor?« sagte sie mit leiser Stimme, wobei sie rot bis hinter die Ohren wurde.

»Bestimmt! Habt keine Furcht deswegen, aber Sie müssen Ihren Rock entfernen, meine junge Frau, oder ich kann das nicht machen, was in einer solchen delikaten Lage notwendig ist.«

Widerwillig gab sie nach. Dann mußte sie sich rücklings auf die Couch legen und ihre Beine so weit wie möglich öffnen. Gleichzeitig schraubte ich den unteren Teil des Sofas hoch. Dann fuhr ich mit meiner Untersuchung fort. Ich streichelte sie sanft und fuhr dann mit dem Finger ganz in die köstliche, enge Höhle hinein, die verziert war mit einem seidenweichen, dunkelbraunen Haarvlies, zwischen dem man zwei aufgeworfene scharlachrote Lippen sehen konnte, die nur darauf zu warten schienen, geküßt zu werden.

Meine Berührung übte eine wundersame Wirkung aus. Die Muskeln zogen sich krampfartig um meinen Finger zusammen, und ich sah, wie sie kaum ihre Gefühle zurückhalten konnte.

»Mein liebes Fräulein Lover, ich fürchte, Sie sind schwanger geworden«, sagte ich, »und als einziges Heilmittel kann ich Ihnen nur vorschlagen, daß ein anderer Mann bei Ihnen sogleich dasselbe macht, denn dadurch wird das von dem ersten verursachte Unheil beseitigt.«

»Doktor, Doktor, wie schrecklich!« schluchzte sie, »ich werde mich vergiften, um meine Schmach zu verbergen, ich kann unmöglich so weiterleben!«

»Es ist nicht ganz so hoffnungslos, wie Sie vielleicht denken, meine liebe junge Frau! Hier ist das Gegenmittel, wenn Sie mir erlauben wollen, es in Ihren liebenswerten Körper einzuführen!«

Im selben Moment drang ich in sie ein, wobei ihre Lage verhinderte, daß sie sah, was vorging.

Die Berührung schien sie zu elektrisieren. Ich stieß einen

tiefen Seufzer aus und war schon bis zum Schaftende in ihr. Schon wieder glaubte ich, daß es die schönste Liebesgrotte sei, die ich jemals geliebt hätte.

Aber bei jeder neuen Begegnung hat man beim erstenmal diese Gefühle. Der Druck auf meinen Freund war so warm, fest und lusterregend, daß ich für ein paar Minuten innehielt, um mich an dem Gefühl zu erfreuen, sie endlich zu besitzen. Wie köstlich, wenn man zum erstenmal fühlt, was man so lange ersehnt hat!

Als ich mich wieder zu bewegen begann, wurde mit einem Male all das bisher verborgene Feuer ihres ungewöhnlich leidenschaftlichen Temperamentes erregt. Welch einer Wollust erfreuten wir uns beide, die wir glaubten, in einem Meer der ungetrübten Wollust zu schwimmen! Sie konnte nicht genug bekommen und nahm mir den letzten Tropfen Saft. Kaum hatte sie mich aus ihren Armen losgelassen, da vergoß sie Tränen der Reue über die neugefundene Freude, der sich hinzugeben, wie sie mir nun sagte, eine große Dummheit von ihr gewesen sei.

Meine Leser können sicher sein, daß mich meine Beredsamkeit in einem solch kritischen Augenblick nicht im Stich ließ und ich diese sittsame und tiefreligiöse Frau eines Besseren belehrte. Vor drei Jahren wurde schließlich alles gut, als der alte Landedelmann Pomeroy starb, sein Sohn Georg zurückkam und die Tochter des Rektors heiratete.

Im letzten Kapitel erwähnte ich, daß ich an etwas in meiner Tasche herumfummelte, als ich in meinem Behandlungszimmer auf und ab ging. Um meine Leser darüber aufzuklären, was das für ein geheimnisvoller Gegenstand war, will ich ein unbedeutendes Ereignis erwähnen, das mir erst jüngst widerfuhr.

Wir hatten einen reichen Pferdehändler namens Parker in unserer Stadt, dessen Sohn John eines Tages das hübscheste Mädchen am Ort heiratete. Einige Tage nach der Hochzeit kam morgens der arme John, ein richtiger Bauernlümmel, in großem Kummer zu mir.

»Was soll ich nur machen, Doktor, meine Frau Carry kommt überhaupt nicht richtig in Trab, Sir?«

Das waren genau seine Worte, als er verzweifelt seine Stirn mit einem roten Baumwolltaschentuch abtrocknete.

Ich hatte John öfters von unbedeutenden Geschlechtskrankheiten geheilt, besonders wenn er geschäftlich in London gewesen war. Da es schon außergewöhnlich war, wie dieser Bursche sein Geld bei Mädchen durchbrachte, konnte ich mich kaum zurückhalten, bei dieser Frage lauthals zu lachen.

Jedoch war es ihm ernst. Er teilte mir mit, Carry habe ihm zwar erlaubt, sie zu entjungfern, aber er habe dabei und danach keine Wollust empfunden wie bei gewöhnlichen Frauen. Seine Frau war kalt wie Eis und erlaubte es ihm nur deshalb, weil er ihr Ehemann war.

Ich dachte kurz über diesen Fall nach. Dann sagte ich zu ihm, daß ich, wenn ich sie untersucht hätte, heimlich bei ihr etwas zur Anwendung bringen könne, um sie in Zukunft aufnahmebereit für seinen Freund zu machen.

»Ich zahle zehn Pfund, Sir, wenn Sie sie ein wenig auf Trab bringen, der Zuchthengst nämlich versteht seine Arbeit, wie ich weiß!«

Mit diesen Worten ging er weg, nachdem er versprochen hatte, sie am Nachmittag zu mir zu schicken.

Daß er von Beruf Pferdehändler war, brachte mich auf den Gedanken, Ingwer zu benutzen, und ich war froh, ihn weggehen zu sehen, denn ich fürchtete, er würde es wahrnehmen und mir dann die Gelegenheit nehmen, ihm Hörner aufzusetzen.

Carry war immer äußerst prüde gewesen, so daß ich, als sie am Nachmittag klingelte, noch nicht wußte, wie ich es anstellen sollte.

Nachdem ich ihr gesagt hatte, wie erfreut ich sei, sie zu sehen, und wie hübsch sie aussehe, fuhr ich fort: »Sie müssen es, Frau Parker, nicht als unangenehm empfinden, daß ich ernsthaft über ein Thema mit Ihnen spreche, das die denkbar größten Konsequenzen für Ihr zukünftiges Glück und das Ihres Ehemanns haben wird. Er hat mich nämlich wegen Ihrer Kälte und Zurückhaltung beim Liebesakt aufgesucht – ich sollte besser Beischlaf sagen –, was die Ursache für viele Scheidungen ist, wenn er nicht Mann und Frau erfreut und begeistert. Außerdem bekommt ihr keine Kinder. Gefällt es Ihnen, daß John anderen Mädchen nachläuft, weil es ihm bei Ihnen keinen Spaß macht? Es ist eine so ernste Sache, daß Sie mir eine Untersuchung gestatten müssen, da ich hoffe, euch beide für den Rest eures Lebens glücklich zu machen.«

Nach allen nur möglichen Einwänden und Schwierigkeiten saß sie schließlich doch auf dem Thron der Seligkeit, wie ich mein Sofa nenne, und erlaubte mir, ihre Kleider hochzuheben. Ich tat alles mit dem größtmöglichen Zartgefühl und bat sie sogar, ihre Augen zu bedecken. Dann untersuchte ich eine der schönsten Grotten, in die ich jemals hineingesehen hatte. Der schöne rötliche Spalt war von braunem Haar umschattet und hatte darunter einen kleinen roten Eingang. Diese Stelle betasteten meine mit Ingwer eingeriebenen Finger zuerst. Dann öffneten sie langsam die lüsternen Lippen ihres Liebesspaltes, kneteten den Kitzler und rieben zärtlich ein wenig in dem Spalt, bis ich deutlich wahrnehmbare Seufzer ihrer rasch zunehmenden Erregung wahrnahm. Man darf mir glauben, daß mein Schwanz kampfbereit war. So führte ich ihn in ihren Venusspalt ein. Johns großer Stößel hatte sie wirklich weit geöffnet, so daß ich keine Schwierigkeiten hatte hineinzustoßen, zumal sie auch naß war und fast ohnmächtig von dem Übermaß an Lust. Geradewegs spritzte ich hinein. Später fand ich heraus, daß ich der Vater ihres ersten Kindes war. Dann warf ich meine Arme um sie, drückte meine Lippen auf die ihren und stieß tüchtig zu. Auch fragte ich sie, ob sie jetzt nicht doch daran Gefallen gefunden habe.

»Kannst du, Liebling, so eine Glückseligkeit zurückweisen?« rief ich aus, als ich zum zweiten Male kam. »Willst du jetzt nicht nach Hause gehen und es in Zukunft gemeinsam mit deinem Ehemann genießen?«

Sie küßte mich, ohne zu antworten. Auch vergoß sie Tränen der Trauer, weil sie daran dachte, daß sie nicht meine, sondern die Frau von John war. Aber das stand außer Frage, und sie wollte das Beste aus ihrer mißlichen Lage machen. So beanspruchte sie meine Dienste bei jeder nur denkbaren Gelegenheit. Sie sagte, ich solle es nur ordentlich in Rechnung stellen, da John mir ja für ihren Unterricht in den wahren Freuden der Liebe viel schulde. Am nächsten Morgen stürzte ihr Ehemann in mein Sprechzimmer.

»Haha! Ha, haha! Doktor, Sie haben sie richtig auf Trab gebracht! Hier sind Ihre zehn Pfund! Das ist ja nur ein Pfund für einmal, denn es waren zehn Stöße! Sir! Gott steh mir bei! Sie macht es sich selbst, wenn es bei mir nicht ganz klappt! Wenn ihr gut lieben wollt, probiert Ingwer, Jungs! Sie erzählte mir, wie Sie es angestellt haben! Was bin ich doch für ein Narr, daß ich nicht selbst darauf kam! So viel habe ich noch nie für mein Geld in London oder anderswo bekommen!«

Es ist wirklich erstaunlich, wie viele verheiratete Frauen in ihrem Leben niemals die wahren Freuden der Liebe erleben. Ich denke, die ärztlichen Berater sollten junge verheiratete Frauen diesbezüglich befragen. Es ist dann ihre Pflicht, die Hübschen, aber Ahnungslosen über die Freuden aufzuklären, die ihnen entgehen, wenn sie die Ehe nur als ein notwendiges Übel ansehen und nicht ihren Spaß daran haben.

Auf den vorangegangenen Seiten habe ich mich bemüht, meinen Lesern einen kurzen Überblick über meine Intrigen und Abenteuer zu geben, soweit man sie überhaupt in einem so kleinen Werk wiedergeben kann. Ich kann nur sagen, daß Sie, wenn Sie sich auf Ihren Irrfahrten so vieler Gelegenheiten erfreuten, wie mir zuteil wurden, von ihnen eine so lebhafte Erinnerung haben sollten wie ich von den meinen. Freude nämlich, obgleich der unmittelbare Genuß vergangen ist, läßt doch immer eine lebhafte Erinnerung bei jenen zurück, die vom süßen und lustspendenden Kelch genossen haben.

Anonymus

Großmutters Geschichte oder Mays Bericht über ihre Einführung in die Kunst der Liebe

*Aus einem Original-Manuskript,
das unter den Papieren der alten Dame
nach ihrem Tod gefunden und
wahrscheinlich im Jahre des Herrn 1797
geschrieben wurde*

Kapitel 1

Im Alter von achtzehn Jahren arbeitete ich als Lehrerin an der N.-Schule. Ich hatte ein Zimmer für mich allein, doch suchte ich mir immer eines der älteren Mädchen aus, das ich bei mir schlafen ließ. Meine Lieblingsschülerin, Susey P., war nur wenig jünger als ich und von warmer, freundlicher Wesensart. Schon bald hatten wir ein sehr vertrautes Verhältnis zueinander gefunden und versprachen uns, jedes Geheimnis miteinander zu teilen.

Wir waren beide ausnehmend neugierig und wollten alles über die geheimnisvollen Vergnügungen der Liebe erfahren; oft sprachen wir des Nachts über dieses Thema, wobei wir uns gegenseitig liebkosten und aneinander spielten.

»Hast du schon mal irgendeine Bezeichnung für diese kleine Ritze gehört, May?«

»Ja, Liebling, Pusserl. Eines der Mädchen schrieb es neulich auf ihre Schiefertafel. Sie sagte, daß die Buben es so nennen.«

»Und wie nennen sie ihre eigenen Dinger?«

»Steckerl.«

»Wieso Steckerl?«

»Ich glaube, weil sie sie in unsere Pusserl stecken.«

»Würdest du gern mal eines ihrer Steckerl in deinem Pusserl fühlen?«

»Ja, ich glaube, und zwar am liebsten sogleich, denn meine Pussi ist gerade ganz furchtbar heiß.«

»Ja, das ist sie, und meine genauso. O May! Wenn mein Pusserl sich in ein Steckerl verwandeln könnte, welch einen Spaß wir jetzt haben würden!«

Sie legte sich auf mich und rieb ihr Pusserl gegen meins, wobei ich sie bei den Pobacken hielt und zwischen meine Schenkel drückte.

»May, hast du jemals den Klumpen zwischen den Beinen von Mr. T. (dem im Hause wohnenden Lehrer) bemerkt?«

»Klar, Liebling, das ist sein Steckerl. Jeder Mann hat das; bei einigen ist es größer als bei anderen.«

»O ja, das weiß ich schon, aber hast du gesehen, wie er aufschwillt, wenn er zu uns Mädchen spricht und sich über uns beugt, um uns zu zeigen, wie wir die Schreibfeder richtig halten sollen?«

»Vielleicht denkt er dann an unsere Pusserl.«

»Dessen bin ich gewiß, besonders an deins, da du seine Lieblingsschülerin bist. Wenn er jetzt hier wäre, dann wüßte ich schon, was er gern täte.«

»Was denn?«

»Einfach auf dich steigen, sein Steckerl in dein Pusserl stecken und dich bumsen.«

Ich lachte nur, und bald darauf schliefen wir ein.

Am Sonntag, nur ein paar Tage nach dieser Unterhaltung, hatte ich Kopfschmerzen und blieb zu Hause. Ich war mir nicht bewußt, daß außer mir noch jemand im Hause war, bis ich zufällig an Mr. T.s Zimmer vorbeiging und er plötzlich heraussprang, mich erst in seine Arme und dann in sein Zimmer zog und die Tür zumachte.

»Oh, Mr. T.! Bitte lassen Sie mich gehen.«

»Meine liebe May, laß mich dir sagen, wie sehr ich dich liebe.« Und während er mich unter Küssen fast erstickte, zog er mich sanft zum Bett.

»Nein, ich werde mich nicht setzen – lassen Sie mich hoch – versuchen Sie nicht, Ihre Hände unter meine Kleider zu schieben.«

Doch mit Gewalt schob er seine Hand immer höher, und ich spürte, wie seine gierigen Finger all meine dort verborgenen Geheimnisse erforschten.

»Mr. T., nehmen Sie Ihre Hand – ich kann Ihnen solche Freizügigkeiten nicht gestatten – lassen Sie mich aufstehen, oder ich schreie.«

»Tu das nicht, mein Schatz, denn es ist niemand hier, der dich hören könnte.«

»Lassen Sie mich sofort los, und nehmen Sie Ihre Hand da weg – o mei! Wie können Sie es wagen, meine Kleider hochzuschieben?!«

Er hielt mich fest, und schon bald hatte er trotz meines Widerstandes meinen Bauch und meine Schenkel entblößt, und nackt bot sich mein Pusserl seinen Blicken dar.

Es war das erste Mal, daß es von einem Manne erblickt wurde, und ich schämte mich fürchterlich. Doch ein merkwürdiges Gefühl der Lust verwandelte den Gedanken an die Preisgabe flugs in einen Quell der Verzückung.

Sein Gesicht rötete sich, und seine Augen funkelten, als er auf mich herabsah und ausrief: »Was für ein schönes Pusserl du hast, May. Mit welch einem Überfluß an dichtem braunem Haar dieser aufstrebende Hügel bewachsen ist, und die schwellenden Lippen, wie köstlich sie schmollen, während der glühend rote

Schlitz dazwischen höchst luxuriös und einladend anzusehen ist. Ich muß ihn küssen. Oh! Wie süß er duftet.«

Er bückte sich und küßte wärmstens meine Spalte.

Dann öffnete er die Lippen, sog an meiner Klitoris und schob seine Zunge in die heiße Nische.

Die Berührung seines Mundes ließ meine Grotte erschauern, und als ich spürte, wie seine Zunge meinen Kitzler umspielte und in das sensible innere Gefüge eindrang, konnte ich nicht umhin, meine Schenkel zu öffnen und mich etwas anzuheben, um ihm einen besseren Zugang zu diesem Knotenpunkt des Vergnügens zu ermöglichen.

Als er aufstand, sah ich, daß seine Hose runter war und sein Steckerl sich mir entgegenreckte, wobei mir der große rote Kopf wie in stolzer Herausforderung zunickte.

Er hielt ihn in der Hand und sagte: »Sieh diesen armen Bengel, May. Er erfleht deine freundliche Nachsicht und möchte nur für einen Augenblick seinen errötenden Kopf in dieses dein süßes Nest legen; willst du ihn nicht wenigstens mal in deine Hand nehmen?«

»Oh, schämen Sie sich, Mr. T.! Stecken Sie das fürchterliche Ding weg. Ich will es weder sehen noch anfassen, und daß Sie ihn hineinstecken, kommt gar nicht in Frage.« Ich bedeckte mein Pusserl mit der Hand. Doch er zog meine Hand von dort weg, legte sie statt dessen auf sein Steckerl und drückte meine Finger drum herum. Es fühlte sich herrlich glatt und weich an, gleichzeitig aber auch hart und steif.

»Mr. T., lassen Sie mich los. Was haben Sie vor?«

»Was ich vorhabe? Ich will dich bumsen, May; ich will mein Steckerl in dein Pusserl schieben und dich bumsen.«

»Das werde ich niemals zulassen. Es würde mir schaden, mir weh tun.«

»Nein, meine Liebe, es wird dir weder Schmerzen bereiten noch dir Schaden zufügen. Laß mich rein, bitte, mein allerliebster Schatz.«

Er schob den Kopf seines Steckerls zwischen die Lippen meines Pusserls und sagte, während er ihn in der Furche auf und ab bewegte: »Na, das tut dir doch nicht weh, oder?« Dann setzte er ihn an die Öffnung zu meinem Innern, und mit einem plötzlichen Stoß drang er in mich ein.

»Oh! Mr.T.! Nehmen Sie das raus! Oh! Es tut weh. Sie haben gesagt, es würde nicht weh tun.«

Aber er stieß nur noch härter zu, dann gab etwas in mir nach, und ich spürte, wie das Steckerl seiner ganzen Länge nach in meinen Bauch hineinrutschte. Zuerst war ich völlig baff, so daß es mir fast den Atem raubte, doch als sich sein Instrument weiterhin vor und zurück bewegte und ich fühlte, wie es sich in höchst köstlicher Weise an meinen pulsierenden Innereien rieb, wandelten sich meine Gefühle zu einem überwältigenden Entzücken. Ich wand mich hin und her und wölbte mich, um seinen Stößen zu begegnen.

»Nun, Liebling, gefällt dir das nicht?«

»Doch, jetzt mag ich's, es ist sehr nett.«

»Und nun sag seinen Namen.«

Ich flüsterte: »Steckerl.«

»Sag es laut!«

»Steckerl.«

»Und deins?«

»Pusserl.«

»Und was wir hier treiben?«

»Bumsen.«

»Weiter, sag mir, was du magst!«

»Ich mag das Gefühl, wenn dein Steckerl mein Pusserl bumst.«

»Oh, mach weiter! Gleich kommt mir's!«

»Steckerl – Pusserl – bumsen – Bauch – Po.«

Dann zog er plötzlich seinen Schwanz aus mir heraus und spritzte mir einen Strom heißen Samens über den Bauch, ja, bis hinauf zu meinen Brüsten.

Danach versäumten Mr. T. und ich keine Möglichkeit, die süßen Riten der Venus zu vollziehen, und es dauerte nicht lange, da hatte er mich in alle möglichen Arten und Methoden sexuellen Freudengewinns eingeführt. Ich stellte fest, daß ich ihm volles Vertrauen schenken konnte, da er sehr diskret war und besonders darauf achtgab, mir keinerlei Schaden zuzufügen.

Susey und ich wurden immer vertrauter miteinander, und ich gestand ihr auch, daß ich gebumst worden war, freilich ohne Mr. T.s Namen zu erwähnen.

Eines Nachts bewog ich sie, mir in aller Ausführlichkeit einige Liebesszenen zwischen ihrer älteren Schwester Jane und deren Bräutigam, Mr. John C., zu schildern.

»Sie pflegten mich auf ihren Spaziergängen mitzunehmen, und meistens gingen sie dann in einen Wald zu ihrem Lieblingsplatz, wo sie sich im Schutz der Bäume der Muße hingaben. Doch kaum dort angekommen, schickten sie mich jedesmal weg, um Brombeeren oder Blumen zu pflücken.

Oft sah ich, wie er sie küßte, und manchmal, wenn keiner hinsah, schob er ihr die Hand untern Petticoat. Das erregte meine Neugier, und ich beschloß, sie zu beobachten.

Als ich dann wieder einmal mit meinem Korb loszog, schlug ich einen Bogen und betrat das Waldstück direkt hinter ihnen. Ich kroch zwischen den Bäumen hindurch, bis ich die beiden sehr gut hören und sehen konnte.

Er lag auf dem Rücken, die Hose sperrangelweit offen, und ich sah ein langes fleischiges Ding mit einem purpurnen Kopf aufrecht hervorstehen. Sie saß darübergebeugt und bewegte ihre Hand daran auf und nieder. Anschließend küßte sie es, nahm es in den Mund und saugte daran.

›Wie herrlich du an meinem Schwanz saugst, Jane. Knie dich jetzt hin, ich möchte gleichzeitig deinen schönen Hintern und deine Pussi sehen.‹

Als sie das tat, warf er ihr die Röcke über den Rücken, entblößte ihre beiden runden Pobacken und die dicken Lippen ihrer Pussi, die wie ein großer haariger Mund dazwischen herausragten.

›Liebling, du hast eine herrliche Kehrseite; der Anblick würde Leben in den Schwanz eines sterbenden Mannes bringen. Bleib so, wie du jetzt bist, diesmal werde ich dich nach Hundeart bumsen.‹

Dann stand er auf und kniete sich zwischen ihre Beine, und indem er die weißen Backen ihres Hinterteils auseinanderzog, stieß er sein Steckerl in ihr Pusserl.

Dann hielt er ihre Hüften und stieß mit seinem Werkzeug in rascher Folge immer wieder zu, wobei er sie aufforderte, mit dem Hintern nach hinten zu stoßen und seinen Stößen dadurch entgegenzukommen.

Sie keuchte und stieß, und er grunzte: ›Fühlst du ihn, Jane? Spürst du meinen Schwanz?‹

›O ja, John, mein Liebling. Ich spüre deinen Schwanz, ganz tief in meiner Pussi – so ist's richtig – stoß nur immer kräftig zu. Bums – bums – bums!‹

Dann fielen sie zusammen ins Gras, und ich lief weg.«

»Susey, wie hat sich denn dein Pusserl angefühlt, als du seinen Schwanz sahst und wie sie es miteinander machten? »

»Es ist ihm dann immer ganz heiß geworden, und dann hab' ich es, so fest ich konnte, gerieben und gedrückt.«

»Hast du sie denn oft dabei beobachtet?«

»Ja, sehr oft, in allen möglichen Stellungen. Stell dir vor, einmal habe ich gesehen, wie er sie in den Hintern bumste und ihr das überhaupt nichts ausgemacht hat.«

»Haben sie dich jemals entdeckt, Susey?«

»Ja, und ich sag' dir auch, wie. Eines Tages kroch ich sehr nah an sie heran. Sie stand mit dem Rücken an einen Baum gelehnt und hielt ihre Kleider hoch, und er kniete zwischen ihren Beinen und küßte ihr Pusserl. Er sah auf, und sie sagte:

›Also, dir zuliebe – da – paß auf.‹

Ein Strom bernsteinfarbener Flüssigkeit schoß mit einem zischenden Geräusch zwischen den haarigen Lippen ihrer Pussi hervor; und kaum war sie fertig, küßte er sie schon wieder und schlürfte die Tropfen auf, die an ihren Haaren hingen.

›So, John, jetzt bin ich an der Reihe, dich pinkeln zu sehen.‹

›Gut, wenn du meinen Schwanz hältst, will ich es versuchen.‹

Sie hielt ihn, während er pinkelte, und rieb ihn dabei die ganze Zeit, so als melkte sie eine Kuh. Und als er fertig war, küßte sie seinen Schwanz und saugte daran.

›Dein Steckerl ist heute in großartigem Zustand. Sieh nur, wie steif er ist.‹

Sie bog ihn herunter und ließ ihn los, und da schnellte er wieder hoch.

›Leg dich auf den Rücken, John, und ich steige auf dich drauf. Ich weiß, daß du es so magst.‹

Er legte sich also hin, und sein Schwanz ragte aufrecht in die Höhe.

›Spieß dich auf, und dreh mir deinen Hintern zu.‹

Das tat sie, indem sie sich breitbeinig, ihren großen weißen Hintern weiß herausgestreckt, auf ihn pflanzte und seinen Schwanz mit Stumpf und Stiel in ihre klaffende Spalte hineinstopfte.

Dann hüpfte sie auf und nieder wie ein Jockey im vollen Galopp. Jedesmal wenn sie hochkam, konnte ich sein Steckerl sehen, ganz rot und entflammt. Dann wieder schob er sich tief in ihre Höhle, und ihr Hintern klatschte gegen seinen Bauch.

Diese Szene erregte mich in höchstem Grade. Ich beneidete Jane. Es schien, als würde sie es durch und durch genießen. Ohne mir darüber Rechenschaft zu geben, schob ich mir den Mittelfinger tief ins Loch, und der plötzliche Schmerz ließ mich aufschreien. ›Oh!‹ Sie schraken auf, schoben das Geäst beiseite und entdeckten mich mit hochgeschobenen Kleidern, den Finger in mein Pusserl versenkt.

›Hoppla, Susey, du bist das?‹ rief John.

›Du ungezogener kleiner Fratz‹, sagte Jane, ›wie kannst du es nur wagen, uns so zu beschleichen!‹

Ich sagte nichts, bedeckte nur mein Gesicht mit den Händen und begann zu weinen.

›Schimpf nicht mit ihr, wahrscheinlich kann sie gar nichts dazu. Komm her, Susey, setz dich und trockne deine Tränen! Versprich, daß du niemals über das reden wirst, was du eventuell gesehen hast!‹

Ich setzte mich und versprach ihnen feierlich alles, was sie wünschten.

John schob seine Hand unter meine Röcke, kniff mich in die Pussi und sagte: ›Einen flüchtigen Blick in dein kleines Versteck hast du mir ja schon gewährt, Susey. Jetzt will ich mir die Sache mal von nahem besehen. Leg dich zurück und spreiz deine Schenkel! Na so was. Hat sie nicht ein süßes unschuldiges kleines Pusserl, Jane? Ich finde, die Spalte eines jungen Mädchens, bevor das Haar darüberwächst, reizt einen ganz besonders, sie anzuschauen und auch zu küssen!‹ sagte er, während er mein Hinterteil anhob und sein Gesicht zwischen meinen Beinen vergrub.

Ich spürte, wie sein Backenbart meine Schenkel streifte und sich seine Zunge in meine Grotte bohrte.

›Ja‹, entgegnete Jane, ›du darfst Suseys kleines Spielzeug soviel streicheln und küssen, wie du willst, aber mehr auch nicht.‹

›Sag mal, Susey, was hast du überhaupt gesehen?‹

›Ich hab' gesehen, wie du etwas in Jane hineingeschoben hast.‹

Er zog sein Steckerl heraus, legte meine Hand darauf und fragte: ›War es das, was du gesehen hast?‹

›Ja.‹

›Weiß du, wie man das nennt?‹

›Ja, ich hörte, wie Jane es Steckerl nannte.‹

›Und wie heißt dieser kleine Schlitz?‹

›Das ist mein Pusserl.‹

»Willst du sehen, wie das Steckerl noch einmal in Janes Pusserl sticht und es bumst?‹

›O ja, das würde ich sehr gerne.‹

›Also, Jane, mein Liebes, laß uns noch eine Nummer schieben, bevor wir gehen. Mein Steckerl ist ganz furchtbar erregt.‹

Er legte sie zurück, spreizte ihre Beine und ließ mich einen Blick auf ihre Pussi werfen. Ich hatte sie schon oft genug nackt gesehen, beim Baden, aber bis jetzt hatte ich noch nie hineingesehen. Ich war von der Tiefe und Ausdehnung ihrer Grotte gewaltig überrascht. Er legte meine Hand darauf und sagte: ›Sieh dir diese herrlich dicken Lippen an, wie sie hervorschwellen. Diese Art von Pussi bumst ein Mann am liebsten. Und diese tiefe Kerbe, so rot und heiß. Steck deine Finger hinein.‹

Drei Finger gingen mit Leichtigkeit hinein. Die warmen weichen Wände ihrer Grotte schlossen sich um meine Finger und schienen sie in sich aufzusaugen.«

»Genau wie dein Pusserl jetzt, May. Oh, wie heiß es ist und wie es pocht! Auch meins pulsiert ganz heftig. Komm, wir wollen uns gegenseitig lecken, bevor ich fortfahre.«

Damit war ich nur allzu einverstanden, denn mein Pusserl war Feuer und Flamme. Wir warfen unsere Hemdchen ab und legten uns nackt aufs Bett. Sie stieg über mich, hob meine Schenkel an und sog gierig an meiner Spalte, schlang dann ihre Arme um meine Hüften und kitzelte meinen Hintern.

Meine Zunge war in gleicher Weise mit ihrer süßen Öffnung beschäftigt, und als sie spürte, wie ich in ihr erhitztes Inneres vordrang, wand sie sich und preßte ihren Hintern fest auf mein Gesicht.

Schon bald erlangten wir teilweise Erleichterung durch eine reichhaltige Entladung aus unseren Quellen der Lust. Dann nahm Susey ihre aufregende Erzählung wieder auf.

»John kniete zwischen Janes Schenkeln und ließ mich seinen Schwanz in ihre geöffnete Spalte führen. Ich hielt ihn bei der Wurzel, als er schnell in sie hineinfuhr. Er sagte mir, ich solle seine Eier rühren und ihn in den Hintern kneifen.

Unterdessen folgte ich dem Vorgang mit größtem Interesse und Vergnügen.

Als sein Schwanz hineinfuhr, wurde er von ihren Lippen in einer Art gieriger Saugwirkung umschlossen, und wenn er wieder herauskam, dann sah es aus, als würden sie ihm folgen, wie wenn sie sich nur unter größtem Bedauern von solch angenehmem Stößen trennen könnten.

John schob seine Hände unter sie und hob sie hoch. Er wurde immer hitziger, und sein großer muskulöser Hintern schob sich immer schneller vor und zurück, während sein Schwanz in ihrem heißen Gefäß abwechselnd auf- und untertauchte.

›Kneifst du ihn auch, Susey? Immer feste!‹

Ich kniff ihn in den Hintern und kitzelte mit meinem Finger sein dortiges Loch.

›Steck ihn rein, Susey, ach, ist das schön. Sag uns, was du siehst, Liebling.‹

›Ich seh' deinen Hintern, wie er sich vor und zurückbewegt, und deinen Schwanz, wie er zwischen den dicken haarigen Lippen von Janes Grotte hinein- und hinausfährt.‹

›Was siehst du noch?‹

›Ich seh' den Sack unter deinem Schwanz und fühle zwei runde Dinger darin.‹

›Spiel mit ihnen, Susey! Und was siehst du noch?‹

›Ich sehe das runde Loch in deinem Hintern.‹

›Rühr mit deinem Finger darin herum, Susey. Oh! Oh!‹ schrie er, indem er seinen Schwanz mit mächtigem Schwung in ihre Spalte stieß und seine Bälle gegen ihren Hintern prallten, während sie ihn mit ihren Armen umfing.«

Während der ganzen Zeit hatte Susey meine Spalte mit ihren Fingern bearbeitet. Jetzt sprang sie auf mich drauf und rieb ihr Pusserl an meinem, bis wir uns erneut in unseren Liebessäften ergossen, um dann Seite an Seite zu ruhen.

Als ich das nächste Mal zu Mr. T. ging, sagte er, nach den üblichen Preliminarien wie Necken, Lecken etc., daß er gern eine neue Art von Vergnügen ausprobieren würde, die er auf einem Bild gesehen hätte. Als erstes stellte er einen großen Spiegel vor uns hin, dann setzte er sich auf den Rand eines Sofas, hob mich rücklings hoch und setzte mich mit dem Hintern auf seinen Bauch. Dann griff er mir unter den Schenkel und hob mein Knie bis zur Brust. Auf diese Weise konnten wir im Spiegel den herrlichen Anblick meiner offenen Spalte und seines aufrechten Stabes genießen, der seinen rubinroten Kopf zwischen die haarigen Lippen bettete.

Ich setzte meinen Fuß auf sein Knie, ließ mich auf den Freudenspender herabsinken und sah, wie er in meiner pochenden Spalte verschwand. Ich erhob mich wieder, und das süße Instrument des Vergnügens erschien von neuem, ganz rot und glänzend von den Säften meiner Grotte, und als ich mich wieder herabließ, war er schnell wieder verschwunden und ließ nichts weiter draußen als die Bälle in engem Kontakt mit meinen haarigen Lippen.

Mr. T. lächelte, als er sein Werkzeug in dem roten Schlund meiner gierigen Spalte verschwinden sah, und sagte:

»Wie schön dick und schmollig deine Pussi ist, meine süße May. Mit welch köstlichem Druck sie meinen wilden Stekken in sich aufsaugt, während sich deine weichen Pobacken an meinem Bauche reiben. Aber laß uns nicht so schnell machen, es ist so angenehm, sich zu unterhalten, während sich mein Schwanz in deiner Pussi suhlt. Erzähl mir doch von deiner Freundin Susey. Weiß sie viel von solchen Dingen?«

»Und ob sie das tut! Alles, um genau zu sein.«

»Sprecht ihr die Wörter aus: Steckerl und so?«

»Ja, sie spricht ungezwungen über Steckerl und Pusserl und auch übers Bumsen.«

»Glaubst du, sie wurde schon mal gebumst?«

»Ich glaube nicht, doch sie hat schon oft dabei zugesehen.«

»Wie hat sie das angestellt?«

Ich erzählte ihm, wie sie ihrer Schwester beim Bumsen mit ihrem Zukünftigen zugesehen hatte, bevor sie heirateten.

»Spielt ihr oft mit euren Pussis?«

»Ja, fast jede Nacht.«

»Wie denn?«

»Wenn wir uns zur Nacht auskleiden, bittet sie mich oft, mich zurückzulegen. Dann küßt und streichelt sie meine Spalte, und ich mache dasselbe bei ihr.«

»Hat sie eine hübsche Pussi?«

»Es ist eine süße kleine Pussi, viel enger als meine. Die Lippen sind sehr dick und wohl bedeckt mit hellrotem Haar. Die Haut darum herum ist schneeweiß und weich wie Seide, und innen ist alles hellrosa.«

»Also, May, jetzt hast du mich aber ganz schön scharf gemacht. Wärst du wohl sehr eifersüchtig, wenn du sehen würdest, wie ich sie bumse?«

»Nein, so dumm wäre ich nicht.«

»May, du bist das liebste Mädchen mit der süßesten Pussi auf der ganzen Welt. Doch jetzt muß ich meinen Stengel herausziehen. Halt ihn in der Hand. Da – sieh mal, wie er spritzt.«

Bevor ich ging, erlaubte ich ihm, sich am folgenden Abend in meinem Kleiderschrank zu verstecken, damit er hören und sehen könnte, wie wir Mädchen miteinander zurechtkamen.

Als es an der Zeit war, hielt ich Susey so lange im Klassenzimmer zurück, bis ich sicher war, daß Mr. T. wohlbehalten in seinem Versteck angekommen war. Dann gingen wir in unsere Kammer, verschlossen sorgfältig die Tür und begannen uns wie gewöhnlich genau vor meinem Kleiderschrank auszuziehen. Als Susey ihr Nachthemd anziehen wollte, hielt ich sie zurück und sagte:

»Susey, die Nacht ist warm, laß uns noch etwas Spaß haben, bevor wir zu Bett gehen. Laß mich zunächst einen guten Blick auf deine süße kleine Pussi werfen.«

Als sie sich aufs Bett zurücklegte, spreizte ich ihre Beine weit auseinander, um Mr. T. einen besseren Blick zu bieten.

Ich öffnete die weichen, schmollenden Lippen und sagte:

»Deine Muschi ist heute sehr rot, hast du mal wieder schöne Gefühle darin?«

»Ja, sie glüht. Oh! Kneif mich in die Klitoris, reib sie mit dem Finger – ja! –, steck ihn rein, wenn du willst.«

Die Tür zum Schrank öffnete sich ein wenig.

»Susey, mein Liebling, ich möchte sehen, wie du Wasser läßt. Ich werde den Nachttopf zwischen deine Beine halten, dann kannst du hineinpinkeln.«

Das tat ich dann auch, und bald gurgelte die heiße Pisse heraus. Ich hörte, daß sich etwas im Schrank hinter mir rührte.

»Jetzt bin ich an der Reihe, May, zuzusehen, wie du es machst, und den Topf zu halten.«

Ich spreizte meine Schenkel und feuerte drauflos.

»Leg dich zurück, May, und laß uns unsere Pussis aneinander reiben, in Ermangelung von etwas Besserem.«

Sie stieg zwischen meine Schenkel und stieß fest gegen meine Pussi. Mr. T. mußte einen herrlichen Blick auf ihren pfirsichförmigen Hintern haben, wie dieser sich auf und ab bewegte.

Die Schranktür öffnete sich weiter, und ich sah die Spitze eines Männerschwanzes hervorlugen.

»May, erzähl mir noch einmal, wie du dich gefühlt hast, als du zum erstenmal gebumst wurdest.«

»Na, du weiß ja, er schubste mich rücklings aufs Bett, schob meine Kleider hoch und entblößte, all meiner Einwände ungeachtet, mein Pusserl. Dann kämpfte er sich zwischen meine Schenkel, wobei sein nackter Schwanz aufrecht vor mir stand. Ich mußte ihn in die Hand nehmen und ihn auf und nieder reiben. Er pries meine Liebeshöhle und sog daran, was ich sehr schön fand, wenn ich mich auch sehr darüber verwunderte.«

»Mich wundert das nicht«, sagte Susey. »Ich liebe es, deine Pussi zu lecken, geliebte May, doch mach weiter, erzähl mir mehr!«

»Er sagte, daß er mich bumsen wolle. Ich sagte, das dürfe er eigentlich nicht, doch er schob die Spitze seines Steckens in die Mündung meiner Grotte. Dann stieß er ihn mit einem kräftigen Schubs ganz hinein. Zuerst tat es ziemlich weh, doch als er ganz in mir drin war und begann, ihn rein- und rauszuschieben, wurde die Lust so groß, daß ich nicht umhinkonnte, ihm, als er mich danach fragte, zu sagen, wie sehr ich es genösse, von ihm gebumst zu werden, und daß sich sein Schwanz ganz herrlich in meiner Pussi anfühlte.«

Kaum hatte ich das gesagt, begann Susey zwischen meinen Schenkeln außer Rand und Band zu geraten.

»O May! Wie ich mich nach einem Schwanz sehne. Wie sehr ich mir wünsche, daß Mr. T. jetzt hier wäre. Ich würde ihn sofort bitten, mich zu bumsen, meine Spalte brennt nur so.«

Da öffnete sich die Schranktür, und Mr. T. trat, völlig nackt, heraus. Im Handumdrehen stand er hinter Susey und drückt seinen Schwanz an ihre Pussi.

»Da bin ich! Bereit und erfreut, jeden meiner süßen Lieblinge zu beglücken.«

Susey erschrak, doch als sie sich umdrehte und Mr. T. erblickte und die Spitze seines Schwanzes in ihrer Pussi spürte, verbarg sie ihr errötendes Gesicht an meinem Hals und überließ sich seinem liebevollen Angriff.

Ich lachte und hielt ihre Pobacken auseinander, während er seinen Stecken in ihre jungfräuliche Spalte schob.

Es tat ihr nicht sehr weh, da sich die Öffnung bei all den Fingerspielen bereits geweitet hatte.

Nach einigen Takten fragte ich sie, wie es ihr gefalle, einen Schwanz in ihrer Pussi zu verspüren.

»O May«, entgegnete sie, »warum fragst du mich? Du weißt doch selbst ganz gut, wie sich das anfühlt.«

Ich schob meine Hand zwischen die beiden und fühlte, wie sich ihre heiße Klitoris an seinen Schwanz schmiegte, während dieser ein- und ausfuhr. Und bei jedem Stoß, den sie von hinten erhielt, drückten sich ihr Bauch und ihre Brust gegen meinen Bauch und meine Brust.

Mr. T. war von dem, was er gehört und gesehen hatte, zu sehr erregt, als daß er die Bumserei länger hätte durchhalten können, und so mußte er seinen Schwanz herausziehen, um Schaden zu verhüten. Ich hielt ihn mit der Hand, während er ihn in der Furche zwischen ihren Pobacken rieb, und schon bald spürte ich das krampfartige Zucken, als er einen Strom heißen Spermas über ihren Rücken spritzte.

Susey schien jedoch enttäuscht und fragte, warum er ihn herausgezogen habe.

»Nur, um dir keine Schmach zu bereiten.«

Dann erklärte er ihr, daß, solange sich der Samen nicht direkt auf den Muttermund ergösse, der sich am Ende der Passage befinde, keine Gefahr bestünde, daß eine Frau in andere Umstände geriete; zwar sei es dem Vergnügen beider Partner recht abträglich, wenn der Schwanz im Augenblick der höchsten Lust herausgenommen werde, doch dürfe kein Mann so ein egoistisches Scheusal sein, daß er deswegen das Risiko eingeht, einem Mädchen, das er respektiert und liebt, ein so großes Leid zuzufügen.

Damit legte er sein nun herabhängendes Werkzeug in Suseys Hand und sagte, daß, wenn sie es ein wenig liebkosen würde, es bestimmt bald wieder voll einsatzfähig wäre.

Sie hob es empor, betrachtete es mit großem Interesse, schob die weiche Vorhaut zurück und entblößte den rosigen Kopf.

»Küß ihn, Susey«, sagte ich und bog sie nieder.

Sie küßte das Ende des Schwanzes, während sie zärtlich ihre Hand daran auf und ab gleiten ließ. Als er dann langsam steifer wurde, nahm sie seinen Kopf in den Mund, während sie ihre strolchenden Hände über seinen Hintern und seinen Beutel wandern ließ.

Dann legte er sie auf den Rücken, auf daß er ihre hübsche kleine Liebesgrotte untersuchen und küssen könne.

»Ist dieses weiche rote Haar nicht wunderhübsch?« sagte ich und strich mit der Hand über ihren schwellenden Hügel.

»Ja, es ist im höchsten Maße hüsch und erregend«, und er vergrub seinen Mund in ihrer schmolligen Spalte, während ich sein Steckerl und dessen Anhang liebkoste.

Als er sich erhob, präsentierte er seinen Schwanz, der seine frühere Größe und Stärke wiedergewonnen hatte, und fragte: »Welche von euch beiden möchte ihn jetzt in sich aufnehmen?«

Susey sagte: »Bumsen Sie May, Mr. T. Ich würde so gern Ihren Schwanz in ihre Pussi schieben und zusehen, wie Sie sie bumsen.«

Er lehnte sich über mich, während ich mich auf dem Bett zurücklegte, und Susey, zwischen seinen Beinen hindurchblickend, ließ sein Ding in meine Pussi schnappen und hielt seine Bälle, während er in mich hineinstieß.

Auf seinen Wunsch hin legte sie sich mit angezogenen Schenkeln, ihre hübsche kleine Spalte klaffend seinen Blicken darbietend, neben mich. Er beugte sich hinüber und küßte sie, während er seinen Schwanz gleichzeitig sanft in mir auf und ab bewegte, und da er nun nicht mehr so heiß wie zuvor war, schaffte er es, diese genüßliche Übung länger hinauszuziehen. Nach ein oder zwei Minuten hielt er inne und sagte: »Ich muß ihn jetzt herausnehmen, denn ich spüre, wie es mir kommt. Nimm ihn in die Hand, Susey, und du wirst bald sehen, wie eines Mannes Samen aussieht.«

Sie hielt ihn über meinen Bauch, während er seine Eier an meine Pussi drückte. Und das weiße Samengelee spritzte, wie flüssige Stärke, aus seinem erregten Werkzeug heraus.

»Ei, wie lustig«, sagte sie, bückte sich und berührte mit ihren Lippen die Spitze seines Schwanzes, als ein neuer Strahl direkt in ihren Mund spritzte.

»Oh! Es schmeckt nach gar nichts. Wird es meinem Munde auch nicht schaden?«

»Nicht im geringsten, nicht einmal, wenn du alles herunterschluckst. Im Gegenteil, es soll sogar sehr belebend wirken.«

Später berichtete er uns, wie sehr er es genossen hatte, uns beim Spielen zu beobachten, vor allem, als wir pinkelten. Denn, so fügte er hinzu, nichts errege einen Mann mehr, als wenn er einer Frau beim Pinkeln zusähe, denn das Wasser aus ihrer behaarten Ritze herausströmen zu sehen erwecke die Gedanken an die Freuden der Liebe.

Wir verbrachten danach noch viele gemeinsame Nächte miteinander, bumsten auf jede erdenkliche Art und Weise und hatten unseren Spaß dabei. Sein größtes Entzücken bestand darin, daß eine von uns an seinem Schwanz saugte und seinen Hintern streichelte, während er die Spalte der anderen leckte und befingerte. Er liebte es, wenn wir uns in seinen Mund ergossen, während wir gleichzeitig seinen Samen schluckten.

Wir erlaubten ihm auch, uns in den Hintern zu bumsen. Er sagte, dies bereite ihm großes Vergnügen, da unsere Arschlöcher kleiner und enger seien als unsere Liebeshöhlen. Uns gefiel das zwar nicht besonders, doch ließen wir ihn gewähren, da wir ihn so gern mochten, daß wir ihm nichts abschlagen konnten.

Mr. T. lieh uns oft Bilder aus, die für uns eine Ouelle großen Vergnügens waren, darunter eine Szenenfolge mit einem hübschen weißen Mädchen und einem Neger. Auf dem ersten Bild sitzt er auf einem Stuhl und spielt Banjo. Seine Hose ist offen, und sein großes schwarzes Instrument ragt heraus. Ihre Augen sind auf das Ding fixiert, während sie ihr Kleid hochhält und auf eine höchst lüsterne Grotte zwischen weit gespreizten, unendlich dicken Schenkeln zeigt, so als wollte sie sagen: »Schau her, Sambo, dies ist ein Ort, der dir schon bald die Steifheit aus deinem Schwanz vertreiben wird.«

Auf dem nächsten Bild sieht man ihn auf den Knien zwischen ihren Schenkeln. Er hält die dicken, pelzigen Schamlippen geöffnet, während er mit der Zunge ihre Klitoris und die rote Furche darunter umkreist. Dabei scheint er vor sich hin zu murmeln: »O du süßes Pussi! Wie sehr ich es lieben, dich zu schmecken, zu lecken und zu ficken.«

Das dritte Bild zeigt, wie sie sich nach vorn bückt, die vollen Kugeln ihres schneeigen Hinterns nackt vor ihm. Mit einer Hand tätschelt er diese köstlichen Erhebungen, mit der anderen dirigiert er seinen Schwanz, der jetzt größer ist denn je, in ihre klaffende Spalte.

Diese scheint vor Lust zu beben, als sein Organ der Wonne in den weichen Schlund eindringt.

Los, Sambo, beweg deinen Hintern; treib dein edles Werkzeug tief hinein, und laß dieses schöne, willige Geschöpf des herrlichen Vergnügens teilhaftig werden, das der gewaltige Schwanz des ansonsten verschmähten Negers vermitteln kann!

Kapitel 2

Als die Ferien kamen und die Schule geschlossen wurde, fuhr ich nach Hause zu meinem Vater, der Witwer war. Und Susey ging zu ihrem Onkel, einem Junggesellen, nach Schottland, um seinen Haushalt zu führen.

Wir versprachen, uns regelmäßig zu schreiben und dabei über alles von Interesse ausführlich zu berichten.

Ich fühlte mich sehr einsam, nachdem Susey gegangen war, und vermißte Mr. T. mehr, als ich beschreiben kann.

Meine Pussi beanspruchte einen großen Teil meiner Aufmerksamkeit. Ich wußte nicht, was ich mit ihr anfangen sollte. Vergeblich betrachtete ich sie im Spiegel, kämmte sie, streichelte und rieb sie mit dem Finger, ich stocherte mit einer Kerze darin herum, bis ich kam, doch es war nur ein kümmerlicher Ersatz, ich hechelte nach dem wahren Jakob.

Zu jener Zeit fiel mein Auge auf Tom, des Gärtners Sohn, einen Burschen von achtzehn Jahren. Er war stets darauf erpicht, in meinem Garten zu arbeiten, und schien niemals glücklicher, als wenn ich ihn lobte.

Eines Morgens saß ich in unserem Sommerhäuschen, als er vom Frühstück zurückkam.

Er sah mich nicht und trat in eine Ecke nahe dem Sommerhäuschen. Dort holte er seinen Schwanz heraus und begann, Wasser zu lassen. Durch die Blätter hindurch konnte ich ihn erkennen, wie er ihn in der Hand hielt. Es war ein großer, kräftig aussehender Schwanz, und ich weidete meinen Blick an seinem großartigen Ausmaß. Er schien keine Eile damit zu haben, ihn wieder einzupacken, sondern besah ihn sich, während er die Vorhaut zurückschob und seinen Kopf anschwellen und in seiner Hand herumhüpfen ließ. Dann zwang er ihn – nicht ohne Schwierigkeiten – wieder zurück in sein übliches Versteck und machte sich an seine Arbeit.

Der Anblick dieses Schwanzes setzte meine Spalte in Flammen, und ich beschloß, nach Möglichkeit in den Besitz dieses Schmuckstücks zu gelangen.

Ich ging auf mein Zimmer, zog meinen Schlüpfer aus und wusch und pflegte meine Pussi mit aller gebotenen Sorgfalt.

Anschließend ging ich zurück in den Garten, rief nach Tom und bat ihn, eine Leiter an den Birnbaum bei der Mauer zu stellen, da ich sehen wollte, ob das Obst schon reif sei. Er hielt die Leiter, während ich hinaufkletterte. Er stand direkt unter mir, und als ich zur Balance das eine oder andere Bein ausstreckte, wenn ich nach den Birnen langte, muß er einen guten Blick auf alles gehabt haben, was sich dazwischen befand. Ich schaute kurz hinunter, um mich der Wirkung meiner Taktik zu vergewissern. Sein Gesicht war knallrot angelaufen, und er starrte mit weit aufgerissenen Augen zu mir herauf.

»Passen Sie auf, Miss, sonst fallen Sie herunter.«

»Keine Angst, Tom«, erwiderte ich und streckte mich nach einer Seite, dabei rutschte mein Fuß ab, und ich glitt die Leiter hinunter, genau auf ihn drauf, so daß sein Kopf zwischen meine Schenkel geriet.

Er fing mich auf, und als er mich so einen Moment lang hielt, spürte ich, wie er meine Spalte küßte.

»Oh, Miss, haben Sie sich verletzt?«

»Kaum, nur ein kleiner Schreck. Trag mich in das Sommerhaus.«

Er nahm mich in die Arme, wobei seine Hand weiterhin meinen nackten Hintern stützte, und ließ mich auf einer Liege nieder.

»Soll ich jemand rufen? Sie scheinen ziemlich benommen zu sein.«

»Nein, Tom. Ein paar Minuten, dann ist alles wieder gut. Es ist nur mein Knie.«

Ich lag auf dem Rücken, ein Bein angezogen. Er kniete neben mir auf dem Boden. Ich sah, wie er mir unter den Rock guckte.

»Hier, Miss?« Er legte eine Hand auf mein Knie. »Soll ich es reiben?«

»Ja, Tom, danke! Das hilft bestimmt.«

Er rieb mein Knie, er berührte meinen Schenkel oberhalb des Strumpfs, Stück für Stück arbeitete sich seine Hand aufwärts, bis sie schließlich leicht das Haar meiner Pussi streifte. Er sah mir ins Gesicht, doch ich lag mit geschlossenen Augen da. Er wurde kühner, drückte die Schamlippen, berührte den Schlitz dazwischen und rieb meine Klitoris.

»Tom, wo hast du denn deine Hand?« sagte ich in sehr scharfem Ton.

»O Miss, ich kann nichts dafür. Sie sind so wunderschön.«

Krampfhaft ergriff er Besitz von meiner Pussi und schob seine Finger in die glühende Spalte.

»Tom, das kann ich nicht gestatten, laß mich hoch!«

»Geliebte Miss May, seien Sie mir nicht böse.«

Er drängte seinen Kopf unter meinen Rock und küßte voller Leidenschaft meine Pussi.

Ich zitterte vor Entzücken, als ich die Berührung seiner Lippen und das sanfte Tasten seiner Zunge spürte, und nur anstandshalber schrie ich: »Schäm dich, Tom, laß mich aufstehen, ich werde sonst böse!« Ich stützte mich auf einen Ellbogen und sah, daß sein Schwanz draußen war und in aller Pracht dastand. »Tom, wie kannst du dich nur auf derart obszöne Weise entblößen? Hinweg mit dir!«

»Miss May, ich kann nichts dafür, wirklich nicht.« Immer noch lag seine Hand auf meiner Venus, er machte meine Schamlippen auf und zu und kniff mich in die Klitoris.

Er zog mich quer über die breite Liege, stieg zwischen meine Schenkel und drückte seinen Stecken gegen die Lippen meiner Pussi.

»Süße Miss May, lassen Sie mich doch bitte rein, ach bitte!«

»Nein, Tom, das erlaube ich niemals. Laß mich jetzt hoch. Vielleicht ein andermal.«

Wieder stieß er zu. Der Kopf drang ein, glitt tiefer, jetzt war der ganze Schwanz drin und füllte meine Liebeshöhle.

Meine liebeshungrige Höhle, mit welcher Gier sie diesen köstlichen Stößel in sich aufsog! Oh, es gibt nichts, was sich mit einem steifen Schwanz vergleichen ließe, wenn es darum geht, ein Mädchen zufriedenzustellen, das die höchsten Freuden der Liebe kennt und sie zu genießen weiß.

So lehnte ich mich zurück und ließ ihn machen.

»Tom, was tust du?«

»Ach, ich bumse – bumse nur Ihre Pussi – Miss May. Oh! Wie gut Sie doch sind – ist das nicht schön?« sagte er, indem er seinen Schwanz in höchst nachdrücklicher und erregender Weise hineintrieb.

»Das ist es, lieber Tom, schieb nur immerzu, bis zum Herzen hinauf.«

»Mögen Sie es, wie ich Sie bumse?«

»Und wie, Tom, du hast einen herrlichen Schwanz, doch paß auf, daß du mir nicht schadest.«

Der geliebte Junge verstand mich, und kurz bevor es ihm kam, zog er seinen Stecken heraus. Ich nahm ihn in die Hand und hielt ihn fest, bis der Strom seiner Liebessäfte daraus hervorschoß. Ich brauche wohl nicht zu erwähnen, daß wir danach noch viele wundervolle Liebesakte im Sommerhäuschen in Szene setzten.

Tom erwies sich als sehr gelehrig und klug. Er besaß einen wundervollen Schwanz, der immer einsatzbereit und geradezu gierig war. Er wußte ihn wohl zu gebrauchen, und ich fand schon bald heraus, daß er kein Anfänger in der Kunst der Liebe war.

Er erzählte mir viele seltsame Dinge, unter anderem, daß mein Vater regelmäßig unser Melkmädchen Sarah im Heuschober bumste. Sie selbst hatte es Tom verraten, denn er war derjenige gewesen, der ihr zunächst einmal die Unschuld geraubt hatte.

Er bot mir an, mich an einen Platz zu bringen, von wo aus ich gefahrlos ihr Treiben beobachten konnte.

»Kommen Sie morgen früh zu mir, denn der Herr kommt immer dann heraus, wenn Sarah die Milch bringt und Robert, der Stallknecht, gerade sein Frühstück zu sich nimmt.«

Am nächsten Morgen führte mich Tom zur Scheune und bedeckte uns beide mit einer dünnen Schicht Heu.

Wir brauchten nicht lange zu warten, denn bald hörten wir Papa, wie er leise mit Sarah sprach, als sie die Leiter heraufgeklettert kamen.

Nicht weit von uns legten sie sich ins Heu.

Dann sagte Papa: »Hol ihn raus, Sarah, ich sehne mich schon die ganze Nacht danach.«

Sie knöpfte seine Hose auf und holte seinen Schwanz heraus. Er befand sich in gutem Zustand und hatte einen schönen großen roten Kopf.

Der Anblick des Schwanzes meines Vaters übte eine seltsame Wirkung auf mich aus. Zuerst wollte ich gar nicht hinsehen, doch schließlich überwogen die amourösen alle anderen Gefühle, und ich beneidete Sarah fast darum, wie sie ihn bewundernd in der Hand hielt und langsam auf und ab rieb, dann seine Eier herausholte und ihre Hand darunter hindurch bis zu seinem Hintern schob.

Inzwischen hatte er ihre Röcke hochgeschoben und eine hübsche, dicklippige Pussi zutage gefördert, die in fleischiger, allerliebst schmollender Pracht erstrahlte.

»Was für ein schönes Gespiel du hast, Sarah. Es ist die lüsternste Spalte, die mir je unter die Augen gekommen ist. Nun sag, wer hat dich zuletzt vernascht?«

»Aber Sir, warum fragen Sie mich das?«

»Weil es mich noch mehr erregt, wenn du mir davon berichtest. Du weißt, es interessiert mich nicht, mit wem du es treibst, solange du nichts vor mir verbirgst und dich nicht in andere Umstände bringen läßt. Hat Robert dich gestern abend gebumst? Dein Gesicht war so rot, als ich dich traf, nachdem du von ihm fortgegangen warst.«

»Nun um der Wahrheit willen, Sir: Er hat es getan.«

»Erzähl mir, wie sich das zutrug.«

»Ich ging in den Stall, um mir eine Laterne zu borgen, da nahm er mich in die Arme und küßte mich. Dann drückte er mich rücklings auf einen Strohballen, schob mir seine Hände unter den Rock und ergriff Besitz von meiner Pussi. Ich schimpfte mit ihm und boxte ihn auf die Ohren. Das machte ihm aber nichts aus. Er schob sich zwischen meine Schenkel, stieß seinen großen Hammer in meine Spalte und bumste mich wie verrückt.«

»Hat er wirklich so einen großen Schwanz, Sarah?«

»O ja, er ist sehr groß und kräftig, doch er weiß damit nicht so gut umzugehen wie Sie. Er hat es jedesmal viel zu eilig.«

Papa stieg jetzt über sie, Sarah hielt seinen Schwanz in der Hand und führte ihn in ihre Grotte ein. Langsam schob er ihn hinein, bis sich seine Eier gegen ihren Hintern drückten. Sie ergriff seine Hinterbacken und hob sich ihm bei jedem Stoß kraftvoll entgegen, wobei sie jedesmal ausrief: »Lieber Herr, oh, wie schön – stoß ihn rein – tiefer – ja, so ist's recht – wie dein Schwanz meine Pussi ausfüllt – bums mich schnell – bums mich kräftig!«

Ich lag bäuchlings im Heu, und Tom auf mir drauf. Sein Schwanz und seine Eier ruhten auf meinem nackten Hintern. Kaum hatte mein Vater damit begonnen, Sarah zu bumsen, setzte er seinen Bohrer an mein Loch.

Dann fiel er in Takt, so daß ich jedesmal, wenn mein Vater zustieß, seinen Schwanz meine Pussi herauffahren fühlte und seine Schamhaare mich am Hintern kitzelten.

Ich spreizte meine Schenkel und hob meinen Hintern, da zog Tom plötzlich seinen Schwanz heraus, drückte meine Pobacken auseinander und ließ ihn in mein Hinterloch schnappen. Vom Saft meiner Spalte gut geschmiert, schlüpfte er ganz

leicht hinein. Da ich nicht zu sprechen wagte, ließ ich ihm sein Vergnügen.

Er stieß ganz hinein, dabei bog er seine Arme um meine Hüften und betätigte meinen Kitzler. Nach einigen Streichen, welche mir alles andere als unangenehm waren, verpaßte er mir seinen warmen, wohltuenden Einlauf, gerade als mein Vater unter einem Grunzen der Befriedigung Sarahs Liebesschrein mit seinem Trankopfer begoß.

Dann stand er auf und ging, nachdem er ihr gesagt hatte, sie solle so lange warten, bis er aus dem Hof sei.

Es waren kaum ein paar Minuten verstrichen, da erschien Roberts Kopf auf dem Heuboden.

»Halloo, Sarah, da hat also der Herr dein Loch geölt. Ich hab' gehört, wie er dich bumste, und auch, was du gesagt hast. Und nun wirst du meine Rache erleben.«

Er nahm sie in die Arme, warf sie ins Heu und warf ihr die Röcke über den Kopf.

Sie wehrte sich und strampelte wild in der Luft herum, doch Robert hielt sie fest und ergötzte sich an ihrem sich windenden Hintern und ihrer entflammten Spalte, welche sehr rot und sehr klaffend aussah und aus der ihr noch der Saft vom letzten Fick über die Hinterbacken herunterlief.

»So, du behauptest also, der Herr bumst besser als ich und daß ich es immer zu eilig habe. Na gut, diesmal werde ich mir genügend Zeit nehmen.«

Er holte seinen Schwanz heraus und hielt ihn in der Hand, während er mit der anderen die Lippen ihrer Pussi auseinanderzog. Es war der größte Schwanz, den ich je gesehen hatte, mit einem gewaltigen Kopf. Ich war neugierig, wie sie ihn wohl aufnehmen würde. Er stieß ihn gegen ihre Spalte. Sie warf sich umher.

»Halt still«, schrie er und versetzte ihr einen klatschenden Schlag auf den Po. »Halt endlich deinen Arsch still, sage ich, und konzentrier dich aufs Bumsen.«

Er stieß die Speerspitze mit Gewalt in die Öffnung, und zu meiner Überraschung ging sie ohne Schwierigkeiten hinein. Der riesige Schwanz muß ihren Bauch völlig ausgefüllt haben. Er griff beiderseits ihre Pobacken und hielt sie hoch, während er seine riesige Keule mit wundervoller Kraft in ihre dampfende Spalte ein- und wieder ausfahren ließ.

Ich hatte schon viele Bumsereien gesehen, aber noch nie eine wie diese. Ich bestaunte das herrliche Ausmaß und die Stärke von Roberts Schwanz und konnte eine gewisse Sehnsucht nicht unterdrücken, seine Zauberkräfte auch einmal zu kosten.

Auch Tom war von dieser Szene sehr erregt worden und bumste mich in bester Manier, doch war es der Gedanke an Roberts Schwanz, der meine Phantasie erregte.

Am nächsten Nachmittag zog mich ein unwiderstehliches Verlangen in den Stall.

»Robert, ich bin gekommen, um nach meiner Stute zu sehen. Ich glaube, sie muß getrimmt werden«, und ich ging auf sie zu.

»Seien Sie vorsichtig, Miss«, sagte er und legte seine Hand auf meine Schulter. »Sie ist im Moment sehr bockig.«

»Ach, ich habe keine Angst«, und ich begann sie zu tätscheln.

Ich glaube, es war irgend so ein Geräusch, das er machte, das sie scheuen und ausschlagen ließ.

»Ich hab's Ihnen doch gesagt, Miss«, sagte er, wobei er über meinen Busen strich und mich an sich zog. »Sie können von Glück sagen, daß Sie nicht getötet wurden.« Und er nahm mich fest in seine Arme.

»Robert! Laß mich gehen! – Wohin schleppst du mich? Ich falle gleich hin! – Oh! – Was soll das? – Was machst du mit deinem Knie? – Versuch nicht, mein Kleid hochzuheben! – Robert, was ist in dich gefahren? – Das lasse ich nicht zu! – Nimm deine Hand da weg! – Das darfst du nicht! – Oh! Oh! – Du tust mir weh! O mei! Was steckst du da rein? – Ja, ich fühle es. – Nimm mich in die Arme! – Ja, das ist schön! –Du darfst mich bumsen, Robert, so stark du willst.«

Der monströse Schwanz steckte in meinem Loch. Ich spürte ihn überall. Er griff meine Pobacken. Er hob mich hoch. Als er aufstand, klammerte ich meine Arme um seinen Hals, kreuzte meine Beine hinter seinem Rücken. Er trug mich im Stall umher, wobei sein Schwanz weiterhin in meiner Spalte eingebettet war. Es war, als würde er bis zum Herzen hinauf in mir stecken. Jeder einzelne Nerv erschauerte vor Lust, als sich ein Strom schäumenden Spermas in mein Innerstes ergoß.

Es war das erste Mal, daß meine Spalte den männlichen Samen in sich aufgenommen hatte, und es war ein überaus köstliches Gefühl.

»Was hast du getan, Robert? Vielleicht hast du mich lebenslang ruiniert!«

»Aber nicht doch, Miss, schauen Sie«, er zeigte mir eine riesige Spritze, »und in dem Eimer da ist zufällig warmes Wasser. Lassen Sie mich sofort Ihre Höhle ausspritzen, damit wird alle Gefahr gebannt.«

Ich legte mich mit weit gespreizten Schenkeln rücklings hin, und er spritzte so viel Wasser in meine Pussi, daß alles restlos herausgespült wurde.

Dann trocknete und küßte Robert sie und kniete anschließend neben mir nieder, wobei er mir seinen Schwanz präsentierte, der schon wieder seine wundervolle Form angenommen hatte.

»Was für einen großartigen Burschen du da hast, Robert«, sagte ich, während ich ihn in meiner Hand rieb und seinen rosigen Kopf entblößte. Ich küßte ihn und nahm – nicht ohne Schwierigkeiten – einen Teil davon in den Mund.

»O Miss May, Sie sind wunderbar, und Sie haben die süßeste Muschi, die ich je gebumst habe. Darf ich ihn wieder hineinstecken?«

»Diesmal nicht, Robert. Ich möchte ihn gern liebkosen, während du meine Pussi kitzelst.«

So behielt ich seinen glühenden Kopf in meinem Mund, wichste mit einer Hand den Schaft und spielte mit der anderen an seinen Eiern und seinem Hintern, während er gleichermaßen mit meinem Lustsitz beschäftigt war: Seine Finger ließen keine meiner erogenen Öffnungen aus.

Und gerade als ich spürte, wie meine Spalte von Liebessäften überfloß, schoß er einen solchen Samenstrom in meinen Mund, daß ich gar nicht schnell genug schlucken konnte und mir das Sperma seitlich aus den Mundwinkeln quoll. Es war von einer angenehmen Würze.

Bevor ich ihn verließ, schwor er mir, niemals auch nur ein Sterbenswörtchen über das Geschehene zu verlieren, und er erwies sich dann auch als loyal und wahrhaftig.

Ich verfügte nun über zwei Junker, die bereit und willig waren, mich zu jeder Zeit und auf jede Weise zu befriedigen. Und obwohl ich schon bald mehr über Papas geheime Amouren erfuhr, ging ich bei meinen eigenen Unternehmungen mit der größten Sorgfalt und Umsicht zu Werke.

Ein paar Tage nach diesem Abenteuer kündigte mir mein Vater an, er habe, da er meinte, ich müßte mich bei ihm sehr einsam fühlen, eine junge Dame namens Kate L. gebeten, zu uns zu kommen und eine Zeitlang bei uns zu bleiben.

Sie kam dann auch und erwies sich als ein sehr nettes, angenehmes Mädchen; sie hatte dunkles Haar und dunkle Augen und war drei Jahre älter als ich. Ich fand sie sehr liebenswürdig und zuvorkommend, bereit, an meinen Plänen teilzuhaben und bei meinen Vergnügungen mitzumachen.

Papa war ihr gegenüber besonders aufmerksam, und ich beobachtete, daß ihr dies keineswegs unangenehm war.

Oft waren die beiden allein zusammen, so daß ich annahm, daß etwas zwischen ihnen ablief, doch sie erzählte mir nichts.

Ihr Schlafzimmer war von dem meinen durch ein Badezimmer getrennt, zu dem beide Zimmer Zugang hatten.

Eines Nachts, als wir nach oben gegangen waren, saß ich noch einige Zeit bei ihr, und nachdem ich ihr gute Nacht gewünscht hatte, ging ich durch das Bad in mein Zimmer und ließ dabei die Türen einen Spaltbreit offen. Ich zog mich aus, löschte meine Kerze und setzte mich noch ein wenig an den Kamin, um meine Füße zu wärmen, bevor ich zu Bett ging.

Ich hatte noch nicht lange dort gesessen, als meine Neugier durch ein Geflüster geweckt wurde, das aus Kates Zimmer kam.

Vorsichtig schlich ich mich zu der geöffneten Tür und lauschte.

»Oh, Sir, warum sind Sie in mein Bett gekommen?«

»Weil ich dich so gern habe, mein Liebling.«

»Wenn Sie mich wirklich lieben würden, dann würden Sie nicht auf diese Weise zu mir kommen – nicht! – bitte gehen Sie! – o mei! – wie können Sie nur so unartig sein? – Nehmen Sie Ihre Hände weg! – Ich mag das nicht! – Nein, das ist gar nicht schön! – Lassen Sie meine Hände los – nein, ich werde ihn nicht halten – ich werde ihn nicht auf und ab bewegen – stecken Sie nicht Ihr Knie zwischen meine Schenkel! – Warum steigen Sie denn jetzt auf mich drauf? Was schieben Sie da in mich hinein?«

»Meinen Schwanz, liebe Kate. Na, wehr dich doch nicht, mein Schatz, laß ihn hinein, du brauchst keine Angst zu haben. Ich werde dir keinerlei Leid zufügen, bestimmt nicht. Spreiz deine Schenkel, so ist's schön. Jetzt schieb' ich ihn rein, so sanft wie möglich. Da, er ist drin, ganz und gar drin.«

Dann fing das Bett zu knarren, die Wäsche zu rascheln an.

»Leg deine Arme um mich, Liebling. Hiev deinen niedlichen kleinen Arsch hoch! So ist's gut. Weißt du, wie man das, was wir jetzt machen, nennt?«

»Nein, Sir.«

»Es heißt bumsen. Ist bumsen nicht herrlich?«

»O ja, jetzt ist es wundervoll. Ist es so richtig, wie ich hieve?«

»Mein Liebling, du hievst so gut, als hättest du dein Leben lang nichts anderes gemacht. Kneif mich in den Hintern! Darf ich dich in deinen kneifen?«

»Ja, so fest, wie Sie wollen.«

»Jetzt leg deine Hand hierhin. Nimm meinen Schwanz. Halt ihn fest! Oh, da kommt's schon!«

Er rollte von ihr herunter und lag keuchend neben ihr.

Ich fühlte mich sehr erregt und kroch in ihr Zimmer, ganz dicht an das Bett heran. Ich hörte, wie sie sich küßten.

»Hab' ich dir weh getan, mein Liebling?«

»Ein wenig zu Beginn, doch als der Schwanz tief in mir war und Sie mit dem Bumsen begannen, gab es nur noch ein Gefühl des Vergnügens. Darf ich jetzt Ihren Stecken liebkosen?«

»O ja, mein Liebling, reib ihn rauf und runter – so –, leg deine andere Hand auf meine Eier, beweg deine Finger weiter nach hinten – noch weiter – ja!«

»Haben Sie da sehr viel Gefühl?«

»Ja, hinter den Eiern gibt das ein wundervolles Gefühl. Spürst du nicht, wie sich die Schwanzwurzel bis zu dem kleinen Loch da hinten erstreckt? So ist's schön, die Berührung deines Fingers dort ist ganz köstlich. Schieb ihn ein wenig hinein, mein lieber Schatz. Kate, hast du dir schon mal Mays Spalte angesehen?«

»Ja, im Bad hab' ich sie gesehen; sie ist wunderschön behaart.«

»Ich bin sicher, wenn du dich ihr gegenüber freizügig geben würdest, könntet ihr viel Spaß miteinander haben. Wenn ich mich nicht sehr irre, ist sie ziemlich wollüstig veranlagt. Versprich mir, es morgen nacht zu versuchen, und erzähl mir am nächsten Tag alles, was du herausgefunden hast.«

Sie versprach ihm, seine Wünsche auszuführen.

»Doch jetzt, da du meinen Schwanz wieder hochgebracht hast, müssen wir unbedingt noch einmal bumsen. Leg du dich diesmal auf mich.«

Ich hörte, wie sie ihn bestieg.

»Nun, wo er drinnen ist, hieve mal tüchtig drauflos. Du mußt jetzt das Bumsen ganz allein besorgen.«

Sie keuchte, als sie ihren flinken Hintern auf ihm auf und nieder bewegte.

»Gefällt es dir so, mein Schatz?«

»Ja, zur Abwechslung. Ich habe es aber lieber, wenn Sie auf mir liegen und Ihren Schwanz in mich hineinschieben.«

Als er daranging, sie zu verlassen, huschte ich in mein Zimmer zurück und schlief sofort ein.

Ich hatte in dieser Nacht mehrfach Liebesträume. Mir träumte, daß Robert mich auf dem Heuboden bumste, als plötzlich mein Vater von hinten kam, Robert von mir herunterzog, seinen eigenen Schwanz in mein Loch stieß und mich ganz köstlich bumste. In meinem Traum war ich gar nicht überrascht, daß mein Vater mich bumste; im Gegenteil: Der Gedanke daran schien mein Vergnügen noch wesentlich zu steigern.

Am nächsten Abend schlug Kate vor, mit mir zusammen zu schlafen. Ich konnte mir ein Lächeln nicht verkneifen, als ich einwilligte.

Als wir uns auszogen, sagte Kate: »Ich würde dich gern einmal ganz nackt sehen, May. Ich finde, wir Mädchen brauchen uns doch nicht voreinander zu schämen, und ich gehe mit gutem Beispiel voran.«

Sie warf ihr Hemd ab, stellte sich vor mich hin, zeigte auf meine Pussi und bemerkte, daß ich dort eine Menge Haare hätte.

Ich erwiderte, daß mir ihr dunkles Haar besser gefiele, weil es einen schönen Kontrast zu ihrer weißen Haut bilde.

Sie legte ihre Hand auf meine Muschi und bat mich, sie befühlen zu dürfen. »Du darfst auch meine befühlen, wenn du magst.«

Sie berührte die Klitoris, fuhr mit dem Finger durch die Furche, schob ihn in die Passage und sagte:

»Meine liebe May, du bist ja ganz schön offen. Warst du schon immer so offen wie jetzt?«

»Nein, das war ich nicht. Aber bist nicht auch du ziemlich offen?«

Sie lächelte. »May, wenn du mir dein volles Vertrauen schenkst, dann verspreche ich, dir auch meines zu schenken.«

»Einverstanden«, sagte ich.

»Hast du schon mal gesehen, was ein Mann an dieser Stelle hat?«

»Ja, das habe ich. Und du?«

»Ja. Weißt du auch, wie man es nennt?«

»Ich habe gehört, man nennt es Stachel.«

»Ja, das stimmt. Hattest du schon mal einen Stachel hier drinnen?«

»Hatte ich, Kate. Du nicht?«

»Doch, Liebes! Jetzt erzähle mir mal, wie es passierte, dann sag' ich dir auch, wie es bei mir war.«

Ich berichtete von meinem Abenteuer mit Mister T. und wie sehr er es liebte, meine Spalte zu küssen und an ihr zu saugen.

»Möchtest du, daß ich sie küsse?«

»Das möchte ich, liebe Kate, und ich möchte auch deine Spalte küssen.«

»Dann lehn dich zurück, heb deine Beine an und öffne deine Schenkel, so weit du kannst. Na, gefällt dir das?« Mit ihren Händen hielt sie meine Pobacken und saugte gierig an meiner Spalte. Dabei ließ sie ihre Zunge immer wieder herumwandern und stieß sie in die Passage hinein.

Nachdem ich das eine Weile genossen hatte, sagte ich: »Jetzt bin ich an der Reihe, liebe Kate, laß mich deinen süßen Spalt streicheln und küssen, während du mir, wie versprochen, berichtest.«

Ich setzte mich auf einen Hocker zwischen ihre Schenkel, vergrub meinen Mund in ihrer weit geöffneten Spalte und lauschte ihrer Erzählung.

Kapitel 3

Kates Erzählung

Wie du weißt, stamme ich von den Westindischen Inseln. Ich wurde in Santa Cruz geboren, wo mein Vater eine Plantage und jede Menge Sklaven besaß.

Die kleinen Jungen und Mädchen liefen nackt herum, bis sie acht oder neun Jahre alt waren. Ich erinnere mich noch, daß ich von den hübschen kleinen Schwänzen der Jungen ziemlich beeindruckt war und mich fragte, warum sie so anders als wir Mädchen gebaut waren.

Der Sohn unseres Aufsehers war gerade in meinem Alter, etwa zehn. Er war ein aufgeweckter, intelligenter Bursche, und wir pflegten zusammen zu spielen. Sein Name war Joe.

Eines Tages erwischte ich ihn beim Pinkeln und wie er dabei seinen Schwanz betrachtete. Ich lachte und sagte, er solle ihn abschneiden, er sei so häßlich.

Er entgegnete, das würde ihm leid tun, denn er wäre lieber ein Mann als eine Frau. »Und wenn ich erst ein Mann bin«, sagte er, »dann wird das Ding mal ganz groß.«

»Woher weißt du das?« sagte ich und legte meine Hand darauf.

»Weil ich schon oft nackte Männer gesehen habe. Weißt du, wie die Männer das nennen?«

»Nein. Wie denn?«

»Sie nennen es Schwanz.«

»Ach, ja?«

»Und weißt du, was sie damit machen?«

»Sie pinkeln damit, würde ich sagen, genauso wie du.«

»Ah!« sagte er und sah mich listig an. »Sie machen noch sehr viel mehr damit.«

»Na, was denn?«

»Sie können ihn einer Frau zwischen die Beine stecken, in den komischen kleinen Schlitz, den ihr Mädchen da habt.«

»Da ist doch gar kein Platz dafür.«

»Doch, da ist Platz; ich zeig's dir, wenn du mich läßt. Darf ich?« Und er hob mir den Rock hoch.

»Du darfst, aber nur einen Moment.«

Er legte seine Finger auf meine Pussi und tastete nach der Öffnung. Schließlich fand er sie und stieß zu meiner Überraschung seinen Zeigefinger hinein.

»Hör auf«, schrie ich, »das tut weh.«

»Später wird es dir nicht mehr weh tun«, sagte er mit seinem listigen Blick.

»Wie denn das?«

»Ich werd's dir sagen, aber merk dir, es ist ein großes Geheimnis. Du kennst doch Jim, der die neunschwänzige Katze hat und die Sklaven auspeitscht, wenn sie sich danebenbenehmen. Nun, wenn man ihm eine Frau schickt, so schlägt er sie auf den Rücken, doch wenn ein Mädchen dran ist, haut er sie auf den Po. Ich war grad in der Nähe, als ein hübsches dralles Mädchen von deinem Papa kam, und sie hatte einen Zettel dabei, den ich später sah. Darauf standen nur die Worte: ›Gib diesem Mädchen zwölf Hiebe. – E. L.‹

Jim brachte sie hinein und schloß die Tür, doch ich schlich mich zu einem Fenster auf der anderen Seite und spähte hinein. Er ließ sie auf einer Bank niederknien und band ihre Hände am Holzblock fest. Dann stülpte er ihren Petticoat hoch, wodurch er ihren glänzenden schwarzen Hintern entblößte, und zog seine neunschwänzige Katze hervor.

Er sagte: ›Sei still, Norry. Wenn du mir meinen Willen läßt, tue ich dir nicht weh, wenn aber nicht, dann kriegst du's.‹

Er machte seine Hose auf, und heraus kam – oh! – sooo ein großes Ding, du hätt'st einen Riesenschreck gekriegt, wie er damit an ihren Hintern stieß. Sie weinte jetzt noch mehr als vorher.

Da schlug er ihr mit der Peitsche scharf aufs Hinterteil.

Sie zappelte und schrie.

›Sei jetzt still, oder du kriegst noch mehr!‹

Sie hörte auf, und er spreizte ihre Beine, so weit es nur ging. Dann bückte er sich und sah in ihre Spalte rein, die er mit den Fingern aufhielt. Ich konnte sehen, daß sie innen ganz rot war, und außen herum war ganz viel schwarzes wolliges Haar.

Dann steckte er die Spitze seines Stachels hinein, stieß kräftig zu, und schon war er bis zur Wurzel in ihr drin. Dann zog er ihn wieder heraus, ganz feucht glänzend und rot, legte seine Arme um ihre Hüften und fuhr fort, mit aller Macht immer wieder zuzustoßen, rein, raus, rein, raus.

Es schien ihr gar nichts auszumachen, sie streckte ihm vielmehr noch den Hintern entgegen, so, als ob sie nicht genug bekommen könnte.

Dann hielt er plötzlich inne und hielt sich ganz fest an sie gedrückt.

Danach band er sie los, gab ihr einen Kuß und schickte sie weg.«

»Das ist aber seltsam, Joe. Es muß ihr doch sehr weh getan haben.«

»Hat es aber nicht. Sie hat es über alles genossen. Ich weiß das, weil sie ihren Hintern so herausgestreckt hat. Versuch's doch mal, dann kannst du selbst sehen, wie schön das ist.«

Meine amourösen Gefühle waren geweckt, also ließ ich es auf einen Versuch ankommen.

Seiner Beschreibung folgend, kniete ich mich auf einen Stuhl und streckte meinen Hintern raus.

Er versuchte, seinen Schwanz in meine Spalte zu stecken, schaffte es aber nicht. Da langte ich nach unten und hielt die Lippen auf, doch sei es aufgrund meiner Unreife oder seiner Unerfahrenheit, es klappte jedenfalls nicht.

Ein paar Tage später kam er freudestrahlend zu mir gerannt und rief: »Ich kann's jetzt, Katie, ich kann's jetzt!«

»Mach nicht so 'n Lärm. Was kannst du jetzt?«

»Bleib hier, Katie, und ich erzähl's dir. Du weißt doch, daß Vater und ich in der Kate wohnen. Und er hat doch abends meistens ein paar von den Sklavenmädchen bei sich. Sie kommen gern zu ihm, weil sie da immer jede Menge Rum bekommen und dann am nächsten Tag bis mittags blaumachen können.

Er schickt mich ins Bett, und dann holt er Rum, Zucker und Wasser hervor. Letzte Nacht waren drei bei ihm. Er schickte mich wie gewöhnlich ins Bett, doch ich versteckte mich hinter der Tür.

Bald wurden sie ganz fröhlich von der Trinkerei und hüpften herum wie die Kobolde. Er warf ihre Petticoats hoch, klatschte ihnen auf den Po und kitzelte ihre Muschis, während sie seinen Pimmel herausholten und seine Bälle befingerten. Dann mußten sie sich ausziehen, und er jagte sie nackt im Zimmer einher. Wenn er eine von ihnen kriegte, betatschte er ihre Pussi, ließ sie hinknien und steckte von hinten seinen Stachel hinein, während die anderen seine Bälle und seinen Hintern kitzelten. Mitten in diesem Spaß öffnete eine von ihnen plötzlich die Tür, sah und packte mich, zerrte mich ins Zimmer hinein und rief aus: ›Oho, hier ist Massa Joe und spielt Piepmaus. Was machen wir mit ihm?‹

›Ziehen wir ihn aus‹, schrie eine andere, ›und lassen wir ihn Fanny bumsen. Sie ist die jüngste, und ihre Pussi wird am besten zu seinem kleinen Steckerl passen.‹

Mein Vater lachte nur und sagte: ›Na gut, bald wird er Manns genug für jede von euch sein.‹

Also wurde ich ausgezogen, was mir keineswegs unangenehm deuchte, und auf Fanny gelegt, die auf dem Fußboden lag. Sie machte die Beine breit und hielt mit den Fingern die Lippen ihrer Spalte auf, während eine von den anderen, nachdem sie meinen kleinen Schwanz geküßt und daran gesaugt hatte, denselben in sie hineinschob. Dann klatschten sie mir auf den Hintern und saßen um uns herum, um sich die Vorstellung anzusehen.

O Katie, du kannst dir nicht vorstellen, wie leicht mein Stachel in ihre Pussi hineinschlüpfte. Und ich fühlte, wie er größer wurde, als er hineinglitt; sie war da drin ganz heiß. Dann umarmte sie mich und stieß ihre Kehrseite aufwärts, während ich schuftete und stieß, wie ich es meinen Vater hatte tun sehen, bis dieses schöne warme Gefühl über mich kam und ich vor Vergnügen fast ohnmächtig wurde.

Danach wollte ich nur noch weg und in mein Bett kriechen, denn ich war ganz müde und schläfrig.

Sieh ihn dir an, ist er nicht schon größer und stärker als vorher geworden?«

Er hielt ihn in der Hand und zog die Haut zurück, bis der Kopf rund und rot wie eine Kirsche dastand.

»Leg deine Hand darauf, Katie. Fühl mal, wie fest er jetzt ist!«

Ich nahm ihn in die Hand und rieb ihn auf und nieder.

»Ja, Joe. Er ist größer und stärker geworden. Du kannst ihn jetzt reinstecken, wenn du Lust hast.«

Er legte mich rücklings hin, hob mein Kleid, sah sich meine Pussi an und betastete sie.

»Deine ist viel hübscher als die von dem schwarzen Mädchen, Katie. Diese sanften runden weißen Lippen sind wunderschön. Sei so gut und halt sie mir offen, während ich hineinstoße.«

Ich langte nach unten und öffnete mit den Fingern der einen Hand die Lippen, während ich mit der anderen sein Steckerl an die richtige Stelle führte und ihn aufforderte zuzustoßen. Dies tat er. Er drang ein. Er stieß stärker zu. Er kam tiefer und tiefer herein, bis er ganz darin eingeschlossen war und ich den Kopf ganz tief drinnen spüren konnte.

Oh, was für ein süßes Gefühl! Nichts ist schöner, als deine Pussi zum erstenmal von einem bebenden, strebenden Schwanz ausgefüllt zu fühlen!

Seine Augen funkelten, und sein Atem ging hart und schnell, als ich meine Arme um ihn schlang und ihm sagte, er solle feste zustoßen und mich nur tüchtig bumsen.

Nachdem wir uns nun von der wunderbaren Macht überzeugt hatten, die jeder von uns besaß, um dem anderen Vergnügen zu bereiten, wandten sich unsere Spiele in der Folge immer wieder der Praxis und dem Genuß der Liebe zu. Wir wurden es niemals müde, gegenseitig unsere intimen Körperteile zu untersuchen und zu hätscheln.

Und nachdem unsere Sinne nun voll erwacht waren, ließen wir es uns stets angelegen sein, unsere Erfahrungen in den Mitteln und Wegen des Genusses zu vervollkommnen.

Mein Vater besaß mehrere fast weiße Sklaven, und die meisten von ihnen waren auch recht ansehnlich. Diese wurden sämtlich im Hause angestellt und niemals auf die Felder geschickt.

Ein hübsches Mädchen namens Nina war mir als Kammerzofe zugeteilt. Sie wartete mir immer beim Bade auf und pflegte mich abzutrocknen, wenn ich aus dem Wasser kam. Besondere Sorgfalt ließ sie meinem kleinen Schlitz angedeihen, auf dem das Haar soeben zu sprießen begann. Sie parfümierte und kämmte, ja, und sie küßte ihn auch.

»Sie haben eine wunderschöne Pussi, Missy, deren Anblick einen jeden jungen Mann in Feuer und Flamme versetzen würde!«

»Ich denke, sie ist auch nicht viel anders als bei anderen Mädchen, bei dir zum Beispiel. Zeig mal her, Nina.«

Sie hob ihr Kleid, öffnete ihre Schenkel und vergönnte mir einen satten Blick auf ihre Pussi. Es war ein hübsches kleines Exemplar, mit einer Klitoris wie eine füllige Rosenknospe, und die Lippen waren mit braunem seidigem Haar bedeckt. Ich legte meine Hand darauf, stieß meinen Finger hinein und sagte: »Hast du denn damit schon mal einen jungen Mann in Feuer und Flamme versetzt? »

»Oh, Missy, Sie dürfen mich so etwas nicht fragen, oder ich müßte Sie anlügen.«

»Nina, wenn ich deine Freundin sein soll, dann mußt du mir alles beichten. Doch für den Augenblick soll's genug sein.«

Mein Vater pflegte nach Sonnenuntergang, wenn es schon fast dunkel war, im Garten spazierenzugehen, um seine Zigarre zu rauchen, und ich fand heraus, daß er dazu immer die eine oder andere der »weißen« Sklavinnen mitnahm.

Eines Abends vermißte ich Nina. Ich ahnte sogleich, wo sie sein könnte, warf mir einen Schal um und ging leise hinaus in den Garten. Da hörte ich Stimmen aus einem überdachten Promenadengang, und da es fast dunkel war, konnte ich mich nahe genug heranschleichen, daß ich lauschen konnte, ohne selbst gesehen zu werden.

»Also, Nina, sei lieb und werde mein Schatz, und du kriegst von mir lauter hübsche Sachen – da, laß mich fühlen, so ist's gut, mach die Beine weiter auseinander, lehn dich an den Baum hier, gib mir deine Hand, leg sie hier drauf, schließ deine Finger darum. So ist's richtig. Du hast eine süße kleine Pussi, so schön dick und fett. Aber du hast ja soviel Haare darauf. Wie alt bist du, Nina?«

»Gerade fünfzehn geworden.«

»Also dann, drück dich mal nach vorn. Halt meinen Stengel, und ich stoße zu – jetzt ist er drin – leg deine Arme um mich – drück meinen Hintern an dich. Wie gefällt dir mein Stecken in deiner Pussi?«

»Das ist ein sehr schönes Gefühl, stoßen Sie ihn noch tiefer hinein.«

Ich hörte, wie sie sich küßten und wie sie keuchten, während sie stießen und schoben, und dann ruhten sie sich, einander in den Armen liegend, aus.

Bald danach verließ sie ihn, nachdem sie versprochen hatte, jede Woche an diesem Tag und zu dieser Stunde in den Garten zu kommen.

Ich folgte meinem Vater jetzt oft hinaus und stellte fest, daß er immer eines der Sklavenmädchen bei sich hatte.

Auf diese Weise lernte ich alle Arten des Vergnügens und alle einschlägigen Ausdrücke kennen, denn er legte Wert auf Abwechslung und liebte es, sie zum Reden zu bringen und sie alle möglichen Sachen sagen zu lassen, während er sie bumste. Und ich war höchst erstaunt zu hören, wie ungeniert sie Wörter wie Stengel, Pussi, Arsch, wichsen, bumsen, pissen etc. in den Mund nahmen.

Joe war zur Schule geschickt worden, und meine Pussi, die lange nicht mehr geentert worden war, befand sich in einem gravierenden Zustand von Sehnsucht und Begierde.

Als daher Nina wieder an der Reihe war, kam mir wie ein Blitz der Gedanke: warum nicht – nur dieses eine Mal – ihre Stelle einnehmen?

Ich besaß in etwa ihre Größe und Figur, und meine Pussi war inzwischen auch recht üppig behaart. Als dann die Stunde kam, betraute ich Nina mit einer Arbeit, die sie einige Zeit in Anspruch nehmen würde und von der ich ihr sagte, daß es mir damit sehr eilig sei.

Dann ging ich hinaus und spazierte in der Dunkelheit den Promenadengang entlang. Jemand kam mir entgegen, legte seinen Arm um mich und stieß mir sein Knie zwischen die Schenkel.

»Wie geht's deiner süßen Pussi heute abend?«

Ich sagte nichts, sondern drückte mich nur an ihn, während er mein Kleid hob und meine Pussi betastete.

Er ging mit seinen Fingern auf Wanderschaft und sagte: »Sie ist ganz schön heiß und saftig heute abend. Sicherlich hat sie Sehnsucht, gebumst zu werden. Leg deine Hand hierher, mein Liebes.«

Ich fühlte seinen festen, aufragenden Stengel. Ich bewegte die lose Haut auf und ab, wie Joe es mir beigebracht hatte. Mit der anderen Hand langte ich tiefer nach unten und spürte die zwei weichen Bälle in ihrem haarigen Beutel.

»Nimm ihn mal einen Augenblick in den Mund, mein Liebes.«

Ich war bereits zu weit gegangen, um jetzt einen Rückzieher zu machen, also bückte ich mich und saugte an seinem glühenden Kopf, während ich ihn hinter den Bällen kitzelte.

»O Nina, das ist wundervoll! Jetzt leg dich auf diesem Moospolster nieder, heb deine Beine, und öffne dein Kleid, damit ich deine weichen Titten kneten kann, während mein Stengel in deiner Pussi ruht.«

Er kniete sich zwischen meine erhobenen Schenkel, beugte sich über mich. Er öffnete die Lippen meiner Pussi und führte seinen Stecken ein. Er knetete meine Brüste. Er küßte mich und stieß mir seine Zunge in den Mund.

»Sag, daß du es schön findest, Nina, mein Liebling!«

»O ja, lieber Herr!« flüsterte ich und hob mein Hinterteil. »Ich fühle Ihren Stengel in meiner Pussi – wie köstlich er mich bumst – oh! – wie herrlich er mich bumst!«

Ich war hin und her gerissen. Er stieß und keuchte. Ich hievte und stöhnte: »Oh, ja, stoß zu, bums mich, oh, oh, oh!«

Er lag auf mir, das Gesicht an meiner Schulter, seinen Stengel in meiner Pussi vergraben.

Nach einer Weile sagte er: »Ich weiß nicht, wie das kommt, Nina, aber das Bumsen mit dir war noch nie so schön wie heute, deine Pussi hat meinen Zwickel in so heißer Umarmung, und du hast seinen Kopf richtiggehend gezwickt, als ich in dich gefahren bin, wie du es nie zuvor getan hast und wie es nur wenige Frauen fertigbringen. Oh! Da ist es wieder! Ich fühle es!«

(Hier unterbrach ich Katie, indem ich fragte: »Was bedeutet das denn, daß du den Kopf seines Zwickels zwickst?«

»Also gut, meine Liebe, ich werde es dir beibringen. Wenn du fühlst, wie er seinen ganzen Zwickel bis zum Anschlag in dich hineinfährt, dann kneif deine Pobacken zusammen, so fest du kannst. Wenn du es richtig machst, dann zwickst du damit den Kopf seines Zwickels, der dann am Muttermund liegt. Versuch's mal jetzt, während ich meinen Finger drinhabe. Ja, genau so ist's richtig.«

»Also, dann weiter. Was sagte er dann?«)

Er fragte mich: »Ist Miss Kate nett zu dir?«

»Ja, das ist sie«, gab ich flüsternd zurück.

»Wartest du ihr nicht beim Baden auf?«

»Ja.«

»Läßt sie dich ihre Pussi sehen?«

»Ja, ich trockne sie ab und küsse sie manchmal.«

»Ist es eine hübsche kleine Spalte?«

»Sehr hübsch.«

»Glaubst du, sie hat Sehnsucht danach, sie sich mal bumsen zu lassen?«

»Dessen bin ich gewiß, sie ist immer ganz rot und heiß.«

»Das habe ich mir gedacht. In der Tat, ich denke oft daran, wenn ich mir ihre schwellenden Hüften ansehe. Ich hätte große Lust, sie mal zu bumsen, wenn ich es nur tun könnte, ohne daß sie merkt, wer sie in der Mache hat.«

»Vielleicht könnte ich das für Sie bewerkstelligen. Kommen Sie morgen abend in mein Bett, und ich werde sie dazu bringen, meine Stelle einzunehmen. Ich werde ihr sagen, ich erwartete einen jungen Burschen, der denken wird, daß ich es bin, und ihr das größte Vergnügen bereiten wird, ohne ihr Leides zu tun. Wenn Sie die Tür meines Zimmers unverschlossen vorfinden, so werden Sie wissen, daß es geklappt hat.«

Am nächsten Abend ging Papa überhaupt nicht hinaus, und ich sah, wie er mich mit einem eigentümlichen Blick betrachtete. Er war auch liebevoller als sonst, er nahm mich auf die Knie, als ich ihm gute Nacht sagte, und drückte meinen Po und meine Schenkel in der allerwärmsten Manier.

Nina tauschte mit mir bereitwillig das Bett für die Nacht, als ich ihr erklärte, daß ich in letzter Zeit unruhig geschlafen hätte und dächte, ein Wechsel der Schlafstatt könnte mir helfen.

Gegen Mitternacht betrat jemand das Zimmer und tastete sich zu der Stelle vor, wo er mich atmen hörte. Leise legte er seine Kleider ab und schlüpfte zu mir ins Bett. Er legte den Arm über mich und befühlte meine Pussi. Er öffnete deren Lippen, rieb um die Klitoris herum und versuchte dann, seinen Finger hineinzustoßen.

Ich hielt seine Hand fest. »Oh, Sie tun mir weh!«

»Nanu, du bist ja überhaupt nicht meine Nina.«

»Nein, ich bin nur Ninas Freundin.«

»Na, wer immer du auch bist, du hast jedenfalls eine süße Pussi. Leg mal deine Hand hier drauf, es beißt nicht.«

»Aber es wird mir schaden.«

»Nein, vertrau mir, mein Liebes, ich werde dir nicht schaden.«

Damit stieg er auf mich drauf und begann, mit seinem Stengel gegen meine Pussi zu stoßen.

»Oh, nein, das geht doch nicht. Bitte, hören Sie auf, es ist so groß!«

Ich packte ihn bei den Hüften und stieß ihn zurück.

»Ich kann das nicht mitmachen – es wird mich umbringen!«

Jedesmal, wenn er mit der Spitze seines Stachels gegen den Eingang stieß, zuckte ich zurück.

Er bettelte. Er flehte mich an, ich solle ihn nur hineinlassen, er würde auch ganz, ganz vorsichtig sein.

Er bekam ihn ein klein wenig in den Eingang hinein.

»Oh! Bitte ganz sanft, oder Sie töten mich. Oh! Oh!«

»Na bitte, ist ja schon drin. Jetzt, mein Schatz, werde ich dir nicht mehr weh tun.«

Er bewegte seinen Stachel sehr langsam rein und raus – rein und raus.

Ich begann mich zu drehen und zu wenden.

»Darling, das ist ganz exquisit! Deine Pussi ist herrlich eng und dieser sanfte Druck äußerst köstlich. Leg deine Arme um mich, mein Liebes! Erst einmal in meinem Leben empfand ich solchen Genuß beim Bumsen.«

Ich drückte ihn an mich, warf ihm meinen Hintern bei jedem seiner Stöße entgegen. Ich hob meine Schenkel und kreuzte sie über seinem Rücken.

Unter köstlicher Reibung schob er seinen Stengel in meiner bebenden, hebenden, hechelnden Pussi vor und zurück. Ich fühlte eine weiche Hand auf meinem Hintern und weiche Finger, die mit meiner Pussi spielten. Ich wußte, es war Nina, es machte mir nichts aus. Ich war trunken vor Lust. Ich kniff meinen Hintern zusammen, um seinen Zwickel zu zwicken.

»Oh! Das ist ganz große Klasse, wer hat dir diesen süßen Trick beigebracht? Mach's noch mal. Oh! Wundervoll!«

Nina stieg ins Bett und drückte sich gegen seinen Hintern.

»Oh, Nina, du kommst gerade zur rechten Zeit. Laß mich auf dich drauf, damit ich in deine Pussi spritzen kann.«

Er zog sein Instrument heraus und sagte zu mir: »Du weißt, ich habe versprochen, dir kein Leides zu tun; doch Nina nimmt das Risiko gern auf sich, denn sie weiß, daß sie bei uns immer gut aufgehoben sein wird. Laßt uns alle aus unseren Hemden schlüpfen, die Nacht ist so heiß.«

Dann stieg er zwischen ihre erhobenen Schenkel, legte sich auf ihre Brust und sagte mir, ich solle ihn einführen.

Ich fühlte ihre Pussi, die ganz heiß und feucht war, nahm seinen Schwanz, rieb ihn zwischen den weichen Lippen und setzte ihn an den Eingang. Er stieß zu, der Schwanz glitt hinein. Ich kniete mich hinter ihn und rieb meine Pussi an seinem Hintern, während er Nina bumste.

Er entlud sich unverzüglich, und bald darauf entbot er uns eine gute Nacht und ging von dannen.

Nina bat mich um Verzeihung; sie habe alles mit angehört und sich dabei so erregt, daß sie nicht anders gekonnt hätte, als zu uns zu kommen.

Ich fragte: »Hat Papa gewußt, wer deine Freundin ist?«

Sie sagte, sie sei sich nicht sicher, denke aber schon.

Papas Verhalten am nächsten Morgen war reichlich sonderbar. Mehrmals legte er seine Arme um mich, nannte mich sein süßes Mädel, seinen kleinen Liebling. Er sagte mir, er habe Vorkehrungen getroffen, mich nach England zu schicken, um dort meine Schulbildung abzuschließen. Er habe bereits eine Passage auf einer Zucker-Brigg für mich gebucht, die in wenigen Tagen in See stechen werde. Sie werde von einem Freund von ihm, Captain Lemberg, kommandiert, und dieser werde sich unterwegs meiner annehmen.

Ich sagte, das würde mir sehr gefallen, doch ich würde ihn sehr vermissen, und ich schlang die Arme um seinen Hals und küßte ihn.

Da umarmte auch er mich, hob mich hoch, trug mich zu einem Sofa und bettete mich darauf. Er setzte sich neben mich, schob seine Hand unter mein Kleid und legte sie auf meinen bloßen Hintern. »Mein Liebling«, sagte er, »laß mich dich ein wenig streicheln, ich habe dich so lieb, und jetzt bist du ja bald nicht mehr da.«

»Mein liebster Papa, tu, was du willst, mit mir. Es macht mir Freude, dir Vergnügen zu spenden.«

Er küßte mich innig, drehte mich auf den Rücken, hob mein Kleid, öffnete meine Schenkel und blickte auf meine Pussi.

»Ein hübsches Sächelchen hast du hier. Sag mir, mein Liebling, warst du das gestern nacht in Ninas Bett?«

»Das war ich, liebster Papa; war das sehr ungezogen von mir?«

»Nein, mein Liebling, du hast mir das süßeste Vergnügen gespendet, das ich jemals im Leben genossen habe. Hast du denn auch Spaß an dem gehabt, was ich mit dir tat?«

»Und ob! Es war ganz entzückend!«

»Dürfte ich es denn noch einmal machen?«

»Das darfst du, Papa, wenn du magst.«

Er zog mich an die Kante des Sofas und hieß mich meine Beine heben und so weit wie möglich ausbreiten. Dann kniete er sich auf den Boden und küßte meine Spalte. Er pries ihre Form und Farbe. Er öffnete die Lippen, steckte seine Zunge hinein und leckte die Innenseite in kreisenden Bewegungen. Er führte seinen Zauberstab ein, stieß ihn langsam hinauf und bumste mich in köstlichster Weise.

Ich tat alles, um sein Vergnügen zu steigern und zu intensivieren, dann wollte ich wissen, ob er es auch genieße. »Gefällt es dir, Papa?«

»Ja, mein süßer Schatz, deine Pussi ist das Nonplusultra an Perfektion. Ich beneide den Mann, der dich einmal zur Frau bekommt.«

Jetzt wagte ich einen Wunsch zu äußern, den ich schon seit langem hegte.

»Lieber Papa, ich möchte dich um eine Sache bitten.«

»Was denn, mein Schatz? Ich würde alles in der Welt tun, um dich zufriedenzustellen.«

»Würdest du Nina die Freiheit schenken und sie mit mir nach England schicken?«

»Aber gewiß doch, mein Schatz, und ich werde noch ein weiteres tun: Wenn sie mit deiner Zustimmung und Genehmigung heiratet, so werde ich dir erlauben, sie mit einer Mitgift von £ 50 auszustatten, und außerdem darfst du ihr alles an Kleidern kaufen, was sie für die Reise benötigt.«

Muß ich noch beschreiben, wie ich auf diese freundlichen Worte reagierte, wie ich mich an ihn klammerte, wie ich die Lustspirale anzog, welch glühenden Empfang ich seinem Stengel bot, als er in meine bebende Spalte hineinschoß, oder wie er seiner Zufriedenheit Ausdruck gab: »O Katie! Oh! Katie, mein Schatz!«

Nina war überglücklich, als sie hörte, daß sie ihre Freiheit erlangen sollte. Sie fiel vor mir auf die Knie, dankte mir überschwenglich und versprach, mir die treueste aller Dienerinnen zu sein.

»Nun, liebste May, ich habe dir mehr erzählt als jemals jemandem zuvor, weil ich in dir eine verwandte Seele gefunden habe und ich jemanden brauche, der mit mir fühlt. Urteile nicht zu hart über mich; ich war kaum mehr als ein Kind und einsam, und mein Vater ist Witwer, solange ich zurückdenken kann. Liebst du mich deshalb weniger?«

»Nein, liebste Katie, für dein Vertrauen und deine Zuneigung liebe ich dich hundertmal mehr; aber mach jetzt weiter und erzähl mir von der Reise und wie du Papa kennengelernt hast.«

»Das will ich tun, meine Liebste; doch nicht heute nacht. Ich bin müde und schläfrig. Gib mir einen Gutenachtkuß, Liebes.«

Kapitel 4

Fortsetzung von Kates Erzählung: Die Reise – Captain Lemberg und seine Nichte Hilda

Bei der nächsten Gelegenheit, da May und ihre Freundin Kate gemütlich im Bett ausgestreckt lagen, die Arme liebevoll umeinandergeschlungen und mit den Fingern gar zärtlich einander die Schamhärchen zupfend, gerieten sie bald in solche Erregung, daß sie sich splitternackt auszogen, May sich umdrehte, sich über ihre Freundin legte und sie höchst liebevoll leckte, während Kates Zunge diese feurigen Liebesküsse mit Zins und Zinseszins zurückerstattete, woraufhin beide nach nur wenigen Minuten in den lindernden Säften der Liebe zerflossen.

Sobald sie sich ein wenig erholt und gefaßt hatten, sagte May mit sanfter Stimme: »Nun, liebe Katie, fahre fort mit deiner hochinteressanten und aufregenden Geschichte.«

Nun, als der Moment gekommen war, gab mir Papa Bescheid und begleitete mich an Bord der Brigg, und nachdem er liebevoll von mir Abschied genommen, übergab er mich Captain Lemberg und seiner Nichte Hilda. Ich war entzückt, sie als Gefährtin zu haben, denn sie war ein fröhliches, spritziges Mädchen und hatte die Reise schon einmal gemacht.

Ich hatte eine kleine Kabine, die neben der ihren lag und in den Salon führte.

Nina wurde im Vorschiff einquartiert, zusammen mit einer Soldatenfrau, Mrs. S., und deren Schwester Jenny. Das Schiff lief früh am nächsten Morgen aus und begann bald zu stampfen und zu rollen. Die Bewegung machte uns alle krank. Nina konnte ihre Koje überhaupt nicht verlassen, und Hilda ging es fast ebenso schlecht. Was mich betrifft, so war mir nie im Leben so übel gewesen.

Gegen Mittag kam der Captain in meine Kabine. Ich lag darnieder, nur halb bekleidet, und mir war so schlecht, daß es mir völlig gleichgültig war, was mit mir geschah.

Er sagte, es tue ihm furchtbar leid, mich in einem solchen Zustand vorzufinden; doch wenn ich ihm erlauben wollte, mir ein Mittel zu verschreiben, so wüßte er schon, was mir ganz gewiß Erleichterung verschaffen würde.

Ich sagte, ich würde alles nehmen, was er mir gäbe, denn schlimmer könnte es mir bestimmt nicht ergehen.

Er ging hinaus und kehrte bald mit einem Glas voll heißem Brandy und Wasser zurück. Als ich davon probiert hatte, sagte ich: »Das kann ich nicht trinken, es ist zu stark.«

»Um so besser, meine Liebe, desto mehr wird es dir helfen. Komm, vertrau einem alten Seebär.«

Er legte seinen Arm um mich und stützte mich, während ich das Gesöff hinunterwürgte. Dann legte er mich zurück. Zwar erleichterte es die Seekrankheit, versetzte mich jedoch in einen Zustand ziemlicher Benommenheit.

Bevor er ging, ordnete er meine Kleider, wobei er der Gegend um meinen Busen besondere Aufmerksamkeit widmete. Als er merkte, daß ich mich nicht regte, ließ er seine Hand hinab zu meinem Magen gleiten und drückte sie schließlich auf den Hügel am Grunde meines Bauches. Dann küßte er mich flüchtig auf die Stirn und ging davon.

Binnen kurzem kehrte er zurück, und als er mich immer noch in einem Zustand der Benommenheit vorfand, in dem ich mich unruhig hin und her warf, begann er sanft durch das Hemd hindurch meinen Bauch zu streicheln, wobei seine Hand tiefer und tiefer glitt, bis er bei meiner Pussi angelangt war. Da ich mich immer noch nicht um ihn kümmerte, griff er kühn mit beiden Händen unter mein Hemd und begrapschte meine Pussi.

»Oh, Captain«, murmelte ich – mehr brachte ich nicht zustande.

Er stieß mit seinen Händen zwischen meine Schenkel vor, um an die Lippen heranzukommen. Er drückte meine Schenkel weiter auseinander und fummelte sich rund um sie herum; ich weiß gar nicht, was er alles mit ihnen anstellte, so benommen war ich, aber ich glaube, er küßte sie sogar.

Gegen Abend wurde die See ruhiger, und ich fühlte mich viel besser.

Er brachte mir eine Tasse Kaffee, die mich munter machte. Er stützte mich mit dem Arm, während ich trank, und dann beugte er sich herab und küßte mich. Ich konnte ihm meine Lippen nicht verweigern, so lieb war er.

Nach einigen Tagen hatte ich mich von den Folgen der Seekrankheit erholt und begann mich auf dem Schiff wie zu Hause zu fühlen.

Hilda brachte mich wieder zu mir und führte mich auf dem Schiff umher.

Auf der gegenüberliegenden Seite des Salons bewohnten der Captain und sein Maat, Mr. Carle, die den unseren entsprechenden Kabinen.

Mr. Carle war ein junger Mann, gutaussehend und von sehr angenehmem Wesen. Er war Hilda gegenüber sehr zuvorkommend und kümmerte sich nicht weiter um mich, im Gegensatz zum Captain, der mir seine unermüdliche Aufmerksamkeit widmete. Er gewöhnte es sich an, mich jeden Abend zu küssen, und pflegte mir den Hintern zu tätscheln, wann immer ich an ihm vorbeiging.

Mit Hilda nahm er sich noch mehr Freiheiten heraus, aber sie war ja auch seine Nichte.

Beim Aufräumen meiner Kabine stieß ich auf ein verschiebbares Wandpaneel zwischen Hildas Kabine und meiner, durch welches man die jeweils andere Kabine voll überblicken konnte.

Der Captain hielt normalerweise die erste Nachtwache und blieb bis nach Mitternacht an Deck; dann kam er herunter, trank seinen Grog und ging schlafen.

Eines Nachts wurde ich durch Stimmen in Hildas Kabine geweckt und hörte sie sagen: »Also, benimm dich gefälligst, du kannst doch nicht einfach so des Nachts in meine Kabine kommen, das erlaube ich nicht. Ah, halt, wenn du mich nicht in Ruhe läßt, schreie ich.«

»Hildy, mein Liebling, laß mich doch, einen Moment nur.«

»Nein, nimm deine Hand da weg – wie kannst du denn einfach so mein Hemd hochheben – drück meine Schenkel nicht auseinander. Nein, Onkel, nimm … das weg da. Du bist ein schrecklicher Kerl, warum gehst du nicht rüber und bumst Kate? Was würde denn Carle sagen, wenn er wüßte, was du hier mit mir treibst?«

Ich stand auf, öffnete das Wandpaneel und spähte in die andere Kabine hinein. Da sah ich, daß er sie bis an den Rand ihrer Koje gezogen hatte, so daß ihr nackter Hintern darüber hinaushing. Ihre Beine ragten nach oben und ruhten auf seinen Armen, während sein großer, strammer Schwanz in ihrer weit offenen Pussi Schlitten fuhr. Ich sah, daß sie es zu genießen begann, denn sie bewegte ihren Hintern hin und her und warf ihre Arme um seinen Hals.

»Feste, lieber Onkel! Ich kann mir nicht helfen, aber es gefällt mir nun einmal.«

Bei jedem Stoß klatschte er gegen ihren Arsch und rief aus: »Da – da – alles für dich.«

Bevor er ging, hörte ich, wie er von mir redete und sie aufforderte, mir einige Bücher und Bilder zu zeigen.

Am nächsten Tag kam ich ganz plötzlich aus meiner Kabine und erwischte Hilda auf Mr. Carles Schoß. Er hatte den Arm um sie gelegt und küßte sie. Sie erschraken und wurden ganz rot, als sie mich sahen, und er stand auf und ging an Deck.

Da erklärte sie mir, daß sie verlobt seien und nach Beendigung der Reise heiraten wollten. »Und weißt du was, Kate? Obwohl ich Carle sehr gern mag, habe ich schreckliche Angst davor.«

»Warum?« fragte ich.

»Oh, weißt du nicht, was ein Mann mit einer Frau macht, wenn sie zusammen im Bett sind?«

»Nein«, sagte ich und blickte sie voller Unschuld an, »was denn?«

»Oh, es ist nämlich so, daß er etwas hat, was er ihr in den Bauch steckt.«

»Wie sieht es denn aus, Hilda? Erzähl mir mehr davon.«

»Das Ding wird Schwanz genannt, ist acht oder neun Zoll lang und hat einen purpurroten Kopf. Es hängt ihm zwischen den Beinen, und wenn es steif wird, kann er es in unsere Spalten stecken, die auch Pussi genannt werden, weißt du? Nachdem es dann eine Weile darin hin und her geschoben worden ist, kommt etwas herausgespritzt, und das macht dann die Kinder.«

»Wie merkwürdig! Hast du das schon mal gesehen?«

»Ich habe es oft abgebildet gesehen. Der Onkel hat ein paar seltsame Bücher mit Bildern, da wird alles genau erklärt. Würdest du dir das gerne mal anschauen? Ich hab' mir mal seine Bücher angeguckt, und da bin ich auf eine versteckte Schublade gestoßen, die offen war, und dort habe ich sie gefunden; komm, ich zeig's dir mal.«

Wir gingen in seine Kabine, und als wir die Schublade öffneten, sah ich einen Haufen Bücher voller bunter Bilder mit Darstellungen der laszivsten Evolutionen der Liebe.

Da gab es nackte Männer und nackte Frauen, deren Pussis, Schwänze und Hinterteile in allen möglichen Haltungen und Stellungen gezeigt wurden. Da wurde in jeglicher Lage gewichst und geleckt und gebumst.

Auch einige großformatige französische Drucke gab es zu sehen. Auf einem war ein wunderschönes Mädchen mit nackten Schultern und Beinen abgebildet, das auf dem Schoß seines Verehrers saß. Zwischen ihren üppigen Schenkeln sieht man ihre Pussi, vollgepfropft mit seinem stehenden Liebesinstrument. Sie hat die Arme um seinen Hals geschlungen und hat das Gesicht nach oben gewandt, das vor Verzückung strahlt, welche ihr die wohlgefüllte Pussi vermittelt.

Auf einem anderen Bild sieht man eine fette Nonne, die Kutte hochgeschlagen, die Brüste freigelegt, ausgestreckt auf einer Couch vor einem großen Spiegel; sie hat ihre lüsterne Spalte soeben mit einem Dildo – einem künstlichen

Schwanz – befriedigt, und nach ihrem Orgasmus liegt sie nun in deliziöser Trägheit da, während zwei geile Mönche, die um einen Vorhang spitzeln und die in dem Spiegel reflektierte Szene betrachten, ihre Schwänze gezückt haben und nun darum wetteifern, wer von ihnen als erster über ihr lustvolles Orifizium herfallen wird.

Dann war da noch eine Szene aus einem Pariser Café, in dem eine Anzahl nackter Männer und Frauen miteinander tanzen. Während sie sich so im Reigen drehen, werden ihre Schwänze und Pussis in den erregendsten Perspektiven gezeigt; einer drückt die weichen Pobacken seiner Partnerin, während sie seinen Ständer mit liebevollem Griff umfaßt. Ein anderer drückt die Brüste seiner Geliebten, während sie seine hängenden Bälle in der hohlen Hand hält. Ein anderes Paar fällt hin, jedoch so geschickt, daß er zwischen ihre ausgestreckten Schenkel zu liegen kommt und sein gieriger Schwanz sobald Unterschlupf in ihrer erwartungsvollen Spalte findet. Einige legen ihre Partnerinnen – mir nichts, dir nichts – auf die umstehenden Sofas und verschaffen ihrer Erregung dadurch Erleichterung, daß sie sich in ihre dahinschmelzenden Pussis verankern, während andere wiederum zwischen den lüsternen Schenkeln ihrer entzückten Schönen ihren Geschmacks- und Geruchssinn verwöhnen.

Diese Bilder erregten mich mächtig. Ich hatte nie zuvor etwas Derartiges gesehen. »Oh, Hilda«, seufzte ich und preßte meine Schenkel zusammen, während sie mich auf jede der lüsternen Einzelheiten verwies.

»Wir dürfen aber nicht hierbleiben«, sagte sie. »Nehmen wir einige von diesen Büchern mit in deine Kabine, da können wir sie uns in Ruhe ansehen.«

Wir nahmen uns drei von den Büchern, schlossen die Schublade und machten uns aus dem Staub.

Nachdem wir es uns auf einem kleinen Sofa in meiner Kabine bequem gemacht hatten, schlugen wir das erste Buch auf. Es enthielt eine erregende Beschreibung der Heldentaten eines Doktors, die er sich mit einer strammen jungen Witwe leistete: wie er ihr Vertrauen errang und dann ihre amourösen Gefühle erregte, bis er es schließlich schaffte, ihren schneeweißen Kittel zu heben und seinen Blick in die reife Schönheit ihrer üppigen Formen zu versenken. Auf dem nächsten Bild steht sie dann so an seiner Seite, aus ihrer herrlichen Pussi wölben sich die geschwollenen Lippen unter einem dichten Pelz gekräuselten Haars hervor, während der knallrote Strich dazwischen seinem Schwanz einen warmen Empfang verspricht.

Er hat ihre Hand auf seinen aufgerichteten Ständer gelegt, den sie mit scheuem Vergnügen betrachtet, während sie die Haut von dem glühend roten Kopf zurückzieht.

Auf der nächsten Bildtafel liegt sie quer über seinem Schoß, ihr wunderschön gerundetes Hinterteil mit den milchweißen Halbkugeln ist nach oben gewandt, seinen liebeshungrigen Blicken ausgesetzt. Er tätschelt die Backen und kitzelt den Pelz dazwischen, während sich sein Stachel in den weichen Falten ihrer dahinschmelzenden Grotte ergötzt.

Auf einer weiteren Tafel reitet sie auf ihm, reibt ihr Hinterteil an seinem Bauch, während er sich zurückgelegt hat. Durch liebevolles Saugen mit ihrem süßen Mund hat sie seinen Stachel zu kräftiger Vitalität wiedererweckt, und wie er da jetzt zwischen ihren weit gespreizten Schenkeln aufragt, drückt sie ihn wärmstens gegen die Lippen ihrer sehnsuchtsvollen Spalte.

»Wie würde es dir denn gefallen, an ihrer Stelle zu sein, Kate? Und einen hübschen, geilen Schwanz sich gegen deine Pussi drücken zu fühlen, der sich dann hineinschiebt und dich mit Wollust und Entzücken erfüllt?«

»Es wäre sicherlich sehr schön, wenn es der Schwanz von jemandem wäre, den ich liebe.«

»Zweifellos würde dies das Vergnügen erheblich vergrößern; doch hast du nicht das Gefühl, wenn deine Pussi erregt ist, daß jedweder Schwanz, vorausgesetzt, er befindet sich im richtigen Zustand, dir Vergnügen vermitteln würde? Wie fühlt sich denn deine Pussi jetzt gerade an? Würde es dir was ausmachen, Kate, wenn ich meine Hand mal drauflegte?«

»Aber nicht im geringsten, Hilda, wenn du das gern möchtest.«

»Leg dich zurück, mein Liebes, öffne deine Schenkel. Darf ich mal sehen?«

»Ich habe nichts dagegen.«

Jetzt wurde ich mir bewußt, daß das Gleitpaneel leicht offenstand, und obwohl ich so etwas wie ein Auge durch den Schlitz spähen sah, tat ich so, als bemerkte ich es nicht, und fuhr fort: »Du darfst, Hilda, vorausgesetzt, daß ich danach auch mal gucken darf.«

Geschwind hob sie meine Petticoats und legte meinen ganzen Bauch und meine Schenkel frei, und zwar genau vor dem Paneel, das sich jetzt etwas weiter öffnete. Sie spielte mit meiner Haarmatte und pries deren Farbe. Dann spreizte sie meine Schenkel, so weit es ging, und zog meine Schamlippen auseinander. »Du hast eine süße kleine Pussi, Kate, mit einer wundervollen Klitoris und einer tiefen roten Grotte. Oh, wie heiß es da drinnen ist! Und wie es meinen Finger einsaugt und drückt! Wenn ich nur einen Schwanz hätte, dann würde ich dich gern selbst mal bumsen.« Sie beugte sich herab und küßte meine Lippen und sog an meiner Klitoris. Dann stand ich auf und ließ sie jetzt ihre geheimen Reize vor dem Paneel vorführen, wobei sie ganz rot wurde, denn sie wußte sehr wohl, was sich dahinter verbarg.

Sie hatte eine sehr hübsche Pussi, gar zierlich umrahmt von hellrotem Haar, mit einem heißen, saftigen Interieur.

In dieser Nacht tauschte der Captain seine Wache mit Mr. Carle, und bevor er zu uns in die Kabine kam, ließ er uns von seinem Grog trinken. Hilda bediente sich dabei sehr freizügig und flößte auch mir mehr ein, als mir lieb war, so daß ich mich, als wir uns erhoben, ziemlich besäuselt fühlte.

In Hildas Kabine nahm mich der Captain in die Arme und zog mich auf seinen Schoß. Während ich seine Küsse abwehrte, schob er seine Hand unter mein Kleid und stieß sie zwischen meinen Schenkeln aufwärts.

»Oh, Captain! Stop! Nehmen Sie Ihre Hand da weg – nein, das lasse ich nicht zu!«

»Was macht er denn?« fragte Hilda lachend.

»Egal, ich erlaube es nicht – stop! Ach, hören Sie schon auf, wie können Sie nur so schamlos sein?«

»Sei nicht böse, Kate, mein Schatz. Ich tu' dir doch nichts. Jedes hübsche Mädchen läßt sich doch gern mal die Pussi kitzeln. Nicht wahr, Hilda?«

»Nun, ich jedenfalls nicht, und ich erlaube es Ihnen auch nicht. Oh, Hilda, laß doch nicht zu, daß er mir das Kleid hochhebt – laß es nicht zu – ich schäme mich so – wie können Sie nur so ungezogen sein?«

Ich lag nun ausgestreckt auf dem Rücken, und er war über mir, hielt meine Arme fest und erstickte mich mit seinen Küssen.

»Hilda! Was machst du denn da? Laß ihn das nicht in mich reinstecken! Oh! Oh! Oh!«

Hilda mit ihrer Schläue hatte mich in die Falle gelockt. Sie war es, die die Lippen meiner Pussi öffnete, seine Speerspitze in mich hineinschob und dann den Schaft festhielt.

Bei jedem Stoß rief er: »Süße Katie – süßer Schatz – da hast du's nun – in deiner köstlichen Spalte – bums – bums – bums! Halte meine Bälle, Hilda! Klatsch mir auf den Hintern, aber feste!«

Bei jedem Schlag, den sie seiner Kehrseite versetzte, fühlte ich, wie sein Schwanz mit verstärkter Macht in meine Grotte eindrang. Ich begann mich zu winden und zu heben.

»Ah, meine Kleine, jetzt gefällt es dir – ah – oh, es kommt – da – da ist es schon.«

Dann brachte er sich in Ordnung und eilte an Deck, um seinen Anteil am Nachtdienst zu übernehmen.

Als ich aufstand, konnte ich kaum gehen, so daß Hilda mich in meine Kabine begleiten und mir beim Ausziehen helfen mußte.

Nachdem sie mich in meine Koje gebettet hatte, küßte sie mich und wünschte mir eine gute Nacht.

Ich unterbrach sie, indem ich sagte. »Du solltest dich schämen, Hilda, mir eine solche Behandlung widerfahren zu lassen.«

»Mach dir nichts draus, meine Liebe«, entgegnete sie lachend. »Es ist ja nichts passiert. Und wenn ich mich nicht sehr irre, wirst du noch großen Spaß daran finden, bevor du das Schiff verläßt. Gute Nacht.«

Obwohl müde, war ich doch viel zu aufgeregt, um schläfrig zu sein.

Nach kurzer Zeit hörte ich, wie jemand die Tür zu Hildas Kabine öffnete.

»Oh, Carle, was willst du denn hier mitten in der Nacht?«

»Ich will dich, mein Schatz, ich kann nicht ohne dich leben.«

»Du hast mich doch den ganzen Tag über.«

»Aber ich will dich auch die ganze Nacht.«

»Das kannst du aber noch nicht, weißt du?«

»Warum denn nicht, mein Liebes, vertraust du mir denn nicht? »

»Warte, bis wir verheiratet sind, Carle. Dann wirst du noch genug von mir bekommen. Sei ein braver Junge und geh jetzt. Da, du hast mich schon genug für einen ganzen Monat geküßt. Na gut, ich setz' mich auf deinen Schoß, aber nur ein kleines Augenblickchen und wenn du versprichst, dann sofort zu gehen. Ah, wo hast du denn deine Hand schon wieder?«

»Laß mich doch, mein Schatz, ich will nur mal sehen, ob du hier genauso hübsch bist, wie ich es mir vorstelle.«

»Und wenn nicht, was dann?«

»Nun laß mich schon – da – mach mal auf.«

»Schwörst du mir bei deiner Seele, daß du mich nach dieser Überfahrt heiraten wirst?«

»Das schwöre ich dir bei meiner Seele. Danke, Hilda. Jetzt liebe ich dich mehr denn je, weil du Vertrauen in mich hast. Du bist wirklich ganz reizend, mein süßer Schatz, und hast eine allerliebste kleine Pussi. Oh, wie weich und warm sie ist. Nun leg mal deine Hand hierher, da wirst du etwas finden, das wie geschaffen dafür ist. Beweg ihn auf und nieder, mein Liebes, er gehört ganz dir. Fühl mal, wie stark und heiß er ist; er sehnt sich danach, Bekanntschaft mit seiner Freundin hier zu machen. Darf er sie nicht mal küssen, nur mal ihre liebenden Lippen berühren?«

»Ah, Carle, das ist gar nicht nett von dir; du weißt, wie gern ich dich habe! Du wirst mir doch nicht weh tun?«

»Mach deine Beine weiter auf – da – er ist drin in deiner süßen Muschi. Hilda, mein Liebling, magst du es denn nicht, meinen Schwanz in dir zu spüren? Bumsi, bumsi?«

»Ja, aber stoß ganz sanft zu, mein Lieber.«

»Meine Liebe – oh, wie ich dich liebe! Wie mein Schwanz es liebt, deine süße Muschi zu bumsen.«

Und so fuhren sie fort, einander zu küssen und zu liebkosen.

Nach einer Weile hörte ich, wie sie sich nach seinem Schwanz und den sonstigen Anhängseln erkundigte. »Jetzt fängt er wieder zu wachsen an. Da, sieh, wie steif er geworden ist. Hättest du es gern, daß ich ihn in meinen Mund stecke und daran sauge?«

»Ja, mein Schatz, das wäre mir ein großes Vergnügen. Hab vielen Dank, meine liebe Hilda, dein Mund ist fast so schön wie deine Pussi. Das ist ganz köstlich.«

»Aber wer weiß, wo der schon überall dringesteckt hat. Wie viele Mädchen hast du schon gehabt, Carle?«

»Ach, Hilda, fang nicht an, eifersüchtig zu werden. Wie du weißt, habe ich schon eine Menge Mädchen gebumst. Und wenn du mir eine kluge kleine Frau sein willst, dann wirst du auch nichts dagegen haben, wenn ich außer dir noch ein paar andere bumse, auch nachdem wir verheiratet sind. Laß uns also ein Übereinkommen treffen, Liebste, von dem ich mir sicher bin, daß es zu unserem gegenseitigen Glücke beitragen wird. Gib mir völlige Freiheit, und ich verspreche dir, daß ich niemals etwas ohne dein Wissen und dein Einverständnis unternehmen werde. Ich werde dir dieselbe Freiheit gewähren, jeden zu haben, der dir gefällt und sooft es dir gefällt, unter den gleichen Bedingungen. Ich weiß, daß wir uns viel besser verstehen und viel mehr voneinander haben werden, wenn wir nicht ausschließlich aneinander gefesselt sind. Bist du einverstanden?«

»Nun, Carle, ich verlange keine Freiheit für mich selbst, aber wenn es dich glücklicher macht und du mich dann noch mehr liebst, will ich einverstanden sein. Doch denke daran, die Bedingung muß erfüllt werden.«

(»Einen Moment, Kate! Haben sie später geheiratet und sich an die Vereinbarung gehalten?«

»Ja, das haben sie, und als ich sie das letzte Mal traf, vermeinte ich, nie ein glücklicheres, liebenderes Paar gesehen zu haben.«

»Und was hältst du selbst von solch einer Regelung, Kate? Ich frage dich, weil Mr. T. mir das gleiche vorgeschlagen hat, das heißt, wenn ich ihn heirate.«

»Nun, meine Liebe, es ist schwer, dazu eine Meinung zu äußern. Die meisten Frauen wollen einen Mann ganz für sich allein, und im allgemeinen geben sie sich auch mit einem einzigen zufrieden; doch in denjenigen Fällen, da beide vor der Ehe ein freies Leben geführt haben, kann ich mir ganz gut vorstellen, daß eine solche Regelung zweckmäßig und weise wäre. Aber du kannst dir vielleicht selber ein Urteil bilden, da dein Papa sie hierher einzuladen gedenkt, sobald Carle von seiner gegenwärtigen Seereise zurückkehrt.«

»Oh, das wird bestimmt ganz reizend. Ich möchte Hilda gern kennenlernen, und vielleicht kommt auch Mr. T., denn er sagt, daß er nicht länger auf mich warten kann, und er hat auch an Papa geschrieben. Doch nun weiter, liebe Kate, erzähl mir, was als nächstes geschah.«)

Nur dies: Am folgenden Tag eröffnete Carle dem Captain, daß er sich mit dessen Nichte verlobt und ihr versprochen habe, sie zu heiraten, sobald sie in England eingetroffen seien.

Der Captain entgegnete: »In Ordnung, alter Junge, ich gratuliere dir. Sie ist ein blitzsauberes Mädel und wird dir bestimmt ein fideles Weib. Aber von mir aus kannst du sie auch gleich haben, wenn du den Ehekontrakt in meiner Gegenwart unterschreibst, was, wie du weißt, in Dänemark Gesetzeskraft hat.«

Carle war von der Idee begeistert. Also wurde der Ehevertrag aufgesetzt und von ihm und Hilda unterzeichnet, wobei der Captain und ich unsere Namen als Zeugen daruntersetzten.

»Nun«, sagte der Captain, »erkläre ich euch für Mann und Frau usw. Schnapp sie dir, sobald du willst, mein Junge! Und da wir als Zeugen bei der Trauszene dabei waren, ist es wohl nur recht und billig, wenn wir die Bettszene auch miterleben dürfen.«

Schon fand Carle sie in seinen Armen und setzte sie sich aufs Knie. Der Captain packte mich, stellte sein Bein zwischen meine Beine und sagte: »Kate, jetzt mußt du mir die Nichte ersetzen.« Und trotz meiner Gegenwehr stieß er seine Hand zwischen meine Schenkel.

Carle war auch nicht faul und folgte seinem Beispiel, und bald waren unter vielen »Ah, Carle« und »Stop, Charlie« ex-

plodierende Hände im Vollbesitz unserer beiden Pussis, während zwei stehende Schwänze kühn ihre rosigen Spitzen emporreckten.

Da sie darauf aus zu sein schienen, sich mit uns gewissermaßen öffentlich zu verlustieren, sahen wir keinen Sinn darin, uns weiter zu sträuben, und überließen uns ihrem Willen.

Der Captain lächelte, als er sah, wie geschickt und liebevoll Hilda Carles nobles Werkzeug liebkoste, und unter dem Deckmantel eines Kusses legte er meine Hand auf sein eigenes. »Los, Carle, leg sie schon flach und mach 'ne Frau aus ihr. Kate wird den Vogel ins Nest geleiten, und ich gucke zu und sehe darauf, daß alles fair und unparteiisch zugeht.«

Carle legte sie auf den Rücken und entblößte, indem er zärtlich ihr Kleid hochschob, ihren Bauch und ihre Schenkel. Dann hob er ihre Beine an und spreizte die Schenkel weit auseinander; er hielt inne, um ihre von goldenem Haar umgebene Pussi zu bewundern, und plazierte sich bequem zwischen die üppigen Schenkel. Dann lehnte er sich über sie, um seinen Schwanz in ihre offenstehenden Lippen zu führen.

»Kate, jetzt rein damit, und schön festhalten.«

Ich beugte mich nach vorn, bekam Carles zappelndes Werkzeug zu fassen und schob dessen Kopf in die weiche Nische. Dabei fiel dem Captain mein nacktes Hinterteil ins Auge.

Er umfing meine Hüften und rief: »Oh, welch lieblicher Arsch!« Er küßte ihn, und ich fühlte seine warme, schmiegsame Zunge in und um meine Pussi spielen, ja sogar in mein Hinterloch eindringen. Dann sprang er auf, stieß seinen sprungbereiten Schwanz in meine Pussi, fing an draufloszubumsen und beobachtete derweil, über meinen Rücken gelehnt, Carle und rief bei jedem Stoß aus: »So ist's richtig, alter Junge! Immer rinn – laß ihr die Kugeln an den Arsch knattern – bums – bums – bums – ah, oh!« Und wir fielen alle über einen Haufen, und unsere Pussis flossen über von der Entladung aus ihren erregten Schwänzen.

Nachdem er einige Momente auf ihr liegengeblieben war, begann Carle von neuem seinen Hintern zu bewegen und erwies Hilda die Gunst einer zweiten Runde, ohne seinen Schwanz herauszulassen.

Dies bereitete dem Captain große Freude. Er beugte sich über seine Nichte, küßte sie und fragte, wie ihr das Bumsen gefiele,

Sie lächelte, streckte ihre Hand aus und ergriff seinen Schwanz, der jetzt schlapp herunterhing.

Carle lachte, als er sie ihres Onkels Werkzeug reiben sah, und fuhr fort, das seine langsam in ihrer Pussi auf und ab zu schieben.

Des Captains Schwanz erhob sich wieder; er stieß ihn ihr vors Gesicht. Sie zog ihn an ihre Lippen, rief mich heran, hob meine Kleider und legte Carles Hand auf meine Pussi. Dann blickte sie auf und sagte: »Jetzt sind wir quitt.«

Carle küßte sie und sagte: »Mein Darling Hilda, du bist die beste und süßeste aller Ehefrauen, du wirst es niemals bereuen.«

Dann beugte er sich zu mir herab und sagte, ich solle mich zurücklegen und meine Schenkel öffnen. Er küßte meine Pussi und saugte an meiner Klitoris, während er die ganze Zeit in langsamem, gemessenem Rhythmus Hilda bumste.

»Was machst du denn mit Kate, Carle?«

»Ich sauge an ihrer süßen Pussi, während ich die deine bumse. Und was machst du mit dem Captain?«

»Ich sauge an seinem Pinsel, während ich den deinen in meiner Pussi knuddele.«

Der Captain bewegte nun seinen dicken, schweren Arsch und schob seinen Schwanz in Hildas Mund vor und zurück, und Carle tat das gleiche mit zunehmendem Krafteinsatz in ihrer Spalte. Sie hob und senkte ihr Hinterteil, und auf der Höhe ihrer Erregung griff sie nach einer meiner Pobacken und kniff mich bei jedem von Carles Dolchstößen derart hinein, daß ich einen Schrei kaum unterdrücken konnte.

Doch ich war selbst fast so erregt wie sie, denn Carles Lippen und Zunge in meiner Pussi waren fast so erregend wie sein Schwanz in der ihren, und der Anblick seines wohlgeformten Hinterteils, das sich zwischen ihren weit gespreizten Schenkeln hob und senkte, und des Captains Werkzeug, das zwischen den Lippen ihres Mundes vor und zurück sauste, ließen mich an der allgemeinen Erregung vollen Anteil haben.

Der Captain, bei dem die Flut des Vergnügens die Deiche zu sprengen drohte, schrie: »Bums sie, Carle, bums ihre Pussi.«

Carle hielt dagegen: »Saug ihn, Hilda – saug seinen Schwanz!«

Ich wiederum – ich preßte meine Pussi gegen Carles Mund und ergoß mich auf seine Zunge, und dabei rief ich all die Namen in die Gegend: Schwanz – Pussi – Arsch – wichsen – saugen – bumsen – oh!

Carle ging an Deck, und bald danach wankte auch der Captain seiner Koje entgegen. Hilda und ich zogen uns in unsere Kabinen zurück und waren bald fest eingeschlafen.

Ich brauche dir nicht zu erzählen, daß wir uns, nachdem einmal alle Schranken zwischen uns gefallen waren, noch viele Male köstlich amüsiert haben.

Carle und der Captain schienen Gefallen daran zu finden, uns abwechselnd zu bumsen, aber alles vollzog sich ganz offen und unter gegenseitigem Einverständnis.

Wir machten auch freien Gebrauch von den Büchern und Bildern und versuchten, die dargestellten oder beschriebenen Szenen nachzustellen.

So legte der Captain Hilda zum Beispiel auf den Tisch, ich mußte mich über sie legen, so daß ihr Kopf zwischen meinen Schenkeln zu liegen kam, während meine Füße auf dem Boden ruhten, dann holte er seinen Schwanz heraus, Hilda sah nach oben und führte ihn in meine Pussi ein und hielt ihn dort fest, während er mich bumste.

Carle befand sich unterdessen am anderen Ende des Tisches zwischen Hildas erhobenen Schenkeln, während ich mich über sie beugte und seinen Schwanz in ihre offene Spalte steckte und dann sein Hinterteil und seine Bälle bearbeitete. Der Captain lehnte sich dabei über meinen Rücken, sah dem Vorgang interessiert zu und rief, nachdem er gewartet hatte, bis Carles Schwanz vollkommen von den behaarten Lippen aufgesogen war:

»Los, alter Junge, laß uns zugleich beginnen! Zieh erst mal zurück, und wenn ich ›eins‹ sage, stoß zu.«

»EINS.« – Die beiden Ärsche setzten sich in Bewegung und trieben die beiden Schwänze tief in die geheimen Winkel unserer Pussis hinein.

»ZWEI.« – Ein weiterer energischer Stoß, der unsere Bäuche und Brüste aneinanderreiben ließ.

»DREI.« – Ein vehementer Stoß; des Captains Bauch klatschte gegen meinen Hintern, und Carles Bälle schlugen gegen Hildas Kehrseite.

»VIER.« – Die beiden erregten Schwänze rauschten mit köstlicher Kraft in unsere bebenden Spalten, so daß wir uns ihnen entgegenstemmen mußten.

»FÜNF.« – Wir fühlten, wie die strammen Dinger bis zum Anschlag in uns hineingetrieben wurden, geradewegs bis zur Höhe des Herzens schienen sie vorzudringen.

»SECHS.« – Eine Flut kochenden Samens platzte in unsere Pussis hinein und füllte unsere Staubecken, so daß sie überschäumten, das heiße Sperma über die Dämme flutete und Pussis, Schwänze und Anhang im süßen Liebessaft ertränkte.

Das nächste Mal, als Hilda und ich allein waren, zeigte sie auf einige Peitschenszenen unter den Bildern und schlug vor, wir sollten es einmal auf einen Versuch mit der vielgerühmten Wirksamkeit der Birkenrute zur Hervorbringung von Gefühlen ankommen lassen.

»Aber wo sollen wir denn hier auf dem Schiff eine Birkenrute herkriegen?« wollte ich wissen.

Sie war um eine Antwort nicht verlegen: »Oh, ich weiß, wo wir einen Besen ohne Stiel finden können. Ich kann leicht einige Zweige davon abzweigen und daraus eine Rute fertigen, die unseren Zwecken genügt.«

Am Abend, ich steckte bereits im Nachthemd, kam denn Hilda auch schon in meine Kabine und zeigte mir eine Rute, die sie hergestellt und hübsch mit einem Band zusammengebunden hatte.

Bei dem Anblick wurde mir ein wenig bange, und ich sagte: »Wird das nicht weh tun? »

»Oh, am Anfang vielleicht, doch wenn man erst mal auf den Geschmack kommt, dann wandelt sich der Schmerz in Vergnügen. Du kannst ja mal mit mir anfangen, ich habe keine Angst.«

Sie legte sich, den entblößten Hintern nach oben, aufs Sofa, ich mußte mein Hemd aufstecken, sie legte einen Arm um meine Hüfte und sagte, nun solle ich mal drauflosklopfen.

Also polierte ich ihren wunderschönen weißen Allerwertesten, während sie mit meiner Pussi spielte.

»Du darfst ruhig stärker zuschlagen, Kate«, sagte sie und wand ihren Hintern hin und her.

Ich begann mich in die Sache zu vertiefen und schlug jetzt so derb zu, daß ihre Hinterbacken einen rosigen Schimmer annahmen wie zwei blühende Äpfel.

»Oh«, rief sie und rollte sich herum, »meine Pussi steht in Flammen – steck deinen Finger hinein, Kate. Ach, wie gern ich jetzt bumsen würde. Wie sehr ich mir wünschte, daß Carle hier wäre!«

»Nun, dein Wunsch sei dir erfüllt«, sagte dieser und trat splitternackt herein. In der Hand hielt er seinen schönen, steifen, rotköpfigen Schwanz.

Er griff ihr um die Taille, ließ sie sich vorwärts beugen

und stieß seinen steifen Schwanz von hinten in ihre Pussi hinein.

»Warte einen Moment, Carle«, sagte sie. »Kate kriegt jetzt erst mal ihre Tracht, und damit du nicht die Hände davorhältst, will ich sie dir festbinden.«

Und ohne mich um Erlaubnis zu fragen, nahm sie meine Handgelenke und band sie an die Beine des Sofas, und damit ich auch meine Beine auseinander hielt, band sie meine Fußgelenke ebenfalls fest. Diese Stellung gefiel mir nicht so recht, doch da ich nun hilflos war, sagte ich nur:

»Denk dran, du mußt sofort aufhören, wenn ich es sage.«

Dann beugte sie sich wieder vor, und Carle führte seinen Schwanz von hinten in ihre Pussi ein.

Beide lachten sie, während Hilda die Rute auf meinem armen unschuldigen Podex tanzen ließ. Zunächst versuchte ich es so geduldig wie möglich zu ertragen; doch je energischer Carles Stöße wurden, desto mehr Power brachte sie auch in ihre Schläge ein, so daß ich schließlich sagte: »Also bitte, Hilda stop! Hilda, du Monster, was führst du im Schilde? Du grausames Mädchen, laß ab von mir, du folterst mich ja!«

Mein ganzer Hintern brannte wie Feuer. Ich versuchte verzweifelt, mich loszureißen, und begann zu schluchzen, doch da fiel sie auch schon nach vorn, und Carle drückte sich gegen ihren Hintern und entlud sich in ihre Pussi. Dann kam sie zu mir, band mir die Hände los, schmiegte ihre Wange an die meine und sagte:

»Vergib mir, liebste Kate, ich war so fürchterlich erregt.«

»O Hilda, du grausames Mädchen, wie konntest du nur? Oh, wie ist mir heiß, ich stehe regelrecht in Flammen!«

»Wo ist dir so heiß, geliebte Kate?«

Und ich spürte, wie sich eine Hand zwischen meine Schenkel stahl und die Lippen meiner Pussi drückte. Als ich aufblickte, sah ich in das fröhliche Gesicht des Captains.

»Mach dir nichts draus, Kate, dafür wird sie ihre Strafe erhalten. Und ich verschaffe dir jegliche Linderung, deren ich fähig bin.«

Dann teilte er sanft meine Schenkel und stieß seinen Schwanz hinein, während Hilda meine Tränen wegküßte. Die weiche Spitze seiner Lanze hatte eine unendlich lindernde Wirkung auf die schrecklich erregten Falten meiner Muschi, und während er allmählich nach innen vorstieß, verlor sich der Schmerz der Rutenschläge in der grenzenlosen erotischen Erregung, die ich jetzt erfuhr. Niemals ist mir etwas Köstlicheres widerfahren als die süße Reibung von des Captains Rute in meinem fiebernden Schlund; jeder Nerv begann von neuem vor Vergnügen zu vibrieren.

»Ist dir das nicht genügend Entschädigung?« flüsterte Hilda.

»O ja«, entgegnete ich. »Stoß hinein, tief hinein, bums mich – bums mich. Oh, bums – bums – bums!«

Nunmehr erklärte der Captain, daß Hilda für die grausame Behandlung meines armen Hinterteils tüchtig ausgepeitscht werden müsse.

»Schön und gut«, sagte Carle, »doch da ich der eigentliche Schuldige bin, werde ich die Strafe auf mich nehmen.«

Er gab die Rute in meine Hand, beugte sich über die Koje und streckte seinen großen fleischigen Hintern aus, während Hilda unter ihm saß, seinen Stecken hielt und mit dem Munde daran sog.

»Also, Kate«, sagte der Captain, »nun gib ihm mal Saures; nimm keine Rücksicht auf seinen Allerwertesten, schlag ihn nur, und schlag ihn fest! Scheu dich nicht, in der Schule ist er jeden Tag verhauen worden!«

Ich schlug drauflos, und bald begann sein Hintern zu glühen, seine Bälle ballten sich, und sein Stab schwoll und wuchs. Er bewegte sich in leichtem Rhythmus, um ihn in ihrem Munde vor und zurück zu schieben, und mit einem donnernden »Oh!« spritzte er seinen Samen ihre Kehle hinab.

Nun, liebe May, das muß fürs erste genügen. Gute Nacht, mein Liebes, gute Nacht.

Kapitel 5

Schluß von Kates Erzählung

Bevor ich Kates Erzählung wiederaufnehme, muß ich von etwas berichten, was mir selbst in der folgenden Nacht zustieß.

Kate kam später als gewöhnlich, und als sie schließlich kam, lag ich schon im Bett und hatte meine Lampe gelöscht, so daß es ganz dunkel im Zimmer war. Als sie zu mir ins Bett stieg, legte sie ihre Hand auf meine Pussi und fragte, ob ich überhaupt noch manchmal Lust auf einen Männerschwanz hätte. Ich bejahte dies, fügte jedoch hinzu, daß ich auf meinen Geliebten wartete, und wenn er käme, dann gäbe es genug zu bumsen.

»Aber würdest du dich nicht auch mit sonst einem Schwanz begnügen«, fragte sie und rieb derweil meine Pussi, bis sie nahe am Glühen war.

»Nun, Kate, nachdem du meine Pussi so mit deinem Finger in Fahrt gebracht hast, könnte ich wohl mit fast jedem Schwanz vorliebnehmen.«

»Also, meine Liebe, das gleiche hast auch du mit deinem Finger bei mir bewirkt. Sehen wir mal, ob wir uns einander nicht Erleichterung verschaffen können, und da die Nacht heiß ist, laß uns aus unseren Hemdchen schlüpfen. Komm, leg dich auf mich drauf.«

Sie selbst legte sich so auf die Bettkante, daß ihre Füße auf dem Boden ruhten, und mich auf sich drauf, Brust an Brust, Bauch an Bauch, den Hintern nach außen gekehrt. Dann schlang sie ihre Arme um mich, stieß mir ihre Zunge in den Mund und hielt mich ganz fest. Ich fühlte, wie etwas meinen Hintern berührte, und dann pochte ein weiches rundes steifes Ding an meine Pussi. Ich prustete heraus: »Laß mich los, Kate, ich bin sicher, da steht jemand hinter uns.«

»Unsinn«, sagte Kate, »das ist nur deine eigene überhitzte Phantasie.«

»Ich sag' dir, das ist keine Phantasie. Oh! – es stößt herein – laß mich hoch – da bumst mich doch jemand. O Kate, ich fühle seinen Stab, meine Pussi ist voll davon, laß mich doch los.«

Doch sie hielt mich fester denn je.

»Sei doch nicht närrisch, halt deinen Hintern still. Es ist nur mein Finger.«

»Nein, es ist ein Schwanz, ich fühle seinen Kopf – da drinnen – ganz tief. Oh!«

»Was tut er denn?«

»Er bumst, bumst, bumst, bumst. Ach, da kommt das Gefühl, wie köstlich!« Und ich lag reglos an ihrem Busen. Dann wurde der Schwanz plötzlich herausgezogen und muß wohl gleich darauf in sie eingedrungen sein, denn ich fühlte, wie sich ein Bauch mit Haaren darauf an meiner Kehrseite rieb, während der dazugehörige Schwanz seiner Beschäftigung nachging.

Dann packte uns ein Paar kräftiger Arme beide gleichzeitig, drückte uns einen Augenblick lang und verschwand geschwind. Nachdem wir es uns wieder im Bett bequem gemacht hatten, fragte ich: »Wer war das, Kate?«

»Ach, was soll's. Laß mich lieber in meiner Geschichte fortfahren.

Sowohl der Captain als auch der Maat hatten gute Singstimmen, und manchmal sangen sie uns etwas vor, wenn sie abends ihren Grog zu sich nahmen.

Wir pflegten es uns auf dem breiten Achterluk bequem zu machen, das zu diesem Zweck üppig mit Kissen bedeckt wurde. Carle saß gewöhnlich zwischen Hilda und mir, je eine Hand auf unseren Pussis. Ich beschäftigte mich dann mit seinem Schwanz und dessen Anhang, während Hilda auf ähnliche Weise mit dem Captain beschäftigt war. Der letztere pflegte dann, während er an seinem Grog nippte, in kühnem, ausgelassenem Ton einen seiner Lieblings-Shanties anzustimmen, woraufhin dann Carle nicht lange auf sich warten ließ und ebenfalls einstimmte. Worauf dann immer eine allgemeine Bumserei folgte, wie ich sie bereits beschrieben habe.

Ich erinnere mich nur an zwei ihrer Lieder, welche ich dir mal vorsingen will, wenn du willst, damit du einen Eindruck bekommst.«

»Ach bitte, ich würde sie gern mal hören.«

Des Captains Lied

Egal, was Zimpersusen sagen,
Die Maid am besten mir gefällt,
Die sagt, sie will was wagen,
Und sich zu mir gesellt,
Ihr' Schönheit werd' ich nimmer satt,
Vergnügen find' ich nur bei ihr,
Ich lieb' sie, auch wenn s' andre hat
Und vielen andern gibt Plaisier.

Versucht' ich, ihr Lob zu erheben,
So fänd' ich kein Ende für das,
Sie steckt voller Frohsinn und Leben
Und sprüht vor Freiheit und Spaß.
Ein Genuß, sie zu locken und reizen,
Nie ist sie grämlich und scheu;
Will nicht mit den Reizen geizen,
Daß ich in ihr mich erfreu'.

Ohn' Ach und Weh macht sie die Beine breit,
Zeigt mir den süßen kleinen Schrein,
Die Lippen so rot, so allzeit bereit,
Die schwarze Haapracht lockt: Komm rein!

An ihre Brust gelehnt, in ihrer Arme Halt
Verbracht' ich manche schöne Stund' ;
Genoß noch mehr der Gefühle Gewalt,
Als ich sie mit Freunden teilen kunnt' .

Das Lied des Maats

Mein Jimmy ist ein lust' ger Strolch,
Immer zu Streichen aufgelegt;
Als wir letztens sehr erregt,
Griff er mir an die Molch.

Dann holt' er seinen Bürzel raus,
Legt' mir ihn in die Hand,
Und meint' , es wär' ein feiner Schmaus,
Wollt' ich nur machen den Gourmand.

Ich küßte seinen roten Hut
Und fing an ihm zu saugen an,
Und er hing an der Pussi dran
Und meinte, Bumsen wär' jetzt gut.
Dann legt' er mich auf den Diwan,
Die Bälle prall, so rund der Hut,
Zollt' mir der Liebe süß' Tribut.

Soll doch die Maid, die sich geniert,
Verweigern, was sie selber mag,
Die Liebe hat doch ohne Frag'
Der Schöpfer selbst gebiert.

So wenn dein Liebster dich mal noch
Ans Pfläumchen faßt, dann sei nicht gram,
Mach Beine breit und heb dich hoch,
Genieß das Vögeln ohne Scham.

Nachdem mir Kate diese Lieder vorgesungen hatte, fragte sie mich, was ich davon hielte.

Ich sagte, sie gefielen mir ausgesprochen gut, besonders das des Maats, und ich müsse es unbedingt auswendig lernen und es dann Mr. Trevor vorsingen. Sodann nahm Kate ihre Erzählung wieder auf:

Ich sollte dir berichten, daß meine Zofe Nina während unserer Seereise nicht untätig geblieben war. Sie wusch mich jeden Mogen und half mir beim Anziehen, und dabei amüsierte sie mich durch ihre Berichte von ihren Abenteuern mit den Matrosen, die sie dazu beschwatzten, des Nachts zu ihnen in die Hängematten zu kommen. Sie meinte dazu, daß dieserart zu vögeln eine sensationelle Neuigkeit sei.

Eines ihrer Abenteuer muß ich dir unbedingt wiedergeben.

Wir hatten als Passagiere einen Matrosen, Jim Murphy, der auf Krankheitsurlaub auf der Heimfahrt war, zusammen mit seiner Frau und seiner Tochter Jenny, einer drallen Jungfer von etwa zwanzig Jahren.

Nun hielt Mrs. Murphy ein wachsames Auge auf Jenny, in die sich der Bootsmann bald verliebt hatte, und dieser suchte nun nach jeder sich bietenden Gelegenheit, mit ihr allein zu sein, um seine Werbung voranzubringen oder, in einfacheren Worten, sie einmal aufs Kreuz legen zu können.

Mrs. Murphy mußte sich manchmal in die Kabine ihres Gatten begeben, um ihm seine Medizin zu verabreichen oder seinen sonstigen Wünschen nachzukommen, und so beauftragte sie Nina, Jenny in ihrer Abwesenheit auf keinen Fall mit dem Bootsmann allein zu lassen.

Dies versprach Nina in aller Treuherzigkeit und hielt sich auch strikt an diese Anweisung.

Eines Abends wurde nach Mrs. Murphy geschickt, damit sie sich ihres Gatten annehme, und im nämlichen Augenblick, da sie außer Sichtweite war, kam der Bootsmann, setzte sich zu Jenny und Nina und fragte Jenny, ob sie ihm einen Knopf ans Hemd nähen könne.

»Ja«, sagte Jenny.

»Dann komm mit in meine Kabine, damit ich ihn dir gebe.«

»Ja, Jenny«, sagte Nina, »wir gehen beide zusammen.«

So gingen sie alle drei in die Kabine des Bootsmanns, und Nina sagte: »Wenn Sie Jenny jetzt Ihren Schwanz vorführen wollen, Herr Bootsmann, dann ist jetzt Gelegenheit dazu, und ich werde Ihnen sogar die Hose aufknöpfen.« Und sie ließ den Worten die Tat folgen und befreite den noblen Strolch aus seinem Gefängnis. Den schwellenden Kopf stolz aufgerichtet, stand er da, und Nina ergriff ihn und sagte: »Sehen Sie her, Miss Jenny, hier haben Sie ein Spielzeug vom Feinsten, das Sie sich in die Pussi stecken können.«

Jenny wurde scharlachrot bis unter die Haarwurzeln und sagte: »Schäm dich, Nina, solche Worte in den Mund zu nehmen!«

Bootsmann: »Gut gesprochen, Nina! Du kennst dich aus, und unsere hübsche Jenny hier wird bald erfahren, wie schön die Liebe ist. Komm her und setz dich auf mein Knie, Liebling, und gib mir einen Kuß, bevor deine Mutter zurückkommt. Weißt du, ich will dich zu meinem Eheweib machen, wenn du mich heiraten magst, sobald wir wieder an Land sind. Ich nenne auch ein hübsches kleines Haus mein eigen, in dem wir leben können. Komm, gib mir einen Kuß und setzt dich auf meinen Schoß, sei ein liebes Kind.«

Jenny tat beides, und der Bootsmann brachte sie dazu, mit einer Hand seinen Schwanz zu ergreifen, während er ihr ebenfalls mit einer Hand unter das Kleid fuhr und ihr Knie berührte. Jenny schrie: »Nein, nein!«, doch die Hand kriecht weiter hinauf, bis die Glückslaube erreicht ist, ein Finger sich vorsichtig weiterstiehlt und ihren Schlitz kitzelt.

»Sag ja, liebe Jenny, und ich schwöre, daß ich dich heiraten und dir ein seidenes Kleid und ein eigenes Heim geben werde. Ich bin mir nämlich ganz sicher, daß deine Mutter dich nicht mag.«

Jenny: »Ja, das stimmt, sie mag mich leider wirklich nicht.«

Nina: »Also, Jenny, stell dich nicht so an! Rechnest du denn damit, einen besseren Ehemann als den Bootsmann zu bekommen, der mehr als ein Pfund Sterling pro Woche verdient? Tu alles, was er verlangt, ich werde schon dafür sorgen, daß alles mit rechten Dingen zugeht! Du wirst sehen, wie köstlich es ist, dich von seinem Zuckerstab umrühren zu lassen – es wird dir so sehr gefallen, daß du noch einmal darum betteln wirst.«

»Aber werden Sie mich auch bestimmt heiraten, Herr Bootsmann?«

»Ja, das werde ich, bei der Heiligen Jungfrau, sobald wir an Land sind und ich einen Priester finden kann, der uns traut.«

»Es würde mir schon gefallen, ein eigenes Haus zu haben und fern von meiner Mutter zu leben, denn die ist immer nur böse mit mir.«

»Dann wäre das ja geregelt, liebste Jenny! Ich betrachte dich als mein Weib; und nun werde ich dich in die Pflichten einer Ehefrau einführen. Leg dich hier auf mein Bett, liebe Jenny. Ich nehme an, du weißt, daß Mann und Frau in einem Bett schlafen?«

Jenny: »Ja.«

Bootsmann: »Und du, Nina, paß an der Tür auf. Da, jetzt dringt mein Schwanz in Jennys Spalte ein. Oh, das ist einfach himmlisch! Aber Jenny, was hat denn das zu bedeuten? Wo ist denn deine Jungfernschaft abgeblieben?«

»Och, die hat mir der Priester bei der Erstkommunion genommen. Mutter weiß darüber Bescheid.«

»Na, da kann ich ja gleich richtig loslegen.«

Und Nina erzählte mir, sie hätten eine halbe Stunde Zeit gehabt, dann habe sie Mrs. Murphy kommen sehen. »Ich trat in die Kabine des Bootsmanns, und Mrs. Murphy folgte mir und sah, wie er ihre Tochter vernaschte.

›Oh, Sie Gauner, Sie schmutziger Lump!‹ schrie sie. ›Sie haben meine Tochter auf dem Gewissen, meine kostbare Jenny! Hören Sie sofort mit der Bumserei auf.‹ Sie versuchte, ihn von ihr herunterzuziehen, und wandte sich an mich: ›Und du, du hast versprochen, kein Auge von Jenny zu lassen, du Elende!‹« Und sie hatte Jenny einen finsteren Blick zugeworfen und Nina einen Faustschlag auf die Schulter versetzt, der sie zu Boden streckte.

Nina war wieder aufgestanden und hatte gesagt: »Ich bin ja doch bei Jenny geblieben und habe über sie gewacht, und ich habe auch zugesehen, wie der Bootsmann seinen Schwanz in ihre Pussi gesteckt und darin auf und ab bewegt hat, und ich habe auf sie aufgepaßt, während er das tat! Wie hätte ich denn noch besser auf sie aufpassen sollen, Mrs. Murphy?«

»Aber er hat mir doch versprochen, mich zu heiraten«, warf Jenny da ein.

»Ja«, sagte der Bootsmann, »ich schwöre, daß ich das tun werde, aber sie muß sich jeden Tag von mir bumsen lassen, bis wir an Land sind.«

Mrs. Murphy mußte gezwungenermaßen ihren Segen dazu geben, als sie sah, daß ihr Kind nun einmal in den Brunnen gefallen war.

Unsere diversen Liebeshändel gingen mehr oder weniger in der beschriebenen Weise weiter, bis unsere Brigg schließlich in die Docks von London einlief, wo wir von Jenny und dem Bootsmann Abschied nahmen, während Captain Lemberg mich nebst Nina und unserem Gepäck in dem Hotel unterbrachte, wo er gewöhnlich abstieg, wenn er von seinen Reisen zurückkehrte.

Der Captain war sehr zuvorkommend und besorgte mir und Nina ein Zimmer neben seinem eigenen. Beide Zimmer führten in einen Salon, der uns allen gemeinsam zur Verfügung stand.

Captain Lemberg beschloß, daß wir ein oder zwei Wochen bei ihm im Hotel bleiben sollten, um uns von der Seereise zu erholen und die Sehenswürdigkeiten von London zu besichtigen, bevor ich mich auf den Weg zur Schule machte. Er meinte sogar, ich brauchte vorerst gar nicht zur Schule zu gehen, sondern erst, wenn er wieder auf seine Brigg müsse, und bis dahin seien es noch zwei Monate, doch ich sagte ihm, ich würde lieber den Wünschen meines Vaters obliegen. So beschlossen wir denn, daß ich nach einer Woche zur Schule gehen würde.

Vater hatte mir einen Brief mitgegeben, den ich Madame Stewart, der Direktorin der Schule, aushändigen sollte, die in Hampton Court lebte.

Captain Lemberg ging mit uns ins Theater, für das ich mich sofort begeisterte, und er zeigte uns den Tower sowie das Nelson-Denkmal und führte uns ins Britische Museum.

Die Zeit verging sehr schnell, mit der Besichtigung der Wunder von London am Tage und den Theaterbesuchen am Abend, und danach gab es dann immer ein gemütliches Nachtessen, worauf Nina und ich uns in unser Gemach zurückzogen, in das uns bald darauf Captain Lemberg folgte, um jene liebevollen Vögeleien fortzusetzen, die uns auf dem Schiff solche Kurzweil bereitet hatten.

Schließlich war die Woche abgelaufen, und Captain Lemberg brachte mich zusammen mit Nina, die weiterhin meine Zofe bleiben sollte, in einer Kutsche zu Madame Stewart.

Wir trieben es noch ein bißchen während der Kutschfahrt und erreichten schließlich die Schule, welche aus einem großen, von Parks, Ziergärten und einer hohen Mauer umgebenen Gebäude bestand. Das Grundstück fiel zur Themse hin ab, an deren Ufer selbstverständlich keine Mauer war.

Madame Stewart empfing den Captain und mich und Nina

in einem weiträumigen Salon, und ich händigte ihr den Brief meines Vaters aus und stellte ihr Nina als meine Dienerin vor.

Sie sagte, Nina solle sich vorläufig erst einmal in das Zimmer der Haushälterin zurückziehen.

Madame war eine gutaussehende Frau von etwa fünfzig Jahren, mit dunklem Haar, dunklen Augen und einer ansehnlichen Büste.

Nachdem sie den Brief gelesen, sagte sie, sie sei vor vielen Jahren mit meinem Vater bekannt gewesen und würde versuchen, mich glücklich zu machen, vorausgesetzt, ich befolgte die Regeln ihres Etablissements.

Sodann zahlte ihr Captain Lemberg £ 100 Schulgeld für ein Jahr und verlangte eine Ouittung.

Madame bat ihn, mit ins Nebenzimmer zu kommen, da sie dort ihre Schreibutensilien aufbewahre und sie ihm auch einige persönliche Fragen stellen wolle.

So bekam ich also ein Glas Wein eingeschenkt, etwas Kuchen vorgesetzt und ein Bilderbuch in die Hand gedrückt, und sie zogen sich in das Nebenzimmer zurück und schlossen die Tür hinter sich.

Du kannst dir denken, daß ich im Nu mein Auge am Schlüsselloch hatte, und siehe da, der Captain hatte bereits seinen Schwanz gezückt! Und ich hörte ihn sagen:

»Madame, ich habe Anspruch auf die übliche Kommission für die Gestellung einer neuen Schülerin, und ich hätte sie gern nach Hundeart.«

»Pst!« sagte Madame, »sonst wird die junge Dame Sie hören.«

»Quatsch – und jetzt runter mit Ihnen auf alle viere, damit Ihr Kleid keinen Schaden nimmt.«

Madame folgte gehorsam seiner Anweisung, und der Captain schlug ihr Kleid hoch, womit er ihr Hinterteil entblößte, nahm hinter ihr Aufstellung, lehnte sich über sie und bumste sie in dieser Stellung.

Als es vorbei war, nahmen sie jeder auf einem Stuhl Platz, und ich wurde Zeuge folgender Unterhaltung:

Madame S.: »Ist diese junge Dame noch Jungfrau?«

Capt. L.: »Ja, genausosehr wie Sie.«

Madame S.: »Soll ich Ihnen mal den Brief vorlesen, den ihr Vater mir überbringen ließ?«

Capt. L.: »Das wäre überaus reizend von Ihnen.« So las Madame denn den Brief vor, und ich hörte jedes Wort davon mit:

Meine liebe Madame Stewart,

diese Zeilen werden Ihnen von meiner Tochter Kate überbracht, einem reizenden Mädchen, das kaum sechzehn Jahre alt ist. Captain Lemberg hat es freundlicherweise übernommen, sie sicher zu Ihnen zu geleiten, und ich habe ihn autorisiert, Ihnen für das erste Jahr einhundert Guineen auszuhändigen.

Die Erziehung meiner Tochter ist in Fächern wie Schönschrift, Grammatik, Zeichnen und Musik sträflich vernachlässigt worden. Scheuen Sie bitte keine Mühe, ihr darin auf die Sprünge zu helfen.

In einigen anderen Dingen ist sie ihren Jahren voraus. So hat sie aufgrund der Tatsache, daß sie ihr ganzes Leben auf einer Sklavenplantage verbracht hat, immer wieder Jungen, Mädchen und Frauen im Zustand der Nacktheit gesehen, deshalb ist ihr der Unterschied zwischen den Geschlechtern kein Geheimnis mehr. Sie hat auch schon Männern und Frauen beim Koitus zugesehen.

Achten Sie bitte besonders auf eine regelmäßige Ausübung ihrer religiösen Pflichten, und versuchen Sie, ihr jene bescheidene Wesensart einzuprägen, welche so charakteristisch für Ihren eigenen Umgang ist, wie er mich bei meinem letzten Besuch an Ihrer Schule so nachhaltig beeindruckt hat, als ich des Glückes teilhaftig wurde, Sie sich vor einem großen Spiegel in Ihrem Speisesaal langsam entkleiden zu sehen, bevor Sie meinen Pego mit einer Einladung in Ihre edle Liebesgrotte beehrten.

Achje! Madame, ich fühle mich von diesen Erinnerungen so überwältigt, daß ich es unendlich bedaure, daß solch große Entfernung uns trennt!

Ich habe ein sehr hellhäutiges Mulattenmädchen mitgeschickt, das meiner Tochter aufwarten soll.

Ihr gehorsamer Diener
Sebastian de Lorme

PS: Nina ist keine Jungfrau mehr, wenn sie auch ein sehr enges Löchlein besitzt. Sie könnte sich in Ihren Konversationsstunden nützlich machen. Weder Kate noch Nina haben bisher Bekanntschaft mit der Birkenrute gemacht.

Capt. L.: »Was für ein höchst interessanter Brief. Benutzen Sie immer noch die Birkenrute, Madame?«

Madame S.: »Gewiß, wenn meine jungen Damen sie verdient haben.«

Sodann bestand Capt. Lemberg auf einem zweiten Waffengang, denn die Stelle über den Besuch meines Vaters bei Madame Stewart hatte bei ihm eine neuerliche Auferstehung bewirkt.

So lieferten sie sich eine zweite Runde, nach deren Beendigung der Captain sagte, er müsse sich jetzt verabschieden. Flugs verließ ich meinen Posten am Schlüsselloch und schien völlig absorbiert von meinem Buch, als Madame und der Captain den Raum betraten. Der Captain küßte mich zum Abschied, wobei er mir seine Zunge in den Mund stieß, und empfahl mir, Madame in allem Gehorsam zu leisten, dann würde alles gut werden.

Er versprach, mich vor seiner Abreise noch einmal auszuführen, sofern mir Madame freundlicherweise einen freien Tag genehmigen würde.

Ich versprach meinerseits, mir Mühe zu geben. Madame zufriedenzustellen, und nach einem weiteren Kuß ging er seiner Wege.

Madame Stewart führte dann ein längeres Gespräch mit mir, wobei sie mich ermahnte, alle ihre Fragen offen und ehrlich zu beantworten. Sie fragte: »Hast du die männlichen Sklaven je vollkommen nackt gesehen?«

»Ja.«

»Und die weiblichen Sklaven?«

»Ja.«

»Und stimmt es, daß weder Männlein noch Weiblein Haare auf ihren privaten Körperteilen haben?«

»Sie meinen, an ihren Schwänzen und Pussis?«

»Ja, mein Kind.«

»Das stimmt nicht, denn ich habe an diesen Stellen kurzes lockiges Haar gesehen, und was die Männer angeht, so hatten sie dort ebensoviel Haare wie mein Vater.«

»Willst du damit sagen, du hast deines Vaters Schwanz gesehen?«

»Ja, Madame, und auch gefühlt!«

So erzählte ich ihr dann die ganze Geschichte, von der sie entzückt war, und sie wollte dann auch gleich meine Pussi begutachten. Ich willfahrte ihrem Wunsch, und sie äußerte sich entzückt über meinen üppigen Haarwuchs.

Sie sagte, ohne ihre ausdrückliche Genehmigung dürfe ich nie eines Mannes Schwanz in meine Pussi lassen, denn es sei ihr vor allem daran gelegen, mich vor Schaden zu behüten, solange ich unter ihrem Dach weilte; doch versprach sie mir, daß ich zur rechten Zeit in den Genuß soviel Verkehrs kommen würde, wie gut für mich sei, sofern ich mich im Unterricht nur recht bewährte. Du kannst dir sicher vorstellen, liebste May, wie froh mich diese Mitteilung stimmte, und ich gab ihr das verlangte Versprechen und dachte mir, wie freundlich und weise diese Schuldirektorin sei.

Ich erzählte ihr, mein Vater habe Nina gebumst und sie mir als Zofe mitgegeben, und da wir uns sehr nahestünden, hoffte ich, sie würde uns gestatten, möglichst viel Zeit miteinander zu verbringen. Sie war damit einverstanden und meinte, sie hätte dem Brief meines Vaters entnommen, es sei sein Wunsch, daß Nina bei mir sein sollte. Ich mußte ihr noch einmal die Geschichte erzählen, wie ich im Garten bei meinem Vater Ninas Stelle eingenommen hatte, und ebenso die Szene mit ihm, die sich kurz vor dem Auslaufen der Brigg abspielte.

Sodann wurde Nina hereingerufen, und ich berichtete ihr, daß Madame Stewart eine sehr freundliche Dame sei und uns erlaubt hätte, dasselbe Zimmer zu bewohnen, wie wir es von zu Hause gewohnt waren.

Die arme Nina floß regelrecht über vor Dankbarkeit und bat, als Zeichen dafür Madames Füße küssen zu dürfen.

Madame gebot uns nunmehr, ihr nach oben zu folgen, und führte uns einen langen Korridor entlang, von dem nach beiden Seiten Schlafräume abgingen. Hier bedeutete sie uns einen Raum und sagte, das sei unserer, doch wir müßten ihn mit einem anderen Mädchen teilen, der Tochter eines reichen Baronets, Sir Thomas Moreton.

In dem Zimmer standen drei schmale Betten, und Madame kommentierte dies damit, es sei eine ihrer Regeln, daß jede Schülerin ein Bett für sich selbst haben müsse.

Dann küßte mich Madame und hielt mich dazu an, die Regeln durchzulesen, von denen ein Exemplar an der Wand befestigt war. Soweit ich mich erinnern kann, lauteten sie wie folgt:

Regel I: Jede Schülerin hat sich, bevor sie sich zur Ruhe begibt, nackt auszuziehen und sämtliche Körperteile zu waschen.

Regel II: Keine Schülerin darf ihre privaten Körperteile im Spiegel betrachten.

Regel III: Keine Schülerin darf ein Bett benutzen, das nicht ihr eigenes ist.

NB: Die Strafe für Zuwiderhandlung beträgt ein Dutzend Schläge mit der Birkenrute.

Als Nina mich diese Regeln laut vorlesen hörte, sagte sie: »Wie will es denn Madame erfahren, wenn wir uns nicht daran halten?«

»Vielleicht verpfeifen uns die anderen Mädchen«, entgegnete ich. »Vielleicht drückt sie aber auch ein Auge zu und läßt uns gewähren.«

»Pst!« sagte Nina.

Und Madame trat mit Miss Moreton ins Zimmer und sagte: »Laßt mich euch miteinander bekannt machen, junge Damen, da ihr ja jetzt dieses Zimmer zusammen bewohnen werdet. Miss Moreton weilt seit zwei Jahren in diesem Etablissement, und sie kennt alle Mädchen und alle unsere Gepflogenheiten. Ihr werdet euch bald besser kennenlernen.«

Madame zog sich zurück, und Miss Moreton erkundigte sich nach meinem Alter und nach meinem Alten, und bald plauderten wir leichtzüngig dahin.

Sie sagte, sie sei achtzehn und werde im nächsten Sommer von der Schule gehen. Ihr Vorname war Alice. Sie fragte mich, ob ich schon mal einen Liebsten gehabt hätte, was ich bejahte – nämlich Captain Lemberg, auf dessen Schiff mich mein Vater nach England geschickt hätte.

»Oh!« sagte Alice, »dann hattet ihr bestimmt eine schöne Zeit miteinander! Erzähl mir doch alles darüber.«

Ich sagte, eines Tages würde ich das tun, doch zuerst wollte ich alles über die Mädchen in der Schule erfahren, denn ich sei noch nie zur Schule gegangen.

Darüber zeigte sich Alice überrascht, doch ich setzte ihr auseinander, daß meine Mutter gestorben sei, als ich noch klein war, und mein Vater sich nicht von mir trennen wollte und mich deshalb lieber selbst unterrichtete.

Sodann erklärte mir Alice, daß Madame sehr streng mit den neuen Mädchen sei, bis sie Gelegenheit gehabt hätte, sie ein paarmal zu versohlen, doch danach sei sie dann sehr nachsichtig.

Weiterhin berichtete sie mir, die Bestrafungen fänden samstags abends statt und sie hätte herausgefunden, daß dazu Herren in Madames Zimmer eingeladen würden, um bei der Züchtigung der Mädchen heimlich zuzusehen. Ich fragte, woher sie das wüßte, und sie entgegnete, es sei meiner Aufmerksamkeit doch sicherlich nicht entgangen, daß das Grundstück bis ans Ufer der Themse reiche.

»Nun«, fuhr Alice fort, »eines Samstags schickte mich Madame in den Garten, um einige Früchte zu pflücken, die der Gärtner vergessen hatte, und da sah ich, wie zwei Boote am Bootshaus anlegten. Ich versteckte mich in einem Gebüsch und beobachtete vier in weite Mäntel gehüllte Herren, die den Pfad zum Seiteneingang des Hauses hinaufschritten. Sie wurden von Mrs. White, der Haushälterin, eingelassen. Meine Neugier war geweckt, und so beeilte ich mich, Madame die Früchte zu bringen, rannte in ihr Privatzimmer und kroch unter das Sofa, wo ich meinte, bestimmt etwas herausfinden zu können. Und darin irrte ich mich nicht, denn nach wenigen Minuten führte Mrs. White die vier Herren herein, und zwei von ihnen setzten sich genau auf das Sofa, unter dem ich lag. Sie unterhielten sich über den erlesenen Stil, in dem Madames Etablissement geführt wurde. Zwei von ihnen sagten, ihre Töchter besuchten derzeit die Schule, und verliehen ihrer Hoffnung Ausdruck, sie hätten unter der Woche einige Regeln gebrochen.

Diese Bemerkung überraschte mich, doch stieg mein Erstaunen ins unermeßliche, als ich den nächsten Sprecher an seiner Stimme als meinen eigenen Vater, Sir Thomas Moreton, erkannte! Er hatte mich am gleichen Vormittag besucht, mir Taschengeld gegeben, sich verabschiedet und gesagt, er werde sogleich nach Hause zurückkehren; und hier war er nun wieder, in diesem Haus!

Der andere Sprecher war der Herr Pfarrer der Kirchengemeinde, der Ehrenwerte Reverend Algernon Stanley. Ich kannte seine Stimme, nachdem er im Verlaufe der Unterhaltung verschiedentlich von meinem Vater mit Stanley angeredet worden war.

Offensichtlich handelte es sich bei den vieren um alte Bekannte, denn sie redeten vertraut und munter drauflos.

Soeben hörte ich meinen Vater sagen:

›Nun, meine Herren, ich wette fünf Pfund darauf, daß Sie bei der heutigen Züchtigung den Hintern meiner Tochter als den drallsten und aufregendsten von allen beurteilen werden, die Sie heute abend zu sehen bekommen!‹

Pfarrer: ›Aber angenommen, Ihre Tochter bekommt heute abend nicht die Birkenrute verabreicht?‹

Sir Moreton: ›Dann lassen wir die Wette bis zu einem anderen Samstag stehen, wenn sie dran ist und wir wieder hier versammelt sind.‹

Dies, liebe Kate, war nun eine Erleuchtung für mich! Mein Vater sowie drei weitere Gentlemen befanden sich offensichtlich hier, um Zeugen der Züchtigungen zu werden, die den Hinterteilen der Schulmädchen beigebracht werden sollten! Und mein Vater mußte meinen Allerwertesten bereits bei einer früheren Gelegenheit gesehen haben, denn wie hätte er sonst darauf wetten können! Ich wußte, daß ich an diesem Abend gezüchtigt werden sollte, denn mein Name stand auf der schwarzen Liste.

Und wie sollte ich nun unter dem Sofa hervor- und ins Schulzimmer kommen? Denn mein Ehrgeiz war durch die Worte meines Vaters bezüglich meines drallen Hinterns angefeuert worden, und ich wollte, daß er die Wette gewinnt!

Glücklicherweise trat Madame herein und bat die Herren, sich nach oben zu vertagen.

Gleich nachdem sie gegangen waren, kroch ich aus meinem Versteck heraus, rannte über die Hintertreppe zum Schulzimmer hinauf, setzte mich ans Piano und begann mit meinen Fingerübungen.

Nach kurzer Zeit kam unsere deutsche Gouvernante, Fräulein Hoffmann, zu mir und sagte:

›Meine Liebe, du mußt dich auf die Züchtigung vorbereiten.‹

›Ja, Fräulein‹, entgegnete ich.

Und den Gepflogenheiten entsprechend, zog ich mich auf mein Zimmer zurück sowie meine Schuluniform, meine Röcke und mein Korsett aus und kehrte in der für die Züchtigung vorgeschriebenen Kleiderordnung, das heißt, nur mit Hemd, Schlüpfer und Strümpfen bekleidet, in das Schulzimmer zurück.

Drei weitere Mädchen waren für die Züchtigung vorgesehen; eine lehnte sich gegen die Anweisung des Fräuleins auf und mußte in ihr Zimmer gezerrt und entkleidet werden.

Schließlich hörten wir eine Glocke läuten, und eine jede von uns Sünderinnen wurde von einer Gouvernante zu dem Raum geführt, der speziell für die Züchtigung vorgesehen und eingerichtet war. Er verfügte über Deckenbeleuchtung, Leitern, Berkeley-Pferde und andere Gerätschaften wie Taue, die von der Decke herabhingen, sowie Ringe im Boden und in der Decke, um die widerspenstigen Sünder daran anzubinden.

Diesmal mußten wir langsam unsere Schlüpfer ausziehen und dann auf einer Art Tisch niederknien, die Köpfe tief nach unten gebeugt und unsere Hinterteile weit ausgestreckt, wobei unsere Hände und Fußgelenke fest zusammengebunden waren.

Als nächstes verlas Madame unsere Sünden wie folgt:

›Margaret Stanley, dein Vergehen besteht wie immer darin, daß du ins Bett gemacht hast. Ich setze dich davon in Kenntnis, daß ich gedenke, dem ehrwürdigen Herrn Pfarrer, deinem Onkel, Mitteilung von dieser höchst abscheulichen Unsitte zu machen.

Emmeline Chesterfield, dein Vergehen besteht in deiner Gefräßigkeit, indem du den Kuchen, den du von zu Hause mitgebracht, ganz allein verdrückt hast, anstatt ihn mit deinen Schulkameradinnen zu teilen.

Constance Le Ray, du wurdest entdeckt, wie du deine nackte Figur im Spiegel betrachtet hast; solche Eitelkeit muß mit der Rute in Schach gehalten werden.‹

Und dann las Madame meinen Namen.

›Alice Moreton, dein Vergehen richtet sich gegen den Anstand. Es besteht darin, daß du einen Brief von einem Liebhaber erhalten hast, den zu benennen du dich hartnäckig weigerst, geschweige denn, daß du Auskunft darüber erteiltest, auf welchem Wege du diese heimliche Korrespondenz aufrechterhalten hast.

Ich werde ihn dir laut vorlesen, Miss Alice Moreton, und ich hoffe, deine Wangen werden vor Scham so rot werden wie deine Pobacken sogleich unter den Schlägen der Rute. Und so lautet dieser schreckliche Brief

Meine liebe Alice,

wie ich mich nach einem Kuß auf die Lippen Deiner Pussi sehne! Der letzte war einfach himmlisch! Ich träume jede Nacht von Dir und stelle mir manchmal vor, daß ich in einem dieser hohen Chorstühle in der Kirche sitze, Deinen nackten Hintern im Gesicht, so daß ich Deine Pussi küssen und lecken kann! Dann wieder ergreifst Du im Traum meinen Stecken und singst: »Ich lasse Dich nicht gehn, wenn Du mich nicht erst bumst!«

Du wirst Dich über meine Träume nicht wundern, Sweetheart, denn sie sind ja nur Wiederholungen der alltäglichen Wirklichkeit!

Grüße mir Madame und empfiehl ihr, die Schönheit Deiner Pussi zu bewundern!

Dein Dich liebender
Henry

Nachdem Madame mit dem Verlesen des Briefes fertig war, wies sie die Gouvernanten an, mit der Auspeitschung zu beginnen, und zwar auf ihr Kommando: Eins, zwei, drei...

Sie standen dicht neben unseren Köpfen, so daß sie über unsere Rücken hinweg ausholen mußten, um unsere Podexe zu erreichen, die dem Ende des Raums zugewandt waren, wo Madame auf einem Podium thronte.

Ich erinnerte mich der Unterhaltung der vier Gentlemen und der Wette meines lieben Vaters, und ich hegte keinen Zweifel, daß sie uns durch ein heimliches Guckloch beobachteten oder vielleicht unter dem Podium saßen. Also drehte und wand ich mein Hinterteil bei jedem Schlag soviel wie möglich, auf daß seine Schönheit voll zur Geltung käme.

Margaret erhielt fünfzig Streiche, Emmeline sechzig, Constance achtzig und ich, die größte Sünderin, hundert, woraufhin ich das Bewußtsein verlor.

Was sagst du dazu, Kate, meine Liebe?«

Ich sagte, ich hielte das glattweg für einen Riesenskandal, und fragte sie, ob die Gentlemen je wiedergekommen seien.

Das wären sie wohl zweifellos, meinte Alice, obwohl sie niemals mehr Gelegenheit gehabt hätte, es zu überprüfen; sie habe sich jedoch samstags hin und wieder in den Garten geschlichen und Boote gesehen, die am Bootshaus vertäut lagen. »Ich habe dir, meine liebe Katie, alles erzählt, was ich weiß, aber vielleicht machen wir ja eines Tages neue Entdeckungen.«

Kate fügte noch hinzu, sie habe Alice wärmstens dafür gedankt, daß sie sie in alles eingeweiht habe, worauf sie sich geküßt hätten und zu Bett gegangen seien.

Kapitel 6

Ein Brief von Susey

Um diese Zeit erhielt ich einen Brief von Susey, die, als die Ferien begonnen hatten, zu ihrem Onkel nach Schottland gefahren war, und ich kann ihre Abenteuer ebensogut mit ihren eigenen Worten wiedergeben:

Meine liebe May,
Du erinnerst Dich sicher an den Morgen, da wir voneinander Abschied nahmen, ich mußte bis zur Kutsche eine Meile weit laufen. John Cox, der Zukünftige meiner Schwester Jane, kam, um mich hinzubringen, und er trug meine Kiste auf der Schulter querfeldein zu der Kreuzung, an der die Kutsche hielt, um Fahrgäste aufzunehmen. John erzählte mir, daß er und Jane bald heiraten würden, und fügte hinzu, ihr Bauch sei so dick, daß es ein herrlicher Anblick sei.

Ich fragte ihn, wodurch er so dick geworden sei, und er lachte und sagte: »Na, Susey, ich habe ihr eben ein Baby hineingemacht, das ist doch sonnenklar, du kleine Gans!«

John fügte hinzu, daß er sie jetzt von hinten bumsen müsse, weil ihm der große Bauch eine Annäherung von vorn praktisch unmöglich mache.

Dann sagte er, er hätte mir eine ganz spezielle Botschaft von Jane auszurichten, und zwar sollte ich ja meine Blase erleichtern, kurz bevor ich die Kutsche bestieg, da ich viele Stunden unterwegs sein würde und es sehr schmerzhaft sei, sein Wasser zurückhalten zu müssen.

»Deshalb«, meinte John, »solltest du dich am besten jetzt

gleich hinhocken, und ich kann mir dabei gleich mal deine kleine Pussi beschauen.«

Ich ging also hinter ein paar Büschen in Deckung und erleichterte mich ausführlich, und John beguckte sich ausführlich meine Pussi und küßte und leckte sie anschließend. Da hörten wir auch schon das Horn des Postillons, das die nahe Ankunft der Kutsche verkündete. Deshalb hatte ich nur noch Zeit, Johns Schwanz einen Abschiedskuß zu geben, und schon eilten wir zu dem kleinen Bierhaus an der Kreuzung.

Das Innere der Kutsche war voll besetzt, so daß ich mit einem Außensitz vorliebnehmen mußte, und da es keine Leiter gab, kletterte ich, wie es eben ging, hinauf. Dabei fühlte ich Johns Hand an meinem Schenkel, wie er da unter mir stand.

Als die Kutsche weiterfuhr, sah ich mir meine Mitpassagiere näher an und stellte fest, daß es sich um zwei Gentlemen handelte – der eine offensichtlich ein Geistlicher und der andere sein Sohn, wie ich aus ihrer Unterhaltung entnehmen konnte, der etwa in meinem Alter war. Er fragte mich, wie weit ich führe, und ich entgegnete, nach Schottland.

»Sind Sie noch nie dort gewesen?«

»Nein, Sir«, erwiderte ich.

»In Schottland herrschen einige recht merkwürdige Sitten«, sagte er.

»Und die wären?« wollte ich wissen.

»Zum Beispiel trägt man dort den Kilt«, lautete die Auskunft.

»Ich weiß nicht, was ein Kilt ist«, entgegnete ich.

»Ich werde Ihnen ein Bild zeigen, auf dem ein Schotte in seinem Kilt abgebildet ist«, sagte er, zog ein Buch aus seiner Manteltasche, blätterte die Seiten um und zeigte mir ein hochgewachsenes Mannsbild mit nackten Knien und einem kurzen Petticoat, bei dem es sich, wie er mir erklärte, um einen Kilt handelte.

Ich mußte über die seltsame Figur auf dem Bild lachen und fragte: »Kleiden sich die schottischen Mädchen und Frauen ebenso? Falls ja, dann müssen sie ja frieren.«

»Ich wünschte, sie täten es«, sagte er. »Du nicht auch, Vater?«

»Nun, mein Sohn, das gäbe sicher einen ganz reizenden Effekt«, entgegnete der Geistliche.

»Aber dem armen Mann muß doch untenherum furchtbar kalt sein«, warf ich ein.

»Keineswegs«, sagte der Geistliche. »Als junger Mann auf dem College habe ich dieses Gewand einmal bei einem Maskenball getragen, und ich fand es sehr bequen.«

»Haben Sie in Ihrem Kilt auch Walzer getanzt?«

»Ja, gewiß; warum auch nicht?«

»Weil ich mir vorstellen könnte, daß die wirbelnde Bewegung beim Tanzen den Kilt hochheben und Ihren ...« Ich hielt inne und mußte lachen.

»... meinen Hintern entblößen würde, wollten Sie sagen, meine Liebe! Und was wäre wohl Schlimmes dabei? Den Damen gefällt es bisweilen, einen Blick auf einen Männerarsch zu erhaschen«, sagte er.

»Das glaube ich kaum«, entgegnete ich.

»Oh«, sagte der Sohn, »Sie meinen, die Damen würden ihn lieber von vorn als von hinten sehen, ja? Nun, was meinen Sie denn zu diesem Bild?«, und er bewegte den Kilt zur Seite – es war nämlich ein Klappbild – und zeigte mir des Schotten Paradestück in voller Erektion.

»Das liegt Ihnen wohl eher, meine Liebe«, sagte er und fügte, an den Geistlichen gewandt, hinzu »Vater, diese junge Dame meint anscheinend, ihrem Erröten nach zu urteilen, daß eines Mannes Schwanz ein schönerer Anblick sei als seine Kehrseite.«

»Ich freue mich sehr, das zu hören«, sagte er, »denn es beweist, daß sie in ihrer Erziehung nicht zurückgeblieben ist und daß sie aus ihrem Katechismus gelernt hat: ›Was ist der Hauptzweck des Mannes?‹«

»Mein lieber Vater«, sagte der junge Mann, »wir haben den rückwärtigen Teil der Kutsche ganz für uns allein, und der Schaffner sitzt beim Kutscher vorn, so daß wir hier ganz unter uns sind. Wäre das nicht eine gute Gelgenheit, der jungen Dame hier deinen ehrwürdigen Deumel vorzuführen?«

»Aber gewiß doch, mein Sohn«, entgegnete der Geistliche und knöpfte seine Hose auf. »Ich bin immer bereit, den Damen zu Diensten zu sein.«

So zog er denn sein nobles Werkzeug heraus und strich es vergnüglich.

»Hier, Miss, hier haben Sie etwas, auf das ein Mann stolz sein kann, und ich bin stolz, einen solchen Vater zu haben.«

»Ich hoffe, auch Sie werden eines Tages über ein solches Gerät verfügen können.«

»Danke sehr, meine Liebe«, sagte er, »dann will ich Ihnen mal zeigen, was ich bisher aufzuweisen habe.«

Er brachte seinen eigenen Schwanz zum Vorschein, dem ich eine Größe bescheinigte, wie sie in seinem Alter nur zu erwarten sei, und er stimmte mir darin völlig zu und bedauerte dann die Tatsache, daß unser Freiluft-Sitzplatz ihn und seinen Vater daran hinderte, sich das anzusehen, was ich nun meinerseits gegebenenfalls vorzuzeigen wünschte. »Doch wird die Kutsche«, fuhr er fort, »in wenigen Minuten anhalten, um die Pferde zu wechseln, und währenddessen begeben sich die Fahrgäste auf eine halbe Stunde ins Gasthaus, um sich zu erfrischen. Doch mein Vater, der Herr Pfarrer, ist dem Wirt wohlbekannt, und wir werden ihn deshalb um ein Privatzimmer bitten, um unsere Erfrischungen dort einzunehmen; und dann, Miss Susan, werden Sie die gewünschte Gelegenheit haben.«

Kaum hatte er ausgeredet, da erreichten wir auch schon das »Royal George«, und der Pfarrer und sein Sohn halfen mir von der Kutsche herunter, und bald schon befand ich mich mit ihnen in einem Salon im Obergeschoß des Gasthofes. Sie erklärten mir, daß ihre Reise hier endete, da sie von hier aus mit einer Gig nach Hause führen, fünf Meilen weiter, und sie beide baten mich, keine Zeit mehr zu verlieren.

Ich entgegnete: »Ich stehe zu Ihren Diensten, meine Herren! Tun Sie mir nur kein Leides an.«

Dies versprachen sie, und dann hob der Vater meine Kleider und machte seinen Sohn auf meine weißen Schenkel und die schmollenden Lippen meiner Pussi aufmerksam.

Vater und Sohn küßten und sogen einige Minuten daran, und dann bestand der Vater darauf, daß der Sohn mich bumse, bevor er ein gleiches täte.

Als beide fertig waren, wurde auch schon zum Aufbruch geblasen. Also schüttete ich rasch ein Glas Wein herunter, brachte meine Kleider in Ordnung und nahm Abschied.

Sie begleiteten mich noch zur Kutsche, und diesmal gelang es mir, einen freigewordenen Platz im Wageninneren zu ergattern, wobei der Pfarrer noch so freundlich war, die Fahrpreisdifferenz aus eigener Tasche zu begleichen. Schon setzte sich die Kutsche wieder in Bewegung, und als ich mir nun meine Mitpassagiere ansah, stellte ich fest, daß einer von ihnen jung, die anderen dagegen zwei grauhaarige ältere Gentlemen waren.

Sie alle waren sehr freundlich zu mir und taten ihre Hoffnung kund, wir möchten eine angenehme Reise zusammen verbringen.

Der junge Mann wollte wissen, wie weit ich fuhr, und als ich sagte, bis Edinburgh, verlieh er seiner Freude darüber Ausdruck, daß wir in dieselbe Stadt fuhren.

»Was für ein glücklicher Umstand«, sagte er, »daß Sie nicht letzte Woche mit dieser Kutsche gefahren sind.«

»Wie das?«

»Weil der berüchtigte Dick Turpin* und seine Bande die Kutsche hier ganz in der Nähe überfielen, die Passagiere ausraubten und sehr gewalttätig mit den Damen verfuhren.«

»Oh! Sie jagen mir Angst ein! Erzählen Sie mir alles ganz genau«, sagte ich.

Nun erhob der ältere Gentleman mir gegenüber das Wort und sprach: »Ich kann Ihnen einen genauen Bericht liefern, denn ich war einer der Fahrgäste und eines der Opfer, wie ich wohl sagen könnte.«

»Oh, so sagen Sie mir doch bitte: Besteht denn Gefahr, daß Dick Turpin heute wiederum zuschlägt?«

»Nicht die geringste«, entgegnete der alte Herr, »und das ist auch der Grund, warum ich so schnell schon wieder unterwegs bin. Außerdem trage ich meine Kavalleriepistolen bei mir. «

»Oh«, sagte ich, »zeigen Sie sie mir nicht, ich habe so schreckliche Angst! Erzählen Sie mir jedoch von den Räubern.«

Der alte Herr fuhr fort: »Es war gerade etwa drei Uhr nachmittags, und wir holperten so daher wie jetzt, als ich mehrere Reiter von beiden Seiten an die Kutsche heranreiten und dem Kutscher zurufen hörte, er solle sofort anhalten, oder er werde erschossen. Auch wurden zwei Schüsse auf ihn abgefeuert, von denen einer ihn verletzte, während der andere die Lampe zerschmetterte.

Daraufhin wurde die Kutsche natürlich zum Stehen gebracht, und die Räuber riefen: ›Aussteigen und Geld und Wertsachen her, oder ihr seid alle geliefert.‹

* Richard (»Dick«) Turpin: berüchtigter englischer Straßenräuber (getauft am 25. September 1705 in Hempstead, England, gehängt am 7. April 1739 in Knavesmere bei York), gefeiert in Dichtung und Legende.

Es müssen zehn oder zwölf Männer gewesen sein, einige zu Fuß, die anderen zu Pferde.

Ich sollte erwähnen, daß im Inneren der Kutsche einige Mädchen saßen, die auf dem Weg zur Schule nach York waren. Außer ihrer Lehrerin waren es vier, und draußen fuhren weitere vier mit – das macht insgesamt neun Damen, und außer dem Kutscher und Schaffner gab es noch sechs männliche Passagiere. Hinzuzufügen wäre noch, daß es sich bei zwei der jungen Damen um meine Enkelinnen handelte, dreizehn und vierzehn Jahre alt.

Nun, zuerst sahen die Banditen in die Kutsche hinein und ließen sich von Madame ihre goldene Uhr und ihre Ringe aushändigen, und dann ließen sie uns Männer heruntersteigen und auf der Straße Aufstellung nehmen, während sie unsere Taschen durchsuchten, wobei einer mir die Mündung seiner Pistole an die Stirn drückte, während er in meinen Taschen wühlte.

Als sie damit fertig waren, beschimpften sie uns, weil sie sich wegen so wenig Geld soviel Mühe gemacht hätten, und erklärten, sich jetzt dafür an den Frauen gütlich halten zu wollen.

Ich flehte sie an, wenigstens meine armen Enkelinnen davon auszunehmen.

›Zeig sie uns‹, sagte einer der Banditen.

Dies tat ich, denn ich dachte, sie gingen auf meine Bitten ein, doch weit gefehlt: Zu meiner Überraschung band er ihnen die Hände hinter dem Rücken, hob ihre Kleider und warf sie ihnen über den Kopf, wodurch ihre Körper von der Taille abwärts entblößt wurden!

Ich stürzte vorwärts, um ihre Kleider wieder herabzuschlagen, doch zwei der Banditen packten mich und banden mir die Hände auf dem Rücken zusammen, und dann schnitten sie zu meiner Einpörung tatsächlich meine Hose vorne auf und holten meinen Schwanz heraus.«

»Wie schrecklich!« rief ich aus.

»Monströs«, sagte der junge Mann.

»Ja«, fuhr der alte Herr fort, »und das ist noch nicht alles. Es gibt noch Schrecklicheres zu berichten.«

»Ach, so erzählen Sie doch schon!« sagte ich.

»Bitte«, sagte der junge Mann, »fahren Sie in Ihrem Berichte fort.«

»Also, die Räuber ließen mich niederknien, und ich mußte meinen beiden Enkelinnen die Pussis küssen, und dann mußte ich daran saugen und meine Zunge hineinstoßen! Daraufhin entblößten sie die Gesichter der armen Mädchen, knoteten ihnen die Kleider fest unter den Armen zusammen und befahlen ihnen, an meinem Schwanz zu saugen! Vergeblich protestierten sie und ich. Eine dicht an unseren Ohren abgefeuerte geladene Pistole diente uns jedoch als Warnung, was unser Schicksal wäre, wenn wir nicht gehorchten. Also unterzog sich erst das eine, dann das andere der lieben Mädel dieser Aufgabe. Und dann verlangten die Kerle auch noch von mir, ich solle sagen, daß ich das Saugen schön fände!«

»Und was sagten Sie darauf?«

»Natürlich die Wahrheit, daß mir nämlich das Saugen großen Genuß bereitete.«

»Und was geschah mit den anderen männlichen Fahrgästen?«

»Oh, sie mußten den Schulmädchen die Pussis lecken und sich dann im Gegenzug von ihnen die Schwänze lekken lassen.«

»Und wie erging es der Schul-Madame?«

»Oh, die Gauner beleidigten sie zutiefst, indem sie ihr Geschlecht entblößten und ihr dann mitteilten, sie sei zu alt, als daß sie sich erlauben könnten, ihr irgendein derartiges Vergnügen zu gewähren, und so schnitten sie ein Bündel Zweige von den Büschen ab, zwangen sie auf alle viere, entblößten ihre Kehrseite und verpaßten ihr eine tüchtige Abreibung.«

»Und Sie sagen, diese ganzen Greueltaten fanden mitten auf der Überlandstraße statt?«

»Nun ja, das heißt, nicht weit davon, denn es gab an dieser Stelle ein ziemlich breites Gras- oder Wiesenstück am Straßenrand. Sogar ein paar Büsche und Bäume wuchsen dort.«

»Ist denn niemand sonst des Weges gekommen, während all dies stattfand? Denn das muß doch einige Zeit gedauert haben.«

»Ja, es dauerte eine Stunde oder mehr, doch nur ein Farmer zu Pferde mit seiner Frau als Sozia hinter sich und ein Heuwagen mit dem Wagenführer waren alles, was in dieser Zeit vorbeikam. Ein Teil des Heus wurde abgeladen, um den unglückseligen weiblichen Fahrgästen als Unterlage zu dienen, und der Farmer wurde dazu verurteilt, seine Frau in aller Öffentlichkeit zu bumsen.«

»Hat Dick Turpin selbst an diesen Ausschreitungen teilgenommen?«

»Nein, er sagte seinen Leuten nur, sie sollten sich nach Belieben verlustieren, und die meiste Zeit hielt er Wache und gab seinen Männern die nötigen Anweisungen, damit jeweils einige von ihnen abwechselnd Ausguck hielten, während die anderen besagte Greueltaten an ihren Opfern begingen.«

»Wollen Sie damit sagen, daß die zehn Schulmächen allesamt vergewohltätigt und ihrer Jungfernschaft beraubt wurden?«

»Gewiß, falls sie sie noch zu verlieren hatten! Sie wurden sämtlich vor meinen Augen gevögelt.«

»Und wie endete das alles?«

»Oh, nach einer Weile sagte Captain Dick: ›Das ist genug für heute, Jungs. Auf die Pferde, und nichts wie weg!‹ Und so ritten sie davon und ließen alle ihre Opfer gefesselt zurück, bis daß jemand vorbeikäme und sie befreite. Natürlich riefen wir sofort um Hilfe, nachdem unsere Folterknechte uns verlassen hatten, und nach einer halben Stunde kamen ein paar Fußgänger sowie auch die Postkutsche in der Gegenrichtung vorbei, und wir wurden von unseren Fesseln befreit und sahen zu, daß wir von der Stelle kamen.«

Jetzt sprach wieder der junge Mann. »Es stimmt alles bis aufs I-Tüpfelchen, Miss, das kann ich Ihnen versichern; ich war einer der Fahrgäste des rückkehrenden Postwagens, und der Zustand, in welchem sich die zehn Schulmächen befanden, entsprach genau dem, was unser Freund hier berichtet hat. Sie waren alle an Bäume gefesselt, die Arme nach hinten, und die Kleider waren ihnen unter den Achseln festgeknotet, so daß der Bauch und alles, was darunter lag, den Blicken preisgegeben waren.

Ich muß zugeben, daß ich diesen Anblick entzückend fand, obwohl ich natürlich Mitleid mit den armen Dingern empfand, und so beeilte ich mich nicht gerade, dabei mitzuhelfen, sie zu befreien, um mich ein wenig an ihren nackten Reizen ergötzen zu können. Dabei amüsierten mich sehr die Bemerkungen eines ehrenwerten Handelsmannes und seiner Gemahlin, die sich die Schulmädchen ebenfalls ansahen. Die Frau sprach in scharfem Ton: ›Also, Mr. Jones, ich schäme mich für dich, wie du da wie angewurzelt stehst und diese nackten schamlosen jungen Flittchen anstarrst. Warum ziehen sie denn nicht endlich ihre Kleider runter?‹

›Nun, meine Liebe‹, sagte ihr Gemahl, ›die Hände sind ihnen auf den Rücken gebunden, und sie können sich nicht selber helfen, und meine Entschuldigung dafür, daß ich sie so ansehe, ist die, daß mir ein solcher Anblick im Leben noch nie begegnet ist! Da kann ich nun zehn nackte

Bäuche beäugen, und vier davon haben kaum Haare an ihren Schlitzen, und die anderen haben alle schwarzes Haar, außer einer, und die …‹

Da fiel seine Gattin verärgert ein: ›Ich muß schon sagen, du hast in diesen wenigen Minuten ausführlich Gebrauch von deinen Guckern gemacht, Mr. Jones, und ich bin erstaunt, daß du, ein verheirateter Mann und Vater von sechs Mädchen und vier Jungen, dich auf ein so niedriges Niveau begibst! Warum schließt du nicht deine Augen, bis diese unwürdige Vorstellung vorüber ist?‹

›Nein, Mrs. Jones, ich werde meine Augen nicht schließen! Vielleicht werde ich ja als Zeuge gegen diese Banditen herangezogen, wenn man sie jemals schnappt, und wenn ich meine Augen zumache, wie soll ich dann der Jury den grauenvollen Zustand beschreiben, in dem die Mädels zurückgelassen wurden?‹

›Nun‹, sagte die Frau, ›solltest du dann nicht vielleicht versuchen, die Banditen selber zu schnappen?‹

›Nein, meine Liebe, meine Bürgerpflichten liegen nicht auf diesem Gebiet.‹

›Wohl auch nicht deine Neigungen‹, gab sein Eheweib schlagfertig zurück, ›denn offensichtlich ziehst du es vor, auf Nummer Sicher zu gehen und statt dessen deine Augen an der Nacktheit dieser armen Mädchen zu weiden.‹

›Nun, meine Liebe, wie du weißt, bin ich stets entzückt, mir die deine anzusehen, aber du erlaubst es mir ja doch so selten.‹

›Das würde ich nun nicht gerade behaupten‹, sagte Mrs. Jones, ›und dabei fällt mir ein, daß ich dich letzten Sonntag dabei beobachtet habe, wie du zwei unserer Töchter auf den Schoß genommen hast, und wenn ich mich nicht sehr irre, hast du ihnen dabei die Hände unter die Kleider geschoben!‹

›Quatsch, Mrs. Jones! Wir haben nur ein bißchen rumgealbert, denn meine Mädels haben ihren alten Vater sehr lieb; außerdem gehört es zu den Pflichten eines Vaters, darauf zu sehen, daß die Unterwäsche seiner Töchter sauber und der Mode angemessen ist.‹

›Jetzt aber mal halblang, Mr. Jones. Welches Recht hat denn ein Vater, sich um die Kleidung seiner Töchter zu bekümmern?‹

›Also, ich habe doch wohl das Recht, das, was ich kaufe und wofür ich mit meinem Geld bezahle, in Augenschein zu nehmen, und du weißt ja wohl auch, daß ich dich niemals geheiratet hätte, wenn ich dich nicht zuerst hätte begutachten können!‹

›Schäm dich, Mr. Jones, darüber hier in aller Öffentlichkeit zu reden, wo jeder mithören könnte!‹

›Also, Mary Ann, Liebes, willst du den armen Mädels jetzt die Kleider vom Hals losknüpfen und mir helfen, ihnen die Hände frei zu machen?‹

Da bot dann auch ich einigen der Mädchen meine Hilfe an und half dabei, ihnen die Kleider herunterzuziehen, wobei ich mir Mühe gab, soviel wie möglich ihre Blößen zu berühren und bei der Durchführung dieser Aufgabe meine Hand auf jeden ihrer Bäuche zu legen.

Ich sollte noch erwähnen, daß es sich bei der Stelle, wo diese Greueltaten stattgefunden hatten, um eine Art Tal zwischen zwei Hügeln handelte, wo weit und breit kein Haus zu sehen war. Die Straßenräuber waren auf einem Pfad durch dieses Tal geritten gekommen, um ihrer ungesetzlichen Arbeit nachzugehen, und als sie damit fertig waren, hatten sie sich durch ebendieses Tal wieder entfernt.«

In diesem Augenblick, da der junge Mann seinen Bericht abschloß, machte die Kutsche einen Ruck nach vorn, wohl weil der Kutscher den Pferden plötzlich die Peitsche gegeben hatte; ich wurde jedenfalls gegen den Herrn, der mir gegenübersaß, geworfen, und dieser legte seine Arme fest um mich herum und küßte mich, wobei er sagte: »Gott segne mich, Miss, haben Sie keine Angst, kommen Sie in meine Arme, ich nehme mich Ihrer an.«

Ich rief aus: »Oh, Ihr Benehmen ist höchst schändlich, mein Herr, lassen Sie ein armes Mädchen in Ruhe!«

»Na, wo brennt's denn, meine Liebe?« fragte der junge Mann.

»Niemand rührt sie an«, knurrte der andere ältere Herr.

»Also, meine Liebe, ich küsse Sie doch nur«, sagte derjenige, auf den ich geworfen worden war.

»Das ist mir klar«, entgegnete ich, »aber Schlimmeres ist mir bereits zugefügt worden.«

»Nun«, sagte er, »ich bin Amtsrichter, und mein Name ist Squire Johnson, und wenn Sie sich neben mich setzen und Ihre Beschwerde vorbringen wollen, so soll Ihnen Gerechtigkeit widerfahren.«

Der andere ältere Gentleman sagte: »Nun, Squire Johnson, Sie kennen mich seit Jahren als den Gemeindepfarrer, und mein Name ist Ehrwürden Mr. Scarlett, und ich erwarte von Ihnen, daß Sie meinen Eid über alle anderen stellen.«

Nun sprach der jüngere Herr: »Oh, ich bin Medizinstudent und befinde mich auf dem Heimweg von der Universität. Ich heiße Charley Stuart, und ich verliebe mich garantiert in jedes hübsche Mädel, das mir begegnet, besonders in einen Engel wie diesen hier!«, wobei er mir einen ganz verliebten Blick zuwarf.

»Nun denn«, sagte Squire Johnson, »wenn Sie, Miss, uns jetzt noch Ihren Namen geben wollen, dann können wir beginnen.«

Ich erwiderte: »Mein Name ist Susan Gardiner, und ich beschuldige Pfarrer Scarlett und Charley Stuart, meinen nackten Körper berührt zu haben.«

Squire Johnson nahm dies in seinem Notizbuch zu Protokoll und sprach: »Miss Susan, Sie sagen, Sie werfen diesen Herren ungebührliches Benehmen vor! Dürfte ich um Einzelheiten bitten?«

Dies tat ich, indem ich angab, der Pfarrer habe seine Hand auf meinen nackten Hintern gelegt, »als mich der plötzliche Ruck, den die Kutsche machte, in Ihre Arme warf und Sie mich küßten. Gleichzeitig steckte der andere Herr namens Charley Stuart seine Hand zwischen meine Schenkel, und zwar ganz weit oben«.

Squire Johnson: »Nun, Herr Pfarrer, wie lautet Ihre Antwort auf diese Vorwürfe?«

Pfarrer: »Oh, ich sah, daß die Petticoats der jungen Dame derangiert waren, und versuchte sie wieder in Ordnung zu bringen.«

Squire J.: »Und Sie, Charley Stuart?«

Charley: »Oh, ich bekenne mich schuldig und verspreche, es nicht wieder zu tun bis zum nächsten Mal.«

Squire J.: »Gentlemen, Ihren Aussagen entnehme ich, daß Sie beide im Sinne der Anklage schuldig sind; und mein Urteil lautet, daß jeder von Ihnen Miss Susan auf der Stelle die Summe von einer halben Krone* zahlt, daß Sie sie beide um Entschuldigung bitten und ihr anbieten, ihr Ihre Schwänze vorzuführen. Kommen Sie, Herr Pfarrer, Sie haben den Vortritt, aus Achtung vor Ihrem geistlichen Stand.«

Pfarrer: »Niemals habe ich ein unparteiischeres und gerechteres Urteil vernommen.«

Und er bezahlte mir die halbe Krone sofort und holte sein Werkzeug hervor; es war kurz und dick, mit einem enormen roten Kopf.

Charley sagte: »Sehen Sie her, Miss Susan, diese halbe Krone, die hier auf der Spitze meines Schwanzes balan-

* ½ Krone (halfcrown), alte brit. Silbermünze im Wert von 2½ Shilling (⅛ £).

ciert, entbiete ich Ihnen für die süßen Küsse, die Sie mir gewährten, und es ist fürwahr ein geringer Preis.«

Und Squire J.: »Nun, Miss Susan, hier haben Sie noch eine halbe Krone, und da es nunmehr vier Uhr ist, schlage ich vor, daß Sie uns dafür ein wenig Kurzweil bieten, bevor die Kutsche wieder hält – und alle unsere Fragen wahrheitsgemäß beantworten.«

Pfarrer: »Und sich in alle unsere Wünsche fügen.«

Charley: »Und, Miss Susan, wenn Sie das tun, bekommen Sie noch eine Guinee* von mir.«

Squire: »Und von mir auch.«

Pfarrer: »Und ich gebe Ihnen auch eine, das macht drei goldene Guineen. Stellen Sie sich nur vor, was für eine Menge Geld das ist!«

Liebe May, nimm es mir bitte nicht übel, daß ich ihren Wünschen nachgab. Ich wußte, ich befand mich völlig in ihrer Gewalt, und dann noch die geschenkten Guineen! Sie kamen mir in der Tat wie ein großer Reichtum vor, da ich in meinem ganzen Leben nie mehr als ein paar Shillinge gleichzeitig besessen habe.

Also trocknete ich meine Tränen, nahm die drei halben Kronen an mich und sagte: »Tun Sie mir kein Leids, Gentlemen! Ich werde mich Ihren Vorschlägen auf Ehre und Gewissen fügen, denn ich bin nur ein junges Mädchen, das Ihnen auf Gnade und Ungnade ausgeliefert ist. Aber die drei Guineen würde ich mir schon riesig gern verdienen.«

»Ein sehr vernünftiges Mädchen«, sagte der Pfarrer.

»Sie sind ein Engel«, sagte Charley.

Pfarrer: »Ich würde gern von Miss Susan wissen, ob sie schon Haare auf ihrer kleinen Ritze hat.«

»Ja«, entgegnete ich.

* 1 Guinee (guinea), alte brit. Goldmünze im Wert von 21 Shilling (1 £ 1 s).

Squire: »Welche Farbe?«

»Hellrot.«

»Haben Sie schon mal einem Mann erlaubt, sich Ihre Pussi anzusehen?« wollte Charley wissen.

»Ja.«

Pfarrer: »Und daran lecken lassen, möchte ich wetten?«

Charley: »Und küssen?«

»Ja.«

Squire: »Dann soll sich Miss Susan quer über die Schöße von zweien von uns legen, und der dritte soll ihre süße Pussi küssen und lecken.«

»Einverstanden!« riefen die anderen.

Und so geschah es anschließend, bis alle drei einmal an der Reihe gewesen waren. Zu diesem Zweck wurden meine Petticoats und mein Kittel hochgeschlagen, um meinen Bauch und meine Schenkel bloßzulegen. Dann kniete jeder der Herren nacheinander auf dem Boden der Kutsche nieder und küßte und leckte meine Pussi.

Der Pfarrer fragte: »Wie lange haben wir noch Zeit, Squire, bis die Kutsche hält?«

»Drei Stunden.«

Da meinte der Pfarrer: »Dann hat ja Miss Susan genügend Zeit, sich nackt auszuziehen, damit wir ihre Reize so bewundern können, wie die Natur sie geschaffen hat.«

»Ja«, sagte der Squire, »jede Menge Zeit.«

Ich wandte ein, daß ich mich erkälten könnte.

»Nein, darum werde ich mich kümmern«, sagte Charley. »Ich halte Sie mit Brandy warm, den ich in dieser Flasche hier mit mir führe.«

»Aber Passanten könnten mich sehen«, gab ich weiterhin zu bedenken.

Doch der Pfarrer und der Squire einigten sich darauf, die Vorhänge an den Kutschenfenstern zugezogen zu halten, so daß es ausgeschlossen sei, daß mich jemand sehen könnte.

»Nun«, sagte Charley, »spiele ich Ihre Zofe und kleide Sie aus.«

Sodann nahm er mir Haube und Umhang ab und zog mir Reifrock und Petticoats aus. Ich bat ihn inständig, mir wenigstens das Hemd anzulassen, doch alles vergebens, denn wie der Pfarrer meinte, würde das den ungestörten Blick auf meine nackte Weiblichkeit behindern; und er fügte hinzu: »Eva war nackt im Garten Eden – und insoweit sollte die Heilige Schrift auch von Ihnen respektiert werden, Miss Susan.«

Man pries die weiße, straffe Haut meines Körpers, und auch meine Figur fand einhellige Bewunderung.

Zwei von ihnen saßen auf einer Sitzbank der Kutsche und einer auf der anderen, sie hielten ihre Knie so eng aneinander wie möglich, und auf diesen breiten Schoß wurde ich gelegt und um und um gedreht, wobei sie mir mit den Händen über Rücken, Schultern und Busen, Bauch und Hinterbacken strichen, einer nach dem anderen, und einer den anderen auf bestimmte Einzelheiten aufmerksam machte, die er besonders bewunderte.

Dann waren auch schon mein Mund und meine beiden Hände mit drei Schwänzen gleichzeitig befaßt, und ich mußte von einem zum anderen wechseln, bis ein jeder seinen gerechten Anteil bekommen hatte.

Als nächstes saß ich zwischen zweien von ihnen auf der Kante der Sitzbank. Sie hoben mir die Beine hoch über den Kopf und sagten, ich solle den Bauch so weit wie möglich nach vorne strecken. Dies hatte zur Wirkung, daß mein hinteres Löchlein gleichzeitig mit meiner Pussi zur Schau gestellt wurde. Dann vögelte mich einer der Herren in dieser Stellung und wechselte dann mit einem der anderen Herren den Platz, bis sie mich alle drei gebumst hatten. Doch ich darf sagen, daß sie alle ihre Schwänze rechtzeitig herauszogen, bevor sie kamen, und ihr Sperma über meinen Bauch spritzten, denn sie hatten mir ja alle feierlich versprochen, daß sie nicht das Risiko eingehen wollten, mir ein Kind anzudrehen.

Nachdem mich jeder zweimal gehabt hatte, wurde es Zeit, daß ich mich wieder ankleidete, und ich war dankbar dafür. Ich hatte mich gerade wieder anständig zurechtgemacht, als auch schon das Posthorn den nahenden Halt ankündigte.

Ich war froh zu erfahren, daß wir zum Abendessen eine Stunde Aufenthalt hatten, und dann amüsierte ich mich köstlich, als Charley dem Zimmermädchen erzählte, ich sei seine Frau, und mich hinauf ins Schlafzimmer begleitete, wo er doch tatsächlich das Nachtgeschirr unter dem Bett hervorholte und mich daraufsetzen ließ, um mein kleines Geschäft zu verrichten; er selbst legte sich der Länge nach auf den Fußboden, den Kopf dicht an meinem Bauch, und beobachtete den Wasserfall, wie er es nannte.

Dann ging er mit mir zur Abendtafel hinunter, und wir taten uns alle an dem Mahl gütlich, zu dem wir einen guten Wein genossen.

Meine Reisegefährten lasen mir alle Wünsche von den Augen ab und kümmerten sich auch um die Bezahlung meiner Rechnung.

Dann nahmen wir wie zuvor unsere Plätze in der Kutsche wieder ein, und der Kutscher sagte uns, daß wir weitere vier Stunden ohne Halt unterwegs sein würden.

Ich bemerkte, wie der Pfarrer und der Squire die Auswirkung von Wein und gutem Essen zu spüren bekamen, denn schon bald waren sie fest eingeschlafen und schnarchten um die Wette.

Charley sagte, er sei froh darüber, denn nun hätte er mich ganz für sich allein. So gaben wir uns zunächst einem gegenseitigen Schwanz- und Pussilecken hin, wobei jeder versuchte, seine Liebessäfte möglichst lange zurückzuhalten.

Danach setzte ich mich Charley, dessen Gerät in meiner Pussi sicher untergebracht war, auf den Schoß und bewegte mich langsam auf und ab, bis er sich zurückziehen mußte und mir seinen Saft über den Bauch spritzte.

Bis zur Erschöpfung setzten wir in zahlreichen Variationen unsere Liebesgefechte fort, bis wir schließlich einschliefen und erst durch das Posthorn wieder geweckt wurden, welches die Ankunft in Edinburgh, unserem Ziel, verkündete.

Mein Onkel erwartete mich im Gasthof, und nachdem ich mich bei meinen Reisegefährten für ihre höflichen Aufmerksamkeiten bedankt hatte, nahm ich meines Onkels Arm und ging mit ihm nach Hause.

Unterwegs redete er unablässig und erkundigte sich unter anderem nach den Namen meiner Mitpassagiere. Ich antwortete wahrheitsgemäß, und er zeigte sich sehr angetan von dem Gedanken, daß ich mich in so respektabler Gesellschaft befunden hätte: »Es laufen nämlich«, sagte er, »heutzutage so viele Gauner in der Gegend herum, daß ein junges Mädchen bereits seine Unschuld verloren haben kann, bevor es sich der Gefahr überhaupt bewußt ist.«

Im Geiste beschloß ich, in Onkels Gegenwart die Rolle des unschuldigen Mädchens zu spielen, und gleichzeitig wollte ich Charleys Instruktionen in die Praxis umsetzen, der ja bekanntlich Medizinstudent war und mir daher viele Dinge über die Geschlechtsteile der Frau erzählen konnte, von denen ich bis dato keine Ahnung gehabt hatte. Zum Beispiel hatte er mir gesagt, ich solle mir einen Klumpen Alaun besorgen, ihn mir in die Pussi stecken und die ganze Nacht über drinlassen. Dies hätte eine adstringierende Wirkung und würde sie so eng wie die Pussi einer Jungfrau machen. Ebenfalls hatte er mir angeraten, mir während des Tages so oft wie möglich einen Einlauf mit einer Alaun-Wasser-Lösung zu applizieren.

Liebe May, ich rate Dir, ein gleiches zu tun. Wenn Du einen Boten schickst, um den Alaun zu besorgen, so kannst du sagen, du brauchtest ihn für einen rauhen Hals oder zum Färben – denn er wird für beide Zwecke angewandt. Nur laß mich Dir eine Warnung erteilen: Der Klumpen Alaun sollte nicht zu groß sein – ich will Dir berichten, welche Angst ich ausgestanden habe.

Eines Nachts steckte ich mir einen Klumpen, so groß wie ein Hühnerei, in die Pussi, und am nächsten Morgen bekam ich ihn nicht mehr heraus! Er hatte eine solche Kontraktion der Innenhäute meiner Pussi bewirkt, daß ich kaum meine Fingerspitze hineinbringen konnte, Du kannst Dir also mein Dilemma vorstellen. Schließlich dachte ich: »Aber natürlich-heißes Wasser wird ihn auflösen.« So verbrachte ich dann fast eine Stunde auf dem Bidet und badete meine arme Pussi in warmem Wasser, und es löste allmählich etwas von dem Alaun auf, so daß ich wieder aufatmen konnte.

Nun, um den Faden wiederaufzunehmen, Onkel und ich erreichten schließlich sein Haus, in dem sich unten ein Buchladen und oben die Wohnräume befanden. Das Haus lag zwischen einem Putzmachergeschäft auf der einen und einer Schneiderei auf der anderen Seite, und gegenüber war ein Gasthaus mit dem Namen »The Royal Standard« und daneben ein Mädchenpensionat.

Ich erwähne diese Einzelheiten, weil Onkel meine Aufmerksamkeit darauf lenkte und sagte, sie alle seien seine besten Kunden.

Onkel nahm mich mit nach oben und stellte mich der Haushälterin vor, die ihn in der folgenden Woche verlassen würde, um zu heiraten, und deren Platz in Onkels Haushalt ich einnehmen sollte.

Sie führte mich in ein komfortables Schlafzimmer, küßte mich, pries meine Schönheit und erkundigte sich dann, ob ich nach meiner langen Reise nicht ein Bad nehmen wolle.

Ich entgegnete, nichts wäre mir jetzt lieber als das. So zeigte sie mir das Badezimmer, das sich direkt an das Schlafzimmer anschloß, und sagte, sie würde in einer halben Stunde zurückkehren, um mir beim Ankleiden zu helfen und mich für das Nachtessen fertigzumachen.

O May, wie ich dieses kalte Bad genoß! Ich spritzte und goß mir das Wasser von oben bis unten über meinen nackten Körper und benutzte die Gelegenheit, den Alaun herauszunehmen, den Charley meiner Pussi in weiser Voraussicht verpaßt hatte, denn, sagte er, wer weiß, wie bald schon du vielleicht das Jüngferchen spielen mußt?

Ich war soeben mit Waschen fertig geworden, war aus der Wanne gestiegen und saß, mich abtrocknend, auf einem Hocker, als sich die Tür öffnete und die Haushälterin, Jemima, hereintrat, auf mich zustürzte und ausrief: »Oh, Miss Susan, bitte stellen Sie sich einen Augenblick vor diesen Wandspiegel!«

Dies tat ich und stellte fest, daß er so groß wie ich selbst war und meine Figur in Lebensgröße widerspiegelte.

Jemima begann mich nun mit einem Handtuch abzurubbeln, wobei sie ohne Unterlaß meine Haut, meinen Rücken, meinen Bauch, meine Schenkel pries, und zwar in so lautem Ton, daß ich auf den Gedanken kam, sie wolle, daß jemand im Nebenraum es mit anhörte. Ich behielt jedoch meine Gedanken für mich und sagte nur: »Beeil dich, Jemima, und hilf mir beim Anziehen, denn ich habe so schrecklichen Hunger.«

Endlich war die Rubbelei zu Ende, und sie brachte mir ein sauberes Hemd und Petticoat und half mir hinein. Dann setzte ich mich auf einen niedrigen Schemel und zog mir saubere weiße Strümpfe an; darauf legte Jemima mir neue, mit silbernen Schnallen versehene Strumpfbänder an, die mir so gefielen, daß ich aufsprang und mich vor den Spiegel stellte, um die Strumpfbänder zu bewundern, und natürlich mußte ich dazu mein Hemd ziemlich hoch heben.

»Diese Strumpfbänder sind ein Geschenk Ihres Onkels«, sagte Jemima, »vergessen Sie nicht, sich umgehend bei ihm dafür zu bedanken.«

»Natürlich werde ich ihm danken«, entgegnete ich.

Nunmehr zog mir Jemima ein sehr tiefgeschnittenes blaues Kleid an.

»Und dies ist ebenfalls ein Geschenk Ihres Onkels«, sagte sie.

»Ach, was für ein lieber, freundlicher Onkel er doch ist!« erwiderte ich. »Wie sehr ich ihn jetzt schon liebe.«

»Also dann«, gebot mir Jemima, »gehen Sie jetzt hinunter zum Abendessen und sagen Sie es ihm.«

Als ich den Raum im Erdgeschoß betrat, stand das Essen auf dem Tisch, und Onkel saß in Morgenrock und Pantoffeln am lodernden Kaminfeuer.

Onkel erhob sich, kam mir entgegen und sagte: »Willkommen, Susey, ich freue mich, daß du da bist! Wie blühend du aussiehst! Du mußt dich nach dieser anstrengenden Reise sehr nach einem anständigen Essen sehnen.«

Ich warf ihm die Arme um den Hals, küßte ihn und sagte: »Ich danke dir, lieber Onkel, für deine große Güte und besonders für dieses wunderschöne Seidenkleid und die hübschen Strumpfbänder, die du mir geschenkt hast.«

»Paßt dir das Kleid denn, meine Liebe?« fragte er, legte seine Hände auf meinen Busen und drückte ihn leicht.

»Ja, lieber Onkel«, erwiderte ich.

Dann aßen wir, und Onkel bestand darauf, daß ich vier Gläser Champagner trank, der dann auch naturgemäß mein Blut erhitzte, was zweifellos den Absichten des Onkels entsprach.

Nach dem Essen sagte er: »Susey, wenn du mich liebst, dann zeig mir deine Strumpfbänder.«

»Oh, Onkel«, erwiderte ich errötend, »wäre das wohl geziemend und angemessen?«

»Du bist ein undankbares Mädchen, mir gleich den ersten winzigen Wunsch abzuschlagen«, sagte er darauf.

»Nein, undankbar nicht, Onkel«, entgegnete ich ihm; »hier, sieh dir bitte meine hübschen Strumpfbänder an«, und ich streckte, auf dem Stuhl sitzend, meine Beine lang aus.

Im Handumdrehen kniete Onkel zwischen meinen Beinen, legte seine Hände erst auf das eine, dann auf das andere Strumpfband, schnallte sie ab und küßte meine Schenkel knapp oberhalb der Strümpfe.

Dann sagte er: »Liebe Susey, weißt du, daß deine Mutter meine Lieblingsschwester war? Und daß wir als Kinder zusammen zu schlafen pflegten, und daß wir uns gerne gegenseitig das Nachthemd auszogen und die Unterschiede in der Anatomie unserer nackten Körper untersuchten? Und in denselben Nachttopf pinkelten? Und nun, liebe Susey, will ich dir sagen, daß deine liebe Mutter dich auf ihrem Sterbebett meiner Obhut anvertraute und ich dein Leben lang für deine Erziehung und deinen Unterhalt bezahlt habe; und nun hoffe ich, daß du mich lieben und mir auf meine alten Tage eine Hilfe und ein Trost sein wirst.«

»Ja, lieber Onkel«, sagte ich, »du kannst dich darauf verlassen, daß ich alles in meiner Macht Stehende tun werde, um dir Freude zu bereiten.«

»Das ist mein liebes Mädel«, sagte der Onkel. »Und du kannst auch gleich damit anfangen, mir eine Freude zu bereiten, und zwar, indem du mir deine Pussi zeigst!«

Ich sagte, er könne sie sich ansehen, wenn er wolle. Und da ich in einem Sessel saß, hob er eines meiner Beine über die Armlehne, bat mich, ich möchte Kleid und Unterrock aus dem Weg halten, und setzte meine Pussi und mein

Arschlöchlein seinem entzückten Blick aus, bedeckte beide mit Küssen und leckte und steckte seine Zunge in beide Öffnungen, so tief es eben ging, hinein. Dies endete natürlich damit, daß ich meinen Liebesnektar über seine Zunge ausgoß, den er gierig Tropfen für Tropfen aufsaugte und für höchst deliziös befand.

Anschließend holte er seinen Pinsel heraus und machte mir weis, er hätte meine Mutter gebumst und daher auch das Recht, das gleiche mit mir zu tun!

Ich lachte über seine Logik, tat so, als wüßte ich gar nicht, wovon er redete, und bat ihn, mich aufzuklären.

Da legte er mich auf das Sofa vor dem Kamin, zog mich aus und sich selbst ebenfalls, wobei er die ganze Zeit meine weiße Haut pries, und dann, liebste May, vögelte er mich und bildete sich dabei ein, er sei der erste, der in meine jungfräuliche Ritze, wie er es nannte, eindränge.

Nun muß ich aber schließen und hoffe, Du hast in der Zwischenzeit genausoviel Vergnügen gehabt wie ich, was das Bumsen betrifft.

Übrigens, liebe May, warum bringst Du nicht Deinen Vater dazu, Dich zu bumsen? Onkel meint, Du würdest es köstlich finden, denn er kennt Deinen Vater gut und erinnert sich, daß sein Schwanz sowohl lang als auch sehr dick ist!

Damit verbleibe ich, liebe May, Deine Dich liebende Freundin

Susey

PS: Sorge auf jeden Fall dafür, daß dieser Brief unser Geheimnis bleibt, und zeig ihn um nichts auf der Welt Deinem Vater! Schreib mir bald und berichte mir alles.

Ich steckte diesen kostbaren Brief in meine Tasche, und dann fiel mir ein, daß Kate mir niemals verraten hatte, wie sie die

Bekanntschaft meines Vaters machte. So begab ich mich auf die Suche nach ihr, kam in das Speisezimmer und fand dort sie und meinen Vater mit entblößten Geschlechtsteilen vor, wobei ein jeder mit denen des anderen beschäftigt war.

Papa erblickte mich und rief aus: »Tritt näher, May, gerade dich wollte ich sehen.«

Ich trat zu ihm hin.

Er fuhr fort: »Ich wollte mal nachsehen, ob das Haar auf deiner Pussi genauso fein und seidig ist wie das hier auf der Venus von Kate. Jetzt sei hübsch brav, du kriegst auch ein seidenes Kleid von mir, die Farbe darfst du dir selber aussuchen.«

Wie mich dieses Versprechen blendete! Ich hatte erst einmal vor vielen Jahren ein seidenes Kleid bekommen, und nun beschwor dieses Angebot, mir selber eines aussuchen zu dürfen, Visionen von Schönheit vor meinem geistigen Auge herauf.

Geschwind erwiderte ich: »Ja, lieber Papa, ich werde alles tun, was du wünschest«, und so, wie ich da vor ihm stand, raffte ich meine Kleider hoch.

»So nicht«, sagte er. »Zieh dir lieber alles aus bis aufs Hemd. Kate wird dir dabei behilflich sein.«

In wenigen Augenblicken lagen mein Kleid und meine Petticoats auf dem Boden, und ich stand *en chemise* da, denn in jenen Tagen trug ich noch keine Schlüpfer. Doch als ich mir das Kleid über den Kopf zog, hatte sich der Inhalt meiner Tasche auf den Teppich geleert, und der Brief fiel meinem Vater in die Augen.

»Oh, ein Liebesbrief«, rief er, »das sind mir ja schöne Geschichten, Miss May! Diesen Brief von deinem Liebsten muß ich lesen!«, und er hob ihn auf und tat ebendies.

»Es ist kein Liebesbrief«, sagte ich, »sondern ein Brief von meiner Schulfreundin Susey, die bei ihrem Onkel in Schottland ist.«

»Egal, ich werde ihn laut vorlesen«, sagte mein Vater.

Gesagt, getan. Und Kate flüsterte mir zu: »Hab keine Angst, liebste May, ich bin auf deiner Seite.«

Mein Vater war entzückt über Suseys Brief, und da seine Hose vorn aufgeknöpft war, konnte ich sehen, wie sich sein Pego zu einem stolzen Ständer erhob, als er an einige ihrer deskriptiveren Passagen kam.

Schließlich gelangte er ans Ende, wo sie mir riet, meinen Vater dazu zu kriegen, mich zu vögeln, und da rief er aus: »Vernünftiges Mädel, diese Susey! Ich wünschte, sie wäre jetzt hier. Ich muß sie und ihren Vater, einen alten Freund von mir, unbedingt diesen Sommer einladen, da kommen glorreiche Zeiten auf uns zu. Aber jetzt will ich mir erst mal die Pussi meiner Tochter in Ruhe ansehen. Und wenn sie willig ist, so werde ich sie mit Wonne vögeln, denn Gewalt brauch' ich nicht bei meiner eigenen Tochter, dazu habe ich sie viel zu lieb! Nur wenn sie mir fröhlichen Herzens meinen Willen gewährt, dann soll sie auch noch fünf Guineen zusätzlich zu dem seidenen Kleid bekommen, und ich werde mit ihr einmal pro Woche ins Theater gehen!«

Ich rief aus: »Du lieber, süßer Papa! Wie sehr ich dich liebe! Ja, mach mit mir, was du willst, und bring mir bei, wie ich dir Vergnügen bereiten kann. Ich hoffe doch, die liebe Kate wird nicht eifersüchtig auf mich armes kleines Ding sein?«

»Nein, nein, liebste May«, beruhigte mich Kate, »ich werde niemals eifersüchtig auf dich oder sonst ein Mädchen sein, das dein Papa zu vögeln wünscht; in der Tat würde ich ihn am liebsten sämtliche Mädels der Gemeinde bumsen sehen, wenn ihm danach ist!«

Papa sagte: »Kate, du großherziges Wesen, du wirst niemals Anlaß haben, ein solch selbstloses Verhalten zu bedauern. Es waren ja die Noblesse und Uneigennützigkeit deines Charakters, die mich zu dir hinzogen, und je mehr ich von deiner geistigen Überlegenheit mitbekomme, desto mehr segne ich die Stunde, da wir miteinander bekannt wurden! Und nun, May, bin ich bereit, dich zu vögeln!«

»Und ich, Papa, bin bereit, mich von dir vögeln zu lassen«, entgegnete ich lächelnd.

Kate bestand darauf, daß Papa sich völlig entkleidete, und auch ich mußte mein letztes Hemd ablegen. Dann sagte sie, Papa solle sich mit aufgerecktem Schwanz rücklings ausstrecken, und ich mußte mich auf ihn legen, und sie klatschte mir im Rhythmus zu Papas Hüben und Stößen auf den Popo, bis der Höhepunkt kam und mein Schoß vom väterlichen Sperma durchtränkt wurde.

Ich schwamm in Entzücken und konnte nicht anders als ausrufen: »Ich danke dir tausendmal, liebster Papa, für diesen wahren Hochgenuß!«

»Und ich danke dir, mein liebstes Kind, mir ein solch vorzügliches Vergnügen gewährt zu haben«, entgegnete Papa.

Bei der nächsten Runde wechselten wir die Stellung, und Kate nahm an dem Zeitvertreib teil, indem sie sich in eine solche Stellung brachte, daß Papa ihre Pussi sehen konnte, während er die meine beackerte.

Noch oft änderten wir die Position, bis Papa sagte, er müsse sich von den Mühen der Liebe erholen, und nachdem wir uns ein wenig erfrischt hatten, begaben wir uns alle drei in Papas Schlafgemach und legten uns auf seinem Bett zur Ruhe, jede auf einer Seite von ihm.

Am Morgen bat ich Papa, mir zu erzählen, wie er Kate kennengelernt habe, und er antwortete wie folgt:

»Letzte Weihnachten fuhr ich über die Feiertage nach London und traf in meinem Club mehrere alte Freunde, deren Töchter Madame Stewarts Schule in Hampton Court besuchen. Sir Thomas Moreton, mein Nachbar, war mit von der Partie, und während wir unseren Wein tranken, sprachen wir über unsere Betterfahrungen, und anschließend wandte sich die Unterhaltung dem Thema der Schuldirektorinnen zu, die ihren Schülerinnen den Hintern versohlen.

Dabei vertrat ich die Auffassung, daß dies heutzutage nicht mehr praktiziert würde, wenn es in früheren Zeiten auch der Fall gewesen sein mag.

Sir Thomas wettete mit mir um fünfzig Pfund, daß ich mich irrte, und bot mir an, mich in Mme. Stewarts Etablissement mitzunehmen, um es mir zu beweisen.

Ich ging auf seine Wette ein und begleitete ihn am folgenden Samstagabend zu Mme. Stewart, um die Probe aufs Exempel zu machen.

Wir wurden in einen Raum geführt, der mit allen möglichen Folterinstrumenten angefüllt war, und an einem Ende befand sich eine erhobene Bühne oder Plattform, unter der wir Platz nehmen mußten, und nachdem der Zugang geschlossen worden war, fanden wir, daß die Vorderseite der Plattform mit Gucklöchern durchsetzt war, so daß wir den Raum, der mit Wachskerzen hell erleuchtet war, während wir im Dunkeln saßen, nach allen Richtungen hin perfekt einsehen konnten.

Dann wurden von der Gouvernante sechs Mädchen hereingeführt, und Madame Stewart erstieg das Podium über unseren Köpfen, erteilte Anweisung bezüglich der Anzahl der zu erteilenden Schläge und verlas die Liste der Vergehen.

Die schönen Schuldigen wurden so plaziert, daß ihre Hinterteile dem Podium zugewandt waren und wir den vollen Blick auf ihr Sträuben und Zappeln hatten, während die Rute auf ihre Hinterteile und Schenkel niedersauste, und wir erhaschten auch so manchen Blick auf die zarten Pussis, die zwischen ihren Beinen hervorlugten.

Meine Kate war eine von denen, die bei dieser Gelegenheit gezüchtigt wurden, und was mich bei ihr besonders anzog, war das Zittern der Lippen ihrer Muschi, während die Rute auf ihren hübschen Hintern fiel. Am Ende war ich mir sicher, daß ich sah, wie dem lieben Mädel die perlenden Tropfen der Lust abgingen. Eine solche Empfindsamkeit reizte mich, und als die Bestrafung vorüber war, machte ich Madame Stewart das Angebot, mir Kate als Bumsobjekt mit nach Hause zu geben, indem ich ihr ein Bestechungsgeld in Aussicht stellte.

Madame äußerte zunächst Bedenken, doch schließlich sagte sie, die Entscheidung solle Kate überlassen werden.

Kate wurde also hereingerufen, und ich sagte ihr, wie sehr mich der Anblick ihrer nackten Reize entflammt hätte und daß ich sie gern einige Monate im Jahr mit zu mir nehmen wollte.

Sie blickte auf meinen stehenden Schniepel und erkundigte sich, ob Mme. Stewart auch etwas davon hätte; wenn ja, würde sie mit mir kommen.

Ich sagte ihr, ich hätte Madame fünfzig Pfund angeboten.

›Dann‹, sagte Kate, ›werde ich mit Ihnen kommen und mich Ihrer Ehrbarkeit anvertrauen, was Ihre Behandlung meiner Person betrifft.‹

Ein solch selbstloses Verhalten ist höchst ungewöhnlich in diesem geldgierigen Zeitalter, und ich liebe und ehre Kate dafür.«

Ich sagte zu meinem Vater, ich sei sicher, er würde sich sowohl Kate wie mir gegenüber als großzügig erweisen.

Darauf erklärte er mir, daß er gedenke, mich mit einem Gentleman seines Bekanntenkreises zu verheiraten, einem ältlichen reichen Witwer.

Natürlich interessierte es mich, woher er mich kannte und wie sein Name sei, worauf mein Vater entgegnete, sein Name sei Mr. Sinclair und es sei sein Schwanz, mit dem ich Bekanntschaft geschlossen hätte, und er sei über achtzig Jahre alt, so daß ich voraussichtlich in wenigen Jahren eine reiche Witwe sein würde. Immerhin sei der alte Knabe noch zu einigen Leistungen fähig, was das Bumsen beträfe, doch wenn ich mehr wollte, dann könnte ich leicht einen jungen Mann für ein Pfund pro Woche bekommen, der es mir besorgen würde.

Ich ging auf die Vorschläge meines Vaters ein, und wir luden Mr. T. (den zu Beginn meiner Erzählung erwähnten Tutor an der Schule) ein, zur Hochzeit zu kommen. Des weiteren luden wir Susey und ihren Onkel zu dem Fest.

Alle kamen, und ich wurde an einem schönen Morgen im Monat Mai – ein Kompliment an meinen Namen – getraut. Nach der Zeromonie bat mich der Geistliche um Erlaubnis, der Braut als erster die Pussi küssen zu dürfen, was ich ihm in der Sakristei auch gewährte.

Die Hochzeitsreise führte uns für einen Monat auf die Isle of Wight, nach Ablauf welcher Zeit mein Gatte sicher war, mich mit einem Kind beglückt zu haben, und mir die Erlaubnis zu soviel Fremdgang erteilte, wie ich wollte.

Ich sagte ihm, ich wolle damit warten, bis wir wieder zu Hause seien, denn ich verzehrte mich nach einer Kostprobe von Mr. T.s edlem Werkzeug und auch nach dem starken Stecken meines Vaters.

Mein Gatte war erfreut über meinen entschlossenen Willen und engagierte Mr. T. als Bibliothekar, und in dieser Eigenschaft blieb er dort bis zum bedauerlichen Dahinscheiden Mr. Sinclairs im Alter von neunzig Jahren, der mich mit einer Tochter von neun Jahren und all seinem Geld zurückließ.

Sobald es nach seinem Tode schicklich war, heiratete ich Mr. T., der sich als einer der besten Ehemänner entpuppte.

Susey besucht uns oft und bringt junge Mädels mit, um Mr. T. zu erfreuen, der eine Schwäche für zartbeflaumte Pfläumchen hat und oft mit den kleinen Nackedeis Blindekuh spielt oder sich mit meiner kleinen Agnes balgt, wenn sie gerade nichts anhat. Mein kleiner Liebling ist jetzt zwölf Jahre alt und sehr stolz darauf, »Stehaufmännchen mit dem neuen Papi zu spielen«, wie sie es nennt, wenn sie ihr kleines Pussilein an dessen Kopf reibt.

Mr. T. freut sich schon auf das Vergnügen, ihr die Jungfernschaft zu nehmen, wenn sie vierzehn ist. Ich sage ihm, das sei zu früh und er solle warten, bis sie fünfzehn ist, doch er ist so ungeduldig, daß ich fürchte, er wird seinen Willen durchsetzen.

Also, lieber Leser, liebe Leserin, gehabt Euch wohl!

Und mögt Ihr nie, sofern Ihr Lust,
Des Schwanzes missen, noch der Brust
Und alles, was da sonst noch ist,
Woran man saugt und was man küßt.

Anonymus

Schattenspiele oder Spaß unter Küken

Der Wonnemonat Mai war stets bekannt für seinen günstigen Einfluß auf die erotischen Sinne des schönen Geschlechts.

Ich will Ihnen deshalb von zwei oder drei kleinen Erlebnissen erzählen, die mir im Mai 1879 widerfuhren, als ich meine Cousinen in Sussex besuchte. Ich nannte sie damals »Die Küken«, wegen des Spaßes, den sie mir ein ums andere Mal bereiteten.

Mein Onkel ist ein freundlicher Landbewohner und kann einen großen Grundbesitz mit vielen kleinen Äckern und Weiden sein eigen nennen. Überall auf seinem Gut gibt es zahlreiche Gehölze, durch die Fußwege und geschützte Alleen führen, auf denen man einen Monat lang gehen kann, ohne auch nur einen Menschen zu treffen. Ich will meinen Leser erst gar nicht mit dem Namen der Gegend beunruhigen, nachher wird er sich womöglich noch dorthin begeben, um selbst dem Vergnügen nachzujagen. Um auf die Cousinen zurückzukommen: Ihre Namen waren Annie, Sophie und Polly. Einen Bruder hatten sie auch. Er hieß Frank, war mit einundzwanzig das älteste der Geschwister und damit so alt wie ich selbst. Die Mädchen waren in der genannten Reihenfolge neunzehn, siebzehn und sechzehn Jahre alt.

Es begann am Tag meiner Ankunft. Nach dem Dinner zogen sich mein Onkel und meine Tante auf ein kleines Nickerchen zurück, während wir, die Jungen und Mädchen, lieber einen Spaziergang durch die Umgebung unternahmen. Von allen Mädchen war es Cousine Annie, die mich besonders anzog. Sie war eine gut entwickelte Blondine mit tiefblauen Augen und einem roten Schmollmund, und unter ihrem Kleid wogten zwei volle Brüste, die mich an Vulkane verborgener Sehnsüchte denken ließen. Frank war ein sehr träger Bursche. Er genoß es, seine Zigarre zu rauchen, und erwartete von seinen ihn vergötternden Schwestern stets, daß sie sich zu ihm setzten, ihm die neuesten Geschichten vorlasen oder von ihren Liebesgeheimnissen erzählten. Für mich war das allerdings als Amüsement viel zu langweilig, und da ich fast drei Jahre nicht auf dem Landsitz gewesen war, bat ich Cousine Annie, mir die Neuerungen auf dem Gut zu zeigen, bevor wir uns zum Tee wieder ins Haus begeben mußten. Herausfordernd sagte ich zu Frank: »Ich glaube, alter Junge, du bist wohl zu faul dazu und ziehst es vor, wenn deine Schwester mich herumführt, oder?«

»Ich bin zu bequem; faul ist ein häßliches Wort, Walter. Tatsache ist aber, Sophie liest gerade aus einem so interessanten Buch vor, daß ich mich davon nicht losreißen kann.« Und er fügte hinzu: »Davon ganz abgesehen, ist mein Schwesterherz genauso gut, wenn nicht sogar noch besser für eine Führung geeignet. Ich habe keinerlei Ahnung von diesen Dingen.«

»Komm, Annie«, sagte ich und nahm ihre Hand. »Dein Bruder ist verliebt.«

»Nein, ich bin sicher, außer an seine Schwestern denkt er niemals an irgendwelche Mädchen«, lautete ihre Antwort.

Wir waren außer Hörweite, in einer kleinen Allee, so daß ich mich etwas weiter vorwagte. »Aber im Gegensatz zu deinem Bruder, Cousine, bist du sicherlich verliebt. Ich kann es an deinen strahlenden Augen und deinen bebenden Brüsten erkennen.«

Bei der Anspielung auf ihre wohlgeformten Brüste überzog ein Hauch Schamröte ihr Gesicht, doch schien sie von meinen Worten eher angetan als beleidigt, denn neckisch erwiderte sie: »Oh, Walter! Schämt Euch, junger Mann!«

Wir hatten zu diesem Zeitpunkt bereits ein gutes Stück zurückgelegt, und eine Bank, die da plötzlich am Weg stand, kam mir sehr gelegen. Ich legte meinen Arm um das errötende Mädchen, küßte seine rubinroten Lippen, zog es dicht an mich und sagte: »Nun, Annie, mein Liebling. Ich bin dein Vetter und alter Spielgefährte. Ich konnte mir nicht helfen, ich mußte einfach diese wunderschönen Lippen küssen. Es ist etwas, das ich schon immer machen wollte, seitdem wir als kleine Kinder zusammen gespielt haben. Aber nun sollst du mir deine Gefühle beichten, bevor ich dich gehen lasse.«

»Da gibt es nichts zu beichten, junger Mann.«

»Denkst du denn niemals an die Liebe, Annie? Schau mich an, und sage mir dann, die Liebe sei deinem Busen fremd!« Vertraulich legte ich meine Rechte um ihren Nacken, bis sie auf einem der beiden bebenden Hügel zu liegen kam.

Tiefer errötet denn je, drehte sie sich zu mir um. Als sich ihre dunkelblauen Augen mit den meinen trafen, suchten sie voller Angst nach einer Erklärung. Doch anstatt auf ihr stummes Flehen einzugehen, küßte ich sie leidenschaftlich und ergötzte mich am Wohlgeschmack ihres süßen Atems, bis die Heftigkeit ihrer Gefühle sie regelrecht erzittern ließ.

Die Dämmerung setzte ein. Meine Hände spielten mit der weißen, zarten Haut ihres Halses und bewegten sich langsam hinab zu den festen Brüsten, als ich zu ihr sagte: »Wie schön dein Busen geworden ist, seit ich dich das letzte Mal gesehen habe, liebe Annie. Du nimmst das deinem Vetter hoffentlich nicht übel, wo wir doch von jeher sehr frei miteinander umgegangen sind. Und was kann es schon schaden?«

Es schien, als hätte das Feuer nun auch sie ergriffen. Ein Schauer von Gefühlen schoß durch unsere Körper, und für einige Momente lag sie fast reglos in meinen Armen, wobei ihre Hand sanft auf meinem Schenkel ruhte. Mein Priapus war jetzt endgültig erwacht und drängte nach Befreiung. Doch plötzlich schreckte sie hoch und sagte: »Wir hätten hier niemals verweilen dürfen. Laß uns weitergehen, denn nachher schöpfen die anderen noch Verdacht.«

»Wann werden wir wieder allein sein, Liebling? Laß uns das jetzt verabreden, bevor wir zurückgehen«, sagte ich schnell.

Es war unmöglich, sie auf der Bank festzuhalten, doch als wir weitergingen, sagte sie träumerisch: »Morgen könnten wir vor dem Mittagessen einen Spaziergang machen. Frank liegt meistens noch im Bett, und die anderen Mädchen haben in dieser Woche Küchendienst. Ich bin erst in der nächsten Woche mit dem Zubereiten von Torten und Kuchen dran.«

Ich umarmte sie erneut, gab ihr einen Kuß und sagte: »Oh, wie köstlich das werden wird, was für ein liebliches, bedachtes Mädchen du doch bist, Annie.«

»Entschuldigt, junger Mann. Benehmt Euch bitte morgen! Nicht soviel Geknutsche, sonst werde ich mir das mit dem Spaziergang noch einmal überlegen. So, da sind wir wieder am Haus.«

Am nächsten Morgen war es wunderbar warm und mild. Gleich nach dem Frühstück zogen wir unter den Ermahnungen ihres Vaters, rechtzeitig zum Mittagessen zurück zu sein, los.

Stück für Stück lockte ich meine hübsche Cousine aus der Reserve, bis unsere Unterhaltung so anregend geworden war, daß ihr das Blut in heißen Wellen der Schamröte über das Gesicht zog.

»Was für ein unverschämter Junge du doch geworden bist, Walter, seit du das letzte Mal bei uns warst. Ich kann nicht umhin, bei deiner Art zu reden vor Scham über und über rot zu werden.«

»Annie, mein Liebling«, entgegnete ich, »was kann einen Mann mehr erfreuen, als über den Spaß mit schönen Mädchen zu reden, über die Schönheit ihrer Beine und Brüste und was da sonst noch ist? Wie gern würde ich jetzt zum Beispiel deine wunderschönen Waden sehen, vor allem, da ich schon einen kurzen Blick auf deine göttlichen Knöchel erhaschen konnte.« Mit diesen Worten warf ich mich unter einem großen, schattigen Baum, der nahe beim Gatter einer Weide stand, ins Gras und zog das halb widerstrebende Mädchen zu mir herab, dann küßte ich sie leidenschaftlich und flüsterte: »Oh, Annie, wofür lohnt es sich zu leben, wenn nicht für die Früchte der Liebe?«

Unsere Lippen trafen sich in feurigem Verlangen, doch plötzlich löste sie sich von mir, schlug ganz verlegen die Augen nieder und stammelte: »Was ist das? Was hat das zu bedeuten, Walter?«

»Ach, liebe Cousine, bist du wirklich noch so unschuldig? Fühle hier den Pfeil der Liebe, allzeit bereit, in die weiche Grotte zwischen deinen Schenkeln einzudringen«, flüsterte ich erregt, nahm ihre Hand und legte sie behutsam auf meine Männlichkeit, die ich schnell aus dem Gefängnis meiner engsitzenden Hose befreit hatte. »Schau ihn dir an, nimm ihn in deine Hand, Liebling. Ist es möglich, daß du nicht weißt, wozu er da ist?«

Ihr Gesicht lief knallrot an, als sie mein Glied fest mit ihrer Hand umschloß, und ihre Augen verrieten, daß das plötzliche Erscheinen meines »John Thomas« gewaltige Unruhe in ihr ausgelöst hatte. Ich nutzte die Gunst des Augenblicks, ihre sprachlose Verwirrung, und schob meine Hand unter ihren Rock. Schon bald hatte ich ihren Venushügel erobert, und ungeachtet ihrer zusammengepreßten Schenkel begann mein Zeigefinger mit der Suche nach der jungfräulichen Klitoris.

»Ah – oh«, stöhnte sie. »Walter, bitte nicht. Was tust du da?«

»Es ist alles Liebe, mein Engel. Öffne deine Schenkel ein wenig, und erlebe, welch Glück dir meine Finger bereiten können«, flüsterte ich ihr zärtlich ins Ohr und bedeckte ihren Mund von neuem mit lustvollen Küssen, bis die weiche Spitze meiner Zunge ihren Weg durch Annies Lippen fand.

»Oh, oh, du wirst mir weh tun«, seufzte sie mehr, als daß sie sprach, und langsam lösten sich ihre Beine aus der fast spastischen Verkrampfung.

Noch immer klebten unsere Lippen aufeinander, und während wir uns mit den freien Armen fest um die Taillen hielten, umschloß sie meinen Priapus mit krampfartigem Griff, während meine Finger gleichzeitig ihren kleinen Hügel und die feuchten Lippen bearbeiteten. Nur das Geräusch unserer heftigen Küsse und der lustvollen Seufzer war zu vernehmen, bis sich plötzlich ihre Spalte in einer cremig-warmen Flüssigkeit ergoß und auch ich meine Säfte nicht mehr zurückhalten konnte.

Nach einem kurzen Weilchen hatten wir unsere Fassung wiedergefunden, und ich erklärte ihr, daß die schmelzende Ekstase, die sie soeben erlebt hatte, nur ein kleiner Vorgeschmack auf den Genuß sei, der sie erwartete, wenn wir uns erst vollends vereinten. Mein überzeugender Tonfall und die Hitze ihrer Lust machten alle weiblichen Ängste und Skrupel vergessen. Da ich jedoch fürchtete, ihre Kleider könnten Schaden erleiden oder Grasflecke auf den Knien meiner Hose könnten uns verraten, schlug ich vor, sie solle sich ans Gatter stellen, damit ich sie von hinten nehmen könne. Sie legte ihr Gesicht auf die Arme, mit denen sie sich auf dem obersten Balken des Gatters abstützte, und langsam hob ich ihre Kleider. Welche Herrlichkeiten boten sich meinem Blick! Meine Kräfte waren auf einen Schlag zu neuem Leben erwacht, als sich mir ihre köstlichen Hinterbacken offenbarten und sich so lieblich von dem Weiß ihres hübschen Schlüpfers abhoben. Ich öffnete den Schlüpfer, entblößte das köstliche Fleisch und konnte nun endlich die Lippen ihrer mächtig angeschwollenen Lustbarkeit sehen – umschmückt von leichtem blondem Flaum –, ihre wunderbaren Schenkel, die Unterhosen, Strümpfe und die niedlichen Schühchen – ein perfektes Arrangement. Die Erinnerung beim Schreiben und Beschreiben läßt auch jetzt noch meinen Priapus in der Hose anschwellen, so köstlich war der Anblick. Ich kniete mich nieder, küßte ihren Hintern, die Furche und alles, was meine Zunge erreichen konnte, es gehörte alles mir, ich stand auf, bereit, den Sitz der Liebe zu erobern, da – verdammt! – ein Aufschrei von Annie, ihre Kleider fielen herunter, mein ganzes Arrangement war innerhalb von Sekunden zerstört: Ein Stier war unerwartet auf der anderen Seite des Gatters aufgetaucht und hatte meine Geliebte in Angst und Schrecken versetzt, als er mit seiner kalten, feuchten Nase an ihre Stirn stupste.

Auch dieser Anblick verfolgt mich bis heute.

Annie war kurz davor, in Ohnmacht zu fallen, als sie schrie: »Walter! Walter! Rette mich vor diesem furchtbaren Biest!« Ich tröstete und beruhigte sie, so gut ich konnte, und als ich ihr klarmachte, daß wir uns auf der ungefährlichen Seite des Gatters befanden, bedurfte es nur noch einiger liebevoller Küsse, um sie zu beruhigen. Wir setzten unseren Spaziergang fort, und als ich bald darauf ein neues schattiges Plätzchen fand, sagte ich: »Komm, Annie, mein Liebling, setzen wir uns hin und erholen uns von der schrecklichen Unterbrechung. Du bist sicher noch ganz aufgeregt, mein Schatz, abgesehen davon muß ich dich jetzt unbedingt haben, als Entschädigung für die gehabte herbe Enttäuschung.«

Sie schien zu wissen, daß ihre Stunde gekommen war; erneut überzogen Wellen der Schamröte ihr liebliches Antlitz, sie schlug die Augen nieder und ließ es zu, daß ich sie zu mir herunterzog und sie auf einen moosbedeckten kleinen Hügel bettete. So lagen wir da, Seite an Seite, und in glühendem Verlangen drückte ich meine Lippen auf die ihren.

»Annie, o Annie«, seufzte ich voll Entzücken. »Laß mich die Spitze deiner Zunge spüren!« Ohne zu zögern, schob sie mir ihre weiche Zunge in den Mund, gleichzeitig stieß sie einen tiefen, entzückten Seufzer aus, wie in Vorfreude, während sie meinen kleinsten Wünschen nachkam. Einen Arm hatte ich unter ihren Kopf gelegt, und mit der anderen Hand nahm ich vorsichtig ihren Hut ab und warf meinen eigenen »Golgatha« beiseite, während ich die ganze Zeit weiter ihre köstliche Zunge küßte und leckte. Dann nahm ich ihre Hand, legte sie auf meine vor Kraft fast zerberstende Herrlichkeit und sagte, indem ich mich für einen Augenblick von ihrer Zunge löste:

»Hier, Annie, nimm meinen Pfeil der Liebe in deine Hand.«

Nervös ergriff sie ihn und murmelte leise: »O Walter, ich habe Angst, und jetzt ... oh ... jetzt, Liebling, ich spüre, ich muß die Früchte der Liebe, die verbotenen Früchte, ich muß sie kosten.« Und ihre Stimme sank zu einem leisen Hauchen herab, während sich ihre Hand langsam auf und ab bewegte. Auch ich blieb nicht untätig und suchte mir einen Weg unter ihren Kleidern, während unsere Lippen sich wieder trafen. Ich leckte an ihrer Zunge, bis ihr Körper unter dem Übermaß an Gefühlen erbebte und meine Hand, die Besitz vom Zentrum ihrer Wonne ergriffen hatte, von ihrem Liebeshonig förmlich überflutet wurde.

»Meine Liebe, mein Leben. Ich will dich dort küssen, will den Nektar deiner Liebe kosten«, schrie ich, löste meine Lippen von ihren, drehte mich um und vergrub mein Gesicht zwischen ihren nachgiebigen Schenkeln. Voller Ekstase leckte ich den köstlichen Saft von den Lippen ihrer engen, kleinen Lustspalte, dann ging meine Zunge auf Entdeckungsreise und traf schon bald auf die kleine, empfindliche Liebesfrucht, was Annie in eine wilde Ekstase versetzte, die sie nach immer mehr verlangen ließ. Sie schlang ihre Beine über meine

Schultern und preßte voller Lüsternheit meinen Kopf zwischen ihre festen, runden Schenkel.

Während ich weiterhin mit der Zunge ihre steife kleine Knospe bearbeitete, näßte ich an ihrer köstlichen Spalte meinen Finger und drang damit leicht in ihr wunderbar enges braunes Hinterpförtchen ein. Ich brachte sie damit zu solcher Raserei, daß sie meinen Freund nahm und ihn an ihren Mund führte, was ich ihr dadurch erleichterte, daß ich mich über sie legte. Mit ihrer Zunge umkreiste sie den purpurroten Kopf, und ich verspürte den verspielten, liebevollen Biß ihrer perlweißen Zähne. Es war der Gipfel erotischen Genusses. Wieder durchströmte sie ein herrlicher Höhepunkt, während sie gleichzeitig jeden Tropfen meines Liebessaftes schluckte, der aus meinem explodierenden Ständer schoß.

Nach diesen Genüssen waren wir beide einer Ohnmacht nahe und lagen für ein paar Augenblicke ziemlich erschöpft beieinander, bis ich plötzlich spürte, wie ihre liebevollen Lippen von neuem an dem Motor meiner Liebe saugten und preßten. Das Ergebnis war elektrisierend. Er stand so hart wie eh und je.

»Nun, Liebling, kommt der wahre Handstreich der Liebe«, rief ich. Ich wechselte erneut meine Stellung, spreizte ihre zitternden Schenkel und kniete mich dazwischen. Meine Knie plazierte ich auf ihren Unterröcken, um sie vor Grasflecken zu bewahren. So lag sie nun vor mir in einem wunderbaren Zustand der Erregung und Erwartung: das Gesicht rot vor Scham, die geschlossenen Lider umringt von langen, dunklen Wimpern, die Lippen leicht geöffnet, während sich ihre wohlproportionierten festen, runden Brüste in einem Zustand heftigster Erregung hoben und senkten. Es war ein hinreißender Anblick. Ich fühlte mich verrückt vor Begierde und konnte den bevorstehenden Vollzug nicht länger hinauszögern, konnte mich nicht mehr zügeln. O weh, arme Jungfernschaft, wehe deiner Unschuld! Ich brachte meinen

Speer in Angriffsstellung, plazierte seine Spitze ganz vorsichtig zwischen die Lippen ihrer Vagina. Schon bei dieser leichten Berührung schien ein Schauer der Lust ihren Körper zu durchströmen. Sie schlug die Augen auf und keuchte mit sanft verliebtem Lächeln:

»Ich weiß, es wird weh tun, aber, Walter, mein lieber Walter, sei stark und zart zugleich! Ich will es! Ich brauche es, und wenn es mich umbringt!« Sie warf ihre Arme um meinen Hals, zog meine Lippen zu ihren, und mit all der Leidenschaft einer Liebenden vergrub sie ihre Zunge in meinem Mund und hob ihr Becken meiner Attacke entgegen.

Mit einer Hand hatte ich unter ihr Hinterteil gefaßt, die andere benutzte ich dazu, den Freudenspender zielstrebig einzuführen. Ich stieß kräftig zu. Nachdem ich einen Zoll eingedrungen war, spürte ich den Widerstand ihres Jungfernhäutchens. Sie zuckte unter dem Schmerz zusammen, doch in ihren Augen erkannte ich einen Blick der Aufmunterung.

»Schlag deine Beine über meinen Rücken, Liebling«, stöhnte ich, ohne mich länger als notwendig von ihrer Zunge zu lösen. In der an Wahnsinn grenzenden Entschlossenheit, das Schlimmste zu ertragen, umklammerte sie mich mit ihren Schenkeln. Erbarmungslos stieß ich zu, gerade als sie mir ihr Becken entgegenhob, und das Werk war vollbracht. König Priapus hatte alle Hindernisse durchbrochen, die uns noch vom vollen Genuß getrennt hatten. Sie gab einen unterdrückten Schrei qualvollen Schmerzes von sich, und ich spürte, wie ich im Besitz ihrer innersten Reize pulsierte.

»O mein Liebling! Du liebst mich. Meine tapfere Annie, wie du den Schmerz ertragen hast! Laß uns für ein oder zwei Augenblicke so ruhig liegenbleiben, um dann die Freuden der Liebe zu genießen«, hauchte ich, als ich aus dem plötzlichen Glücksgefühl heraus, den Sieg so schnell errungen zu haben, ihr Gesicht mit Küssen bedeckte.

Es dauerte nicht lange, da spürte ich, wie die Muskeln ihrer Lust meinen Eroberer in einer wahrlich genußvollen Art und Weise bearbeiteten. Diese Herausforderung war zuviel für ihn, mit einem sanften Stoß setzte er sich in Bewegung. Da ich jedoch an ihrem verkrampften Gesicht erkennen konnte, daß es ihr noch immer Schmerzen bereitete, hielt ich meine Begierde zurück und ging sehr behutsam zu Werke; doch war meine Lust so gewaltig, daß ich einen überaus reichlichen Erguß nicht zurückhalten konnte. Ich sank an ihren Busen und verweilte dort in der wahrhaft köstlichen Lethargie des erfüllten Liebesaktes.

Nach ein paar Augenblicken spürte ich, wie sie unter mir in heißer Begierde erbebte. Endlich: Die Pforte ihrer Lust war nun gut geölt, und es begann eine herrliche Folge ekstatischer Liebesspiele. Aller Schmerz schien vergessen, mein Samen war der Balsam auf ihren Wunden, und sie konnte jetzt endlich die lustvollen Bewegungen der Liebe mit allen Sinnen genießen; es schien, als wollte sie schier überlaufen von unseren gemeinsamen Ergüssen, mein stolzer Hahn schwelgte darin und drang immer wieder in sie ein, mit all seiner männlichen Kraft. Drei- oder viermal fielen wir in ein Delirium der Wollust, bis mich ihr Ungestüm völlig überwältigt hatte und ich sie bat, sich etwas zu mäßigen, damit sie durch ihre eigene Wildheit nicht zu Schaden käme.

»Oh, ist es denn möglich, daß man bei einem solch köstlichen Vergnügen zu Schaden kommen kann?« rief sie verwundert aus, und als sie sah, wie ich mein erschöpftes Werkzeug aus ihrer immer noch sehnsüchtigen Grotte zog, lächelte sie schelmisch und sagte errötend: »Entschuldige meine Rüdheit, geliebter Walter, aber ich fürchte, daß es dich am meisten erwischt hat. Schau dir doch dein blutbeflecktes Ding an.«

»Du kleines, süßes Dummerchen«, sagte ich und küßte sie zärtlich. »Das ist dein Blut. Das Blut deiner Jungfräulichkeit.

Laß es mich abwischen«, und mit meinem Taschentuch säuberte ich erst ihre schmollige Spalte und dann mein eigenes Gerät. »Dieses Tuch, liebe Annie, werde ich aufbewahren als Andenken an deine unschuldige Liebe, die du mir heute auf so wunderbare Weise zum Opfer gebracht hast«, und ich bot das blutbefleckte *Mouchoir* ihren Blicken dar.

Nun erhoben wir uns von unserem weichen moosgedeckten Lager und halfen uns gegenseitig, die Spuren unserer Liebesvereinigung zu entfernen.

Während wir dann weiterspazierten, klärte ich das geliebte Wesen über alle erdenklichen Praktiken und Künste der Liebe auf. »Glaubst du«, fragte ich, »daß deine Schwestern oder Frank auch nur eine Idee davon haben, wie schön die Freuden der Liebe sind?«

»Ich glaube, sie würden sich der Liebe genauso ungestüm hingeben, wie ich es soeben getan habe, wenn der Funke erst einmal gezündet ist«, antwortete sie. »Ich habe Frank oft sagen hören, wenn er uns küßte, daß wir dabei ein Feuer in seinem ganzen Leib entflammten«; und zutiefst errötend, als ihr Blick dem meinen begegnete: »O mein geliebter Walter, ich fürchte, du wirst uns für fürchterlich ungezogene Mädchen halten; doch wenn wir abends zu Bett gehen, vergleichen meine Schwestern und ich oft unsere blühenden Reize. Wir machen uns lustig über die wachsende Lockenpracht unserer Pussis – meiner und Sophies – und über Pollys haarlose kleine Spalte, und wir treiben unsere Spielchen, bei denen wir herumtollen und uns gegenseitig den Hintern versohlen; oft fühlte ich mich dabei überwältigt von einem heißen Verlangen, für das ich bisher keine Erklärung hatte. Dank dir, mein Liebling, kann ich das jetzt endlich verstehen. Ich wünschte, du könntest uns einmal beobachten.«

»Vielleicht läßt sich das arranigeren. Du weißt ja, daß mein Zimmer gleich neben dem deinen liegt. Gestern nacht konnte ich hören, wie ihr lachtet und eure Spielchen triebt.«

»O ja. Wir hatten viel Spaß«, entgegnete sie. »Polly versuchte, Lockenwickler in meine Pussi zu drehen. Aber wie willst du es arrangieren?«

Als ich sah, wie sie völlig von meinen Plänen zu neuen Vergnügungen eingenommen war, berieten wir uns, und schließlich kam mir eine Idee, von der ich meinte, daß ihr Erfolg beschieden sein könnte. Zuerst wollte ich Frank aushorchen und ihn ein wenig in die Wege der Liebe einführen. Und sobald er reif wäre für unsere Zwecke, wollten wir die drei Schwestern bei einem gemeinsamen nackten Bad überraschen und ihnen die Hinterteile kräftig versohlen; Annie sollte dabei ihre Schwestern ermutigen, uns Jungen die Kleider vom Leib zu reißen, damit wir uns schließlich alle in ein allgemeines Liebesgerangel stürzen könnten.

Annie war entzückt von dieser Idee, und ich versprach, mich schon am nächsten Tag an Frank heranzumachen, vielleicht schon am gleichen Nachmittag, falls sich die Gelegenheit bieten sollte.

Wir kehrten zum Haus zurück, Annie mit geröteten Wangen und vor Gesundheit blühend, so daß ihre Mutter feststellte, der Spaziergang habe ihr offensichtlich sehr gut getan, und dies natürlich in völliger Unkenntnis der Tatsache, daß ihre Tochter an diesem Morgen, wie einst unser aller Urmutter Eva, von der verbotenen Frucht gekostet hatte, worauf ihr die Augen aufgetan und sie von neuem Leben erfüllt worden war.

Nach dem Mittagessen lud ich Frank auf eine Zigarette in mein Zimmer ein, wozu er sich nicht lange bitten ließ.

Kaum hatte ich die Tür hinter uns geschlossen, da fragte ich ihn: »Alter Freund, hast du jemals das Buch ›Fanny Hill‹ gelesen; ein wunderbares Buch über Liebe und Lust?«

»Was? Ist das wohl eins von diesen anstößigen Büchern? Nein. Aber wenn du es besitzt, würde ich es mir sehr gern einmal ansehen«, sagte er, und seine Augen funkelten vor Erregung.

»Hier, da hast du es, mein Freund. Ich hoffe nur, es wird dich nicht zu sehr erregen. Du kannst es ja mal durchblättern, während ich die *Times* lese«, sagte ich, nahm es aus meinem Kleiderkoffer und überlieferte es seinen gierigen Händen.

Er ließ sich in einem bequemen Sessel gleich an meiner Seite nieder, und ich beobachtete ihn genau, als er das Buch durchblätterte und sich diebisch an den schönen Illustrationen freute. Dabei schwoll sein Stab in der Hose an, bis er sich völlig versteift und aufgerichtet hatte.

»Haha, alter Spezi, ich wußte, daß es dich aus der Reserve locken würde«, lachte ich und legte meine Hand auf seine Schwellung. »Bei Gott, Frank! Zu was für einem Hammer ist dein Ding herangewachsen, seit wir vor langer Zeit im Bettchen Kinderspiele trieben. Ich schließe die Tür ab, wir müssen sie mal miteinander vergleichen. Ich glaube, meiner ist fast genauso groß wie deiner.«

Er erhob keinen Einwand, aber ich konnte sehen, daß er von dem Buch höchst erregt war. Nachdem ich die Tür abgeschlossen hatte, lehnte ich mich über seine Schulter und gab, während er weiterblätterte, meine Kommentare zu den Illustrationen ab. Auf einmal ließ er das Buch aus seiner Hand gleiten, und sein Blick blieb an meiner stark angeschwollenen Hose hängen.

»Also, Walter, du bist auch nicht besser als ich«, sagte er und lachte. »Dann laß uns mal sehen, wer hier der Größte ist.« Dabei holte er seinen harten Ständer heraus und legte anschließend auch Hand an meinen, um ihn einer näheren Inspektion zu unterziehen.

Durch gegenseitiges Befingern brachten wir uns in helle Ekstase, die darin gipfelte, daß wir sämtliche Kleider beiseite und uns aufs Bett warfen, wo wir zwischen den Schenkeln des anderen Befriedigung suchten und fanden. Nachdem wir so eine Weile miteinander getändelt hatten, weihte ich ihn in meine Pläne ein, und wir kamen überein, bei nächster Gelegenheit unseren Jux mit den Mädchen zu treiben. Natürlich verschwieg ich ihm, was sich zwischen mir und Annie inzwischen abgespielt hatte.

Im Laufe des Abends wurden Frank und ich durch die Ankunft einer wunderschönen jungen Besucherin überrascht. Sie war eine Schulfreundin von Sophie und Polly und wollte eine ganze Woche lang bleiben.

Miss Rosa Redquim war in der Tat eine muntere Schönheit vom Format einer Venus mit wohlproportionierten Gliedern, einem vollen Busen, einem grazilen Gesicht von klassisch griechischen Zügen: rosige Wangen, große graue Augen, rotblondes Haar, Lippen, so rot wie Kirschen, und Zähne, so weiß wie Perlen, die oft zum Vorschein kamen, da ein gewinnendes Lächeln kaum jemals ihr Gesicht verließ. Sie bedeutete zweifellos eine Bereicherung der weiblichen Abteilung des Hauses, zu der wir uns in Anbetracht des zu erwartenden Spaßes nur gratulieren konnten. Frank war besonders erfreut, denn er litt unter beträchtlichen Gewissensbissen, die der Gedanke, sich Freizügigkeiten mit den eigenen Schwestern herauszunehmen, in ihm auslöste.

Der nächste Morgen war wieder warm und wunderschön, und Frank und ich strichen etwa eine Stunde lang durch die Gegend und rauchten unsere Zigaretten, bis der Zeitpunkt gekommen war, daß wir meinten, jetzt müßten die Mädchen bald zum Baden an den kleinen See im Park kommen, zu dem wir uns alsbald auf den Weg machten. Wir suchten uns ein verborgenes Plätzchen und erwarteten in tiefem Schweigen die Ankunft der Schwestern und ihrer Freundin.

Dieser See, wie ich ihn nenne, war eigentlich nur ein Weiher, vielleicht vier oder fünf Morgen groß, dessen Ufer allseits bis zum Rand des Wassers dicht bewaldet war, so daß nicht einmal Angler Zutritt fanden, ausgenommen über ein kleines, abschüssiges Rasenstück, vielleicht zwanzig oder dreißig Quadratmeter groß, wo unter Bäumen eine große Hütte, eine Art Sommerhaus, stand, in der die Badenden sich umkleiden konnten, um dann über den Rasen zum Wasser zu laufen. Der Grund des Weihers zog sich langsam in die Tiefe und war aus feinem Sand, und außerdem war die Badestelle mit einem Geländer umgeben, damit man nicht aus Versehen ins Tiefe kam und den Boden unter den Füßen verlor.

Die Hintertür der Hütte ging auf einen sehr schmalen Pfad hinaus, der durch dichtes Gebüsch zum Gutshaus hinüberführte, so daß man hier vor jedweder Beobachtung von unberufener Seite sicher sein konnte. Das Innere der Hütte war mit Sesseln und Liegen sehr gemütlich ausgestattet, und dazu gab es ein Buffet, das während der Badesaison immer einen großen Vorrat an Wein, Kuchen und Keksen beinhaltete.

Frank, der einen Schlüssel zu der Hütte besaß, führte mich durch dieselbe auf den Rasenplatz, und dort erkletterten wir einen dicken Bergahorn, zündeten uns frische Zigaretten an und erwarteten das bevorstehende Abenteuer, wie man sich vorstellen kann, mit Ungeduld.

Nach ungefähr zehn Minuten der Spannung wurden wir durch das klingende Lachen der ankommenden Mädchen belohnt. Wir hörten, wie der Schlüssel im Türschloß herumgedreht und anschließend von innen der Riegel vorgeschoben wurde. Dann war Annies Stimme zu vernehmen: »Oh, was würden die Jungs wohl darum geben, uns jetzt hier an diesem warmen Tag ohne Kleider baden zu sehen«; worauf Rosa lachend entgegnete: »Mir würde es nichts ausmachen, daß sie mich sehen, solange ich nichts davon weiß. Eigentlich ein erhebendes Gefühl, sich das Vergnügen vorzustellen, das wir den beiden Knaben damit bereiten würden. Ich hätte es zu gern, daß Frank Gefallen an mir fände; schon jetzt bin ich fast verliebt in ihn, und ich habe gelesen, daß es der beste Weg für ein

Mädchen ist, wenn es den Mann seiner Träume gewinnen will, ihn all seine Reize sehen zu lassen, während er glaubt, daß sie sich unbeobachtet wähnt.«

»Nun, hier brauchen wir jedenfalls keine Angst vor Beobachtung zu haben. So laßt uns mal richtig herumtollen! Runter mit den Kleidern, schnell! Das Wasser wird herrlich sein«, jubelte Sophie.

Das Entkleiden war bald geschehen, wenn sie auch offensichtlich keine Lust verspürten, besonders schnell ins Wasser zu gelangen, denn ihre Unterkleider, Strümpfe und Stiefel behielten sie an.

»So«, sagte Sophie mit einem fröhlichen Lachen, »jetzt müssen wir Rosa zu einer freien Frau machen und mal sehen, was sie zu bieten hat. Kommt, Mädels, legt sie hin und schlagt ihren Rock hoch.«

Das schöne Mädchen tat zwar so, als würde es sich wehren, aber auch dies nur schwach; dabei ging sie selbst zum Gegenangriff über und hob neckisch die Röcke ihrer Kameradinnen, wobei sie ausrief: »Umsonst werdet ihr meinen Allerwertesten nicht zu Gesicht bekommen. Ha! Polly hat noch kein Härchen auf ihrer Fliegenfalle. Was für einen schönen schmolligen Schlitz du hast, Annie. Ich glaube, du hast schon mal den Handschuhfinger benutzt, aus dem wir in der Schule einen kleinen Schwanz für Sophie gebastelt haben, den sie dir dann mitbringen sollte.«

Schon bald hatten sie das Mädchen vor der Hütte auf dem weichen Gras ausgestreckt. Ihr Gesicht war flammend rot, als ihre hübsche Muschi mit ihrem Kranz aus weichem rotem Haar den Blicken offenbart wurde. Ihr wunderschöner, weißer Bauch und ihre Schenkel schimmerten wie Marmor im hellen Sonnenlicht. Die drei Schwestern waren ebenso erhitzt wie ihre Freundin und entzückt über den köstlichen Anblick von soviel Liebreiz.

Eine nach der anderen küßten sie die scharlachroten

Lippen der süßen Grotte ihrer Freundin, dann legten sie sie auf den Bauch und begannen ihrem lachenden, schreienden Opfer mit der flachen Hand das lilienweiße Hinterteil zu versohlen.

Klatschen und Lachen hallten durch den Hain, und es kam uns fast so vor, als sähen wir beim Spiel wahrer Nymphen zu. Zum Schluß wurde dem Opfer erlaubt, sich hinzuknien, und nacheinander boten die drei Schwestern der Freundin ihre Venushügel zum Küssen dar. Polly war als letzte an der Reihe, und Rosa, mit ihren Armen das Hinterteil meiner jüngsten Cousine fest umklammernd, schrie: »Ah! Ah! Du machst mich ganz wild! Ich muß unbedingt an deinem kleinen haarlosen Juwel saugen«, und sie preßte ihre Lippen darauf, so daß von ihrem Gesicht kaum noch etwas zu sehen war – als ob sie Pollys Zierde an Ort und Stelle verschlingen wollte. Das junge Mädchen wurde von seinen Gefühlen übermannt. Es ergriff mit seinen Händen Rosas Kopf, wie um ihn dort zu behalten, während sich Annie und Sophie neben ihrer Freundin niederknieten und begannen, deren Grotte, Brüste und jeden ihrer Liebreize, den sie erreichen konnten, zu liebkosen.

Diese aufregende Szene bot sich uns für fünf oder sechs Minuten dar, bis alle vier Mädchen in einem wirren Haufen im Gras zusammensanken und sich mit Küssen und Fingerspielen in wilde Rage brachten.

Unser Augenblick war gekommen. Wir hatten uns mit Gerten aus Zweigen versehen, und so bewaffnet, schienen wir für die völlig überraschten Mädchen regelrecht aus den Wolken zu fallen; sie schrien angstvoll auf und verbargen ihre schamroten Gesichter in den Händen. Sie waren zu überrascht und erschrocken, um auch nur aufzuspringen, geschweige denn, davonzulaufen, aber schon bald gelang es uns, sie wieder zur Vernunft zu bringen und sie von der Realität der Situation zu überzeugen.

»Wie unartig! Was für unzüchtige Ideen! Treib sie ihnen

aus, Frank«, schrie ich und hinterließ mit jedem sausenden Schlag eine Strieme auf ihren Hinterteilen.

»Wer hätte das gedacht, Walter. Wir müssen solch unzüchtige Gedanken aus ihnen herauspeitschen«, antwortete er und folgte meinem Vorbild mit harten, schnellen Schlägen.

Sie schrien, gleichermaßen vor Schmerz und Scham, sprangen auf und liefen wie wild über den Rasen. Es gab aber kein Entkommen. Wir fingen sie an den Zipfeln ihrer Unterröcke, die wir hochhoben, um mit unseren Schlägen eine bessere Wirkung zu erzielen. Schließlich waren wir völlig außer Atem und fingen ziemlich zu keuchen an, als Annie sich plötzlich gegen mich wandte und sagte: »Kommt, Mädchen, kommt! Laßt uns mal zur Abwechslung ihnen die Kleider vom Leibe reißen. Dann werden sie sich genauso schämen wie wir und müssen sich einverstanden erklären, unser Geheimnis zu wahren.« Die anderen halfen ihr, und wir leisteten nur den allergeringsten Widerstand, so daß wir uns schon bald in dem gleichen Zustand befanden, wie wir die Mädchen überrascht hatten, wodurch wir sie allerdings wiederum in äußerste Verlegenheit versetzten und ihnen die Schamröte ins Gesicht trieben, als sie nämlich unserer emporgereckten Liebesmaschinen ansichtig wurden.

Frank faßte Miss Redquim um die Taille und führte sie zum Sommerhaus, und ich folgte ihm mit seinen Schwestern. Drinnen dann trugen die Herren Wein etc. auf, alles, was das Buffet an Leckereien hergab, und nahmen Platz, auf jedem Knie ein Mädchen; mein Freund hatte Rosa und Polly, während Annie und Sophie mir zufielen. Wir nötigten jedem der Mädchen mehrere Gläser Champagner auf, den sie gierig herunterschlürften, wohl um ihres Schamgefühls Herr zu werden. Wir spürten, wie ihre Körper vor Verlangen zitterten, als sie die Köpfe gegen unsere Schultern lehnten, während ihre und unsere Hände unter den Hemden, respektive Unterröcken, nach den verbotenen Stellen griffen. Jeder von uns beiden wurde von zwei delikaten Händen beglückt, die sich um unsere Männlichkeiten kümmerten, zwei zarten Armen, die unsere Hälse umschlangen, zwei Gesichtern, die sich beiderseits Wange an Wange legten, zwei Paar Lippen zum Küssen und zwei vor Vergnügen strahlenden Augenpaaren, die unsere glühenden Blicke erwiderten. Kein Wunder also, daß wir schon bald ihre tüchtigen Hände mit unseren Liebessäften überfluteten, während sich die Mädchen über unsere geschäftigen Finger ergossen.

Angeregt vom Wein und fast verrückt vor Gier, die Mädchen bis zum Äußersten zu genießen, schob ich Sophies Schenkel weit auseinander, kniete nieder und leckte ihre jüngferliche Spalte, bis sie sich ein weiteres Mal ergoß, während Annie das gleiche Spiel mit mir trieb und den letzten Tropfen aus meinem sprudelnden Spender trank. Frank folgte meinem Beispiel. Rosa offenbarte seiner genußvollen Zunge all die geheimen Plätze ihrer Unschuld, dabei schrie sie voller Wonne und preßte seinen Kopf noch stärker gegen ihren Venushügel, als sie zum Höhepunkt kam, während Polly den Bauch ihres Bruders mit Küssen bedeckte und ihm mit der Hand weitere Genüsse verschaffte.

Als wir uns ein wenig von diesem aufregenden *Pas de trois* erholt hatten, war alle Schüchternheit zwischen uns verflogen; wir versprachen uns, diese Vergnügen am nächsten Tag fortzusetzen, und begnügten uns im Augenblick damit, ein gemeinsames Bad zu nehmen. Sodann kehrten wir zum Haus zurück, aus Angst, jemand könnte aufgrund des langen Ausbleibens der Mädchen auf falsche Gedanken kommen.

Nach dem Lunch rauchte Frank seine Zigarette in meinem Zimmer. Die Ereignisse des Vormittags hatten uns beide mächtig aufgewühlt und in einen Zustand hochgradiger Erregung versetzt.

»Bei allen Göttern, alter Knabe«, sprach er. »Für mich ist es ganz ausgeschlossen, bis morgen zu warten, um in den Genuß der wundervollen Rosa zu gelangen; außerdem, wenn wir so viele sind, dann ist die Möglichkeit der Enttäuschung einfach zu groß. Nein, nein, es muß heute nacht geschehen, und wenn ich dafür sterben müßte. Ihr Zimmer liegt ja gleich neben dem meiner Schwester.«

Ich versuchte ihn davon abzubringen, die Sache zu überstürzen, zumal wir nicht sicher sein konnten, daß sie, so willig und erregt sie sich immer gegeben hatte, auch wirklich bereit war, ihre Jungfernschaft so schnell preiszugeben. Wie dem auch sei, alle meine Argumente halfen nichts. »Sieh mal«, erklärte er mir, »allein der Gedanke an sie läßt ihn wieder hart werden.« Dabei öffnete er seine Hose und ließ seinen wunderschönen Rotkopf heraus, in all seiner Männlichkeit, so fest und hart wie Marmor stand er da vor mir, angefüllt von heißem Blut, das bereit schien, aus den angeschwollenen Venen zu platzen; der Anblick war zuviel für mich, die Zigarette entfiel meinen Lippen, und ich ging vor ihm in die Knie, küßte, leckte, saugte und spielte mit seinem Götterstab, bis er unter einem Aufschrei der Verzückung seinen Saft in meinen Mund entlud und ich genußvoll jeden Tropfen herunterschluckte. Nachdem wir wieder einigermaßen zu Sinnen gekommen waren, versuchten wir uns über die beste Vorgehensweise für die Nacht klarzuwerden, denn auch ich war entschlossen, meinen Anteil am Vergnügen zu bekommen, was Frank sehr begrüßte, vorausgesetzt, daß er als erstes in Rosas Zimmer konnte, um ihr seine glühenden Wünsche nahezubringen; sodann, wenn alles *en règle* war, sollte ich in ihr Vergnügen hineinplatzen und mich an ihrer erotischen Tollerei beteiligen.

Nach dem Abendessen begaben wir uns in den Salon, wo wir einen sehr angenehmen Abend mit Musik und Gesang verbrachten, wobei es Frank anheimfiel, die Notenblätter für Rosa und Polly umzuschlagen, als diese sangen: »Was ist es, was die wilden Wellen raunen«, während Annie und Sophie mir zuflüsterten, sie würden gern mit mir einen kleinen Spaziergang im Mondschein unternehmen. Wir stiegen also durch ein Fenster hinaus, und wenige Schritte brachten uns auf den Weg aus feinem Kies, wo wir fast lautlos dahinschreiten konnten. Papa und Mama spielten Cribbage in der Bibliothek, und wir waren sicher, daß Frank und Rosa uns nicht verfolgen würden. Durch einen Laubengang hindurch, je einen Arm um die Taillen der beiden Mädchen gelegt und sie abwechselnd küssend, erreichten wir bald ein lauschiges Plätzchen, und dem Instinkt folgend, den einem die Liebe verleiht, gelang es mir, die willigen Mädchen ohne den leisesten Einwand ihrerseits in eine dunkle Laube zu führen.

»Wie lieblich das Geißblatt duftet«, bemerkte Sophie, als ich die beiden Mädchen zu mir herunter in eine Ecke zog und in dieser dunklen Geborgenheit eine höchst deliziöse Küsserei und Grapscherei begann.

»Nicht so süß wie deine liebliche, kleine Muschi«, sagte ich, während meine Finger spielerisch den weichen Flaum um ihre feste, kleine Liebesgrotte kraulten, die ich mir schnell erobert hatte.

»O Walter, Liebling«, hauchte sie sanft und klammerte sich an meinen Hals.

»Ich will dich küssen, wie ich es heute morgen bei Annie gemacht habe, mein kleiner Schatz. Es wird dir sehr viel Vergnügen bereiten. Hier im Dunkeln brauchst du dich vor nichts und niemandem zu schämen. Frag deine Schwester, ob es ihr nicht gefallen hat.«

Annie: »Oh, laß ihn gewähren, mein Liebling. Du wirst eine neue Welt von Gefühlen kennenlernen.«

Solchermaßen angefeuert, ließ sie es zu, daß ich ihre Kleider anhob, und wollte sich anschließend in die Ecke zurücklegen, doch wäre dadurch Annie um ihren gerechten Anteil an dem Spaß gekommen; da sie nunmehr aber vollends entflammt war vor heißer Erwartung, war es ein leichtes, sie dazu zu überreden, sich über mein Gesicht zu knien, während ich mich rücklings auf der Bank ausstreckte. Liebevolle Hände befreiten alsbald meinen Zauberstab aus der Enge meiner Hosen, und während ich begann, Sophie mit meiner Zunge die schönsten Freuden zu bereiten, fühlte ich, daß die gute Annie ihrerseits und zu eigenem Wohle Besitz von meiner Manneszierde ergriffen hatte.

»Oh, laß mich dich küssen, Sophie, mein Liebling. Steck deine Zunge in meinen Mund«, sagte Annie, indem sie sich rittlings auf mich setzte, meinen bereits stark erregten Freund in ihre sehnsüchtige Spalte einführte und einen köstlichen St.-Georgs-Ritt auf mir begann. Ich umklammerte mit meiner Linken fest das Hinterteil des jüngeren Mädchens, während meine Rechte rasch ihre kleine Lustknospe fand und rieb, um die durch die Bewegungen meiner Zunge in ihrer jungfräulichen Grotte verursachte Erregung noch weiter anzustacheln.

Annie geriet in eine Ekstase wollüstiger Begierde, sie hüpfte regelrecht auf meinem Zauberstab auf und nieder, und nur ab und zu hielt sie inne, um als höchstes der Gefühle ihren »Teufelsbiß« auf mich einwirken zu lassen, den sie in höchst frühreifer Vollendung zu beherrschen schien und der darin bestand, daß sie die faltigen Wände ihrer Grotte auf höchst deliziöse Weise um mein schwellendes Glied zusammenzog und pulsieren ließ.

Sophie bebte am ganzen Körper; in höchster Erregung wand sie sich über meinem Mund, und schon bald konnte ich ihre jungfräulichen Säfte schlürfen, die dick und cremig auf mich herniederkamen.

»Oh! Oh! Oh!« seufzte sie, während sie Annie in zärtlicher

Hingegebenheit umarmte und küßte. »Was ist das Liebling? Ich werde ersticken, Walter. Etwas läuft aus mir heraus. Es ist so wunderbar! Oh! Wie geschieht mir?«

In diesem Moment erlebten Annie und ich einen gemeinsamen Höhepunkt, und zusammen versanken wir in die ekstatische Lethargie erfüllter Liebe, während beide Schwestern auf meinem dahingestreckten Körper schier ohnmächtig dahinsanken.

Als wir uns ein wenig erholt hatten, setzte ich mich zwischen den beiden lieblichen Schwestern auf.

Sophie, die ihre Arme um meinen Hals legte, ertränkte mich fast unter brennenden Küssen und flüsterte mir ins Ohr: »Es war in der Tat ein Vergnügen, geliebter Walter. Ist dies ein Teil des Liebesglücks? Und was hat denn Annie gemacht, die ja ebenso erregt war wie ich?«

»Kannst du dir das nicht denken, Liebling?« antwortete ich, nahm ihre Hand und legte sie auf meinen noch immer aufgerichteten Liebespfeil. »Damit hat sie gespielt.«

»Aber wie?« flüsterte das unschuldige Mädchen. »Sie küßte und leckte meine Zunge die ganze Zeit, aber es schien, als könnte sie dabei keinen Augenblick lang stillsitzen.«

»Sie hatte dieses mein Spielzeug in ihrer Lusthöhle, mein Liebling, und bewegte sich ständig auf und ab, bis wir alle zusammen zu unserem Höhepunkt kamen. Beim nächstenmal wirst du eine richtige Liebeslektion erhalten. Und Annie wird deshalb nicht eifersüchtig sein, oder, mein Liebling?«

Annie: »Nein, nein, wir sollten alle so frei sein, daß wir unsere Liebesspiele ohne Eifersucht genießen können. Ich frage mich nur, wie weit Frank bis jetzt mit Rosa gekommen ist. Wir sollten jetzt schnell ins Haus zurück.«

Sophie war begierig nach weiteren Erklärungen, was die Kunst der Liebe betraf, doch sie wurde auf ein anderes Mal vertröstet; und nachdem wir nun ein wenig abgekühlt waren, gingen wir ins Haus zurück und entdeckten Frank, der das morgendliche Spiel fortsetzte, indem er Rosa abschleckte. Polly hatte sich anscheinend davongemacht.

Der rothaarigen Schönen stieg die Schamesröte ins Gesicht, als wir eintraten, und schnell ließ sie ihre Kleider fallen. Erst als sie von Annie erfuhr, daß wir uns bis eben auf die gleiche Weise amüsiert hatten, erholte sie sich von ihrer Betretenheit.

»Oh! Was sind wir nur für unanständige, unzüchtige Kinder«, rief Rosa aus, »aber wer kann schon den feurigen Berührungen eines so hübschen jungen Burschen widerstehen, wie euer Bruder einer ist; er war so schamlos, daß es einem Schauer der Wollust durch den ganzen Körper jagt«, und sie begann zu singen: »O wie so frevelhaft, o wie so wunderschön …«

Eine Glocke gab das Zeichen für das Nachtmahl, und nach einem kleinen Imbiß zogen wir uns alle in unsere Gemächer zurück. Nur Frank und ich gingen zusammen in mein Zimmer, um dort vor dem Schlafengehen noch eine Zigarette zu rauchen und einen Grog zu trinken.

»Es ist alles arrangiert für heute nacht, mein Freund«, sagte er, sobald wir es uns zum Rauchen in den Sesseln bequem gemacht hatten. »Ich habe Rosa erzählt, daß ich einmal all ihre Reize küssen möchte, und zwar in ihrem Zimmer, ohne daß irgendwelche Kleidungsstücke im Wege sind. Zuerst hatte sie noch Einwände, doch dann versprach sie, ihre Tür nicht abzuschließen, unter der Bedingung, daß es beim Küssen bliebe, und ich mußte ihr mein Ehrenwort als Gentleman darauf geben.«

Er war zu ungeduldig, um noch länger ruhig sitzen zu bleiben, und nachdem er noch einen tiefen Zug aus seiner Zigarette genommen hatte, verschwand er in sein Zimmer. Nun zog ich mich so schnell wie möglich aus, dann trafen wir uns auf dem Flur, und ich begleitete ihn zur Tür seiner Angebeteten; sie war unverschlossen, und schon schlüpfte er geräuschlos in das dunkle Zimmer. Rosa war offensichtlich wach und erwartete seinen Besuch, denn ich konnte hören, wie sie sich gleich darauf ganz verzückt küßten und wie er vor Wonne aufschrie, als er seine Hände über ihren wunderschönen Körper gleiten ließ.

»Mein Liebling, ich muß die Kerzen anzünden, um mich an deiner außergewöhnlichen Schönheit weiden zu können. Warum hast du die Lichter gelöscht?« Sie erhob nur schwachen Protest, und schon bald war der Raum von einem halben Dutzend Kerzen hell erleuchtet.

Ich schaute derweil durch das Schlüsselloch und lauschte auf jedes ihrer Worte.

»Mein Liebling, laß uns Seite an Seite liegen und unsere nackten Körper aneinanderschmiegen, bevor wir damit beginnen, unsere gegenseitigen Reize zu küssen.«

Ich konnte sehen, daß er sein Hemd und sie ihr *Chemise de nuit* so weit wie möglich hochgeschoben hatten; sein Spender pulsierte an ihrem Bauch. Er bewog sie dazu, ihn in die Hand zu nehmen, und indem er das eine ihrer Beine über seine Hüfte zog, versuchte er, seinen begierigen Klopfer an die Pforte zwischen ihren Schenkeln zu plazieren.

»Ah! Nein! Nein! Niemals! Mein Herr, Ihr habt Euer Versprechen gegeben!« schrie sie fast vor Panik und wand sich hin und her, um sich aus seinem kräftigen Griff zu befreien. »Nein! Nein! O nein! Das kommt wirklich nicht in Frage!«

Sein vorheriges sanftes Vorgehen schien sich von einem Moment zum anderen in wildes Ungestüm zu verwandeln, als er sie plötzlich auf den Rücken drehte und auf ihr zu liegen kam, die Beine zwischen ihren Schenkeln.

»Ehrenwort hin, Ehrenwort her«, lachte er. »Wie soll ich an meine Ehre denken, wenn du mich so in Versuchung führst, Rosa? Du hast mich fast zum Wahnsinn getrieben durch die

Freiheiten, die du mir erlaubt hast. Widerstand ist zwecklos. Ich würde lieber sterben, als dich jetzt nicht zu bekommen, mein geliebtes Mädchen.«

Sie kämpfte noch eine Weile in verbissenem Schweigen, doch konnte sie es an Kraft nicht mit ihm aufnehmen; nach und nach erkämpfte er sich die richtige Position und nutzte den Vorteil ihrer Erschöpfung, um schnell und erbarmungslos ihre Schändung zu vollenden.

Für einen Augenblick schien sie ihrer Sinne nicht mehr mächtig zu sein, und ich nutzte diesen Moment ihrer kurzen Bewußtlosigkeit, um mich in das Zimmer zu stehlen und mich an das Fußende ihres Bettes zu knien, wo ich einen ausgezeichneten Blick auf seine blutüberströmte Waffe hatte, die immer wieder in ihre vernichtete Jungfräulichkeit hineinstieß. Nach einer Weile begann sie anscheinend an seinen Bewegungen Gefallen zu finden, besonders nachdem er durch eine erste Injektion seiner Liebessäfte für die nötige Schmierung gesorgt hatte. Sie hob ihm ihr Hinterteil entgegen und krallte sich an ihm fest, als ob sie um jeden Preis verhindern wollte, daß er sich von ihr löse; dann schienen sie gemeinsam zu einem ekstatischen Höhepunkt zu gelangen.

Als beide nach diesem Kampf erschöpft nebeneinanderlagen, trat ich heran und küßte das süße Mädchen, und als sie ihre Augen aufmachte, legte ich ihr meine Hand auf den Mund, um jedweden ungelegenen Aufschrei der Überraschung zu unterdrücken; dann gratulierte ich ihr zu der wunderbaren Weise, in der sie sich ihrer lästigen Jungfernschaft entledigt habe, und machte nunmehr meinen Anteil am Vergnügen geltend, indem ich ihre Aufmerksamkeit auf meinen stark erregten Zauberstab lenkte, der in krassem Gegensatz zu Franks derzeitiger Schlaffheit stand. Ich konnte sehen, daß sie begierig auf eine Wiederholung des Vergnügens war, von dem sie soeben eine erste Kostprobe erhalten hatte: Ihre Augen leuchteten von brennendem Verlangen, als ich ihre Hand auf meine Männlichkeit legte.

In Übereinstimmung mit den früher getroffenen Vereinbarungen wurde sie überredet, einen »St. Georg« auf mir zu reiten; meine Lanze wurde mit größter Vorsicht in ihre noch immer empfindliche Gruft eingeführt und durfte sich langsam vorarbeiten, doch die Erregung war zu gewaltig, und ich schoß mit einem Aufschrei des Entzückens meinen Strahl tief in ihr Inneres. Dies war der Auslöser für sie: Langsam begann sie sich auf mir zu bewegen, ihre Gruft massierte meinen Stab auf unglaublich schöne Weise, und schon bald befanden wir uns in einem neuerlichen Liebesgang; dies war zuviel für Frank, sein Instrument war wieder so hart wie Krupp und begierig, irgendwo einzudringen, und so kniete er sich hinter sie und versuchte seinen Liebespfeil parallel zu meinem in ihre Grotte zu stecken, doch stellte sich dies als zu schwierig heraus, und seine Aufmerksamkeit wurde nun auf die kleine Rosette ihres Hinterteils gelenkt. Die Spitze seines Degens war bereits von unseren Flüssigkeiten benetzt, und so erlangte er mit seinen energischen Stößen sehr bald Zutritt, während ich Rosa festhielt und sie viel zu erregt war, um dem irgend etwas entgegenzusetzen; nur ein kleiner Aufschrei entwich ihrer Kehle, als sie bemerkte, daß Frank in ein Loch geschlüpft war, von dem sie bisher angenommen hatte, daß es für andere Zwecke bestimmt sei. Ich bat sie beide, für einen Moment innezuhalten, um das Gefühl zu genießen, wie sich unsere beiden Männlichkeiten aneinanderrieben, nur durch die dünne Membran voneinander getrennt. Es war in der Tat ein so erregendes Gefühl, daß wir beide gleichzeitig kamen, zu Rosas größtem Vergnügen, so daß sie uns umgehend bat, im gleichen Sinne weiterzumachen.

Es war das schönste Liebeserlebnis, das ich jemals genossen hatte; immer wieder trieb sie uns zu Wiederholungen an, und wenn wir erschöpft waren, so saugte sie neue Kräfte aus uns heraus. So ging es weiter, bis die Morgendämmerung uns zur Vorsicht mahnte und wir uns in unsere jeweiligen Schlafgemächer zurückzogen.

Am nächsten Morgen neckten uns Annie und ihre Schwestern wegen unseres späten Erscheinens am Frühstückstisch, wobei sie mit schmollenden Blicken bemerkten, daß wir uns wohl nicht viel aus ihrer Gesellschaft machten, wenn wir den besten Teil des Tages im Bett verbrächten und sie sich selbst überließen, und daß Rosa genauso schlimm sei, da sie sich noch im Negligé befinde und sogar ihr Frühstück in ihrem Zimmer einnehme.

Hier wurden sie von Mama unterbrochen, die einwarf: »Abgesehen davon, Walter, bin ich erstaunt, daß du jetzt plötzlich Frank in seiner Trägheit nacheiferst. Du, der du zu Beginn seines Aufenthalts so begierig nach frühen Morgenspaziergängen warst. Schau dir Annie an! Sie sieht nicht halb so rosig und lebhaft aus wie nach eurem ersten Spaziergang.«

Bei dieser Anspielung auf unseren ersten ereignisreichen Streifzug, als wir das Abenteuer mit dem Bullen hatten, wurde Annie über und über rot; damit ihre Eltern nichts merkten, antwortete ich schnell, daß »Stadtmenschen immer so begierig nach frischer Landluft sind und diese einen außerordentlich einschläfernden Einfluß auf mich zu haben scheint, denn nach dem Abendessen kann ich kaum noch die Augen offenhalten, und das Aufstehen fällt mir auch immer schwerer«.

Frank: »Ich freue mich über deine Feststellung, daß es sich bei mir nicht um Faulheit handelt. Walter wird mir nunmehr zur Seite stehen, wenn ich erkläre, daß es sich um die natürliche Müdigkeit der Jugend handelt, hervorgerufen durch die kräftige frische Luft, die wir Tag für Tag einatmen.«

Papa machte ein paar ungläubige, ironische Bemerkungen über die Jugend von heute, und als er die Frühstückstafel aufhob, sagte er noch: »Walter, würde es dir etwas ausmachen, für mich ein paar Meilen zu reiten? Bei Frank würde es noch mindestens eine Stunde dauern, bis er soweit ist; außerdem traue ich dir bei der Lady, die meine Nachricht erhalten soll, mehr als Frank. Colonel Leslies Frau ist jung und lebenslustig, und ich möchte lieber nicht riskieren, daß Frank eines Tages als Scheidungsgrund vor Gericht steht; auch dich möchte ich warnen, auf dich aufzupassen!«

Ich willigte sofort ein, besonders da ich einen Anflug eifersüchtiger Sorge über Annies bändesprechendes Gesicht huschen sah. Das Pferd stand fertig aufgezäumt vor der Tür, so daß ich nur noch in den Sattel zu springen und loszureiten brauchte. Dabei konnte ich mich des flattrigen Gefühls nicht erwehren, irgend etwas sehr Aufregendes stünde mir bevor.

Ich will Sie nicht damit langweilen, was mir während des herrlichen Ritts von einer Stunde so alles durch den Kopf ging; die frische Landluft tat mir jedenfalls sehr gut, und meine Gedanken waren so auf das Thema Liebe fixiert, daß ich, als ich mein Roß am Tor zum Gut des Colonels zügelte, alles hätte vernaschen können, was Petticoats trägt, sei es eine Hexe oder auch nur eine Vogelscheuche. Der Pförtner ließ mich flugs ein, ich sprang vor dem Tor einer schönen alten elisabethanischen Villa aus dem Sattel, und auf mein Klopfen hin wurde die Tür umgehend von einem sehr schönen jungen farbigen Burschen von indischer Physiognomie geöffnet.

Mrs. Leslie war daheim, und er bat mich um Entschuldigung, daß sie mich nicht im Salon empfangen könne, da sie noch bei der Toilette sei, sie würde mich aber unverzüglich in ihrem privaten Boudoir empfangen.

Diese verbindliche Nachricht erweckte in mir sämtliche romantischen Ideen, in denen ich während meines Rittes geschwelgt hatte, zu neuem Leben.

Ich wurde also ins Boudoir geführt und fand dort in der Dame des Hauses eine wunderschöne Brünette vor, ungefähr dreiundzwanzig Jahre alt, mit einem wahrhaft behexenden Ausdruck im Gesicht. Ihre großen dunklen Augen schienen in die Tiefen meiner Seele zu blicken, während sie mir die Hand entgegenstreckte, mich neben sich auf die Chaiselongue zog und sagte »So, Ihr seid also Cousin Walter, nicht wahr? Wie kommt es denn, daß nicht Frank die Botschaft seines Vaters überbringt? Sagt ihm aber bitte«, fügte sie mit einem durchtriebenen Lächeln hinzu, »daß es mir ebenso recht ist, Euch hier zu sehen, und daß ich von seinem Vetter genauso fasziniert bin wie von ihm selbst.«

Indem sie die Glocke läutete, fuhr sie fort: »Würdet Ihr wohl nach Eurem langen Ritt eine Tasse Schokolade mit mir trinken? Sie wird mich für das ernste Geschäft mit der Nachricht Ihres Onkels wappnen.« Dabei öffnete sie eine Schublade und legte einige Bündel Papiere, die das Aussehen notarieller Dokumente hatten, auf dem Tisch vor sich hin, gerade als der Diener eintrat (es war der gutaussehende Hindu, der mich eingelassen hatte).

Mrs. Leslie: »Vishnu, bring uns die Schokolade, mit zwei Tassen, und einige Biskuits! Und bitte, vergiß auch nicht das Fläschchen Noyau«, und als er das Zimmer verließ, bemerkte sie: »Ist er nicht ein gutaussehender Heide? Der Colonel hatte ihn schon lange, bevor er mich heiratete, und ich nenne ihn seine oberste Hindu-Gottheit. Wann immer ich ihn betrachte, kommt es mir vor, als sei er Joseph und ich Potiphars Frau*. Vor allem jetzt, wo der Colonel mal wieder fort ist. Findet Ihr nicht auch, daß es eine Schande ist, eine junge Frau wie mich so ganz sich selbst zu überlassen?«

Sie fuhr fort in ihrer seltsamen Art, die mir keine Möglichkeit ließ, die eine oder andere Bemerkung einzustreuen. Dabei breitete sie die Blätter auf dem Tisch aus und tat so, als sei sie sehr beschäftigt.

* vgl. 1. Mose 39.

Der Diener brachte den Kakao und die anderen Dinge. Sie beauftragte ihn, Annette zu berichten, daß ihre Herrin für einige Zeit beschäftigt sei und nicht gestört werden wolle. Die Morgentoilette werde sie später beenden und dann nach ihr läuten.

Meine schöne Gastgeberin machte eine wahrhaft bezaubernde Figur, wie sie da in ihrem Morgenrock einherschritt. Er war am Hals ziemlich weit ausgeschnitten, so daß der schneeweiße Ansatz ihres stolzen Busens zur Schau gestellt wurde. Gleichzeitig erhaschte ich ein paar heimliche Blicke auf ihre nackten Füße, an denen sie lediglich ein Paar winzige hellblaue Satinpantöffelchen trug.

Höflich schenkte sie uns Schokolade ein, fügte einen Schuß Noyau hinzu, reichte mir eine Tasse und nahm neben mir auf der weich gepolsterten Chaiselongue Platz. »Trinkt ihn wie ich in einem Zug«, sagte sie. »Das tut viel wohler, als nur daran zu nippen und den Kakao dabei kalt werden zu lassen.«

Beide tranken wir die kleinen Tassen in einem Zug aus, und sofort spürte ich einen Schauer wollüstiger Wärme meinen Körper durchziehen; als ich die wunderschöne Frau an meiner Seite betrachtete, entdeckte ich in ihren Augen ein eigenartiges Feuer, wie von amourösem Verlangen entfacht.

Mich ritt der Teufel. In weniger Zeit, als ich dazu brauche, es niederzuschreiben, hatte ich meine leere Tasse beiseite gestellt und meinen freien Arm um ihren Hals gelegt; ich zog ihr Gesicht an meines heran und überdeckte ihre Lippen und Wangen mit zahlreichen Küssen, während meine andere Hand Besitz von ihrem einladenden Busen ergriff. Sie wurde über und über rot und schrie: »Pfui, schämt Euch, mein Herr. Wie könnt Ihr Euch derartige Freiheiten herausnehmen, während ich mir nicht helfen kann, ohne meine Tasse fallen zu lassen?«

»Geliebte Lady, entschuldigt meine Freiheiten, und regt

Euch nicht auf. Ich bin der Tasse sehr dankbar für ihre Hilfe, denn wie sollte ich bei soviel Liebreiz nicht in Versuchung geraten – ja, geradezu verrückt werden beim Anblick dieser Reize; ich bin sicher, Ihr werdet mir Entschuldigung gewähren, mir meinen Vorwitz verzeihen!« rief ich aus, warf mich vor ihr auf die Knie und barg mein Gesicht in ihrem Schoß, während ich nervös ihre Taille umfaßte und spürte, wie ihr ganzer Leib von heftigen Gefühlen geschüttelt wurde.

Plötzlich zuckte sie wie vor Schmerzen zusammen und schrie: »Ah! O Gott! Oh! Ein Krampf in meinem Bein, oh!« Die Tasse klirrte zu Boden. »Oh, laßt mich los, Sir! O Walter, entschuldigt mich, ich muß ihn wegmassieren!«

Das war eine äußerst günstige Gelegenheit, meine Ausgangslage zu verbessen. »Erlaubt mir, geliebte Lady: Ihr habt so fürchterliche Schmerzen, und ich bin ein Student der Medizin«, sagte ich, schwang mich zu der Kühnheit auf, ihren Morgenmantel ein wenig hinaufzuschieben, und begann, ihre wunderbaren Waden eifrig zu reiben. Was für herrliche Beine ich da vor mir sah, welch makellose Haut! Mein Blut war in Wallung, zielstrebig ließ ich meine Finger höher und höher wandern, und ich konnte mich nicht beherrschen, ihre köstliche rosige Haut mit Küssen zu bedecken, während sie mehr seufzte als sprach: »Oh! Danke sehr! Bitte nicht! Es ist so ungehörig, und der Krampf ist schon vorbei.«

»Nein, nein, liebe Madame, die nervösen Reflexe in Euren wunderschönen Schenkeln lassen mich annehmen, daß der Krampf höhergezogen ist und in ein paar Augenblicken wiederkehren wird, wenn ich nichts dagegen unternehme. Ihr braucht Euch wirklich nichts dabei zu denken, dazu sind wir Mediziner schließlich da«, erwiderte ich schnell; dabei wurde ich von Minute zu Minute kühner und machte mir ihr heißes Temperament zunutze, das sie, wie ich wußte, besaß.

»Du Schuft, du junger Schurke! Deine Küsse und Berührungen haben mich völlig aufgelöst. Wie kann ich einem so prachtvollen Stundenten widerstehen? O Walter! Walter, ich muß dich haben! Ich wollte dich ja nur ein wenig reizen – niemals hätte ich gedacht, daß du so ein junger Galan bist. Jetzt habe ich mich in meinem eigenen Netz verfangen. Ah! Welch Eile. Du wirst es alles mit deinem Ungestüm verderben! Du wirst mich nie bekommen, wenn ich nicht erst den Schrein der Liebe geküßt habe. Sir!«

Sie schob mich weg, als ich mich bemühte, zwischen ihre lieblichen Schenkel zu gelangen. »Zieh dich aus, zieh dich vor mir aus! Ich will meinen Adonis sehen, während sich deine Venus jetzt selbst vor dir entschleiert.« Sie ließ ihren Morgenmantel fallen (der, wie ich feststellte, ihr einziges Kleidungsstück darstellte), dann zog sie mein Gesicht zu sich herab und stieß ihre Zunge in meinen Mund hinein – das Zungenspiel begann, eine köstliche Art wollüstiger Hingabe, wobei sie gleichzeitig meinen Freund und seinen Anhang zu kraulen begann. Das war zuviel für ihn; fast augenblicklich ergoß sich der Strahl meines Liebessaftes über ihre Hände und ihren Körper.

»Ah! Was für ein ungezogener, ungestümer Bursche du doch bist, so schnell zu kommen! Zieh dich aus, und laß uns unsere Liebe dort auf dem Bett zur Vollendung bringen. Mein Ehemann hat es nicht anders verdient, wenn er mich solchen Versuchungen aussetzt. Du wunderbarer Junge, wie ich dich lieben werde! Wie schön dein Stengel ist, und so – so – wie nennt man das? (sie errötete bei ihren eigenen Worten) – so geil! Das ist es, was der Colonel von seinen jungen Freunden erzählt. Ist es nicht ein schrecklich rüdes Wort, Walter? Aber es steckt so voller Bedeutung. Jedesmal wenn er davon spricht, sehne ich mich nach so einem prachtvollen geilen jungen Gentleman, so einem, wie dein Onkel ihn mir heute geschickt hat.«

So redete sie immer weiter, während ich mich entkleidete. Im Nu war ich so nackt wie sie. Dann, uns umarmend und küssend, Bauch an Bauch und die Reize des anderen in jeder möglichen Weise streichelnd, bewegten wir uns auf das einladende Bett im anderen Zimmer zu. Ein-, zweimal hielt ich an und versuchte, meinen Zauberstab im Stehen in sie hineinzubekommen, doch wollte sie nichts davon wissen, und erst als ihr Hintern schließlich gegen den Rand des Bettes lehnte, befahl sie mir, mich hinzuknien und den Sitz der Liebe zu küssen. Meine Zunge machte sehr schnell ihre wunderbare steife Knospe ausfindig, die wohl eineinhalb Zoll zwischen ihren Lippen hervorragte. Ich leckte sie voller Ekstase und bearbeitete ihre empfindsamen Organe so intensiv, daß sie schon nach ein oder zwei Minuten sehr heftig kam, wobei sie meinen Kopf mit beiden Händen fest an sich preßte, damit ich nur ja nicht aufhörte. Es war ein köstliches Liebesspiel; mit meiner Zunge leckte ich jeden Tropfen aus ihr heraus, bis sie mich anflehte, auch noch mein Hemd auszuziehen und zu ihr ins Bett zu kommen, damit sie sich an meiner Männlichkeit ergötzen könne. So beendete ich dieses Vorspiel mit einem verspielt-verliebten Biß in ihre hervorstehende Frucht, sprang dann auf und rollte mich neben ihr auf das Bett, wo mich ihre Hand schon erwartete, während ich ihren wundervollen Körper bestieg.

»Schäm dich!« seufzte sie. »So, wie du dich bereits ergossen hast, du ungezogener Junge, wirst du wohl nicht mehr viel für mich übrig haben. Aber er ist ja immerhin noch schön fest und stark«, und sie drückte den Betreffenden mit ihrer Hand und brachte ihn dann in Position.

Sie war wunderbar eng, und ich versicherte ihr, sie sei so gut wie eine Jungfrau.

»Das bin ich auch, lieber Walter, speziell für dich. Der Colonel hat so wenig, mich zu beglücken, daß ich, eng, wie ich bin, ihn doch kaum spüren kann. Erst dein Juwel der Freude hat es geschafft, daß ich mich voll des Glückes fühle.«

Ihre Bewegungen waren so lustvoll wie ihre Worte. Sie wand sich und warf mir ihr Hinterteil mit außerordentlicher

Kraft und Dynamik entgegen, während ich ebenso ungestüm und schnell in sie hineinstieß.

Ich war so spitz, als hätte ich überhaupt noch keinen Höhepunkt gehabt, und fast umgehend schwammen wir regelrecht in unser beider Säften, so überwältigt von unseren Gefühlen, daß wir vor Vergnügen fast ohnmächtig wurden; doch hielt dies nur wenige Augenblicke an; die Kontraktionen und das Pochen ihrer Liebesspalte auf meinem entzückten Stab erweckten mich zu neuen Taten, und schon bewegten wir uns auf den nächsten Höhepunkt zu, als sie mir auf einmal Einhalt gebot und mich bat, mich für ein Weilchen zurückzuziehen, denn sie wollte mich ein wenig auf ihre Weise beglücken, bis sie das Gefühl habe, seiner wieder zu bedürfen, und sie fügte hinzu: »Ich werde so viel Spaß daran haben, wenn es mir gelingt, dich länger hinzuhalten. Setz dich auf mich drauf, geliebter Walter, und lege deinen schönen Knüppel zwischen meine Brüste; dort sollst du das nächstemal kommen. Ich kann dir nur immer wieder sagen, was für ein schöner Bursche er ist, wieder und wieder!«

Sie streichelte ihn mit der Hand, legte ihn zwischen ihre Brüste und preßte sie zusammen, so daß ich ihn darinnen vor und zurück bewegen konnte. Es war eine neuartige, köstliche Idee, doch ihr Repertoire, mich anzuheizen, war damit noch nicht ausgeschöpft. Ihre andere Hand streckte sie zwischen meinen Schenkeln hindurch, und ich dachte schon, es wäre, um sich selbst Genuß zu bereiten, doch sie näßte nur ihren Finger an ihrer Spalte, bevor sie ihn mir in die Rosette meines Hinterteils schob. Dies bescherte mir fast umgehend einen neuen Höhepunkt.

»Nun«, sagte sie, »will ich auf dir reiten, und es soll so lange wie möglich dauern. Laß uns also die Plätze tauschen.«

So geschah es, und zwanzig Minuten lang ritt sie auf mir, unterbrochen von kleinen Pausen, bis wir schließlich zusammen in einem wundervollen Höhepunkt kamen.

»Na, wie fandest du das?« fragte sie, als sie ihren Atem wiedergefunden hatte. »Wir sollten jetzt aufstehen und den Brief deines Onkels beantworten, und du wirst mir versprechen, bald wiederzukommen.«

Nichts von Bedeutung geschah mehr an diesem Abend nach meinem Besuch bei Mrs. Leslie, nur daß Annie sehr pikiert war, weil ich nichts über meinen Besuch verlauten ließ, außer daß ich die Frau des Colonels sehr faszinierend gefunden und sie mich gedrängt hätte, zum Lunch zu bleiben, bevor sie die Antwort auf das Schreiben des Onkels verfaßte.

Da am nächsten Abend in der Stadt die letzte Vorstellung eines gefeierten Theaterstücks stattfand, aufgeführt von einer erstklassigen Londoner Schauspieltruppe, äußerte mein Onkel den Wunsch, daß wir alle zusammen hingingen, doch mit einem heimlichen Seitenblick auf mich erklärten Sophie und Annie, daß sie das Stück schon gesehen hätten und es sich nicht noch einmal anschauen wollten. Auch ich kannte das Stück schon fast auswendig, und so wurde vereinbart, daß nur Frank, Rosa und Polly mit den Eltern in die Stadt fahren sollten. Sie hatten eine einstündige Fahrt vor sich und brachen deshalb rechtzeitig um sechs Uhr auf. Kaum waren sie außer Sichtweite, da machten wir drei uns auf den Weg zu unserem Badeplatz am Weiher. Es war ein wunderschöner lauer Abend, und der Platz war wie geschaffen für weitere ausgelassene Abenteuer, wie ich sie Sophie und Annie schon während des Tages versprochen hatte.

Kaum hatten wir die Tür des Sommerhauses von innen verschlossen, da schlug ich vor, als erstes unser allseitiges feuriges Verlangen mit einer Flasche Champagner anzuheizen. Die beiden Mädchen wurden davon derart aufgedreht, daß wir noch eine zweite Flasche tranken, bevor wir uns für unsere Tollerei auszogen. Um sieben Uhr wurden wir in einer

Flut goldenen Lichts von der untergehenden Sonne gebadet, die jetzt direkt zu uns hereinschien und uns zur Eile mahnte, damit wir diese Gelegenheit auch vollstens auskosten konnten. Also half jeder dem anderen unter zahlreichen Neckereien und Freizügigkeiten beim Ausziehen, so daß wir uns bald im Adam-und-Eva-Kostüm befanden.

»Nun«, rief ich, »meine liebe Annie, du wirst ja wohl nicht eifersüchtig sein, wenn ich jetzt aus deiner Schwester eine Frau mache, wie wir es neulich abgesprochen haben«, und ich nahm Sophie in meine Arme, wobei sich mein Freund hoch aufgerichtet gegen ihren Bauch drückte, und trug sie zur Liege.

»Was für ein ungezogener, unsteter Junge du bist, Walter, du nutzt wohl jede Gelegenheit, die sich dir bietet. Ich bin zwar nicht eifersüchtig auf Sophie, doch um so mehr auf Mrs. Leslie. Ich weiß, daß du es gestern mit ihr getrieben hat. Dieser schafsblöde, verräterische Ausdruck in deinem Gesicht, als wir uns nach deiner Rückkehr begegneten, hat mir genügt, um meine Vermutungen zu bestätigen, was beim Tête-à-tête mit diesem Vamp geschehen würde«, antwortete Annie.

»Schäm dich, Annie, Liebling! Du selbst warst es ja, die gesagt hat, die Liebe sollte überall frei sein. Ich will meine Schuld gar nicht in Abrede stellen, aber ich werde jetzt mein Bestes tun, um mir Vergebung zu verdienen«, sagte ich und legte Sophie mit dem Rücken auf die gutgepolsterte Liege. »Hilf mir, diesen Liebling von seiner lästigen Jungfräulichkeit zu befreien! Anschließend werde ich deine eigene sehnsüchtige Grotte für all deine Liebe und Nachsicht entschädigen. Ich bin sicher, Mrs. Leslie würde euch auch gerne an unseren Spielchen teilhaben lassen, und zwar ohne jegliche Eifersuchtsgefühle. Es gibt so viele Möglichkeiten wollüstigen Zeitvertreibs, so viele Variationen, daß, selbst wenn nur ein Mann gegen drei schöne Mädchen steht, doch alle auf ihre Kosten kommen können.«

Daraufhin überschütteten mich beide Mädchen mit verzückten Küssen und versicherten mir, nie wieder egoistisch sein zu wollen und daß sie sich nur zu glücklich schätzen würden, den Kreis derer, unter denen sie sich frei und voller Liebe aufführen könnten, erweitert zu sehen, und mit Nachdruck fügten sie hinzu: »Wir sind ja nur dumme Küken, lieber Walter, und hatten von nichts eine Ahnung, bis du kamst und uns in die Kunst der Liebe einführtest, und solange du bei uns bleibst, werden wir immer darauf vertrauen, daß du uns in allem führen wirst. Wir wissen, daß es nicht recht ist, was wir tun, aber was für ein göttliches Vergnügen ist doch die Vereinigung der Geschlechter!«

Annie, mein Glied ergreifend: »Nun, Sir, werde ich diesem Gentleman den Weg in Sophies Liebeskabinett weisen. Sei stark, Liebling, er wird dir nicht mehr als nötig weh tun, und das anschließende Vergnügen wird dich jegliche Erinnerungen an das anfängliche Leid vergessen machen.«

Sophie, ihre Beine so weit wie möglich spreizend: »Ich brenne darauf, endlich vom wahren Baum der Liebe zu kosten, schone mich nicht, Walter, mein Liebling. Eher wollte ich sterben, als es jetzt nicht zu bekommen.«

Der rote Kopf von »Cupidos Rammbock« wurde nun zum Angriff gebracht. Annie öffnete die rosigen Lippen der Grotte ihrer Schwester und führte meinen Genossen genau an die Ausgangsposition, doch ihre Berührungen, zusammen mit dem Gedanken an den bevorstehenden Leckerbissen, überwältigten mich derart, daß ich mich umgehend über ihre Hände und in den jungfräulichen Hohlweg vor mir ergoß. »Stoß zu! Stoß zu! Jetzt ist der richtige Zeitpunkt für deinen Sieg!« flüsterte sie. »Jetzt ist es noch leichter, ihn hineinzubekommen.« Gleichzeitig hob sie mit ihrer freien Hand Sophies Hinterteil an und drückte es mir entgegen, um sie in eine bessere Position zu bringen, meinem Angriff zu begegnen. Mein erster Stoß brachte den Kopf von Mr. Priapus schön tief zwischen die Pforten der geopferten Unschuld, und schon hatte ich das erste Bollwerk ihrer jungfräulichen Verteidigungsanlagen überwunden.

Die arme Sophie stöhnte unter dem Schmerz meines heftigen Angriffs, aber sie biß die Zähne zusammen, um jegliche Äußerung des Schmerzes zu unterbinden, und griff mutig selbst nach dem Eroberer, als wäre sie eifersüchtig auf die Hilfe ihrer Schwester und ängstlich darauf bedacht, selber der Ehre teilhaftig zu werden, ihm den Weg zum größten Triumph der Liebe zu weisen, oder vielleicht auch nur der Befürchtung wegen, ich könnte mich wieder zurückziehen, ohne meine Mission vollständig zu Ende geführt zu haben.

»Du lieber Schatz«, schrie ich, ganz hingerissen von diesem Beweis ihres Mutes. »Bald werde ich dich zur Frau gemacht haben.«

Mit diesen Worten stieß ich erneut immer wieder zu und zwang die enge Höhle, sich allmählich auszudehnen, bis schließlich jegliches Hindernis meiner geballten Energie weichen mußte und ich mit einem letzten Stoß bis in die tiefsten Tiefen meiner Geliebten eintauchte und gleichzeitig einen Strahl warmen Saftes in ihr Innerstes hineinschoß. Damit war ich für den Augenblick völlig erschöpft und lag träge auf dem bebenden Busen der lieblichen Sophie, bis ich plötzlich Annies Finger spürte, die mit meinen Bällen spielten und nach meinem Stecken tasteten. Im gleichen Moment öffnete Sophie, die bei der schmerzhaften Prozedur fast ohnmächtig geworden war, ihre Augen und schürzte mit einem liebevollen Lächeln ihre Lippen als Einladung zu einem Kuß, die ich natürlich sofort annahm, wobei ich ihr in meiner Liebesglut fast den Atem wegsaugte. Meine Erregung wurde nun durch die Berührungen ihrer Schwester und Sophies liebevolle Herausforderung, meine Bewegungen in ihr fortzuführen, indem sie ihr Hinterteil anhob und meinen Freund in ihrer Grotte auf höchst deliziöse Weise zwickte, zu einem neuen Siedepunkt gebracht.

Diesmal zögerte ich das Vergnügen so lange wie möglich hinaus, indem ich erst langsam begann und zwischendurch innehielt, um das köstliche Pulsieren von Stecker und Dose in ihrer innigen Vereinigung zu genießen. »Ach! Dies ist nun wahrhaft die Liebe! Es entschädigt mich für all die Qualen, die ich zuerst erleiden mußte. Oh! Oh! Gelieber Walter! Es fühlt sich an, als ob meine Seele vor Ekstase davonfliegt«, schrie Sophie und küßte, biß und drückte mich mit aller Kraft im Moment ihres Höhepunktes, den ich mit einem Schuß meiner warmen Säfte erwiderte.

Ich erklärte nun, daß wir uns erst einmal erholen müßten, bevor wir unsere Spiele weiterführten, doch nur widerstrebend gestattete sie, daß ich mich von ihr trennte. Ein kleiner Sprung in den See hatte eine wahrhaft wiederbelebende Wirkung, ich fühlte mich gleich wieder so stark wie ein Riese, und eine weitere Flasche Schampus war wie Öl in die Flammen unserer Liebe. Schon machten sich die Mädchen erneut an meinem Freund zu schaffen, der wieder so hart wie Elfenbein war. So schlüpfte ich wieder in mein Hemd, da ich der oberste beim Spiel zu dritt sein wollte, und indem ich Sophie auf den Rücken legte und der gehorsamen Annie befahl, sich umgekehrt über ihre Schwester zu knien, damit sie sich gegenseitig ihre intimsten Stellen küssen konnten, postierte ich mich hinter Annie und sagte: »Nachdem ich nun deine liebreizende Schwester zur Frau gemacht habe, werde ich dir, mein Liebling, ein ganz neues Vergnügen bereiten.« Kaum hatte ich zu Ende gesprochen, griff Sophie, die keine Ahnung von meinem Vorhaben hatte, nach meinem Stachel und sagte: »Ich muß es küssen, dieses liebevolle, süße Ding, das mir eben soviel Wonne bereitet hat.« Mit einem kräftigen Griff steckte sie ihn zwischen ihre perlweißen Zähne und küßte und traktierte ihn mit so liebevollen Bissen, daß ich mich nicht lange zurückhalten konnte. Sie verschlang jeden einzelnen Tropfen mit allen Anzeichen höchster Wollust. Unterdessen hatte ich Annies Hinterteil mit zwei Fingern bearbeitet, die ich zusammen in ihre kleine braune Öffnung schob, während Annie die Spalte ihrer Schwester leckte und sich dabei in höchst erregender Weise drehte und wand.

Sophie wollte nun meinen Luststab in die Grotte ihrer Schwester einführen, doch Annie, fast wahnsinnig vor Lust, schrie: »Nein, nein, meine Liebe, steck ihn da hinein, wo Walter gerade seine Finger hat. Ich möchte es probieren. Es ist so aufregend! Der Gedanke allein läßt mich in Wogen der Lust erschauern und macht mich wild danach, zu erfahren, wie das ist. Seine Finger haben mir so viel Vergnügen bereitet, daß ich mir sicher bin, das geliebte Stück dort in deiner Hand wird dieses Gefühl noch wahnsinnig steigern!«

Wie gesagt, so getan: Das gehorsame Mädchen dirigierte meine Männlichkeit im gleichen Moment an das wunderbare kleine braune Loch in ihrem Hintern, wie ich meine Finger herauszog. Als ich sie so völlig von der Idee eingenommen fand, zu der ich sie ja hatte hinführen wollen, und da mein Ständer so hart und gut geschmiert wie nur möglich war, passierte er schon bald die Pforte zu Annies zweiter Jungfräulichkeit. Bei Gott, was für ein himmlisches Vergnügen das war! Sie zappelte in ihrer Ekstase so sehr herum, daß ich sie fest um den Hals fassen mußte, um nicht herausgestoßen zu werden, während Sophie unter uns ihre entzückte Schwester leckte und ihre rechte Hand weiterhin meinen Ständer samt Anhang bearbeitete, all dies im Rhythmus meiner Stöße in Annies Hinterteil. Wir kamen alle im gleichen Augenblick und schrien fast vor Ergötzen laut auf, dann sanken wir in einem wirren Haufen zusammen und genossen gemeinsam das Gefühl unserer köstlichen Erschöpfung.

Sobald die Mädchen meinen Freund wieder küssen und ihn zu neuen Taten überreden konnten, erklärte Sophie, ich sei nun verpflichtet, auch ihr eine Kostprobe des neuentdeckten Spaßes zukommen zu lassen. Sie opferte ihr Hinterteil in der gleichen wilden Art, wie es kurz zuvor ihre Schwester getan hatte.

Dies war ein neues wunderschönes Engagement in Sachen Liebe. Wild und begierig küßten und leckten sich die beiden Schwestern gegenseitig in höchster erotischer Glut, während sich mein Bursche in dem engen Fundament des süßen Wesens aalte, wobei sie sich in ihrer Erregung dermaßen wand und herumbockte, daß ich sie, wie zuvor Annie, festhalten mußte, um nicht meinen Halt zu verlieren.

Nach dieser Runde gingen wir nach Hause und verbrachten die Zeit bis zur Ankunft der Theatergesellschaft äußerst ruhig und gemütlich. Ich war bestrebt, von Frank zu erfahren, wie weit er inzwischen bei Rosa gekommen war und ob er sie vielleicht heimlich während der Rückfahrt genommen hatte.

»Walter«, sagte er, als wir wieder allein in seinem Zimmer waren, nachdem die anderen sich zur Ruhe begeben hatten, »ich habe mich den ganzen Abend köstlich amüsiert. Als wir losfuhren, war es natürlich noch hell, und Rosa und ich bewahrten angemessenen Anstand. Aber dann im Theater – Mama und Papa waren durch Polly von uns getrennt, und wir saßen alle fünf in der ersten Reihe im ersten Rang. Oh, wie mich der Anblick von Rosas prallen Brüsten (die in ihrem tief ausgeschnittenen Kleid prächtig zur Geltung kamen) wild machte – so sehr, daß mein Ding sofort stand. Ich nahm also ihre Hand – sie trug Handschuhe – und zeigte ihr, wie hart und erregt er war. Ohne daß jemand es bemerkte, verwöhnte sie mich, indem sie mich sanft durch meine Hose hindurch rieb, bis ich von meinen Gefühlen übermächtigt wurde – sehr zum Vergnügen meiner schelmischen Schönheit, wie ich dem Lächeln in ihrem Gesicht und den erregten Blicken entnehmen konnte, mit denen sie der Glut in meinen Augen begegnete.

›Schäm dich!‹ flüsterte sie mir ins Ohr. ›Ich weiß, was du gemacht hast, du ungezogener Lümmel. Du hättest es dir für eine bessere Gelegenheit aufsparen können.‹

›Paß auf, Liebling, wenn wir erst nach Hause fahren, dann werde ich dir deine nette Aufmerksamkeit schon heimzahlen‹, flüsterte ich zurück.

Papa und Mama waren schon recht schläfrig gewesen, bevor der letzte Akt zu Ende war, und um sie nunmehr vollends einzuschläfern, bot ich ihnen, sobald wir in der Kutsche saßen, meine Brandyflasche an, um sie vor den Folgen der kühlen Nachtluft zu bewahren. Ich hatte eine kräftige Dosis Schlafpulver hineingemischt, und schon bald waren sie, jeder in seiner Ecke, in einen gesunden Schlaf gefallen. Auch Polly gab vor zu dösen.

Sofort saß Rosa auf meinem Schoß, und ich ertastete mir den Weg zum Zentrum ihrer Lust, während sie nicht minder beschäftigt war, indem sie meine Hose aufknöpfte und meinen Lebensspender behändelte.

Unsere Lippen trafen sich in lang anhaltenden, wilden Küssen, die jeden Tropfen Blut in unseren Venen erhitzten, und beide waren wir zu begierig nach der wahren Vereinigung, um allzu lange mit unseren Spielereien fortzufahren. Schon jetzt spürte ich, wie sie sich über meine Finger ergoß, und sie hatte meinen Ständer bereits in einen gloriosen Zustand der Erektion gebracht, also hob sie ihre Kleider und spreizte die Beine, und ohne große Umschweife spießte sie sich auf meine Lanze, die sie so begierig war in sich zu spüren. Es war genauso schön, wie als ich sie das erstemal nahm. Nachdem ich den ganzen Abend damit verbracht hatte, mir immer wieder auszumalen, was ich auf der Rückfahrt alles unternehmen könnte, kam ich mir jetzt wie im siebten Himmel vor; wir schwammen in einem riesigen Meer der Liebe und kamen, und kamen; unsere schmelzenden Küsse und wilden Zungenspiele regten meine und auch ihre Kräfte immer wieder von neuem an, und erst als wir uns dem Hause näherten, erinnerten wir uns der Notwendigkeit, unsere Gelüste für eine Weile ruhen zu lassen. Ich sage dir, Walter, noch jetzt bringt der Gedanke an die köstlichen Druckempfindungen, denen sie meinen Ständer aussetzte, denselben hoch und läßt ihn heftig pochen – so köstlich ist der Biß, den sie draufhat.«

Am Morgen hatten Mama und Papa den »Rausch«, den ihnen ihr fürsorglicher Sohn mit seinem Brandy-Schlaftrunk bereitet hatte, noch nicht so recht überwunden, und sie blieben ungewöhnlich lange im Bett, fast bis Mittag; inzwischen hatten wir, die jungen Mitglieder der Familie, insgeheim Pläne für den Nachmittag und Abend geschmiedet.

Nachdem es sich herausgestellt hatte, daß in der Nähe zwei junge Mädchen lebten, deren Mutter körperlich behindert war und deren Bruder als Fähnrich bei der Royal Navy diente, schlug ich vor, daß Annie die beiden Misses Bruce einladen sollte, den Nachmittag bei uns zu verbringen, *en famille*, das heißt ohne irgendwelche Förmlichkeiten, um an einer Teeparty im Freien teilzunehmen, draußen bei einer kleinen Hütte im Wald, der zu dem Grundstück meines Onkels gehörte.

Beim Mittagessen informierten wir den Gutsherrn von unseren Plänen und gaben unserer Hoffnung Ausdruck, daß auch er zusammen mit Mama an unserer Teeparty teilnehmen würde.

»Nein, habt Dank, meine Lieben. Wir haben Angst vor dem nassen Gras. Das Rheuma, ihr versteht? Auch haben wir uns noch nicht ganz von den gestrigen Strapazen erholt und bleiben deshalb lieber in Ruhe zu Hause. Ich hoffe, ihr habt auch ohne uns so viel Spaß, wie wir ihn haben würden, wenn wir noch ein paar Jährchen jünger wären«, antwortete der lustige, gütige alte Gentleman.

Genau dies hatten wir gehofft und erwartet, und so schick-

ten Frank und Annie die Diener mit allen Utensilien los, die wir für unsere Open-Air-Teaparty brauchten.

Um drei Uhr kamen die jungen Damen an, und da wir alle aufbruchbereit waren, setzten wir uns umgehend zum Ort unseres angestrebten Vergnügens in Marsch, einer wilden, mit blühendem Geißblatt und Waldrebe bewachsenen Laube am Ende eines längeren schattigen Privatweges, mehr als eine halbe Meile vom Haus entfernt. Frank und ich kümmerten uns besonders um die beiden frischen jungen Damen, denn wir waren ihnen so gut wie fremd und durften deshalb hoffen, von ihnen mit besonderer Aufmerksamkeit bedacht zu werden.

Emily Bruce, die ältere, war eine charmante Brünette mit dunklen Augen, deren ziemlich großer Mund, wenn man sie betrachtete, eine besondere Faszination ausübte. Tatsache ist, daß ich solch einen Prunk von perlweißen Zähnen noch nie gesehen hatte, und der Gedanke, daß diese womöglich schon bald meinen zartköpfigen Freund bearbeiten würden, erfüllte mich mit wahnsinnigem Verlangen. Ich mußte die Besitzerin derselben einfach erobern.

Nicht weniger attraktiv war ihre Schwester Louisa, fast ein Ebenbild Emilys, wenn man einmal von dem kleinen, aber deutlich erkennbaren Altersunterschied absah.

Als wir die Laube erreicht hatten, schickten wir die Dienerschaft unverzüglich nach Hause zurück, indem wir ihnen erklärten, daß sie erst am nächsten Morgen zum Aufräumen zu kommen brauchten, denn es würde sicherlich zu spät werden, um am Abend noch mal zurückzukommen. Gleichzeitig verfaßte Annie, ohne sie zu fragen, eine Notiz für die Mutter der beiden Mädchen des Inhalts: Sollte es zu spät werden, würde sie darauf bestehen, daß ihre Töchter die Nacht bei ihr verbrächten, und sie brauchte sich ihretwegen keine Sorgen zu machen. Die Mitteilung wurde einem der Diener zur Beförderung übergeben.

Nachdem wir endlich allein waren, entkorkten Frank und ich den Champagner und zündeten unsere Zigarren an, und indem wir geltend machten, daß die Sonne wohl noch zu heiß schiene, um draußen herumzutollen, drängten wir die Mädchen, doch einmal eine der milden Zigaretten aus türkischem Tabak zu probieren.

Annie und Rosa gingen schließlich mit gutem Beispiel voran und zündeten sich Zigaretten an. Lachend taten es ihnen die anderen gleich, doch verwahrten sich unsere beiden jungen Freundinnen dagegen, Wein zu trinken, nippten jedoch bald darauf ganz vergnüglich daran, und wir zogen sie auf, daß sie noch zu sehr an Mutters Schürze hingen etc., bis endlich das Eis gebrochen war und sie sich ebenso ungezwungen gaben wie meine Cousinen und Rosa.

Wir hatten einen guten Vorrat an Schampus, außerdem Sandwiches und Kekse, und so kam überhaupt niemand auf die Idee, sich der Mühe der Teebereitung zu unterziehen.

Dennoch waren wir bemüht, unsere Gäste lediglich in einen Zustand leichter Erregung zu versetzen, sie gerade so weit zu benebeln, daß sie empfänglich würden für die ersten amourösen Vibrationen, die ein Mädchen spürt, ohne daß es sie vorerst zu deuten weiß.

Ihre funkelnden Augen, die leicht geröteten Wangen und vor allem die strahlende Schönheit ihrer Zähne, wenn sie über unsere frivolen Scherze herzhaft lachten: All dies war geeignet, das Feuer in uns zu entfachen. Ich konnte sehen, wie auch Rosa und meine Cousinen sich danach sehnten, uns beizustehen, wenn wir diese unschuldigen, hinreißenden jungen Geschöpfe eroberten.

Nun wurde vorgeschlagen, »Pantoffelverstecken« zu spielen, und gleich ging es hinaus auf den weichen moosgrünen Rasen vor der Laube. Es wurde eine köstliche, aufregende Tollerei daraus.

Wann immer Frank und ich an der Reihe waren, nutzten

wir die Gelegenheit für ein paar schnelle, überraschende Tätscheleien, was zuerst heftiges Erröten bei den beiden süßen kleinen Dingern hervorrief, und wenn wir es schafften, eine mit dem Schuh in der Hand zu erwischen, verlangten wir einen deftigen Schmatzer als Buße. Zwar unterwarfen sie sich dieser Strafe mit einigem Anstand, gerieten dadurch aber auch in ziemliche Erregung, denn es war ja eine ganz neue Erfahrung für sie. Wir beendeten das Spiel und tranken ein weiteres Glas Champagner, um dann ein Versteckspiel im Wald vorzuschlagen, allerdings unter der Bedingung, sich nicht zu weit zu entfernen.

Wir teilten uns in Zweiergruppen. Ich wählte Emily, und Frank nahm Louisa. Polly und Sophie bildeten ebenfalls ein Paar, während Annie und Rosa uns suchen sollten, sobald wir sie riefen.

Nun befand sich zufällig in der Nähe eine alte Sandkuhle, wo sich Master Frank vor Jahren mit dem Bau einer Robinson-Crusoe-Höhle amüsiert und vor die er damals Büsche gepflanzt hatte, so daß der Eingang völlig versteckt war und niemand auf die Idee gekommen wäre, jemand könnte sich hinter jenem kleinen Gewächs, das scheinbar am Rande der Kuhle wuchs, versteckt halten; dies war genau der Platz, der unseren Plänen entgegenkam, und es war vorher abgesprochen worden, daß man uns längere Zeit nicht finden sollte. Wir schlängelten uns also in die Höhle, Frank ließ einen alten Vorhang, der am Eingang hing, herunter, und wir standen plötzlich im Dunkeln. Die Höhle war groß genug, daß wir uns zusammen an ihrem hinteren Ende auf einenHaufen feinen Sandes setzen konnten.

»Was für ein liebes Mädchen du bist!« flüsterte ich Emily ins Ohr, erlaubte mir einen Kuß im Dunkeln und zog sie, indem ich einen Arm um ihre Taille legte, dicht an mich heran. »Laß das bitte«, flüsterte sie zurück. »Wenn du keine Ruhe gibst, bleibe ich nicht länger an diesem dunklen Ort.«

»Sag das nicht, das wäre grausam, besonders wenn du wüßtest, wieviel ich für dich empfinde, geliebte Emily. Ich muß dich Emily nennen, ja, und dich küssen, immer und immer wieder. Ich liebe dich so sehr, dein Atem ist ein einziger Wohlgeruch, wovor fürchtest du dich? Bei Freunden braucht man doch keine Angst zu haben, mein Liebling«, flüsterte ich und küßte meine Partnerin leidenschaftlich.

»Oh, ah! Du raubst mir den Atem, Walter. Ich bin so unerfahren in diesen Dingen. Pfui, Sir, schämt Euch! Oh! Du läßt mich am ganzen Körper erzittern. Du nimmst dir zuviel Freiheiten heraus!« stöhnte sie wirr, als ich mir mit einer Hand an ihrem Busen zu schaffen machte und in den Besitz von zwei festen Brüsten kam, die unter meinen liebevollen Streicheleien erbebten.

»Es ist alles nur Liebe, mein Engel, und niemand kann uns sehen. Hörst du nicht, Frank und Louisa küssen sich auch. Ist der Gedanke nicht herrlich, daß sie genau das gleiche tun und wir sicher sein können, daß sie unser Geheimnis bewahren?«

Ein tiefer Seufzer war die einzige Antwort, und wieder trafen sich unsere Lippen zu einem langen, lustvollen Kuß. Ich schob ihr meine Zunge in den Mund und spielte mit der Spitze ihres zarten Sprechorgans. Ich konnte die Knospen ihrer bis dato unberührten Brust spüren, die so hart wie kleine Schwänze waren, und bat sie flüsternd um Erlaubnis, sie küssen zu dürfen.

»Ich kann dir nichts mehr ausschlagen«, keuchte sie. »Du bist so ein dreister Liebhaber. Von Kopf bis Fuß bin ich entflammt von deinen unzähligen Freiheiten, die du dir einfach bei mir herausnimmst. Ah! Wenn das meine Mutter wüßte«, stöhnte sie, als ich an ihren Brüsten sog und meine unbeschäftigte Hand langsam ihre Schenkeln aufwärts wandern ließ. Sie hielt ihre Beine fest zusammengepreßt, doch unter dem zarten Druck meiner Hand entspannte sie sich allmählich, bis ich endlich auch ihre intimste Stelle erobert hatte, die mit fein gekräuselten Härchen leicht bewachsen war, und sie mit dem Finger behutsam zu streicheln begann. Wie sich das Mädchen unter diesem doppelten Genuß wand, und schon bemerkte ich freudig, wie ihre Hand auf meiner Hose nach meinem vor Freude fast berstenden Ständer tastete, um mir das Vergnügen zurückzuerstatten, das ich ihr bereitete. Einen nach dem anderen öffnete sie die Knöpfe meiner Hose, und schon bald hatte ihre sanfte Hand Gewalt über mein steifes Gerät, nackt und bebend vor unbefriedigter Sehnsucht.

»Ah«, stöhnte sie. »Es stimmt also doch! Wir hatten vor ein paar Monaten ein Dienstmädchen daheim, das mit uns in einem Zimmer schlief und uns immer kitzelte und mit uns spielte. Sie erzählte uns, daß die Männer so ein langes Ding besitzen, hart wie Eisen, das sie den Frauen zu deren Vergnügen in den Leib stecken, und daß so die Babys entstehen. Glaubst du daran? Sie hat ihre Finger immer genauso in uns hineingesteckt wie du jetzt bei mir, und ... und ... und ...« Da zögerte sie und schien vor Entzücken zu erschaudern, gerade in dem Moment, da ich mich über ihre Hand ergoß und auch selbst einen Schauer warmen Saftes auf meinen Fingern spürte. Es war köstlich. Zuerst preßte sie die Spitze meines Stabes zusammen, dann ließ sie ihre Hand langsam darauf auf und ab gleiten, befeuchtet durch meinen Liebessaft. Was für ein Genuß! Ich bat sie, ihre Zunge tief in meinen Mund zu stoßen, und wir fuhren mit unseren gegenseitigen Fingerspielen fort, bis sie vor Ekstase beinahe ohnmächtig dahinsank.

Nachdem ich mich etwas erholt hatte, fragte ich sie, was sie mir sonst noch von dem Dienstmädchen erzählen wollte, doch sie zögerte mit einer Antwort.

»Bitte, Liebling, erzähle mir alles«, flehte ich sie, liebevoll flüsternd, an. »Es gibt jetzt keine Zurückhaltung mehr. Du sollst keine Geheimnisse vor deinem geliebten Walter haben.«

»Es war so lustig, ich weiß nicht, wie Mary das fertigbrachte, aber sie war so begierig danach, uns dort zu lecken und zu küssen, wo du jetzt deine Hand hast, Liebster«, antwortete sie. »Aber es war so schön, du kannst dir nicht vorstellen, wie gern wir es hatten, wenn sie das mit uns tat.«

»Meine Geliebte, meine Emily, laß mich dich jetzt auch dort küssen, und es wäre ganz wundervoll, wenn auch du mich küssen würdest. Ich sehne mich nach den Bissen deiner wunderschönen Zähne in meinem Liebespfeil. Frank und Louisa sind zu beschäftigt, um zu bemerken, was wir treiben«, flüsterte ich ihr ins Ohr, drückte das willige Geschöpf rücklings auf das weiche Sandkissen und dreht mich dann um. In voller Länge lagen wir Seite an Seite, beide mehr als bereit für das neue Spiel. Mein Kopf lag vergraben zwischen ihren Schenkeln, die sie liebevoll um mich zusammendrückte, als ich meine Zunge in ihre Liebeshöhle schob. Was für ein Vergnügen! Ich erregte all die Lüsternheit ihres hitzigen Temperaments, bis sie vor Glück aufschrie, so daß Frank und Louisa fragten, was wir wohl täten, ohne jedoch eine Antwort zu erhalten. Sie saugte an meinem entzückten Freund, küßte und spielte mit meinen Bällen, bis ich mich in ihren Mund ergoß, während sie seinen Kopf mit liebevollen Bissen traktierte. Sie schluckte alles herunter, während ich darum bemüht war, auch ihr mit meiner nicht minder aktiven Zunge das Beste zu geben.

Als es vorbei war, nahm ich Emily bei der Hand, und wir tasteten uns hinüber zu unseren Kumpanen, die, wie ich sehr schnell feststellte, in der gleichen Weise beschäftigt waren wie wir noch kurz zuvor. Frank erriet sofort meine Absicht; wir taten uns alle zusammen, und bald gab es nur noch ein einziges Grapschen nach den Reizen beiderlei Geschlechts, ohne die geringste Zurückhaltung, bis plötzlich der Vorhang heruntergerissen wurde und wir die lachenden Stimmen von Rosa und Annie vernahmen: »Seht! Hier sind sie also! Was tun diese ungezogenen Burschen bloß mit den jungen Damen?«

Emily und Louisa waren völlig verwirrt, doch die Mädchen versprachen ihnen liebevoll, das Geheimnis für sich zu behalten und ihnen noch mehr Spaß beizubringen, wenn sie erst einmal im Bett seien, denn es war spät geworden, und wir mußten alle zum Haus zurück.

Wie ich schon zuvor angemerkt habe, war der Flügel, in dem wir alle schliefen, weit von dem der Eltern und der Bediensteten entfernt, so daß Frank und ich uns schon kurz nachdem sich alle zur Nacht verabschiedet hatten, in das Zimmer der Mädchen schlichen, oder vielmehr in die Zimmer, denn sie hatten zwei zu ihrer Verfügung. Die beiden Misses Bruce erröteten bis zu den Haarwurzeln, als sie uns nur mit einem Hemd bekleidet sahen, zumal die eine gerade auf dem Nachttopf saß, während die andere meinen neugierigen Cousinen vor einem Drehspiegel soeben ihre Reize offenbarte.

»Also dann, meine Lieben«, erklärte Annie, »alles ist erlaubt zwischen uns und den Jungs. Aber zuerst müssen wir euch bestrafen, weil ihr den unverschämten Lümmeln erlaubt habt, sich in der Höhle solche Freiheiten mit euch zu erlauben. Eure Hinterteile werden brennen, junge Damen, das kann ich euch versprechen.« Dabei holte sie ein paar dünne Birkenruten aus einer Schublade heraus, und, um ehrlich zu sein, ich hatte sie dort bereitgelegt, nachdem mir die Idee durch die Lektüre eines Buches mit dem Titel »Romanze der Lust« suggeriert worden war.

Ein schönes großes Bett stand direkt an der Wand, gegenüber einem anderen am Ende des Zimmers, doch für unsere Zwecke benötigten wir nur eine Couch. Annie und Rosa waren entschlossen, jetzt zu ihrem Vergnügen zu kommen; einem jeden wurde befohlen, sich seines Hemdes bzw. ihrer *Chemise* zu entledigen, dann nahm ich Emily auf den Rükken, und Frank tat desgleichen mit ihrer Schwester.

Sophie und Polly wurden die Ruten anvertraut, und fröhlich schlugen sie auf unsere Hinterteile und die unserer Reiterinnen ein, während wir rund ums Zimmer trabten. Die Schwestern wußten nicht, ob sie nun weinen oder lachen sollten, als aber ein härterer Schlag als gewöhnlich sie traf, schrien sie um Gnade. Unsere Liebespfeile waren so hart wie nur erdenklich und brauchten keine weitere Stimulation. Die Mädchen gingen noch immer ziemlich hart mit unseren Hinterteilen um, doch bei weitem nicht so streng wie mit denen der beiden Schwestern. Meine geliebte Emily hatte ihre Beine so um mich herumgeschlungen, daß ihre hübschen Füße in den allerliebsten kleinen Slippern meinen Ständer auf deliziöse Weise zwischen sich rieben.

Der Anblick unserer roten Hinterteile und der geradezu berstenden Vorderstücke war zuviel für Annie und Rosa. Überwältigt von ihrer Lust, warfen sich die beiden süßen Mädchen rückwärts mit gespreizten Schenkeln und auf den Boden gestemmten Füßen auf das Bett und präsentierten ihre Heiligtümer unserem Angriff. Dabei hielten sie mit den Fingern beider Hände die feuchten Lippen ihrer herrlichen Lustgrotten für unsere schmachtenden Götter einladend geöffnet. Wir griffen sofort an, und unter intensiver Züchtigung durch die Ruten spendierten wir ein paar göttliche Stöße, entzogen uns wieder, trabten einmal durch den Raum und schlugen dann wieder zu. So verlängerten wir unseren Spaß, bis es die Mädchen zum Schluß nicht mehr aus- und uns mit aller Macht festhielten, während wir die Ruten noch einmal kräftig zu spüren bekamen, als eine Art Aufforderung, nun den Genuß der Mädchen zu vervollkommen. Es wurde ein höchst schwelgerisches Finale. Wir schrien vor Lust, als es uns kam, und lagen eine Zeitlang in einem wunderbaren Anfall erschöpfter Bewegungslosigkeit nur so da, bis wir wieder erwachten und Sophie, Polly, Emily und Louisa langgestreckt auf dem Boden vorfanden, wo sie sich in gegenseitiger Hingabe leckten.

Mit Tränen in den Augen baten anschließend die beiden süßen Geschöpfe, daß Frank und Walter doch endlich auch aus ihnen richtige Frauen machen sollten, damit sie die wildesten Liebesfreuden endlich auch bis zur Neige auskosten könnten.

»Dafür, meine Lieben«, sagte Rosa mit durchtriebenem Lächeln, »müßt ihr sie küssen und ihre erschöpften Glieder wieder zu Kräften bringen, dann leihen wir euch die beiden Burschen aus.«

Seite an Seite setzten wir uns auf das Bett neben unsere soeben beglückten Partner. Wir küßten, streichelten und befingerten sie, während sich Emily und Louisa zwischen unsere Beine knieten, um unsere Freunde mit dem Mund wieder in Habachtstellung zu bringen, während sie gleichzeitig unsere Vorhäute zurückzogen oder mit unseren Bällen spielten.

Stark und aufgerichtet, wie wir nun wieder waren, befahlen wir den Mädchen, noch etwas länger weiterzumachen, bis wir kurz vor dem nächsten Höhepunkt waren. Unterdessen hatten Sophie und Polly zwei Lager bereitet, indem sie Polster und Kissen in der vorteilhaftesten Weise auf dem Fußboden verteilten, und schoben den Schwestern jetzt jeweils zwei Kissen unter die Hinterteile, während ihre Köpfe auf Nackenrollen ruhten. Annie und Rosa führten uns nun zu unseren Opfern, die ungeduldig mit gespreizten Beinen und sehnsüchtigen Spalten darauf warteten, dem Gott der Liebe geopfert zu werden. Die beiden Zeremonienmeisterinnen nahmen unsere Freunde zur Hand und führten sie auf den Pfad der Wonne. Wieder war Emily meine Partnerin. Sie warf ihre Beine um meine Hüften und drückte sich meinem verhängnisvollen Schub entgegen, der das Ende ihrer lästigen Jungfernschaft bedeuten sollte. Ich hatte keine Zeit zu sehen, wie weit die anderen gekommen waren, hörte aber einen unterdrückten Schmerzensschrei von Louisa – kein Zweifel, Frank hatte ihr Schicksal vollendet. Meine Parterin hingegen war sehr viel tapferer. Sie küßte mich innig und sog voller Lust an meiner Zunge, sogar noch während ich ihr Jungfernhäutchen durchstieß. Meine Liebessäfte überfluteten ihre Wunden, und schon bald war aller Schmerz vergessen, so daß wir uns vollständig unserer Liebe hingeben konnten, bei der ich mich zuerst ganz behutsam bewegte, dann aber, von ihrem schnellen Rhythmus angetrieben, immer heftiger zustieß, während ihre herrlich enge Grotte meinen Luststab wie eine starke Hand umklammerte. So stark, daß ich fühlen konnte, wie meine Vorhaut bei jedem Stoß vor- und zurückgeschoben wurde.

»Ah! Liebling! Mach weiter! Töte mich mit deiner Lust«, schrie sie in ihrer Ekstase, als wir erneut zusammen kamen, und ich stand ihr, was Liebesgeschrei und -geflüster betraf, in keiner Weise nach.

Als wir, nachdem alles vorüber war, nur so still dalagen, wurde mein kleiner Gott durch das Zucken und Pochen ihrer engen Spalte schon bald wieder so sehr erregt, daß er gleich wieder bereit war und wir uns umgehend auf einen neuen köstlichen Waffengang einließen, bevor ich endlich versuchen durfte, mich ihr zu entziehen.

Frank und Louisa hatten sich ähnlich heftig aneinander ergötzt, und so kam es, daß die beiden Schwestern ihre Jungfräulichkeit fast zum gleichen Zeitpunkt verloren.

Kein Tag verging, ohne daß wir uns einer Reihe neuer wollüstiger Spiele hingaben, und bald schon verlobten sich Frank und Rosa auch ganz offiziell, was den beiden alten Herrschaften eine besondere Genugtuung bereitete.

Die Zeit verging so schnell, daß sich schließlich auch mein Besuch dem Ende zuneigte, und wir machten bereits Pläne für ein letztes Feuerwerk der Liebe, sozusagen als Abschiedsvorstellung, bevor ich meines Onkels gastfreundliches und glückliches Heim verließ, als an einem wunderschönen Junimorgen keine andere als meine geliebte Brünette, Mrs. Leslie, uns mit ihrem Besuch überraschte. Sie war herübergekommen, um mich samt Cousin und Cousinen einzuladen, einen Tag bei ihr zu verbringen, bevor der Colonel von der Reise zurückkehrte. »Sie wissen doch«, sagte sie zu meinem Onkel, »wie engstirnig und streng seine Einstellung ist. Bevor er aus Paris nach Hause kommt, brauche ich mal einen richtig vergnügten Tag. Dürfen sie morgen zu mir kommen und über Nacht bleiben?«

Mein Onkel war zu gutherzig, um abzulehnen, und so ward die Verabredung getroffen. Mrs. Leslie blieb bis zum Mittagessen, und im Anschluß daran machten wir einen Spaziergang durch den Park. Von Zeit zu Zeit verrieten mir ihre intelligenten Blicke, daß sie begierig auf ein Tête-à-tête mit mir war. So bot ich ihr meinen Arm, und schon bald gelang es uns, die anderen abzuhängen und uns im tiefen Unterholz zu verstecken. Wir setzten uns auf das weiche Moos unter einer schattenspendenden kleinen Eibe, wo wir unbeobachtet waren.

»Wie sehr ich mich danach gesehnt habe, deine süßen Lippen noch einmal zu küssen«, rief ich aus, umarmte sie in wildem Verlangen und saugte ihr mit einem lustvollen Kuß fast den Atem weg.

»Wenn das alles ist, woran Ihr denkt, junger Mann, dann habt Ihr Euch Euren Liebesbeteuerungen gegenüber in hohem Maße als untreu erwiesen. Ich sollte eigentlich fürchterlich eifersüchtig auf Eure hübschen Cousinen und dieses Fräulein Redquim sein, sähe ich nicht den ungestümen Zustand des Juwels in Eurer Hose«, antwortete sie lachend und beeilte sich, den ungeduldigen Gefangenen zu befreien und in die Sicherheit ihres Griffes zu bringen. Dann fügte sie hinzu: »Ich frage mich, wie er sich seit jenem unvergeßlichen Tag die Zeit vertrieben hat, seit ich zum erstenmal das Vergnügen hatte, ihn betrachten und spüren zu dürfen. Nun, sagt mir die

Wahrheit, Sir Walter, habt Ihr Eure Cousinen und deren Freundin verführt?«

Ich legte ein volles Geständnis über all unsere Liebesabenteuer ab und bat sie, uns am nächsten Tag in jeder nur erdenklichen Weise entgegenzukommen, da es für mich die letzte große Möglichkeit sei, bevor ich in die Stadt zurückkehren müßte.

»Das hört sich alles ganz schön an, aber was für eine Schande, daß ihr euch nicht gemeldet habt, um mich zu euren amourösen Festlichkeiten einzuladen. Du wußtest doch, daß es genau das war, wonach ich mich sehnte. Ich hätte große Lust, dich jetzt zu enttäuschen, doch würde ich mich damit nur selbst bestrafen. Also, mach schon, du junger ungezogener Spund, bis morgen werde ich mir überlegen, wie deine Strafe auszusehen hat«, sagte sie und legte sich rücklings ins Moos. Ihre schönen dunklen Augen waren voll eines feuchten, schmachtenden Feuers, das ihr lustvolles Verlangen nur allzu wirkungsvoll unterstrich.

Schnell hob ich ihren Rock und erwies ihrem Liebesschrein meine Reverenz mit einem Kuß und einem liebevollen Biß in ihre Lustknospe. Unfähig, mich noch länger mit Tändeleien aufzuhalten, plazierte ich mich zwischen ihre bereitwillig nachgebenden Schenkel und schwelgte schon bald in den zarten, saftigen Falten ihrer göttlichen Grotte, zuhöchst beglückt von den pulsierenden Kontraktionen, die sie mir angedeihen ließ, während ich still auf ihr lag und das erhebende Gefühl des vollständigen Besitzes genoß, bevor ich zu energischerer Aktion schritt.

Unsere Lippen trafen sich wieder, und unsere Liebkosungen und Zärtlichkeiten wären noch unendlich so fortgegangen, hätten wir nicht Frank gehört, der zu Rosa und seinen Schwestern sagte, »wie unverschämt von Walter und Mrs. Leslie, sich so einfach zu verdrücken. Aber er wird uns bestimmt finden und uns den Spaß verderben.«

Das veranlaßte meine reizende Liebhaberin, herausfordernd ihr Hinterteil zu heben, als Hinweis an mich, keine Zeit mehr zu verlieren. Ich gab also meinem Roß die Sporen, und das keine Sekunde zu früh, denn gerade als wir zusammen den Gipfel der Lust erklommen hatten, tauchten Frank, Schwestern & Co. auf und schrien triumphierend: »Hier ist Walter mit seiner Strohwitwe!«, und noch bevor wir uns noch recht erholen konnten, fiel das lachende Pack über uns her, um uns kräftig die Hinterteile zu versohlen, bis ein Waffenstillstand vereinbart wurde und alle sich bereit erklärten, alles Weitere auf die morgige Party in Mrs. Leslies Haus zu verschieben.

Der nächste Tag bescherte uns herrlichstes Wetter, und schon früh waren wir auf dem Gut des Colonels angelangt, wo uns der prachtvolle dunkelhäutige Vishnu in das luxuriöse Boudoir seiner wollüstigen Herrin führte. »Ihr seid früh da, es ist noch nicht einmal ein Uhr, meine Morgentoilette ist noch nicht beendet, aber wie herzlich ihr alle willkommen in meinem Hause seid, brauche ich nach unserer freimütigen Abmachung, was unsere heutigen Vergnügungen betrifft, wohl nicht extra zu erwähnen. Die Schokolade ist gerade fertig, und ich habe ihr ein fast unmerkliches kleines Etwas beigefügt (ein Geheimnis, meine Lieben, das mir der Colonel aus Indien mitgebracht hat), das euer junges amouröses Blut bald in eine solche Glut der Begierde versetzen wird, daß ihr nicht mehr wißt, wie ihr euer intensives Verlangen nach den Freuden der Liebe stillen sollt, und dann wird der böse Walter für seine Untreue mir gegenüber büßen müssen!«

Diese Rede rang uns allen ein Schmunzeln ab, als wir zu den kleinen Tassen köstlicher Schokolade griffen, die Vishnu herumreichte, und als er sich zurückgezogen hatte, zog unsere Gastgeberin, die nichts außer ihrer Morgenrobe trug, Frank zu sich auf die Chaiselongue und forderte uns, da der Tag so schrecklich heiß sei, auf, alle überflüssigen Kleidungsstücke abzulegen, welchem Wunsch auch schnellsten nachgekommen wurde.

»Vor dem Lunch müssen wir uns unbedingt schon mal ein wenig anwärmen, uns dann am Nachmittag ausruhen oder spazierengehen, und am Abend werden wir dann, so hoffe ich, einige neue Ideen in die Tat umsetzen, die ich mir in den Kopf gesetzt habe«, fuhr sie fort, während wir uns entkleideten. »So ist es recht. Behaltet nur die *Chemiserie* an. In der Nacht werden wir uns auch des letzten Fetzens entledigen. Ich habe kein Hemd, um es auszuziehen, so werde ich diese bequeme *Robe de chambre* anbehalten, aber Frank, du solltest einmal herschauen, falls du meinst, daß Rosa nicht eifersüchtig wird«, und sie öffnete das leichte Gewand und bot seinem gierigen Blick all ihre Schönheiten dar.

»Auch wenn es sie eifersüchtig machen würde, könnte ich meinen Blick von diesen Reizen nicht abwenden«, sagte Frank. »Doch Rosa ist viel zu vernünftig dafür. Zu oft schon hatten wir alle unseren gemeinsamen Spaß, und ich bin sicher, daß sie Walter ebenso liebt wie mich, nur kann sie ja schlecht uns beide heiraten.«

»Ha! Ha!! Das erklärt, wie Walter mich vergessen konnte. Um uns an beiden zu rächen, sollst du mich jetzt haben«, antwortete sie und hob dabei sein Hemd, um zu sehen, ob er auch bereit war. »Na, dein Liebespfeil hat ja fast die gleichen Dimensionen wie seiner«, und ohne weitere Umschweife kletterte sie auf seinen Schoß und spießte sich auf Franks Ständer auf. Dabei warf sie die *Robe de chambre* ab, um ihn ohne störendes Hindernis genießen zu können.

Die Mädchen waren sofort davon angetan. Paarweise legten sie sich auf den Boden und küßten sich vorn und befingerten sich hinten, und Rosa schlug mutwillig vor, ich solle Mrs. Leslie einen doppelten Genuß verschaffen, indem ich ihr zweites Loch stopfte, während sie auf Frank herumritt.

»Halte sie fest, Junge«, sagte ich zu ihm, »dann wird ihr schönes kleines Fundament erfahren, was es heißt, einen Harten warten zu lassen, bis er an die Reihe kommt«, und ich nahm etwas Cold Cream von ihrer Kommode, trug sie zuerst auf meine Eichel und dann auf ihre kleine braune Öffnung auf, die nur auf meine Attacke wartete. Leicht glitt ich hinein, begleitet von ihren Zuckungen und wildem Geschrei, daß wir sie »zwischen uns aufspießen« sollten. Tiefer und tiefer arbeitete ich mich vor, bis ich spürte, wie ich und Frank uns in ihr trafen, nur getrennt von der dünnen Membran. Gleichzeitig überfluteten wir beide Höhlen, und bei jedem Stoß floß es warm heraus und benetzte schäumend unsere Bälle. Sie aber war noch lange nicht befriedigt und trieb uns zu weiteren Anstrengungen, bis wir unter jauchzenden Schreien zu neuen Höhepunkten kamen und uns in einem wirren Haufen über den Boden wälzten, mitten unter die lieben Mädchen, die von unserer Ekstase so überwältigt waren, daß sie in allen Spielarten lesbischer Liebe schwelgten, um ihre Lust zu stillen.

Sodann öffnete Mrs. Leslie eine Seitentür und führte uns in ihr Badezimer, wo wir uns erfrischten und mit unseren wilden Küssen und Fingerspielen etc. fortfuhren, doch auf ihren Rat hin nahmen uns die Mädchen nicht zu sehr in die Pflicht, sondern akzeptierten statt dessen Zigaretten aus mildem türkischem Tabak, um Frank und mir Gesellschaft zu leisten, als wir die teuren Zigarren des Colonels probierten. Es war ein göttliches Bild, eines Apelles* würdig, denn wir konnten unsere entblößten Reize in den Wänden widergespiegelt sehen, die aus einem einzigen Spiegel aus feinstem versilbertem Glas bestanden: Zwei flotte Burschen mit großen Freudenspen-

* *Apelles*, griech. Maler mytholog. Themen, 4. Jh. v. Chr. Zwar hat keines seiner Bilder überlebt, doch ist uns seine Kunst durch Plinius und andere Schriftsteller überliefert.

dern, so hart, wie man es sich nur wünschen kann, umgeben von fünf lieblichen Geschöpfen, alle rauchend und kleine Kräusel und Ringe von nebligem Nikotin in die Luft blasend, wenn sie nicht gerade, der lebhafteren Abwechslung halber, einander die Spitzen ihrer Venus-Dreicke mit den brennenden Enden der Zigaretten oder Zigarren anzusengen versuchten.

Gegen halb drei kleideten wir uns an, nahmen den Lunch ein und zogen dann hinaus ins Freie. Einige ergingen sich in den Parkanlagen, andere verbrachten die Zeit am Ufer eines kleinen Baches, wo sie ihr Anglerglück versuchten, bis die Glocke zum Dinner rief. Das gemeinsame Mahl verlief sehr vergnüglich, gegen neun Uhr versammelten wir uns alle zu einer großen erotischen Séance im Salon.

Mrs. Leslie entließ alle ihre Dienstboten für die Nacht, außer Vishnu, der, wie sie meinte, für unsere kleinen Bedürfnisse durchaus genügen würde.

Der Salon war ein weitläufiger, hoher Raum, die Fenster verschlossen und künstlerisch mit herrlichen schwarz-goldenen Vorhängen drapiert, dazwischen waren Spiegel und mehrarmige Kandelaber angebracht, während die gegenüberliegende Seite ebenfalls mit Spiegeln sowie mit Blumenarrangements und brennenden Wachskerzen geschmückt war, was der gesamten Szenerie einen prachtvollen, doch zugleich auch sanften Glanz von Luxus verlieh. Zwei Türen am Ende des Raumes führten zu Toilettenräumen, wo wir uns entkleideten, und in wenigen Minuten war die ganze Gesellschaft in hinreißender Nacktheit um Mrs. Leslie versammelt, die auf einer Ottomane saß, und erwartete ihre Entscheidungen, was das Programm des Abends betraf.

Zuerst überredete sie uns, ein wenig von ihrer Schokolade zu nippen, und erklärte dann: »Da wir es hier mit fünf gegen zwei zu tun haben, findet ihr hier ein paar schöne weiche, kräftig gebaute Dildos, um den Mangel an Männern auszugleichen; abwechselnd mit den Originalen benutzt, werden sie uns dazu verhelfen, daß wir alle auf unsere Kosten kommen. Als erstes: Wir haben noch immer eine Jungfrau unter uns, und wenn sie auch bereits alles weiß und gesehen hat, so muß sich ihre kleine süße Venus doch geradezu danach sehnen, von der Knechtschaft der Jungfräulichkeit befreit zu werden. Walter soll ihr diesen Dienst sofort erweisen, während sie auf Rosas Schoß sitzt. Also, an die Arbeit, denn wie ich sehe, befinden sich unsere Gentlemen in einem ausgezeichneten Zustand der Bereitschaft.«

Polly lief knallrot an, doch setzte sie sich bereitwillig auf den Schoß ihrer Freundin, die Beine weit gespreizt, und präsentierte sich so meinem Lebensspender, während Rosa um die Taille der geliebten Freundin herumfaßte und mit ihren Fingern die Lippen ihrer Pussi öffnete und meinen Freund in Stellung brachte. So intensiv sie auch schon Bekanntschaft mit Fingern und Zungen gemacht hatte, war doch die bevorstehende Aufgabe alles andere als leicht. Sie war so wunderbar eng, daß ich trotz ihrer günstigen Stellung erst den Kopf von Mr. Priapus zwischen ihre Lippen gebracht hatte, als sie auch schon vor Schmerz zusammenzuckte und kaum einen Schrei der Angst unterdrücken konnte, während ihr die Tränen in die Augen traten und über die erröteten Wangen herabrannen.

»Sei tapfer, mein Liebling, bald haben wir es geschafft«, flüsterte ich und küßte sie aufgeregt, während Mrs. Leslie mich ermutigte: »Hart und schnell, Walter. Ein guter, kräftiger Stoß hilft mehr als diese sanften kleinen Schübe. Mit Sanftheit tut man der Dame keinen Gefallen, die man entjungfern will.« Im selben Moment spürte ich, wie sie mit einem gutgeölten Dildo meinen jungfräulichen Hintern attackierte, und bevor ich noch begriff, was da vor sich ging, war er auch schon ein gutes Stück in mir drin. Dies, zusammen mit dem Verlangen, Polly zu besitzen, stimulierte mich derart, daß ich nun ohne Gnade in das Hindernis stieß, wobei ihre herzzerreißenden Schreie mich nur noch mehr animierten und mich vor Lust fast zum Wahnsinn trieben. Schließlich war ich halbwegs in sie eingedrungen, und ein letzter wilder Stoß schien dann endlich den Durchbruch zu bringen, als ich den engen Kanal gleichzeitig mit einem ausgiebigen Erguß überflutete.

Mein armes kleines Opfer war ohnmächtig geworden. Doch Mrs. Leslie, die mich weiterhin mit dem Dildo bearbeitete, forderte mich auf, meinen Stab in Pollys enger Grotte pulsieren zu lassen, denn das würde sie bald wieder zu sich bringen und ihre verliebten Sinne in höchstem Maße erregen.

Welch sensationelle Gefühle mich überkamen, als ich meinen Freund den krampfhaften Kontraktionen ihrer Höhle ausgesetzt sah, und da ich gleichzeitig von hinten gerammt wurde, kam ich in dem gleichen Augenblick ein weiteres Mal, als meine Partnerin, unter dem Einfluß eines Stärkungsmittels, das ihr eingeflößt, und einer Prise Riechsalz, das ihr unter die Nase gerieben wurde, zum Bewußtsein zurückkehrte. Sie öffnete die Augen und mußte gleichzeitig niesen, was meinen Freund ihre Muskeln verstärkt spüren ließ, so sehr, daß er sich erneut in ihrer engen Scheide aufrichtete. Dies erweckte langsam die Begierde in ihr, bis sie die Arme um mich schlang, meine heißen Küsse mit aller Inbrunst erwiderte und mich, teils lachend, teils weinend, aufforderte, mich zu beeilen und ihr Glück zu vollenden.

Ein Seitenblick verriet mir, daß Frank in Mrs. Leslies Hinterteil steckte, Annie ihn mit einem Dildo traktierte und ihr von seiten ihrer Schwester Sophie das gleiche widerfuhr. Es war die perfekte Kette päderastischer Verkoppelung, angeführt von meinem geschändeten Hintern – eine Szene, wie ich sie nie zuvor gesehen hatte, die meine schon übergroße Begierde noch weiter beflügelte. Ich kam wieder und wieder, und jeder Höhepunkt war noch schöner als sein Vorgänger. Die

Schokoladenmischung hatte uns solch übermenschliche Kräfte verliehen, daß wir uns alle in einer unvorstellbaren Reihe von Höhepunkten ergingen, bis die Natur nicht länger mitspielte und wir in einem wirren Haufen auf dem Boden zusammenfielen und gegenseitig unsere Wunden leckten. Mrs. Leslie behandelte die blutüberströmte Furche von Polly, an der sie so lange schleckte, bis sie sich auch den letzten Tropfen der blutigen Säfte ihrer kleinen Freundin verinnerlicht hatte. Polly erschauderte unter den lindernden Berührungen dieses wahrlich lustvollen Schleck-Organs.

Es war irgendwann zwischen elf und zwölf, und wir erholten uns gerade von einem Zustand lethargischer Selbstvergessenheit und dachten an wiederbelebende Erfrischungen, da drang das Geräusch von Wagenrädern auf dem Kies der Zufahrt zu uns herauf. Ein lautes Klopfen an der Haustür ließ uns geschwind aufspringen und nach unseren Kleidungsstücken suchen.

»Was für ein Unglück! Der Colonel!« schrie Mrs. Leslie. »Beeilt euch, sonst wird er uns erwischen. Wer hätte gedacht, daß er schon heute nacht eintrifft?«

Der umsichtige Vishnu tat so, als wäre er gerade aus seinem ersten Tiefschlaf erwachte, er bummelte herum und öffnete mit soviel Verspätung die Tür, daß uns der Colonel bei seinem Eintritt in den Salon in einem akzeptablen Zustand vorfand, und welchen Verdacht er auch immer gehegt haben mochte, jedenfalls brachte er die Prozedur der Vorstellung mit Anstand hinter sich, wobei ihn die Gegenwart von soviel schönen jungen Damen für den Augenblick ziemlich verwirrt haben dürfte.

Später erfuhr ich von seiner Frau, daß sie ihm unter dem Siegel der Verschwiegenheit alles gebeichtet, ja ihn durch die minutiöse Beschreibung unseres ganzen Tuns geradezu amüsiert hatte, doch wurde unserem Spaß dadurch erst einmal Einhalt geboten, und am nächsten Tag mußte ich sowieso zurück in die Stadt. So fand mein »Spaß unter den Küken« sein Ende, doch nachdem ich ihr Feuer erst einmal entfacht hatte, waren sie wohl kaum noch als »Küken« zu betrachten, sondern eher als Adam und Eva, nachdem sie vom »Baum der Erkenntnis« genascht und gefunden hatten, daß sie »nackt« waren. Meiner unbedeutenden Meinung nach entdeckten sie bei dieser Gelegenheit

»L'art de faire l'amour«.

Anonymus

Von Lakaien und Zofen oder Jux und Tollereien in Belgravia

Kapitel 1

Es wird im allgemeinen als sinnvoll betrachtet und ist gewiß auch eine lobenswerte Praxis, daß sich ein Autor zu Beginn seines Buches an die Leserschaft wendet, um einige Worte der Einführung und wohl auch der Entschuldigung an sie zu richten, daß das Buch überhaupt geschrieben wurde. Da ich jedoch nur sehr wenig über mein Vorleben zu berichten habe und auch dieses Wenige nicht besonders erhebend oder interessant ist, will ich mich gleich *in medias res* stürzen und den Leser bitten, mich in das Arbeitszimmer des Earl of Pomeroy zu begleiten, der gerade dabei ist, meinen Charakter einer gründlichen Prüfung zu unterziehen, bevor er mich in der etwas ungewöhnlichen, um nicht zu sagen Doppelrolle als sein persönlicher Sekretär und Kammerdiener sowie als Leibdiener der Frau Gräfin anstellte.

Dies mag zwar für bessere Kreise recht ungewöhnlich sein, doch hat es auch gewisse Vorteile, wie ich schon bald herausfinden sollte.

Daß sich mir dabei zahlreiche Möglichkeiten boten, den Spion zu spielen, wird sich der geneigte Leser sicher leicht vorstellen können, wenn ich ihm berichte, daß ich fast immer am Vormittag sowie gewöhnlich auch am späten Abend in formloser Kleidung seiner Lordschaft zur Verfügung stand, während ich mittags und nachmittags, in eine schicke Livree gekleidet, der Gräfin aufwartete; manchmal daheim, manchmal auch unterwegs in Ihrer Ladyschaft Kutsche.

Daß ich dem Dienst an Madame den Vorzug gab, war wohl nur natürlich, denn nicht nur war Ihrer Ladyschaft Kammerzofe, Justine, sehr hübsch, sondern auch sie selbst hielt mit ihrer Bewunderung für meine Wenigkeit auf ihre vornehme Art und Weise keineswegs hinter dem Berge.

Außerdem ließ mich meine Eitelkeit zu der Überzeugung gelangen, daß meine schöne Herrin, die Gräfin, nicht gerade unempfänglich der Tatsache gegenüber war, von einem gutaussehenden jungen Mann aufmerksam und ergeben bedient zu werden, wenn er auch erst zwanzig war und sie mit Sicherheit schon dreißig.

Ich denke, lieber Leser, solche Dinge haben sich im Laufe der Weltgeschichte nicht zum erstenmal ereignet! Ich erinnere nur an Katharina die Große und an ein oder zwei Königinnen von Spanien.

Natürlich war ich für den Vorteil, den mir meine Stellung bot, keineswegs unempfänglich; jedenfalls beschloß ich, mich soweit wie möglich daran zu ergötzen, zumindest aber bis zu dem Punkt, da sich irgend etwas Eklatantes ereignete (zum Beispiel eine Entführung), wodurch natürlich jedermann aufmerksam werden würde, in welchem Fall ich es als meine Pflicht Seiner Lordschaft (und mir selbst) gegenüber ansah, allen anderen zuvorzukommen und die Verschwörung aufzudecken.

Vorläufig aber war ich mir ziemlich gewiß, daß es mit der Tugendhaftigkeit meiner vornehmen Herrin bei weitem nicht so weit her war wie mit ihrer Schönheit. Doch wenn eine Frau so reizvoll ist wie sie, so findet ein junger Mann immer Entschuldigungen für sie, und ich halte dafür, wenn eine spanische oder italienische Dame ihren *Cavalier servente* haben kann, oder eine französische Marquise ihren speziellen Freund und sich niemand etwas dabei denkt, so sollte die Gesellschaft auch über unsere Gräfin nicht zu hart urteilen, wenn sie ein wenig vom strikten Pfad der ehelichen Pflicht abweicht. Doch sind wir nun mal, meine Freunde, ein außerordentlich moralisches Volk! Und die Gesellschaft ist unnachsichtig.

An einen Tag erinnere ich mich besonders gut. Ich hatte gerade Dienst bei Ihrer Ladyschaft, die einen kleinen Spaziergang unternehmen wollte (was nicht gerade zu ihren alltäglichen Gewohnheiten zählte).

Für ihre Verhältnisse ging sie sehr einfach gekleidet, und ich bemerkte, daß die Gegend, in die sie sich wandte, nicht gerade geziemend für eine Dame von ihrem Rang und Namen zu sein schien, um sich dort zu Fuß zu ergehen. Doch solange sie nicht beschimpft oder anderweitig belästigt wurde, ging mich das nichts an; es kam jedoch bald der Moment, daß ich mich verpflichtet fühlte, die Gräfin darauf hinzuweisen, daß es zu regnen begann.

»Tatsächlich, wie ärgerlich!« rief sie aus. Doch meinen Vorschlag, eine Kutsche zu rufen, lehnte sie mit den Worten ab, daß es nur noch ein paar Schritte bis zu dem Hause einer ehemaligen Bediensteten sei, die in Nummer soundso wohne. Dort wollte sie einkehren und sich ausruhen. Ich hingegen sollte im Wirtshaus an der Ecke eine halbe Stunde oder so warten, und wenn der Regen bis dahin nicht wieder aufgehört hätte, sollte ich eine Kutsche holen und nach ihrem Kindermädchen, Mrs. Wilson, fragen.

Nun, der geneigte Leser unterschätzt meine intellektuellen Fähigkeiten, wenn er meint, daß ich nicht genau verstanden hätte, was hier gespielt wurde. Trotzdem tippte ich nur respektvoll an meinen Hut und zog mich in das Wirtshaus zurück, wo ich, da der Regen nicht nachließ und ich meine Herrin in der Unterhaltung mit ihrem Kindermädchen nicht stören wollte, etwa eine Stunde ausharrte, und ich kann gleich dazusagen, daß die Gräfin über meine Verspätung keineswegs verärgert war. Ich nehme an, daß sie sich in der Gesellschaft ihrer Kinderfrau äußerst wohl gefühlt haben muß. Auch darf man sich nicht darüber wundern, daß sich mein Verdacht als richtig entpuppte und besagte Kinderfrau schon bald die Gestalt eines gutaussehenden jungen Mannes annahm, wobei, in Umkehrung der Verhältnisse, statt daß er sie bemutterte, sie das angebliche Kindermädchen bemutterte!

Bleibt zu hoffen, daß ihr dieses Bemuttern gutgetan habe; jedenfalls sah man ihr nichts dergleichen an, sie war sehr still und blaß und verbrachte nach unserer Rückkehr zwei oder drei Stunden auf dem Sofa.

Bei einer anderen Gelegenheit wurde mir befohlen, sie auf einer kurzen Fahrt zu begleiten, bei der ich natürlich, als der Brougham vorfuhr, neben dem Kutscher Platz nahm.

Wir waren noch nicht sehr weit gekommen und befanden uns immer noch in der Nähe des Parks, als ich eine junge Dame auf dem Fußweg stehen sah, die unsere Ankunft anscheinend erwartete.

Kaum hatte meine Lady Pomeroy sie erblickt, da ließ sie den Wagen halten und befahl mir, ihre Freundin, Miss Courtney, in die Kutsche einzulassen, da sie mit ihr spazierenfahren wolle.

Natürlich kam ich ihrem Wunsche in aller Eile nach, doch mit welch geradezu unverschämt ausgelassener Herzlichkeit, unter welch sehnsüchtigen Küssen und Umarmungen Miss Courtney in dem kurzen Zeitraum einer halben Minute, in der ich ihre Röcke im Wageninnern verstaute und die Tür hinter ihr schloß, begrüßt wurde, davon kann man sich keinen Begriff machen.

Bei dem flüchtigen Blick, den ich auf ihre Umarmung werfen konnte, bin ich mir fast sicher, daß ich sah, wie Miss Courtney ihre Zunge der Gräfin höchst genußvoll zwischen die Lippen stieß und sich weitere unbeschreibliche Freiheiten mit der geheiligten Person meiner Herrin herausnahm.

Immerhin kannte sich Justine in der Kunst des Küssens und

Schmusens aus und hatte mich, wie ich vermeinte, in jede Abart dieses Geheimnisses eingeführt.

Doch hier ging es um noch etwas mehr – ein fast unanständiges Etwas, das, in Verbindung mit anderen Kleinigkeiten, meine Aufmerksamkeit in höchstem Maße erregte.

Der kluge Leser wird leicht begreifen, daß ich, was Frauen betrifft, von Natur aus ein Experte war und in meiner Eigenschaft als junger Lakai nur noch dazugelernt haben konnte. Und in diesem Fall fiel es mir nicht schwer zu erkennen, daß Miss Courtney zwar gut, aber nicht sehr gut gekleidet war. Was ich sagen will: Obwohl ihre Kleidung aus feinstem, modischstem Material war, sah sie doch nicht so aus, als wäre sie ihr von einem erstklassigen Modisten angepaßt worden oder von einer Zofe, die etwas von ihrem Handwerk verstand.

Auch stieg sie nicht in die Kutsche, wie es sich für eine junge Dame geziemt. Zum einen griff sie nach dem Haltebügel und schwang sich in die Kutsche, ohne sich auf meinen Arm zu stützen. Und zweitens habe ich festgestellt, daß junge Damen beim Einsteigen in eine Kutsche und auch beim Aussteigen – seien sie auch noch so schüchtern und prüde – sich nicht gerade zieren, ihre schönen Knöchel zu zeigen und es sogar – *gloria in excelsis** – noch ein Stück höher »blitzen« zu lassen.

Sogar die moosige Grotte selbst habe ich schon zu Gesicht bekommen, wenn kein Schlüpfer im Wege war.

Daran ist nichts Unanständiges, und unangenehm ist es erst recht nicht.

Miss Courtney hingegen zeigte ihre Beine bis hinauf zu den Knien und unternahm nicht den leisesten Versuch, sie zu verbergen, und es war so weit auch nichts an ihnen auszusetzen – nur schienen es mir irgendwie nicht die Beine einer jungen Dame zu sein.

* Der Ruhm liegt weiter oben (lateinisch).

Da gibt es nämlich einen erheblichen Unterschied, das weiß ich ganz genau. Zum Beispiel kann ich ohne Eitelkeit sagen, daß ich ein Paar sehr schöne Beine besitze, nun – und Mademoiselle Justine ebenso; nur gibt es da, wie gesagt, einen gewaltigen Unterschied.

»Natürlich gibt es den!« höre ich meinen Leser sagen.

»Aber nein, *das* meine ich nicht, mein Herr«, antworte ich. »Ich meine, was die Beine betrifft, nur die Beine.«

Um zur Sache zurückzukommen: Das entschieden männliche Aussehen der Beine der jungen Dame, in Verbindung mit ihrer schon erwähnten Aufmachung, ihrem ganzen Stil und der besonderen Art der Zärtlichkeiten, die sie und die Gräfin miteinander austauschten, all diese kleinen Dinge zusammengenommen, wiederhole ich, erweckten in mir starke Zweifel, was das Geschlecht unserer jungen Mitfahrerin betraf.

Doch ich hätte mich gar nicht der Mühe zu unterziehen brauchen, irgendeinen Verdacht zu nähren – es wurde sowieso bald Gewißheit daraus. Erst einmal jedoch fragte ich Robert, den Kutscher, wohin er führe und wieso er dies so überaus langsam täte.

Auf meine erste Frage entgegnete er, daß er die St. John's Wood Road entlangfahren werde, und zum zweiten versicherte er mir, er sei zu gefühlvoll veranlagt, um zwei schönen Geschöpfen, die ihm nichts zuleide getan hätten, vor den Kopf zu stoßen.

Ich war perplex, denn ich glaubte, daß er über die beiden wunderschönen Füchse sprach, die vor den Wagen gespannt waren. Und als er hinzufügte, daß es wohl egal sei, wie schnell wir führen, da sowieso »niemand in der Kutsche« sei, glaubte ich zuerst, er sei total verrückt oder betrunken, doch als ich mich umdrehte, dämmerte mir unverzüglich die volle Wahrheit.

Die Kutsche machte tatsächlich den Eindruck, leer zu sein, denn alle Jalousien waren heruntergezogen.

»Kennst du denn nicht das Guckloch«, sagte mein Freund John. »Unser Wagenmacher hat es eingebaut, um mir, oder besser gesagt, Lord Pomeroy einen Gefallen zu tun. Er hat es mir gezeigt, und manchmal sitzt er dann auch auf dem Bock mit mir, und er sagt, es bereitet ihm viel mehr Vergnügen, seine Frau von einem hübschen jungen Burschen gebumst zu sehen, als sich selbst der Mühe unterziehen zu müssen.«

»Das ist doch nicht dein Ernst!« antwortete ich.

»Doch! Wir beide brauchen uns doch nichts vorzumachen. Der alte Pom interessiert sich nur für Pagen, Zofen und die Frauen und Töchter von anderen Männern. ›Nichts ist schöner, als die zehn Gebote zu brechen‹, ist sein Lieblingsausspruch. Du findest das Loch im Wagendach, gleich hinter dir läßt sich eine kleine Klappe zurückschieben.«

Begierig, ein Stück vom wirklichen Leben zu sehen, bewegte ich den Schieber geräuschlos zurück, bis ich jeden Zoll des Wageninneren überblicken konnte. Da saß meine Lady und schnäbelte und koste Miss Courtney. Ganz erhitzt sahen sie aus, als ihre leidenschaftlichen Küsse nur zu deutlich den Gradmesser ihrer Gefühle abgaben.

Sie saßen Seite an Seite, und der erste Akt ihres kleinen Liebes-Dramas schien gerade zu Ende zu sein, doch war der Vorhang noch nicht gefallen, denn das Kleid der Gräfin war bis zum Bauchnabel hochgeschoben, und ich konnte die juwelengeschmückte Hand von Miss Courtney erkennen, wie sie zwischen ihren Schenkeln herumgrapschte. Doch das war nichts im Vergleich zu dem Anblick der wahrhaft stattlichen Rute, mit der die junge Lady am Grund ihres Bauches ausgestattet war und die, obwohl sie im Moment eher den Kopf hängen ließ, doch noch vom Schaum der Liebe glänzte, während die Gräfin fortfuhr, sie mit ihrer schneeweißen Hand zu liebkosen und den feurig roten Kopf ihres Entzückens zu entblößen. Das Spiel ihrer Finger schien wie ein stiller Appell um weitere Heldentaten. Damit war meine Neugier erst einmal gestillt, und für den Rest der Fahrt ließen wir sie einander in Ruhe genießen.

Kapitel 2

Es war schon sehr spät am Nachmittag, als wir zu Hause ankamen, und ich war gerade auf meinem Zimmer und nahm einige Änderungen an meinem Aufzug vor, bevor ich meiner Herrin zum Dinner aufwartete, als – Justine eintrat! Und zwar ohne anzuklopfen oder ihr Erscheinen sonstwie anzukündigen.

In gespieltem Ernst schimpfte ich mit ihr über ihre Schamlosigkeit, indem ich ihr vorstellte, daß sie mich unter den gegebenen Umständen in ziemlich derangierter Aufmachung überrascht hätte und dabei höchste Gefahr gelaufen sei, mich in einem Zustand anzutreffen, der für die Augen junger Mädchen denkbar ungeeignet sei.

Das freche Mädchen erwiderte, daß sie sich unter diesem Zustand überhaupt nichts vorstellen könne, es sei denn, ich wäre bis zum Hals in einen dicken Sack eingenäht; und sogar dann, fuhr sie fort, könne, wie sei meinte, eine verliebte Frau mit einer scharfen Schere diese Schwierigkeit leicht überwinden und aus mir wieder ein präsentables Mitglied der Gesellschaft machen – auf jeden Fall aber gut genug, um vor ihren Augen zu bestehen.

Ich glaube, ich wollte dieses Experiment gerade in die Tat umsetzen, allerdings ohne Sack und Schere, als Justine mir Einhalt gebot, indem sie sagte, sie hätte mir eine ganz spezielle Nachricht von Ihrer Ladyschaft zu überbringen.

Die Botschaft bestand darin, daß ich auf keinen Fall irgend jemandem, am allerwenigsten aber Seiner Lordschaft gegenüber, irgend etwas über die Umstände verlauten lassen sollte, unter denen die Gräfin »Miss Courtney auf eine Fahrt mitgenommen« habe.

»Sie meint wohl ›Ritt‹«, verbesserte ich sie mit aller gebührender Würde.

»Also dann eben ›Ritt‹, wenn es dir so lieber ist, du frecher Junge«, erwiderte das süße Mädchen und gab mir spielerisch eins hinter die Löffel. »Ihr wißt einfach zu viel, mein Herr. Aber du versprichst doch, nichts davon zu erzählen, nicht wahr, Ernest, mein Liebling?«

Nun, ich beschloß, sie ein wenig auf den Arm zu nehmen, also sagte ich ihr, ich hielte Miss Courtney wirklich für ein anständiges junges Mädchen, sie habe mir beim Aussteigen ein paar Sovereigns* gegeben und sei genau die Sorte Mädchen, wie sie Seiner Lordschaft gefielen: hochgewachsen und langbeinig, in der Tat gerade wie ein junger Bursche in Frauenkleidern. Er sei ja so in Knaben vernarrt und wäre sicher hoch erfreut, Adams Nadel anstelle von Evas altem Hut vorzufinden, wenn er seine Hand unter ihre Kleider steckte – und so stichelte ich immer schön weiter, bis meine hübsche Besucherin vor Ärger mit dem Fuß aufstampfte und in Tränen ausbrach!

Da gab es für mich nur eins zu tun, nämlich die junge Dame in jeder mir zu Gebote stehenden Weise zu trösten, und das gelang mir so gut, daß sie, nach vielem Schluchzen und Schmollen und nachdem sie mich von sich gestoßen und einen Quälgeist und bösen Schlingel geschimpft hatte, meine Küsse in einnehmendster Weise zu erwidern begann. Dann schlang sie ihre Arme um meinen Hals, seufzte an meiner Schulter und raunte mir zusammenhangslos alles an Liebesschwüren ins Ohr, was ihr spontan so einfiel, wobei sie sich ganz meiner liebevollen Umarmung hingab.

* 20-Shilling-Münze (= £ 1,–), zu damaliger Zeit ein erkleckliches Trinkgeld!

Fast unbekleidet, wie ich war, gewannen meine natürlichen Sinne die Oberhand über meinen Anstand. Es war nur zu offensichtlich, was die Seufzer der Soubrette der Gräfin zu bedeuten hatten, und welcher junge Mann hätte wohl solch einem Appell an seine Galanterie widerstehen können, zumal die Liebesmaschine, die ja bekanntlich kein Gewissen hat, vor Ungeduld zu bersten schien?

Ich legte sie rücklings auf den Bettrand und schob ihre Kleider hoch, und für ein paar Minuten ergötzten wir uns an den Freuden der Liebe.

Als wir uns wieder gesammelt hatten und in der Lage waren, wie vernünftige Menschen miteinander zu reden, gab ich Justine bereitwillig das Versprechen ab, um dessentwillen ihre Herrin sie zu mir geschickt hatte, während sie mich davon in Kenntnis setzte, daß der Graf sehr eigen, ja beinahe eifersüchtig sei, was die Benutzung seiner wunderschönen Füchse betreffe, es sei denn, wer sie benutzte, gehörte zur Familie.

Unwillkürlich fragte ich mich, ob er sich ebenso eifersüchtig zeigen würde, wenn jemand seine wunderschöne fuchshaarige Frau »benutzte«; und ob ich wohl als »zur Familie gehörig« zu betrachten sei?

Ich konnte nicht umhin, Justine gegenüber eine Andeutung in diesem Sinne zu machen, jedoch so diskret, wie es die Materie nur eben zuließ. Und zu meiner Überraschung mußte ich mir nicht etwa einen Vortrag über meine grobe Unverschämtheit anhören, da ich es wagte, solches auch nur zu denken – geschweige denn auszusprechen –, nein, nicht einmal ein Sturm eifersüchtiger Vorhaltungen brach über mich herein ob meiner Grausamkeit, nach dem, was zwischen uns – und dies nicht zum erstenmal – geschehen war, an jemand anders als sie selbst denken zu können, sondern ganz im Gegenteil: Ich erfuhr von der getreuen *Femme de chambre* eine nicht geringe Ermunterung.

Sie sagte, sie sei sicher, daß die Gräfin von mir sehr eingenommen sei; sie habe sie (Justine) über mein Privatleben ausgefragt und habe sogar wissen wollen, was für eine Figur ich denn in Unterwäsche machte.

»Siehst du, Ernest«, sagte lachend das durchtriebene Mädchen, »sie glaubt, daß ich alles über dich weiß.«

Dann erzählte sie mir, daß der Lord, obwohl bestimmt kein unfreundlicher Ehemann, seine Frau doch permanent vernachlässige, und dies – wie sie scharfsinnig bemerkte – sei in den Augen einer Frau weitaus schlimmer als alles andere. Sie könnten zwar Flirtereien und Untreue vertragen und jederart anderes schlechtes Benehmen von seiten ihrer Liebhaber oder Ehemänner, jedoch nur so lange, wie sie selbst nicht vernachlässigt würden. Dies allein könnten sie nie verzeihen.

Ich will mich hier nicht auf den genauen Wortlaut von Justines Ausführungen festlegen, doch dem Sinne nach war es das, was sie sagte – und Sinn ergab es ebenfalls.

Jedenfalls lief die Unterhaltung darauf hinaus, daß ich mich zwar willig und kühn, aber nicht allzu wissend und dreist verhalten solle. Ansonsten empfahl sie mir, größten Wert auf mein Äußeres zu legen und eine günstige Gelegenheit abzuwarten, die mir, dessen war sie sich sicher, die Lady gewähren würde, sobald sie sich dazu in der Lage sehe. In der Tat, fuhr Justine fort, sei die gegenwärtige Gelegenheit nicht einmal die schlechteste, wenn ich die Chance wahrnähme, die Herrin meiner unerschütterlichen Verschwiegenheit, was die »Miss«-Courtney-Affäre beträfe, sowie meiner tiefsten Ergebenheit auf alle Zeiten zu versichern.

»Doch dürfte«, sagte Justine, »Mylady von den heutigen Leibesübungen ziemlich erschöpft sein; und was Euch betrifft, Sir, so dürfte heute wohl überhaupt nichts mehr mit Euch anzufangen sein!«

Ich erlaubte mir, Justine zu versichern, daß sie sich noch nie in ihrem Leben derart geirrt hätte, denn der Vorgeschmack, den sie mir eben von der Liebe vermittelt hatte, habe nur meinen Appetit auf ein größeres Festessen angeregt, und so verhielt es sich tatsächlich. Denn angesichts ihrer großen Schönheit und bei dem Gedanken an den verstohlenen Blick in die geschlossene Kutsche am Nachmittag schoß mir das Blut derart heiß durch die Adern, daß ich mich zwischen Realität und Imagination in einem zuhöchst erregten Zustand befand. Und von alldem hätte ich Mademoiselle Justine auf der Stelle eine weitere Probe abgeben können, hätte nicht just zu diesem Zeitpunkt die Glocke der Gräfin geläutet.

Damit war unser Tête-à-tête erst einmal unterbrochen, und Justine rief aus: »Laß mich sofort gehen, du geliebter Schlingel – hörst du nicht Mylady läuten? Ich hatte ihr versprochen, in fünf Minuten zurück zu sein, und jetzt sind es schon fünfundzwanzig! Wie du meine Kleider durcheinandergebracht hast! Ab mit dir! Aber erst muß ich diesen geliebten Burschen noch einmal küssen, der mir solch eine Probe seiner Kraft gegeben hat!«

Schon war sie mit der Hand unter meinem Hemd und griff nach dem wiederbelebten Objekt ihrer Begierde. Sie bückte sich und nahm es für einen Moment oder zwei in den Mund, um seinen hochroten Kopf mit ihrer lüsternen Zunge zu kitzeln, während sich ihre Kirschlippen in köstlicher Weise darüberstülpten. Doch genau in dem Augenblick, da ich die Krise herannahen fühlte, kam sie plötzlich wieder hoch, schlug mir mit nicht gerade zärtlicher Hand auf den Hintern, rief unter Lachen: »Ach, Sie wollen doch nicht etwa? Ich weiß genau, was Sie jetzt tun werden!« und hüpfte aus meinem Zimmer, nicht ohne mir noch zu sagen, daß ich Ihrer Ladyschaft in einer halben Stunde zur Verfügung stehen solle.

Lieber Leser, was konnte ich in dem erregten Zustand, in dem sie mich zurückgelassen hatte, anderes tun, als meine Hand zwei- oder dreimal den berstenden Schaft auf und ab zu schieben, bis sich der Saft über den Fußboden ergoß, so daß meine Lust für diesen Moment erst einmal befriedigt war?

Kapitel 3

Es mag einigen meiner Leser als ein recht außergewöhnlicher Umstand erscheinen, und auch für mich war es zunächst alles andere als natürlich, daß ein so vernarrtes Mädchen wie Justine bei dem Gedanken an eine Liaison zwischen ihrer Herrin und mir keinerlei Eifersucht empfinden sollte, sondern, im Gegenteil, auch noch ihr Bestes gab, um der Sache Vorschub zu leisten und mich dazu zu ermutigen. Doch ein paar Augenblicke der Reflexion werden wohl dazu beitragen, die Zweifel teilweise – wenn nicht gänzlich – zu beseitigen, daß es bei der ganzen Angelegenheit nicht mit rechten Dingen zugehen könnte.

Zunächst einmal betrachtete Justine die Gräfin Pomeroy als eine Art höheres Wesen, so weit über ihr stehend, daß der Gedanke an irgendeine Art der Rivalität für sie völlig außer Frage stand. Das ging sogar so weit, daß sie sie in gewisser Weise bedingungslos anbetete und alles, was Ihre Ladyschaft tat, als recht ansah.

Andererseits aber hatte das clevere Mädchen genügend Verstand, um zu erkennen, daß weder sie noch ich über nennenswerte Geldmittel verfügten und daß, wenn wir die Dienste Ihrer Ladyschaft in Ungnaden verließen, wohl keiner von uns so leicht eine andere Anstellung finden würde. Wenn wir dagegen Mylady zu Diensten waren, vor allen Dingen in Liebesangelegenheiten und bei der Befriedigung anderer geheimer Lüste, dann würden sich unsere Hingabe und treue Ergebenheit bestimmt letztendlich in Form einer Heirat und der Stiftung eines geschäftlichen Unternehmens in Gestalt eines gutgehenden Ladens oder vielleicht sogar einer hübschen Pension auszahlen, aus der wir nicht nur einen substantiellen Gewinn zu ziehen, sondern obendrein gelegentlich noch einen zusätzlichen guten Schnitt zu machen hoffen konnten, indem wir unseren Herrschaften Räumlichkeiten für ihre amourösen Abenteuer zur Verfügung stellten und damit zur Befriedigung ihrer lüsternen Bedürfnisse beitrugen.

Diese Gedanken gingen mir durch den Kopf, als ich mich mit mehr als der üblichen Sorgfalt ankleidete, um meiner Herrin aufzuwarten. Wobei ich in den Reigen meiner Gedanken die ziemlich starke Mutmaßung aufnahm, daß, sollte mich meine kleine Soubrette beim Besuch einer anderen Dame als ihrer Herrin mit solchen Flausen im Kopf erwischen – ich denke da zum Beispiel an Sophie, das hübsche Zimmermädchen –, deren Wangen, mein Haar sowie eine weit empfindlichere Körpergegend sehr wahrscheinlich beträchtlichen Schaden davontragen würden.

Unter diesen Überlegungen gelangte ich zur Tür des Ankleideraums Ihrer Ladyschaft, wurde von Justine eingelassen und fand meine edle Herrin, auf ihrem Sofa liegend, in einem wahrhaft anmutigen Negligé vor: Sie trug eine Morgenrobe aus hellblauer Seide, die vorn so achtlos offenstand, daß ich ihre Liebeskugeln sehen konnte und sich, während sie eines ihrer wunderschönen Beine sorglos von der Sofakante hängen ließ und ihren Arm seitlich nach etwas ausstreckte, meinem Blick eine hinreißende Wade, ein ebensolcher Knöchel und ein süßer kleiner Fuß darboten, der in rosa Schnabelpantöffelchen steckte, denn sie beabsichtigte an diesem Tage nicht, an der Dinnertafel zu erscheinen.

Sie sah sehr blaß und gelangweilt aus, doch ließ mein Eintreten deutlich etwas Farbe über ihre wunderschönen Gesichtszüge huschen, auch bemerkte ich ein zunehmendes Beben von seiten ihres elfenbeinfarbenen Busens, als sie tief einatmete, bevor sie ihr Wort an mich richtete und sagte:

»Justine hat mir erzählt, Ernest, daß du versprochen hast, treu und vertrauenswürdig zu sein und meine heutige heimliche Unterredung mit Miss Courtney für dich zu behalten. Mir ist sehr daran gelegen, daß niemand davon erfährt.« Bei diesen Worten errötete sie erneut und fuhr dann fort:

»Ich kann mich doch auf dich verlassen?«

Dabei reichte sie mir ihre weiße Hand, die ich mit so viel Ergebenheit küßte, als wäre es die einer Königin, ja, wenn ich ehrlich sein soll, mit beträchtlich mehr, und dies schien ihr auch in keiner Weise zu mißfallen, denn sie sagte, sie betrachte das als eine Art Huldigung, die ich ihr darbrächte, um sie meiner treuen Dienste zu versichern.

Worauf ich ihr entgegnete, wenn ich durch Küssen ihrer Füße meine Demut noch besser unter Beweis stellen könnte, ich mich glücklich schätzen würde, auch dies zu tun.

Als sie darüber lächelte und keinen Einspruch erhob, nahm ich das als eine stille Aufforderung und ging daran, erst ihren herrlichen Fuß zu küssen, dann ihren Knöchel und dann – na ja, vielleicht noch etwas höher. Wie auch immer, meine Leserinnen müssen sich schon ihre eigene Meinung aus den Worten bilden, die Mylady daraufhin halb lachend an mich richtete:

»Ich glaube, Master Ernest, du gehörst zu den gierigen Leuten, die, reicht man ihnen den kleinen Finger, gleich die ganze Hand nehmen.«

»Mylady, ich würde Euch eher alles geben, als auch nur Euren kleinen Finger zu nehmen«, rief ich, worauf sie entgegnete: »Wenn das so weitergeht, dann mußt du es hinnehmen, daß dir die Augen verbunden werden! Justine, verbinde ihm die Augen mit deinem Taschentuch!«

Nun, um der Wahrheit die Ehre zu geben, übertrat ich das mir stillschweigend zugestandene Privileg des Füßeküssens in nicht unerheblichem Maße, nachdem ich die blaue Seidenrobe etwas hochgeschoben hatte, bis ich feststellte, daß sie weder Unterrock noch Schlüpfer trug, und fast hätte ich einen Blick auf den Himmel ihrer Liebe erhascht, während ich fühlte, wie sie mit ihrem weich beschuhten Fuß zärtlich gegen meinen schier berstenden Pego drückte, da jedoch Justine keinerlei Eile zu verspüren schien, den grausamen Befehl ihrer Herrin auszuführen – in der Tat war ich der festen Überzeugung, daß das Verbinden meiner Augen auch nicht sehr wirkungsvoll ausgefallen wäre –, nutzte ich die Verzögerung, um die Gräfin mit den ergebensten Ausdrücken der Zuneigung, die sich eben noch mit der angemessenen Ehrerbietung vereinbaren ließen, anzuflehen, nicht so hart mit mir zu sein, und daß es nun, nachdem ich bereits teilweise zur Pforte des Paradieses vorgedrungen sei, eine große Unbill für mich bedeute, mir einen Blick darauf zu verwehren, und ich schmückte dies mit einigem extravagantem Blödsinn aus, was Justine unglaublich zu amüsieren und auch Ihrer Ladyschaft nicht gerade zu mißfallen schien, denn sie sagte etwas, wenn ich mich recht erinnere (denn meine Sinne standen kaum noch dafür, irgendwelchen Worten Aufmerksamkeit zu schenken), von wegen, ich sei zwar ein närrischer Bursche, da ich mich jedoch zur Verschwiegenheit und Wahrung ihrer Interessen verpflichtet hätte und da es eine Beleidigung wäre, mir dafür Geld anzubieten, nun, dann solle ich mir eben selbst meine Belohnung aussuchen.

Auch wenn ich ihre Worte nicht mehr exakt wiedergeben kann, so weiß ich doch, daß dies praktisch das Ende ihrer Rede war; in der Tat fürchte ich, daß ich mir die freundliche Tendenz ihrer Worte bereits zunutze machte, bevor sie überhaupt zu Ende gesprochen hatte.

Meine Finger hatten schon von ihrer Klitoris Besitz ergriffen und schwelgten in der saftigen Feuchte, mit der die scharlachroten Lippen ihrer aristokratischen Spalte bereits in der Vorfreude auf das frische Stück Fleisch betaut waren, das sie nun zu verzehren trachtete. Die Wirkung war elektrisierend.

Justine hatte den richtigen Moment erkannt, und mit geschäftigen Fingern ließ sie meine Liebesmaschine aus dem Käfig meiner Hose heraus. Mit einem Satz warf ich mich auf Ihre Ladyschaft und hob oder öffnete die Robe, die meinem Blick bisher noch ein leichtes Hindernis gewesen war. Wie automatisch spreizten sich ihre Schenkel, und ich war im Paradies, während Justines Finger nicht untätig blieben und unsere vereinten Geschlechtsteile kraulten; sie kniete neben dem Sofa, und der Anblick unseres Treibens schien ihr wahrhaft Spaß zu bereiten. Und wie erstaunt war ich, als ich mich nach drei Emissionen für den Augenblick zurückzog und sah, wie die Soubrette ihr Gesicht zwischen die Schenkel ihrer Herrin preßte und von dem Ort der Liebe, aus dem unsere vermischten Säfte heraustroffen, jeden Tropfen, den sie mit ihrer Zunge nur ergattern konnte, aufschlürfte. Es war ein Bild wollüstigen Genusses, wie es meine jugendliche Phantasie nicht besser hätte entwerfen können.

Das Eis war nun ziemlich gebrochen und alle Förmlichkeit (außer nach außen hin) aufgehoben. Doch gerade die äußere Förmlichkeit war es, auf die es jetzt ankam, und zwar, wenn möglich, unter Wahrung noch größerer Strenge als zuvor, und so wurde ich denn nach ungefähr einer Stunde mit dem Auftrag zur Haushälterin geschickt, der Lady etwas Leichtes, Delikates zu essen zu besorgen, da sie unwohl sei und nicht an der Familientafel dinieren werde. Die Bestellung wurde prompt ausgeführt, doch leider mußte ich feststellen (denn mir war aufgetragen, Ihrer Ladyschaft aufzuwarten), daß ihr Geheiß zu wörtlich genommen worden war, während die Gräfin, die ja nur ziemlich erschöpft und keineswegs krank war, in der Tat eher etwas Kräftigendes und Nahrhaftes gebraucht hätte und nun Gefahr lief, zu kurz zu kommen.

Das setzte ich sofort Justine auseinander, die den Fehler erkannte und sich zur Verfügung stellte, den Mangel auszugleichen. Dabei entpuppte sie sich als wahre Furagierkünstlerin, denn schon bald war sie wieder zurück und brachte nicht nur eigenhändig die verschiedensten Leckerbissen mit, sondern ließ sich auch noch von einem Unterlakaien begleiten, der ein Tablett mit einem üppigen Mahl samt ein oder zwei Flaschen Wein vor sich hertrug.

Dies, so behauptete das clevere Mädchen, sei von der Gräfin für ihre beiden persönlichen Bediensteten bestellt worden, die, nachdem sie ihre Pflichten erfüllt hätten, im Vorzimmer ihr Abendmahl einnehmen würden.

Durch dieses Manöver kam die Gräfin zu ihrer Stärkung, deren sie so dringend bedurfte, doch auch für Justine und mich selbst blieb noch genügend übrig, so daß wir uns (nachdem die Gräfin ihr Mahl beendet hatte) im Vorraum an den üppigen Resten gütlich taten.

Ich erwähne diese kleine Begebenheit, um zu zeigen, wie zwischen der Gräfin und uns, ihrer speziellen Dienerschaft, ein vertrauliches Verhältnis zementiert und aufrechterhalten wurde. In der Tat äußerte sie sich in wärmsten Tönen zu diesem Thema, indem sie mir für den Vorschlag, Justine für die Ausführung gratulierte. Es gab sogar noch einen weiteren Grund, uns gegenseitig zu beglückwünschen, und der bestand in folgendem:

Was unsere geliebte, aber angeblich kranke Herrin mit einem Hähnchenflügel, ein bißchen Gelee und einem geisterhaften Glas mit Wasser verdünnten Weines angestellt hätte, kann ich nicht sagen, und es schaudert mich, wenn ich auch nur daran denke, doch glaube ich, daß wir uns alle drei zu der Wirkung gratulieren konnten, welche die Würze von Zunge, eingelegtem Fleisch und zwei oder drei Flaschen guten Weines auf sich hatte.

Die Farbe kehrte auf Myladys blasse Wangen zurück, ihre Trägheit wich Lebhaftigkeit und guter Laune, und ihre Augen funkelten von dem kombinierten Feuer aus Leidenschaft und Champagner.

Bei Justine traten ähnliche, aber gemäßigtere Symptome zutage, während ich mich dank meiner jugendlichen Kraft und starken Konstitution so fühlte, als wäre überhaupt nichts geschehen.

Ich hatte Grund, meinen Sternen zu danken, daß ich ein solch herzhaftes Nachtmahl eingenommen hatte, denn nach einigem scherzhaftem Geplänkel schickte die Gräfin Justine auf mein Zimmer mit dem Befehl, die Tür abzuschließen und ihr den Schlüssel zu bringen, wobei sie ausrief

»Nun, Ernest, was glaubst du, wo du die Nacht verbringen wirst?«

In jeder anderen Situation hätte dies eine knifflige Frage sein können, doch da sich Ihre Ladyschaft gleichzeitig auf meine Knie schwang und mich in einer Art und Weise zu küssen, zu umarmen und liebkosen begann, die vielleicht ihrer Leidenschaft gerecht wurde, aber sicher nicht ihrer Stellung als Gräfin, beantwortete sich die Frage von selbst oder wurde vielmehr durch ihr Verhalten beantwortet.

Nicht, daß ich für diese Liebesbeweise undankbar gewesen wäre, ganz im Gegenteil: Ich erwiderte sie aus tiefstem Herzen und tiefster Seele und zahlte sie mit Zinsen zurück, sowohl physisch wie psychisch. So war denn Justine, als sie mit meinem Schlafzimmerschlüssel zurückkam, auch gar nicht überrascht, daß sie den Auftrag bekam, ihre Herrin bettfertig zu machen, für sich selbst ein Lager im Vorzimmer aufzuschlagen und mich um fünf Uhr in der Frühe zu wecken, bevor sonst jemand im Haus wach werden würde. Da der Earl jedoch auf Besuch beim Herzog von Dashwood weilte und niemand sonst meine Dienste in Anspruch nehmen konnte, war kaum zu befürchten, daß jemand nach mir verlangen und es aufgrund dessen zu irgendwelchen Bloßstellungen kommen könnte.

Ich kann mich des Eindrucks nicht erwehren, daß es diesmal erheblich mehr Zeit als gewöhnlich in Anspruch nahm, die Gräfin zu Bett zu bringen, und ich muß leider sagen, daß mich Justine dabei eher als Plage denn sonst etwas empfunden haben muß, denn ich war so stolz auf meine neu errungenen Privilegien und anderen wichtigen Aufgaben, auf die ich nunmehr einen Anspruch zu haben glaubte, daß ich darauf bestand, die Rolle der Kammerzofe zu übernehmen – und zwar in einem überhaupt nicht mehr zu rechtfertigenden Grade. Und das Schönste an der Sache (in jedem Sinne des Wortes) war, daß mich die Gräfin in meinen Grillen eher noch unterstützte, bis Justine schließlich alle Geduld verlor und mir androhte, wenn ich mich nicht in den Vorraum zurückzöge und sie mit ihrer Herrin für ein paar Minuten allein ließe, ich zurück auf mein Zimmer müßte, wie ich es anders auch nicht verdient hätte.

»Da, sie ist eifersüchtig. Wirf sie auf das Bett, Ernest«, befahl die Gräfin, »und besorg es ihr auf der Stelle! Es wird mir ein Vergnügen sein, zwei so hübsche junge Leute wie euch das Adam-und-Eva-Spiel spielen zu lassen; außerdem habe ich hier noch eine kleine Überraschung, um den Spaß zu erhöhen und zu eurem Vergnügen beizutragen.«

Mein Ding war wieder in bester Kondition, und so warf ich Justine auf den Bettrand und drang unverzüglich in sie ein.

»Oh! Ah! Oh! Bitte nicht, Mylady!« rief, ja schrie ich förmlich, als ein, zwei, drei klatschende Hiebe einer schweren Birkenrute meinen Hintern wärmten. Justine klammerte sich unterdessen wie ein Schraubstock an mir fest, und ich hörte das Lachen der Gräfin, als sie mich weiterhin fleißig mit der gnadenlosen Peitsche traktierte, bis mich plötzlich, zusätzlich zu der fast berstenden Schwellung meines Rammbocks, ein wundervolles Glühen erfüllte, das sämtlichen Schmerz ertränkte, während ich gleichzeitig einen so gewaltigen Strahl in meinen Liebling hineinschoß, daß ich vom Überschwang der Gefühle fast die Besinnung verlor.

Und hier wollte ich nun den Schleier der Verschwiegenheit ausbreiten, oder besser gesagt, den Vorhang fallen lassen, um den aufkeimenden Bedürfnissen meiner Freunde einen Riegel vorzuschieben, indem ich keine weiteren Einzelheiten über den Fortgang dieser köstlichen Nacht preisgebe. Doch denke ich, ich bin es meiner schönen Lady Pomeroy im Zeichen der Dankbarkeit schuldig, ihr zu bescheinigen, daß ich mich in einem Zustand höchster Wonne befand, und ohne Eitelkeit kann ich hinzufügen, daß mir meine liebliche Partnerin ganz ähnliche Gefühle eingestehen mußte.

Wir waren sogar ein wenig zu glücklich, denn als Justine am Morgen kam, um mich zu wecken, war ich doch ziemlich erschöpft. Und das liebe Mädchen konnte mich nur zum Aufstehen bewegen, indem sie sagte, daß ihre Herrin ohne Bewußtsein sei und ich den Raum verlassen müsse, während sie ihr Wiederbelebungsmittel verabreichte.

Kapitel 4

Daß ich des Grafen von Pomeroy bisher kaum Erwähnung getan habe, der mich ja in seinen speziellen Dienst gestellt hatte und dem ich genauso verpflichtet war wie der Gräfin, ist auf die Tatsache zurückzuführen, daß Seine Lordschaft sich fast augenblicklich nach Eintritt in meine Pflichten, wie in diesem wahrheitsgemäßen Bericht bereits erwähnt, einer Jagdgesellschaft beim Herzog von Dashwood angeschlossen hatte, mit dem den Grafen eine besonders enge Freundschaft verband. Es gab allerdings auch Gerüchte, die wissen wollten, daß Seine Lordschaft mit der Herzogin ein noch intimeres Band verknüpfte und daß dies Seine Gnaden völlig gleichgültig ließ.

Im allgemeinen handelt es sich bei Gerüchten nur um triste Lügen, allerdings glaubte ich (was sich in der Folge auch als richtig erweisen sollte), daß in diesem Fall ein guter Kern Wahrheit in dem Gerede steckte. Wie dem auch sei, jedenfalls erstatteten Ihre Gnaden, begleitet von ihrer Tochter Lady Georgiana, dem Grafen und der Gräfin von Pomeroy einen Gegenbesuch ab, und diese beiden trafen Sorge (sehr vernünftigerweise, denn sie könnten ja meiner Dienste bedürfen), mich mit gewissen Eigenarten ihrer hohen Gäste vertraut zu machen.

Da die Bemerkungen und Anweisungen der Gräfin weitaus präziser waren, werde ich sie zuerst abhandeln.

Sie begann damit, daß sie sagte, sie hasse alle drei zusammen wie die Pest, Vater, Mutter und Tochter. Seine Gnaden beschrieb sie als einen großen, schweren Mann, begeisterten Feinschmecker, harten Trinker und Herrenreiter, und in seinem Verhältnis zu Frauen sei er derb und sinnlich.

Man hätte ihr sogar dadurch geschmeichelt, daß man ihren Namen mit dem seinen in Verbindung gebracht hätte, doch verstehe sich wohl von selbst, daß das eine reine Erfindung sei.

»Natürlich, Mylady«, wagte ich sie zu unterbrechen.

Sie fuhr fort, indem sie sagte, nichts könne sie dazu bringen, irgend etwas mit diesem Scheusal zu tun zu haben, lieber überließe sie ihn seinen Liebschaften mit Kammerzofen und Hausmädchen, die vorwiegend zu begehren er den schlechten Geschmack besitze und denen gegenüber er sich in einer Weise aufzuführen pflege, die ihn auf jedem Landsitz, wo er sich gerade aufhielt, zur Plage werden ließe.

»Das letztemal, als er hier war«, sagte sie weiter, »besaß er die Unverfrorenheit, meiner Jungfer Justine mit unzüchtigen Annäherungsversuchen nachzustellen. Dem setzte ich freilich schnell ein Ende, wobei ich allerdings zuversichtlich bin, daß Justine selbst einen zu guten Geschmack besitzt, als daß sie so etwas zugelassen hätte.«

Hier möchte ich ganz *en passant* anmerken, daß ich, soweit

es mich betraf, nichts an Justines gutem Geschmack auszusetzen hatte, wenn ich auch so meine heimlichen Zweifel hegte, daß die junge Dame im Ernstfall einer Versuchung widerstehen könnte, zumal wenn diese mit einem verlockenden Bestechungsgeld einherging.

Aber ich habe die Gräfin bei ihren Ausführungen unterbrochen.

»Wenn Seine Gnaden sich herablassen, den Weibsbildern in ihren Schlafzimmern nachzustellen, so ist das im allgemeinen nicht mein Bier, solange die Haushälterin meine Aufmerksamkeit nicht auf die erniedrigenden Umstände lenkt. Wenn sich eines der Mädchen ins Unglück stürzt, dann tut es mir leid für sie, und sie muß gehen. Fertig.«

Das war alles, was meine Herrin zum Thema Seiner Gnaden von Dashwood zu sagen hatte – und mehr als genug, werden Sie jetzt wohl denken.

Als nächstes war die Herzogin an der Reihe. Sie war, wie es schien, wunderschön, wenn auch vom dunkelhaarigen Typus, und unterschied sich dadurch erheblich in ihrem Erscheinungsbild von der Gräfin, die, wie ich wohl schon erwähnte, hellbraunes Haar hatte. Bei ihr lag der Stein des Anstoßes nach Ansicht von Lady Pomeroy nicht nur darin, daß die Herzogin ein ständiges, unverhohlenes und unschickliches intimes Verhältnis mit dem Earl unterhielt, sondern daß sie auch noch die Frechheit besaß, sich der allerherzlichsten Beziehung zu ihr, der Gräfin, zu rühmen.

»Die tut wirklich«, entrüstete sich die Lady weiter, »als wäre ich so dumm und blind, nicht zu merken, was sich da praktisch unter meiner Nase abspielt. Nun, die Tatsache allein, daß sie es offen treibt, ist schon eine Frechheit für sich.«

Und ich muß sagen, daß ich da ganz ihrer Meinung war.

Was Lady Georgiana betraf, sie wurde von meiner Herrin als gutaussehende aristokratische junge Dame beschrieben, die einzig und allein das Mißgeschick ihrer Geburt als Entschuldigung für ihren übergroßen Hochmut anzuführen habe und die so täte, als betrachte sie alle anderen Menschen – und insbesondere das männliche Geschlecht – als so etwas wie den Schmutz unter ihren Fingernägeln.

»Die Geschichte«, fuhr Mylady fort, »ist reiner Blödsinn. In Wirklichkeit ist sie genauso sinnlich veranlagt, mit Leib und Seele, wie ihr Vater oder ihre Mutter, und irgendwann wird das schon noch ans Tageslicht kommen, dessen bin ich mir hundertprozentig sicher.«

Dieser letzten Bemerkung schien sie eine ganz besondere Betonung zu verleihen, und ich bildete mir sogar ein, daß sie mich dabei in einer ganz bestimmten Weise ansah.

Konnte es sein, daß sie mich als Instrument benutzen wollte, um dem Stolz der hochmütigen Lady Georgiana einen Dämpfer aufzusetzen?

Was den Kammerdiener des Herzogs und die *Femme de chambre* der Herzogin betraf, so ging sie lediglich davon aus, daß sie wohl etwas schlimmer seien, als es unter Personen ihrer Stellung sonst üblich ist. Den Rest könnte ich ja selbst herausfinden.

Daraufhin erinnerte sie mich an mein Versprechen der Verschwiegenheit und an die speziellen Bande, mit denen sie sich meiner Treue versichert hatte, und darüber vergaßen wir für ein paar Minuten unsere gegenseitige Beziehung als Lady und Diener.

Ich hatte die ganze Zeit ehrerbietig vor Ihrer Ladyschaft gestanden, doch am Ende ihrer Anmerkungen zu den Tugenden und Lastern ihrer Gäste angekommen, winkte sie mir, näher zu treten, um sich eigenhändig davon zu überzeugen, daß nicht etwa das, was ich zur Stillung ihrer Bedürfnisse immer in Bereitschaft zu halten hatte, an andere verschwendet worden war.

Mit ihren eigenen köstlichen Händen öffnete sie meine Hose, holte meinen rasch anschwellenden Freudenspender heraus und rief, die Vorhaut zurückschiebend: »Ah! Du warst brav! Ich hätte sofort an der Rötung der Vorhaut erkannt, ob du in den letzten fünf Stunden jemand anderem gefällig gewesen bist. Doch dieses Schmuckstück ist blaß, und ich sehe kein Anzeichen einer kürzlichen Erregung.«

Ich fiel vor ihr auf die Knie und bot ihrer Liebesgrotte die Ergebenheitsbekundung meiner Zunge dar. Dem ließ ich eine höchst aufreizende Schleckerei folgen, bis sie befriedigt war und mich in Gnaden entließ, damit ich unverzüglich dem Grafen aufwarten konnte, der nach mir verlangt hatte, und da seine Gäste soeben angekommen waren, verlor ich keine Zeit, mich zu seiner Verfügung zu stellen.

Die Tatsache, daß die Neuankömmlinge natürlich erst einmal in die für sie bestimmten Zimmerfluchten geführt wurden, bot Mylord eine günstige Gelegenheit, mich aufzufordern, ihm in sein Ankleidezimmer zu folgen. Die vertraulichen Anweisungen und Belehrungen, die er mir dort erteilte, waren – wie der geneigte Leser sehen wird – geringfügig verschieden von den Anregungen, die mir Lady Pomeroy mit auf den Weg gegeben hatte.

Zu Beginn teilte mir der Graf seinen schwerwiegenden Verdacht mit, daß die Lady der Untreue schuldig sei und daß der Gegenstand ihres Fehltritts kein anderer sei als sein Männerfreund, der Herzog von Dashwood.

Natürlich wußte ich das besser, doch da es mir ja nicht zustand, etwas zu wissen, sagte ich nichts.

Der Graf versuchte sich mit aller Macht selbst einzureden, daß dies der Fall war, wie um wenigstens eine kleine Entschuldigung für sein Verhältnis mit der Herzogin zu haben, aus dem er im übrigen kein großes Geheimnis machte.

Was seine Meinung über Monsieur Duroque und Mademoiselle Juliette betraf, den Kammerdiener und die Femme de chambre des Herzogs und der Herzogin, so wich diese um einiges von der der Gräfin ab. In der Tat bezeichnete er das Paar sogar als die treuesten und vertrauenswürdigsten ihrer

Klasse, wobei er besonders Mademoiselle Juliette meiner Aufmerksamkeit anempfahl. Sie und ich sollten so etwas wie den heißen Draht zwischen der Herzogin und ihm selber darstellen, was mündliche Mitteilungen, schriftliche Noten und anderes betraf, und deshalb sie es äußerst wichtig für mich, die Bekanntschaft der jungen Dame zu kultivieren.

»Du hast meine volle Einwilligung, sie zu bumsen und dich auch sonst bei ihr beliebt zu machen, dann kann ich mich wenigstens auf euch beide verlassen – es gibt nichts Besseres, um sich Diskretion in Liebesangelegenheiten zu verschaffen«, fügte er hinzu.

Dem Bilde nach, das ich mir von ihrem Charakter gemacht hatte, und von ihrer äußeren Erscheinung her glaubte ich kaum, daß ich dabei Schwierigkeiten haben würde.

Seine abschließenden Instruktionen bestanden darin, den Dienst bei Mylady nicht zu vernachlässigen und ihm alles Bemerkenswerte zu berichten, besonders, was sie und den Herzog anging.

Dies versprach ich ihm getreulich, wobei ich mich ziemlich zuversichtlich fühlte, daß in dieser Richtung nichts anlag, und gleichzeitig im stillen beschloß, alle anderen Ausschweifungen von Mylady, vor allem die in bezug auf meine Wenigkeit, als »nicht bemerkenswert« einzustufen.

So weit, so gut. Und wenn ich meinen Dienst bei Ihrer Ladyschaft beendet hätte – was wußte er schon, worin dieser bestand und mit welchen Freuden er geleistet wurde –, sollte ich seiner Lordschaft im Ankleidezimmer zur Verfügung stehen, da er mich höchstwahrscheinlich noch benötigen werde.

Daraufhin verbeugte ich mich und trat ab, und da Mylady beim Dinner eine ganze Menge Leute zu unterhalten hatte, zog sie sich im Anschluß daran, so gegen elf Uhr, ziemlich erschöpft zurück, und es stand mir frei, auch mich zurückzuziehen. Also begab ich mich unverzüglich in das Ankleidezimmer von Mylord und wartete dort bis kurz vor zwölf, als der

Graf erschien und mich fragte, ob irgend jemand eine Nachricht für ihn überbracht hätte.

Ich wollte das gerade verneinen, als es an der Tür klopfte, diese sich öffnete und Juliette eintrat.

Sie zögerte etwas, als sie mich sah, doch als der Earl seine Hand ausstreckte, als erwarte er etwas, übergab sie ihm einen kleinen Zettel. Während er ihn las, nickte er mit dem Kopf, lächelte und sagte zu der Überbringerin: »Deine Herrin ist wohl im Begriff, sich zur Ruhe zu begeben, oder?«

Als er eine bejahende Antwort erhielt, fragte er weiter, ob Seine Gnaden schon zu Bett gegangen oder im Begriffe sei, dies zu tun.

Darauf antwortete das clevere Ding, daß sie gerade Duroque begegnet sei und dieser ihr berichtet habe, der Herzog habe sich mit einer ganzen Menge Wein die nötige Bettschwere angetrunken, um bald in tiefem Schlaf zu liegen.

Auf diese Information hin entließ mich Mylord, da unter diesen Umständen die Wahrscheinlichkeit gering sei, daß er meine nächtlichen Spionagedienste in Anspruch nehmen müsse, und es darf wohl davon ausgegangen werden, daß er mit allem Weiteren ohne meine Hilfe fertig geworden ist.

Kapitel 5

Müde, wie ich war, zog ich mich ganz gemächlich aus, doch als ich diese Operation schon fast beendet hatte, was passierte? Heimlich, still und leise öffnete sich die Tür zu meinem Zimmer.

Ich schloß meine Tür nie ab, aus Angst, man könnte ganz plötzlich und heimlich meiner Dienste bedürfen.

Ich hatte natürlich keine Ahnung, wer der nächtliche Türöffner sein konnte, jedenfalls hatte ich nicht damit gerechnet, Mademoiselle Juliette zu erblicken.

Indem sie als Zeichen des Stillschweigens und der Heimlichkeit den Finger auf die Lippen legte, informierte sie mich, daß der Herzog aufgestanden sei und sich höchstwahrscheinlich auf der Suche nach einer nächtlichen Rammelei befinde und daß sie, die im Zimmer der Herzogin gewesen sei, von Lord Pomeroy (es ist anzunehmen, daß auch er dort war) gebeten worden sei, mich zu wecken und auf die Suche nach dem Herzog zu schicken, denn es gäbe allen Grund zu der Annahme, daß sein Ziel das Appartement der Gräfin sei.

»Sitz da nicht rum und glotz wie eine Eule im Sonnenschein«, erklärte das freche schwarzäugige Mädchen. »Steh auf und zieh die Hose an. Ich werde dir helfen.«

Hier möchte ich meine lieben Leser darauf aufmerksam machen, daß ich mich in dem gleichen Kostüm befand, in dem Charles Lever seinen Helden Harry Lorrequer beschreibt, wie er sich darbot, als bei einer privaten Theateraufführung die Glocke läutete und sich der Vorhang hob, nämlich in Hemd und Seidensocken.

Weiter nichts, Ehrenwort!

Möge sonstwer entscheiden, ob es sich für einen bescheidenen jungen Mann gehört, daß er sich von einer frechen schwarzäugigen Soubrette in die Hosen helfen läßt.

Der keuscheste Joseph, der je gelebt hat, wäre bestimmt der Versuchung erlegen, und der dümmste August, der je aus einem frömmelnden Elternhaus hervorgegangen ist, müßte erraten, was daraufhin passierte.

Ich nahm meine Hosen von dem Stuhl, auf dem sie beim Ausziehen gelandet waren, und versuchte ungeschickt, meinen John Thomas zu verbergen, der sich bei dem bloßen Gedanken an frisches Fleisch sogleich in seinem üblichen ungebärdigen Zustand befand.

»Ha, was haben wir denn hier!« rief sie, als sie mein hervorstehendes Hemd berührte. »Beißt das?«

»Ja, meine Liebe, aber so einem Schatz wie dir wird es nicht weh tun. Willst du ihm nicht mal den Kopf streicheln? Allen Damen gegenüber verhält es sich immer ganz brav«, antwortete ich, hob mein Hemd und präsentierte ihren Augen das *Vade mecum* des Vergnügens.

Sofort lief Juliette knallrot an, hielt sich die Hände vor die Augen und rief aus: »Wie könnt Ihr es wagen, Sir? Das werde ich der Gräfin berichten!«

»Aber nicht, bevor du ihn genossen hast. Dann kannst du mir gleich noch eine Referenz für Galanterie erteilen, womit du mir einen großen Dienst erweisen würdest. Ihr seid geliefert, Miss Juliette!« Gesagt, getan. Schon schob ich sie auf das Bett zu und hatte bald, ihrem Widerstand zum Trotz, ihre Kleidung hochgeschoben und befand mich nun zwischen einem Paar der schönsten Schenkel, die ich je gesehen hatte (sie trug keine Schlüpfer). Es bedurfte nur einer kleinen Berührung durch meinen Mr. Pego, um sie all ihre Zurückhaltung verlieren zu lassen. Oh, was für ein Gefecht wir uns lieferten, Nock an Nock, wie Johnny Teerjacke sagen würde. In der Tat feuerte ich in ihr Bullauge, bis sie die Flagge strich und in eine Ohnmacht der Ekstase fiel.

Ich werde es nie vergessen; so kurz dieser Fick war, so war er doch einer der schönsten, an die ich mich erinnern kann. Die Zeit war kostbar, und schon bald küßte sie mich und vergab mir meine Unverschämtheit, denn natürlich war es genau das, was die junge Frau gehofft und erwartet hatte, und so nehme ich an, daß sie zufriedengestellt war. Doch jetzt ging zunächst einmal Dienst vor Schnaps.

Nachdem ich mich persönlich überzeugt hatte, daß der Herzog tatsächlich sein Zimmer verlassen hatte, machte ich mich auf die Suche nach Seiner Gnaden, doch nicht in der von Juliette suggerierten, sondern in einer ganz anderen Richtung als die Räumlichkeiten meiner Lady Pomeroy, nämlich dahin, wo die niedere Dienerschaft schlief. Auch dort ging es recht komfortabel zu.

Ich wußte ganz genau, daß Sophy und Lucy, die beiden Dienstmädchen, in einem Raum schliefen. Dort war mein Ziel, und dort fand ich den Herzog denn auch in liebevoller Gesellschaft der beiden junden Damen vor, deren Reize, wenn auch nicht von hohem Geblüt, keineswegs zu verachten waren. Er hatte sie sehr freizügig im voraus bezahlt, und so mußte ich bleiben, um zu sehen, ob er in die Falle ging, die manchmal den schlechten Zahlmeister erwartet, der im voraus bezahlt, denn dann hätte ich meinen Auftraggebern ja nur einen jämmerlichen Bericht liefern können. Doch nein, ich hatte die Genugtuung, durch das Medium des Schlüssellochs (eine ziemlich aufreibende Observation, denn waren da nicht diese beiden hübschen jungen Frauen?) festzustellen, daß »auch Dienstmädchen eine Ehre im Leib haben« und daß, sollte der Herzog von Dashwood nicht den vollen Gegenwert für sein Geld bekommen haben, dies bestimmt nicht an Sophy und Lucy lag.

Kapitel 6

Ehre unter Dienstmädchen – dies wäre auch Ihr Gedanke gewesen, hätten Sie nur Sophy und Lucy gesehen, die, nachdem sie vom Herzog einen Vorschuß erhalten hatten, sich in der Hoffnung auf einen Zuschlag um sein Vergnügen bemühten.

Ihre Bemühungen waren nicht vergebens, doch vermute ich stark, daß er sich mit Canthárides-Tinktur, Phosphodyne oder einem anderen Aphrodisiakum stimuliert hatte, denn eines muß man ihm lassen: Er war geil wie ein Bock.

Lucy saß im Nachthemd auf dem Bettrand, einen Finger zwischen ihren Schenkeln, denn offenbar wollte sie so bei Seiner Gnaden den Eindruck erwecken, daß noch ein paar Scheinchen für ihre Bettgenossin herausspringen müßten, und aus dem, was ich nur teilweise hören konnte, schloß ich, daß er es davon abhängig machen wollte, wie sehr sie ihn zufriedenstellten.

Auch wenn ich nicht alles verstehen konnte: Das, was ich sah, wird mich in die Lage versetzen, die Dialoge zu ergänzen.

Lucy ging nun zum Geschäftlichen über, indem sie Sophy plötzlich die Bettdecke wegriß, ihr das Nachthemd hochschob und ihren lilienweißen Hintern zu versohlen begann, bevor das bedauernswerte Opfer Anstalten machen konnte, sich zu wehren.

Bei jedem Klaps konnte ich die roten Striemen auf ihrer zarten Haut aufleuchten sehen. Dies schien dem Herzog sehr zu gefallen, der seinerseits sein Bestes gab, zu verhindern, daß sich das hilflose Mädchen befreien konnte.

Sophy strampelte verzweifelt. Sie sah gleichzeitig verlegen und ärgerlich drein, fürchtete sich aber wohl zu schreien, aus Angst, zuviel Lärm zu verursachen.

Seine Gnaden hatten Ihre Expedition nur in Hausschuhen und Morgenmantel angetreten, und als die Klapserei vorüber war, entledigte er sich seiner einzigen Bekleidung, ließ die Pantoffeln fallen und hatte nichts mehr außer seinen Socken an, als er auf das Bett zwischen die beiden Mädchen sprang, sein großes Ding so hart und bereit wie nur immer.

Sophy war die erste, die den rotköpfigen Preis in Besitz nahm. Offenbar hatte sie die rohe Behandlung ihres Allerwertesten sehr erregt, und so bettelte sie geradezu, auf der Stelle getröstet zu werden.

»Das sollst du, mein Liebling«, sagte der Herzog, »und deine Bettgenossin soll über mein Gesicht steigen, damit ich sie mit meiner Zunge kitzeln kann, während du auf meinem Bürzel reitest.«

Dies nun war ein gar lüsterner Anblick, der all meine eigenen lüsternen Gefühle sofort zum Siedepunkt brachte, so daß, als sie offenbar alle drei zusammen kamen, auch ich mich nicht zurückhalten konnte – ab ging's, in die Hose.

Danach leckte jedes der Mädchen seinen Schwanz samt Anhängsel, bis er Lucy bestieg und sie wie ein Satyr rammte, während Sophy mit seinen Hoden spielte und einen Finger in sein Arschloch steckte, um ihn nach Strich und Faden zu erregen.

Auch das schien ihn noch nicht zu erschöpfen, denn jetzt begann er, sie abwechselnd zu lecken, wobei er sogar den »la rose«-Trick der Französinnen anwandte und ihre hinteren Löchlein mit seiner langen Zunge bearbeitete. Das schien sie fast verrückt zu machen. Sie brachten seinen Schwanz wieder in einen glanzvollen Zustand und knieten seinen Wünschen gemäß auf Händen und Knien nieder, um ihm ihre Hinterteile zu präsentieren. Was für eine Überraschung für mich, als er seinen großen berstenden Schwanz nacheinander in ihre kleinen Arschlöcher schob, dann wieder, zur Abwechslung, in ihre Spalten. Er ließ sich fürchterlich viel Zeit dabei, und sie genossen es offensichtlich sehr, wie ich an ihren wollüstigen Zuckungen und den unterdrückten Ausrufen, die ich hörte, erkennen konnte – so etwa: »Wie herrlich! Köstlich! Wunderbar! Wie es mir kommt! Oh, bitte, spritz in mich hinein!« etc., wobei sich jedes der Mädchen auch selbst befriedigte.

Dann war es vorbei. Ich sah, wie er die zweite Fünfpfundnote aus seinem Schlafrock zog, und ich wandte mich vom Schlüsselloch ab und machte mich auf leisen Sohlen davon. Jeder nach seinem Geschmack, sinnierte ich, als ich schnell und lautlos über die Treppen heimwärts huschte. Dann wieder dachte ich, daß man es auch schlimmer erwischen konnte, und wenn ich nicht so unverschämt viel Glück gehabt hätte, dann wäre bestimmt auch ich sehr glücklich über zwei so stramme Mädel gewesen wie Sophy und Lucy.

Unter diesen Reflexionen gelangte ich zum Zimmer der Herzogin von Dashwood (in einem ganz anderen Teil des Hauses als das des Herzogs) und klopfte versuchsweise mit den Fingerknöcheln an die Tür.

Ob Juliette nun in Morpheus' Armen oder in denen eines unserer jungen Dienstmänner oder Monsieur Duroques lag – oder in denen von allen dreien, kann ich nicht sagen; jedenfalls konnte ich keinen Zutritt erlangen, bis ich hörte, wie der Riegel zurückgeschoben wurde und der Graf mich aufforderte einzutreten.

Dies tat ich und erstattete Seiner Lordschaft einen vollen Bericht über meine Beobachtungen, was diesen sehr, die Herzogin jedoch überhaupt nicht zu überraschen schien, denn sie erklärte mit beträchtlichem Nachdruck: »Das sieht ihm ähnlich!«

Dann begann sie, uneingedenk meiner Anwesenheit, wie es schien, sowie auch ihres eigenen mangelhaft bekleideten Zustands, der zwar sehr reizvoll gewesen sein mag, aber schon etwas seltsam anmutete in dieser Situation – denn immerhin lag ja hier eine verheiratete Frau zusammen mit dem Ehemann einer anderen Frau im Bett –, also völlig uneingedenk all dieser Nichtigkeiten, wie es schien, begann sie sich über die von Seiner Gnaden von Dashwood begangenen Ungeheuerlichkeiten auszulassen.

Sie sprach über den mächtigen Impuls, den der Herzog der Geburtenziffer in der Nachbarschaft mittels der Farmerstöchter und Dorfschönheiten verliehen hatte; darüber, daß sie sich niemals einigermaßen gutaussehende Hausmädchen und Kammerzofen im Schloß halten könne; daß er es in London, wenn überhaupt möglich, noch schlimmer triebe; daß sie ihn der Unzucht mit Mademoiselle Juliette verdächtige, der besten Soubrette, die sie jemals gehabt hätte; und so steigerte sie sich immer mehr in ihre Ausführungen hinein, bis der Graf sie schließlich darauf hinwies, daß meine Anwesenheit nun wohl nicht mehr erforderlich sei, und vorschlug, sie möge mir gestatten, mich zurückzuziehen, womit sich die Herzogin großzügigerweise einverstanden erklärte und sich gleichzeitig in einer Weise über meine Manieren und mein allgemeines Auftreten äußerte, wie – man möge es mir verzeihen – ich es hier nicht wiedergeben möchte, die aber darauf hindeutete, daß ich vor ihren Augen großen Anklang gefunden hatte.

Wie sich der geneigte Leser vorstellen kann, berichtete ich Mylady am nächsten Morgen mit größter Sorgfalt alles, was ich bezüglich des Herzogs und der Herzogin beobachtet hatte.

Was das Vorgehen des ersteren betraf, taten keinerlei Ausschmückungen not; eine schlichte, ungeschminkte Darstellung der Tatsachen war alles, wozu ich mich aufraffen konnte, und das war, weiß Gott, auch genug.

Was allerdings Ihre Gnaden und Myladys Gatten betraf, so muß ich mich leider schuldig bekennen, ein wenig Farbe in die Schilderung gebracht, dem Ganzen ein wenig natürliches Flair verpaßt zu haben, indem ich die hervorstechendsten Züge des Bildes gewissermaßen reliefartig herausarbeitete.

Was die nebensächliche Episode mit Juliette betrifft, die von sich aus in mein Zimmer kam, um mir beim Anziehen zu helfen, so hielt ich es für klüger, nichts darüber verlauten zu lassen.

Wie nicht anders zu erwarten, erweckte mein Bericht eine ganze Reihe gemischter Gefühle bei Lady Pomeroy.

Doch während sie so nachdachte – ich nehme an, wie sie sich zu alldem äußern sollte –, nahm sich Justine, als besonders privilegiertes Mädchen, die Freiheit, den Reigen zu eröffnen: »Bitte, Master Ernest, wenn Ihr solch einen Auftrag zu erfüllen hattet, warum habt Ihr dann nicht an meine Tür geklopft und mich mitgenommen? Vier Augen sehen nun mal mehr als zwei.«

Obwohl ich ein Lachen kaum unterdrücken konnte, antwortete ich so ernst wie möglich, daß ich es nicht hätte verantworten können, ein so sittsames junges Geschöpf, wie sie es sei, dem Anblick derart wollüstiger Ausschweifungen auszusetzen.

Bei dieser Bemerkung mußte Mylady Pomeroy trotz des Ärgers, der an ihr nagte, lächeln, und ich glaube, Justine hätte mir am liebsten eins hinter die Löffel gegeben.

Dann setzte sie ihr Verhör fort, indem sie fragte, ob »dieses Biest Juliette« zugegen gewesen sei, als ich der Herzogin Bericht erstattet hätte?

»Nein, das war sie nicht«, antwortete ich knapp.

»Und wo zum Teu... (fast wäre es ihr über die Zunge gerutscht) befand sie sich dann?«

»Woher soll ich das wissen?« lautete meine Antwort. »Vielleicht hat sie jemanden in den Schlaf gewiegt – Lady Georgiana oder Monsieur Duroque oder sonst jemand.«

»Das reicht, Justine«, sagte die Gräfin und lachte, »du bist zu geradeheraus, und was deinen Bericht angeht, Ernest: Natürlich ist das alles abscheulich, doch du hast deine Sache sehr gewissenhaft und treu ausgeführt, und es ist ein Trost zu wissen, daß ich von dem Scheusal von einem Herzog nichts zu befürchten habe, während er hier zu Besuch weilt; und ich werde mich auch darum kümmern, daß Justine nicht behelligt wird. Was die beiden Närrinnen von Zimmermädchen anbelangt, so werde ich keine Notiz von ihrer Verfehlung nehmen. Es würde ja doch nur einen Skandal heraufbeschwören. Ich wußte natürlich, daß mein Gatte ein sündiges Verhältnis mit der Herzogin unterhält, aber daß sie sich in Anwesenheit eines Dritten so völlig vergessen könnte, hätte ich nicht gedacht, vor allem, wenn es sich um einen hübschen jungen Mann wie dich handelt. Was meinst du dazu?«

Mit aller mir zu Gebote stehenden Gleichgültigkeit entgegnete ich, daß dies ein Thema sei, zu dem ich mich kaum berufen fühlte, eine Meinung zu äußern, vor allem nicht in Gegenwart einer so guten Kennerin der menschlichen Natur wie Ihrer Ladyschaft, doch soweit es meine persönlichen Gefühle anginge, hätten die Selbstaufgabe und Achtlosigkeit Ihrer Gnaden, was die Schranken der Tugend in Anwesenheit einer dritten Person betreffe, keinerlei Eindruck bei mir hinterlassen, und ich fügte hinzu, daß ich erst kürzlich Unterricht an einer Akademie von soviel höherem Rang als der genommen hätte, wo Ihre Gnaden anscheinend Ihre Examina abgelegt hatten, daß ich mich als zu fortgeschritten betrachtete, um von ihr Nachhilfestunden zu benötigen, in welchem Fach auch immer.

Meine Ansprache wurde genau so aufgenommen, wie ich es beabsichtigt hatte. Justine lachte, und meine liebliche Herrin lächelte und meinte errötend, was für ein »verrückter Schmeichler« ich doch sei; trotz allem schien sie aber sehr erfreut.

Fürs erste war ich dann entlassen, allerdings sollte ich Ihre Gnaden am Nachmittag bei einer Spazierfahrt mit Lady Georgiana begleiten.

Ich konnte mir nicht helfen und mußte innerlich lachen. Ob wir wohl in die Richtung der Kinderschwester von Mylady fahren würden, die in einer gewissen obskuren Straße wohnte, oder ob vielleicht Miss Courtney am Wegrand stehen würde, um sich auflesen zu lassen und als dritter Passagier in der Kutsche mitgenommen zu werden?

Es gibt zwar das alte Sprichwort: »Drei ist einer zuviel«, aber unter diesen Umständen weiß ich nicht, ob eine der Frauen Einspruch gegen einen solchen Zuwachs eingelegt hätte.

Wie auch immer: Ich mag hier gleich vorausnehmen, daß sich während der Fahrt nichts Weltbewegendes ereignete – jedenfalls nichts Offensichtliches, was der Erwähnung wert wäre.

Ob sich irgendeine Art von Unterhaltung zwischen den Damen abspielte, die bald danach ihren Niederschlag fand, vermag ich nicht mit Sicherheit zu sagen, da ich nichts davon hören konnte. Doch den Andeutungen nach, die Lady Pomeroy bezüglich Lady Georgianas und ihres Hochmuts und ihrer Verachtung gegenüber den Männern fallenließ, welche sie auf ein geziemendes Maß zu senken trachtete, und dies in Zusammenhang mit einem mysteriösen Abenteuer gesehen, das mir am Tag nach der Spazierfahrt widerfuhr, kann ich nicht anders als glauben, daß meine Herrin selbst ihre Hand im Spiel hatte, um ihren eigenen Weissagungen etwas nachzuhelfen.

An dem eben erwähnten Tag geschah es, oder wurde höchstwahrscheinlich so arrangiert, daß der Herzog, die Herzogin und der Graf zusammen ins Theater gingen, während die Gräfin es vorzog, zu Hause zu bleiben, und Lady Georgiana ihr dort Gesellschaft leistete.

Es war schon ziemlich spätabends geworden, und da man meiner Dienste nicht mehr bedurfte, saß ich allein in meinem Zimmer, als Juliette, ohne anzuklopfen, hereinkam, genauso heimlich, still und leise wie beim letztenmal, doch nicht mit demselben Resultat. Sie kam lediglich, wie sie mir sagte, weil meine Anwesenheit erforderlich sei.

»Wo?«

Egal, man verlangte nach mir, das war genug und außerdem sehr schmeichelhaft für mich.

Außerdem war es absolut notwendig, daß mir die Augen verbunden wurden.

Nun, ich war kein Narr und mir ziemlich sicher, daß mir kein Leid zustoßen würde, zumindest nicht im Hause des Grafen. Außerdem wurden mir zwar die Augen verbunden, nicht aber die Hände; wobei ich dem Leser gestehen muß, daß mir die letzte Gelegenheit, als mir die Augen verbunden wurden beziehungsweise verbunden werden sollten, sehr angenehm in Erinnerung geblieben war. Also fügte ich mich nach einer nur ganz winzigen Protestdemonstration, wobei ich eine ziemlich konkrete Vorstellung davon hatte, worauf dieses große Abenteuer abgestellt war.

Von meiner Begleiterin wurde ich dann zunächst über einige Korridore geführt, offensichtlich nur, um mich zu verwirren – und das mit Erfolg, denn als ich schließlich in einen Raum geschoben wurde, hatte ich nicht die geringste Ahnung, wo ich mich befand. Darüber, daß der Raum sehr gemütlich und mit einigen teuren Möbelstücken eingerichtet war, bestand jedenfalls kein Zweifel. Auch davon, daß sich zwei oder drei Frauen in dem Zimmer befanden, überzeugte ich mich rasch, denn ich hörte leises Geflüster, das sich teilweise nach Streit anhörte, teilweise nach Spaß, und zum Teil schien es auch um Anspielungen auf mich in Verbindung mit irgendeiner Art Sport zu gehen.

Ich war jedoch nicht so dumm, um mir nicht meine eigenen klugen Gedanken darüber zu machen, welche Art Sport hier getrieben werden sollte, wenn sich ein paar schöne junge Frauen zusammen mit einem gutaussehenden jungen Mann in einem Raum befinden und seine Augen dazu noch verbunden sind, und so harrte ich mit schicklichem Mut der Dinge, die da auf mich zukommen sollten.

Lange brauchte ich nicht zu warten.

Ich hörte jemand flüsternd eine Anweisung geben, dann einiges Gekicher, und plötzlich legte man Hand an meinen Körper – und nicht zu sanft. Ich will damit nicht sagen, daß es weh tat oder daß die Hände, die an mich gelegt wurden, besonders grob waren, doch zu jeder anderen Zeit hätte ich gegen solche mir angetane Schmach gehörig Protest erhoben; unter den Umständen jedoch hielt ich es für klüger und angenehmer, meinen Mund zu halten und mich in mein Schicksal zu fügen.

Das tat ich denn auch, und jeder meiner Leser täte desgleichen, hätte er nur die Chance dazu. Man stelle sich nur einmal vor, mit verbundenen Augen von mehreren zärtlichen Händepaaren ausgezogen zu werden, bis einem kein Fetzen mehr am Körper verbleibt, ausgenommen die Socken und das

Tuch vor den Augen. Wie würde es euch wohl gefallen, wenn ihr dann eine sanfte, liebliche Stimme hörtet, die so angenehm ist wie ein plätschernder Bach und die sagt: »Sieh dir dieses Schönchen an, willst du nicht seinen rubinroten Kopf küssen?« Dann greift sich eine zarte Hand euren John Thomas, schiebt sorgsam die Vorhaut zurück, und ihr fühlt erst den warmen Atem, dann die Berührung der samtweichen Zunge. Ihr wißt, sie gehört einer unbekannten Schönheit, deren Blut in diesem Augenblick in wollüstige und sehnsüchtige Wallung gerät.

Dann werdet ihr sanft zu einer Couch geführt, behutsam auf den Rücken gelegt, und so ein entzückendes Geschöpf spießt sich auf eurer Rute auf und reitet euch mit Feuer bis genau zu dem ekstatischen Moment; ihre Lippen kleben an den euren in langen, lüsternen, verliebten Küssen, während die beidseitigen seelenbewegenden Ergüsse sich zu einem lebensspendenden Strom der Erfüllung vereinigen.

Sie rollt sich zur Seite, und ein weiteres zierliches Geschöpf nimmt ihren Platz ein, bevor ihr Zeit habt, eurer Steifheit verlustig zu gehen. (Frische Pussi, frischer Mut!) Weiter geht's mit der munteren, vergnügten Jagd, wieder kommt ihr zusammen. Jedesmal genoß ich den himmlischen Akt, falls überhaupt möglich, in noch stärkerem Grade, im ganzen viermal, eine nach der anderen, bevor mir gestattet wurde, mich zu erheben.

Dann zogen mich die lieben Dinger an, stellten sich aber so ungeschickt dabei an, als sie unter viel Gekicher versuchten, mir die Hose überzustreifen und meinen schlaffen Pimmel an komfortabler Stelle unterzubringen, daß ich bei soviel Gefingere und Gedrücke gleich wieder das Horn kriegte, mir die erstbeste schnappte, sie zu Boden drückte, und dann – hoch mit dem Kleid und hinein in ihre stinkende Grotte, in weniger Zeit, als man braucht, es niederzuschreiben.

Das war vielleicht ein köstlicher Kampf! Wie die anderen

lachten und uns die ganze Zeit aufs Hinterteil klatschten, während wir uns auf dem Teppich umherwälzten! Ich war so verzückt, daß ich meine Partnerin wohl dreimal kommen machte, bevor ich selbst gebändigt war und sie in der Lethargie erfüllter Lust, alle viere von sich streckend, unter mir lag.

Während ich ihre wunderschönen Beine befühlte, stieß meine Hand auf einen kleinen losen Straps, den ich mir heimlich mit in die Hose steckte, als ich meine schlappe Liebesmaschine verstaute, denn ich dachte, ich könnte auf diese Weise vielleicht hinter die Identität meiner Antagonistin kommen, wenn ich später die listig erbeutete Trophäe in Augenschein nahm.

Ich wurde zum Abschied geküßt und unter Juliettes Führung weggeschickt und befand mich bald wieder in meinem eigenen Zimmer.

Es war eine sehr mysteriöse Geschichte, doch einen kleinen Hinweis hatte ich erhalten, einen sehr kleinen fürwahr, als meine Führerin mir riet, mich in Ordnung zu bringen, denn ich würde wahrscheinlich gebraucht, um meiner Herrin und Lady Georgiana beim Nachtmahl aufzuwarten.

Doch kaum hatte sie mir den Rücken zugedreht, da inspizierte ich das kleine Fund- oder Beutestück, das ich in meiner Hosentasche untergebracht hatte, und stellte fest, daß es sich, wie erwartet, um nichts mehr oder weniger als um ein Strumpfband handelte, und zwar von einer Farbe und einer Machart, wie es mir nie zuvor unter die Augen gekommen war.

Jedenfalls stellte am nächsten Morgen Mademoiselle Juliette ängstliche Nachforschungen nach einem Gummiband ihrer Herrin an, worauf ich umgehend versprach, es wiederzubeschaffen, und zwar unter der Bedingung, daß es mir gestattet werde, es ihr eigenhändig wieder anzulegen. Und falls jemand meinen sollte, daß dies ein Schlüssel zu meinem mysteriösen Abenteuer darstellt, dann sei ihm dies belassen.

Ich habe keinerlei Meinung dazu zu äußern, außer daß es an der Zeit ist, mit meiner Geschichte zu einem Ende zu kommen.

Der Graf von Pomeroy und die Herzogin von Dashwood dachten an jenem ereignisreichen Abend, den ich soeben beschrieben habe, gar nicht daran, ins Theater zu gehen; der Herzog, dem es nicht gelang, seine Scheidung durchzusetzen, füllte sein Haus mit so viel schlechter Gesellschaft, daß seine Tochter, Lady Georgiana, die gerichtliche Erlaubnis erhielt, sich unter den Schutz ihrer besonderen Freundin, der Gräfin von Pomeroy, zu begeben und bei ihr zu leben.

Justine und ich, die wir uns in solch bequemer Stellung befanden und auch noch so jung waren, betrachten es als Torheit, uns gegenwärtig zu verehelichen, und behalten deshalb fürs erste unsere jeweiligen Vertrauensstellungen.